Nora Roberts

Erinnerung des Herzens

Roman

Aus dem Amerikanischen
von Katharina Jonas

WILHELM HEYNE VERLAG
MÜNCHEN

Die Originalausgabe GENUINE LIES
erschien 1991 bei Bantam Books, New York

MIX
Papier aus verantwor-
tungsvollen Quellen
FSC® C014496

Verlagsgruppe Random House FSC® N001967

2. Auflage
Vollständige Taschenbuchausgabe 04/2017
Copyright © 1991 by Nora Roberts
Published by Arrangement with Eleanor Wilder
and Bantam Books
Copyright © der deutschsprachigen Ausgabe 1994
by Wilhelm Heyne Verlag, München in der
Verlagsgruppe Random House GmbH
Copyright © dieser Ausgabe 2017 by
Wilhelm Heyne Verlag
in der Verlagsgruppe Random House GmbH,
Neumarkter Str. 28, 81673 München
Printed in Germany
Umschlaggestaltung: Eisele Grafik-Design, München
unter Verwendung von © Depositfotos
(46527083, 27101173, 7541400)
Satz: Buch-Werkstatt GmbH, Bad Aibling
Druck und Bindung: GGP Media GmbH, Pößneck
ISBN: 978-3-453-42144-8

www.heyne.de

Für Pat und Mary Kay
Mit Dank für ihr Lachen und das gute Essen

Prolog

Irgendwie brachte sie es fertig, den Kopf oben zu behalten und die aufsteigende Übelkeit zu unterdrücken. Es war kein Albtraum, der beim Erwachen verschwinden würde. Allerdings spielte sich alles im Zeitlupentempo ab, genau wie im Traum. Sie kämpfte sich ihren Weg frei, und es war, als ob sie durch einen dichten Vorhang aus Wasser sehen müsste, auf deren anderer Seite sie all die Gesichter der Leute um sich herum sah. Sie hatten hungrige Augen, sie schlossen und öffneten den Mund. Als wollten sie sie verschlingen. Ihre Stimmen schwollen an und verebbten wie Wellen, die gegen Felsen schlugen. Ihr Herz schlug hart und schien manchmal auszusetzen.

Vorwärts, vorwärts, befahl sie ihren zitternden Beinen, während eine feste Hand sie durch die Menge stieß, nach draußen, auf die Treppe des Gerichtsgebäudes. Das grelle Sonnenlicht trieb ihr Tränen in die Augen, und sie suchte nach ihrer Sonnenbrille. Man durfte nicht denken, dass sie weinte. Sie sollten keinerlei Schuldgefühle bei ihr feststellen. Das Schweigen war ihr einziger Schutz.

Sie stolperte und durchlebte einen Augenblick panischer Angst. Nur nicht hinfallen. Sollte sie hinfallen, würde die Meute neugieriger Reporter sich auf sie stürzen, wie wilde Hunde auf ein armes Kaninchen. Sie musste aufrecht stehen, schweigen und überlegen. Das hatte Eve ihr beigebracht.

Zeig ihnen nie deine Gefühle, Mädchen.

Eve. Sie hätte schreien können; die Hände vors Gesichts schlagen und schreien. Schreien, all ihre Wut, ihre Angst und ihren Kummer einfach hinausschreien.

Fragen stürmten auf sie ein. Mikrofone wurden ihr vors

Gesicht gestoßen wie tödliche kleine Pfeile. Begierig verfolgten die Reporter das Ende des Mordprozesses gegen Julia Summers.

»Hexe!«, rief einer. Seine Stimme klang schrill vor Hass. »Kaltblütige Hexe!«

Sie wäre gern stehen geblieben und hätte zurückgerufen: *»Woher wollen Sie wissen, wie ich bin? Woher wollen Sie wissen, was ich fühle oder nicht fühle?«*

Aber die Tür der Limousine stand offen. Sie stieg in die Geborgenheit gekühlter Luft und dunkler Glasscheiben ein. Die Menge drängte dagegen. Zornige Gesichter blickten auf sie herab wie Geier auf einen noch blutenden Leichnam. Als der Wagen abfuhr, schaute sie starr nach vorn. Die Hände hatte sie im Schoß verschlungen, ihre Augen waren zum Glück trocken geblieben.

Sie sagte nichts, als ihr Begleiter ihr einen Drink reichte. Einen Brandy, zwei Finger hoch. Als sie den ersten Schluck genommen hatte, fragte er ruhig, fast beiläufig, mit der sanften, dunklen Stimme, die sie so geliebt hatte: »Nun, Julia, hast du sie umgebracht?«

1 Sie war eine Legende. Ein Produkt ihrer Zeit, ihres Talentes und ihres gewaltigen Ehrgeizes. Eve Benedict. Männer, die dreißig Jahre jünger waren, bewunderten sie. Frauen beneideten sie. Regisseure umwarben sie, denn sie wussten nur zu gut, dass ihr Name Gold wert war in diesen Zeiten, wo Filme anscheinend von Buchhaltern gemacht wurden. In den fast fünfzig Jahren ihrer Karriere hatte sie Höhen und Tiefen erlebt. Beides war notwendig gewesen, damit sie zu dem werden konnte, was sie werden wollte.

Sie tat, was sie wollte, im Privatleben und im Beruf. Wenn eine Rolle sie interessierte, jagte sie ihr ebenso atemlos und wild entschlossen nach wie ihrer allerersten Rolle.

Wenn sie einen Mann begehrte, schnappte sie ihn sich und trennte sich wieder von ihm, wenn sie genug hatte – aber niemals im Bösen, womit sie gern prahlte. Alle ihre ehemaligen Liebhaber, und derer gab es viele, waren ihre Freunde geblieben. Oder sie besaßen doch wenigstens so viel Vernunft, den Anschein dessen zu wahren. Mit ihren 67 Jahren besaß Eve immer noch einen prachtvollen Körper. Ihre eiserne Energie und die chirurgische Kunst hatten ihr dabei geholfen. Über fünfzig Jahre lang hatte sie hart an sich gearbeitet, bis sie praktisch unangreifbar geworden war. Aus ihren Triumphen hatte sie ebenso gelernt wie aus ihren Enttäuschungen. Heute wurde sie im Königreich Hollywood ebenso gefürchtet wie respektiert.

Sie war eine Göttin gewesen. Jetzt war sie eine Königin mit wachem Verstand und einer spitzen Zunge. Wenige nur kannten ihr Herz, niemand ihre Geheimnisse.

»Bockmist ist das.« Eve schleuderte das Drehbuch auf den Fliesenboden des Solariums und gab ihm einen Tritt. Sie ging würdevoll auf und ab, was ihre darunter pulsierende sinnliche Vitalität kaum kaschieren konnte. »Alles, was ich in den letzten zwei Monaten gelesen habe, war Bockmist.«

Ihre Agentin, eine rundliche, sanft wirkende Frau mit einem eisernen Willen, zuckte mit den Schultern und schlürfte ihren Nachmittagscocktail.

»Ich hab' dir ja gleich gesagt, dass es Schund ist, Eve, aber du wolltest es trotzdem lesen.«

»Schund, sagst du.« Sie nahm eine Zigarette aus der Lackdose und fahndete in den Taschen ihrer Slacks nach Streichhölzern. »Warum nicht? Ich habe schon viel Schund gespielt und etwas daraus gemacht. Das hier«, wieder versetzte sie dem Drehbuch einen Fußtritt, was ihr offensichtlich Spaß machte, »ist Bockmist.«

Margaret Castle nippte an ihrem Grapefruitsaft mit einem Spritzer Wodka. »Richtig. Diese Miniserien …«

Eve warf den Kopf zurück. Ihr Blick war scharf wie ein Skalpell. »Du weißt, wie ich dieses Wort verabscheue.«

Maggie griff nach einem Stück Marzipan und stopfte es sich in den Mund. »Wie immer du sie nennen willst, die Rolle der Marilou ist dir auf den Leib geschrieben. Seit Scarlett hat es keine so lebendige, faszinierende Schönheit der Südstaaten mehr gegeben.«

Eve wusste das und war bereits entschlossen, das Angebot anzunehmen. Aber sie wollte nicht zu rasch zustimmen. Es ging ihr dabei weniger um ihren Stolz, als vielmehr um ihr Image. »Drei Wochen lang Aufnahmen in Georgia«, maulte sie. »Zusammen mit ständig bumsenden Alligatoren und Moskitos.«

»Liebling, mit wem du ins Bett gehst, das ist deine Angelegenheit.«

Der Scherz wurde mit einem prustenden Gelächter belohnt. »Sie haben übrigens Peter Jackson als Robert angeheuert.«

Eve kniff die schönen grünen Augen zusammen. »Seit wann weißt du das?«

»Seit heute Morgen.« Maggie lächelte und rutschte ein wenig tiefer in die pastellfarbenen Kissen auf dem weißen Korbsofa. »Ich dachte, es interessiert dich vielleicht.«

Eve blieb nicht stehen. Sie blies den Rauch aus und überlegte. »Er sieht wirklich sehr gut aus, und ist noch dazu ein ausgezeichneter Schauspieler. Da könnte sich das Herumstapfen im Sumpf fast lohnen.«

Jetzt, wo sie einen Anhaltspunkt hatte, zog Maggie den Fisch an Land. »Sie denken daran, Justine Hunter als Marilou zu engagieren.«

»Diese Gans?« Eve fing an, schneller an der Zigarette zu ziehen, schneller hin und her zu laufen. »Sie hat weder genug Talent noch genug Verstand für die Marilou. Hast du sie in *Midnight* gesehen? Außer ihrem Busen hatte sie nichts zu bieten, gar nichts. Du lieber Himmel!«

Auf diese Reaktion hatte Maggie nur gewartet. »In *Right of Way* war sie sehr gut.«

»Aber nur, weil sie sich selber spielen konnte, eine dumme Schlampe. Mein Gott, Maggie, sie ist eine Katastrophe.«

»Die Fernsehzuschauer kennen ihren Namen und …«, Maggie wählte ein neues Stückchen Marzipan aus, betrachtete es aufmerksam und lächelte. »Weißt du, sie hat das richtige Alter für die Rolle. Marilou soll Mitte vierzig sein.«

Eve wirbelte herum. Hochaufgerichtet stand sie im hellen Sonnenlicht und hielt die Zigarette wie eine Waffe in ihren Fingern. Großartig, dachte Maggie, während sie auf die Explosion wartete.

Eve Benedikt war wirklich großartig mit ihrem feingeschnittenen, unvergesslichen Gesicht, den vollen roten Lippen, dem seidigen, kurzgeschnittenen, ebenholzschwarzen Haar. Ihr Körper war der Traum eines jeden Mannes – schlank und fest, mit vollen Brüsten. Wie immer trug sie Seide in leuchtenden Farben – ihr Markenzeichen.

Dann lächelte sie, ihr berühmtes, schnell aufblitzendes Lächeln, das jedem den Atem verschlug. Sie warf den Kopf zurück und lachte herzlich. »Sinnlos, Maggie. Verdammt noch mal, du kennst mich zu gut.«

Maggie schlug ihre dicken Beine übereinander. »Kein Wunder, nach fünfundzwanzig Jahren.«

Eve ging zur Bar, um sich ein Glas Saft aus frischgepressten

Orangen einzugießen, die aus eigener Ernte stammten. Sie fügte einen großzügig bemessenen Schuss Champagner hinzu.

»Kommen wir zur geschäftlichen Seite.«

»Ich hab' mich schon damit befasst. Du wirst eine reiche Frau werden.«

»Ich *bin* eine reiche Frau.« Eve zuckte mit den Schultern und drückte ihre Zigarette aus. »Wir beide sind reiche Frauen.«

»Nun, dann werden wir eben noch reicher.« Sie hob ihr Glas und prostete Eve zu. Dann klapperte sie mit den Eiswürfeln. »Warum erzählst du mir nicht, weshalb du mich heute hergebeten hast?«

Eve lehnte sich an die Bar und nippte an ihrem Drink. An ihren Ohren funkelten Diamanten, sie trug keine Schuhe. »Du kennst mich wirklich zu gut. Ich trage mich in Gedanken mit einem ganz anderen Projekt. Schon seit Langem denke ich darüber nach. Ich brauche deine Hilfe.«

Maggie blickte erstaunt. »Meine Meinung dazu interessiert dich nicht?«

»Deine Meinung gehört zu den wenigen, die mir stets willkommen sind, Maggie.«

Eve setzte sich in einen scharlachrot gepolsterten Sessel mit hoher Rückenlehne. Von hier aus konnte sie in den Garten auf die sorgfältig gepflegten Blumen und die korrekt beschnittenen Hecken schauen. Von einem Springbrunnen sprudelte schäumendes Wasser in ein Marmorbassin. Dahinter befanden sich der Swimmingpool und das Gästehaus im Tudor-Stil, das einem Haus in einem ihrer erfolgreichsten Filme nachgebaut worden war. Hinter einer Reihe von Palmen lag der Tennisplatz, den sie mindestens zweimal in der Woche benutzte, ferner ein kleiner Golfplatz, an dem sie inzwischen das Interesse verloren hatte, und ein Schießstand, den sie vor zwanzig Jahren nach dem Manson-Mordfall hatte errichten lassen. Dann gab es noch ein Orangenwäldchen, eine Garage für zehn Wagen und eine künstliche Lagune. Alles wurde von einer zwanzig Fuß hohen Steinmauer umschlossen.

Für jeden Fußbreit Boden ihres Besitzes in Beverly Hills hatte sie gearbeitet. Ebenso wie sie – einstiges Sexsymbol mit rauchiger Stimme – darum gekämpft hatte, als ernstzunehmende Schauspielerin anerkannt zu werden. Es hatte sie Opfer gekostet, aber daran dachte sie nur selten. Es hatte sie auch Schmerzen gekostet. Das vergaß sie nie. Sie hatte eine hohe Leiter erklommen, die glitschig war von Schweiß und Blut, und sie war lange Zeit an der Spitze geblieben. Aber dort war sie sehr allein gewesen.

»Erzähl mir von diesem Projekt«, sagte Maggie. »Ich werde dir sagen, was ich davon halte, und ich werde dir helfen.«

»Was für ein Projekt?«

Beide Frauen blickten zur Tür, als sie die Stimme des Mannes hörten. Sein leichter britischer Akzent war unverkennbar, obwohl er im Laufe seiner fünfunddreißig Jahre nicht mehr als ein Jahrzehnt in England verbracht hatte. Paul Winthrops Heimat war Kalifornien.

»Du hast dich verspätet.« Aber Eve lächelte nachsichtig und streckte ihm beide Hände entgegen.

»Tatsächlich?« Er küsste erst ihre Hände, dann ihre Wangen. »Hallo, Schönheit.« Er nahm ihr Glas, nippte daran und grinste. »Immer noch die verdammt besten Orangen im ganzen Land. He, Maggie.«

»Paul. Himmel, du siehst deinem Vater von Tag zu Tag ähnlicher. Ich könnte dir im Handumdrehen einen Filmvertrag verschaffen.«

Er nippte noch einmal an Eves Glas und gab es ihr dann zurück. »Ich werde dich eines Tages daran erinnern, wenn alle Stricke reißen.«

Er hatte mahagonifarbenes Haar, das vom Wind zerzaust war. Sein Gesicht war für einen Mann immer etwas zu hübsch gewesen, jetzt war es zu seiner großen Erleichterung vom Wetter gegerbt. Eve studierte es eingehend, die lange gerade Nase, die hohlen Wangen, die tiefblauen Augen, die umgeben waren von einem feinen Liniennetz, das eine Frau zur Verzweiflung gebracht hätte, bei einem Mann aber interessant und charaktervoll wirkte. Er lächelte mit seinem schön geschnittenen Mund, einem Mund, in den sie sich vor fünfundzwanzig Jahren verliebt hatte – dem Mund seines Vaters.

»Wie geht es dem alten Bastard?«, fragte sie.

»Er macht sich ein schönes Leben mit seiner fünften Frau an den Spieltischen von Monte Carlo.«

»Er hat nichts dazugelernt. Frauen und Spiel, das waren schon immer Rorys Schwächen.«

Da er vorhatte, am Abend noch zu arbeiten, goss Paul sich nur Saft ein. Eve zuliebe hatte er seine Arbeiten heute unterbrochen. Das hätte er für niemanden sonst getan. »Erstaunlicherweise hat er mit beiden immer unheimliches Glück gehabt.«

Eve trommelte mit den Fingern auf die Sessellehnen. Vor einem Vierteljahrhundert war sie zwei kurze, wilde Jahre lang mit Rory verheiratet gewesen. »Wie alt ist denn die Neue? Dreißig?«

»Wenn man den Presseerklärungen glauben darf, ja.« Amüsiert schaute Paul zu, wie Eve sich eine neue Zigarette angelte. »Komm, Schönheit, du wirst doch nicht etwa eifersüchtig sein?« Hätte irgendjemand anderes ihr diese Frage gestellt, wäre Eve hochgegangen wie eine Rakete. Jetzt zuckte sie nur mit den Schultern.

»Ich hasse es, zusehen zu müssen, wie er einen Narren aus sich macht. Außerdem wird jedes Mal, wenn er sich in eine neue Ehe stürzt, eine Liste seiner Verflossenen veröffentlicht.« Einen Augenblick lang wurde ihr Gesicht von einer Rauchwolke verdeckt. »Ich verabscheue es, meinen Namen in einer Reihe mit den anderen zu sehen. Über Geschmack lässt sich nicht streiten, aber ich finde, keine von denen hat zu ihm gepasst.«

»Oh, dein Name hebt sich umso leuchtender von ihnen ab, wie es sich gehört.« Paul hob sein Glas und nickte ihr zu.

»Du findest immer das richtige Wort zum richtigen Zeitpunkt.« Zufrieden lehnte Eve sich zurück. Aber ihre Finger trommelten weiter auf die Sessellehnen. »Ganz der erfolgreiche Autor. Das ist einer der Gründe, weshalb ich dich heute zu mir gebeten habe.«

»Einer der Gründe?«

»Der andere ist, dass ich dich einfach zu selten zu Gesicht bekomme, Paul, wenn du mitten in der Arbeit an einem Buch steckst.« Wieder streckte sie ihm die Hände entgegen. »Ich war zwar nur kurze Zeit deine Stiefmutter, aber du bist immer noch mein einziger Sohn.«

Gerührt zog er ihre Hand an seine Lippen. »Und du bist immer noch die einzige Frau, die ich liebe.«

»Weil du zu wählerisch bist.« Eve drückte seine Hand, bevor sie sie losließ. »Ich habe euch beide aber nicht aus reiner Gefühlsduselei hergebeten. Ich brauche euren Rat.« Sie sog langsam an ihrer Zigarette, um die Spannung zu erhöhen. »Ich habe mich entschlossen, meine Memoiren zu schreiben.«

»Oh Gott!« Das war Maggie. Paul hob lediglich eine Braue. »Warum?«

Nur sehr wenige hätten das leichte Zögern in seiner Stimme bemerkt. Eve achtete nicht darauf. »Ich habe ein Leben lang um alles kämpfen müssen, das hat mich nachdenklich gemacht.«

»Das ist eine Ehre, Eve«, erklärte Maggie. »Kein Nachteil.«

»Mag sein«, erwiderte Eve. »Es ist immer so gewesen, dass mein Können und mein Körper bewundert wurden. Aber mein Leben – und meine Arbeit – sind noch lange nicht beendet. Ich habe darüber nachgedacht, dass diese fünfzig Jahre im Geschäft alles andere als langweilig gewesen sind. Ich glaube, selbst jemand mit Pauls Fantasie könnte sich keine noch interessantere Story ausdenken, eine mit so verschiedenartigen Charakteren.« Sie lächelte leise, ein wenig böse, ein wenig belustigt. »Es gibt ein paar Leute, die nicht sehr begeistert davon sein werden, ihre Namen und ihre kleinen Geheimnisse gedruckt zu sehen.«

»Und es gibt nichts auf der Welt, was du lieber tun würdest, als alles wieder aufzurühren«, murmelte Paul.

»Nichts«, gab Eve zu. »Warum auch nicht? Jede Soße

brennt an, wenn sie nicht von Zeit zu Zeit aufgerührt wird. Ich werde alles frei und offen aussprechen. Es soll keine langweilige Biografie einer berühmten Persönlichkeit werden, einschläfernd wie eine Presseerklärung oder der Brief eines Fanklubs. Ich brauche einen Autor, der meine Worte weder abmildert noch verdreht. Jemanden, der meine Story so aufzieht, wie sie ist, nicht so, wie einige sie gern hätten.« Sie warf einen Blick auf Pauls Gesicht und lachte. »Keine Angst, Darling. Ich habe nicht die Absicht, dir diesen Job vorzuschlagen.«

»Ich nehme an, du denkst schon an jemand Bestimmten.« Er nahm ihr Glas und goss ihr neuen Saft ein. »Hast du mir deshalb letzte Woche die Biografie über Robert Chamber zugeschickt?«

Eve nahm das Glas und lächelte. »Was hältst du davon?«

Er zuckte mit den Schultern. »Gut gemacht, durchaus.«

»Sei kein Snob, Darling. Ich bin sicher, du weißt, dass das Buch ausgezeichnete Kritiken bekam und zwanzig Wochen lang auf der Bestsellerliste der *New York Times* stand.«

Er korrigierte sie. »Zweiundzwanzig Wochen.«

Eve musste grinsen. »Es ist ein interessantes Buch, wenn man imstande ist, Roberts Männlichkeitswahn zu verkraften. Aber am meisten hat mich fasziniert, dass der Autor es fertiggebracht hat, eine Anzahl von Wahrheiten zwischen all die sorgfältig platzierten Lügen zu schmuggeln.«

»Julia Summers hat das Buch geschrieben«, warf Maggie ein. »Ich habe sie in *Today* gesehen, als sie im Frühling die Werbekampagne geleitet hat. Sehr kühl, sehr attraktiv. Sie und Robert sollen ein Verhältnis gehabt haben, sagt man.«

»Wenn das stimmt, hat sie jedenfalls ihre Objektivität dabei nicht eingebüßt.« Eve beschrieb mit ihrer Zigarette einen Kreis in der Luft, bevor sie sie ausdrückte. »Außerdem spielt ihr Privatleben keine Rolle.«

»Aber deins«, sagte Paul. Er setzte sein Glas ab und rückte näher an sie heran. »Eve, mir gefällt der Gedanke nicht, dass du dein Innerstes preisgeben willst. Worte hinterlassen

Narben, besonders wenn sie von einem cleveren Autor gezielt eingesetzt werden.«

»Du hast vollkommen recht, deshalb sollen es ja unbedingt meine eigenen Worte sein.« Ungeduldig wehrte sie mit der Hand seinen Protestversuch ab. Er merkte, dass ihr Entschluss bereits feststand. »Paul, ganz objektiv, was hältst du von Julia Summers beruflichen Fähigkeiten?«

»Was sie anpackt, macht sie gut. Vielleicht zu gut.« Der Gedanke war ihm unbehaglich. »Du hast es doch nicht nötig, Eve, dich auf diese Weise der öffentlichen Neugier auszusetzen. Du brauchst weder das Geld noch die Publicity.«

»Mein lieber Junge, deswegen will ich es ja auch nicht machen. Es geht mir dabei, wie bei fast allem in meinem Leben, um meine eigene Befriedigung, meine Selbstverwirklichung.« Sie blickte zu ihrer Agentin hinüber. Sie kannte Maggie gut genug, um sofort zu merken, dass sie bereits angebissen hatte. »Ruf ihre Agentur an«, sagte Eve. »Mach die Sache klar. Ich gebe dir eine Liste mit den Bedingungen, die ich stelle.« Sie stand auf und küsste Paul auf die Wange. »Mach kein so mürrisches Gesicht. Du kannst dich darauf verlassen, dass ich genau weiß, was ich tue.«

Selbstbewusst, mit hocherhobenem Kopf, ging sie zur Bar, um sich ein wenig Champagner nachzuschenken. Aber im Stillen hoffte sie, dass sie nicht einen Ball geschossen hatte, der ihr ein Eigentor einbringen würde.

Julia wusste nicht, ob sie soeben das tollste Weihnachtsgeschenk in ihrem Leben bekommen hatte oder eine Menge Schrott. Sie stand an dem großen Erkerfenster in ihrem Haus in Connecticut und schaute den tanzenden Schneeflocken zu. In dem gegenüberliegenden offenen Kamin zischten und knisterten die brennenden Holzscheite. An jeder Seite des Kamins hing ein roter Strumpf.

Der Baum stand genau in der Mitte vor dem Fenster, wie Brandon es gewollt hatte. Sie hatten die sechs Fuß hohe Fichte gemeinsam ausgesucht und ins Wohnzimmer geschleppt. Dann hatten sie den ganzen Abend damit verbracht, sie zu schmücken. Brandon hatte genau gewusst, wo jeder Stern, jede Kugel hängen sollte. Als sie das Lametta in kleinen Büscheln auf den Zweigen verteilen wollte, hatte er darauf bestanden, jeden Faden einzeln aufzuhängen.

Er hatte auch schon den Platz ausgesucht, wo der Baum am Neujahrstag eingepflanzt werden sollte, womit eine neue Tradition in ihrem neuen Heim beginnen sollte.

Brandon war zehn Jahre alt, und Traditionen gingen ihm über alles. Vielleicht deshalb, weil er nie ein richtiges Zuhause gehabt hatte. Julia schaute auf die Geschenkpäckchen unter dem Baum. In ein paar Stunden würde er seine Mutter bitten, eins, nur ein einziges, schon heute am heiligen Abend öffnen zu dürfen. Auch das gehörte zur Tradition. Sie würde es ihm abschlagen. Er würde weiter auf sie einreden. Sie würde so tun, als finge sie an, schwankend zu werden. Er würde sie schließlich überreden.

Und in diesem Jahr konnten sie endlich in einem richtigen Zuhause Weihnachten feiern. Nicht in einem Apartment im Zentrum von Manhattan, sondern in einem Haus mit einem Hof, wo man einen Schneemann bauen konnte, und einer großen Küche, in der man Plätzchen backen konnte. Sie hatte sich so sehr danach gesehnt, ihm all das endlich geben zu können. Sie hoffte, es wog die Tatsache auf, dass er ohne Vater aufwachsen musste.

Sie fing an, im Zimmer auf und ab zu gehen. Sie war eine kleine, zierliche Gestalt und trug ein überlanges Flanellshirt und ausgebeulte Jeans. Zu Hause zog sie sich immer bequem an und erholte sich von ihren öffentlichen Auftritten als geschniegelte, kühle, überlegene und erfolgreiche Frau. Julia Summers war stolz auf ihr Image in Fernsehsendungen, bei Verlagen und den berühmten Leuten, die sie interviewte. Sie freute sich über ihre geschickten Fragestellungen, die es ihr erlaubten, alles über andere herauszufinden, was sie wissen wollte, während man dabei über sie nur sehr wenig in Erfahrung brachte.

Ihr offizieller Lebenslauf verriet jedem, der es wissen wollte, dass sie als einziges Kind eines erfolgreichen Anwaltpaares in Philadelphia aufgewachsen war. Weiter erfuhr man, dass sie die Brown University absolviert hatte und alleinerziehende Mutter war. Dann wurden ihre beruflichen Erfolge aufgelistet. Aber nirgends war die Rede von der Hölle, die sie drei Jahre lang durchgemacht hatte, bevor ihre Eltern sich scheiden ließen, oder der Tatsache, dass sie völlig auf sich gestellt ihren Sohn zur Welt brachte, als sie achtzehn war. Der Schmerz, den sie empfunden hatte, als ihre Mutter starb, wurde ebenso wenig erwähnt wie der Kummer um ihren Vater, den sie zwei Jahre später verloren hatte. Damals war sie Mitte zwanzig gewesen.

Obwohl sie nie ein Geheimnis daraus gemacht hatte, war es kaum bekannt, dass sie im Alter von sechs Wochen adoptiert worden war und fast genau achtzehn Jahre später ein Kind zur Welt gebracht hatte, auf dessen Geburtsurkunde vermerkt war: Vater unbekannt. Selbstverständlich kannte sie den Namen von Brandons Vater, aber sie hatte es schon immer verstanden, ihre Geheimnisse und ihre Zunge zu hüten.

Sie genoss es, dass es ihr oft gelang, die sorgfältig errichteten Fassaden anderer Leute einzureißen und in der Öffentlichkeit die Rolle der erfolgreichen Ms. Summers zu spielen, die ihr seidiges dunkelblondes Haar in einem französischen Knoten trug, elegante Kleider in leuchtenden Farben bevorzugte und anscheinend keine Nerven hatte.

Wenn sie nach Hause kam, wollte sie nur noch Julia sein, Brandons Mutter. Eine Frau, der es Spaß machte, das Abendessen für ihren Sohn zu kochen, die Möbel abzustauben, Pläne für einen Garten zu schmieden. Ein behagliches Heim zu schaffen sah sie als ihre wichtigste Aufgabe an, das Schreiben brachte die dafür notwendigen Mittel ein.

Jetzt, während sie darauf wartete, dass ihr Sohn zur Tür hereingestürmt käme, um ihr von seinen Schlittenfahrten mit den Nachbarskindern zu erzählen, dachte sie über das Angebot nach, das sie gerade telefonisch erhalten hatte.

Eve Benedict.

Ruhelos ging sie hin und her, hob Sachen auf und legte sie an ihren Platz zurück, schob Kissen auf dem Sofa zurecht und ordnete Illustrierte. Die Unordnung im Wohnzimmer war mehr von ihr verursacht worden als von Brandon. Sie stolperte über weggeschleuderte Schuhe und ignorierte einen Korb voller Wäsche, die zusammengelegt werden musste. Sie überlegte.

Eve Benedict. Schon der Name übte einen unwiderstehlichen Zauber aus. Sie war nicht einfach nur berühmt, nein, diese Frau hatte wirklich das Recht, ein Star genannt zu werden. Ihr Talent und ihr Temperament hatten ebenso dazu beigetragen wie ihr Gesicht. Ein Gesicht, das man seit fast fünfzig Jahren aus dem Fernsehen kannte, das in etwa hundert Filmen zu sehen war. Zwei Oscars, ein Tony, vier Ehemänner – um nur einen Bruchteil ihrer Trophäen zu nennen. Sie hatte noch das Hollywood von Bogart und Gable gekannt, und sie hatte überlebt, ja, triumphiert, als die Studios in die Hände von Buchhaltern geraten waren.

Nach fast fünfzig Jahren im Scheinwerferlicht würde dies die erste autorisierte Biografie der Benedict werden. Wahrscheinlich war es auch das erste Mal, dass der Star Kontakt zu einem Autor aufgenommen und dieses Angebot gemacht hatte. Aber es war mit gewissen Bedingungen verknüpft, dachte Julia, und ließ sich auf die Couch sinken. Wegen dieser Bedingungen hatte sie ihre Agentin bitten müssen, ihr eine Bedenkzeit einzuräumen.

Sie hörte, wie die Küchentür knallte, und lächelte. Es gab nur einen einzigen Grund für sie, den goldenen Ring nicht sofort zu ergreifen. Und der kam gerade nach Hause.

»Mama!«

»Ich komme.« Sie ging in die Halle hinunter und fragte sich, ob sie das Angebot sofort erwähnen sollte oder erst nach den Feiertagen. Sie kam gar nicht auf den Gedanken, selbst die Entscheidung zu treffen und Brandon dann darüber zu informieren. Sie ging in die Küche und blieb grinsend stehen.

Vor ihr stand ein Schneehügel mit dunklen, blitzenden Augen darin. »Bist du nach Hause gelaufen oder gerollt?«

»Es war super.« Brandon kämpfte mannhaft mit seinem nassen, um den Hals geknoteten Schal. »Wir saßen auf dem Schlitten, und Wills großer Bruder hat ihm einen mächtigen Stoß gegeben. Lisa Cohen schrie und schrie die ganze Zeit. Als sie herunterfiel, weinte sie. Und ihr Rotz ist in der Kälte zu Eis gefroren.«

»Klingt hübsch.« Julia kauerte sich hin, um den völlig verwickelten Knoten aufzulösen.

»Ich knallte direkt in eine Schneebank.« Gefrorener Schnee flog durch die Gegend, als er seine Hände, die noch in den dicken Handschuhen steckten, zusammenschlug. »Es war super.«

Er wäre beleidigt gewesen, wenn sie ihn gefragt hätte, ob er sich verletzt hätte, offensichtlich war er nur ein bisschen überdreht. Aber die Vorstellung, wie er mit dem Schlitten in eine Schneebank gerast war, gefiel ihr nicht besonders. Trotzdem gab sie sich Mühe, nicht die besorgte Mutter zu spielen, denn sie wusste, ihr hätte es auch Spaß gemacht. Julia brachte es endlich fertig, den Knoten zu lösen. Sie setzte einen Kessel Wasser auf, um eine heiße Schokolade zu kochen, und Brandon wickelte sich aus seinem Parka.

Als sie sich umdrehte, hatte er die tropfende Jacke bereits aufgehängt und holte sich ein Plätzchen aus dem Weidenkorb, der auf dem Küchenbüfett stand. Sein nasses Haar war wie ihres dunkelblond. Er hatte ihre zierliche Statur, was ihn, wie sie wusste, oft ärgerte. Sein kleines Gesicht war mager, den Babyspeck hatte er früh verloren. Das eigensinnige Kinn war gleichfalls ein Erbteil seiner Mutter. Aber im Gegensatz zu ihren kühlen grauen Augen hatten seine die Farbe goldbraunen Brandys. Darin bestand seine einzige äußere Ähnlichkeit mit seinem Vater.

»Nur zwei«, sagte sie automatisch. »In zwei Stunden gibt es Abendbrot.«

Brandon kaute und fragte sich, wann er anfangen konnte,

sie zu bitten, schon heute ein Päckchen öffnen zu dürfen. Er konnte die Spaghettisoße schon riechen, die auf dem Ofen stand, und leckte sich den Zuckerguss genüsslich von den Lippen. Am Weihnachtsabend aßen sie immer Spaghetti, weil das seine Lieblingsspeise war.

In diesem Jahr feierten sie Weihnachten in ihrem eigenen Haus, aber er wusste genau, was wann geschehen würde. Sie würden im Speisezimmer zu Abend essen, weil es ein besonderer Tag war, und anschließend abwaschen. Dann würde seine Mutter Musik anstellen, und sie würden sich mit Brettspielen vor den Kamin setzen. Später würden sie dann die Strümpfe füllen.

Er wusste, dass es keinen Santa Claus gab, aber es machte Spaß, selber Santa Claus zu spielen. Wenn die beiden Strümpfe gefüllt waren, würde er seine Mutter so weit haben, dass sie ihn ein Päckchen öffnen ließ. Er wusste genau, welches er auswählen würde. Es war in silbernes und grünes Papier eingewickelt und rasselte, wenn man es hin und her bewegte. Er hoffte inständig, dass es einen Konstruktionsbaukasten enthielt.

Er stellte sich vor, wie er morgen seine Mutter ganz früh wecken würde, und wie sie herunterkommen, die Baumbeleuchtung einschalten, die Musik und dann die Geschenke öffnen würden.

»Es ist noch eine schrecklich lange Zeit bis morgen Früh«, fing er an, als Julia die Schokolade brachte. »Vielleicht könnten wir unsere Geschenke schon heute Abend auspacken. Das machen viele Leute, dann brauchst du auch morgen nicht so früh aufzustehen.«

»Oh, das macht mir nichts aus.« Julia lächelte ihm zu. Es war ein ausgesprochen herausforderndes Lächeln. Beide wussten, das Spiel hatte begonnen. »Aber wenn du lieber ausschlafen möchtest, kannst du das ruhig machen. Wir öffnen die Geschenke dann am Nachmittag.«

»Es ist besser, wenn es dunkel ist. Jetzt wird es dunkel.«

»Ja, das ist wahr.« Sie strich ihm das Haar aus der Stirn.

»Ich liebe dich, Brandon.«

Er rutschte auf seinem Stuhl herum. Das war nicht die richtige Art, das Spiel durchzuziehen. »Okay.«

Sie musste lachen. Sie rückte ihren Stuhl neben seinen. »Ich muss über eine bestimmte Sache mit dir reden. Vorhin habe ich einen Anruf von Ann bekommen.«

Brandon wusste, dass Ann die Agentin seiner Mutter war, und dass es sich bei dem Anruf um einen Auftrag gehandelt haben musste.

»Wirst du wieder verreisen müssen?«

»Nein. Nicht sofort. Es handelt sich um ein neues Buch. In Kalifornien lebt eine Frau, ein sehr großer Star. Sie will, dass ich ihre autorisierte Biografie schreibe.«

Brandon zuckte mit den Schultern. Seine Mutter hatte bereits zwei Bücher über Filmstars geschrieben. Über alte Leute. Nicht über so interessante wie Arnold Schwarzenegger oder Harrison Ford. »Okay.«

»Aber es ist ein kleines Problem dabei. Diese Frau, Eve Benedict, ist ein großer Star. Ich habe ein paar Filme auf Kassetten.«

Der Name bedeutete ihm nichts. Er trank seine Schokolade. Auf seiner Oberlippe bildete sich ein kleiner brauner Schnurrbart.

»Diese scheußlichen Schwarz-Weiß-Filme?«

»Nicht alle sind schwarz-weiß. Es geht darum, wenn ich ihr Buch schreibe, muss ich nach Kalifornien gehen.«

Jetzt blickte er mit wachsamen Augen auf. »Wir müssen umziehen?«

»Nein.« Sie schaute ihn ernst an und legte die Hände auf seine Schultern. Sie verstand, wie viel dieses Zuhause ihm bedeutete. Er hatte in seinem Leben nie irgendwo wirklich heimisch werden können, sie konnte ihm das nicht antun. »Nein, wir müssen nicht umziehen, aber wir müssten nach Kalifornien gehen und ein paar Monate dortbleiben.«

»Eine Reise also?«

»Eine sehr lange. Deshalb müssen wir darüber nachdenken.

Du müsstest eine Zeit lang dort zur Schule gehen, und ich weiß, dass du dich hier gerade erst richtig eingewöhnt hast.«

»Warum kann sie nicht hierherkommen?«

Julia lächelte. »Weil sie der Star ist und nicht ich, Kindchen. Eine ihrer Bedingungen ist, dass ich zu ihr komme und dortbleibe, bis das erste Konzept fertig ist. Ich weiß selber nicht, ob mir das so recht gefällt.« Sie schaute aus dem Küchenfenster. Das Schneetreiben hatte aufgehört, es war dunkel geworden. »Kalifornien ist weit entfernt.«

»Aber wir kommen bestimmt zurück?«

Wie typisch es für ihn war, gleich wieder zum Hauptpunkt zurückzukehren. »Ja, wir werden zurückkommen. Dies ist jetzt unser Zuhause. Dabei bleibt es.«

»Könnten wir Disneyland besuchen?«

Überrascht und amüsiert schaute sie ihren Sohn an. »Natürlich.«

»Und Arnold Schwarzenegger dort treffen?«

Lachend beugte Julia sich zu ihm hinunter. »Das weiß ich nicht. Aber wir können es versuchen.«

»Okay.« Zufrieden trank Brandon seine Schokolade aus.

2 Es ist alles in Ordnung, sagte sich Julia, als das Flugzeug zur Landung ansetzte. Ihre und Eve Benedicts Agentin hatten in den vergangenen drei Wochen häufig miteinander telefoniert und viel gefaxt. Sie wusste, sie brauchte sich überhaupt keine Sorgen zu machen, aber auch diesmal hatte sie wieder an ihren Nägeln herumgekaut. Jetzt ärgerte sie sich darüber, zumal sie diese ganze Maniküre hasste, erst das Einweichen und Feilen, dann diese schreckliche Qual, den richtigen Farbton herauszufinden. Violett oder Fuchsia? Sie ertappte sich dabei, wie sie das, was noch von ihrem Daumennagel übrig geblieben war, abnagte, und verschränkte die Finger im Schoß.

Ob sie wohl jemals landen würden?

Sie schob die Ärmel ihrer Jacke hoch und zog sie gleich

darauf wieder herunter. Brandon schaute mit weit geöffneten Augen aus dem Fenster. Immerhin hatte sie es fertiggebracht, sich die Angst vor dem Fliegen nicht anmerken zu lassen.

Sie atmete auf, als das Flugzeug endlich den Boden berührte. Gerettet, Jules, sagte sie sich, bevor sie den Kopf an die Rückenlehne sinken ließ. Jetzt musste sie nur noch das entscheidende erste Interview mit Eve der Großen überleben, sich provisorisch im Gästehaus einrichten, sich darum kümmern, dass Brandon in der neuen Schule zurechtkam, und ihren Lebensunterhalt verdienen.

Halb so schlimm, dachte sie und klappte ihre Puderdose auf, hantierte mit dem Lippenstift und puderte sich die Nase. Wenn sie etwas auf der Welt konnte, dann war das, ihre Nervosität zu verbergen. Eve Benedict würde nichts anderes in ihrem Gesicht entdecken als Zuversicht und Selbstvertrauen.

»Komm«, sagte sie zu Brandon, als das Flugzeug vor dem Gate zum Stehen gekommen war. Er nahm seine Schultasche in die Hand, sie ihre Aktentasche. Hand in Hand verließen sie das Flugzeug. Noch bevor sie durch das Gate gegangen waren, erschien ein Mann in dunkler Uniform. Er trug eine Kappe. »Ms. Summers?«

Julia zog Brandon etwas näher an sich heran. »Ja?«

»Ich bin Lyle, Miss Benedicts Fahrer. Ich bringe sie direkt zu ihrem Anwesen. Ihr Gepäck wird nachgeliefert.«

Er war nicht älter als dreißig, schätzte Julia und nickte ihm zu. Er hatte die Figur eines Kleiderschranks, was die diskrete Uniform lächerlich wirken ließ. Er führte sie durch den Flughafen. Brandon trödelte und versuchte, alle neuen Eindrücke sofort zu verarbeiten.

Der Wagen wartete am Bordstein. Wagen, dachte Julia, war ein armseliges Wort für diese lange, schnittige, blitzend weiße Limousine.

»Wow«, machte Brandon. Mutter und Sohn verdrehten die Augen und kicherten beim Einsteigen. Im Inneren roch es nach Rosen, Leder und Parfüm. »Ein Fernseher ist da und alles«, flüsterte Brandon.

»Willkommen in Hollywood«, sagte Julia, ließ den schäumenden Champagner stehen und goss für sich und den Jungen feierlich eine Pepsi ein. Sie prostete Brandon zu, dann grinste sie: »Du hast Schmutz im Augenwinkel, Sportsfreund.«

Er redete ununterbrochen, über die Palmen, die Skateboarder, den geplanten Ausflug nach Disneyland. Sein Geplapper beruhigte sie. Sie erlaubte ihm, den Fernseher einzuschalten, verwarf aber den Gedanken, das Telefon zu benutzen. Als sie nach Beverly Hills kamen, war er zu der Meinung gelangt, dass ein Chauffeur einen ganz tollen Job hatte.

»Manche Leute glauben, es ist besser, einen Chauffeur zu haben.«

»Nee, dann kommt man ja nie dazu, selber zu fahren.«

Genau so war es, dachte sie, ganz einfach. Ihre Zusammenarbeit mit berühmten Leuten hatte ihr gezeigt, dass Ruhm seinen Preis forderte. Einer davon war wahrscheinlich, einen Fahrer zu haben, der wie ein Leibwächter gebaut war, dachte sie, während sie einen Schuh abstreifte und den Fuß in den dicken Teppich einsinken ließ.

Sie fuhren an einer hohen Steinmauer vorüber zu einem sehr stabilen schmiedeeisernen Tor. Ein Wächter, auch in Uniform, spähte aus dem Fenster einer kleinen Steinhütte. Nach einem langen Summton öffnete sich das Tor langsam, fast majestätisch, und mit einem Klicken schloss es sich hinter ihnen wieder. Eingeschlossen und ausgeschlossen, dachte Julia, auch das ist ein Preis für den Ruhm.

Die Auffahrt wurde von schönen alten Bäumen gesäumt, und dazwischen waren Sträucher gepflanzt, die in diesem milden Klima früh zur Blüte kommen würden. Auf dem Rasen stolzierten ein Pfau und seine Henne, welche Schreie ausstieß, wie eine Frau. Julia kicherte, als Brandon vor Erstaunen den Mund sperrangelweit aufriss.

Dann kam ein Teich, der von Wasserlilien bedeckt war. Er wurde von einer fantasievoll konstruierten Fußgängerbrücke überspannt. Vor ein paar Stunden erst hatten sie den Nordosten des Landes mit seinem Schnee und dem eiskalten Wind verlassen, und jetzt waren sie ins Paradies gelangt. In Eves Paradies.

Dann tauchte das Haus vor ihnen auf, und Julia war ebenso sprachlos wie ihr Sohn. Es war glänzend weiß wie der Wagen, besaß drei Stockwerke und war in Form eines »E« angelegt worden. Zwischen den einzelnen Trakten lagen zwei schöne Innenhöfe. Das Haus war so feminin, so zeitlos und hochgestylt wie die Frau, der es gehörte. Bogenförmige Fenster und Eingänge milderten die strengen Linien des Gebäudes, ohne sie zu verwischen. Die Gitter der Balkone in den oberen Stockwerken wirkten so zart wie weiße Spitzen. Einen lebhaften Kontrast dazu bildete die üppige Blumenpracht mit leuchtenden Farben wie Scharlachrot, Saphirblau, Purpurrot und Safrangelb.

Als Lyle die Wagentür öffnete, staunte Julia über die lautlose Stille ringsum. Kein Laut drang herein von der Welt jenseits der Mauer. Man hörte das Zwitschern der Vögel, das Flüstern des Windes in den Bäumen und das Plätschern des Wassers in einem Springbrunnen im Hof. An dem traumhaft blauen Himmel trieben ein paar zarte weiße Puderwölkchen.

»Ihr Gepäck wird direkt ins Gästehaus gebracht, Ms. Summers«, sagte Lyle. Er hatte sie während der Fahrt genau im Rückspiegel studiert und überlegte, wie er sie wohl am besten zu einer kurzen Balgerei in seinem Zimmer über der Garage bewegen könnte. »Miss Benedict hat gesagt, dass ich Sie zuerst hierherbringen soll.«

Sie reagierte nicht auf seinen vielsagenden Blick. »Danke.« Vor den abgerundeten weißen Marmorstufen, die zur Eingangstür führten, nahm Julia ihren Sohn an die Hand.

Eve trat vom Fenster zurück. Sie hatte die beiden zuerst einmal unbeobachtet sehen wollen. Julia wirkte noch zarter als auf den Fotos, die sie von ihr kannte. Sie besaß einen ausgezeichneten Geschmack. Ihr erdbeerfarbenes Schneiderkleid und der Schmuck, den sie trug, fanden Eves volle Zustimmung. Ebenso ihre Haltung.

Und der Junge ... Der Junge hatte ein süßes Kindergesicht,

das Tatkraft und Energie verriet. Er war in Ordnung, sagte sie sich und schloss die Augen. Sie waren beide in Ordnung.

Dann ging sie zu ihrem Nachttisch. In der Schublade lagen die Tabletten, von denen nur sie und ihr Arzt wussten, dass sie sie brauchte. Und eine schlecht gedruckte Nachricht auf billigem Papier.

Weck keine schlafenden Hunde.

Eve fand die Drohung lächerlich und eher ermutigend. Sie hatte noch gar nicht mit dem Buch angefangen, und schon brach einigen Leuten der Schweiß aus. Die Tatsache, dass nur wenige als Absender infrage kamen, machte das Spiel noch interessanter. Sie bestimmte die Spielregeln, dachte sie. Sie hatte alle Fäden in der Hand. Es war an der Zeit, dass sie sie benutzte.

Sie goss sich aus einer Kristallkaraffe Wasser ein und schluckte die Pillen, wütend über ihren Schwächeanfall. Dann ging sie zu einem großen Spiegel in einem Silberrahmen hinüber. Sie musste damit aufhören, sich zu fragen, ob sie einen Fehler gemacht hatte. Wenn sie einmal eine Entscheidung getroffen hatte, achtete sie nicht mehr auf Ratschläge anderer, auch jetzt nicht. Nie.

Ohne sich etwas vorzumachen, prüfte sie ihr Spiegelbild. Der smaragdfarbene Seidenanzug schmeichelte ihr. Erst vor einer Stunde hatte sie das Make-up aufgelegt und sich frisiert. An den Ohren, dem Hals und den Fingern glänzte Gold. Überzeugt davon, wie ein großer Star auszusehen, ging sie nach unten. Sie würde einen großen Auftritt haben.

Eine Haushälterin mit kühlen Augen und muskulösen Armen, die sich Travers nannte, hatte Julia und Brandon den Salon gezeigt. Der Tee würde gleich kommen, erklärte sie ihnen. Sie sollten sich wie zu Hause fühlen.

Julia fragte sich, ob es wohl Leute gäbe, die sich in einem solchen Raum wie zu Hause fühlen könnten. Knallige Farben prallten aufeinander, kreuz und quer verteilt über weißen

Wänden, weißen Teppichen, weißen Polstern, Kissen und Bildern, Blumen und Porzellan – alles diente als dramatischer Kontrast zu einem neutralen Hintergrund. Die hohe Zimmerdecke war mit Stuck verziert.

Den Mittelpunkt aber bildete ein überlebensgroßes Porträt über dem weißen Marmorkamin. Das Gemälde beherrschte, trotz all der anderen schrillen Akzente, den Raum, es dominierte, forderte Aufmerksamkeit.

Julia hielt Brandon immer noch fest an der Hand, während sie es betrachtete. Eve Benedict vor fast vierzig Jahren. Ihre Schönheit war frappierend, ihre kraftvolle Ausstrahlung überwältigend. Sie trug ein schulterfreies Kleid aus purpurrotem Satin, das die Linien ihres prachtvollen Körpers nachzeichnete. Hochaufgerichtet stand sie da und schaute auf den Betrachter herab, mit einem weniger fröhlichen als vielmehr wissenden Lächeln. Das ebenholzschwarze Haar glitt ihr über die Schultern. Sie trug keinerlei Schmuck, sie brauchte keinen.

»Wer ist das?«, wollte Brandon wissen. »So etwas wie eine Königin?«

»Ja.« Julia beugte sich hinunter, um ihn auf den Scheitel zu küssen. »Das ist Eve Benedict, und sie ist tatsächlich so etwas wie eine Königin.«

»Carlotta«, sagte Eve mit ihrer unverkennbaren, rauchigen Stimme, als sie ins Zimmer trat. »Aus dem Film *No Tomorrows*.«

Julia drehte sich um und blickte die Frau an. »MGM, 1951«, erwiderte sie. »Montgomery Clift war Ihr Partner. Für diese Rolle bekamen Sie Ihren ersten Oscar.«

»Ausgezeichnet.« Eve heftete ihren Blick auf Julias Augen, als sie den Raum durchquerte, und streckte ihr die Hand hin. »Willkommen in Kalifornien, Ms. Summers.«

»Danke.«

Eve hielt ihre Hand fest, während sie sie eingehend musterte. Julia wusste, dass die ersten Augenblicke ihres Zusammenseins entscheidend waren, und unterzog ihrerseits die

Gastgeberin einer ebenso gründlichen Prüfung. Das Alter hatte der Schönheit und der Ausstrahlung dieser Frau nichts anhaben können.

Dann wandte Eve sich Brandon zu. »Und du bist gewiss Mr. Summers.«

Brandon kicherte und warf seiner Mutter einen schnellen Blick zu. »Stimmt. Aber es ist ganz okay, wenn Sie Brandon zu mir sagen.«

»Danke.« Sie fühlte das Bedürfnis, sein Haar zu berühren, unterdrückte es aber. »Du kannst Miss B. zu mir sagen. Etwas Besseres fällt mir im Augenblick nicht ein. Ah, Travers, pünktlich wie immer.«

Sie nickte, als die Haushälterin den Teewagen hereinrollte. »Bitte nehmen Sie Platz, ich werde Sie nicht lange aufhalten. Ich bin sicher, Sie möchten sich so rasch wie möglich häuslich einrichten.«

Sie nahm einen weißen Sessel mit hoher Rückenlehne und wartete, bis Julia und der Junge sich auf die Couch gesetzt hatten. »Wir werden um sieben zu Abend essen, aber da ich weiß, dass das Essen im Flugzeug entsetzlich gewesen sein muss, dachte ich mir, dass Sie vielleicht vorher eine Kleinigkeit zu sich nehmen möchten.«

Brandon, der sich wenig aus Tee machte, stellte fest, dass zu der Kleinigkeit Eistortenstücke, winzige Sandwiches und ein großer Krug Limonade gehörten. Er grinste zufrieden.

»Das ist sehr freundlich von Ihnen«, sagte Julia.

»Wer werden einige Zeit miteinander verbringen, und Sie werden schnell merken, dass ich nur sehr selten freundlich bin. Stimmt's, Travers?«

Travers gab nur einen grunzenden Laut von sich und stellte geschmackvolle chinesische Porzellanteller auf den Tisch, bevor sie sich wieder zurückzog.

»Ich werde alles versuchen, es Ihnen hier möglichst bequem zu machen, weil mir daran liegt, dass Sie gute Arbeit leisten.«

»Ich werde gute Arbeit leisten, mit oder ohne Bequemlichkeit. Nur einen«, sagte sie zu Brandon, als er nach dem zweiten Stück Kuchen griff. »Aber wir wissen Ihre Gastfreundschaft zu würdigen, Miss Benedict.«

»Kann ich zwei haben, wenn ich auch zwei Sandwiches esse?«

Julia schaute Brandon an. Eve bemerkte, dass ihr Lächeln gelöster wurde und ihr Blick spontaner. »Iss erst die Sandwiches.« Dann wandte sie ihre Aufmerksamkeit erneut Eve zu, und lächelte wieder förmlich und unverbindlich. »Ich hoffe, dass Sie sich in keiner Weise verpflichtet fühlen, sich um uns zu kümmern, solange wir hier sind. Es ist uns völlig klar, wie sehr Ihr Terminplan Sie in Anspruch nehmen muss. Sobald es Ihnen passt, können wir die Zeiten festlegen, an denen ich Sie interviewen darf.«

»Sie möchten rasch mit der Arbeit anfangen?«

»Natürlich.«

Ich habe sie also richtig eingeschätzt, dachte Eve. Das war eine Frau, die es gelernt oder sich selbst beigebracht hatte, geradewegs auf ihr Ziel loszugehen. Eve nippte an ihrem Tee und überlegte. »Also gut. Meine Sekretärin wird Ihnen jede Woche einen Zeitplan geben.«

»Am Montagmorgen muss ich allerdings Brandon in die Schule bringen. Ich möchte mir auch gern einen Wagen mieten.«

»Das ist nicht nötig. In der Garage steht ein halbes Dutzend herum. Es wird schon ein passender dabei sein. Lyle, mein Fahrer, wird den Jungen zur Schule fahren und auch wieder abholen.«

»In dem großen weißen Wagen?«, fragte Brandon mit vollem Mund und weit aufgerissenen Augen.

Eve lachte, bevor sie einen Schluck Tee nahm. »Nein. Aber du wirst von Zeit zu Zeit eine Fahrt darin machen können.« Sie bemerkte, dass er wieder einen begehrlichen Blick auf das Tablett warf. »Früher hat hier ein Junge in deinem Alter gewohnt. Er hatte eine Vorliebe für Petits fours.«

»Und heute? Sind irgendwelche anderen Kinder hier?«

»Nein.« Ein Schatten glitt über ihre Augen und verschwand sofort wieder. Sie erhob sich rasch. »Ich bin sicher, dass Sie sich vor dem Abendessen ein wenig ausruhen möchten. Wenn Sie durch die Terrassentür den Pfad zum Teich hinunter gehen, finden Sie das Gästehaus rechterhand. Soll ich einen der Dienstboten bitten, Ihnen den Weg zu zeigen?«

»Nein, wir finden ihn schon.« Auch Julia war aufgestanden, sie hatte eine Hand auf Brandons Schulter gelegt. »Danke.«

An der Tür blieb Eve stehen und wandte sich um. »Brandon, wenn ich du wäre, würde ich ein paar Kuchenstücke in eine Serviette wickeln und mitnehmen. Dein Magen richtet sich noch nach der Zeit an der Ostküste.«

Sie hatte Recht. Brandons erster Flug von Küste zu Küste hatte seinen Rhythmus durcheinandergebracht. Um fünf war er so hungrig, dass Julia ihm in der kleinen, aber gut ausgestatteten Küche im Gästehaus ein leichtes Abendessen zubereitete. Gegen sechs nickte er vor dem Fernseher, todmüde von all den Aufregungen, ein. Julia brachte ihn in sein Schlafzimmer, wo Eves gutgeschulte Dienstboten sein Gepäck bereits ausgepackt hatten.

Es war ein merkwürdiges Bett in einem merkwürdigen Zimmer. Daran änderten auch seine im Raum verteilten Bücher, Spielsachen und der heißgeliebte Stabilbaukasten, den er natürlich auch mitgenommen hatte, nichts. Er schlief wie ein Murmeltier und rührte sich auch nicht, als sie ihm die Schuhe und Slacks abstreifte. Als er im Bett lag, rief Julia im Hauptgebäude an und entschuldigte sich bei Travers für ihr Fehlen beim Abendessen.

Sie war selber müde genug, um mit dem Gedanken zu spielen, ob sie sofort in den verführerischen Whirlpool steigen oder direkt in das riesige Bett in ihrer Suite gehen sollte. Aber sie konnte noch nicht abschalten. Das Gästehaus war sowohl luxuriös als auch geschmackvoll eingerichtet, ein zweistöckiges Gebäude mit warmer Holztäfelung und Wänden in kühlen Pastellfarben. Die geschwungene Treppe und der offene Balkon gaben ihm einen großzügigen, zwanglosen Anstrich. Ihr gefielen die glänzenden Eichenböden mit den bunten Läufern darauf viel besser als der weiße Teppichboden im Hauptgebäude.

Sie fragte sich, wer wohl vor ihr in dem Gästehaus gewohnt haben und sich an dem dazugehörigen kleinen englischen Garten erfreut haben mochte. Olivier war ein Freund von Eve. Ob der große Schauspieler sich in der reizenden kleinen Küche im Landhausstil mit dem funkelnden Kupfergeschirr Tee aufgebrüht hatte? Hatte Katherine Hepburn im Garten einen großen Wirbel gemacht? Hatten Peck oder Ford auf dem großen, einladenden Sofa ein Schläfchen gehalten?

Seit ihrer Kindheit war Julia fasziniert gewesen von Menschen, die im Fernsehen auftraten oder auf der Bühne standen. Als Teenager hatte sie davon geträumt, Schauspielerin zu werden. Sie hatte versucht, ihr Lampenfieber bei Aufführungen in der Highschool zu bekämpfen. Ihre Begeisterung und Entschlossenheit hatten ihr gute Rollen eingebracht, wodurch ihr Traum immer wieder neue Nahrung erhielt – und dann war Brandon gekommen. Als achtzehnjährige Mutter hatte Julia ihre Pläne geändert. Sie hatte Verrat, Furcht und Verzweiflung überlebt. Sie hatte das Gefühl gehabt, dass sie zu den Menschen gehörte, die dazu bestimmt waren, früh und schnell erwachsen zu werden.

Neue Träume waren an die Stelle der alten getreten, dachte sie amüsiert, als sie in ein altes, abgetragenes Kleid schlüpfte. Jetzt schrieb sie über Schauspieler, würde aber nie mehr selber auf der Bühne stehen. Der Gedanke, dass ihr Kind sicher und zufrieden im Nebenzimmer schlief, ließ kein Bedauern in ihr aufkommen. Und das Wissen um ihre eigene Stärke und ihr Können würde ihr helfen, ihm eine lange, glückliche Kindheit zu verschaffen. Sie wollte gerade die Haarnadeln herausziehen, als sie ein Klopfen an der Tür hörte. Julia warf einen Blick auf ihr ausgeblichenes Kleid, dann zuckte sie mit den Schultern. Wenn dies eine Zeit lang ihr Zuhause war, dann hatte sie auch das Recht, sich darin zu entspannen.

Julia öffnete einer hübschen Blondine mit meerblauen

Augen die Tür. Das Mädchen lächelte sie strahlend an. »Hi, ich bin CeeCee. Ich arbeite für Miss Benedict. Ich werde mich um Ihren Sohn kümmern, während Sie Ihr Abendessen einnehmen.«

Julia hob eine Braue. »Das ist sehr freundlich von Ihnen, aber ich habe bereits mit Bedauern abtelefoniert.«

»Miss Benedict sagt, der kleine Junge – Brandon heißt er, ja? – wäre todmüde gewesen. Ich werde auf ihn aufpassen, während Sie im Hauptgebäude am Dinner teilnehmen.«

Julia öffnete den Mund, um erneut abzulehnen, aber CeeCee wirbelte bereits zur Tür herein. Sie trug Jeans und ein T-Shirt, und das blonde Haar fiel ihr über die Schultern. Im Arm trug sie einen Stapel Illustrierte.

»Ist es nicht toll hier?«, meinte sie fröhlich. »Ich putze gern hier, und ich werde es für Sie tun, solange Sie hier sind. Geben Sie mir Bescheid, wenn Sie irgendetwas Besonderes haben wollen.«

Julia musste lächeln. »Alles ist perfekt.« Das Mädchen vibrierte vor Energie und Begeisterung. »Aber ich glaube wirklich nicht, dass ich Brandon in der ersten Nacht allein zurücklassen sollte mit jemandem, den er gar nicht kennt.«

»Sie brauchen sich keine Sorgen zu machen. Ich habe zwei kleine Brüder und arbeite als Babysitter, seit ich zwölf war. Dustin, mein jüngster Bruder, ist ein Nachkömmling. Er ist gerade zehn und ein richtiges Megamonstrum.«

Wieder lächelte sie Julia strahlend an. Ihre Zähne waren so weiß, dass sie Reklame für Zahnpasta hätte machen können. »Es wird keine Probleme geben, Ms. Summers. Wenn er aufwacht und nach Ihnen fragt, werden wir drüben anrufen. In zwei Minuten können Sie hier sein.«

Julia zögerte. Sie wusste, dass Brandon durchschlafen würde, und die kecke Blondine war genau der Typ Babysitter, den sie selber auch ausgewählt hätte. Sie war übervorsichtig, und genau das wollte sie nicht sein.

»In Ordnung, CeeCee. Ich ziehe mich um. Und in ein paar Minuten bin ich zurück.«

Als Julia fünf Minuten später wieder nach unten kam, saß CeeCee auf dem Sofa und blätterte in einer Modezeitschrift. Sie blickte hoch und musterte Julia aufmerksam.

»Diese Farbe steht Ihnen großartig, Ms. Summers. Ich möchte gern Designerin werden, deswegen achte ich auf Farben, Schnitte und Stoffe, wissen Sie. Nicht jeder kann eine so intensive Farbe tragen wie dieses Tomatenrot.«

Julia strich über die Jacke, die sie mit einer schwarzen Abendhose kombiniert hatte. Sie hatte diese Kleidungsstücke ausgewählt, weil sie ihr Selbstbewusstsein stärkten. »Danke.«

»Armani?«

»Sie haben einen sicheren Blick.«

CeeCee warf ihr langes Haar zurück. »Vielleicht werden Sie eines Tages ein Kleid von McKenna tragen. Das ist mein Nachname. Wen ich nicht lieber meinen Vornamen verwenden werde. Wie Che und Madonna, wissen Sie.«

Julia musste lächeln, dann schaute sie zurück auf den Treppenaufgang. »Wenn Brandon aufwacht …«

»Wir werden gut miteinander zurechtkommen«, versicherte CeeCee. »Und wenn er beunruhigt sein sollte, rufe ich Sie sofort an.«

Julia nickte und drehte die schwarze Abendhandtasche hin und her. »Ich werde nicht spät heimkommen.«

»Ich wünsche Ihnen viel Spaß. Miss Benedicts Dinner-Partys sind berühmt.«

Auf dem kurzen Weg von Haus zu Haus hielt sich Julia eine kleine Strafpredigt. Brandon war kein schüchternes Kind, das sich an die Mutter klammerte.

Wenn er aufwachen sollte, würde er den Babysitter nicht nur akzeptieren, er würde sie sofort gernhaben. Und schließlich hatte sie hier einen Job. Dazu gehörte auch der gesellige Teil, der für sie die schwerste Aufgabe darstellte. Je eher sie damit anfing, umso besser.

Das Licht war gedämpft, und sie nahm den Duft von Rosen, Jasmin und frisch gegossenen Grünpflanzen wahr. Der Swimmingpool wirkte wie ein blassblauer Halbmond, gespeist von einem bogenförmigen Springbrunnen an einer Ecke. Sie hoffte, dass die Benutzung des Swimmingpools zu den Privilegien der Besucher des Gästehauses gehörte. Andernfalls würde das Zusammenleben mit Brandon die reine Hölle werden.

Auf der Terrasse zögerte sie einen Augenblick, sagte sich dann aber, dass es richtiger wäre, zum Haupteingang zu gehen. Sie kam an einem weiteren sprudelnden Springbrunnen vorbei, an einer Hecke von russischen Ölbäumen, die einen starken Duft ausströmten, und dann entdeckte sie zwei Wagen in der Auffahrt. Einen alten Porsche in flammendem Rot und einen gleichfalls alten, wunderbar überholten Studebaker in Creme – zwei sündhaft teure Wagen.

Als sie an der Vordertür läutete, war das würgende Gefühl in ihrer Kehle verschwunden. Travers öffnete, nickte ihr frostig zu und führte sie in den Salon.

Die Cocktailparty war in vollem Gange. Man hörte leise Musik von Debussy, und ein riesiger Strauß scharlachroter Rosen verbreitete den Duft des Gartens im Innenraum. Die Beleuchtung war sanft und schmeichelnd. Eine perfekte Bühne.

Von der Tür aus überflog Julia rasch die Anwesenden. Da war eine hochbusige Rothaarige in einem engen, glitzernden, schwarzen Abendkleid, die sich entsetzlich zu langweilen schien. Neben ihr stand ein braungebrannter Adonis mit von der Sonne gebleichtem Haar – der Porsche.

Er trug einen sehr korrekten, sehr teuren perlgrauen Anzug und lehnte sich an den Kaminsims, nippte an seinem Drink und flüsterte dem Rotschopf etwas zu. Eine schlanke Frau in eisblauer Kleiderschürze, mit kurzem, rehbraunem Haar, reichte Eve eine frisch gefüllte Champagnerflöte. Die Dame des Hauses prangte in einem weitgeschnittenen royalblauen Hosenanzug, dessen Farbe je nach Lichteinfall ins Chartreusegrün wechselte. Sie lächelte dem Mann zu, der neben ihr stand.

Julia erkannte Paul Winthrop auf den ersten Blick. Einmal wegen seiner Ähnlichkeit mit seinem Vater, zum anderen von den Fotos auf seinen Buchumschlägen. Wie sein Vater zog er viele Blicke auf sich und erweckte viele Wunschvorstellungen. Sein Blick war nicht so einstudiert und vielsagend wie der der anderen Männer im Raum, aber weitaus gefährlicher.

Er sah nicht kühl und gelehrt aus wie auf den Fotos, sondern nahbar, menschlicher. Wenigstens er hatte sich den zwanglosen Charakter der Einladung zu Herzen genommen und trug Slacks zu seinem Jackett. Als Eve eine Zigarette anzündete, lächelte er. Dann wandte er sich um, erblickte Julia, und sein Lächeln erlosch.

»Anscheinend ist der letzte Gast eingetroffen, Eve.«

»Ah, Ms. Summers.« Eve glitt quer durch den Raum, Seide raschelte. »Ich bin sicher, dass CeeCee ihre Sache großartig machen wird.«

»Ja, sie ist wundervoll.«

»Sie ist anstrengend, aber das ist halt die Jugend. Was möchten Sie trinken?«

»Nur ein wenig Mineralwasser.« Sie wusste, dass nur ein einziger Schluck von etwas Stärkerem ihr aufgrund der Zeitverschiebung nach dem Flug den Boden unter den Füßen wegziehen würde.

»Nina, Liebe«, rief Eve, »hier ist eine Abstinenzlerin, die ein Perrier-Wasser braucht. Julia, ich darf Sie mit den anderen bekannt machen. Mein Neffe, Drake Morrison.«

»Ich freue mich, Sie kennenzulernen.« Er nahm Julias Hand und lächelte. Seine Hände waren weich und warm, seine Augen fast so grün wie Eves. »Sie sind also diejenige, die Eves Geheimnisse ans Licht bringen wird. Das ist noch nicht mal ihrer Familie gelungen.«

»Weil es nicht die Angelegenheit meiner Familie ist, es sei denn, ich würde es so wollen.« Eve blies langsam den Rauch ihrer Zigarette aus. »Und hier ist … Wie war noch Ihr Name, meine Liebe? Carla?«

»Darla.« Die Rothaarige machte einen Schmollmund, als sie Eve korrigierte. »Darla Rose.«

»Entzückend.« Die Ironie in Eves Stimme ließ Julia aufhorchen. Noch eine Idee schärfer, dachte sie, und die Herrin des Hauses hätte ein Glas damit schneiden können. »Unsere Darla ist ein Schauspielermodell. Was für ein faszinierender Ausdruck. Viel prägnanter als Starlet, wie wir früher gesagt haben. Und dies ist Nina Soloman, meine rechte und linke Hand.«

»Packesel und Prügelknabe«, sagte die blonde Frau und reichte Julia ein Glas. Ihre Stimme verriet Humor, ihre Haltung Selbstbewusstsein. Als sie sie genauer anschaute, stellte Julia fest, dass die Frau älter war, als sie zuerst gedacht hatte. Eher fünfzig als vierzig, aber sie wirkte ausgesprochen jugendlich. »Ich warne Sie, wenn sie längere Zeit mit Miss B. zusammenarbeiten wollen, werden Sie bald etwas anderes brauchen als Mineralwasser.«

»Wenn Ms. Summers ihre Hausaufgaben gemacht hat, weiß sie bereits, dass ich von Beruf schwierig bin. Und hier meine einzige große Liebe, Paul Winthrop.« Eve schnurrte fast, als sie ihre Finger über seinen Arm gleiten ließ. »Ein Jammer, dass ich den Vater geheiratet habe, statt auf den Sohn zu warten.«

Er reichte ihr nicht die Hand. »Haben Sie Ihre Hausaufgaben gemacht, Ms. Summers?« Seine Stimme klang kühl.

»Ja. Aber ich nehme mir immer die Zeit, mir selber eine Meinung zu bilden.«

Er hob sein Glas und beobachtete Julia, die sofort in Gespräche verwickelt wurde. Sie war kleiner, als er gedacht hatte, und zierlicher. Und sie war die einzige Frau im Raum, die mit Eves Schönheit konkurrieren konnte. Trotzdem war ihm Darlas unverhohlene Zurschaustellung dessen, was sie zu bieten hatte, lieber als Julias kühle Gelassenheit. Es war für einen Mann kein Problem, rasch alles in Erfahrung zu bringen, was es über Darla Rose zu wissen gab. Die distanzierte Ms. Summers war ein ganz anderer Fall. Aber Eve zuliebe hatte Paul die feste Absicht, alles in Erfahrung zu bringen, was es über Julia zu wissen gab.

Julia konnte sich nicht entspannen. Selbst als sie zu Tisch

gingen, und sie ein einziges Glas Wein einnahm, konnte sie die verkrampften Muskeln im Nackenbereich nicht lockern. Auch ihr Magen rebellierte. Sie sagte sich, dass die Nerven ihr einen Streich spielten und ihr eine Feindseligkeit vorgaukelten, die gar nicht vorhanden war. Niemand in der kleinen Runde hatte irgendeinen Grund, ihr böse zu sein. Drake hatte aufgehört, seinen Charme spielen zu lassen, und Darla widmete sich hingebungsvoll dem gefüllten Truthahn mit wildem Reis. Eve schwamm auf einer Champagnerwelle, und Nina kicherte über eine Bemerkung, die Paul über einen gemeinsamen Bekannten gemacht hatte.

»Curt Dryfuss?« Eve mischte sich in das Gespräch ein. »Er wäre ein besserer Direktor geworden, wenn er es fertiggebracht hätte, seinen Reißverschluss oben zu lassen. Wenn er die Hauptdarstellerin in seinem letzten Streifen nicht so oft auf sich hätte reiten lassen, könnte er vielleicht eine anständige Schauspielerin aus ihr gemacht haben – auf dem Bildschirm.«

»Selbst wenn er ein Eunuch wäre, hätte er keine anständige Schauspielerin aus ihr machen können«, erwiderte Paul. »Auf dem Bildschirm.«

»Heute geht es nur noch um Titten und Ärsche.« Eve ließ ihren Blick über Darla gleiten. Julia hoffte, dass ihr niemals ein solcher Blick gelten würde. »Sagen Sie mir, Ms. Summers, was halten Sie von unseren modernen Schauspielerinnen?«

»Ich möchte sagen, sie sind genauso wie in jeder Generation. Die besten werden an die Spitze rücken. *Sie* haben es geschafft.«

»Wenn ich darauf gewartet hätte, an die Spitze zu rücken, würde ich heute zweitklassige Filme machen mit zweitklassigen Direktoren.« Sie gestikulierte mit ihrem Glas. »Ich habe mich mit Zähnen und Krallen an die Spitze gearbeitet, und ich habe den größten Teil meines Lebens einen blutigen Kampf geführt, um dort zu bleiben.«

»Dann sollte man sich wohl fragen, ob es das wert ist?«

Eve kniff die Augen zusammen, sie verzog den Mund. »Das ist es, verdammt noch mal.«

Julia beugte sich vor.«Wenn Sie noch mal von vorn anfangen könnten, würden sie irgendetwas anders machen?«

»Nein. Nichts.« Sie nahm schnell einen tiefen Schluck aus ihrem Glas. Sie spürte, dass sie Kopfschmerzen bekam, und der dumpfe Schmerz im Augenhintergrund machte sie wütend. »Wenn man etwas ändert, ändert man alles.«

Paul legte seine Hand auf Eves Arm, schaute aber Julia dabei an. Da er sich keine Mühe gab, seine Gefühle zu verbergen, wusste Julia jetzt, woher diese Welle von Feindschaft kam, die sie die ganze Zeit über gespürt hatte. »Hat das Interview nicht Zeit, bis die Arbeitsstunden beginnen?«

»Sei nicht so hochnäsig, Paul.« Eve lächelte sanft. Lachend schlug sie ihm auf die Hand. Dann wandte sie sich an Julia. »Er ist gegen unser Projekt. Ich bin sicher, dass er Angst hat, ich würde nicht nur meine, sondern auch seine Geheimnisse preisgeben.«

»Du kennst meine Geheimnisse gar nicht.«

Dieses Mal klang ihr Lachen ein wenig schärfer. »Mein lieber Junge, es gibt kein Geheimnis, keine Lüge, keinen Skandal, den ich nicht kenne. Früher einmal hat man sich vor Parsons und Hopper gefürchtet. Aber sie konnten beide kein Geheimnis bei sich behalten, bis die Zeit dafür reif war.« Sie trank wieder, zu Ehren irgendeines ganz persönlichen Triumphes, wie es schien. »Wie viele Anrufe hast du in den beiden letzten Wochen angenommen, Nina, Anrufe von besorgten berühmten Leuten?« Nina seufzte. »Dutzende.«

»Genau.« Zufrieden lehnte sich Eve zurück. Im Kerzenlicht glitzerten ihre Augen wie die Juwelen an ihren Ohren und am Hals. »Es ist ein ungeheuer befriedigendes Gefühl, diejenige zu sein, die Dreck auf die weißen Westen wirft. Und du, Drake, was denkst du als mein Presseagent über das Projekt?«

»Dass du dir eine Menge Feinde machen wirst, und eine Menge Geld verdienen wirst.«

»Ich habe schon fünfzig Jahre damit verbracht, genau das zu tun. Und wie steht's mit Ihnen, Ms. Summers, was versprechen Sie sich davon?«

Julia stellte ihr Glas beiseite. »Ein gutes Buch.« Sie fing Pauls spöttischen Blick auf und erstarrte. Am liebsten hätte sie ihm den Rest Wasser in ihrem Glas auf den Schoß gegossen. »Es ist mir natürlich klar, dass es Menschen gibt, die Biografien über berühmte Leute für etwas halten, was tief unter der eigentlichen Literatur rangiert.« Sie schaute ihn voll an. »Genauso wie viele Leute Unterhaltungsromane für Abfallprodukte der Literatur halten.«

Eve warf den Kopf zurück und lachte. Paul nahm seine Gabel und spielte mit den Resten seines Truthahns. Seine hellen blauen Augen waren dunkler geworden, aber seine Stimme klang ganz sanft, als er fragte: »Und wofür halten Sie Ihre Arbeit, Ms. Summers?«

»Für Unterhaltungsliteratur«, erwiderte sie, ohne zu zögern. »Und wofür halten Sie Ihre?«

Er ignorierte ihre Frage. »Sie finden es also unterhaltsam, den Namen und das Leben einer bekannten Persönlichkeit zu benutzen und auszubeuten?«

Jetzt hatte sie nicht mehr das Bedürfnis, an ihren Nägeln zu kauen. Ihr war mehr danach zumute, die Ärmel hochzukrempeln. »Ich bezweifle, dass Sandburg so gedacht hat, als er die Biografie von Lincoln schrieb. Und ich glaube auf keinen Fall, dass man mit einer *autorisierten* Biografie denjenigen, dessen Leben man beschreibt, ausbeutet.«

»Sie wollen doch nicht etwa Ihre Arbeit mit der Sandburgs vergleichen?«

»Ihre ist mit Steinbecks verglichen worden.« Sie machte eine nachlässige Bewegung mit den Schultern, obwohl sie innerlich kochte. »Sie erzählen eine Geschichte, die auf Fantasie beruht – oder auf Lügen. Ich erzähle eine, die auf Tatsachen und Erinnerungen beruht. Das Endergebnis ist bei beiden Techniken, dass das Buch gelesen wird und dem Leser Vergnügen bereitet.«

»Ich habe die Bücher von Ihnen beiden mit Vergnügen gelesen«, sagte Nina, bemüht, Frieden zu stiften. »Ich habe schon immer Respekt vor Autoren gehabt. Ich kann nichts anderes verfassen als Geschäftsbriefe. Drake schreibt immerhin seine gekonnten Presseerklärungen.«

»Die eine Mischung von Wahrheit und Lügen darstellen«, sagte er. Mit einem Lächeln wandte er sich an Julia. »Ich nehme an, dass sie außer Eve auch noch andere Leute interviewen wollen, um ein abgerundetes Bild zu bekommen.«

»Das ist das übliche Verfahren.«

»Ich stehe Ihnen zur Verfügung. Jederzeit.«

»Darla scheint fertig zu sein. Wir können den Nachtisch bestellen«, sagte Eve trocken und läutete. »Die Köchin hat Himbeertrifles gemacht. Nehmen Sie Brandon ein paar mit.«

»Oh ja, Ihr kleiner Junge.« Nina goss Wein nach. »Wir hatten gehofft, ihn heute Abend kennenzulernen.«

»Er war völlig erschöpft.« Julia warf einen Blick auf ihre Uhr, mit keinem anderen Erfolg, als dass ihr Körper nach wie vor behauptete, es wäre schon nach Mitternacht. »Ich glaube, er wird vor vier Uhr morgens aufwachen und sich wundern, dass die Sonne noch nicht aufgegangen ist.«

»Er ist zehn?«, fragte Nina. »Sie sehen viel zu jung aus für einen zehnjährigen Jungen.«

Julia lächelte nur höflich. Als der Nachtisch serviert worden war, wandte sie sich an Eve. »Ich wollte Sie noch fragen, welchen Teil des Grundstücks wir frei benutzen dürfen?«

»Der Junge kann überall herumlaufen. Kann er schwimmen?«

»Ja, sehr gut.«

»Dann soll er ruhig den Swimmingpool benutzen. Wenn ich eine Gesellschaft gebe, wird Nina Ihnen rechtzeitig Bescheid sagen.«

Julia zwang sich wachzubleiben, bis das Dinner beendet war. Selbst das eine Glas Wein war schon zu viel für sie gewesen. Sie sehnte sich verzweifelt nach ihrem Bett, entschuldigte sich und dankte ihrer Gastgeberin. Es passte ihr ganz und gar nicht, dass Paul darauf bestand, sie zu begleiten.

»Ich kenne den Weg.«

»Heute Abend haben wir nur wenig Mondlicht.« Er nahm

sie am Ellenbogen und führte sie auf die Terrasse hinaus. »In der Dunkelheit könnten Sie leicht im Kreis herumlaufen. Oder Sie könnten im Stehen einschlafen und in den Teich fallen.«

Automatisch rückte sie von ihm ab. »Ich kann auch sehr gut schwimmen.«

»Das mag sein, aber der Chlorgehalt ruiniert Ihr Seidenkleid im Handumdrehen.« Er zog eine schlanke Zigarre aus der Tasche, legte beide Hände um die Flamme seines Feuerzeugs und zündete sie an. Er hatte an diesem Abend schon einiges über sie in Erfahrung gebracht, z.B., dass sie ihr Kind nicht zum allgemeinen Gesprächsgegenstand machen wollte. »Sie hätten Eve sagen können, dass Sie ebenso erschöpft sind wie Ihr Sohn.«

»Mir geht es gut.« Sie blickte ihn von der Seite an und studierte sein Profil, als sie nebeneinander hergingen. »Sie halten nichts von meinem Beruf, Mr. Winthrop?«

»Nein. Aber diese Biografie ist Eves Angelegenheit, nicht meine.«

»Ob Sie etwas davon halten oder nicht, ich erwarte ein Interview.«

»Und Sie bekommen immer das, was Sie erwarten?«

»Nein, aber das, worauf ich wirklich aus bin, bekomme ich, immer.« Sie blieb stehen, als sie die Tür des Gästehauses erreicht hatten. »Danke für Ihre Begleitung.«

Sehr kühl, dachte er. Sehr beherrscht, sehr profihaft. Er hätte ihr das auch ohne Weiteres abgenommen, wenn ihm nicht aufgefallen wäre, dass sie ihren rechten Daumennagel völlig abgenagt hatte. Absichtlich trat er einen Schritt näher an sie heran, um ihre Reaktion zu testen. Sie wich zwar nicht zurück, richtete aber sofort eine unsichtbare Mauer zwischen ihnen auf. Es wäre interessant herauszubekommen, ob sie das bei allen Männern machte oder nur bei ihm. Im Augenblick ging es ihm allerdings nur um eines.

»Eve Benedict ist die allerwichtigste Person in meinem Leben.« Seine Stimme klang dunkel, sanft und gefährlich. »Seien

Sie auf der Hut, Ms. Summers. Seien Sie sehr vorsichtig. Sie möchten mich bestimmt nicht gern zum Gegner haben …«

Sie hatte feuchte Hände bekommen, und das machte sie wütend. Eiskalt sagte sie: »Es sieht so aus, als wäre das bereits der Fall. Ich werde nur eins sein, Mr. Winthrop, gründlich. Sehr gründlich. Gute Nacht.«

3 Am Montag war Julia gegen zehn Uhr fertig. Sie hatte das Wochenende mit ihrem Sohn verbracht und bei schönem Wetter den versprochenen Ausflug nach Disneyland mit ihm gemacht. Brandon hatte sich schneller an die Zeitverschiebung gewöhnt als sie.

Sie wusste, dass es für beide eine Nervenprobe gewesen war, als sie am Morgen in seine neue Schule gefahren waren. Erst hatte eine Besprechung mit dem Schulleiter stattgefunden, dann war Brandon in seine neue Klasse gegangen. Er war ein sehr kleiner, tapferer Junge. Julia hatte Dutzende von Formularen ausgefüllt, dem Schulleiter die Hand geschüttelt und war ruhig heimgefahren.

Dort war sie dann in Tränen ausgebrochen, was ihr Erleichterung verschafft hatte.

Jetzt läutete sie an der Tür des Hauptgebäudes. Sie hatte sich das Gesicht gewaschen und ein sorgfältiges Make-up aufgelegt. In ihrer Aktentasche hatte sie ihr Tonbandgerät und ihren Notizblock verstaut. Travers öffnete die Tür und schien missbilligend die Nase zu rümpfen. »Miss Benedict ist oben in ihrem Büro. Sie werden erwartet.« Dann drehte sie sich um und führte Julia hinauf.

Das Büro befand sich im Mittelbalken des »E«. Zur Vorderseite des Hauses öffnete sich ein großes, halbmondförmiges Fenster. Die anderen drei Wände wurden von Regalen eingenommen, in denen man die Trophäen aus Eves langer Karriere bewundern konnte. Zwischen den Statuetten und Medaillen lagen Fotos und Erinnerungsstücke aus ihren Filmen. Im Hintergrund hingen alte Filmplakate.

Julia erkannte den weißen Spitzenfächer aus einem ihrer Filme wieder, der um die Jahrhundertwende gespielt hatte, die sehr sexy wirkenden hochhackigen roten Schuhe, die sie getragen hatte, als sie eine ebenso rothaarige Barsängerin gespielt hatte, und die Lumpenpuppe, an die sie sich geklammert hatte, als sie eine Mutter spielte, die ihr Kind suchte.

Sie bemerkte auch, dass das Büro nicht so ordentlich aufgeräumt war wie das übrige Haus. Es war prächtig eingerichtet mit antiken Möbeln, seidenen Tapeten und einem dicken, weichen Teppich. Aber neben dem riesigen Schreibtisch aus Rosenholz, an dem Eve saß, lagen Berge von Manuskripten. Eine Kaffeemaschine, die schon halb leer war, stand auf einem Queen-Anne-Tischchen. Auf dem Boden lagen Ausgaben von *Variety* herum, und der Aschenbecher neben dem Telefon, in welches Eve gerade brüllte, war überfüllt.

»Sie können sich ihre Ehrenurkunde sonstwohin stecken.« Sie winkte Julia zu und nahm einen tiefen Zug aus ihrer brennenden Zigarette. »Es ist mir scheißegal, ob es eine gute Werbung wäre, Drake. Ich fliege auf keinen Fall nach Timbuktu, um an einem lächerlichen Dinner mit einem Haufen verdammter Republikaner teilzunehmen. Meinetwegen ist es die Hauptstadt des Landes, aber für mich ist und bleibt es Timbuktu. Ich habe diesen Dummkopf nicht gewählt, und ich will nicht mit ihm zu Abend essen.« Sie schnaubte und drückte die Zigarette halb aus. »Du kriegst das hin. Dafür wirst du schließlich bezahlt.« Sie hängte auf und bot Julia mit einer Handbewegung einen Stuhl an. »Politik. Das ist etwas für Idioten und schlechte Schauspieler.«

Julia stellte ihre Aktentasche neben den Stuhl. »Darf ich das zitieren?«

Eve lächelte nur. »Ich seh' schon, Sie wollen gleich mit der Arbeit anfangen. Ich dachte, unsere erste Sitzung sollte in einer geschäftsmäßigen Umgebung stattfinden.«

»Wo immer es Ihnen passt.« Julia schaute auf den Berg von Drehbüchern. »Alle abgelehnt?«

»In der einen Hälfte soll ich irgendeine Großmutter spielen, in der anderen soll ich mich ausziehen.« Sie versetzte dem ganzen Stoß einen gezielten Fußtritt. Er stürzte um, eine Lawine von Träumen. »Ein guter Autor ist das Lösegeld für einen König wert.«

»Und ein guter Schauspieler?«

Eve lachte. »Der weiß, wie man aus Stroh Gold macht – so gut wie ein Zauberer.« Sie hob eine Braue, als Julia ihr Tonbandgerät hervorholte und auf das Kaffeetischchen stellte.

»Was veröffentlicht wird, entscheide ich.«

»Selbstverständlich.« Sie hatte nur sicherstellen wollen, dass alles, was sie verwerten konnte, auf dem Tonband festgehalten wurde. »Ich breche meine Versprechen nicht, Miss Benedict.«

»Das tut jeder irgendwann.« Sie machte eine wegwerfende Bewegung, die bühnenreif war. An ihrer langen, schlanken Hand funkelte ein großer Rubin.

»Bevor ich damit anfange, die meinen zu brechen, möchte ich gern mehr über Sie wissen – und nicht nur den Unsinn aus Ihrem offiziellen Lebenslauf. Ihre Eltern?«

Mehr ungeduldig als ärgerlich faltete Julia ihre Hände im Schoß. »Sie sind beide tot.«

»Geschwister?«

»Ich war das einzige Kind.«

»Sie haben nie geheiratet?«

»Nein.«

»Warum nicht?«

Julias Stimme blieb beherrscht und ruhig. »Ich habe mich nie dazu entschließen können.«

»Nach vier Ehen kann ich es auch niemandem empfehlen. Aber ich glaube, es ist schwierig, ein Kind allein aufzuziehen.«

»Es hat seine Vor- und Nachteile.«

»Zum Beispiel?«

Diese Frage irritierte sie so, dass es ihr schwerfiel, still sitzen zu bleiben. »Zum Beispiel, dass man sich nur auf sein eigenes Gefühl verlassen kann, wenn Entscheidungen zu treffen sind.«

»Ist das ein Vor- oder ein Nachteil?«

Julia lächelte leise. »Beides.« Sie holte ihren Block und einen Stift aus der Aktentasche. »Da Sie mir nur zwei Stunden am Tag einräumen können, würde ich jetzt gern anfangen. Natürlich kenne ich die Hintergrundinformationen, die veröffentlicht worden sind. Sie wurden in Omaha geboren, als zweites von drei Kindern. Ihr Vater war Kaufmann.«

In Ordnung, dachte Eve, irgendwann mussten sie ja anfangen. Was sie in Erfahrung bringen wollte, würde sie schon noch nach und nach herausfinden. »Ein Vertreter«, sagte sie, als Julia das Tonbandgerät einschaltete. »Ich habe immer in der Annahme gelebt, dass ich an verschiedensten Orten eine Reihe von Halbgeschwistern besitze. Tatsächlich bin ich auch schon oft Leuten begegnet, die behaupteten, mit mir verwandt zu sein und sich irgendwelche Vorteile davon versprochen haben.«

»Wie war Ihnen dabei zumute?«

»Es war das Problem meines Vaters, nicht meins.« Sie lehnte sich zurück und spielte mit ihren Fingern. »Ich bin erfolgreich gewesen. Aus eigener Kraft. Wenn ich immer noch Betty Berenski aus Omaha wäre, hätten diese Leute mich bestimmt nicht belästigt. Was meinen Sie? Aber bei Eve Benedict ist das eine andere Sache. Ich habe Betty und die Kornfelder hinter mir gelassen, als ich achtzehn war. Ich halte nichts davon zurückzuschauen.«

Das war eine Lebenshaltung, die Julia sowohl verstand als auch respektierte. Sie fühlte wieder die innere Erregung in sich aufsteigen, die sie ergriff, wenn sie einer anderen Persönlichkeit nahekam und die ihre Arbeit so erfolgreich gemacht hatte.

»Erzählen Sie mir von Ihrer Familie. Wie ist Betty aufgewachsen?«

Sie warf den Kopf zurück und lachte. »Oh, meine ältere Schwester wird entsetzt sein, wenn sie schwarz auf weiß liest, dass unser Vater ein Schürzenjäger war. Aber der Wahrheit die Ehre. Er klapperte die Straßen ab mit seinen Pfannen und

Töpfen und verdiente immer gerade so viel, dass wir keine Not leiden mussten. Meist kam er mit kleinen Überraschungen für seine Töchter nach Hause. Schokolade, Taschentücher oder bunte Bänder. Daddy hatte immer Geschenke für uns dabei. Er war ein großer, gut aussehender Mann mit schwarzem Haar, einem Schnurrbart und roten Wangen. Wir liebten ihn abgöttisch. Fünf von sieben Tagen in der Woche mussten wir ohne ihn auskommen.«

Sie nahm eine Zigarette in die Hand und zündete sie an. »Am Samstag wuschen wir seine Wäsche. Sein Hemd stank nach Parfüm, und am Samstag verlor meine Mutter regelmäßig ihren Geruchssinn. Ich habe nie gehört, dass sie eine Frage stellte, ihn beschuldigte oder sich beklagte. Sie war nicht feige, sie war … Sie war sanft und akzeptierte ihr Schicksal, so wie es war, einschließlich der Treulosigkeit ihres Mannes. Ich glaube, sie wusste, dass sie die einzige Frau war, die er liebte. Als sie ganz überraschend starb, ich war gerade sechzehn, war mein Vater verloren. Er trauerte um sie, bis er fünf Jahre später selber starb.« Sie legte eine Pause ein, dann beugte sie sich vor. »Was schreiben Sie da?«

»Beobachtungen«, sagte Julia.

»Und was haben Sie beobachtet?«

»Dass Sie Ihren Vater geliebt haben und zugleich enttäuscht von ihm waren.«

»Und wenn ich Ihnen sage, dass das Bockmist ist?«

Julia klopfte mit dem Stift auf ihren Notizblock. Ja, es hatte sich ein Einvernehmen zwischen ihnen eingestellt, dachte sie, und ein ausgewogenes Verhältnis der Kräfte. »Dann verschwenden wir beide unsere Zeit.«

Eve schwieg einen Augenblick lang, dann griff sie nach dem Telefonhörer. »Ich möchte frischen Kaffee.«

Während Eve weitere Anordnungen erteilte, hatte Julia sich entschlossen, nicht auf weitere Diskussionen über die Familienverhältnisse zu bestehen. Wenn sie Eve besser verstand, würde sie auf das Thema zurückkommen.

»Sie waren achtzehn, als sie nach Hollywood kamen«,

sagte sie. »Allein. Frisch aus dem Dorf, wenn ich so sagen darf. Ich interessiere mich für Ihre Gefühle damals, für Ihre Eindrücke. Wie war es für das junge Mädchen aus Omaha, in Los Angeles aus dem Bus zu steigen?«

»Aufregend.«

»Sie hatten keine Angst?«

»Ich war noch zu jung, um Angst zu haben. Zu anmaßend, um zu glauben, dass ich scheitern könnte.« Eve stand auf und fing an, im Zimmer auf und ab zu gehen. »Es war Krieg, und unsere Jungen wurden nach Europa eingeschifft, um zu kämpfen und zu sterben. Ich hatte einen Vetter, einen lustigen Burschen, der in die Navy eintrat und in den Südpazifik geschickt wurde. Im Juli packte ich meine Koffer. Mir war klar geworden, dass das Leben sehr kurz und sehr grausam sein kann. Ich wollte keine Sekunde mehr vergeuden.«

Travers brachte den Kaffee. »Setzten Sie ihn hier ab.« Eve deutete auf ein kleines Tischchen, das vor Julia stand. »Sie wird einschenken.«

Eve trank ihren Kaffee schwarz. Dann lehnte sie sich auf eine Ecke ihres Schreibtisches. Julia hielt ihre Eindrücke fest: Eves Kraft, die sich in ihrem Gesicht, ihrer Stimme und den Linien ihres Körpers widerspiegelt.

»Ich war jung und naiv«, sagte Eve mit heiserer Stimme. »Aber nicht dumm. Ich wusste, dass ich einen Schritt getan hatte, der mein Leben von Grund auf veränderte. Und es war mir klar, dass Opfer und Entbehrungen auf mich zukommen würden – und Einsamkeit. Verstehen Sie das?«

Julia erinnerte sich daran, wie sie mit achtzehn in einer Klinik im Bett gelegen hatte, mit einem kleinen hilflosen Baby im Arm.

»Ja, das verstehe ich.«

»Ich besaß genau fünfunddreißig Dollar, als ich aus dem Bus kletterte, aber ich hatte nicht die Absicht zu hungern. Ich hatte eine Mappe bei mir, die vollgestopft war mit Bildern und Zeitungsausschnitten.«

»Sie haben Modell gestanden?«

»Ja, ein bisschen Theater gespielt. Damals haben die Studios noch Leute herumgeschickt, die angeblich neue Talente entdecken sollten. In Wirklichkeit ging es mehr um Publicity. Aber ich wusste, dass so jemand nie nach Omaha kommen würde, um mich zu entdecken, da hätten Ostern und Weihnachten schon auf einen Tag fallen müssen. Deshalb entschloss ich mich, nach Hollywood zu gehen. Das war's. Ich bekam einen Job als der ›fehlende Gast‹ bei Abendeinladungen und drehte ein paar Szenen bei Warner Bros. ab, außer Konkurrenz. Der Trick bestand darin, sich in der Öffentlichkeit, bei Dreharbeiten und bei den Künstleragenturen sehen zu lassen. Ich arbeitete als freiwillige Helferin in einer Kantine in Hollywood. Nicht aus Selbstlosigkeit, nicht wegen der GIs, sondern weil ich wusste, dass ich dort in engen Kontakt mit Stars kommen würde. Gute Taten waren das letzte, woran ich dachte. Ich war vollständig mit mir selber beschäftigt. Finden Sie das herzlos, Ms. Summers?«

Julia hatte keine Ahnung, weshalb ihre Meinung von Bedeutung sein sollte, aber sie überlegte, bevor sie antwortete.

»Ja, mir ist aber auch klar, dass es praktisch war.«

»Ja.« Eve presste die Lippen zusammen. »Wer ehrgeizig ist, muss praktisch denken. Es war eine wichtige Erfahrung für mich, zu beobachten wie Bette Davis Kaffee ausschenkte und Rita Hayworth Sandwiches servierte. Ich gehörte dazu. Dort bin ich dann Charlie Gray begegnet.«

Die Tanzfläche war voll von GIs und hübschen Mädchen. Die Luft war erfüllt von dem Duft nach Parfüm, Aftershave, Rauch und schwarzem Kaffee. Harry James spielte heiße Musik. Eve liebte den Klang seiner Trompete, die alle anderen Geräusche und das Gelächter übertönte. Nach einer vollen Nachtschicht als ›fehlender Gast‹ und mehreren Stunden in Künstleragenturen brachten ihre Füße sie fast um, zumal ihr die Schuhe, die sie in einem Second-Hand-Laden gekauft hatte, eine halbe Nummer zu klein waren.

Sie hatte viel Sorgfalt darauf verwandt, dass man ihr die

Müdigkeit nicht am Gesicht ablesen konnte, denn man konnte nie wissen, wer zufällig hereinschaute und sie vielleicht bemerkte. Sie war verdammt sicher, dass sie nur ein einziges Mal Beachtung finden musste, um mit dem Aufstieg beginnen zu können.

Rauch hing unter der Decke und kräuselte sich um die Lampen. Die Musiker spielten jetzt sentimentale Stücke. Uniformen und Partykleider schwebten vorüber.

Während sie sich fragte, wann sie wohl eine Pause einlegen konnte, goss Eve wieder einen Becher Kaffee für einen mit Sternen geschmückten GI ein und lächelte.

»Sie sind diese Woche jeden Abend hier gewesen.«

Eve schaute den hochgewachsenen, schlaksigen Mann genauer an. Seine Uniform sah eher aus wie ein grauer Flanellanzug. Unter dem Stoff zeichneten sich die schmalen Schultern ab. Das blonde Haar hatte er zurückgekämmt, sein Gesicht war grobknochig, die großen braunen Augen vorgewölbt wie die eines Bassets. Sie erkannte ihn und schenkte ihm ein strahlendes Lächeln. Es war kein großer Name. Charlie Gray spielte immer nur einen guten Kumpel des Helden. Aber es war ein Name. Und er hatte ihr Beachtung geschenkt.

»Wir tun alle unsere Pflicht in diesem Krieg, Mr. Gray.« Sie strich eine lange Haarsträhne beiseite, die ihr über das Auge gefallen war. »Kaffee?«

»Natürlich.« Er lehnte sich an die Snackbar, während sie einschenkte. Ohne sie aus den Augen zu lassen, zog er ein Päckchen Lucky Strike hervor und zündete sich eine an. »Ich bin gerade fertig mit dem Dienst und dachte mir, ich schau mal rein und unterhalte mich ein bisschen mit dem hübschesten Mädchen im Saal.«

Sie wurde nicht rot, obwohl es ihr ohne Weiteres möglich gewesen wäre, sondern wählte eine raffiniertere Tour. »Miss Hayworth ist in der Küche.«

»Ich liebe Dunkelhaarige.«

»Ihre erste Frau war blond.«

Er grinste. »Meine zweite auch. Deswegen liebe ich ja die Dunkelhaarigen. Wie heißen Sie, Schatz?«

Nach langem, sorgfältigem Überlegen hatte sie sich bereits einen Namen ausgewählt. »Eve«, sagte sie. »Eve Benedict.«

Er dachte, er hätte sie schon durchschaut. Jung, die Starkarriere im Kopf, in ständiger Erwartung, entdeckt zu werden. »Und Sie möchten gern Filmschauspielerin werden?«

»Nein.« Sie schaute ihn voll an, nahm ihm die Zigarette aus der Hand, zog daran, stieß den Rauch aus und gab sie ihm zurück. »Ich bin bereits dabei, Filmschauspielerin zu werden.«

Die Art, wie sie das sagte, und ihr Gesichtsausdruck dabei bewogen ihn, seinen ersten Eindruck zu revidieren. Fasziniert hob er die Zigarette an die Lippen, an der ein ganz zarter Duft von ihr haftengeblieben war. »Wie lange sind Sie schon in der Stadt?«

»Fünf Monate, zwei Wochen und drei Tage. Und Sie?«

»Viel zu lange schon.« Schlagfertige, gefährlich aussehende Frauen hatten ihn schon immer unwiderstehlich angezogen. Er sah sie genauer an. Sie trug ein Kostüm in einem sehr ruhigen Blau, das durch den Körper, den es so dezent verhüllte, unglaublich verführerisch wirkte. Sein Blut floß ein wenig rascher durch die Adern. Als sein Blick wieder den ihren traf und er ihren kühl amüsierten Gesichtsausdruck wahrnahm, wusste er, dass er sie begehrte. »Wie wär's mit einem Tanz?«

»Ich muss noch eine Stunde lang arbeiten.«

»Ich warte auf Sie.«

Als er fortging, befürchtete Eve, dass sie das Spiel überzogen hatte. Sie wiederholte sich jedes Wort, jede Geste und probierte Dutzende anderer aus. Dabei schenkte sie Kaffee ein und flirtete mit jungen, sauber geschrubbten GIs. Ihre Nerven flatterten. Als die Schicht beendet war, kam sie mit deutlich zur Schau getragener Lässigkeit hinter der Snackbar hervor.

»Da sind Sie ja.« Charlie war bereits an ihrer Seite, und Eve atmete unmerklich, aber sehr erleichtert auf.

Sie schlenderten zur Tanzfläche. Er legte seine Arme um sie und hielt sie fest, fast eine Stunde lang.

»Woher kommst du?«, flüsterte er.

»Von nirgendwo. Ich bin vor fünf Monaten, zwei Wochen und drei Tagen zur Welt gekommen.«

Er lachte und rieb seine Wange an ihrem Haar. »Du bist sowieso schon zu jung für mich. Mach es nicht noch schlimmer.« Himmel, sie war so unwahrscheinlich sexy, sie war reiner, sprühender Sex. »Es ist zu warm hier.«

»Ich liebe die Hitze.« Sie warf den Kopf zurück und lächelte ihn an. Diesmal probierte sie einen neuen Blick aus, die Lippen nur ganz wenig geöffnet, die Augen schmal unter halbgeschlossenen Lidern. Als er ihre Finger fester umklammerte, merkte sie, dass der Trick angekommen war. »Wir können aber ein wenig spazierenfahren, wenn du dich abkühlen willst.«

Er fuhr schnell und etwas rücksichtslos, machte Späße, über die sie lachen musste. Ab und zu öffnete er eine kleine silberglänzende Flasche mit Bourbon und nippte daran. Sie lehnte ab. Stück für Stück ließ sie sich kleine Informationen entlocken, Sachen, die er wissen sollte über sie. Es war ihr noch nicht gelungen, einen Agenten zu finden, aber sie hatte selber bei einem Studio vorgesprochen und eine Statistenrolle in *The Hard Way* mit Ida Lupino und Dennis Morgan bekommen. Den größten Teil dessen, was sie verdiente, gab sie für Schauspielunterricht aus. Es war eine Investition. Sie wollte ein Profi werden und ein Star.

Sie fragte nach seiner Arbeit, nicht nach den glänzenden Stars, mit denen er zusammen auftrat. Er hatte gerade genug getrunken, um sich geschmeichelt und als ihr Beschützer zu fühlen. Als er sie schließlich zu ihrer Pension fuhr, war er bereits völlig vernarrt in sie.

»Schatz, du bist hier ein schutzloses Baby im Urwald. Es laufen viele Wölfe herum, die dich nur zu gern beißen möchten.«

Eve lehnte schläfrig den Kopf an die Rückenlehne. »Mich wird niemand beißen, wenn ich es nicht will.« Als er sich über sie beugte, um sie zu küssen, wartete sie, bis sein Mund den ihren berührte, dann drehte sie den Kopf zur Seite und öffnete die Wagentür. »Danke für die Spazierfahrt.« Sie fuhr sich mit der Hand durchs Haar und ging zur Tür des alten, grauen Hauses. Dann drehte sie sich um und lächelte ihm zum Abschied zu.

»Sicher begegnen wir uns irgendwo wieder, Charlie.«

Die Blumen kamen am nächsten Tag, ein Dutzend roter Rosen, die die anderen Bewohnerinnen der Pension in helle Aufregung versetzten. Eve stellte sie in eine geliehene Vase. Für sie waren es nicht einfach Blumen, sondern ihr erster Triumph.

Er nahm sie zu Partys mit. Eve tauschte Lebensmittelabschnitte gegen Stoffe ein und nähte sich Kleider. Auch das war eine Investition. Sie sorgte dafür, dass die Kleider immer ein wenig zu eng waren. Sie hatte keine Bedenken, ihren Körper einzusetzen, um das zu bekommen, was sie haben wollte. Schließlich gehörte er ihr allein.

Die großen Häuser, die Scharen von Bediensteten, die gepflegten Frauen in Pelzen und Seide schüchterten sie nicht ein. Sie konnte es sich nicht leisten, sich einschüchtern zu lassen. Sie stellte fest, dass man in den Damentoiletten berühmter Restaurants interessante Neuigkeiten erfahren konnte – wer welche Rolle bekommen hatte, wer mit wem schlief und welche Schauspielerin warum gefeuert worden war. Sie beobachtete, lauschte und merkte sich alles.

Als sie zum ersten Mal ihr Bild in der Zeitung sah, einen Schnappschuss, als sie mit Charlie das *Romanoff* verlassen hatte, verbrachte sie eine volle Stunde damit, ihr Haar, ihren Gesichtsausdruck und ihre Haltung einer strengen Prüfung zu unterziehen.

Sie bat Charlie um nichts und hielt ihn auf Distanz, obwohl beides im Lauf der Zeit immer schwieriger wurde. Wenn sie nur die geringste Andeutung machen würde, er möge ihr doch zu einer Probeaufnahme verhelfen, würde er es sofort tun, das wusste sie. Genauso sicher, wie sie wusste, dass er mit ihr schlafen wollte. Sie wünschte sich brennend die Probeaufnahme und sie wollte ihn als ihren Liebhaber, aber sie ließ sich Zeit.

Am Weihnachtsabend gab Charlie eine Party. Auf seinen Wunsch kam sie schon frühzeitig in seine große Villa, einen Ziegelbau in Beverly Hills. Der rote Satin hatte sie die Lebensmittelmarken für eine ganze Woche gekostet, aber das war das Kleid auch wert. Sie hatte den Schnitt ein wenig variiert und einen Seitenschlitz hinzugefügt, den sie durch eine Brosche mit einem funkelnden Stein als Blickfang noch betont hatte.

»Du siehst wundervoll aus.« Charlie strich mit der Hand über ihre nackten Arme, als sie im Foyer stand. »Hast du keine Stola?«

Ihre Geldmittel hatten nicht ausgereicht für eine Stola, die zu dem Kleid passte. »Ich bin heißblütig«, sagte sie und überreichte ihm ein schmales Päckchen mit einer glänzend roten Schleife. »Fröhliche Weihnacht.«

Sie hatte ihm einen ziemlich zerlesenen Band mit Byrons Gedichten geschenkt. Zum ersten Mal fühlte sie sich in seiner Gegenwart unsicher. »Ich wollte dir etwas von mir geben«, erklärte sie. »Etwas, das mir etwas bedeutet.« Verlegen suchte sie in ihrer Handtasche nach einer Zigarette. »Ich weiß, es ist nicht viel, aber ...«

»Es ist sehr viel«, sagte er. Sichtlich bewegt streichelte er ihre Wange. »Es ist das erste Mal, dass du mir einen Teil von dir gegeben hast.« Diesmal widersetzte sie sich nicht, als er sie küsste. Sie schloss die Augen, legte die Arme um ihn und unternahm versuchsweise kleine Vorstöße mit der Zunge. Bisher war sie nur von Jungen geküsst worden. Dies aber war ein Mann, erfahren und voll Begierde, einer, der wusste, was er tat. Sie spürte, wie er mit seinen Fingern über den Satin glitt.

Oh ja, auch sie begehrte ihn. Der richtige Zeitpunkt oder nicht, sie wollte nicht länger warten. Vorsichtig zog sie sich ein wenig zurück. »Weihnachten werde ich immer sentimental.« Lächelnd wischte sie ihm den Lippenstift ab. Er griff nach ihrem Handgelenk und küsste ihre Handfläche.

»Komm mit mir nach oben.«

Zu ihrer eigenen Überraschung klopfte ihr Herz bis zum Hals. Noch nie zuvor hatte er sie dazu aufgefordert. »So sentimental nun auch wieder nicht.« Sie versuchte, ihr inneres Gleichgewicht wiederzufinden. »Deine Gäste können jede Minute eintreffen.«

»Zum Teufel mit den Gästen.«

Sie lachte und legte ihre Hand auf seinen Arm. »Komm, Charlie, ich weiß, dass du mit mir schlafen willst. Aber jetzt wirst du mir erst mal ein Glas Champagner eingießen.«

»Und später?«

»Es gibt immer nur das Jetzt, Charlie, das Jetzt und Hier.«

Durch eine Doppeltür gingen sie in einen großen Raum, in dem ein zehn Fuß hoher Baum stand, der mit glitzernden Lichtern und farbigen Kugeln geschmückt war. Es war ein Raum mit einer typisch männlichen Ausstrahlung, sie liebte ihn deshalb auf den ersten Blick. Die Möbel waren einfach und geradlinig, die Sessel tief und bequem. In dem riesigen Kamin am einen Ende knisterte ein Feuer, am anderen Ende befand sich eine wohlgefüllte lange Bar aus Mahagoni. Eve setzte sich auf einen Barhocker und nahm sich eine Zigarette.

»Barkeeper«, sagte sie, »die Dame braucht einen Drink.« Als Charlie die Champagnerflasche öffnete und ihr einschenkte, beobachtete sie ihn. Er würde nie mit den großen männlichen Stars konkurrieren können. Charlie Gray war kein Gable oder Grant, aber er war verlässlich und feinfühlig und brachte die besten Voraussetzungen für seine Arbeit mit. »Ich hab dich gern, Charlie.« Eve hob ihr Glas. »Auf dich, meinen ersten wirklichen Freund in dieser Branche.«

»Auf das Hier und Jetzt«, erwiderte er und stieß mit ihr an. »Und auf das, was wir daraus machen.« Er holte ein Geschenk, das unter dem Baum gelegen hatte. »Es ist nicht so persönlich wie Byron, aber als ich es sah, dachte ich sofort an dich.«

Eve legte ihre Zigarette ab, um das Päckchen zu öffnen. Die Brillantkette schoß weiße Blitze ab vor dem Hintergrund aus schwarzem Samt. In der Mitte funkelte ein großer, dunkler Rubin. Die Diamanten waren sternförmig geschliffen, der Rubin wie eine Träne.

»Oh! Oh, Charlie.«

»Ich hoffe, du sagst jetzt nicht, das hätte ich nicht tun sollen.«

Sie schüttelte den Kopf. Ihre Augen waren feucht geworden, ihre Kehle trocken. »Ich wollte sagen, dass du einen ausgezeichneten Geschmack hast. Verdammt, mir fehlen einfach die richtigen Worte. Es ist umwerfend.«

»Genau wie du.« Er nahm die Kette und ließ sie durch seine Finger gleiten. »Wenn du nach den Sternen greifst, Eve, wird es Blut und Tränen kosten. Das solltest du nie vergessen.« Er legte ihr das Halsband um. »Manche Frauen sind dafür geboren, Diamanten zu tragen.«

»Ich bin sicher, dass ich dazugehöre.« Lachend holte sie ihre Puderdose hervor, ließ den Deckel aufspringen und betrachtete die Kette in dem kleinen, quadratischen Spiegel. »Mein Gott, ist das schön!« Sie sprang auf und küsste ihn. »Ich komme mir vor wie eine Königin.«

»Ich will, dass du glücklich bist.« Er nahm ihr Gesicht in beide Hände. »Ich liebe dich, Eve.« Er sah die Überraschung in ihren Augen und gleich darauf die Abwehr. Er unterdrückte einen Fluch und ließ die Hände sinken. »Ich habe noch etwas für dich.«

»Noch mehr?« Sie musste sich Mühe geben, ihre Stimme unter Kontrolle zu behalten. Sie hatte gewusst, dass er sie begehrte und mochte. Aber Liebe? Sie wollte nicht, dass er sie liebte, weil sie seine Liebe nicht erwidern konnte. Sie wollte sich auch nicht dazu verpflichtet fühlen, es zu versuchen. Ihre Hand zitterte leicht, als sie nach ihrem Champagnerglas griff. »Es wird dir schwerfallen, diese Kette noch zu übertrumpfen.«

»Wenn ich dich so gut kenne, wie ich es glaube, wird dies

hier sie um Meilen übertrumpfen.« Er zog ein Stück Papier aus der Brusttasche und legte es vor sie hin.

»12. Januar, 10 Uhr, Bühne 15.« Verwirrt runzelte sie die Stirn. »Was ist das? Der Schlüssel für eine Schatzsuche?«

»Dein Termin für Probeaufnahmen.« Er sah, wie sie blass wurde und ihre Lippen zu zittern anfingen. Sie konnte nur noch den Kopf schütteln. Er verstand sie nur zu gut. Er lächelte, aber seine Augen blieben ernst. »Ja, ich dachte mir, das bedeutet dir noch mehr als Brillanten.« Und er wusste, dass sie ihn rasch überrunden würde, wenn er ihr erst einmal den Weg geebnet hatte.

Sehr sorgfältig faltete sie das Blatt Papier zusammen und verstaute es in ihrer Tasche. »Danke, Charlie, das werde ich dir nie vergessen.«

»In dieser Nacht ging ich mit ihm ins Bett«, sagte Eve ruhig. Ihre Stimme klang zwar ein wenig erstickt, aber sie vergoss keine Tränen. Sie weinte nur noch auf ihr Stichwort bei Aufnahmen. »Er war sanft, unwahrscheinlich lieb und sehr gerührt, als er feststellte, dass er der erste war. Eine Frau vergisst das erste Mal nie, und wenn es schön war, ist ihr die Erinnerung daran kostbar. Ich behielt die Kette um, während wir uns liebten.« Sie lachte und nippte an ihrem kalt gewordenen Kaffee. »Dann tranken wir wieder Champagner, und später liebten wir uns wieder. Ich denke gern daran, dass ich ihm in dieser ersten Nacht mehr gegeben habe als Sex, und auch in den Wochen danach, solange wir ein Paar waren. Er war übrigens zweiunddreißig, vier Jahre älter, als die offizielle Version es wollte. Charlie hielt nicht viel von Lügen, er hat es mir erzählt.«

Mit einem Seufzer setzte sie die Kaffeetasse ab und schaute auf ihre Hände. »Er fuhr mich selber zu den Testaufnahmen hin. Er war ein guter Schauspieler, der zu seiner Zeit weit unterschätzt wurde. In zwei Monaten hatte ich eine Rolle in seinem nächsten Film.«

Julia legte ihren Notizblock beiseite. Sie würde bestimmt nichts von dem vergessen, was sie gehört hatte. »Es war *Des-*

perate Lives mit Michael Torrent und Gloria Mitchell. Sie haben die Cecily gespielt, das sinnliche Biest, das Torrents idealistischen jungen Anwalt verführte und betrog. Eine der erotischsten Filmszenen bis heute ist die, wo Sie in sein Büro kommen, sich auf seinen Schreibtisch setzen und ihm den Reißverschluss aufziehen.«

»Man hatte mir insgesamt achtzehn Minuten Spielzeit eingeräumt, und ich habe das Beste daraus gemacht. Ich sollte Sex verkaufen, und den haben sie bekommen, eimerweise.« Eve zuckte mit den Schultern. »Der Film hat den Erdball nicht in Brand gesetzt, aber er wird heute noch im Kabelfernsehen gezeigt. Immerhin habe ich damit genügend Eindruck geschunden, um sofort eine andere Nebenrolle zu bekommen. Ich war plötzlich Hollywoods neuestes Sexsymbol und habe ihnen viel Geld eingebracht, weil ich unter Kontrakt stand. Aber ich bereue es nicht, selbst heute nicht. Auch mir hat dieser erste Film einiges eingebracht.«

»Zum Beispiel einen Ehemann.«

»Ach ja, mein erster Irrtum.« Ein dünnes Lächeln spielte um ihre Lippen. »Weiß der Himmel, Michael sah großartig aus, aber er hatte den Verstand eines Huhns. Solange wir im Bett lagen, war alles in Ordnung. Aber ein Gespräch mit ihm führen? Unmöglich.« Sie fing an, auf dem Rosenholz herumzutrommeln. »Charlie war ihm als Schauspieler weit überlegen, aber Michael hatte das richtige Gesicht, die Ausstrahlung. Ich ärgere mich heute noch, wenn ich daran denke, dass ich dumm genug war zu glauben, dass der Bursche irgendeine Ähnlichkeit mit den Männern hatte, die er im Film darstellte.«

»Und Charlie Gray?« Julia beobachtete Eve genau. »Er hat doch Selbstmord begangen«

»Seine Finanzen waren eine Katastrophe, und seine Karriere war an einem toten Punkt angelangt. Natürlich war es trotzdem für viele schwer zu begreifen, dass es ein reiner Zufall war, dass er sich an dem Tag erschoß, an dem ich Michael Torrent heiratete.« Ihre Stimme klang gelassen, und sie schaute

Julia ruhig an. »Ob es mir leidtut? Ja. So einen wie Charlie gibt es nur sehr selten, und ich liebte ihn. Nicht so, wie er mich liebte, aber ich liebte ihn. Ob ich mir Vorwürfe mache? Nein. Wir haben beide unsere Wahl getroffen, Charlie und ich. Die Überlebenden müssen mit dem leben, was sie gewählt haben.« Sie neigte den Kopf. »Ist es nicht so, Julia?«

4 Ja, es stimmt, dachte Julia später. Wer überlebt, muss mit dem leben, was er gewählt hat. Aber er muss auch bezahlen. Sie fragte sich, womit Eve bezahlt haben mochte.

Julia saß unter einem Sonnenschirm an einem Glastisch auf der Terrasse des Gästehauses. Von hier aus konnte man nur den Eindruck gewinnen, als ob Eve einzig und allein auf der Gewinnerseite lebte. Während sie ihre Notizen durchging, war sie von schattenspendenden Bäumen und dem Duft von Jasmin umgeben. Leises Summen erfüllte die Luft – von einem ziemlich weit entfernt arbeitenden Rasenmäher, von Bienen, die Nektar suchten, und von dem schwirrenden Flügelschlag eines Kolibris in einem nahegelegenen Hibiskusstrauch.

Alles hier sprach von Luxus und Privilegien. Aber die Leute, die all dies mit Eve teilten, wurden dafür bezahlt, dachte Julia. Sie war eine Frau, die einen Gipfel nach dem anderen erreicht hatte, aber im Grunde einsam geblieben war. Ein hoher Preis für ihren Erfolg.

Doch Julia hielt Eve nicht für eine Frau, die darunter litt. Sie überdeckte mit ihren Erfolgen ihre persönlichen Rückschläge. Julia hatte eine Liste von Leuten aufgestellt, die sie interviewen wollte: ehemalige Ehemänner, Liebhaber, frühere Angestellte. Schulterzuckend hatte Eve das gebilligt. Nachdenklich kreiste Julia den Namen Charlie Gray zweimal ein. Sie wollte mit Leuten reden, die ihn gekannt hatten, Leute, die seine Beziehung zu Eve von einem anderen Blickwinkel aus gesehen hatten.

Sie trank ein wenig eisgekühlten Fruchtsaft, dann fing sie an zu schreiben.

*Natürlich ist sie keine einheitliche Persönlichkeit. Sie kann
großzügig sein, aber auch selbstsüchtig, freundlich, aber
auch schroff, kühl, gefühllos. Gerade diese Schwächen
sind es, die die Frau in ihrem privaten und öffentlichen
Leben ebenso faszinierend, vital und menschlich erscheinen lassen wie die Frauen, die sie gespielt hat. Ihre Kraft
ist überwältigend. Man spürt sie in ihrem Blick, ihrer
Stimme, in jeder Geste ihres disziplinierten Körpers. Das
Leben scheint für sie eine einzige Herausforderung zu sein,
eine Rolle, die sie mit viel Schwung spielt, ohne Anweisungen von der Regie zu bekommen. Jeden Fehler, jede ge-
schmissene Szene hat sie selbst zu verantworten. Sie macht
niemandem einen Vorwurf. Sie ist nicht nur bewundernswert wegen ihres Talentes, ihrer Schönheit, ihrer rauchigen
Stimme und ihrer wachen Intelligenz, sondern auch wegen
ihres tief eingewurzelten Selbstwertgefühls.*

»Sie verschwenden keine Zeit.«

Julia schreckte hoch, dann drehte sie sich schnell um. Sie
hatte Paul nicht kommen gehört und keine Ahnung, wie lange
er schon hinter ihr stand und über ihre Schulter blickte. »Was
würden Sie mit jemandem tun, Mr. Winthrop, der unaufge-
fordert in Ihrem Manuskript liest?«

Er lächelte und machte es sich in einem gegenüberstehen-
den Sessel bequem. »Ich würde ihm all die neugierigen kleinen Fingerchen abschneiden. Aber, wissen Sie, ich bin dafür bekannt, dass ich schrecklich unbeherrscht bin.« Er nahm
ihr Glas in die Hand und nippte daran. »Und wie ist es mit
Ihnen?«

»Man scheint anzunehmen, dass ich gute Manieren habe.
Aber das kann ein schwerer Fehler sein.« Es passte ihr nicht,
dass er hier war. Er hatte sie bei der Arbeit unterbrochen und
war in ihre Privatsphäre eingedrungen. Sie trug Shorts und
ein ausgebleichtes T-Shirt, hatte keine Schuhe an und das
Haar zu einem unordentlichen Pferdeschwanz zusammengebunden. Ihr sorgfältig aufgebautes Image war zum Teufel.

Sie warf einen ausdrucksvollen Blick auf ihr Glas, das er gerade wieder an die Lippen führte. »Soll ich Ihnen ein eigenes holen?«

»Nein, dies ist sehr gut.« Es amüsierte ihn, dass sie sich so offensichtlich unbehaglich fühlte, und er freute sich darüber, dass man sie so leicht durcheinanderbringen konnte. »Das erste Interview mit Eve hat bereits stattgefunden.«

»Gestern.«

Er zog eine Zigarre hervor und hatte offensichtlich die Absicht, es sich hier gemütlich zu machen. Sie schaute sich seine langen Finger an. Besser geeignet, den Silberlöffel zu handhaben, mit dem er auf die Welt gekommen war, dachte sie, als die komplizierten, oft grausigen Morde auszuführen, mit denen er seine Buchseiten füllte.

»Es ist mir klar, dass ich nicht in einem Büro sitze«, sagte sie, »aber ich arbeite.«

»Ja, das sehe ich.« Er lächelte freundlich. Sie musste sich schon etwas Besseres ausdenken als leichte Andeutungen, wenn sie ihn verscheuchen wollte. »Möchten Sie mir nicht Ihre Eindrücke von dem ersten Interview mitteilen?«

»Nein.«

Keineswegs eingeschüchtert, zündete er seine Zigarre an und legte dann einen Arm um die Rücklehne des schmiedeeisernen Sessels. »Für jemanden, der mit mir zusammenarbeiten will, sind Sie sehr unfreundlich.«

»Für jemanden, der meine Arbeit missbilligt, sind Sie sehr interessiert daran.«

»Nicht Ihre Arbeit.« Er streckte die Beine aus, überkreuzte die Füße, nahm einen kurzen Zug und stieß den Rauch wieder aus. Ein aufdringlich männlicher Duft nach Rauch erfüllte die Luft. Er überlagerte den Duft der Blumen, als ob ein Mann seinen Arm um eine widerstrebende Frau legte. »Ich missbillige lediglich Ihr gegenwärtiges Projekt. Ich habe ein persönliches Interesse daran.«

Sie stellte fest, dass seine Augen das Eindrucksvollste an ihm waren. Es war nicht die Farbe, obwohl viele Frauen ihr tiefes Blau gewiss unwiderstehlich fanden. Es war sein Blick, dieser unwahrscheinlich durchdringende Blick, der Julia das Gefühl gab, er schaute sie nicht an, sondern in sie hinein.

Der Blick eines Jägers, sagte sie sich, und sie war nicht bereit, zur Beute irgendeines Mannes zu werden.

»Wenn Sie besorgt darüber sind, ich könnte irgendetwas Unfreundliches über Sie schreiben, brauchen Sie sich keine weiteren Sorgen zu machen. Ihre Rolle in Eves Biografie wird kaum mehr als den Bruchteil eines Kapitels ausmachen.«

Das war von Autor zu Autor eine handfeste Beleidigung, aber es ging ihm nicht um sein Ego. Er lachte nur und mochte sie dafür umso mehr. »Erzählen Sie mir eines, Jules, haben Sie nur etwas gegen mich oder gegen alle Männer?«

Die Frage an sich brachte sie nicht so sehr aus der Fassung wie die Verwendung ihres Spitznamens. Es war wie ein Kuss anstelle eines Handschlags. »Ich weiß nicht, was Sie meinen.«

»Natürlich wissen Sie das.« Er lächelte noch freundlicher, aber sein Blick war eine Herausforderung. »Es ist mir noch nicht gelungen, all die kleinen Dornen von unserer ersten Begegnung herauszuziehen.«

Sie fuchtelte mit ihrem Füller herum und wünschte sich, er würde endlich gehen. Er war jetzt entschieden zu entspannt, wodurch ihre innere Anspannung nur noch mehr wuchs. Bei Männern mit seinem Selbstbewusstsein musste sie immer um ihr eigenes kämpfen. »Soweit ich mich erinnere, kam der erste Angriff von Ihnen.«

»Mag sein.« Er lehnte sich im Sessel zurück und beobachtete sie. Noch wusste er nicht genau, wie er sie einzuschätzen hatte, aber er würde es herausfinden.

Sie runzelte die Stirn, als er aufstand, um den Zigarrenstummel am Rand der Terrasse in den Sand zu stupsen. Sein schlanker Körper schien nur aus Muskeln zu bestehen. Der Körper eines Fechters, dachte sie.

»Wir müssen auf irgendeine Weise einen Waffenstillstand schließen. Um Eves willen.«

»Das sehe ich nicht ein. Da wir beide unsere Arbeit haben,

werden wir uns kaum oft genug über den Weg laufen, um weiße Fahnen aufziehen zu müssen.«

»Das ist ein Irrtum.« Er kam zum Tisch zurück, setzte sich aber nicht hin. Stattdessen blieb er neben ihr stehen, beide Daumen in die Taschen gesteckt. »Ich muss Sie im Auge behalten, wegen Eve. Und vielleicht auch meinetwegen.«

Ihr Füller fiel auf die Glasplatte des Tisches. Sie ließ ihn liegen und verschlang die Finger ineinander. »Wenn das heißen soll ...«

»Sie gefallen mir besser so.« Er unterbrach sie einfach. »Barfuß und außer Fassung. Die Frau, der ich gestern Abend begegnet bin, war faszinierend und einschüchternd.«

Sie spürte eine innere Unruhe, gegen die sie sich schon lange immun geglaubt hatte. Sie machte sich klar, dass es durchaus möglich war, dass man sich körperlich zu einem Mann hingezogen fühlte, den man nicht mochte. Aber es war genauso möglich, diesem Drang zu widerstehen. »Ich bin dieselbe, mit oder ohne Schuhe.«

»Ganz und gar nicht.« Er setzte sich wieder hin, stützte die Ellbogen auf die Tischplatte, legte das Kinn auf seine gefalteten Hände und studierte sie. »Glauben Sie nicht auch, dass es entsetzlich langweilig wäre, wenn man jeden Morgen als genau dieselbe Person aufwachte?«

Das war genau die Art von Fragen, die sie liebte und gern gründlich beantwortet hätte. Aber bei ihm wusste sie nie, wohin ihre Erklärungen sie führen würden. Sie nahm ihren Notizblock zur Hand und schlug eine leere Seite auf.

»Da Sie nun einmal hier sind und Lust haben, mit mir zu reden, könnten Sie mir vielleicht gleich das Interview geben.«

»Nein. Damit müssen wir noch warten, schauen, wie alles läuft.« Er wusste, dass er stur war, und es machte ihm ausgesprochen Spaß.

»Was alles?«

Er lächelte. »Alles Mögliche, Julia.«

Eine Tür wurde zugeschlagen, und eine Jungenstimme war zu hören. »Mein Sohn.« Julia raffte schnell ihre Notizen zusammen und stand auf. »Wenn Sie mich entschuldigen möchten. Ich muss …«

Aber Brandon kam bereits auf die Terrasse gestürmt. Er trug eine Kappe in leuchtendem Orange, ausgebeulte Jeans und ein T-Shirt mit einer Mickymaus. Er grinste über das ganze schmuddelige Gesicht.

»Ich habe in der Schule zwei Bälle in den Korb geschossen«, verkündete er.

»Mein kleiner Held.«

Sie streckte die Hände nach ihm aus, und wieder konnte Paul beobachten, wie sie sich veränderte. Das war weder die kühle, elegante noch die verletzliche Frau, sondern eine zärtliche Mutter. Man erkannte es an ihrem Blick und an ihrem Lächeln, als sie den Arm um die Schultern ihres Sohnes legte. Sie zog ihn an ihre Seite. In der Körpersprache hieß das eindeutig: Er gehört mir.

»Brandon, das ist Mr. Winthrop.«

»Hallo.« Wieder grinste Brandon und zeigte dabei seine Zahnlücken.

»Als was hast du gespielt?«

Bei dieser Frage leuchteten Brandons Augen auf. »Als Linienwächter. Ich bin nicht sehr groß, aber ich bin schnell.«

»Ich habe einen Springreifen zu Hause. Du solltest mal rüberkommen und mir zeigen, wie du damit klarkommst.«

»Ja?« Brandon tanzte fast vor Begeisterung, während er seine Mutter fragend anschaute. »Darf ich?«

»Wir werden sehen.« Sie nahm ihm die Kappe ab. »Hausaufgaben?«

»Nur ein paar Vokabeln und eine dämliche lange Divisionsaufgabe.« Beides wollte er am liebsten bis zur allerletzten Minute vor sich herschieben. »Kann ich einen Drink haben?«

»Ich hol dir einen.«

»Das ist für dich.« Brandon zog einen Briefumschlag aus seiner Tasche. Dann wendete er sich wieder Paul zu. »Schauen Sie sich manchmal die Spiele an?«

»Hier und da.«

Julia überließ sie ihrer Fachsimpelei. Sie füllte ein Glas mit Eis, wie Brandon es mochte, und goss Saft darauf. Obwohl es sie ärgerte, füllte sie auch Paul ein Glas und stellte auch noch einen Teller mit Keksen auf das Tablett. Es wäre wohl kaum ein gutes Beispiel für ihren Sohn, wenn sie so unhöflich gewesen wäre, Paul einfach zu übergehen.

Ihr Blick fiel auf den Briefumschlag, den sie auf das Küchenbüfett gelegt hatte. Ihr Name stand in großen Druckbuchstaben darauf. Stirnrunzelnd nahm sie ihn in die Hand. Ob es sich um eine Nachricht von Brandons Lehrer handelte? Als sie ihn aufgerissen und die kurze Botschaft überflogen hatte, spürte sie, dass ihr plötzlich kalt geworden war.

Neugier ist der Tod der Katze.

Es war einfach blöd. Wieder las sie die wenigen Worte und sagte sich, dass es eine reine Dummheit war, aber das Blatt in ihrer Hand zitterte. Wer schickte ihr eine solche Nachricht und warum? Sollte es eine Warnung sein – oder eine Drohung? Sie stopfte den Zettel in ihre Tasche. Es bestand kein Grund, sich von diesem Unsinn erschrecken zu lassen.

Sie wartete noch einen Augenblick, um sich zu beruhigen, dann nahm sie das Tablett und ging hinaus. Paul hatte sich hingesetzt und unterhielt sich mit Brandon über die Lakers, eine bekannte Baseballmannschaft.

»Wir haben einmal die Knicks gesehen«, erzählte ihm Brandon. »Mama hat damals nicht alles mitbekommen, aber sie ist ganz gut im Korbball«, fügte er entschuldigend hinzu.

Paul blickte hoch, und sein Lächeln verschwand augenblicklich, als er ihr Gesicht sah. »Probleme?«

»Nein. Zwei Kekse, Sportsfreund.« Brandon schaute schon begierig auf den Teller.

»Mr. Winthrop hat viele Spiele gesehen«, berichtete er und stopfte sich den ersten Keks in den Mund. »Er kennt sogar Larry Bird.«

»Wie schön.«

»Sie hat keine Ahnung, wer das ist«, sagte Brandon in halbem Flüsterton und grinste Paul von Mann zu Mann zu. Dann spülte er den Keks mit einem großen Schluck Saft herunter. »Sie interessiert sich mehr für Mädchensachen.«

»Zum Beispiel?«

»Na ja«, Brandon suchte sich einen zweiten Keks aus, während er überlegte. »Wissen Sie, alte Filme, wo die Leute sich dauernd anschauen. Und Blumen. Sie ist vernarrt in Blumen.«

Julia lächelte leicht. »Soll ich die Herren allein lassen bei ihrem Port und den Zigarren?«

»Es ist ganz okay, Blumen zu mögen, wenn man ein Mädchen ist«, versicherte ihr Brandon.

»Du, mein kleiner Chauvinist.« Sie wartete, bis er seinen Saft ausgetrunken hatte. »Die Hausaufgaben.«

»Könnte ich nicht erst …«

»Kommt nicht infrage.«

»Ich hasse diese langweiligen Vokabeln.«

»Und ich hasse Mathe.« Sie strich ihm mit dem Finger über den Nasenrücken. »Mach das zuerst, dann helfe ich dir bei den Vokabeln.«

»In Ordnung.« Er wusste, wenn er sie jetzt dazu überredete, bis nach dem Abendessen damit zu warten, würde sie das Fernsehen streichen. Ein Junge konnte nicht gewinnen. »Bis bald«, sagte er zu Paul.

»Natürlich.« Paul wartete, bis die Tür zuknallte. »Ein netter Junge.«

»Ja, das ist er. Es tut mir leid, aber ich muss hineingehen und seine Schularbeiten überwachen.«

»Nur noch eine Minute.« Er stand auf. »Was ist passiert, Julia?«

»Ich weiß nicht, was Sie meinen.«

Er legte ihr die Hand unters Kinn. Seine Finger waren warm, fest und an den Spitzen rau von irgendeiner Arbeit oder einem Männersport. »Einigen Menschen kann man ihre Gefühle direkt an den Augen ablesen. Sie haben einen tüchtigen Schreck bekommen. Wodurch?«

Sie war ganz und gar nicht glücklich über ihr dringendes Verlangen, es ihm zu erzählen. Seit über zehn Jahren war sie mit ihren Problemen allein fertiggeworden. »Lange Divisionsaufgaben jagen mir immer einen Schreck ein.«

Enttäuscht ließ er die Hand sinken. »In Ordnung, Sie haben vermutlich keinen Grund, mir zu vertrauen. Rufen Sie mich an, damit wir für das Interview einen Termin vereinbaren können.«

»Mach ich.«

Als er zum Hauptgebäude zurückging, ließ sie sich in den Sessel sinken. Sie brauchte keine Hilfe, weder von ihm noch von sonst jemand, weil alles in Ordnung war. Mit ruhigen Händen zog sie das Blatt aus der Tasche, glättete es und las es noch einmal.

Dann stand sie auf. Es war immer ein Fehler, sich auf andere zu verlassen, ein Fehler, den sie nicht machen würde. Aber sie wünschte sich, Paul Winthrop hätte sich für ein gemütliches Plauderstündchen am Nachmittag einen anderen Platz ausgesucht.

Während sich Brandon oben im Bad selber eine Wasserschlacht lieferte, goss sich Julia ein Glas von dem Pouilly Fumé ein, den Eve hier herübergeschickt hatte. Aber selbst als sie den hellen Wein aus einem Kristallglas trank, machte sie sich noch Sorgen wegen des Zettels in ihrer Tasche.

Ob er von Paul stammte? Sie dachte gründlich darüber nach, verwarf den Gedanken dann aber. Ein Mann wie Paul Winthrop ging viel direkter vor. Sie hatte keine Ahnung, wie viele Leute heute durch das schwere Eisengitter auf das Grundstück gekommen waren, jeder von ihnen hätte den Umschlag mitbringen können. Und auch die Leute, die hier arbeiteten und wohnten, kamen infrage. Sie wusste viel zu wenig über sie.

Als sie durch das Küchenfenster spähte, konnte sie das Licht in dem Apartment über der Garage sehen. Lyle, der Chauffeur mit den breiten Schultern und den schmalen Hüften, er schien sich für *den* Zuchthengst im Westen zu halten. Ob er und Eve …? Nein. Mit einem Mann wie Lyle würde Eve sich nicht einlassen.

Travers. Die Haushälterin mit dem ewig verkniffenen Mund zeigte ihre Missbilligung nur allzu deutlich. Es gab keinen Zweifel daran, dass sie Julia beim ersten Blick abgelehnt hatte. Es lag wohl weniger am Duft ihres Parfüms, als vielmehr an ihrer Arbeit, dachte Julia. Vielleicht hatte Travers geglaubt, eine geheimnisvolle, anonyme Zuschrift würde Julia veranlassen, Hals über Kopf nach Connecticut zurückzukehren. In diesem Fall würde sie eine herbe Enttäuschung erleben.

Dann Nina. Tüchtig und elegant. Konnte eine solche Frau damit zufrieden sein, ihr Leben einer anderen zu widmen? Julia hatte nur wenige Hintergrundinformationen über Nina sammeln können. Etwa fünfzig Jahre alt, unverheiratet, kinderlos, eine Veteranin unter denen, die zu Eves Welt gehörten. Beim Dinner hatte sie es unauffällig fertiggebracht, Frieden zu stiften. Fürchtete sie, dass Eves Biografie diesen Frieden unwiderruflich vernichten könnte?

Als Julia noch darüber nachdachte, sah sie Nina mit einem großen Karton in den Armen schnell auf das Haus zukommen.

Julia öffnete rasch die Küchentür. »Eine Spezialsendung?« Lachend dirigierte Nina den Karton durch die Tür. »Ich habe Ihnen ja schon gesagt, dass ich hier der Packesel bin.« Sie keuchte ein wenig, als sie den Karton auf den Küchentisch stellte. »Eve hat mich gebeten, Ihnen dieses Zeug herzubringen. Fotos, Zeitungsausschnitte, Kinozettel. Sie meint, Sie könnten es vielleicht für Ihre Arbeit gebrauchen.«

Neugierig hob Julia den Deckel. »Oh ja!« Begeistert nahm sie einen alten Schnappschuss von Eve hoch: eine sinnliche Schönheit an der Seite eines bemerkenswert gut aussehenden Michael Torrent. Sie begann, in dem Karton herumzuwühlen.

Nina schaffte es, nur leicht zusammenzuzucken, als Julia die von ihr so sorgfältig geordneten Papiere durcheinanderbrachte.

»Das ist wunderbar.« Julia nahm einen einfachen Schnappschuss in die Hand, der schon etwas verblasst war und an den Ecken Eselsohren aufwies. »Himmel, das ist ja Gable.«

»Ja. Das wurde hier aufgenommen, bei einer von Eves Partys. Es war vor dem Anfang der Dreharbeiten zu *The Misfits*, kurz vor seinem Tod.«

»Sagen Sie ihr, das wird mir nicht nur bei der Arbeit helfen, sondern auch unheimlich viel Spaß machen. Ich komme mir vor wie ein Kind in einer Schokoladenfabrik.«

»Dann will ich Sie besser allein lassen.«

»Warten Sie.« Julia zwang sich dazu, sich von der Schatztruhe zu trennen, bevor Nina die Tür öffnete. »Haben Sie ein paar Minuten Zeit?«

Nina blickte auf ihre Uhr. »Natürlich. Möchten Sie einige der Bilder mit mir zusammen durchsehen?«

»Nein, ich möchte ein Inverview von Ihnen. Ich werde es kurz machen«, fügte sie schnell hinzu, als sie sah, dass Nina ausweichen wollte. »Ich weiß, wie beschäftigt Sie sind und will Sie nicht unnötig von der Arbeit abhalten.« Julia gratulierte sich selber zu Ihrem Einfall und lächelte. »Ich hole nur schnell mein Tonbandgerät. Bitte, gießen Sie sich ein Glas Wein ein.« Eilig ging sie hinaus, ohne Nina die Zeit zu lassen, zuzustimmen oder abzulehnen.

Als sie zurückkam, hatte sich Nina Wein eingegossen, Julias Glas neu gefüllt und sich hingesetzt. Sie lächelte, eine hübsche Frau, die daran gewöhnt war, ihre Zeit für andere Leute zu opfern. »Eve hat mich gebeten, mit Ihnen zusammenzuarbeiten, aber um die Wahrheit zu sagen, ich kann mir nicht denken, dass ich irgendetwas Interessantes beizutragen hätte, Julia.«

»Das lassen Sie nur meine Sorge sein.« Julia öffnete ihr Notizheft und stellte den Rekorder an. Sie spürte das Widerstreben der anderen und wusste, dass sie behutsam vorgehen musste. »Nina, Sie müssen sich darüber im Klaren sein, wie faszinierend Außenstehende alle Details über Eves ganz normalen Tagesablauf finden. Was sie zum Frühstück isst, welche Musik sie liebt, ob sie abends vor dem Fernseher sitzt und irgendetwas dazu knabbert. Aber vieles davon kann ich selber herausfinden. Deshalb will ich Sie nicht mit solchen Trivialitäten aufhalten.«

Nina lächelte weiterhin höflich. »Wie schon gesagt, Eve bat mich um Zusammenarbeit mit Ihnen.«

»Ich weiß das zu würdigen. Was ich von Ihnen wissen möchte, ist, wie Sie über Eve denken. Als jemand, der täglich mit ihr zusammen ist, und das seit fünfzehn Jahren, kennen Sie sie vermutlich besser als irgendjemand anders.«

»Ich glaube, dass uns nicht nur ein Arbeitsverhältnis, sondern auch Freundschaft verbindet.«

»Es ist schwierig, mit jemandem unter einem Dach zu leben, der, wie Eve selbst sagt, anspruchsvoll ist.«

»Es ist mir nie schwierig vorgekommen.« Nina nippte an ihrem Weinglas. »Es ist für mich eher eine Herausforderung. Im Laufe der Jahre hat es eine ganze Reihe von solchen Herausforderungen gegeben.«

»An welche erinnern Sie sich am besten?«

»Oh, das ist leicht beantwortet.« Nina lachte. »Vor ungefähr fünf Jahren, als sie gerade *Heat Wave* drehte, fasste sie plötzlich den Entschluss, eine Party zu geben. Das ist an sich nichts Ungewöhnliches, Eve liebte Partys. Aber sie war damals so begeistert von den Dreharbeiten in Nassau, dass sie darauf bestand, dass die Party auf einer Insel stattfinden musste – und zwar innerhalb von zwei Wochen.« Bei dieser Erinnerung hatte ihr höfliches Lächeln sich gewandelt und war einem natürlichen gewichen. »Haben Sie jemals versucht, in der Karibik eine ganze Insel zu mieten, Julia?«

»Das kann ich nicht behaupten.«

»Es ist nicht einfach, besonders wenn man allen modernen Komfort verlangt wie Räumlichkeiten, Elektrizität und Wasserleitungen. Es gelang mir, eine zu finden, einen wunderschönen Fleck Erde, etwa fünfunddreißig Meilen vor der Küste von St. Thomas. Wir transportierten per Flugzeug Generatoren für den Fall eines tropischen Sturms dorthin. Dann natürlich die Speisen, die Getränke, Porzellan, Silber, Tische, Stühle und Eis.« Sie schloss die Augen. »Unglaubliche Mengen von Eis.«

»Wie haben Sie das zustande gebracht?«

»Auf dem Luft- und auf dem Seeweg. Und mit äußerstem Einsatz. Ich habe drei ganze Tage dort verbracht, mit Zimmerleuten, Gärtnern und einigen sehr schrulligen Lieferanten. Es war – sagen wir, einer ihrer interessantesten Einfälle.«

Fasziniert versuchte Julia, sich die ganze Sache vorzustellen. »Und wie war die Party?«

»Ein Riesenerfolg – genug Rum, um ein Schlachtschiff außer Gefecht zu setzen, einheimische Musik – und Eve sah in ihrem blauen Seidensarong aus wie die Inselkönigin.«

»Und wie lernt man, eine Insel zu mieten?«

»Durch Versuch und Irrtum. Bei Eve weiß man nie, was als Nächstes kommt, da bereitet man sich am besten auf alles Mögliche vor. Ich habe Kurse im Rechtswesen absolviert, für Buchhaltung, Dekoration, Immobilienberatung und Gesellschaftstanz, und vieles mehr.«

»Und hat keiner dieser Kurse Sie dazu animiert, beruflich weiterzukommen, eine andere Laufbahn einzuschlagen?«

»Nein.« Nicht das geringste Zögern war zu bemerken. »Ich würde Eve nie verlassen.«

»Wie hat es sich ergeben, dass Sie für sie arbeiten?«

Nina schaute in ihr Glas. Langsam ließ sie ihren Zeigefinger über den Rand kreisen. »Ich weiß, dass es melodramatisch klingen mag, aber Eve hat mir das Leben gerettet.«

»Buchstäblich?«

»Oh ja.« Sie machte eine Bewegung mit den Schultern, als wollte sie einen letzten Zweifel darüber abschütteln, ob sie fortfahren sollte. »Es gibt nicht viele Leute, die etwas über meine Vergangenheit wissen. Ich behalte das lieber für mich, aber ich weiß, dass Eve will, dass ich Ihnen die ganze Geschichte erzähle. Sicher ist es am besten, wenn Sie sie von mir selber hören.«

»Ganz bestimmt.«

»Meine Mutter war eine schwache Persönlichkeit, sie wanderte von einem Mann zum anderen. Wir hatten sehr wenig Geld, lebten in gemieteten Zimmern.«

»Ihr Vater?«

»Er hatte uns verlassen. Ich war noch sehr jung, als sie wieder heiratete, einen Lastwagenfahrer, der ebensoviel unterwegs wie zu Hause war. Das erwies sich als Segen.« Tiefer Schmerz lag in ihrer Stimme. Nina umklammerte den Stiel des Glases und blickte unverwandt auf den Wein, als enthielte er irgendein Geheimnis. »Finanziell ging es uns ein wenig besser, und alles war in Ordnung, eine Zeit lang, bis ... Bis ich nicht mehr ganz so jung war.« Mit großer Willensanstrengung hob sie den Kopf. »Ich war dreizehn, als er mich vergewaltigte.«

»Oh, Nina. Es tut mir leid.« Instinktiv griff sie nach Ninas Hand. »Es tut mir so leid.«

»Danach bin ich oft von zu Hause fortgelaufen«, fuhr Nina fort. Der feste Griff von Julias Hand tröstete sie offensichtlich. »Die ersten Male kehrte ich von selber wieder zurück.« Sie lächelte matt. »Wohin hätte ich gehen sollen? Später haben sie mich aufgegriffen und zurückgebracht.«

»Und Ihre Mutter?«

»Sie glaubte mir nicht. Wollte mir nicht glauben. Es hätte ihr nicht gepasst, dass ihre Tochter ihre Rivalin war.«

»Das ist ungeheuerlich.«

»So ist die Wirklichkeit. Einzelheiten sind nicht weiter wichtig«, fuhr sie fort. »Schließlich lief ich zum letzten Mal davon. Wenn man mich nach meinem Alter fragte, log ich, und so fand ich einen Job als Cocktailserviererin und arbeitete mich zur Managerin hoch.« Sie sprach jetzt schneller, als wäre das Schlimmste schon gesagt. »Meine allzu frühen Erfahrungen hatten mich gelehrt, mich ganz auf die Arbeit zu konzentrieren. Keine Verabredungen, keine Störungen. Dann machte ich einen Fehler. Ich verliebte mich. Ich war schon fast dreißig, und es erwischte mich schwer.«

Tränen schienen in ihren Augen zu glitzern, aber sie senkte rasch die Lider und führte das Glas an die Lippen. »Er war wunderbar zu mir, großzügig, rücksichtsvoll, sanft. Er wollte mich heiraten, aber ich ließ es zu, dass meine Vergangenheit diesen Traum für uns beide vernichtete. Eines Abends verließ er mein Apartment, zornig darüber, dass ich ihm mein Jawort nicht geben wollte. Und dann kam er bei einem Autounfall ums Leben.«

Sie löste ihre Hand aus der Julias. »Ich brach zusammen. Versuchte, Selbstmord zu begehen. So begegnete ich Eve. Sie arbeitete gerade an ihrer Rolle für *Darkest at Dawn*. Ich hatte meinen Job aufgegeben, aber nicht genügend Tabletten genommen und lag zur Beobachtung im Krankenhaus. Sie redete mit mir, hörte mir zu. Anfangs mag es nichts weiter gewesen sein als das Interesse einer Schauspielerin an einer Charakterrolle, aber sie kam wieder. Ich habe mich oft gefragt, warum sie wiedergekommen ist. Was mag sie in mir gesehen haben? Sie fragte mich, ob ich mein Leben mit Selbstmitleid verbringen oder etwas daraus machen wollte. Ich schrie sie an, verfluchte sie. Sie gab mir ihre Nummer und sagte, ich sollte sie anrufen, wenn ich mich entschlossen hätte, etwas aus mir zu machen. Dann ging sie, in ihrer unnachahmlichen Art, die sagt: Geh meinetwegen zur Hölle. Schließlich rief ich sie an. Sie gab mir einen Job, ein Zuhause und mein Leben.« Nina leerte ihr Glas. »Und deshalb miete ich Inseln für sie und tue alles, was sie von mir verlangt.«

Noch Stunden später war Julia hellwach. Die Geschichte, die Nina ihr erzählt hatte, ging ihr im Kopf herum. Eve Benedicts Persönlichkeit war außerordentlich vielschichtig. Wie viele Menschen gab es, die aktiv Anteil nahmen an der Tragödie eines Fremden, ihm neue Hoffnung gaben? Nicht nur durch das Ausschreiben eines Schecks. Das war leicht, wenn man genügend Geld hatte. Nicht durch schöne Worte. Worte kosteten nichts. Sondern durch echtes Mitempfinden.

Julias Engagement an dem Buch hatte neue Nahrung erhalten. Sie wollte diese Geschichte nicht nur erzählen, sie musste sie erzählen.

Draußen wurde es kühl. Wind kam auf, er war erfüllt vom Duft der Rosen im Garten und rüttelte an den Bäumen. Irgendwo schrie die Pfauhenne. Obwohl Julia den Laut inzwischen kannte, zuckte sie zusammen. Sie war zu unruhig, um schlafen zu gehen oder noch zu arbeiten. Sie zog sich eine Jacke über und ging nach draußen.

Der Mond schien. Und Stille herrschte, diese wunderbare Stille, die sie schätzen gelernt hatte nach den Jahren in Manhattan. Sie konnte hören, wie der Wind durch die Baumkronen strich. Wie immer die Luftqualität in Los Angeles sein mochte, hier war jeder Atemzug eine Wohltat.

Sie kam an dem Tisch vorbei, an dem sie an jenem Nachmittag mit Paul Winthrop gesessen hatte. Es war merkwürdig, dachte sie, dass sie sich so lange miteinander unterhalten hatten und einander jetzt doch kein bisschen besser kannten als zuvor. Es war ihre Aufgabe, mehr über ihn in Erfahrung zu bringen, so weit es Eve betraf. Sie glaubte mit Sicherheit, dass er der kleine Junge gewesen war, über den Eve mit Brandon geredet hatte. Der kleine Junge, der Petits fours geliebt hatte. Es fiel ihr nicht leicht, sich Paul als Kind vorzustellen, das auf einen Leckerbissen wartete.

Was für eine Mutter mochte Eve Benedict gewesen sein? Julia schürzte die Lippen, als sie darüber nachdachte. Diesen Aspekt musste sie eindeutig klären. War sie nachsichtig gewesen, nachlässig, liebevoll, distanziert? Sie hatte nie ein eigenes Kind gehabt. Wie mochte sie auf die Stiefkinder reagiert haben, die in ihrem Leben aufgetaucht und wieder verschwunden waren? Und was hielten diese inzwischen erwachsen gewordenen Kinder von ihr?

Wie war ihre Beziehung zu Drake Morrison? Zwischen ihnen bestand Blutsverwandtschaft. Es konnte interessant werden, mit ihm über seine Tante zu sprechen, nicht über seine Arbeitgeberin.

Erst als sie Stimmen hörte, wurde Julia klar, dass sie weit in den Garten hineinspaziert war. Sie erkannte sofort Eves rauchige Stimme und fast ebenso rasch bemerkte sie, dass diese

Stimme ein wenig verändert klang. Weicher, sanfter. Es war die Stimme einer Frau, die mit ihrem Geliebten sprach.

Auch die andere Stimme war so unverkennbar wie ein Fingerabdruck. Dieses tiefe, sonore Schnarren klang, als wären die einzelnen Vokale im Sandpapier aufgerauht worden.

Victor Flannigan, der legendäre Star aus den vierziger und fünfziger Jahren, der schneidige und gefährliche Liebhaber in den Filmen der sechziger und sogar noch der siebziger Jahre. Heute, wo sein Haar weiß geworden war und sein Gesicht zerfurcht, besaß er auf dem Bildschirm immer noch seine sinnliche Ausstrahlung und seinen ganz eigenen, faszinierenden Stil. Viele hielten ihn sogar für den besten Schauspieler der Welt.

Er hatte drei Filme mit Eve zusammen gedreht, brillante, temperamentvolle Filme, um die es zahlreiche Gerüchte gab. Aber Victor Flannigan war mit einer frommen Katholikin verheiratet. Trotzdem tauchten immer mal wieder Gerüchte über ihn und Eve auf.

Als Julia hörte, wie sie zusammen lachten, wusste sie, dass sie ein Liebespaar belauschte.

Ihr erster Gedanke war, sich rasch zu entfernen und ins Gästezimmer zurückzukehren. Wenn sie auch Journalistin war, so konnte sie doch nicht ein so offensichtlich privates Zusammensein stören. Die Stimmen kamen näher. Instinktiv verließ Julia den Gartenweg und suchte Schutz im Schatten der Bäume, um die beiden vorbeizulassen.

»Hast du je den Eindruck gehabt, dass ich nicht wusste, was ich tat?«, fragte Eve ihn. Sie gingen Arm in Arm, und sie hatte ihren Kopf an seine Schulter gelehnt. Julia hatte Eve nie schöner und glücklicher gesehen.

»Ja.« Er blieb stehen und nahm Eves Gesicht in seine Hände. Er war nicht viel größer als sie, aber ungewöhnlich kräftig gebaut, ein richtiges Muskelpaket. Seine Haarmähne glänzte silbern im Mondlicht. »Ich weiß, dass ich wohl der Einzige bin, der das sagen darf und trotzdem am Leben bleibt.«

»Vic, Darling.« Eve schaute in sein Gesicht, dieses Gesicht, das sie ein Leben lang kannte und liebte. Sie sah die Spuren des Alters, erinnerte sich an seine Jugend und unterdrückte energisch die aufsteigenden Tränen. »Mach dir keine Sorgen um mich. Ich habe meine Gründe. Wenn das Buch fertig ist …« Sie umklammerte sein Handgelenk, um das starke, lebendige Schlagen seines Pulses zu spüren. »Dann werden wir beide es uns am Kamin gemütlich machen und es einander vorlesen.«

»Warum die alten Geschichten aufrühren, Eve?«

»Weil es an der Zeit ist. Es war nicht alles negativ.« Sie legte ihre Wange an seine. »Seit ich mich dazu entschlossen habe, fange ich an nachzudenken, mich zu erinnern, neu zu bewerten. Es ist mir klar geworden, wie viel Freude es macht, einfach zu leben.«

Er ergriff ihre Hände und zog sie an seine Lippen. »Nichts in meinem Leben hat mir mehr bedeutet als du. Ich habe mir immer gewünscht …«

»Nein.« Sie schüttelte den Kopf. Julia konnte sehen, dass Tränen in ihren Augen glitzerten. »Nein, wünsche dir nichts. Wir haben so vieles gehabt. Ich möchte es für nichts eintauschen.«

»Nicht einmal die Schlägereien im Suff?«

Sie lachte. »Keine einzige. Manchmal macht es mich ganz verrückt, dass du dir von Betty Ford eine Entziehungskur verpassen ließest. Du warst der unwiderstehlichste Trunkenbold, den ich gekannt habe.«

»Erinnerst du dich daran, wie wir Gene Kellys Wagen geklaut haben?«

»Es war der von Spencer Tracy.«

»Ah, gut, wir waren alle Iren. Du und ich, wir fuhren nach Vegas und riefen ihn an.«

»Und wie er uns beschimpft hat!« Sie schmiegte sich eng an ihn und atmete den Duft ein, den er ausströmte. Tabak, Pfefferminz und den Piniengeruch des Aftershave, das er seit Jahrzehnten benutzte. »Das war eine gute Zeit, Victor.«

»Ja, das stimmt.« Er rückte ein wenig von ihr ab, um sie besser anschauen zu können. Ihr Gesicht faszinierte ihn seit jeher.

Er fragte sich, ob er wirklich der Einzige war, der ihre Schwäche kannte, die sie vor aller Welt so sorgfältig verbarg. »Ich will dich nicht verletzen, Eve. Aber das, was du vorhast, wird viele Leute, viele gehässige Leute, sehr unglücklich machen.«

Ihre Augen leuchteten, als sie ihm zulächelte. »Du bist der Einzige gewesen, der mich je einen alten, harten Brocken genannt hat und damit durchgekommen ist, hast du das vergessen?«

»Nein. Aber du bist *mein* alter, harter Brocken, Eve.«

»Hab Vertrauen zu mir.«

»Zu dir ja. Aber diese Autorin, das ist eine andere Sache.«

»Sie wird dir gefallen.« Sie lehnte sich an ihn und schloss die Augen. »Sie hat Klasse und ist absolut seriös. Sie ist genau die Richtige, Vic. Stark genug, um das zu Ende zu führen, was sie anfängt, stolz genug, um ihre Arbeit gut zu machen. Ich glaube, es wird mir sehr gefallen, mein Leben mit ihren Augen zu sehen.«

Er fuhr ihr mit der Hand über den Rücken und spürte, wie ihm heiß wurde. Sein Verlangen nach ihr hatte nie aufgehört. »Ich weiß, dass es gar keinen Sinn hat zu versuchen, dir etwas auszureden, was du dir in den Kopf gesetzt hast. Der Himmel weiß, wie sehr ich es versucht habe, als du Rory Winthrop heiraten wolltest.«

Ihr Lachen klang weich und verführerisch, und mit den Fingern strich sie sanft über seinen Nacken. »Und du bist immer noch eifersüchtig, weil ich mir einzureden versucht habe, ich könnte ihn so lieben wie dich.«

Er spürte einen Stich, aber es war nur teilweise Eifersucht. »Ich hatte nicht das Recht, dich zurückzuhalten, Eve. Ich hatte es damals nicht, und ich habe es auch heute nicht.«

»Du hast mich nie zurückgehalten.« Sie griff nach dem, was sie immer hatte haben wollen und niemals ganz haben konnte. »Deshalb gerade zählt für mich niemand außer dir.«

Er küsste sie, wie er es schon tausendfach getan hatte, voller Leidenschaft und mit stiller Verzweiflung. »Mein Gott, ich liebe dich, Eve.« Er lachte, als er spürte, wie sein Glied hart wie Eisen wurde. »Noch vor zehn Jahren hätte ich es hier an Ort und Stelle mit dir getrieben. Jetzt brauche ich ein Bett dazu.«

»Dann komm in meins.« Hand in Hand gingen sie eilig zusammen fort.

Julia blieb noch lange im Schatten stehen. Sie spürte keine Verlegenheit in sich, auch kein Prickeln, das aufkommt, wenn man ein Geheimnis erfahren hat. Tränen bedeckten ihre Wangen, als hätte sie besonders schöne Musik gehört oder einen wundervollen Sonnenuntergang beobachtet.

Das war Liebe. Dauerhaft, befriedigend, großzügig. Sie machte sich keine Illusionen über ihre Gefühle – sie war nicht nur bewegt von der Vollkommenheit dessen, was sie gesehen und gehört hatte, sie war auch neiderfüllt. Es gab niemanden, der mit ihr im Mondlicht in einem Garten spazierenging. Niemanden, der ihre Stimme so zum Klingen brachte. Niemanden.

Allein ging sie zum Haus zurück und verbrachte eine schlaflose Nacht in einem leeren Bett.

5 Denny's Ecklokal war nicht gerade eine erstklassige Adresse. Aber Drake konnte zumindest sicher sein, dass er hier niemandem begegnen würde, den er kannte, niemanden, auf den es ankam. Bei der zweiten Tasse Kaffee bestellte er ein kurz gebratenes Steak mit Spiegeleiern und Schinken. Wenn er nervös war, musste er immer essen.

Delrickio hatte sich verspätet.

Drake schüttete drei Zuckertütchen in seinen Kaffee und blickte zum dritten Mal innerhalb von fünf Minuten auf seine Rolex. Er hoffte, dass er nicht schwitzen würde.

Wenn er es gewagt hätte, den Tisch zu verlassen, wäre er in die Herrentoilette gegangen, um nachzuschauen, ob sein Haar gut saß. Stattdessen fuhr er vorsichtig mit der Hand über seinen Kopf. Dann tastete er nach seinem Schlipsknoten, die Seide knisterte unter seinen Fingern. Er schnippte unsichtbare Stäubchen von den Ärmeln seines Uomo-Jacketts. Seine Manschettenknöpfe aus gehämmertem Gold passten gut zu dem Elfenbeinton seines Leinenhemdes, das mit einem Monogramm verziert war.

Image war einfach alles. Bei dem Treffen mit Delrickio musste er kühl, zuversichtlich und gefasst wirken. Im Inneren war er ein kleiner Junge mit puddingweichen Knien, der nach einer Tracht Prügel aus einem Holzschuppen geführt wurde. Wie furchtbar die Schläge auch gewesen sein mochten, verglichen mit dem, was ihm jetzt passieren konnte, waren sie nichts. Zumindest war er noch am Leben gewesen, wenn seine Mutter mit ihm fertig war.

Seine Mutter hatte immer das Motto beherzigt »Wer die Rute schont, verdirbt das Kind«, und sie hatte die Rute mit frommem Eifer und glänzenden Augen geschwungen.

Delrickios Motto lautete »Geschäft ist Geschäft«, und er würde Drake in kleine Scheibchen schneiden – mit derselben Gelassenheit, mit der ein Mann seine Nägel feilt.

Drake hatte gerade zum vierten Mal auf die Uhr gesehen, als Delrickio ankam. »Du trinkst zu viel Kaffee.« Er lächelte, als er Platz nahm. »Das schadet deiner Gesundheit.«

Michael Delrickio wurde bald sechzig. Er nahm seinen Cholesterinspiegel ebenso ernst wie das Geschäft, das er von seinem Vater übernommen hatte. Infolgedessen war er beides, reich und gesund. Sein olivfarbener Teint bildete einen auffälligen Kontrast zu seinem stahlgrauen Haar und dem üppigen Schnurrbart. Er ließ sich jede Woche das Gesicht massieren. Seine Hände waren weich und hatten die langen, spitz zulaufenden Finger eines Geigers. Außer seinem goldenen Ehering trug er keinen Schmuck. Seine tiefliegenden dunkelbraunen Augen konnten strahlen, wenn er seine Enkelkinder beobachtete, sich mit Tränen füllen, wenn er eine schmelzende Arie hörte, und völlig ausdruckslos werden, wenn er bestimmte Befehle erteilte.

Wenn es ums Geschäft ging, waren Delrickios Gefühle nur sehr selten betroffen.

Obwohl er Drake für einen Dummkopf hielt, mochte er ihn irgendwie, auf eine onkelhafte Weise. Nur deshalb hatte er dieses persönliche Treffen mit ihm vereinbart und nicht irgendjemanden geschickt, um ihm das hübsche Gesicht zu demolieren.

Delrickio wartete auf die Bedienung. Obwohl das Restaurant überfüllt war, man hörte Kinder greinen und Geschirr klappern, wurde er trotzdem sofort bedient. Es lag nicht nur an seinem teuren italienischen Anzug, es lag vielmehr daran, dass man ihm ansah, dass er ein mächtiger Mann war.

»Grapefruitsaft«, sagte er mit seinem leichten Bostonakzent. »Eine Schale Melonenstücke, sehr kalt, und trockenen Vollkorntoast. So«, meinte er, als die Kellnerin gegangen war, »dir geht es gut?«

»Ja.« Drake fühlte, wie seine Handflächen feucht wurden. »Und Ihnen?«

»Gesund wie ein Ross.« Delrickio lehnte sich zurück und schlug sich auf den flachen Bauch. »Meine Maria kocht die besten Linguini in den Vereinigten Staaten, aber ich nehme nur ganz kleine Portionen, esse mittags nur einen Salat und gehe dreimal in der Woche zur Gymnastik. Mein Cholesterinspiegel beträgt 170.«

»Das ist großartig, Mr. Delricko.«

»Wir haben nur diesen einen Körper.«

Drake wollte nicht, dass sein einziger Körper zerlegt würde wie ein Truthahn. »Und Ihre Familie?«

»Ausgezeichnet.« Er lächelte, ganz der glückliche Papa. »Angelina hat mir vorige Woche einen weiteren Enkel geschenkt. Jetzt habe ich vierzehn Enkelkinder.« Seine Augen verschleierten sich. »Darin liegt die Unsterblichkeit eines Mannes. Auch du, Drake, solltest dich verheiraten mit einem hübschen Mädchen und ihr Kinder machen. Dann hätte dein Leben einen Mittelpunkt.« Er beugte sich vor, ein besorgter Vater, der weise Ratschläge erteilte. »Mit hübschen Mädchen zu schlafen, das ist eine andere Sache. Ein Mann ist schließlich ein Mann. Aber nichts kann die Familie ersetzen.«

Drake brachte es fertig zu lächeln, als er seine Tasse hob. »Ich suche noch nach der Richtigen.«

»Wenn du aufhörst, mit deinem Schwanz zu denken, und anfängst mit dem Herzen zu denken, wirst du sie finden.«

Er seufzte, als das Essen serviert wurde, dann sah er Drake ernst an: »Du bist in der Lage, deine Schulden zu begleichen?«

Drake blieb der Bissen in der Kehle stecken. Als er ihn schließlich heruntergewürgt hatte, sagte er: »Wissen Sie, ich hatte ein paar Verluste. Gerade im Augenblick bin ich knapp mit Bargeld. Aber ich kann Ihnen als Zeichen meines guten Willens zehn Prozent geben.«

»Zehn Prozent.« Delrickio spitzte den Mund, als er ein wenig Erdbeermarmelade auf seinen Toast strich. »Und die anderen Neunzigtausend?«

Neunzigtausend. Drake wurde ganz übel bei dem Gedanken. »Sobald sich die Lage bessert. Alles, was ich brauche, ist ein einziger Treffer.«

Delrickio tupfte sich die Lippen mit der Serviette ab. »Das habe ich früher schon von dir gehört.«

»Ich weiß. Aber diesmal …«

Delrickio brauchte nur die Hand zu heben, und schon verstummte Drake. »Ich mag dich, Drake, deshalb sage ich dir, Glücksspiel ist etwas für Dummköpfe. Für mich gehört es zum Geschäft, aber es macht mir keinen Spaß zuzuschauen, wie du deine – Gesundheit riskierst wegen ein paar Zahlen auf dem Spieltisch.«

»Ich werde die Verluste wieder hereinbekommen.« Drake aß schnell und gierig. Er versuchte, die nackte Furcht, die sich in seinen Eingeweiden ausbreitete, damit zu beschwichtigen. »Ich brauche nur eine Woche Zeit.«

»Und wenn du wieder verlierst?«

»Ich werde nicht verlieren.« Er lächelte, ein Lächeln der Verzweiflung. Der Schweiß lief ihm über den Rücken.

Delrickio fuhr fort zu essen, ein Bissen Melone, ein Bissen Toast, ein Schluck Saft. Am Nachbartisch setzte eine Frau ein Kleinkind in einen hohen Kinderstuhl. Delrickio winkte dem

Kind zu, dann aß er weiter. Drake hatte das Gefühl, dass die Eier ihm im Magen gerannen.

»Deiner Tante geht es gut?«

»Eve?« Drake beleckte sich die Lippen. Er gehörte zu den wenigen, die wussten, dass sie mit Delrickio eine kurze, leidenschaftliche Affäre gehabt hatte. Aber er wusste nicht, ob er irgendeinen Vorteil daraus schlagen konnte. »Es geht ihr gut.«

»Ich habe gehört, dass sie sich entschlossen hat, ihre Memoiren zu veröffentlichen.«

»Ja.« Obwohl sein Magen energisch protestierte, trank Drake noch mehr Kaffee. »Sie hat eine Autorin aus dem Osten kommen lassen, die ihre autorisierte Biografie schreibt.«

»Eine junge Frau.«

»Julia Summers. Sie wirkt seriös.«

»Und was will deine Tante alles preisgeben?«

Drake spürte eine gewisse Erleichterung, seit Delrickio das Thema gewechselt hatte. Er bestrich ein Stück Toast mit Butter. »Wer weiß? Bei Eve kommt alles auf die augenblickliche Stimmung an.«

»Aber du wirst es herausbekommen.«

Der Ton seiner Stimme ließ Drake erstarren, das Messer ragte in die Luft. »Über solche Sachen spricht sie nicht mit mir.«

»Du wirst es herausfinden«, wiederholte Delrickio. »Dann sollst du deine Woche Zeit haben. Eine Hand wäscht die andere.« Delrickio lächelte. »So ist es zwischen Freunden. Und in der Familie.«

Im Swimmingpool fühlte sie sich wieder frisch wie ein junges Mädchen. Sie hatte eine heiße Liebesnacht mit Victor verbracht. Eve war später aufgewacht als sonst und hatte furchtbare Kopfschmerzen. Aber die Medikamente und das kühle, klare Wasser linderten den Schmerz, sodass er erträglich wurde.

Sie schwamm langsam und methodisch und genoss das Gefühl, dass ihre Arme und Beine präzise arbeiteten. Sie dachte an die vergangene Nacht, an Victor. Sex mit ihm war immer unglaublich aufregend, ob leidenschaftlich oder sanft, ob langsam oder wild. In all den Jahren hatten sie sich in jeder nur möglichen Weise geliebt.

Keiner von all ihren Männern, all ihren Liebhabern ließ sich mit Victor vergleichen, weil er der Einzige war, dem ihr Herz gehörte. Vor Jahren war sie oft fast verzweifelt, weil sie nicht für immer zusammenleben konnten. Das war vorüber. Jetzt konnte sie dankbar jede Stunde genießen, die ihnen gegönnt war.

Als Eve aus dem Pool kam, zitterte sie und zog sich rasch ein langes, rotes Frottéekleid über. Travers schien nur auf ihr Stichwort gewartet zu haben. Sie eilte mit dem Frühstückstablett und einer Flasche Feuchtigkeitslotion herbei.

»Hat Nina ihr Bescheid gesagt?«

Travers atmete geräuschvoll durch die Nase. »Schon auf dem Weg.«

»Gut.« Eve nahm die Flasche in die Hand und schüttelte sie, während sie die Haushälterin im Auge behielt. »Sie brauchen Ihre Missbilligung nicht so deutlich zur Schau zu tragen.«

»Ich denke, was ich denke.«

»Und Sie wissen, was Sie wissen«, meinte Eve mit einem leichten Lächeln. »Was haben Sie gegen sie?«

Travers räumte das Tablett ab und deckte den glänzend weißen Tisch. Sie gab sich den Anschein, als nähme sie diese Tätigkeit voll in Anspruch. »Am besten schicken Sie sie zurück und vergessen die ganze Sache. Das gibt nur Ärger. Niemand wird es Ihnen danken.«

Geschickt sprühte Eve Lotion auf ihr Gesicht. »Ich brauche sie«, erklärte sie. »Ich kann es nicht allein machen.«

Travers kniff die Lippen zusammen. »Sie haben Ihr ganzes Leben lang immer getan, was Sie wollten. Aber diesmal irren Sie sich.«

Eve setzte sich hin und steckte sich eine Himbeere in den Mund. »Ich hoffe nicht. Das wär's dann.«

Travers stapfte zum Haus zurück. Eve lächelte und setzte sich eine Sonnenbrille auf. Sie musste nicht lange auf Julia warten. Bald erblickte sie die junge Frau, die bequeme Schuhe trug, enganliegende blaue Slacks und eine frisch gebügelte Streifenbluse. Sie ist etwas entspannter, aber nach der Kleidung und der Körperhaltung zu urteilen, immer noch auf der Hut, dachte Eve.

Wann würden sie endlich Freundschaft schließen, fragte sie sich, Vertrauen zueinander haben.

»Ich hoffe, es macht Ihnen nichts aus, dass ich Sie hierhergebeten habe.« Sie deutete auf den Sessel neben ihr.

»Nein, überhaupt nichts.« Julia fragte sich, wie viele Leute dieses berühmte Gesicht wohl schon ohne Make-up gesehen haben mochten. Und wie viele wohl wissen mochten, dass die Schönheit dieser Frau an ihrem Teint und am Knochenbau lag, nicht an der künstlichen Aufmachung. »Wo immer Sie sich wohl und entspannt fühlen, ist es mir recht.«

»Ich könnte das Gleiche behaupten.« Eve goss ihr Saft ein und hob eine Braue, als Julia den Kopf schüttelte, als sie Champagner hinzufügen wollte. »Entspannen Sie sich überhaupt jemals?«, fragte sie.

»Natürlich, aber nicht bei der Arbeit.«

Nachdenklich nippte Eve an ihrem Drink. »Was machen Sie, um sich zu entspannen?«

Verwirrt stammelte Julia: »Nun, ich … Ich …«

»Eins zu null«, erklärte Eve lachend. »Ich kann Ihnen einiges über Sie erzählen, darf ich? Sie sind beneidenswert jung und hübsch. Sie sind eine liebevolle Mutter, Ihr Kind ist der Mittelpunkt Ihres Lebens, und Sie haben sich vorgenommen, gute Arbeit zu leisten, um ihn großzuziehen. Aber Ihre Arbeit kommt erst an zweiter Stelle, obwohl Sie sie sehr ernst nehmen. Sie haben ausgezeichnete Manieren, und Ihre Selbstbeherrschung ist so perfekt, dass man sich fragt, ob es hinter dieser Fassade überhaupt eine echte, leidenschaftliche Frau gibt. Leidenschaft ist für Sie so etwas wie ein heimliches Laster, man darf sie auf keinen Fall zeigen, sollte sie am besten gar nicht besitzen. Männer rangieren ganz weit unten auf Ihrer Liste von Prioritäten, ich vermute, noch hinter der Aufgabe, Brandons Socken zusammenzurollen.«

Julia musste all ihren Willen aufbieten, um ihr Gesicht unter Kontrolle zu behalten. Aber das Aufblitzen ihrer Augen konnte sie nicht verhindern. »Das klingt, als wäre ich ziemlich beschränkt.«

»Bewundernswert«, sagte Eve und griff wieder in die Schale mit Himbeeren. »Obwohl manchmal beides dasselbe ist. Um die Wahrheit zu sagen, ich habe gehofft, Sie ein bisschen aus der Reserve locken zu können, diese schreckliche Selbstbeherrschung ein bisschen ins Wanken zu bringen.«

»Warum?«

»Ich würde gern wissen, ob ich die Geheimnisse meines Lebens einem menschlichen Wesen anvertraue.« Achselzuckend brach Eve ein Stück von einem knusprigen Croissant ab. »Bei Ihrem kleinen Meinungsaustausch mit Paul bei unserem Dinner am ersten Abend hatte ich den Eindruck, dass Sie ein gesundes Temperament besitzen. Ich mag temperamentvolle Menschen.«

»Nicht jeder ist in der Lage, seinem Temperament freien Lauf zu lassen. Ich bin ein menschliches Wesen, Miss Benedict.«

»Eve.«

»Ich bin ein menschliches Wesen, Eve, menschlich genug, dass es mir zuwider ist, wenn man mich zu manipulieren versucht.« Julia öffnete ihre Aktentasche. »Haben Sie ihn gestern zu mir geschickt?«

Eve grinste. »Wen?«

»Paul Winthrop.«

»Nein.« Ihre Überraschung und ihr Interesse wirkten überzeugend, aber Julia dachte daran, dass sie einer Schauspielerin gegenübersaß. »Paul hat Sie besucht?«

»Ja. Er scheint besorgt zu sein wegen des Buches und über die Art und Weise, wie ich es schreibe.«

»Er will mich immer beschützen.« Eves Appetit war bereits

gestillt. Sie schob das Frühstück beiseite und nahm sich eine Zigarette. »Und er ist fasziniert von Ihnen.«

»Ich glaube nicht, dass es ihm um mich persönlich geht.«

»Da wäre ich nicht so sicher.« Wieder lachte Eve. »Meine Liebe, die meisten Frauen verlieben sich schon in den ersten fünf Minuten unsterblich in ihn. Er ist verwöhnt. Kein Wunder bei seinem Aussehen, seinem Charme, dem unterschwelligen Sex-Appeal.« Sie nahm einen Zug aus ihrer Zigarette. »Ich habe seinen Vater geliebt.«

»Erzählen Sie mir davon.« Julia ergriff die Gelegenheit, mit ihrem Interview anfangen zu können. »Erzählen Sie mir von Rory Winthrop.«

»Ah, Rory … Das Gesicht eines gefallenen Engels, die Seele eines Dichters, der Körper eines Gottes und der Verstand eines Dobermanns, der einer läufigen Hündin nachjagt.« Sie lachte, aber ohne jede Bosheit. »Es war ein Jammer, dass wir nicht miteinander klarkommen konnten. Ich liebte den Sohn einer Hündin. Rorys Problem war, dass er es nicht über sich brachte, eine Erektion, die irgendwann auftrat, ungenutzt vorübergehen zu lassen. Ob es sich um französische Stubenmädchen handelte oder um irische Köchinnen, um Damen der Gesellschaft oder schillernde leichte Mädchen, Rory fand mit einem Blick heraus, wo er landen konnte, um seine männliche Pflicht zu erfüllen und das Ding irgendwo reinzustecken.« Sie grinste und füllte ihr Glas noch einmal mit Saft und Champagner. »Die ständige Untreue hätte ich ertragen können, das hatte nichts mit uns zu tun, aber leider hielt Rory es auch noch für erforderlich, mich laufend anzulügen. Ich konnte nicht bei einem Mann bleiben, der mich für so dumm hielt, dass ich seine erbärmlichen Geschichten glaubte.«

»Seine Treulosigkeit hat Sie nicht gestört?«

»Das habe ich nicht gesagt. Wenn ich mich mehr um Rory gekümmert hätte und weniger um Paul, wäre es vielleicht nicht zu einer netten, ruhigen Scheidung gekommen, sondern die Angelegenheit hätte einen, sagen wir, brisanteren Verlauf genommen.«

Julia fing an, Eve zu verstehen. Sie selber hatte ihrem Kind zuliebe darauf verzichtet, den Vater anzuprangern. »Obwohl Ihre Verbindung mit Rory schon vor Jahren aufgehört hat, haben Sie immer noch eine enge Verbindung zu seinem Sohn.«

»Ich liebe Paul. Oft habe ich fast das Gefühl, er wäre mein eigener Sohn.« Unmittelbar nachdem sie eine Zigarette ausgedrückt hatte, zündete sie sich eine neue an. Dieses Geständnis schien ihr sehr schwergefallen zu sein. »Ich wollte diesem Jungen eine Mutter sein. Ich war gerade vierzig, genau der Zeitpunkt, an dem eine Frau weiß, dass ihre biologische Uhr sich nicht mehr zurückdrehen lässt. Und da war plötzlich dieses lebhafte, hübsche Kind, genauso alt wie Ihr Brandon heute.« Sie trank einen Schluck, um Ihre Emotionen wieder unter Kontrolle zu bekommen.

»Und Pauls Mutter?«

»Marion Heart? Eine hinreißende Schauspielerin. Als sie nach Hollywood kam, wirkte sie ein bisschen snobistisch. Schließlich war sie Theaterschauspielerin. Sie und Rory zerrten das Kind dauernd hin und her zwischen New York und Los Angeles. Für Marion war Paul so etwas wie ein Haustier, das sie impulsiv gekauft hatte und nun füttern und spazierenführen musste.«

»Aber das ist entsetzlich!«

Zum ersten Mal hörte Eve echtes Gefühl in Julias Stimme. »Sehr viele Frauen befinden sich in der gleichen Lage. Sie glauben mir das nicht, wegen Brandon. Aber ich schwöre Ihnen, nicht alle Frauen nehmen die Mutterrolle freudig an. Der Junge wurde gut behandelt. Weder Rory noch Marion dachten im Traum daran, ihm etwas zuleide zu tun. Er wurde auch nicht vernachlässigt. Aber sie interessierten sich nicht für ihn.«

»Das muss ihn verletzt haben«, murmelte Julia.

»Man vermisst nicht unbedingt etwas, das man nie kennengelernt hat.« Eve stellte fest, dass Julia aufgehört hatte, sich Notizen zu machen, und nur noch zuhörte. »Als ich Paul begegnete, war er ein intelligenter und sehr selbstbewusster

Junge. Kein Kind, dem man plötzlich die hingebungsvolle Mama vorspielen konnte, selbst dann nicht, wenn ich gewusst hätte, wie ich das anfangen sollte. Aber ich konnte ihm Beachtung und Freude schenken. Tatsächlich denke ich oft, dass ich Rory nur deshalb geheiratet habe, weil ich so vernarrt in seinen Sohn war.«

Sie setzte sich zurück. »Natürlich kannte ich Rory schon lange. Wir verkehrten in denselben Kreisen. Wir fühlten uns beide voneinander angezogen, aber wir hatten immer Pech. Wenn ich frei war, war er gebunden und umgekehrt. Dann drehten wir zusammen einen Film.«

»*Fancy Face*.«

»Ja, eine Liebeskomödie, und zwar eine verdammt gute. Die Dreharbeiten gehören zu meinen besten Erinnerungen. Ein gutes, witziges Drehbuch, ein talentierter Regisseur, elegante Garderobe und ein Partner, der wusste, wie man erotische Funken zum Zünden brachte. Nach zwei Wochen hatte es uns beide erwischt.«

Ein wenig betrunken betrat Eve zum ersten Mal Rorys Strandhaus in Malibu. Sie hatten lange gedreht und anschließend in einem Lokal zu Abend gegessen, wo nur junge Leute verkehrten, die sie nicht kannten, weil sie sich keine Filme mit Eve Benedict und Rory Winthrop anschauten. Rory hatte eine Münze nach der anderen in die Musicbox geworfen, sodass ihr Gelächter und ihr erotisches Vorgeplänkel ständig von den Songs der Beach Boys begleitet gewesen waren.

Dann waren sie in seinem Mercedes nach Malibu gerast. Eve hatte diesen Abend sorgfältig ausgewählt. Am nächsten Tag waren keine Dreharbeiten angesetzt, sodass sie sich keine Sorgen zu machen brauchte wegen ihrer möglicherweise verschwollenen Augen. Sie wollte diese Nacht mit Rory, aber in erster Linie war und blieb sie ein Filmstar.

Barfuß und mit vom Wind zerzaustem Haar schaute Eve sich kurz im Wohnraum um. Die Holzmöbel waren auf Hochglanz poliert, die Wände bestanden aus Glas, und man hörte die Brandung rauschen. Hier, dachte sie, hier und jetzt, und hockte sich auf den kleinen Teppich vor dem Kamin.

Sie lächelte ihm zu. Im Kerzenlicht sah sie unwahrscheinlich schön aus. Der Bronzeschimmer ihrer Haut, der Mahagoniglanz ihrer Haare, die wie Saphire leuchtenden Augen. Sie hatten sich bereits geküsst, während die Techniker um sie herumwuselten. Jetzt wollte sie seinen Kuss – und mehr – ohne Drehbuch und Regisseur.

Sie wollte wilden, heißen Sex, um für ein paar Stunden das zu vergessen, womit sie für den Rest ihres Lebens fertigwerden musste.

Er kniete sich neben sie. »Weißt du, wie lange ich dich schon begehre?«

»Nein.«

Er spielte mit ihrem Haar. »Wie lange kennen wir uns schon?«

»Fünf, sechs Jahre.«

»Genauso lange sehne ich mich nach dir.« Er knabberte kurz an ihren Lippen. »Es ist ein Jammer, dass ich viel zu viel Zeit in London vergeudet habe, anstatt hier zu sein und mit dir Liebe zu machen.«

Er brachte es fertig, jeder Frau glaubhaft zu machen, dass er nur an sie dächte. Und tatsächlich glaubte er das selber, egal, mit welcher Frau er gerade zufällig beisammen war.

Sie strich mit der Hand über sein Gesicht, fasziniert von den Linien, Tälern und Flächen, die alle zusammen eine so eindrucksvolle männliche Schönheit schufen. Körperlich war Rory Winthrop makellos. Und wenigstens heute Nacht gehörte er ihr.

»Dann nimm mich jetzt.« Sie lachte leise, als sie ihm das Hemd über den Kopf zog. Im Kerzenschein glitzerten ihre Augen verheißungsvoll. Er spürte, dass sie keine Zärtlichkeiten, kein liebevolles Vorspiel wollte. Obwohl Rory das gerade beim ersten Mal eigentlich lieber gewesen wäre, war er immer bereit, sich einer Frau anzupassen. Das machte einen Teil seines Charmes und einen Teil seiner Schwäche aus.

Er zog sie aus, während sie mit ihren Nägeln seinen Rücken zerfurchte. Ein Frauenkörper erregte ihn immer, egal ob er schlank war oder füllig, jung oder gereift. Er war berauscht von ihrer Haut, ihren Kurven, ihrem Duft und stöhnte, als sie an seinen Slacks zerrte und feststellte, dass er für sie bereit war.

Es ging ihr nicht schnell genug. Noch konnte sie denken. Noch konnte sie das Rauschen der Brandung hören, ihren eigenen Herzschlag, ihre erregten Atemzüge. Sie wollte im Sex Vergessen finden, nichts anderes mehr als ihre Gefühle wahrnehmen. Verzweifelt rollte sie sich über ihn. Er sollte sie alles vergessen lassen. Sie wollte sich nicht mehr daran erinnern können, wie es sich anfühlte, wenn die Hand eines anderen Mannes über ihren Körper glitt, wenn ein anderer sie küsste, wie die Haut eines anderen roch.

Nur durch Flucht konnte sie überleben, und sie hatte sich geschworen, dass Rory Winthrop es war, der ihr diese Flucht ermöglichen sollte.

Kerzenlicht tanzte über ihre nackte Haut, als sie sich über ihn beugte. Ihr Haar fiel herunter wie ein dunkler Wasserfall. Als sie ihn einließ, stieß sie einen Schrei aus. Sie ritt ihn voller Wildheit, bis sie endlich, endlich Erleichterung und Vergessen erreichte.

Dann glitt sie schwerelos an seine Seite. Sein Herz hämmerte neben ihrem, und sie lächelte dankbar. Wenn sie sich diesem Mann rückhaltlos hingeben konnte, Leidenschaft und Befriedigung bei ihm fand, dann würde sie wieder heil und ganz werden.

»Leben wir noch?«, murmelte Rory.

»Ich glaube schon.«

»Gut.« Er brachte die Kraft auf, ihr mit der Hand über den Rücken zu fahren. »Das war ein Höllenritt, Evie.«

Sie lächelte. Niemand hatte sie je Evie genannt, aber es gefiel ihr, wie er den Kosenamen mit seiner klaren, geschulten Stimme aussprach. Sie hob den Kopf und schaute auf ihn hinunter. Seine Augen waren geschlossen, und auf seinem Gesicht lag ein törichtes Lächeln, das Zeichen reiner Befriedigung. Sie musste darüber lachen und küsste ihn dankbar.

»Wie steht's mit der zweiten Runde?«

Er öffnete langsam die Augen. Sie konnte ihr Spiegelbild darin sehen und sein Verlangen und eine große Zuneigung. Bis zu diesem Augenblick war ihr nicht klar gewesen, wie sehr sie sich nach beidem gesehnt hatte. Sei für mich da, nur für mich, dachte sie, und ich will mein Möglichstes tun, um es dir zu entgelten.

»Ich sag dir was. Ich habe oben ein Riesenbett stehen und eine große Badewanne mit heißem Wasser auf dem Oberdeck. Warum wollen wir nicht beides ausprobieren?«

Sie liefen hinauf, planschten in heißem Wasser und zogen die seidenen Bettlaken beiseite. Wie gierige Kinder konnten sie nicht genug voneinander bekommen, bis ihre Körper energisch ihr Recht verlangten.

Als Eve gegen Mittag aufwachte, hatte sie Hunger. Neben ihr in dem riesigen Bett lag Rory, sein Gesicht in die Kissen vergraben. Sie drückte ihm einen kleinen Kuss auf die Schulter und ging zum Duschen.

In seinem Schrank entdeckte sie eine ganze Auswahl an Damenkleidung. Entweder hatte er sie für alle Fälle gekauft, oder frühere Geliebte hatten sie hier zurückgelassen. Eve wählte sich ein blaues Seidengewand aus, das zu ihrer Stimmung passte, und ging mit der Absicht nach unten, ein leichtes Frühstück für sie beide zuzubereiten, das sie im Bett essen konnten. Eve hörte das Geräusch eines Fernsehers aus der Küche. Die Haushälterin, dachte sie. Umso besser. Sie konnte einfach ein Frühstück bestellen und musste es nicht selber zubereiten. Summend zog sie das Zigarettenpäckchen aus der Tasche, das sie vorsorglich eingesteckt hatte.

Das Letzte, was sie erwartet hätte, war ein Junge, der am Küchenbüfett lehnte. Sofort bemerkte sie die unwahrscheinliche Ähnlichkeit mit seinem Vater. Dasselbe volle dunkle Haar, derselbe Mund, dieselben leuchtend blauen Augen. Bedächtig strich er sich Erdnussbutter auf ein Stück Brot.

Bevor sich Eve noch darüber klar werden konnte, ob sie besser verschwand oder einfach hineinging, hob der Junge den Kopf – wie ein Wolf, der eine fremde Witterung aufgenommen hat. Als ihre Blicke sich trafen, kümmerte er sich nicht mehr um sein Brot, sondern studierte sie aufmerksam.

Im Laufe ihres Lebens war Eve von mehr Männern prüfend betrachtet und eingeschätzt worden, als sie zählen konnte, aber der scharfe, eindringliche Blick dieses Jungen verschlug ihr die Sprache. Später lachte sie darüber, aber in diesem Augenblick hatte sie das Gefühl, dass er ihre Fassade sofort durchschaute, diese Eve Benedict, und dass sie wieder zu dem kleinen Mädchen wurde, das sie einst gewesen war, zu Betty Berenski.

»Hallo«, sagte er. Seine Stimme klang wie ein leises kindliches Echo der kultivierten Stimme seines Vater. »Ich bin Paul.«

»Hallo.« Sie verspürte den lächerlichen Drang, ihr Haar zu glätten und ihr Kleid zurechtzuziehen. »Ich bin Eve.«

»Ich weiß. Ich habe Bilder von Ihnen gesehen.«

Eve war verlegen. Sie hätte darauf wetten können, dass er genau wusste, was sich im Schlafzimmer seines Vaters abgespielt hatte. Er hatte einen zynischen Zug um die Lippen.

»Haben Sie gut geschlafen?«

Der kleine Scheißer, dachte Eve. Ihre Verlegenheit schwand, die Sache fing an, ihr Spaß zu machen. »Sehr gut, danke.« Sie schwebte in die Küche, wie eine Königin, die einen Salon betritt. »Es tut mir leid, ich habe nicht gewusst, dass Rorys Sohn bei ihm wohnt.«

»Manchmal.« Er nahm ein Glas Marmelade in die Hand und fing an, ein weiteres Stück Brot damit zu bestreichen. »Ich habe mich in der letzten Schule nicht wohlgefühlt, und deshalb haben meine Eltern beschlossen, dass ich für ein Jahr oder so hierher nach Kalifornien kommen sollte.« Er klappte die beiden Brotscheiben zusammen. »Ich habe meine Mutter ganz verrückt gemacht.«

»Wirklich?«

»Oh, ja.« Er öffnete den Kühlschrank und nahm eine große Flasche Pepsi heraus. »Darin bin ich sehr gut. Im Sommer habe ich meinen Vater verrückt gemacht, deshalb kam ich zurück nach London. Ich fliege gern.«

»Ja?« Fasziniert schaute Eve zu, wie er sich an den mit einer Glasplatte bedeckten Küchentisch setzte. »Kann ich mir ein Sandwich machen?«

»Natürlich. Sie drehen einen Film mit meinem Vater zusammen.« Er sagte es so, als sei es völlig selbstverständlich, dass alle Hauptdarstellerinnen, die mit seinem Vater drehten, an irgendeinem Samstagmittag plötzlich in einem geliehenen Kleid in der Küche standen.

»Das stimmt. Siehst du gern Filme?«

»Manchmal. Einen mit Ihnen habe ich im Fernsehen angeschaut. Sie waren eine Barsängerin, und Männer haben für Sie getötet.« Er biss in sein Sandwich. »Sie haben eine sehr angenehme Stimme.«

»Danke.« Sie schaute ihn über die Schulter hinweg an, um festzustellen, ob sie dieses Gespräch wirklich mit einem Kind führte. »Willst du auch Schauspieler werden?«

Seine Augen blitzten amüsiert auf, als er wieder einen Bissen nahm. »Nein. Wenn ich ins Filmgeschäft gehen sollte, dann nur als Regisseur. Ich glaube, es muss befriedigend sein, anderen Leuten zu sagen, was sie tun sollen.«

Eve entschloss sich, keinen Kaffee zu kochen. Sie nahm eine Flasche Saft aus dem Kühlschrank und setzte sich zu ihm an den Küchentisch. Ihre Absicht, Rory etwas zu essen hinaufzubringen, als Auftakt für ein kleines Gerangel am Nachmittag, hatte sie völlig vergessen. »Wie alt bist du?«

»Zehn. Wie alt sind Sie?«

»Älter.« Sie nahm sich Erdnussbutter und Marmelade, und dabei fiel ihr ein, dass sie in dem Monat, bevor sie Charlie Gray kennengelernt hatte, von Sandwiches und Erdnussbutter und Marmelade und Fertigsuppen gelebt hatte. »Was gefällt dir am besten in Kalifornien?«

»Die Sonne. Es regnet viel in London.«

»Ja, das habe ich gehört.«

»Haben Sie schon immer hier gelebt?«

»Nein, obwohl es mir manchmal so vorkommt.« Sie nahm einen großen Schluck Saft. »Paul, erzähl mir, was dir in deiner letzten Schule nicht gefallen hat.«

»Die Schuluniformen«, erwiderte er sofort. »Ich hasse Uniformen. Es ist so, man soll nicht nur gleich aussehen, man soll auch gleich denken.«

Diese Antwort schockierte sie ziemlich, deshalb setzte sie die Flasche schnell ab. »Bist du sicher, dass du zehn bist?« Achselzuckend steckte er den Rest des Brotes in den Mund. »Ich bin fast zehn. Und ich bin frühreif«, erklärte er so nüchtern, dass sie einen aufsteigenden Lachreiz unterdrückte. »Und ich stelle zu viele Fragen.«

Eve spürte, dass hinter seiner sorgsam errichteten Fassade von Selbstbewusstsein und Unabhängigkeit ein einsamer, kleiner Junge steckte. Ein Fisch auf dem Trockenen, dachte sie und hätte ihm am liebsten zärtlich das Haar zerwühlt. »Wenn die Leute sagen, dass du zu viele Fragen stellst, dann heißt das nichts anderes, als dass sie die Antworten nicht wissen.«

Er schaute sie lange und forschend an. Dann lächelte er und wurde plötzlich zu einem fast zehn Jahre alten Jungen, dem ein Zahn fehlte. »Ich weiß. Und es macht sie verrückt, wenn man trotzdem weiter fragt.«

Diesmal unterdrückte sie ihr Verlangen, ihm durchs Haar zu fahren, nicht mehr. Sein Grinsen hatte ihr Mut gemacht. »Du wirst es noch weit bringen, mein Junge. Aber fürs erste: Was hältst du von einem Strandspaziergang?«

Er starrte sie volle dreißig Sekunden lang an. Eve hätte ihren letzten Dollar darauf verwetten können, dass Rorys Freundinnen noch nie Zeit für ihn geopfert hatten. Und genauso sicher wusste sie, dass Paul Winthrop sich verzweifelt einen Freund wünschte.

»Okay.« Er malte mit dem Finger Muster auf die beschlagene Pepsiflasche. »Wenn Sie wollen.« Er bemühte sich, nicht allzu interessiert zu wirken.

»Gut.« Ihr ging es ganz genauso. Sie stand langsam auf. »Ich will mich nur eben umziehen.«

»Wir gingen zwei Stunden lang spazieren.« Eve lächelte, ihre Zigarette lag, bis zum Filter heruntergebrannt, unbeachtet im Aschenbecher. »Wir bauten sogar Sandburgen. Es war einer der schönsten Nachmittage in meinem Leben. Als wir heimkamen, war Rory wach, und ich war völlig vernarrt in seinen Sohn.«

»Und Paul?«, fragte Julia ruhig. Sie sah den einsamen kleinen Jungen deutlich vor sich, der sich an einem Samstagnachmittag allein in der Küche ein Sandwich machte.

»Oh, er war vorsichtiger als ich. Später erst wurde mir klar, dass er glaubte, ich benutzte ihn, um seinen Vater zu bekommen.« Eve rückte unruhig auf ihrem Sessel herum und nahm sich eine neue Zigarette. »Wer hätte ihn deswegen tadeln können? Rory war ein sehr begehrenswerter Mann, erfolgreich und wohlhabend, durch seine eigene Arbeit und aufgrund seines ererbten Vermögens.«

»Noch bevor der Film, an dem Sie arbeiteten, fertig war, haben Sie und Rory Winthrop geheiratet.«

»Genau einen Monat nach diesem Samstag in Malibu.« Eve rauchte schweigend und schaute zu dem Orangenhain hinüber. Dann sagte sie: »Ich gebe zu, dass ich wie verrückt hinter ihm her war. Der Mann hatte kaum eine Chance. Romanzen waren nun einmal seine Schwäche. Das nutzte ich aus. Ich wollte ihn heiraten, ich wünschte mir eine richtige Familie. Ich hatte meine Gründe dafür.«

»Was für Gründe?«

Eve wandte ihren Blick wieder Julia zu und lächelte. »Sagen wir fürs erste, dass Paul einer meiner ganz entscheidenden Gründe war. Das ist die Wahrheit, und ich habe nicht die Absicht zu lügen. Außerdem glaubte ich zu jener Zeit noch an den Sinn der Ehe. Rory konnte mich zum Lachen bringen, er war – ist – intelligent, sanft und doch genügend ungebändigt, um interessant zu sein. Ich wollte daran glauben, dass es gut gehen könnte. Das war zwar nicht der Fall, aber von meinen vier Ehen ist diese die einzige, die ich nicht bereue.«

»Es gab noch weitere Gründe?«

»Ihnen entgeht nicht viel«, flüsterte Eve. »Ja.« Sie drückte ihre Zigarette aus. »Aber das ist eine andere Geschichte, die ich Ihnen später erzählen werde.«

»In Ordnung. Dann erzählen Sie mir, welche Gründe Sie bewogen haben, Nina einzustellen.«

Es kam sehr selten vor, dass Eve außer Fassung geriet. Jetzt blinzelte sie und lächelte ausdruckslos, um sich eine kleine Atempause zu verschaffen. »Wie bitte?«

»Ich habe mich gestern Abend mit Nina unterhalten. Sie hat mir erzählt, wie Sie sie nach ihrem Selbstmordversuch im Krankenhaus besucht und ihr nicht nur einen Job, sondern auch neuen Lebenswillen gegeben haben.«

Eve nahm ihr Glas in die Hand und schaute nachdenklich auf den kleinen Rest Flüssigkeit, der noch darin war. »Ich verstehe. Nina hat mir gegenüber nicht erwähnt, dass Sie sie interviewt haben.«

»Wir haben miteinander gesprochen, als sie mir gestern Abend die Fotos gebracht hat.«

»Ja. Heute Morgen habe ich sie noch nicht gesehen.« Eve setzte das Glas wieder ab, ohne getrunken zu haben. »Es gab mehrere Gründe, die mich dazu bewogen haben, Nina einzustellen. Das ist eine ziemlich verwickelte Geschichte, die ich Ihnen nicht so ohne Weiteres erklären kann. Es wäre Zeitverschwendung, es jetzt zu versuchen.«

Aber Julia blieb hartnäckig. Sie war mehr interessiert daran, Eves Gesichtsausdruck zu beobachten, als ihre Antwort zu hören.

»Ich habe mich gefragt, ob Sie da eine Möglichkeit sahen, eine alte Schuld zu begleichen. Charlie Gray hatte Selbstmord begangen, und Sie hatten es nicht verhindern können.

Aber diesmal, bei Nina, konnten Sie etwas tun. Und so haben Sie die Gelegenheit ergriffen.«

Julia beobachtete, wie Eves grüne Augen sich verschatteten, dunkler wurden. »Sie sind sehr einfühlsam, Julia. Zum Teil habe ich es tatsächlich getan, um für Charlie zu bezahlen. Aber ich gewann eine sehr tüchtige Angestellte und eine ergebene Freundin, man könnte also sagen, dass es mich gar nichts gekostet hat.«

Bevor ihr noch klar wurde, dass sie die Distanz überschritten hatte, legte Julia ihre Hand auf Eves Arm. »Was immer Sie dabei gewonnen haben mögen, Mitgefühl und Großzügigkeit sind mehr wert. Ich habe Sie mein ganzes Leben lang als Schauspielerin bewundert, aber in den letzten Tagen habe ich angefangen, Sie als Frau zu bewundern.«

Eve blickte auf Julias Hand auf ihrem Arm. Die verschiedenartigsten Gefühle drohten sie zu überschwemmen. Sie kämpfte einen verbissenen Kampf, um wieder Kontrolle über sich zu gewinnen. Dann sagte sie: »Sie werden noch viel Zeit haben, um zu anderen Einschätzungen über mich als Frau zu kommen. Einige werden auch nur entfernt etwas mit Bewunderung zu tun haben. Aber jetzt habe ich wieder zu tun.« Sie erhob sich und wies auf den Rekorder. Zögernd schaltete Julia ihn ab. »Heute Abend findet ein Wohltätigkeitsball statt. Ich habe eine Eintrittskarte für Sie.«

»Heute Abend?« Julia legte eine Hand über die Augen, als sie zu ihr hochblickte, damit sie nicht von der Sonne geblendet wurde. »Ich glaube wirklich nicht, dass ich kommen kann.«

»Wenn Sie dieses Buch schreiben wollen, können Sie nicht nur immer hier herumsitzen, Julia. Ich spiele eine Rolle in der Öffentlichkeit. Ich möchte, dass Sie bei mir sind. Sie müssten um sieben Uhr dreißig fertig sein, CeeCee wird bei Brandon bleiben.«

Auch Julia stand auf. Sie wollte auf dieses unerwartete Angebot lieber stehend reagieren. »Ich werde natürlich kommen. Aber Sie sollten wissen, dass ich mich nicht gern unter

Leute mische.« Mit deutlicher Ironie fügte sie hinzu: »Ich habe nie die Angewohnheit ablegen können, die Leute verrückt zu machen, weil ich ihnen zu viele Fragen stelle.«

Eve kicherte und wendete sich zufrieden dem Haus zu. Sie war sicher, es würde ein interessanter Abend werden.

6 Wenn Julia etwas noch mehr hasste, als Befehle zu bekommen, dann waren es Befehle, bei denen ihr keine andere Wahl blieb, als sie zu befolgen. Es war nicht so, dass sie es nicht genießen konnte, einen Abend groß auszugehen. Selbst wenn sie Angst gehabt hätte, zu viel Vergnügen daran zu finden, hätte sie es immer noch als Teil ihrer Arbeit rechtfertigen können. Aber musste man ihr erst am Morgen des bevorstehenden Festes mitteilen, dass ihre Anwesenheit erwartet wurde?

Sie war nicht gefragt worden, nicht eingeladen, sondern hinbefohlen.

Immerhin war sie gewillt, einen großen Teil des Nachmittags damit zu verbringen, sich zu überlegen, was sie anziehen sollte. Zeit, in der sie besser hätte arbeiten sollen. Als ihr Ärger über Eve gerade seinen Höhepunkt erreicht hatte, klopfte Nina an die Tür und brachte ihr drei Kleider. Kleider, die Eve selber unter ihren Sachen ausgewählt hatte für den Fall, dass Julia auf einen so feierlichen, offiziellen Anlass nicht vorbereitet sein sollte.

Auch das konnte man als diktatorisch bezeichnen, aber es war zweifellos auch entgegenkommend. Julia fühlte sich sehr versucht, sich eines der drei schimmernden Gewänder auszusuchen. Sie hatte sie auf ihrem Bett ausgebreitet – seidene, mit Pailletten besetzte Gebilde im Wert von mehreren Tausend Dollar. Schwach geworden, probierte sie eins an – einen trägerlosen Hauch von korallenfarbener Seide. Es war ihr nur wenig zu groß über dem Busen und über den Hüften.

Als sie sich darin im Spiegel sah, wirkte ihre Haut schimmernder und cremiger. Sie kam sich wie verzaubert vor. Hätte auch sie in Beverly Hills wohnen können, wenn ihr Leben nicht eine andere Wendung genommen hätte? Hätte auch sie einen Schrank voll von teuren Kleidern besitzen können? Hätte auch ihr Name, ihr Gesicht Millionen von Fans begeistern können?

Vielleicht, vielleicht auch nicht, dachte sie und drehte sich vor dem Spiegel hin und her. Aber ihr Leben hatte sich nun einmal anders entwickelt und ihr etwas viel Wichtigeres, viel Dauerhafteres geschenkt als Ruhm.

Schließlich hatte sich ihr Realitätssinn durchgesetzt. Sie hatte entschieden, dass es besser wäre, diese Kleider abzulehnen, als den ganzen Abend lang eine Person vorzutäuschen, die sie nicht war.

Sie zog das einzige Abendkleid an, dass sie mitgebracht hatte, ein gerade geschnittenes Kleid in Mitternachtsblau, das von einem mit Perlen besetzten Bolerojäckchen ergänzt wurde. Zwei Jahre waren vergangen, seit sie es bei Saks gekauft hatte. Getragen hatte sie es erst ein einziges Mal. Als sie ihre Ohrringe mit den tropfenförmig geschliffenen Steinen aus Bergkristall anlegte, hörte sie das Lachen ihres Sohnes. Er und CeeCee waren schon dicke Freunde und völlig vertieft in das Spiel *Crazy Eights*.

Julia schaute nach, ob sie alles Nötige in ihr Täschchen gesteckt hatte, schlüpfte in ein paar hübsche, aber schrecklich unbequeme Pumps, und ging hinunter.

»He, Mami.« Brandon sah sie zuerst. Sie sah so schön aus, so anders. Er war stolz auf seine hübsche Mutter. »Du siehst echt gut aus.«

»Sie sehen unwahrscheinlich aus.« CeeCee hatte neben Brandon auf dem Bauch gelegen und kniete sich jetzt hin.

»Das ist aber kein Kleid von Miss B.«

»Nein.« Selbstbewusst strich Julia über den leichten Stoff. »Ich habe mich in ihren nicht recht wohlgefühlt. Ich hoffe, dieses tut es auch.«

»Mit Sicherheit.« CeeCee nickte anerkennend. »Klassische Eleganz. Plus Sex-Appeal aufgrund Ihrer veränderten Frisur. Was kann man mehr verlangen?«

Unsichtbarkeit, dachte Julia, aber sie lächelte nur. »Es wird nicht sehr spät werden. Ich hoffe, dass ich gleich nach dem Dinner gehen kann.«

»Warum? Das ist ein ganz großes Ereignis.« CeeCee verlagerte ihr Gewicht auf die Fersen. »Alle werden da sein. Außerdem ist es für einen guten Zweck, Sie wissen schon, den Schauspieler-Fonds. Sie sollten es wirklich genießen. Ich hau mich einfach im Gästezimmer hin, wenn ich müde werde.«

Brandon mischte sich ein. »Können wir Popcorn machen?«

»Okay. Pass auf, dass …« Sie unterbrach sich, als es an die Tür klopfte, und schaute hinüber. Paul war gekommen.

»Tu viel Butter hinein«, sagte er zu Brandon und trat ein. CeeCee ordnete sofort ihr Haar. »Hallo, Mr. Winthrop.«

»Hallo, CeeCee. Wie geht's?«

»Gut, danke.« Das Herz der Zwanzigjährigen machte einen Sprung. Er trug seinen Smoking mit einer lässigen Anmut, die sehr sexy wirkte. CeeCee fragte sich, ob es wohl eine Frau gab, die nicht davon träumte, ihm die winzige schwarze Smokingschleife aufzuziehen.

»Eve hat mir schon gesagt, dass Sie pünktlich sein würden«, sagte Paul zu Julia. Sie wirkte nervös. Ihm war bereits klar geworden, dass sie ihm so am besten gefiel.

»Ich dachte, ich würde mit Eve hinfahren«, sagte sie.

»Sie ist mit Drake gefahren. Sie haben noch etwas Geschäftliches zu besprechen.« Er lächelte. »Nur wir beide sind übrig geblieben, Jules.«

Seine einfachen Worte hatten sie unter Spannung versetzt. Sie beugte sich hinab, um Brandon auf die Wange zu küssen. »Um neun Uhr ist es Zeit zum Schlafengehen. Und denk daran, was CeeCee sagt, wird gemacht.«

Er grinste und überlegte sich schon, wie er die Zeit nutzen würde, um CeeCee bis mindestens halb zehn hinzuhalten. »Du kannst so lange bleiben, wie du willst. Es macht uns nichts aus.«

»Vielen Dank.« Sie richtete sich auf. »Lassen Sie sich nicht von ihm einlullen, CeeCee. Er hat viele Tricks auf Lager.«

»Ich komm schon klar. Viel Vergnügen.« Sie seufzte ein wenig, als die beiden aus der Tür gingen.

Nichts verlief nach Plan, dachte Julia, als sie zu Pauls Studebaker auf dem nahegelegenen kleinen Parkplatz gingen. Heute Morgen hatte sie sich fest vorgenommen, einen ruhigen Arbeitsabend daheim zu verbringen. Dann hatte sie sich damit abgefunden, stattdessen auszugehen, aber sie wollte sich eine möglichst ungestörte Ecke suchen und von dort aus ein paar Stunden lang die Leute beobachten. Und jetzt hatte sie einen Begleiter, der sich höchstwahrscheinlich verpflichtet fühlen würde, sie zu unterhalten.

»Es tut mir leid, dass Eve auf diese Weise über Sie verfügt hat«, sagte er, als er ihr den Wagenschlag öffnete.

»Auf welche Weise?«

»Sie haben vielleicht andere Pläne gehabt.«

Er blieb an der offenen Tür stehen und schaute zu, wie sie einstieg – ein Knie blitzte aus dem Rockschlitz hervor, sodass er ihre hübschen Waden bewundern konnte.

»Nun, ich hatte gedacht, ich würde zu viel Kaffee trinken, zu viele Zigaretten rauchen und mich mit dem achten Kapitel abplagen, aber …«

Sie blickte ihn mit ernsten Augen an. »Ich hasse es, wenn mein Arbeitsrhythmus unterbrochen wird. Ihnen geht es gewiss ähnlich.«

»Ja, das stimmt.« Aber seltsamerweise hatte er heute Abend nichts dagegen einzuwenden. »Doch an Abenden wie diesem mache ich mir klar, dass es sich nicht um eine Gehirnoperation handelt. Der Patient wird gemütlich ruhen bis morgen.« Er schloss die Tür und ging um den Wagen herum zum Fahrersitz. »Und Eve bittet mich sehr selten um etwas.«

Als der Motor ansprang, holte Julia tief Luft. Wie Eves Kleider, so gab ihr auch dieser Wagen das Gefühl, jemand anderes zu sein. Sie kam sich wie ein verwöhntes Luxusgeschöpf vor, das mit seinem Verehrer eine weite Fahrt machen wollte. Das ist wirklich ein verrückter Tag, dachte Julia, dann sagte sie: »Ich weiß es zu würdigen, dass Sie mich mitnehmen.

Aber es war wirklich nicht nötig. Ich brauche keine Begleitung.«

»Nein, sicher nicht.« Er steuerte den Wagen in Richtung Auffahrt vor dem Hauptgebäude. »Es ist schon beeindruckend, wie unbeirrt und allein Sie ihren eigenen Weg gehen. Aber hat Ihnen schon mal jemand gesagt, dass es auch einschüchternd wirkt?«

»Nein.« Sie gab sich Mühe, sich zu entspannen. »Finden die Leute Ihr Können einschüchternd?«

»Wahrscheinlich.« Er stellte leise Musik ein. Sie hatte dasselbe Parfüm benutzt, ein altmodischer, romantischer Duft. Der Wind, der durchs Fenster kam, wehte es zu ihm hin wie ein Geschenk. »Aber es macht mir Spaß, Menschen aus der Reserve zu locken.« Er warf ihr einen kurzen Blick zu. »Ihnen nicht?«

»Ich habe noch nicht darüber nachgedacht.« Sie musste lächeln, als sie sich vorstellte, dass sie tatsächlich diese Fähigkeit besaß. Aber sechs von zwölf Monate im Jahr verbrachte sie tatsächlich so gut wie allein mit Brandon, ohne irgendwelche anderen Menschen. »Dieses Fest heute Abend«, sagte sie zögernd. »Besuchen Sie oft solche Veranstaltungen?«

»Ein paar im Jahr, meist auf Eves Betreiben.«

»Nicht, weil es Ihnen Spaß macht?«

»Oh, ich unterhalte mich immer sehr gut dort.«

»Aber Sie gehen nur hin, weil sie Sie darum bittet?«

Paul wartete darauf, dass das große Tor sich öffnete. »Ja, ich gehe ihretwegen hin.«

Julia betrachtete aufmerksam sein Profil. Sie sah zugleich seinen Vater, den kleinen Jungen, den Eve ihr beschrieben hatte, und noch einen völlig anderen dritten. »Heute Morgen hat Eve mir erzählt, wie sie Ihnen zum ersten Mal begegnet ist.«

Er grinste, als er die ruhige, von Palmen gesäumte Straße entlangfuhr. »Im Strandhaus von Malibu, beim verspäteten Frühstück.«

»Würden Sie mir Ihren ersten Eindruck von ihr mitteilen?«

Sein Grinsen verschwand, als er sich eine Zigarre aus der Tasche holte. »Immer im Einsatz?«

»Immer. Gerade Sie sollten das verstehen.«

Er stieß die Zigarre in den Anzünder, dann zuckte er mit den Schultern. Er verstand es wirklich. »Also gut. Ich wusste, dass eine Frau im Haus übernachtet hatte. Im Wohnzimmer lagen verstreut ein paar Kleidungsstücke herum, die ihre eigene Sprache sprachen.« Mit hochgezogenen Brauen warf er ihr einen Blick zu. »Schockiert, Jules?«

»Nein.«

»Aber Sie missbilligen es.«

»Ich habe mir nur gerade Brandon unter diesen Umständen vorgestellt. Ich möchte nicht, dass er denkt, ich hätte …«

»Sex gehabt?«

Sie ärgerte sich darüber, dass seine Stimme so amüsiert klang. »Er soll nicht den Eindruck bekommen, dass ich unordentlich und – rücksichtslos bin.«

»Mein Vater war – ist – beides. Zu dieser Zeit war ich in Brandons Alter. Ich war daran gewöhnt. Es sind keine Narben zurückgeblieben.«

Sie war sich dessen nicht so sicher. »Und als Sie Eve begegneten?«

»Ich war darauf vorbereitet, sie mit links abzutun. Ich war damals ein richtiger kleiner Zyniker.« Genussvoll blies er den Rauch aus. »Ich beobachtete sie, als sie in die Küche kam, aber ich war überrascht. Die meisten Frauen, die aus dem Bett meines Vaters kamen, sahen am nächsten Tag furchtbar aus. Eve war schön. Das war natürlich nur eine äußerliche Angelegenheit, aber ich war beeindruckt. Und in ihren Augen lag eine gewisse Traurigkeit.« Er fing sich wieder und zog eine Grimasse. »Sie würde das nicht gern hören. Wichtiger für mich war in diesem Alter, dass sie es nicht für erforderlich hielt, sich wie eine Glucke aufzuführen, wie so viele andere es getan hatten.«

Das verstand sie vollkommen und lachte. »Brandon hasst es, wenn die Leute ihm übers Haar fahren und ihm sagen, was für ein reizender kleiner Junge er ist.«

»Es ist scheußlich.«

Er hatte das so inbrünstig gesagt, dass sie wieder lachen musste. »Und Sie sagen, Sie hätten keine Narben davongetragen.«

»Ich betrachtete es mehr als eine Plage, bis die Pubertät einsetzte. Auf jeden Fall kam es zu einem Gespräch zwischen mir und Eve. Sie war interessiert. Niemand kann ein vorgetäuschtes Interesse mit größerer Sicherheit herausfinden als ein Kind. Aber Eve machte mir nichts vor. Wir gingen an den Strand, und ich konnte mit ihr reden wie mit niemandem sonst. Über das, was ich mochte, nicht mochte, mir wünschte, nicht wünschte. Sie war unglaublich gut zu mir, von diesem ersten Tag an. Und sie wurde mein ganz großer Schwarm.«

»Haben Sie …«

»Später. Wir sind gleich da, und bisher haben nur Sie Fragen gestellt.« Er nahm einen letzten Zug, dann drückte er seine Zigarre aus. »Warum müssen es ausgerechnet Biografien berühmter Leute sein?«

Mit einiger Anstrengung wechselte sie das Thema. »Weil ich nicht genügend Fantasie für Romane besitze.«

Paul musste an einer roten Ampel halten. Seine Finger trommelten im Takt der Musik auf das Steuerrad. »Eine Antwort, die viel zu glatt ist, um wahr zu sein. Versuchen Sie es noch mal.«

»Gut. Ich bewundere Menschen, die es nicht nur ertragen, im Rampenlicht der Öffentlichkeit zu stehen, sondern es sogar genießen, weil ich schon immer besser zurechtgekommen bin am Rande des Geschehens. Ich interessiere mich für Leute, die aufblühen, wenn sie im Mittelpunkt stehen.«

»Immer noch recht glatt, Julia, und nur teilweise wahr.« Er fuhr weiter, als die Ampel auf Grün umschaltete. »Wenn es die ganze Wahrheit wäre, wie wollen Sie dann die Tatsache erklären, dass Sie früher eine Bühnenkarriere ins Auge gefasst hatten?«

»Woher wissen Sie das?« Ihre Stimme klang schärfer als

beabsichtigt. Das gefiel ihm, es war an der Zeit, sie endlich aus der Reserve zu locken.

»Es gehört zu meinem Beruf, das und noch vieles andere zu wissen.« Er warf ihr einen Blick zu. »Ich habe Erkundigungen eingezogen.«

»Über mich?« Sie ballte die Hände zu Fäusten und kämpfte gegen die aufsteigende Wut an. »Mein Hintergrund geht Sie gar nichts an. Ich habe meine Vereinbarung mit Eve getroffen, mit Eve allein, und ich billige es ganz und gar nicht, dass Sie in meinem Privatleben herumstöbern.«

»Sie brauchen es nicht zu billigen. Aber Sie sollten mir ruhig ein wenig dankbar sein. Wenn ich irgendetwas entdeckt hätte, das nicht in Ordnung ist, würden Sie schon lange auf Ihrem süßen Hinterteil draußen vor der Tür sitzen.«

Das saß. Ihr Kopf wirbelte herum. »Sie arrogantes Miststück.«

»Yeah.« Er hielt in der Beverly Wilshire und schaute sie an. »Denken Sie daran, auf der Rückfahrt stelle ich die Fragen.« Er legte ihr die Hand auf den Arm, bevor sie die Tür öffnen konnte. »Steigen Sie aus und werfen Sie die Tür zu. Da sind Leute, die bestimmt Fragen stellen wollen.« Er beobachtete, wie sie darum kämpfte, wieder die Kontrolle über sich zu gewinnen, und gewann. »Ich wusste, dass Sie es schaffen würden. Himmel, Sie sind wirklich gut.«

Sie holte tief Luft, und als ihr Gesicht wieder glatt und ausdruckslos war, wandte sie sich ihm zu und sagte ganz ruhig: »Sie können mich mal, Winthrop.«

Er zog die linke Braue hoch, lachte aber nur und erwiderte: »Wann immer es Ihnen passt.« Er kletterte aus dem Wagen und händigte dem Parkwächter seinen Schlüssel aus. Julia machte sich steif, aber er nahm ihren Arm und führte sie nach drinnen. »Eve möchte, dass Sie dabei sind«, sagte er ruhig, als sie sich ihren Weg durch eine Gruppe von Reportern bahnten, die Minikameras dabeihatten. »Heute Abend werden viele Leute hier sein, die einen Blick auf Sie werfen möchten und vielleicht auch versuchen werden, ein paar Hinweise auf das, was Eve Ihnen erzählt hat, von Ihnen zu bekommen.«

»Ich kenne das«, zischte Julia zwischen den Zähnen.

»Oh, Jules, das weiß ich doch.« Seine gedehnte Sprechweise trieb ihr das Blut in die Wangen. »Aber es sind ein paar Burschen dabei, die Spaß daran haben, nette junge Frauen mal kurz auszuprobieren und dann fallenzulassen.«

»Auch das kenne ich.« Sie wollte seinen Arm abschütteln, aber sie dachte daran, dass das albern aussehen würde, besonders als sie sah, dass zwei Reporter sich gerade auf sie stürzen wollten.

»Ich weiß«, flüsterte Paul und griff absichtlich auch noch nach ihrem anderen Arm, sodass sie ihm das Gesicht zuwenden musste. »Ich bin bereit, mich für mein Herumspionieren zu entschuldigen, Julia, aber Sie müssen wissen, das, was ich herausgefunden habe, war bewundernswert und sehr faszinierend.«

Sie wollte diesen engen Körperkontakt nicht, der fast schon eine Umarmung war. »Ich brauche weder Ihre Bewunderung noch Ihre Faszination.«

»Trotzdem gehören sie Ihnen.« Dann lächelte er außerordentlich charmant in die Kamera.

»Mr. Winthrop, stimmt es, dass Mel Gibson die Hauptrolle in *Chain Lightening* spielen wird?«

»Da fragen Sie besser den Produzenten oder Mr. Gibson.« Paul drängte Julia weiter voran, während die Reporter sie einkreisten.

»Ist Ihre Verlobung mit Sally Bowers geplatzt?«

»Halten Sie diese Frage nicht selber für recht geschmacklos, wenn ich mich in der Begleitung einer hübschen Frau befinde?« Paul lächelte weiterhin freundlich, obwohl er spürte, dass Julia zu zittern anfing. »Die Verlobung war eine Erfindung der Presse. Sally und ich sind nicht einmal die sprichwörtlichen guten Freunde. Eher flüchtige Bekannte.«

»Verraten Sie uns Ihren Namen?«

Irgendjemand hielt Julia ein Mikrofon vors Gesicht. Sie erschrak und gab sich Mühe, sich zu entspannen. »Summers«, sagte sie ruhig. »Julia Summers.«

»Die Autorin, die Eve Benedicts Biografie schreibt?« Bevor sie noch antworten konnte, wurde sie aus allen Richtungen mit anderen Fragen überschüttet. »Kaufen Sie das Buch«, sagte sie und war sehr erleichtert, als sie in den Ballsaal gelangten.

Paul flüsterte ihr zu: »Alles in Ordnung?«

»Natürlich.«

»Sie zittern.«

Sie wusste es und war deswegen wütend auf sich. Sie machte ein paar Schritte zur Seite, weg von seinem schützenden Arm. »Ich hasse es, eingekreist zu werden.«

»Dann ist es nur gut, dass Sie nicht mit Eve hergefahren sind. Da wären Sie von mehr als nur einem halben Dutzend Reportern belagert worden.« Er winkte einem vorbeigehenden Kellner zu und nahm zwei Gläser Champagner vom Tablett.

»Sollten wir uns nicht nach unserem Tisch umschauen?«

»Liebe Jules, niemand setzt sich jetzt schon hin.« Er berührte ihr Glas mit dem seinen, bevor er daran nippte. »Auf diese Weise wird man nicht gesehen.« Er legte einen Arm um ihre Taille.

»Müssen Sie mich dauernd anfassen?«

»Nein.« Aber er nahm den Arm nicht weg. »Sagen Sie mir, wen Sie gern treffen würden.«

Da sie ihm mit Temperament nicht beikommen konnte, versuchte sie es mit eisiger Kälte. »Es besteht kein Grund für Sie, sich um mich zu kümmern. Ich komme sehr gut allein zurecht.«

»Eve würde mir das Fell gerben, wenn ich Sie allein ließe.« Er steuerte sie durch die vielen lachenden und redenden Menschen. »Besonders seit sie es sich in den Kopf gesetzt hat, eine heiße Liebesromanze zu inszenieren.«

Der eiskalte Champagner reizte Julia zum Husten. »Wie bitte?«

»Sie müssen sich klarmachen, dass sie der Meinung ist, wenn sie uns oft genug zusammenbringt, würden wir schon eines Tages aneinander kleben bleiben.«

»Ist es nicht eine Schande, dass wir sie enttäuschen müssen?«

»Ja, das wäre wirklich eine Schande.«

Offensichtlich waren seine Absichten denen Julias diametral entgegengesetzt. Sie erkannte die Herausforderung in seinem Blick und hatte das Gefühl, dass die Luft um sie herum plötzlich elektrisch geladen war. Und sie hatte nicht die leiseste Ahnung, wie sie darauf reagieren sollte. Er lächelte weiter, als sein Blick sich auf ihren Mund senkte, ein Blick, der nichts anderes bedeutete als einen Kuss.

»Ich frage mich, was passieren würde …« Eine Hand klatschte auf Pauls Schulter.

»Paul, alter Junge, wie haben sie es fertiggebracht, dich hierherzulocken?«

»Victor.« Mit einem warmen Lächeln ergriff Paul die Hand von Victor Flannigan. »Dazu waren nur ein paar schöne Frauen nötig.«

»Wie immer.« Er wandte sich Julia zu. »Und das ist eine von ihnen?«

»Julia Summers, Victor Flannigan.«

»Ich habe Sie erkannt.« Victor ergriff Julias Hand. »Sie arbeiten mit Eve zusammen.«

»Ja.« Sie erinnerte sich genau an die sehr intime Szene, die sie im nächtlichen Garten beobachtet hatte. »Ich freue mich, Sie kennenzulernen, Mr. Flannigan. Ich bewundere Ihre Arbeit glühend.«

»Das ist eine Erleichterung, besonders wenn ich mir damit eine Fußnote in Eves Biografie verdiene.«

»Wie geht es Muriel?« Paul erkundigte sich höflich nach Victors Frau.

»Sie leidet ein wenig unter dem Wetter. Heute Abend bin ich ein freier Hirsch.« Er hielt sein Glas hoch, in dem eine klare Flüssigkeit perlte. »Sodawasser. Ich kann Ihnen sagen, es ist die Hölle, nur damit einen solchen Abend zu überstehen. Wie gefällt es Ihnen, Miss Summers?«

»Ich habe mir noch gar keine Meinung bilden können.«

»Diplomatisch.« Eve hatte ihm bereits von Julia erzählt. »In ein paar Stunden werde ich Sie noch einmal danach fragen. Der Himmel mag wissen, was sie uns zu essen anbieten werden. Ich darf wohl kaum hoffen, dass es Steaks und Kartoffeln sein werden. Ich kann dieses verdammte französische Zeug nicht ausstehen.« Er fing einen verständnisvollen Blick von Julia auf und grinste. »Man kann den Bauern aus Irland holen, aber er bleibt trotzdem ein irischer Bauer.« Er winkte Julia zu.

»Reservieren Sie mir einen Tanz?«

»Mit Vergnügen.«

»Ihre Eindrücke?«, fragte Paul, als Victor weiterging.

»Oft wirkt ein Schauspieler, wenn er vor einem steht, kleiner als auf der Leinwand. Er wirkt größer. Ich stelle mir vor, dass es sehr gemütlich sein müsste, mit ihm vor dem Kaminfeuer zu sitzen und Canasta zu spielen.«

»Sie besitzen eine ausgezeichnete Beobachtungsgabe.« Er drehte mit einem Finger ihr Gesicht zu sich hin. »Und Sie sind nicht mehr wütend.«

»Oh, doch. Ich hebe es mir nur auf.«

Er lachte und legte freundschaftlich den Arm um ihre Schultern. »Himmel, Jules, ich fange wirklich an, Sie zu mögen. Jetzt wollen wir Ausschau halten nach unserem Tisch. Vielleicht essen wir ja tatsächlich schon vor zehn.«

»Zum Teufel, Drake, ich hasse es, wenn man mir keine Ruhe lässt.« Eves Stimme klang ungeduldig, als sie sich an den Tisch setzte, aber ihr Gesicht blieb ganz ruhig. Die Gerüchteküche musste nicht unbedingt Wind davon bekommen, dass sie Probleme mit ihrem Presseagenten hatte.

»Ich hätte schon längst damit aufgehört, wenn du mir eine klare Antwort gegeben hättest.« Im Gegensatz zu seiner Tante war Drake kein Schauspieler. Mürrisch starrte er in sein Glas.

»Wie soll ich Promotion für etwas machen, wenn du mir keine Fakten gibst?«

»In dieser Angelegenheit will ich keine Promotion.« Sie hob die Hand, um Bekannte am Nachbartisch zu grüßen, und blickte kurz zu Nina hinüber, die mitten im Saal in einer Gruppe von Leuten laut lachte. »Wenn die Leute schon vorher wissen, was im Buch steht, ist die Spannung zum Teufel und niemand wird vor Angst feuchte Handflächen bekommen.« Bei diesem Gedanken musste sie lächeln. »Konzentriere dich darauf, das neue Fernsehprojekt bekannt zu machen.«

»Die Miniserie.«

Sie konnte es nicht verhindern, dass sie bei diesem Wort zusammenzuckte. »Du brauchst nur die Tatsache zu verbreiten, dass Eve Benedict ein großes Fernseh-Ereignis vorbereitet.«

»Es ist meine Aufgabe …«

»Zu tun, was ich dir sage. Merk dir das.« Ungeduldig leerte sie ihr Champagnerglas. »Bring mir ein neues Glas.«

Nur mit Mühe unterdrückte er einen Schwall harter Worte. Auch er wusste, dass man in der Öffentlichkeit sein Image wahren musste. Ebenso genau wusste er, wie unbeugsam und hart Eve sein konnte. Innerlich schäumend vor Wut stand er auf. Dann entdeckte er Julia und Paul, die quer durch den Saal gingen. Augenblicklich legte sich sein Ärger. Er würde die Informationen bekommen, die Delrickio haben wollte. Julia war die Quelle, die er anzapfen musste.

»Ah, da seid ihr ja.« Eve streckte ihnen beide Hände entgegen. Julia ergriff sie und spürte, dass Eve sie leicht zu sich heranzog. Es wurde ihr klar, dass sie erwartete, dass sie sich vorbeugte und Eve auf die Wange küsste. Sie kam sich dabei ziemlich dämlich vor. »Und Paul.« Eve wusste genau, dass sie von vielen Neugierigen beobachtet wurden, als sie die kleine Zeremonie mit ihrem ehemaligen Stiefsohn wiederholte. »Ihr zwei seid wirklich ein aufsehenerregendes Paar.« Sie warf einen Blick über ihre Schulter in den Saal. »Drake, sorg bitte dafür, dass wir für alle genügend Champagner bekommen.«

Als Julia hochschaute, sah sie, wie er die Lippen zusammenkniff und Eve einen vernichtenden Blick zuwarf. Gleich darauf lächelte er gewinnend. »Schön, dich zu sehen, Paul. Julia, Sie sehen wundervoll aus. Nehmt nur schon Platz, während ich Kellner spiele.«

»Sie sehen wirklich wundervoll aus«, sagte Eve. »Hat Paul Sie überall eingeführt?«

»Ich habe nicht viel Sinn darin gesehen.« Paul lehnte sich zurück und beobachtete das Treiben ringsum. »Wenn sie entdecken, dass sie bei dir sitzt, werden sie eins und zwei zusammenzählen und sich bei uns einführen.«

Damit hatte er vollkommen recht. Noch bevor Drake mit den Getränken wiederauftauchte, kamen die ersten Leute an ihren Tisch. Während des ganzen Dinners wirkte Eve wie eine Königin, die eine Audienz gewährt, während andere Berühmtheiten ihre Plätze verließen, um sich zu ihrem Thron zu begeben. Als das Dessert serviert wurde, kam ein fast kahler, unwahrscheinlich dicker Mann watschelnd an ihren Tisch.

Anthony Kincade, Eves zweiter Ehemann, hatte sich nicht gut gehalten. In den letzten beiden Jahrzehnten hatte er so an Gewicht zugenommen, dass er wie ein Wackelpudding aussah, den man in einen Smoking gepresst hatte. Der Weg durch den Saal hatte ihn so angestrengt, dass sein Gesicht aussah, als hätte er einen Sonnenbrand – knallrot. Seine Hängebacken und das Dreifachkinn zitterten um die Wette.

Einst war er ein anspruchsvoller, gebildeter Regisseur gewesen und hatte große Filme gedreht, jetzt machte er nur noch kleine, kümmerliche Filmchen. In den fünfziger und sechziger Jahren hatte er ein Vermögen angehäuft und überwiegend in Immobilien angelegt. Jetzt war er faul geworden und ganz zufrieden damit, auf seinem Geldsack zu sitzen und zu essen.

Als Eve ihn ansah, schauderte sie bei dem Gedanken zusammen, dass sie fünf Jahre lang mit ihm verheiratet gewesen war.

»Tony.«

»Eve.« Er stützte sich schwer auf ihren Stuhl und wartete,

bis er wieder Luft in die Lungen bekam. »Was ist das für ein Scheiß, den ich über dein Buch höre?«

»Das weiß ich nicht, Tony. Du musst es mir erzählen.« Sie erinnerte sich daran, was für schöne Augen er früher gehabt hatte. Jetzt konnte man sie kaum noch sehen unter all den Fleischfalten. Seine Hand drückte fest auf ihre Stuhllehne – ein dicker Fleischklumpen mit fünf klumpigen Würstchen daran. Früher waren seine Hände groß gewesen, zupackend und fordernd. Sie hatten jeden Zentimeter ihres Körpers genau gekannt. »Paul und Drake kennst du ja.« Sie griff nach einer Zigarette. »Und das ist Julia Summers, meine Biografin.«

Er drehte sich zu ihr um. »Seien Sie vorsichtig mit dem, was Sie schreiben.« Jetzt, wo er wieder Luft bekam, gewann seine Stimme einen Anflug der jugendlichen Stärke zurück. »Ich gehöre zu denen, die genug Geld und Einfluss besitzen, um Sie für den Rest Ihres Lebens hinter Gitter zu bringen.«

»Lass das Mädchen in Ruhe, Tony«, sagte Eve sanft. Es überraschte sie nicht, dass Nina an den Tisch gekommen war und, bereit, sie zu beschützen, ruhig an ihrer anderen Seite stand. »Du bist unhöflich. Und denk daran …«, sie blies ihm absichtlich Rauch ins Gesicht, »Julia kann nur das schreiben, was ich ihr erzählt habe.«

Er schlug ihr so fest auf die Schulter, dass Paul schon aufspringen wollte, aber Eve winkte ab. »Gefährlicher Boden, Eve.« Kincade rang nach Luft. »Du bist zu alt, um noch Risiken einzugehen.«

Eve verbesserte ihn: »Ich bin zu alt, um sie nicht einzugehen. Beruhige dich, Tony. Ich habe nicht die Absicht, Julia ein einziges Wort schreiben zu lassen, das nicht die lautere Wahrheit ist.« Obwohl ihr klar war, dass ihre Schulter am nächsten Morgen wehtun würde, hob sie ihr Glas. »Eine vernünftige Dosis Ehrlichkeit kann niemanden verletzen, der es nicht verdient hat.«

»Lüge oder Wahrheit«, murmelte er. »Es ist eine alte Tradition, den Überbringer zu töten.« Mit diesen Worten verließ er sie und bahnte sich seinen Weg durch die Menge.

»Mein Gott, was für ein ekelhafter Kerl.« Eve kippte den Champagner herunter und zog eine Grimasse, als ihr Blick auf den Dessertteller fiel. Dieser Besucher hatte ihr den Appetit verdorben. »Kaum zu glauben, dass er vor dreißig Jahren ein vitaler, interessanter Mann war.« Als sie Julia anschaute, musste sie lachen. »Mein liebes Kind, ich kann förmlich sehen, wie Sie bereits angefangen haben zu arbeiten.« Sie streichelte ihre Hand. »Wir werden über Tony reden«, versprach sie. »Und zwar schon bald.«

In Gedanken versunken saß Julia schweigend da und nahm ihre Umgebung kaum noch wahr. Anthony Kincade war nicht ärgerlich darüber gewesen, dass Eve Privatgeheimnisse aus ihrer Ehe preisgeben würde. Er war wütend gewesen, und er hatte Drohungen ausgestoßen. Sie hatte keinen Zweifel daran, dass Eve diese Reaktion außerordentlich gefallen hatte.

Vielsagend waren auch die Reaktionen der Männer an ihrem Tisch gewesen. Paul war bereit gewesen, Kincade an seinem schwammigen Genick zu packen und wegzuschleppen, ungeachtet seines Alters und seines offensichtlich desolaten Gesundheitszustandes. Dieses Aufblitzen von Gewalttätigkeit war echt gewesen und sehr schockierend bei einem Mann, der aus einem Tulpenglas Champagner trank und einen Smoking trug.

Drake hatte die Szene in allen Einzelheiten beobachtet. Und er hatte dabei gelächelt. Julia hatte den Eindruck gehabt, dass er auch sitzen geblieben wäre und gelächelt hätte, wenn Kincade Eve mit seinen Beefsteakhänden gewürgt hätte.

»Sie machen sich zu viele Gedanken.«

Julia zuckte leicht zusammen, dann sah sie Paul an. »Was?«

»Sie machen sich zu viele Gedanken«, wiederholte er. »Kommen Sie, wir wollen tanzen.« Er stand auf und zog sie hoch. »Man hat mir gesagt, dass es einer Frau schwerfällt zu denken, wenn ich meine Arme um sie lege.«

»Wie bringen Sie es fertig, dieses Ego in Ihrem Smoking unterzubringen, ohne dass es herausschaut?«

Er gesellte sich zu anderen Paaren auf der Tanzfläche, dann zog er Julia eng an sich. »Übung«, sagte er. »Jahrelange Übung.« Er lächelte ihr zu. Ihr Rückenausschnitt faszinierte ihn. Er war tief genug, dass er mit der Hand hineinschlüpfen und ihre Haut streicheln konnte. »Sie nehmen sich zu ernst. Wenn Sie sich im Traumland befinden, sollten Sie sich einfach treiben lassen.«

Sie wusste nicht, wie sie ihm beibringen sollte, damit aufzuhören, mit seinen Fingern über ihren Rücken zu streichen. Und sie wusste nicht, was sie gegen den Aufruhr in ihrem Körper tun sollte, den er damit verursachte.

Sie wusste, was es bedeutet, jemanden zu begehren. Und sie wollte es nicht noch einmal erleben.

»Warum bleiben Sie hier?«, fragte sie. »Sie könnten an Ihre Arbeit zurückkehren.«

»Gewohnheit.« Er warf über ihre Schulter einen Blick zu ihrem Tisch hinüber. »Eve.« Als sie wieder etwas sagen wollte, schüttelte er den Kopf. »Noch mehr Fragen. Ich muss irgendetwas falsch machen, da Sie noch immer denken.« Er zog sie so eng an sich, dass sie den Kopf zur Seite wenden musste, um seinem Mund auszuweichen. »Sie rufen eine Impression in mir wach: ein Fünf-Uhr-Tee auf der Terrasse eines englischen Landsitzes.«

»Wieso?«

»Ihr Duft.« Seine Lippen spielten mit ihrem Ohrläppchen. »Erotisch, ätherisch, romantisch.«

»Einbildung«, flüsterte sie, aber ihre Augen schlossen sich. »Ich bin nichts davon.«

»Richtig. Sie sind eine schwer arbeitende, alleinerziehende Mutter und praktisch veranlagt. Warum haben Sie bei Brown Lyrik studiert?«

»Weil es mir Spaß gemacht hat.« Sie ertappte sich dabei, dass ihre Finger in seinem Haar spielen wollten. »Lyrik ist sehr streng aufgebaut.«

»Einbildungskraft, Gefühl und Romantik.« Er schob sie ein wenig von sich fort, um sie anschauen zu können. »Sie sind eine Schwindlerin, Jules. Eine komplizierte, faszinierende Schwindlerin.«

Bevor sie eine Antwort finden konnte, tauchte Drake auf und klopfte Paul auf die Schulter. »Es macht dir doch nichts aus, mir deine Tänzerin zu überlassen?«

»Doch«, erwiderte Paul, ließ Julia aber frei und trat zurück.

»Wie gefällt es Ihnen?«, fragte Drake.

»Gut.« Sie war sehr erleichtert und wunderte sich darüber, dass sie ganz vergessen hatte, wie sehr der Arm eines Mannes sich von dem eines anderen unterschied.

»Eve hat mir erzählt, dass Sie sehr gut vorankommen mit der Arbeit. Ihr Leben ist sehr ungewöhnlich verlaufen.«

»Ja. Es ist eine Herausforderung für mich, darüber zu schreiben.«

»Nach welchem Gesichtspunkt gehen Sie vor?«

»Wie bitte?«

»Wie packen Sie die Sache an? Werden Sie das Leben eines Stars Jahr für Jahr beschreiben?«

»Es ist noch zu früh, um darüber zu reden, aber ich denke, dass ich ganz normal vorgehen werde, wenn ich das Leben einer Frau beschreibe, die eine große Karriere gemacht hat und großen, andauernden Erfolg dabei gehabt hat. Die Tatsache, dass Eve seit fast fünfzig Jahren immer noch zu den ganz Großen im Filmgeschäft zählt, spricht für sich selbst.«

»Sie wollen sich also auf ihr Berufsleben konzentrieren?«

»Nein.« Sie hatte das Gefühl, dass er bei aller Vorsicht auf etwas ganz Bestimmtes aus war. »Ihr berufliches und privates Leben sind eng miteinander verbunden. Alles spielt eine Rolle, ihre Verhältnisse, die Ehen, die Familie. Ich brauche nicht nur Eves Erinnerungen für meine Arbeit, sondern auch belegte Tatsachen, Meinungen, Anekdoten. Vieles können Leute beitragen, mit denen sie eng verbunden war oder ist.«

Ich muss anders vorgehen, dachte er. »Schauen Sie, Julia, ich habe ein Problem. Wenn Sie mich auf dem Laufenden halten könnten über Ihre Fortschritte mit dem Buch, dann könnte ich die Presseerklärungen, die ganze Werbung und

Promotion vorbereiten.« Er lächelte ihr zu. »Wir möchten doch alle, dass das Buch ein Erfolg wird.«

»Natürlich, aber ich fürchte, ich kann Ihnen nicht viel erzählen.«

»Aber Sie sind bereit zu einer Zusammenarbeit, wenn das Buch Form annimmt?«

»Gern, so weit möglich.«

Damit war das Gespräch beendet. Als sie später von Victor zum Tanz aufgefordert wurde, war Julia aufgeregt wie ein kleines Mädchen, das ganz überraschend seinem Filmschwarm leibhaftig begegnet. Andere Stars, die sie nur von der Leinwand her oder vom Fernsehschirm kannte, folgten seinem Beispiel.

Sie nahm Dutzende von Eindrücken und Beobachtungen mit, die sie unbedingt schriftlich festhalten wollte. Müde, aber viel entspannter, als sie es für möglich gehalten hätte, stieg sie gegen zwei Uhr morgens in Pauls Wagen.

»Es hat Ihnen gefallen«, war sein Kommentar.

Sie zuckte mit den Schultern. Warum sollte sie sich noch nachträglich von ihm den Abend verderben lassen? »Ja, warum auch nicht?«

»Das war eine Feststellung, keine Kritik.« Er schaute sie von der Seite an und stellte fest, dass ihre Augen halb geschlossen waren und ein leichtes Lächeln um ihre Lippen spielte. Es schien nicht der richtige Zeitpunkt zu sein, um ihr die Fragen zu stellen, die er auf Lager hatte. Stattdessen ließ er sie während der Fahrt ruhig vor sich hindösen.

Als er auf Eves Grundstück vor dem Gästehaus hielt, schlief sie fest. Mit einem kleinen Seufzer nahm sich Paul eine Zigarre, rauchte und beobachtet sie.

Julia Summers war eine Herausforderung. Nein, sie war ein verkörpertes Paradox. Paul tat nichts lieber, als die Schleier eines Geheimnisses zu lüften. Er hatte die Absicht gehabt, ihr möglichst nahezukommen, damit er Eves Interessen am besten bewahren konnte. Aber … Er lächelte, als er seine Zigarre aus dem Fenster warf. Es gab kein Gesetz, das ihm untersagte, jede Gelegenheit, die sich ihm bot, zu nutzen.

Er strich mit der Hand über ihr Haar. Sie murmelte irgendetwas im Schlaf. Er glitt mit den Fingerspitzen über ihre Wange, und sie seufzte leicht.

Er setzte sich zurück und versuchte, ruhig zu überlegen. Und dann tat er das, was er tun wollte, als wäre es nichts Neues für ihn. Er küsste sie auf ihre Lippen, während sie schlief.

Weich und entspannt gaben ihre Lippen nach und entspannten sich leicht, als er mit der Zunge die Konturen nachzog. Eine starke Erregung überkam ihn. Er sehnte sich nach mehr, seine Hände wollten sich selbstständig machen, zugreifen, streicheln, aber er ballte sie zu Fäusten und gab sich mit ihrem Mund zufrieden.

Es gab einige Regeln, die er nicht brechen wollte.

Sie träumte einen wunderbaren, himmlischen Traum. Sie trieb auf einem breiten, ruhigen Fluss dahin. Die Strömung trug sie, und sie genoss das kühle, blaue Wasser auf ihrer Haut. Eine goldene Sonne schien am Himmel, warm, heilend und tröstend.

Aber dann wurden die Sonnenstrahlen heißer, die Strömung schneller. Ihre Haut prickelte vor Erregung.

Ihre Lippen bewegten sich unter seinem Mund, dann öffnete sie sie mit einem Stöhnen, weit genug, dass seine Zunge hineinschlüpfen konnte. Er zögerte keine Sekunde, und ihre Zunge bewegte sich so sanft und verführerisch, dass er halb verrückt wurde. Um sich wieder zu fangen, fing er an, an ihrer Unterlippe zu knabbern. Julia erwachte, halb benommen und zornig.

»Was zum Teufel machen Sie da?«

Sie stieß ihn zurück. Als ihr Handballen sein Brustbein berührte, merkte er, dass sie viel stärker war, als sie zu sein schien.

»Ich habe nur meine Neugier befriedigt. Und uns beide in Schwierigkeiten gebracht.«

Sie griff nach der Handtasche, die auf ihrem Schoß lag, brachte es aber nicht fertig, sie ihm ins Gesicht zu werfen. Sie kämpfte lieber mit Worten. »Ich hatte keine Ahnung, dass Sie so krank sind oder so gewissenlos. Einer Frau Gewalt antun, während sie schläft, das ist eine ganz besondere Art von Perversion.«

Er zog die Augen zusammen. Sie blitzten auf und verschatteten sich gleich darauf. Als er sprach, klang seine Stimme trügerisch sanft. »Von Gewalt kann gar keine Rede sein, aber Sie können gern eine Kostprobe davon haben.« Er packte sie an den Schultern und riss sie an sich. »Jetzt sind Sie jedenfalls munter.«

Diesmal war sein Mund nicht weich und verführerisch, sondern heiß und hart. Sie konnte seinen Ärger, seine Frustration fast schmecken. Und urplötzlich erwachte die Begierde in ihr.

Sie brauchte ihn. Sie hatte vergessen, wie es war, einen Mann wirklich zu brauchen. Nach einem Mann zu dürsten wie nach einem Schluck Wasser. Ihre Versuche, sich zu verteidigen, waren zum Scheitern verurteilt. Sie wurde von Gefühlen, Sehnsüchten und Wünschen überschwemmt. Sie war schwach genug, sich an ihn zu klammern, hungrig genug, um seinen Kuss gierig zu erwidern.

Fest schlang sie ihre Arme um ihn. Er spürte, wie sie zitterte, hörte ihren keuchenden Atem. Er vergaß seinen Zorn und seine Frustration. Er fühlte nichts als heiße Leidenschaft.

Seine Finger griffen in ihr Haar. Er wollte sie hier haben, auf dem Vordersitz des Wagens. Er fühlte sich wie ein Teenager, wie ein Hengst, der die Stute witterte. Und wie ein Mann, der Hals über Kopf die sichere Schwelle verließ, um in das Unbekannte einzutauchen.

»Gehen wir hinein.« Er glitt mit dem Mund über ihr Gesicht. »Ich möchte dich hineinbringen. Ins Bett.«

Als sie den leichten Druck seiner Zähne an ihrer Kehle spürte, unterdrückte sie nur mit Mühe einen Aufschrei, so sehr begehrte sie ihn. Aber sie kämpfte gewaltsam dagegen an.

»Nein.« Sie erinnerte sich an all die Jahre der strikten Zurückhaltung, die qualvollen Erinnerungen und widerstand der Versuchung. »Das will ich nicht.«

Er nahm ihr Gesicht in beide Hände und merkte plötzlich, dass auch er angefangen hatte zu zittern. »Du lügst wirklich sehr schlecht, Julia.«

Sie musste endlich ihre Selbstbeherrschung wiedererlangen. Fest presste sie beide Hände um ihr Handtäschchen und starrte ihn an. Er sah gefährlich aus im Mondlicht. Rücksichtslos und gefährlich.

»Das ist nicht meine Absicht gewesen«, sagte sie. Sie langte nach dem Türgriff und musste zweimal daran drehen, bevor sie die Tür öffnen konnte. »Sie haben einen Fehler gemacht, Paul.« Blitzschnell ging sie über den kleinen Rasen zum Haus.

»Daran kann wohl kein Zweifel bestehen«, murmelte er.

Als Julia die Tür hinter sich geschlossen hatte, lehnte sie sich dagegen. In diesem Zustand konnte sie nicht sofort nach oben gehen. Sie versuchte, tief und ruhig zu atmen, damit der rasende Herzschlag sich normalisierte. Dann drehte sie das Licht ab, das CeeCee für sie hatte brennen lassen, und ging die Treppen hinauf. Sie warf einen Blick ins Gästezimmer und stellte fest, dass CeeCee fest schlief. Auf der gegenüberliegenden Seite des Flurs lag das Zimmer ihres Sohnes.

Bei seinem Anblick wusste sie, dass sie die richtige Entscheidung getroffen hatte. Wie stark ihr Begehren auch immer sein mochte, sie würde deshalb nicht das Risiko eingehen, alles aufs Spiel zu setzen, was sie sich aufgebaut hatte. In ihrem Leben würde es keine Paul Winthrops geben. Keine aalglatten Liebhaber, die kamen und gingen. Sie glättete Brandons Bettdecke und ging dann in ihr eigenes Zimmer.

Wieder fing sie an zu zittern und fluchte darüber, als sie die Handtasche aufs Bett warf. Das Ding sprang auf, und der Inhalt kullerte überallhin. Obwohl sie dem Zeug am liebsten noch einen Tritt versetzt hätte, kniete sie sich hin und packte die Puderdose, den Kamm und die schmale Brieftasche wieder ein. Da war ein Stück zusammengefaltetes Papier.

Seltsam, dachte sie. Sie konnte sich nicht daran erinnern,

irgendwelches Papier eingesteckt zu haben. Als sie es auseinandergefaltet hatte, musste sie sich am Bett festhalten, um wieder aufstehen zu können.

Pass auf, bevor Du springst.

Sie kümmerte sich nicht weiter um den Inhalt ihrer Handtasche, sondern setzte sich aufs Bett. Was zum Teufel, hatte das zu bedeuten? Und was um alles in der Welt sollte sie damit anfangen?

7 Julia sah Brandon nach, als er zur Schule fuhr. Sie war dankbar dafür, dass er in dem großen schwarzen Volvo mit Lyle hinter dem Steuer in Sicherheit war.

Natürlich hatte sie überhaupt keinen Grund, sich Sorgen zu machen. Das hatte sie sich in der schlaflosen Nacht, die hinter ihr lag, wieder und wieder gesagt. Ein paar anonyme Zettel konnten ihr nichts anhaben, und gewiss auch Brandon nicht. Aber sie würde sich besser fühlen, wenn sie der Sache auf den Grund gegangen war. Und genau das hatte sie vor.

Ihre Gedanken gingen wieder zu Brandon zurück. Wie seltsam war es zuzuschauen, wenn er in seine eigene Welt fuhr, zu Klassenzimmern und Spielplätzen, wo sie ihn nicht beaufsichtigen konnte.

Als sie den Wagen nicht mehr sehen konnte, schloss sie die Tür, denn der Morgenwind war ziemlich frisch. Julia konnte CeeCee hören, die die Küche putzte und dabei fröhlich zur Radiomusik sang. Es war ein heiterer Background, das Klirren des Geschirrs und die lebhafte junge Stimme, die versuchte, Janet Jackson Konkurrenz zu machen. Julia hätte es nicht gern zugegeben, aber es war eine große Beruhigung für sie, dass sie nicht allein war. Sie ging mit ihrer halbleeren Tasse in die Küche, um frischen Kaffee nachzuschenken.

»Das war ein tolles Frühstück, Ms. Summers.« CeeCee wischte den Küchenschrank mit einem feuchten Tuch ab. Ihr langes Haar hatte sie zu einem wippenden Pferdeschwanz zusammengebunden, und mit den Füßen klopfte sie den Takt der Musik mit. »Ich kann mir kaum vorstellen, dass jemand wie Sie kocht und all das.«

Halb verschlafen noch, goss sich Julia neuen Kaffee ein. »Jemand wie ich?«

»Nun, berühmt und das alles.«

Julia grinste. Wie leicht es ihr fiel, die Sorge vor etwas Drohendem, Unbekanntem mit einem Achselzucken abzutun. »Fast berühmt. Oder allenfalls berühmt als Teilnehmerin an dem Fest gestern.«

CeeCee mit ihren großen blauen Augen und dem frisch geschrubbten Gesicht, stieß einen Seufzer aus. »War es riesig?«

Die beiden Frauen in der sonnigen Küche sprachen nicht über die Wohltätigkeitsveranstaltung für notleidende Stars, sondern über einen Mann.

Julia dachte daran, wie sie mit Paul getanzt hatte, wie sie aufgewacht war, aufgeschreckt durch seinen heißen Mund, der auf dem ihren lag. Und sie dachte auch daran, wie die starke Begierde von ihm zu ihr übergesprungen war. »Es war – unterschiedlich.«

»Ist Mr. Winthrop nicht absolut fabelhaft? Immer, wenn ich mit ihm rede, wird mein Mund trocken, und ich bekommen feuchte Hände.« Sie schloss die Augen, als sie das Putztuch ausspülte.

»Wahnsinn.«

»Er gehört zu den Männern, die man kaum übersehen kann«, sagte Julia. Ihre Stimme hatte einen ironischen Klang bei dieser bewussten Untertreibung.

»Sie sagen es. Die Frauen sind verrückt nach ihm. Ich glaube nicht, dass er zweimal dieselbe Frau hierher mitgebracht hat. Ein echter Großstadthengst, verstehen Sie?«

»Hm.« Julia hatte ihre eigene Meinung über Männer, die von einer Frau zur anderen flogen. »Er scheint Miss Benedict sehr ergeben zu sein.«

»Natürlich. Ich glaube, er würde alles für sie tun – außer

eine Familie gründen und ihr die Enkelkinder zu schenken, die sie sich wünscht.« CeeCee warf den Kopf zurück, weil ihr widerspenstiges Haar ihr ins Gesicht fiel. »Es ist lustig, sich Miss B. als Großmama vorzustellen.«

Lustig war wohl kaum das richtige Wort, dachte Julia. Es war ungeheuerlich. »Wie lange arbeiten Sie schon für sie?«

»Eigentlich erst ein paar Jahre, aber ich kenne sie schon, solange ich zurückdenken kann. Tante Dottie hat mich immer übers Wochenende und in den Sommerferien eingeladen.«

»Tante Dottie?«

»Travers.«

»Travers?« Julia verschluckte sich fast an ihrem Kaffee, während sie versuchte, sich eine so enge Verbindung zwischen der aufgeschlossenen CeeCee und der Haushälterin mit dem verkniffenen Mund und den misstrauischen Blicken vorzustellen. »Sie ist Ihre Tante?«

»Yeah. Die ältere Schwester meines Vaters. Travers ist eine Art Künstlername. In den fünfziger Jahren hat sie, glaube ich, ein paar Filme gedreht. Aber sie ist nie richtig berühmt geworden. Sie arbeitet schon eine Ewigkeit für Miss B. Schon eine ziemlich verrückte Sache, wenn man daran denkt, dass sie beide mit dem gleichen Mann verheiratet waren.«

Diesmal war Julia so geistesgegenwärtig, die Kaffeetasse schnell abzusetzen. »Bitte?«

»Anthony Kincade«, erklärte CeeCee. »Sie wissen doch, der Regisseur. Tante Dottie war zuerst mit ihm verheiratet.« Ein Blick auf die Uhr brachte sie in Bewegung. »Wow, ich muss gehen. Um zehn fängt der Unterricht an.« Sie stürmte ins Wohnzimmer, um ihre Bücher und die Tasche zu holen. »Ist es in Ordnung, wenn ich morgen die Bettwäsche wechsele? Und darf ich meinen kleinen Bruder mitbringen? Er möchte Brandon so gern kennenlernen.«

Julia nickte, noch ganz benommen von den Neuigkeiten, die CeeCee ihr berichtet hatte. »Natürlich. Wir freuen uns darauf.«

CeeCee grinste ihr zu. »Darüber reden wir lieber erst,

wenn er mal ein paar Stunden hier gewesen ist.« Krachend warf sie die Tür hinter sich ins Schloß.

Auch das konnte Julia nicht aus ihren Gedanken reißen. Anthony Kincade. Dieser verbitterte Fleischberg war der Ehemann der glanzvollen Eve und der einsilbigen Haushälterin gewesen. Die Neugier trieb sie durch das Wohnzimmer in ihr gegenwärtiges Büro, zu ihren Nachschlagewerken. Ein paar Minuten lang schimpfte sie leise vor sich hin und fluchte, weil sie nie auf Anhieb etwas wiederfinden konnte. Nichts war jemals an dem Platz, wo sie es zuletzt hingetan hatte.

Aber sie würde jetzt Ordnung machen, bestimmt, das schwor sie dem unbekannten Heiligen, der zuständig sein mochte für zerstreute Autoren. Gleich nachdem sie ihre Neugier befriedigt hatte, würde sie eine Stunde damit verbringen, na ja, fünfzehn Minuten, alles in Ordnung zu bringen.

Das Gelübde zeitigte auf der Stelle Erfolg. Mit einem Triumphschrei stürzte sie sich auf das gesuchte Buch und fand augenblicklich in *Who's Who* die Angaben, die sie interessierten.

Kincade, Anthony, las sie. Geboren in Hackensack, N.J. 12. November 1920 … Seinen Werdegang, seine Erfolge und Misserfolge, ließ Julia aus. Verheiratet mit Margaret Brewster, 1942, zwei Kinder, Anthony jr. und Luise, geschieden 1947. Verheiratet mit Dorothy Travers, 1950, ein Kind, Thomas, verstorben, geschieden 1953. Verheiratet mit Eve Benedict 1954, geschieden 1959.

Es folgten noch zwei weitere Eheschließungen, aber das interessierte Julia nicht. Es war zu faszinierend, über das sonderbare Dreieck nachzudenken. Der Name Dorothy Travers kam ihr irgendwie bekannt vor. Sie war drei Jahre lang mit Kincade verheiratet gewesen und hatte ihm einen Sohn geboren. Ein Jahr nach der Scheidung hatte Kincade Eve geheiratet. Und jetzt war Travers Eves Haushälterin.

Wie konnten zwei Frauen, die dem gleichen Mann angehört hatten, zusammen unter einem Dach leben?

Das war eine Frage, die sie klären musste. Aber zunächst wollte sie Eve die anonymen Zettel zeigen, die sie erhalten hatte, in der Hoffnung auf eine Reaktion und vielleicht sogar auf eine Erklärung. Julia stieß das Nachschlagewerk beiseite. Ihren Pakt mit dem Kummer gewöhnten Heiligen hatte sie bereits wieder vergessen.

Eine Viertelstunde später öffnete Travers ihr die Tür. Als Julia die Frau mit dem strengen, unzufriedenen Gesicht und dem vorgewölbten Bauch betrachtete, fragte sie sich, wie sie denselben Mann gereizt haben konnte wie die hinreißend attraktive Eve.

»Im Fitnessraum«, murmelte Travers.

»Bitte?«

»Im Fitnessraum«, wiederholte die andere und führte sie unwillig hin. Sie kamen in den Ostflügel und gingen einen langen Korridor entlang, der mit vielen Nischen in der Wand ausgestattet war. In jeder stand eine Statue von Erte. Rechts befand sich ein größeres Bogenfenster, das auf den mittleren Innenhof führte, wo Julia den Gärtner bei seiner Arbeit sehen konnte.

Am Ende des Ganges befand sich eine dicke, in kühnen Farben bemalte Doppeltür. Travers klopfte nicht an, sondern riss sie einfach auf. Im gleichen Augenblick hörte man lebhafte, muntere Musik und dazu Eve, die ausgiebig fluchte.

Nie hätte Julia diesen Saal einfach als Fitnessraum bezeichnet. Trotz seiner Ausstattung mit allen möglichen Sportgeräten, den schrägliegenden Brettern, der mit Spiegelglas verkleideten Wand und der Ballettstange, wirkte er elegant. Ein Trainingspalast, könnte man vielleicht sagen, dachte Julia amüsiert und schaute sich das Deckengemälde an, auf dem stromlinienförmige Art-Déco-Figuren dargestellt waren. Licht fiel in gebrochenen Regenbogenfarben durch drei farbige Glasfenster ein. Nein, Palast stimmt auch nicht, dachte Julia. Es ist ein Tempel, errichtet zu Ehren des selbstgefälligen Gottes des Schweißes.

Der Fußboden war mit auf Hochglanz poliertem Parkett bedeckt. Eine glitzernde Bar aus Rauchglas, komplett ausgestattet mit Kühlschrank und Mikrowellenherd, nahm eine ganze Wand ein. Das Glas war mit Feuchtigkeit beschlagen. Die Musik kam aus einem hochmodernen Stereogerät, das von Begonientöpfen und Feigenbäumen flankiert wurde.

Eve lag auf einer Bank und stemmte mit den Beinen eine Stange mit Gewichten hoch. Neben ihr stand Mr. Muskelpaket. Julia war vorübergehend nicht mehr ganz bei sich, als sie ihn ansah, und vergaß, Luft zu holen. Er musste fast sieben Fuß groß sein – ein nordischer Gott, dessen Bronzekörper nichts weiter trug als eine unglaublich knappe Badehose. Um die Brust hatte er ein weißes Band gebunden, die beiden losen Enden schlängelten sich über seine muskulösen Hüften.

Sein goldblondes Haar hatte er zu einem Pferdeschwanz frisiert, und mit seinen eisblauen Augen schien er zufrieden zu lächeln, als Eves Flüche lauter und deftiger wurden.

»Zum Teufel damit, Fritz.«

»Noch fünf, meine schöne Blume«, sagte er. Sein musikalisches, ausgezeichnetes Englisch rief in Julia den Eindruck von Seen und Bergen wach.

»Du bringst mich um.«

»Ich mache dich stark.« Während sie sich weiter abquälte, legte er eine Hand auf ihren Oberschenkel und drückte zu. »Du hast den Muskeltonus einer Dreißigjährigen.« Dann gab er ihr einen zärtlichen kleinen Klaps aufs Hinterteil.

Schweißtriefend zischte sie: »Falls ich jemals wieder gehen kann, werde ich dir einen Tritt in deine riesigen Eier versetzen.«

Er lachte, gab ihr noch einen Klaps und nickte dann Julia zu.

»Hallo.«

Es war der ungeeignetste Augenblick. Eves Anspielung folgend, hatte Julia gerade den Blick gesenkt und festgestellt, dass sie keineswegs übertrieben hatte. Verlegen sagte sie: »Es tut mir leid. Ich will nicht stören.«

Eve brachte es irgendwie fertig, die Augen zu öffnen. Wenn sie noch genügend Kraft dafür gehabt hätte, hätte sie angefangen zu kichern. Die meisten Frauen bekamen diesen abwesenden, verlorenen Blick, wenn sie Fritz zum ersten Mal sahen. Sie freute sich, dass Julia nicht immun dagegen war. »Dem Himmel sei Dank, geschafft. Travers, geben Sie mir irgendwas sehr Kaltes zu trinken – und tun Sie etwas Arsen hinein für meinen Freund.«

Wieder lachte Fritz. »Trink ein wenig, dann werden wir an deinen Armen arbeiten. Du willst doch nicht, dass die Haut herunterhängt wie beim Hals eines Truthahns.«

»Ich kann später wiederkommen«, sagte Julia, als Eve sich umdrehte.

»Nein, bleiben Sie hier. Er ist fast fertig damit, mich zu foltern. Stimmt's Fritz?«

»Genau.« Er nahm den Drink, den Travers ihm anbot, und leerte das Glas mit einem Zug, bevor diese zur Tür hinausgeschlurft war. Während Eve sich den Schweiß vom Gesicht wischte, musterte er Julia. Sie fühlte sich sehr unbehaglich unter seinem Blick. Genauso schaute Brandon, wenn man ihm einen hübschen, biegsamen Klumpen Modellierton gab. »Sie haben gute Beine. Trainieren Sie?«

»Nein.« Das war eine nicht ungefährliche Äußerung in Südkalifornien, sagte sie sich. Menschen waren schon für weniger gehängt worden. Sollte sie sich entschuldigen? Er durchquerte den Raum und fing an, ihre Arme abzutasten.

»Hey, ich …«

»Magere Arme.« Sie riss den Mund auf, als er mit der Hand über ihren Magen glitt. »Guter Bauch. Wir können Sie aufbauen.«

»Danke vielmals.« Seine Finger fühlten sich an wie Eisenstangen, sie riskierte es lieber nicht, ihn zu ärgern. »Aber ich habe wirklich keine Zeit.«

»Sie müssen sich Zeit nehmen für Ihren Körper«, erklärte er so ernst, dass sie ein nervöses Lachen unterdrückte. »Kommen Sie am Montag, dann können wir anfangen.«

»Ich glaube wirklich nicht …«

Eve mischte sich ein. »Eine großartige Idee. Ich hasse es, wenn ich allein gefoltert werde.« Sie schnitt eine Grimasse, als Fritz die Gewichte für ihre Armübungen befestigte. »Setzen Sie sich, Julia. Sie können mit mir reden und mich von meinem Elend ablenken.«

»Himmel, Arsch und Zwirn, Montag«, murmelte Julia.

»Wie bitte?«

Sie lächelte, während Eve die richtige Position für neue Qualen einnahm. »Ich habe gesagt, dass ich neugierig bin, ob das Wetter hält.«

Eve, die sie schon beim ersten Mal sehr gut verstanden hatte, hob nur eine Braue. »Das glaubte ich, gehört zu haben.« Sobald Eve die richtige Stellung eingenommen hatte, fing sie an, die Gewichte an ihren Körper heranzuziehen und wieder fortzustoßen. »Hat Ihnen der gestrige Abend gefallen?«

»Ja, danke schön.«

»Sie ist so höflich.« Eve grinste Fritz zu. »Sie würde nicht fluchen wie ich.«

Julia schaute zu, wie Eves Muskeln spielten. »O doch.«

Eve lachte, als ihr infolge der Anstrengung der Schweiß ausbrach. »Wissen Sie, was man für Ärger hat, wenn man schön ist, Julia? Jeder bemerkt sofort mit großer Schadenfreude den kleinsten Fehler. So bleibt einem nichts anderes übrig, als immer dieselbe zu bleiben.« Tief sog sie die Luft ein und stieß sie wieder aus. »Es ist wie eine Religion. Ich bin dazu verurteilt, wirklich mein Bestes für den Körper zu tun, den Gott und die Chirurgen mir gegeben haben. Ich darf den Leuten nicht die Befriedigung verschaffen zu sagen: ›Früher ist sie schön gewesen.‹« Sie unterbrach sich und stieß einen Fluch aus, weil ihre Arme zitterten. »Es gibt Leute, die behaupten, süchtig zu sein nach dieser Tortur. Ich kann nur sagen, sie müssen sehr, sehr krank sein. Wie viele noch?«, fragte sie.

»Zwanzig«, antwortete Fritz.

»Bastard!« Aber sie ließ nicht nach. »Was für Eindrücke hatten Sie gestern Abend?«

»Dass ein hoher Prozentsatz der Leute dort weniger Interesse an dem guten Zweck hatte, als an der Publicity. Dass das neue Hollywood nie das gleiche Niveau erreichen wird wie das alte Hollywood. Und das Anthony Kincade ein unangenehmer und potenziell gefährlicher Mann ist.«

»Ich war neugierig, ob man Sie leicht blenden kann. Offensichtlich nicht. Wie viele noch, du Sohn einer Hündin?«

»Fünf.«

Fluchend quälte Eve sich weiter, sie keuchte wie eine Frau, die in den letzten Wehen liegt. Je obszöner ihre Flüche wurden, desto breiter grinste Fritz. »Warten Sie hier«, sagte sie dann zu Julia, kam ächzend auf die Füße und verschwand durch eine Seitentür.

»Sie ist eine wunderbare Frau«, meinte Fritz. »Und stark.«

»Ja.« Aber Julia schauderte bei der Vorstellung, dass sie selber noch schwere Eisengewichte stemmte, wenn sie bereits auf die Siebzig zuging. Verdammt, lieber würde sie die Fettpolster hinnehmen und sogar mögen. »Glauben Sie nicht, dass das zu viel für sie ist, wenn man ihr Alter berücksichtigt?«

Er hob die Brauen und warf einen Blick auf die Tür, hinter der Eve sich befand. Er wusste, dass sie sich nicht damit aufhalten würde, nur zu fluchen, wenn sie das gehört hätte. »Ja, wenn es sich um jemand anderen handeln würde. Aber nicht für Eve. Ich bin Einzeltrainer. Dies ist das richtige Programm für ihren Körper, ihren Geist, ihre Seele. Alle drei sind stark.« Er ging zu einem der Fenster hinüber. Davor standen ein Massagetisch und ein Regal, vollgestopft mit Ölen und Lotions. »Für Sie werde ich ein anderes Programm aufstellen.«

Dieses Thema wollte sie unbedingt vermeiden. »Wie lange sind Sie schon ihr Trainer?«

»Seit fünf Jahren.« Nachdem er die Ölflaschen ausgesucht hatte, stellte er eine andere Musik an. Diesmal waren es klassische Klänge, sanft und beruhigend. »Sie hat mir viele Klienten verschafft. Aber wenn ich nur eine einzige hätte, würde ich Eve nehmen.«

Er sprach ihren Namen fast ehrfürchtig aus. »Sie verdient Respekt«, fügte er hinzu. Und dann: »Sie ist eine große Dame.« Er roch an einem winzigen Flakon und erinnerte

Julia dabei an den Stier Ferdinand, der an Blüten schnupperte. »Sie schreiben ihr Buch.«

»Ja.«

»Sie werden sicher sagen, dass sie eine große Dame ist.«

Eve kam in einem kurzen weißen Kleid zurück. Ihr Haar war feucht, ihr Gesicht rosafarben und glänzend. Wortlos ging sie auf den Massagetisch zu, zog sich unbefangen wie ein Kind aus und legte sich auf den Bauch. Fritz legte ihr ein Tuch über die Hüften und fing mit der Arbeit an.

»Nach der Hölle der Himmel.« Eve seufzte. Sie bettete das Kinn auf ihre Fäuste und schaute Julia an. »Es interessiert Sie vielleicht, dass ich dreimal wöchentlich diese Horrorstunden absolviere. Und obwohl ich jede Minute davon hasse, weiß ich, dass mein Körper dadurch schön genug bleibt, dass Nina Angebote von Playboy ablehnen muss, und dass meine Belastungsfähigkeit so groß ist, dass ich zehn- bis zwölfstündige Dreharbeiten durchstehe, ohne zusammenzubrechen. Ich werde Fritz sogar den anderen Klienten ausspannen, wenn ich für die Lokalaufnahmen nach Georgia gehe. Der Mann hat goldene Hände, die besten auf fünf Kontinenten.«

Er errötete wie ein kleiner Junge.

Während Fritz mit diesen Händen Eves Muskeln knetete und lockerte, drehte sich das Gespräch um Gesundheit, Training und ähnliche Fragen. Julia wartete geduldig, bis Eve wieder in ihr Kleid schlüpfte und sich von ihrem Trainer mit einem sehr innigen, sehr intimen Kuss verabschiedete. Sie dachte an die Szene, die sie im Garten beobachtet hatte, und fragte sich, wie eine Frau, die so offensichtlich den einen Mann liebte, so unverfroren mit einem anderen flirten konnte.

»Montag«, sagte er und nickte Julia zu. »Ich bereite ein Programm für Sie vor.«

»Sie wird hier sein«, versprach Eve, bevor Julia höflich ablehnen konnte. Sie grinste, als Fritz seine Tasche nahm und ging. »Betrachten Sie es als einen Teil Ihrer Nachforschungen«, meinte sie. »Nun, was halten Sie von ihm?«

»Bin ich in Verzückung geraten?«

»Nur ein bisschen.« Sie ließ ihre Muskeln spielen, dann zog sie eine Schachtel Zigaretten aus der Tasche ihres Kleides. »Himmel, ich brauch sofort eine. Ich habe nicht das Herz – oder den Nerv – zu rauchen, wenn Fritz da ist. Machen Sie uns noch einen Drink, ja? Meinen mit viel Champagner.«

Als Julia aufstand, nahm Eve einen tiefen, hungrigen Zug. »Ich kann mir keinen anderen Mann auf der Welt vorstellen, für den ich auch nur für ein paar Stunden aufs Rauchen verzichten würde.« Sie blies den Rauch aus, als Julia ihr das Glas anbot. Dann lachte sie herzlich. »Je länger ich Sie kenne, desto leichter kann ich Ihre Gedanken lesen, Julia. Im Augenblick versuchen Sie gerade, ein Urteil über mich zu fällen, und fragen sich, wie ich eine Affäre mit einem Mann, der mein Sohn sein könnte, vor mir selber rechtfertige.«

»Es ist nicht meine Aufgabe, ein Urteil zu fällen.«

»Nein, und Sie denken immer nur an ihre Aufgabe. Der Vollständigkeit halber, ich versuche gar nicht, es zu rechtfertigen, ich genieße es einfach. Aber zufällig habe ich nichts mit diesem prachtvollen Stück Fleisch, weil der Junge unheilbar schwul ist.« Sie lachte und nahm einen Schluck. »Jetzt sind Sie schockiert und versuchen, es nicht zu sein.«

Unruhig rückte Julia auf ihrem Stuhl hin und her und nippte an ihrem Glas. »Der Zweck unserer Gespräche besteht darin, dass ich Ihre Gefühle ergründe, nicht darin, dass Sie meine Gefühle ergründen.«

»Es funktioniert in beiden Richtungen.« Eve rollte sich wie eine Katze in einem mit Kissen belegten Rattansessel zusammen. Jede Bewegung war geschmeidig, weiblich, verführerisch. Die junge Betty Berenski hatte sich den richtigen Namen ausgesucht. Sie war ganz Frau, ebenso alterslos und geheimnisvoll wie die erste Eva. »Bevor dieses Buch fertig ist, werden Sie und ich uns so gut kennen, wie es für Menschen nur möglich ist. Besser als ein Liebespaar, besser als Eltern und Kind. Wenn wir einander erst vertrauen, werden Sie das verstehen.«

Julia zog es vor, auf sicheren Grund und Boden zurückzukehren. Sie holte den Rekorder und ihren Block hervor. »Was für einen Grund sollte ich haben, Ihnen nicht zu vertrauen?«

Eves Lächeln kam durch eine Rauchwolke. »Ja, wirklich. Fangen Sie an, Julia, stellen Sie mir die Fragen, die Ihnen im Kopf herumschwirren. Ich bin in der richtigen Stimmung, sie zu beantworten.«

»Anthony Kincade. Warum haben Sie mir nicht erzählt, weshalb Sie ihn geheiratet haben und wie es gekommen ist, dass seine zweite Frau aufgehört hat, zweitrangige Filme zu spielen und bei Ihnen als Haushälterin arbeitet?«

Anstatt zu antworten, rauchte Eve und überlegte. »Sie haben CeeCee ausgefragt.«

Eine Andeutung von Ärger schwang in ihrer Stimme mit, genug, um Julia Genugtuung zu verschaffen. Vielleicht würden sie tatsächlich eine gemeinsame Ebene finden, auf der Vertrauen und Vertraulichkeit herrschten, aber nur unter gleichen Bedingungen für beide.

»Ich habe mit ihr geredet, ja. Wenn sie mir irgendetwas nicht erzählen sollte, so haben Sie es offensichtlich versäumt, ihr das einzuschärfen.« Als Eve weiter schwieg, klopfte Julia mit dem Bleistift auf ihren Block. »Sie hat heute Morgen erwähnt, dass sie schon als Kind oft hier gewesen ist, als sie ihre Tante Dottie besuchte. Natürlich kam dabei schnell heraus, wer Tante Dottie ist.«

»Daher haben Sie es also.«

»Es ist mein Beruf, Informationen aufzunehmen«, sagte Julia sanft, während sie den wachsenden Ärger der anderen nicht nur registrierte, sondern genoss. Es mag kleinlich sein, dachte sie, aber es ist eine Genugtuung zu wissen, dass dieser glänzende Lack endlich einen Sprung bekommen hat.

»Sie hätten mich nur zu fragen brauchen.«

»Das ist genau das, was ich jetzt tue.« Herausfordernd warf Julia den Kopf zurück. »Wenn Sie Ihre Geheimnisse für sich behalten wollen, Eve, haben Sie die falsche Autorin gewählt. Ich arbeite nicht mit Scheuklappen.«

»Es ist meine Geschichte.« Eves Augen funkelten, grün, kalt und gefährlich.

Julia war sich dessen voll bewusst, aber sie wich nicht aus. »Ja, das stimmt. Aber es ist auch meine, Sie selber haben es so gewollt.« Sie war bereit, den Kampf aufzunehmen, ihren Willen dem Eves entgegenzusetzen. »Wenn Sie lieber irgendjemanden wollen, der nach Ihrer Pfeife tanzt, hören wir sofort auf. Ich kehre nach Connecticut zurück, und wir überlassen es unseren Anwälten, die Dinge zu klären.« Sie stand auf.

»Setzen Sie sich.« Eves Stimmte bebte vor Wut. »Setzen Sie sich, verdammt noch mal. Sie haben Ihren Auftritt gehabt.«

Julia nickte und nahm wieder Platz. »Es geht mir nicht darum«, sagte sie. »Aber ich komme nicht mit meiner Arbeit voran, wenn Sie mich immer dann blockieren, wenn ich einen Punkt berühre, der Sie beunruhigt.«

Eve schwieg einen Augenblick. Ihr Ärger flaute ab, und widerwilliger Respekt trat an seine Stelle. »Ich habe ein langes Leben hinter mir«, sagte sie schließlich. »Ich bin daran gewöhnt, die Dinge auf meine Weise anzupacken. Wir wollen sehen, Julia, ob wir trotzdem einen gemeinsamen Weg finden können.«

»Das ist fair.«

Eve führte das Glas an ihre Lippen, trank und bereitete sich innerlich darauf vor, eine seit Langem verschlossene, eingerostete Tür in ihrem Inneren zu öffnen. »Erzählen Sie mir, was Sie weiter darüber wissen.«

»Es war kein Problem herauszubekommen, dass Dorothy Travers Kincades zweite Frau gewesen ist, von der er sich erst ein paar Monate vor der Heirat mit Ihnen scheiden ließ. Ich konnte sie zuerst nicht unterbringen, aber dann erinnerte ich mich daran, dass sie etwa ein Dutzend zweitrangige Filme in den fünfziger Jahren gedreht hatte, vorwiegend Gothics und Horror, bevor sie wieder von der Bildfläche verschwand. Um für Sie zu arbeiten, wie ich annehme.«

»Nichts auf Erden verläuft jemals so geradlinig.« Obwohl

es sie immer noch störte, dass nicht sie es gewesen war, die dieses Thema als Erste angeschnitten hatte, zuckte Eve mit den Schultern und setzte zu weiteren Erklärungen an. »Sie fing erst ein paar Monate nach meiner Scheidung von Tony an, für mich zu arbeiten. Das muss vor über dreißig Jahren gewesen sein. Das kommt Ihnen seltsam vor?«

»Dass zwei Frauen eine dauerhafte und enge Verbindung miteinander über drei Jahrzehnte lang haben, nachdem sie zuvor denselben Mann geliebt haben? Ja.«

»Liebe?« Eve lächelte und räkelte sich wohlig. Nach einer Sitzung mit Fritz fühlte sie sich immer großartig. »Nun, Travers hat ihn vielleicht kurze Zeit geliebt. Aber Tony und ich heirateten aus anderen Gründen. Sinnlichkeit und Ehrgeiz. Das ist etwas anderes. Er war damals ziemlich beeindruckend. Ein großer, strammer Mann, und nicht nur ein bisschen niederträchtig. Als er in meinem Film *Separate Lives* Regie führte, ging seine Ehe endgültig in die Brüche.«

»Er und Travers hatten ein Kind, das gestorben ist.«

Eve zögerte, dann nippte sie an ihrem Drink. Julia versuchte, sie in eine Ecke zu treiben, aber es gab für sie nur einen Weg, ihre Geschichte zu erzählen – ihren eigenen. »Der Verlust ihres Kindes zerstörte die Grundlage ihrer Ehe. Travers konnte und wollte nicht vergessen. Tony war fest dazu entschlossen. Er war immer ausschließlich mit sich selbst beschäftigt. Das war ein Teil seines Charmes. Ich kannte noch längst nicht alle Einzelheiten, als die Sache mit uns anfing. Unsere Affäre und die anschließende Heirat war damals einer der kleineren Skandale.«

Julia hatte sich bereits notiert, dass sie die entsprechenden Nummern von *Fotoplay* und *Hollywood Reporter* nachlesen musste.

»Travers war kein so großer Star, dass sie besonders viel Empörung und Mitgefühl erweckt hätte. Ihnen kommt das arrogant vor, aber das ist die reine Wahrheit. Es erschienen ein paar Kolumnen über unser kleines Dreieck, dann geriet es in Vergessenheit. Die Leute nahmen viel mehr Anteil daran, als

Liz Taylor ihren Eddie Fisher unter Debbie Reynolds hervorzog.«

Offensichtlich amüsiert, drückte sie ihre Zigarette aus. »Ich weiß wirklich selber nicht genau, ob ich der Funke gewesen bin, der ihre Ehe vernichtete.«

»Ich werde Travers fragen.«

»Das ist mir klar.« Sie machte eine unbestimmte Geste mit der einen Hand, dann setzte sie sich wieder zurück. »Es ist zwar unwahrscheinlich, dass sie mit Ihnen reden wird, aber machen Sie ruhig den Versuch. Im Augenblick wird es wohl das beste sein, wenn ich ganz von vorn anfange. Wie ich bereits sagte, war Tony damals ein gefährlich attraktiver Mann. Als Regisseur hatte ich großen Respekt vor ihm.«

»Sie kennen ihn, seit Sie *Separate Lives* drehten?«

»Oh, wir sind einander schon vorher begegnet, wie es so ist bei all den Leuten, die in diesem kleinen Narrenschiff sitzen. Aber wenn ein Film gedreht wird, Julia, entsteht eine kleine, intime Welt für sich, völlig entfernt von der Wirklichkeit. Mehr noch, immun dagegen.« Sie lächelte versunken. »Das ist der Grund dafür, dass so viele von uns ernsthaft glauben, dass sie sich hoffnungslos in einen anderen Darsteller verliebt hätten, jedenfalls für die Zeitspanne, die erforderlich ist, um den Film zu drehen.«

»Sie haben sich aber nicht in Ihren Partner verliebt«, sagte Julia, »sondern in Ihren Regisseur.«

Eve senkte die Lider. Ihre langen Wimpern verbargen ihre Augen. »Es war ein schwieriger Film, sehr düster, sehr ergreifend. Die Geschichte einer unglücklichen Ehe. Verrat, Ehebruch und ein Nervenzusammenbruch. Wir hatten den ganzen Tag an der Szene gearbeitet, wo ich endlich die Untreue meines Mannes erkannt hatte und an Selbstmord dachte. Ich musste mich bis auf einen schwarzen Spitzenslip ausziehen, mir sorgfältig die Lippen schminken, Parfüm auftragen. Dann das Radio einschalten, um allein zu tanzen. Eine Flasche Champagner öffnen und trinken, bei Kerzenschein und eine Schlaftablette nach der anderen herunterschlucken.«

»Ich erinnere mich an die Szene«, murmelte Julia. In dem hellen Saal, der nach Schweiß und parfümiertem Öl roch, sah sie das Bild deutlich vor sich. »Sie war beängstigend, tragisch.«

»Tony hatte eine ganz bestimmte Vorstellung davon. Eine Klappe nach der anderen fiel, aber er war nie zufrieden. Ich hatte das Gefühl, dass meine Empfindungen gewaltsam aus mir herausgerissen wurden. Stunde für Stunde dieselbe Szene. Erst später merkte ich, dass er genau das aus mir herausgeholt hatte, was er haben wollte. Die Erschöpfung, die Wut, die Verzweiflung und diesen Blick, den nur der Hass erzeugen kann.«

Sie lächelte triumphierend. Diese Szene gehörte zu den besten, die sie je gemacht hatte. »Als wir endlich fertig waren, ging ich in meinen Ankleideraum. Meine Hände zitterten. Meine ganze Seele war in Aufruhr. Er war mir gefolgt, verschloss die Tür von innen. Du lieber Himmel, ich weiß noch heute, wie er mich mit brennenden Augen anschaute. Ich schrie und weinte, versprühte genügend Gift, um zehn Männer damit umzubringen. Als er mich packte, schlug ich ihn. Blut floß. Er zerriss mir das Kleid, ich kratzte und biss ihn. Er riss mich auf den Boden und zerfetzte mir den schwarzen Spitzenslip. Und die ganze Zeit über schwieg er, sagte nicht ein einziges Wort. Wir vereinigten uns wie ein paar wilde Hunde.«

Julia musste schlucken. »Er hat Sie vergewaltigt.«

»Nein. Es wäre leichter für mich zu lügen und ja zu sagen. Aber als wir auf dem Boden landeten, war ich bereits mehr als einverstanden. Ich war besessen. Wenn ich nicht bereit gewesen wäre, hätte er mich zweifellos vergewaltigt. Das zu wissen, war unglaublich aufregend. Pervers, aber verdammt aufregend«, fügte sie hinzu und zündete sich eine neue Zigarette an. »Unsere Beziehung war von Anfang an irgendwie verquer. Aber in den ersten drei Jahren dieser Ehe bekam ich den besten Sex, den ich je gehabt hatte. Allerdings fast immer mit Gewalt verbunden, fast immer an der Grenze zum Abnormen.«

Lächelnd stand sie auf, um sich einen neuen Drink zu machen. »Nach einer Ehe von fünf Jahren mit Tony kann mich nichts und niemand mehr schockieren. Ich hatte geglaubt, dass ich auf diesem Gebiet schon gut Bescheid wüsste …« Sie schürzte die Lippen und füllte zwei Gläser bis an den Rand mit Champagner. »Heute muss ich zugeben, dass ich so ahnungslos wie ein Lamm in diese Ehe kam. Er war ein Kenner, vertraut mit allen Abweichungen, mit Dingen, von denen man damals nicht einmal hinter vorgehaltener Hand sprach. Oraler Sex, analer Sex, Versklavung, S und M, Voyeurismus. Tony besaß einen Schrank voll von bösartigen kleinen Spielsachen. Einige fand ich vergnüglich, andere abscheulich und einige wirklich erotisch. Dann kamen noch die Drogen hinzu.«

Eve trank ein wenig von ihrem Glas, damit es nicht überlief, wenn sie es hinübertrug, und bot Julia das andere an. Hier und jetzt kam es ihr nicht mehr so seltsam vor, vor dem Mittagessen Champagner zu trinken.

»Tony war damals seiner Zeit weit voraus, was Drogen anbelangt. Er bevorzugte Halluzinogene. Ich probierte es auch damit, aber mir bedeuteten sie nicht viel. Aber Tony konnte nie genug bekommen, weder vom Essen, Trinken noch von Drogen und Sex. Und auch nicht von Ehefrauen.«

Julia merkte wie die Erinnerung Eve zusetzte, und stellte zu ihrer Überraschung fest, dass sie den Wunsch hatte, sie davor zu bewahren. Sie hatten ihren Kampf ausgefochten, aber sie wollte nicht, dass ihr Sieg der anderen Schmerzen verursachte. »Eve, wir müssen das alles jetzt nicht im einzelnen durchgehen.«

Eve brachte es fertig, die aufgekommene Spannung einfach abzuschütteln. Sie nahm so geschmeidig auf dem Sessel Platz wie eine Katze, die sich auf dem Teppich zusammenrollt. »Wie gehen Sie in einen Teich mit kaltem Wasser, Julia? Stückchen für Stückchen oder mit einem Kopfsprung?«

Julia musste lächeln. Es war ein gutes, verständnisvolles Lächeln. »Mit einem Kopfsprung.«

»Gut.« Eve nahm noch einen Schluck, um ihre Kehle zu glätten, bevor sie tauchte. »Der Anfang vom Ende war, dass er mich ans Bett fesselte, mit Handschellen aus Samt. Das war etwas völlig Neues für mich. Schockiert?«

Julia konnte sich nicht vorstellen, wie das sein musste, so hilflos einem anderen preisgegeben zu sein. Sie konnte sich auch nicht vorstellen, dass eine Frau wie Eve bereit war, sich so vollständig zu unterwerfen. Trotzdem zuckte sie nur mit den Schultern. »Ich bin nicht prüde.«

»Natürlich sind Sie das. Es gehört zu den Dingen, die mir an Ihnen am besten gefallen. Hinter all den Spitzfindigkeiten schlägt das Herz einer Puritanerin. Ärgern Sie sich nicht. Es ist erfrischend.«

»Und ich dachte, es wirkt beleidigend.«

»Überhaupt nicht. Darf ich Sie warnen, Julia? Wenn eine Frau einem Mann sexuell verfallen ist, wirklich verfallen, tut sie Dinge, über die sie bei hellem Tage vor Scham vergehen möchte, selbst dann, wenn sie bereits danach lechzt, sie wieder zu tun.«

Sie lehnte sich zurück und umfasste ihr Glas mit beiden Händen. »Aber genügend weibliches Wissen … Nun, Sie werden selber darauf kommen. Wenn Sie Glück haben.«

Wenn ich Glück habe, dachte Julia, wird mein Leben weiterhin genauso verlaufen wie jetzt. »Sie waren dabei, mir von Anthony Kincade zu erzählen.«

»Ja, war ich. Er liebte, nun, sagen wir, Kostüme. In jener Nacht trug er einen schwarzen Lendenschurz aus Leder und eine silberne Maske. Er hatte damals schon etwas Übergewicht, worunter der Effekt ein wenig litt. Er zündete schwarze Kerzen an – und Räucherstäbchen. Dann rieb er meinen Körper mit Öl ein, bis er glänzte. Und dann machte er Sachen mit mir, wundervolle Sachen, immer nur bis kurz vor dem Punkt, an dem ich Befriedigung gefunden hätte. Und als ich völlig verrückt nach ihm war – du lieber Himmel, nach irgendeinem Mann –, stand er auf und öffnete die Tür. Er ließ einen Jungen herein.«

Eve legte eine Pause ein, um einen Schluck zu trinken. Als sie weitersprach, klang ihre Stimme kühl und flach. »Er konnte nicht älter sein als sechzehn, siebzehn. Ich weiß noch, dass ich Tony beschwor, bedrohte, ja, sogar anflehte, als er anfing, dieses Kind auszuziehen. Während er ihn mit seinen geschickten, erfahrenen Händen berührte, entdeckte ich, dass ich selbst nach einer über vierjährigen Ehe mit einem Mann wie Tony immer noch unwissend war, dass es immer noch Dinge gab, die mich empörten. Als ich es nicht länger ertragen konnte mitanzusehen, was sie miteinander trieben, schloss ich die Augen. Dann führte Tony den Jungen zu mir und forderte ihn auf, alles mit mir zu machen, was er wollte, während er zuschaute. Ich merkte schnell, dass der Junge längst nicht so unerfahren war wie ich. Er benutzte mich in jeder nur denkbaren Weise, in der eine Frau benutzt werden kann. Während der Junge noch voll mit mir beschäftigt war, kniete sich Tony hinter ihn und …« Ihre Hand zitterte leicht, als sie sich eine Zigarette anzündete, aber ihre Stimme blieb ganz sachlich. »Und jetzt kam es zum Sex zu dritt. Es ging stundenlang so weiter, mit endlos wechselnden Positionen. Ich hörte auf zu fluchen, zu bitten, zu weinen und fing an, Pläne zu schmieden. Als der Junge gegangen war und Tony mich losgebunden hatte, wartete ich, bis er eingeschlafen war. Dann ging ich nach unten und holte mir das größte scharfgeschliffene Messer, das ich finden konnte. Als Tony aufwachte, hielt ich seinen Schwanz in der einen Hand, das Messer in der anderen. Ich sagte ihm, dass ich ihn kastrieren würde, wenn er jemals wieder versuchen sollte, mich anzurühren, dass ich eine schnelle, saubere Scheidung verlangte und das Haus, mit allem, was sich darin befand, den Rolls, den Jaguar und die Hütte in den Bergen, die wir uns gebaut hatten. Wenn er nicht einwilligte, würde ich ihn auf der Stelle so fertigmachen, wie er es noch nie erlebt hatte.« Als sie sich daran erinnerte, wie verdattert er ausgesehen hatte und wie hilflos er herumgestottert hatte, musste sie lächeln. Aber dann fiel ihr Blick auf Julia, der die Tränen über die Wangen liefen.

»Kein Grund zum Weinen«, sagte sie ruhig. »Er hat bezahlen müssen.«

»Für so etwas gibt es keine Bezahlung.« Julias Stimme war heiser vor Zorn. »Kann es keine geben.«

»Vielleicht nicht. Aber diese Geschichte gedruckt zu sehen, das wird meine Rache sein. Ich habe lang genug darauf gewartet.«

»Warum?« Julia wischte sich mit dem Handrücken die Tränen ab. »Warum haben Sie so lange gewartet?«

»Sie wollen die Wahrheit hören?« Eve seufzte und trank ihr Glas leer. In ihrem Kopf fing es an zu pochen, und sie ärgerte sich fürchterlich darüber. »Scham. Ich schämte mich, weil ich so benutzt, so erniedrigt worden war.«

»Sie sind missbraucht worden. Sie haben nichts getan, wofür Sie sich hätten schämen müssen.«

Eve senkte die langen schwarzen Wimpern. Es war das erste Mal, dass sie mit jemandem über diese Nacht gesprochen hatte, aber nicht das erste Mal, dass sie alles wieder und wieder erlebt hatte in Gedanken. Es tat immer noch weh, was sie nicht vorhergesehen hatte. Aber sie hatte auch nicht gewusst, wie tröstlich und heilsam vorbehaltloses Mitgefühl sein konnte.

»Julia.« Sie hob die Lider, und ihre Augen waren trocken geblieben. »Glauben Sie wirklich, dass man sich nicht schämt, wenn man missbraucht wird?«

Auf diese direkte Frage konnte Julia nur den Kopf schütteln. Sie selber war auch benutzt worden, wenn auch nicht auf eine so grauenhafte Weise, und sie verstand es, dass die Scham darüber einen jahrelang verfolgen konnte. »Ich weiß nicht, wie Sie es fertiggebracht haben, das Messer nicht anzuwenden und die Geschichte nicht zu verwenden.«

»Es war der Wille zum Überleben«, erwiderte Eve. »Zu diesem Zeitpunkt war ich genauso wenig wie Tony daran interessiert, dass die Geschichte bekannt wurde. Außerdem ging es mir auch um Travers. Ich suchte sie einige Wochen nach der Scheidung auf, nachdem ich einige Filme entdeckt hatte, die Tony versteckt hatte. Es waren nicht nur Filme von ihm und mir beim Sex, in halsbrecherischen Verrenkungen, sondern auch Filme von ihm und anderen Männern, von ihm und zwei sehr jungen Mädchen. Dadurch war mir klar geworden, dass meine ganze Ehe ein entsetzlicher Irrtum gewesen war. Ich glaube, ich ging zu ihr, um mich davon zu überzeugen, dass auch sie getäuscht, hineingerissen und verführt worden war. Sie lebte allein in einem kleinen Apartment in der Stadtmitte. Das Geld, das Tony ihr monatlich zahlen musste, reichte gerade für die Miete, wenn sie ihre anderen Fixausgaben beglichen hatte. Diese Fixausgaben waren die Pflegekosten für ihren Sohn.«

»Ihren Sohn?«

»Das Kind, das Tony der Welt gegenüber für tot erklärt hatte. Sein Name ist Tommy. Er ist vollkommen zurückgeblieben, und Tony war nicht bereit, das zu akzeptieren. Er betrachtet das Kind lieber als tot.«

»Die ganzen Jahre über?« Wieder stieg Wut in Julia auf. Sie konnte es nicht mehr aushalten auf ihrem Platz und ging an eines der Fenster. »Er hat seinen Sohn verleugnet, all die Jahre lang?«

»Er ist nicht der erste und auch nicht der letzte, der so handelt, oder?«

Julia wandte sich um. Sie spürte die Sympathie und das Verständnis Eves und hatte plötzlich keine Vorbehalte mehr, sich ihr anzuvertrauen. »Aber ich habe mich damals für den gleichen Weg entschieden, was Brandons Vater betraf, und ich war nicht mit ihm verheiratet. Aber Travers war mit Tommys Vater verheiratet.«

»Ja, das stimmt. Aber Tony hatte bereits zwei vollkommen gesunde und überaus verwöhnte Kinder von seiner ersten Frau. Er war fest entschlossen, ein Kind, das mit einem so schweren Makel behaftet war, nicht zur Kenntnis zu nehmen.«

»Sie hätten ihm die Eier abschneiden sollen.«

Wieder lächelte Eve. Sie war froh, dass Julia wütend war

und nicht mehr traurig. »Nun, diese Gelegenheit habe ich leider versäumt, zumindestens im wörtlichen Sinn.«

»Erzählen Sie mir von Travers Sohn.«

»Tommy ist fast vierzig. Er ist hilflos wie ein Kleinkind, unsauber, unfähig, sich selbst anzuziehen, er muss gefüttert werden. Niemand hat erwartet, dass er das Erwachsenenalter überhaupt erreichen würde. Aber es ist ja nicht der Körper, der krank ist, sondern der Geist.«

»Wie konnte sie es fertigbringen zu behaupten, dass ihr Kind tot ist?«

»Sie dürfen sie nicht verurteilen, Julia.« Eves Stimme klang jetzt viel sanfter. »Sie hat furchtbar gelitten. Travers nahm Tonys Bedingungen an, weil sie Angst hatte, er könnte dem Kind etwas antun. Und weil sie sich selber die Schuld gibt an Tommys Zustand. Sie ist überzeugt davon, dass die, sagen wir, ungesunden Sexualpraktiken, die sie angewendet haben, als ihr Sohn gezeugt wurde, für seinen Zustand verantwortlich sind. Das ist natürlich Unsinn, aber sie glaubt daran. Vielleicht ist es besser für sie. Auf jeden Fall lehnte sie jede Hilfe von meiner Seite ab, war aber damit einverstanden, für mich zu arbeiten. Das tut sie jetzt seit bald dreißig Jahren, und ich habe ihr Geheimnis bei mir behalten.«

Nein, dachte Julia, sie konnte sie nicht verurteilen. Sie wusste nur zu gut, dass einer alleinstehenden Frau oft kaum eine Wahl blieb. »Bis jetzt haben Sie es bei sich behalten.«

»Bis jetzt.«

»Warum wollen Sie, dass das alles jetzt öffentlich bekannt wird?«

Eve setzte sich zurück. »Tony kann dem Jungen nichts mehr anhaben und Travers auch nicht. Dafür habe ich gesorgt. Meine Ehe mit ihm ist ein Teil meines Lebens, und ich habe mich entschieden, dieses Leben ohne Lügen aufzudecken, Julia.«

»Wenn er herausbekommt, was Sie mir erzählt haben, und die Möglichkeit sieht, dass es veröffentlicht wird, wird er versuchen, das zu verhindern.«

»Ich habe seit Langem aufgehört, mich vor Tony zu fürchten.«

»Ist er fähig zu Gewalttätigkeiten?«

Eve bewegte die Schultern. »Jeder ist fähig zu Gewalttätigkeiten.«

Ohne etwas zu sagen, griff Julia in ihre Brieftasche und holte die beiden anonymen Zettel hervor. Sie gab sie Eve, die blass wurde, als sie sie las. Dann blickte sie Julia an. Ihre Augen waren dunkler geworden.

»Woher haben Sie die?«

»Einer wurde am Zaun vor dem Gästehaus gefunden. Der andere ist mir gestern Abend in die Handtasche gesteckt worden.«

»Ich werde mich darum kümmern.« Sie schob beide Zettel in die Tasche ihres Kleides. »Sollten Sie noch welche bekommen, so geben Sie sie mir.«

Julia schüttelte langsam den Kopf. »Das reicht nicht, Eve. Sie sind an mich gerichtet, deshalb habe ich das Recht auf eine Klärung. Soll ich sie als Drohungen betrachten?«

»Ich halte sie mehr für erbärmliche Warnungen von einem Feigling.«

»Wer könnte eine davon am Zaun hinterlassen haben?«

»Das ist genau das, was ich herausfinden werde.«

»In Ordnung.« Julia hatte Respekt vor dem Ton, in dem Eve das gesagt hatte, und vor ihrem entschlossenen Blick. »Sagen Sie mir eins: Gibt es außer Anthony Kincade noch irgendjemanden, den der Gedanke an Ihre Biografie so nervös macht, dass er solche Zettel schreiben könnte?«

Jetzt lächelte Eve. »Meine liebe Julia, da kommen mehrere infrage.«

8 Eve dachte nicht oft an Tony und diese Zeit in ihrem Leben zurück, in welcher sie sich der dunkleren Seite des Sex verschrieben hatte. Schließlich hatte es sich alles in allem doch nur um fünf Jahre ihres reichen Lebens gehandelt. Sie hatte

mit Sicherheit noch mehr Fehler gemacht, andere Dinge getan, andere Vergnügungen genossen. Es war das Buch, das Projekt, das sie gestartet hatte, das ihr die einzelnen Abschnitte ihres Lebens wieder vor Augen führte – wie Filmszenen.

Sie schluckte ihre Tablette mit Mineralwasser hinunter und rieb sich die Stelle in der Mitte der Stirn, wo der Schmerz sich heute wie eine geballte Faust konzentriert hatte. Sie hatte noch Zeit, genügend Zeit. Sie würde sie nutzen. Sie schloss einen Augenblick die Augen und wartete darauf, dass das Medikament seine Wirkung tag und den ärgsten Schmerz besänftigte.

Julia … Der Gedanke an die andere Frau beruhigte sie ebenso wie das Mittel, das sie heimlich einnahm. Julia war kompetent, integer und von schneller Auffassungsgabe – und mitfühlend. Eve war sich selber nicht über ihre Gefühle hinsichtlich Julias Tränen im Klaren. Empathie hatte sie nicht erwartet, nur Schockiertheit und vielleicht Ablehnung. Sie hatte es nicht für möglich gehalten, dass die andere es sich so zu Herzen nehmen würde.

Das lag einzig und allein an ihrer eigenen Arroganz, dachte sie. Sie war so sicher gewesen, dass sie bestimmen konnte, wie das Buch geschrieben wurde, und allen Personen, die darin vorkamen, ihre Rollen zuweisen konnte. Aber Julia … Julia und der Junge passten nicht so recht in die Rollen, die Eve ihnen zugedacht hatte. Wie zum Teufel hätte sie auch voraussehen können, dass sie anfangen würde, sich Sorgen um Menschen zu machen, die sie ursprünglich nur hatte benutzen wollen?

Und dann waren diese anonymen Zettel gekommen. Eve breitete sie auf ihrem Frisiertisch aus, um sie gründlich zu studieren. Zwei für sie und zwei für Julia, bis jetzt. Alle vier in den gleichen Blockbuchstaben geschrieben, alle vier enthielten allgemein bekannte Sprichwörter, die man als Warnungen auffassen konnte, oder als Drohungen.

Die für sie bestimmten hatten sie amüsiert, sogar ermutigt. Sie war weit hinaus über die Zeit, in der irgendjemand sie hätte verletzen können. Aber die Warnungen, die Julia erhalten hatte, änderten die Sachlage. Jetzt musste Eve herausfinden, wer sie geschrieben hatte, und der Sache ein Ende machen. Sie klopfte mit den korallenrot lackierten Fingernägeln auf die Holzplatte. Es gab so viele Leute, die nicht damit einverstanden waren, dass sie ihre Geschichte erzählte. Es müsste doch interessant sein, ein guter Spaß, so viele von ihnen wie nur möglich zur gleichen Zeit unter einem Dach zusammenzubringen.

Als jemand an die Tür klopfte, ließ Eve die vier Zettel schnell in einer Schublade verschwinden. Das sollte vorläufig noch ihr Geheimnis bleiben. Ihres und Julias.

»Herein.«

»Ich bringe Ihnen Tee«, sagte Nina, als sie mit einem Tablett hereinkam. »Und ein paar Briefe zum Unterschreiben.«

»Setzen Sie den Tee einfach neben dem Bett ab. Ich habe ein paar Drehbücher bekommen, die ich heute Abend durchsehen möchte.«

Nina stellte die Kanne und die Tasse aus Meißener Porzellan auf den Nachttisch. »Ich dachte, Sie würden sich nach der Miniserie erst mal eine Pause gönnen.«

»Das kommt darauf an.« Eve nahm den Federhalter in die Hand, den Nina mitgebracht hatte, und setzte ihre verschlungene Unterschrift unter die Briefe, ohne sich die Mühe zu geben, sie vorher zu lesen. »Was liegt morgen an?«

Nina öffnete ein in Leder gebundenes Buch. »Um neun Uhr haben Sie eine Verabredung bei Armando wegen der Vorbereitungen für die Dreharbeiten, um ein Uhr sind Sie mit Gloria DuBarry bei Chasen zum Lunch.«

»Ah, ja, nach der Arbeit bei Armando.« Eve grinste und öffnete eine Dose Feuchtigkeitscreme. »Ich will nicht, dass die alte Eule ein neues Fältchen bei mir entdeckt.«

»Sie sind doch sehr angetan von Miss DuBarry.«

»Natürlich. Und weil sie mich über ihren Salatteller hinweg genau in Augenschein nehmen wird, muss ich gut aussehen. Wenn zwei Frauen in einem gewissen Alter miteinander essen, Nina, geht es nicht nur darum zu vergleichen, sondern auch darum, eine Bestätigung zu bekommen. Je besser ich aussehe, desto erleichterter wird Gloria sein. Weiter?«

»Um vier einen Drink mit Maggie in der Polo Lounge. Für acht Uhr haben Sie Mr. Flannigan zum Dinner eingeladen.«

»Die Köchin soll zum Nachtisch Zabaglione zubereiten.«

»Dafür habe ich schon gesorgt.«

»Sie sind ein Schatz, Nina.« Eve studierte ihr Gesicht im Spiegel, als sie die Creme auf den Hals, die Wangen und die Stirn auftrug. »Sagen Sie mir, wie lange dauert es, bis wir eine Party geben können?«

»Eine Party?« Nina runzelte die Stirn und klappte das Buch wieder auf. »Was für eine?«

»Eine große, sehr extravagante. Sagen wir, für zweihundert Leute. Gesellschaftskleidung. Eine Kapelle auf dem Rasen, Dinner und Tanz unter freiem Himmel. Ströme von Champagner und ein paar gewitzte Leute von der Presse.«

Nina stellte im Kopf schon ihre Berechnungen an, während sie noch in den Buchseiten blätterte. »Ich denke, wenn ich ein paar Monate Zeit hätte …«

»Schneller.«

Nina stieß einen Seufzer aus, als sie an die verzweifelten Telefonate mit Lieferanten, Blumengeschäften und Musikern dachte. Also gut, wenn sie eine Insel mieten konnte, dann konnte sie so eine Party in weniger als zwei Monaten zustandebringen. »Sechs Wochen.« Eves Blicke sprachen Bände. Wieder seufzte Nina. »In Ordnung, drei. Wir können sie durchführen, kurz bevor Sie zu den lokalen Drehaufnahmen fahren.«

»Gut. An die Gästeliste können wir uns am Sonntag machen.«

»Was ist der Anlass?«

»Der Anlass.« Eve lächelte und lehnte sich zurück. Ihr Spiegelbild lächelte zurück, kraftvoll, glatt und schön. »Wir können es eine Gelegenheit nennen, alte Erinnerungen wieder aufleben zu lassen. Eine Eve-Benedict-Retrospektive. Mit alten Freunden, alten Geheimnissen und alten Lügen.«

Entgegen ihrer Gewohnheit schenkte Nina ihr eine Tasse Tee ein. »Eve, warum wollen Sie alte Geschichten wieder aufrühren?«

Mit der sicheren Hand einer Künstlerin verteilte Eve ein wenig Creme um ihre Augen herum. »Das Leben ist so schrecklich langweilig ohne ein bisschen Pfeffer.«

»Ich meine es ernst.« Nina stellte die Tasse auf dem Frisiertisch zwischen all den Fläschchen und Dosen ab. Das Zimmer verströmte einen sehr weiblichen Duft, nicht blumig und verspielt, sondern geheimnisvoll und erotisch. »Sie wissen ja … Nun, ich habe nie ein Geheimnis daraus gemacht, was ich davon halte. Und jetzt … Anthony Kincades Reaktion gestern Abend hat mir wirklich einen großen Schreck eingejagt.«

»Tony ist es nicht wert, dass man einen einzigen Gedanken an ihn verschwendet.« Eve streichelte Ninas Hand, bevor sie ihre Tasse hochnahm. »Er ist ein Stück Dreck.« Sie sog das feine Aroma des Jasmintees ein. »Und es ist an der Zeit, dass endlich jemand laut und deutlich sagt, was für ein perverser Geist sich in diesem monströsen Körper versteckt.«

»Aber es gibt auch noch andere Leute.«

»Ja, natürlich.« Sie lachte. An einige davon dachte sie mit besonderem Vergnügen. »Mein ganzes Leben war eine Kette von verrückten Ereignissen und Menschen. Alle haben ihre Halbwahrheiten und Lügen, die sich oft überschneiden, hinter einer faszinierenden Fassade versteckt. Und wenn man an einem Faden zieht, gerät alles durcheinander. Auch das Gute, das man tut, zieht Folgen nach sich, Nina. Ich bin bereit, diese Folgen auf mich zu nehmen.«

»Aber nicht jeder ist dazu bereit.«

Eve nippte an ihrem Tee und beobachtete Nina über den Tassenrand hinweg. Als sie wieder zu sprechen anfing, klang ihre Stimme sanfter. »Die Wahrheit ist längst nicht so zerstörerisch, wenn sie ans Licht kommt, wie eine Lüge, die verborgen bleibt.« Sie drückte ihr die Hand. »Sie sollten sich wirklich keine Sorgen machen.«

Aber Nina gab immer noch nicht nach. »Manche Dinge lässt man besser auf sich beruhen«, sagte sie.

Eve seufzte und stellte die volle Teetasse ab. »Haben Sie Vertrauen zu mir. Ich habe meine Gründe für das, was ich tue.«

Nina schaffte es, zu nicken und ein dünnes Lächeln auf ihre Lippen zu zaubern. »Ich hoffe es.« Sie nahm ihr Buch an sich und ging. »Lesen Sie nicht zu lange. Sie brauchen Ihre Ruhe.«

Als sie die Tür hinter sich geschlossen hatte, schaute Eve wieder in den Spiegel. »Ich werde bald viel Ruhe haben. Sehr bald schon.«

Den größten Teil des Samstags verbrachte Julia über ihrer Arbeit. Brandon hatte Gesellschaft. CeeCee war da und hatte ihren Bruder Dustin mitgebracht. Sie stellte ihn als »Weltmeister der Flegel« vor. Er bildete die perfekte Ergänzung zu dem mehr nach innen gekehrten Brandon. Er platzte sofort mit allem heraus, was ihm durch den Kopf ging. Er kannte keinerlei Schüchternheit und stellte laufend Fragen. Während Brandon stundenlang schweigend für sich allein spielen konnte, ging es bei Dustin laut und geräuschvoll vor sich.

Von ihrem Büro aus konnte Julia die beiden oben herumtoben hören. Wenn das Spiel in Streit auszuarten drohte, mischte sich CeeCee sofort mit lauter Stimme ein, egal, in welchem Raum sie gerade beim Putzen war.

Es war für Julia nicht ganz einfach, sich auf die Geschichte zu konzentrieren, die sie vom Band abhörte, während die Kinder Lärm machten, der Staubsauger lief und aus dem Radio Beat ertönte.

Auf so schmutzige Dinge war sie nicht gefasst gewesen. Wie sollte sie so etwas darstellen? Eve wollte, dass die unverblümte Wahrheit veröffentlicht wurde. Absolute Ehrlichkeit war zugleich ein Markenzeichen ihrer eigenen Arbeit. Aber war es wirklich notwendig und ratsam, so schmerzliche und ekelhafte Dinge wieder aus der Versenkung zu holen?

Zweifellos würde es zum Verkaufserfolg des Buches beitragen, dachte sie seufzend. Aber um welchen Preis? Andererseits war es nicht ihre Aufgabe, das Buch zu zensieren, sondern das Leben dieser Frau zu erzählen, mit allen Höhen und Tiefen, mit den Tragödien und den Triumphen.

Sie ärgerte sich darüber, dass sie so unsicher war. Wen wollte sie schützen? Bestimmt nicht Anthony Kincade. Ihrer Ansicht nach verdiente er eine viel härtere Strafe als nur die Veröffentlichung seiner Schandtaten in diesem Buch.

Eve? Warum fühlte sie sich verpflichtet, eine Frau zu schützen, die sie kaum kannte und nicht richtig verstand? Wenn die Geschichte so niedergeschrieben würde, wie Eve sie erzählt hatte, würde sie nicht unbehelligt davonkommen. Hatte sie nicht zugegeben, dass der dunkle, würdelose Aspekt des Sex Anziehungskraft auf sie besessen hatte? Dass sie bereitwillig und eifrig dabei mitgemacht hatte bis zu dieser letzten furchtbaren Nacht? Würde das Publikum der Königin der Leinwand diese Beziehung und ihre Versuche mit Drogen verzeihen?

Vielleicht ja. Und Eve schien das sogar völlig gleichgültig zu sein. Sie hatte sich nicht zu entschuldigen versucht, als sie die Geschichte erzählt hatte, nicht um Sympathie gebuhlt. Julia hatte lediglich die Aufgabe, Eves Leben zu schildern. Als Biografin musste sie zudem Einsichten und Erkenntnisse, Meinungen und Gefühle mit einbringen. Und ihr Instinkt sagte ihr, dass die Heirat mit Kincade zu den Erfahrungen gehörte, die Eve zu der Frau gemacht hatten, die sie heute war.

Ohne diese Episode würde das Buch weder vollständig noch ehrlich sein.

Sie zwang sich dazu, das Band noch einmal abzuhören und machte sich Notizen über Eves Stimme, die Pausen, die sie eingelegt hatte und ihr Zögern an manchen Stellen. Sie fügte ihre eigenen Beobachtungen darüber hinzu, wie oft Eve an ihrem Glas genippt, an ihrer Zigarette gezogen hatte. Wie das Licht durch die Fenster eingefallen war, wie der Schweißgeruch in der Luft gehangen hatte.

Dieser Teil musste in Eves eigenen Worten wiedergegeben werden, dachte Julia. In Dialogform, sodass der sachliche Teil erhalten blieb. Für ihre Begriffe klang es herzzerreißend genug. Sie saß fast drei Stunden lang an diesem Kapitel, dann ging sie in die Küche. Sie brauchte Abstand von dieser Szene. Die allzu lebhafte Erinnerung daran war zu viel für sie. In der Küche gab es nicht viel zu tun für sie, alles war sauber geputzt. Deshalb entschied sie sich zu kochen.

Hausarbeit hatte immer eine beruhigende Wirkung auf sie. In den ersten Wochen, nachdem sie entdeckt hatte, dass sie schwanger war, hatte sie sich endlos damit beschäftigt, die Möbel mit Zitronenöl zu polieren. Kleidungsstücke waren achtlos in ihrem Zimmer verstreut gewesen, aber die Möbel hatten geglänzt. Später war ihr klar geworden, dass diese monotone, einfache Arbeit ihr viele hysterische Anfälle erspart hatte.

Bei dieser Beschäftigung hatte sie sich auch gegen eine Abtreibung oder Adoption entschieden. Beides hatte sie zuvor ernsthaft und traurig erwogen. Jetzt, nach zehn Jahren, wusste sie, dass diese Entscheidung für sie die richtige gewesen war.

Sie fing an, eines von Brandons Lieblingsgerichten vorzubereiten: selbstgemachte Pizza. Die Zeit und Mühe, die sie darauf verwenden musste, machte es ihr leichter, mit dem Schuldgefühl fertigzuwerden, dass sie ihm in letzter Zeit so oft nur eine Suppe und Sandwiches vorgesetzt hatte, weil die Arbeit an ihrem Buch ihre ganze Zeit und Aufmerksamkeit in Anspruch nahm.

»Es riecht gut hier.«

Überrascht schaute sie zur Küchentür. Paul war gekommen, ein freundliches Lächeln auf dem Gesicht, die Hände tief in den Taschen seiner ausgebleichten Jeans vergraben, völlig entspannt. Sofort war sie auf der Hut. Vielleicht hatte er die fieberhafte Umarmung von gestern Nacht bereits vergessen, an Julia war sie jedenfalls nicht spurlos vorübergegangen.

»CeeCee hat mich eingelassen«, sagte er, während sie schwieg. »Wie ich sehe, haben Sie Dustin kennengelernt, den Kronprinzen des Chaos.«

»Es ist schön, wenn Brandon einen Freund in seinem Alter hat.« Mit steifen Knien ging sie zum Herd.

»Einen Freund braucht jeder«, murmelte Paul. »Sie warten auf eine Entschuldigung für mein Benehmen gestern Nacht.« Leicht berührte er ihren Nacken mit seinen Fingerspitzen. Sie hatte das Haar zu einem unordentlichen Knoten hochgenommen. »Aber damit kann ich leider nicht dienen.«

Sie schüttelte seine Hand ab. »Ich verlange keine Entschuldigung von Ihnen.« Mit zusammengezogenen Brauen warf sie ihm einen Blick über die Schulter zu. »Was wollen Sie, Paul?«

»Ein bisschen Gesellschaft, Unterhaltung.« Er sog die Küchendüfte ein. »Vielleicht ein warmes Essen.«

Seine Augen funkelten vor Vergnügen und Herausforderung. »Und alles, was ich vielleicht sonst noch bekommen kann«, fügte er hinzu.

Sie warf den Kopf herum. »Das alles können Sie mit Sicherheit auch irgendwo anders bekommen.«

»Natürlich, aber es gefällt mir hier.« Er legte beide Hände auf die Herdstange, sodass sie ihm nicht davonlaufen konnte. »Es ist gut für mein Ego zu sehen, wie nervös ich Sie mache.«

»Nicht nervös, ärgerlich«, erwiderte sie, ohne sich im Geringsten wegen dieser Lüge zu schämen.

»Nun, das ist auch eine Reaktion.« Er lächelte amüsiert bei dem Gedanken, dass sie bis in alle Ewigkeit die Soße umrühren würde, nur um sich nicht umdrehen zu müssen und in seinen Armen zu landen. »Das Problem ist, Jules, dass Sie zu nervös sind, um einen Kuss richtig einschätzen zu können.«

Sie knirschte mit den Zähnen. »Ich bin nicht nervös.«

»Natürlich sind Sie das.« Er schnüffelte an ihrem Haar und stellte fest, dass es ebenso verlockend roch wie die brodelnden Kräuter. »Ich habe Nachforschungen angestellt, erinnern Sie sich? Und ich konnte nicht einen Mann finden, der in den letzten zehn Jahren in Ihrem Leben eine ernsthafte Rolle gespielt hat.«

»Mein Privatleben ist meine Angelegenheit. Es geht Sie gar nichts an, wie viele Männer darin eine Rolle gespielt haben.«

»Genau. Aber es fasziniert mich nun einmal, dass ich auf die Zahl Null gestoßen bin. Meine liebe Julia, können Sie sich nicht vorstellen, dass es für einen Mann nichts Verführerisches gibt als eine Frau, die ihre leidenschaftlichen Gefühle so unter Kontrolle hat? Wir reden uns nun einmal zu gern ein, dass wir derjenige sein werden, der die Barriere durchbricht.« Geschickt drückte er ihr einen kurzen, arroganten Kuss auf den Mund, der sie mehr in Wut versetzte, als dass er ihre Gefühle aufrüttelte. »Ich konnte nicht widerstehen.«

»Geben Sie sich mehr Mühe«, schlug sie vor und stieß ihn beiseite.

»Daran habe ich schon gedacht.« Auf dem Küchenbüfett stand eine Schale mit großen grünen Weintrauben. Er pflückte sich eine ab und steckte sie in den Mund. Es war nicht unbedingt das, was er sich gewünscht hatte, aber für den Augenblick musste es genügen. »Leider folge ich so gern meinen Impulsen. Sie haben so hübsche Füße.«

Mit einem Küchenhandtuch in der Hand drehte sie sich um und starrte ihn an. »Was?«

»Wann immer ich hier unangemeldet aufkreuze, sind Sie barfuß.« Er schaute auf ihre Füße. »Ich hatte bisher keine Ahnung davon, dass bloße Zehen erregend sein können.«

Sie wollte nicht lachen, bestimmt nicht, aber sie konnte nicht an sich halten. »Wenn es die Dinge vereinfacht, fange ich gern an, dicke Socken und schwere Schuhe zu tragen.«

»Dazu ist es zu spät. Ich würde nur davon träumen, was sich darunter verbirgt. Wollen Sie mir erzählen, was Sie kochen wollen?«

»Pizza.«

»Ich dachte, die kauft man tiefgefroren in einem Karton.«

»Nicht unbedingt.«

»Wenn ich Ihnen verspreche, Ihre reizenden Zehen nicht anzuknabbern, laden Sie mich dann zum Mittagessen ein?«

Sie überlegte, wog das Für und Wider ab. Dann sagte sie: »Ich lade Sie zum Essen ein, wenn Sie mir ehrlich ein paar Fragen beantworten.«

Wieder roch er an der Soße und gab dann der Versuchung nach, mit dem Holzlöffel ein wenig zu kosten. »In Ordnung. Bekommen wir auch Peperoni?«

»Selbstverständlich. Und nicht nur das.«

»Ich darf nicht annehmen, dass Sie auch Bier haben?«

Sie fing an, den Teig zu kneten, und er vergaß seine Frage. Obwohl ihre Finger ebenso geschickt waren wie die einer Großmutter, erinnerten sie ihn nicht an eine resolute alte Frau, sondern an eine kluge junge Frau, die wusste, wo sie hinfassen musste und wie. Sie sagte irgendetwas, aber er hörte es nicht. Es hatte angefangen als ein Scherz, aber jetzt war es so weit, dass er sich fragte, wieso er einen trockenen Mund bekam, wenn er sie dabei beobachtete, wie sie ein uraltes weibliches Ritual ausführte.

»Haben Sie Ihre Meinung geändert?«

Er löste mit Mühe seinen Blick von ihren Händen und schaute ihr ins Gesicht. »Was?«

»Ich habe gesagt, dass CeeCee eine Menge von kalten Drinks in den Kühlschrank gepackt hat. Wahrscheinlich ist auch Bier dabei.«

»Richtig.« Er räusperte sich und machte den Kühlschrank auf.

»Möchten Sie eins?«

»Nein. Vielleicht etwas Alkoholfreies.«

Er nahm eine Flasche Coors heraus und eine Flasche Pepsi. »Haben Sie schon ein paar Interviews bekommen?«

»Ja, einige. Ich unterhalte mich regelmäßig mit Eve, natürlich. Ich habe mit Nina gesprochen und ein paar Fragen an Fritz gestellt.«

Paul trank einen Schluck. »Der Wikinger-Gott der Gesundheit. Was halten Sie von ihm?«

»Ich glaube, er ist reizend, hingebungsvoll und bildschön.«

»Bildschön?« Er zog die Brauen zusammen und nahm noch einen Schluck aus der Flasche. »Du lieber Himmel, er ist gebaut wie ein Lastwagen. Finden Frauen all diese Muskelpakete wirklich aufregend?«

Sie konnte nicht widerstehen. Sie drehte sich zu ihm um und lächelte. »Schatz, wir lieben es, von einem starken Mann genommen zu werden.«

Er zog ein mürrisches Gesicht, widerstand aber dem Drang, nach seinem Bizeps zu fassen. »Mit wem noch?«

»Was – mit wem noch?«

»Mit wem haben Sie noch gesprochen?«

Zufrieden mit seiner Reaktion, wandte sie sich wieder ihrer Arbeit zu. »Für die nächste Woche habe ich ein paar Verabredungen. Die meisten Leute, die ich erreichen konnte, sind sehr hilfsbereit.« Sie lächelte, als sie den Teig ausrollte. »Ich glaube allerdings, dass sie darauf setzen, mehr Informationen aus mir herauszuholen, als sie mir geben wollen.«

Genau das machte er auch, vielmehr er hatte es tun wollen, bevor sie ihn beunruhigt hatte. »Und wie viel sind Sie bereit, ihnen mitzuteilen?«

»Nichts, was sie nicht bereits wissen. Ich schreibe Eve Benedicts autorisierte Biografie.« Die Atmosphäre hatte sich entspannt, stellte Julia fest, und sie spürte, wie bei ihrer Arbeit und die Kinder eine Treppe höher wissend, ihr altes Selbstbewusstsein zurückkam. »Vielleicht können Sie mir ein bisschen über die Leute erzählen, die ich treffen werde.«

»Zum Beispiel?«

»Drake Morrison steht als Erster auf meiner Liste am Montag.«

Paul nahm wieder einen Schluck Bier. »Eves Neffe, ihr einziger Neffe. Nach diesem Sohn bekam ihre ältere Schwester noch zwei totgeborene Kinder, dann wandte sie sich ganz der Religion zu. Eves jüngere Schwester war nie verheiratet.«

Diese Informationen waren unbefriedigend. »Drake ist ihr einziger Blutsverwandter. Das ist was fürs Publikum.«

Er wartete, bis sie mit dem Teig fertig war. »Auf sympathische Weise ehrgeizig. Fasziniert von eleganter Kleidung, tollen Autos und Frauen. In dieser Reihenfolge, würde ich sagen.«

Sie hob die Brauen. »Sie mögen ihn nicht besonders.«

»Ich habe nichts gegen ihn.« Er zog eine seiner schlanken

Zigarren heraus, während sie im Kühlschrank herumwühlte. Er entspannte sich wieder und genoss den Anblick ihrer langen Beine, die in kurzen Shorts steckten. »Ich denke, er macht seinen Job recht gut. Andererseits ist Eve seine wichtigste Klientin, und es ist nicht schwer, sie zu verkaufen. Er hat einen Hang zum Luxus und gerät manchmal in Schwierigkeiten wegen seiner Schwäche für Glücksspiele.« Er fing Julias Blick auf und zuckte mit den Schultern. »Es handelt sich wohl kaum um ein Geheimnis, wenn er auch Diskretion walten lässt. Außerdem bevorzugt er denselben Buchmacher wie mein Vater, wenn er in den Staaten ist.«

Julia nahm sich vor, das vorerst auf sich beruhen zu lassen, bis sie mehr Zeit hatte und mit ihren eigenen Recherchen weiter vorangekommen war. »Ich hoffe, ich bekomme ein Interview mit Ihrem Vater. Eve hängt immer noch an ihm, glaube ich.«

»Es war keine Kampfscheidung. Mein Vater bezeichnet ihre Ehe oft als einen kurzen Auftritt in einem verdammt guten Stück. Ich weiß allerdings nicht, wie er darüber denkt, die Aufführung mit Ihnen zu diskutieren.«

Sie würfelte grünen Pfeffer. »Ich kann sehr hartnäckig sein. Er ist noch in London?«

»Ja, er spielt dort *King Lear*.« Er nahm sich schnell ein Stückchen Peperoni, bevor sie es auf die Pizza legen konnte.

Sie nickte und hoffte nur, dass sie keinen Flug über den Atlantik würde machen müssen. »Anthony Kincade?«

»An Ihrer Stelle würde ich ihm lieber nicht zu nahe kommen.« Paul blies eine Rauchwolke aus. »Er ist eine Schlange, die beißt. Und es ist ein allgemein bekanntes Geheimnis, dass er auf junge Frauen aus ist.« Er prostete ihr mit der Flasche zu. »Passen Sie gut auf sich auf.«

Sie probierte auch ein Stück Peperoni. »Was glauben Sie, wie weit er gehen würde, um zu verhindern, dass Dinge aus seinem Privatleben veröffentlicht werden?«

»Warum?«

Sie wählte ihre Worte sehr sorgfältig, als sie Mozzarella auf den Teig legte. »Er wirkte gestern Abend sehr beunruhigt, sogar bedrohlich.«

Er wartete einen Herzschlag lang. »Es ist schwer, eine halbe Frage zu beantworten.«

»Versuchen Sie es.« Sie schob die Pizza in den Herd und stellte die Zeituhr ein.

»Ich kenne ihn nicht gut genug, um etwas dazu sagen zu können.« Er beobachtete sie genau, während er seine Zigarre ausdrückte. »Hat er Ihnen gedroht, Julia?«

»Nein.«

Er kniff die Augen zusammen und ging auf sie zu. »Hat irgendjemand von den anderen es getan?«

»Warum sollten sie?«

Er schüttelte den Kopf. »Warum kauen Sie an den Nägeln?«

Schuldbewusst versteckte sie ihre Hände. Bevor sie ihm ausweichen konnte, fasste er nach ihren Schultern. »Worüber redet Eve mit Ihnen? Wen will sie mit diesen Memoiren treffen? Nein, Sie werden es mir nicht sagen«, fügte er sanfter hinzu. »Und ich bezweifle, dass Eve dazu bereit ist.« Aber ich werde es herausbekommen, dachte er. Auf die eine oder andere Weise.

»Werden Sie zu mir kommen, wenn es Ärger gibt?«

Das war wirklich das Letzte, was sie vorhatte. »Ich erwarte keinen Ärger, mit dem ich nicht selber fertigwerden kann.«

»Ich muss einen anderen Weg einschlägen.« Seine Finger glitten leicht über ihre Arme. Dann verstärkte er den Griff und zog sie an sich, sodass ihre Lippen sich trafen.

Er hielt sie fest und küsste sie so inbrünstig, dass sie nicht die Kraft hatte, sich ihm zu entziehen. Sie ballte die Hände zu Fäusten, nur um der Versuchung zu widerstehen, ihn zu umarmen, sich an ihm festzuklammern. Aber ihr Mund gab ihm die Antwort, die er ersehnt hatte.

Er spürte ihre Glut und ihren Hunger, ihre Leidenschaft und so etwas wie ein Versprechen. Sie taumelte leicht, als sie ihren Gefühlen endlich freien Lauf ließ. Gott, wie sehr sie sich danach gesehnt hatte, so dringend gebraucht zu werden. Wie konnte sie das nur vergessen haben?

Auch er war mehr aus dem Gleichgewicht geraten, als er je zugegeben hätte. Liebkosend glitt er mit den Lippen über ihren Hals. Unglaublich sanft. Sehr verführerisch.

Er war in Gedanken viel zu oft mit ihr beschäftigt. Seit dem ersten Geplänkel hatte er sich nach ihr gesehnt. Zum ersten Mal in seinem Leben war er einer Frau begegnet, die er sogar darum bitten würde nachzugeben. Er fürchtete sich davor.

»Julia.« Er flüsterte ihren Namen, bevor er wieder ihre Lippen suchte. Sanfter diesmal, überredend. »Ich möchte, dass du mit zu mir kommst, ich möchte dir zeigen, wie wunderbar es sein kann.«

Sie wusste, wie wunderbar es sein konnte. Sie würde alles geben. Und er würde, zufrieden mit seinem Sieg, pfeifend davongehen und sie völlig verstört zurücklassen. Nie wieder. Nie. Aber da war sein Körper, verlockend nah dem ihren. Wenn sie es schaffen konnte, ebenso immun zu werden gegen Verletzungen und Enttäuschungen wie er, dann konnte sie vielleicht diese Erfahrung genießen, ohne Schaden zu nehmen.

»Es ist noch zu früh.« Es machte ihr nichts mehr aus, dass ihre Stimme zitterte. Es wäre kindisch gewesen, sich den Anschein zu geben, als hätte er sie nicht erregt. »Zu früh.«

»Nicht früh genug«, murmelte er, trat aber einen Schritt zurück. Er war froh, dass er nicht hatte bitten müssen, er wollte niemanden bitten, um nichts. »In Ordnung. Warten wir noch eine Weile. Es gehört eh' nicht zu meinen Gewohnheiten, eine Frau in der Küche zu verführen, während oben drei Kinder herumtoben.« Er kehrte zu seinem Bier zurück. »Die Dinge haben sich verändert, Julia. Ich glaube, ich sollte besser gehen und alles genauso sorgfältig durchdenken, wie du es tust.« Er nahm einen Schluck und stieß die Flasche dann fort. »Zur Hölle damit.«

Bevor er einen Schritt auf sie zu machen konnte, hörten sie schwere, stampfende Kinderschritte auf der Treppe.

9 Die Schauspielerin Gloria DuBarry befand sich in einem schwierigen Alter. Nach ihrer offiziellen Biografie war sie fünfzig. Aber laut ihrer Geburtsurkunde, die auf den Namen Ernestine Blofield ausgestellt worden war, hatte sie schon fünf Jahre mehr zurückgelegt.

Die Natur hatte es gut mit ihr gemeint. Sie hatte sich nur ein paarmal ein wenig liften lassen müssen, um ihr blendendes Aussehen zu erhalten. Immer noch trug sie ihr honigblondes Haar kurz geschnitten wie ein Junge. Diese Frisur war in ihrer Glanzzeit von Millionen von Frauen kopiert worden. Ihr zartes Gesicht wurde beherrscht von großen, unschuldig dreinschauenden blauen Augen.

Die Presse lag ihr zu Füßen, dafür hatte sie gesorgt. Immer hatte sie großzügige Interviews gewährt. Sie war der Traum eines jeden Presseagenten. Bereitwillig hatte sie Bilder von ihrer ersten und einzigen Hochzeit verteilt und Anekdoten von ihren Kindern erzählt.

Sie galt als äußerst loyal und unterstützte regelmäßig die richtigen Wohltätigkeitsvereine. Zurzeit engagierte sie sich besonders für notleidende Schauspieler und Tiere.

In den unruhigen sechziger Jahren hatten die einflussreichen Schichten Amerikas Gloria auf einen Sockel gesetzt – als Symbol für Unschuld, Moral und Vertrauen. Und mit Glorias Nachhilfe hatte man sie dort seit über dreißig Jahren belassen.

In dem einzigen Film, den sie je zusammen gedreht hatten, hatte Eve eine vitale ältere Frau gespielt, die den schwachen Ehemann der unschuldigen und schwer leidenden Gloria verführt und betrogen hatte. Diese Rollen hatten beider Image festgelegt: das gute Mädchen, die böse Frau. Seltsamerweise waren die beiden Schauspielerinnen Freundinnen geworden.

Zyniker könnten sagen, dass ihre Beziehung durch die Tatsache gefestigt worden war, dass sie nie gezwungen gewesen waren, um eine Rolle oder um einen Mann zu kämpfen. Daran war durchaus etwas Wahres.

Als Eve ins *Chasen* kam, saß Gloria bereits brütend vor einem Glas Wein. Es gab nur wenige Leute, die Gloria gut genug kannten, um die innere Unruhe hinter ihrer glatten Fassade zu durchschauen. Eve gehörte dazu. Es wird ein langer Nachmittag werden, dachte sie.

»Champagner, Miss Benedict?«, fragte der Kellner, als die beiden Damen flüchtige Küsse auf die Wangen ausgetauscht hatten. Sie hatte kaum Platz genommen, als sie auch schon nach einer Zigarette griff. Sie lächelte dem Kellner zu, als er sie ihr anzündete. »Natürlich.« Sie wusste, dass sie nach der morgendlichen Sitzung großartig aussah. Ihre Haut war fest und glatt, ihr Haar seidig und weich, ihre Muskeln locker. »Wie geht es dir, Gloria?«

»Nicht schlecht.« Sie verzog den Mund ein wenig, als sie ihr Glas hob. »Wenn man berücksichtigt, wie mein neuer Film in *Variety* heruntergemacht worden ist.«

»Du bist schon viel zu lange im Geschäft, um dir durch die bissige Kritik eines rotznäsigen Reporters die Laune verderben zu lassen.«

»Ich bin nicht so wie du«, sagte Gloria mit einem leicht überlegenen Lächeln. »Du hättest dem Kritiker wahrscheinlich gesagt, er könne …«

»Mich mal?«, sagte Eve mit süßer Stimme, als der Kellner ihr den Champagner brachte. Lachend klopfte sie ihm auf die Hand. »Sie habe ich nicht gemeint, Darling.«

»Also, Eve, wirklich.« Aber Gloria musste kichern, als sie sich vorbeugte.

Immer noch das prüde kleine Mädchen, dachte Eve nicht ohne Sympathie. Wie mochte es sein, wenn man an seine eigene Werbung glaubte?

»Wie geht es Marcus?«, fragte sie. »Wir haben euch beide vermisst bei der Wohltätigkeitsveranstaltung.«

»Oh, es hat uns so leidgetan, dass wir nicht kommen konnten. Marcus hatte ganz furchtbare Kopfschmerzen. Du kannst dir nicht vorstellen, wie schwierig es heute im Geschäftsleben ist.«

Das Thema Marcus Grant, mit dem Gloria nun schon seit

fünfundzwanzig Jahren verheiratet war, langweilte Eve immer. Sie machte ein unverbindliches Geräusch mit der Zunge und widmete sich der Speisekarte.

»Und am allerschlimmsten ist es im Gastgewerbe«, fuhr Gloria fort, immer bereit, die Leiden ihres Mannes mitzutragen, auch wenn sie nichts davon verstanden hatte. »Die Leute vom Gesundheitswesen schnüffeln überall herum, und die Gäste machen sich Sorgen wegen Cholesterin und Fett. Das schnelle und geschmackvolle Fertigessen, das die Amerikaner der Mittelklasse so lange bevorzugt haben, ist nicht mehr so gefragt.«

»Der kleine rote Karton an jeder Ecke«, sagte Eve und charakterisierte damit Marcus Grants Fast-Food-Kette. »Mach dir keine Sorgen, Gloria, gesund oder nicht, der Amerikaner hängt nun mal an seinen Burgern.«

Gloria lächelte dem Kellner zu. »Nur Salat mit Zitrone und Pfeffer.«

Die Ironie, die darin lag, entging ihr völlig, dachte Eve und bestellte Chili con Carne. Sie hob ihr Glas. »Nun, erzähl mir den neuesten Klatsch.«

»Du stehst ganz oben auf der Liste.« Gloria schlug mit ihren kurzen, hell lackierten Fingernägeln gegen ihr Weinglas. »Alle reden von deinem Buch.«

»Wie befriedigend. Und was sagen sie?«

»Viele sind sehr neugierig.« Gloria wechselte von Wein zu Mineralwasser über. »Und viele sind mehr als nur ein bisschen verärgert.«

»Und ich hoffte, sie hätten Angst.«

»Angst spielt auch eine Rolle. Angst, mit hineingezogen zu werden. Angst, nicht berücksichtigt zu werden.«

»Darling, der Tag ist gerettet.«

»Du hast leicht lachen, Eve.« Sie unterbrach sich, als das Brot serviert wurde. Sie brach sich eine Ecke von ihrem Brötchen ab und krümelte es auf den Salat. »Die Leute sind beunruhigt.«

»Das musst du mir genauer erklären.«

»Nun, es ist kein Geheimnis, wie Tony Kincade reagiert hat. Außerdem habe ich gehört, dass Anna del Rio von einem Verleumdungsprozess gesprochen haben soll.«

Lächelnd strich Eve Butter auf ihr Brötchen. »Anna ist eine nette und tüchtige Designerin. Aber ist sie wirklich so blöd zu glauben, dass das große Publikum sich darum kümmert, was sie in ihrem Hinterzimmer treibt?«

»Eve.« Verlegen trank Gloria von ihrem Wein. Sie blickte nervös im Saal herum, um festzustellen, ob irgendjemand zuhören konnte. »Du weißt, dass ich ganz bestimmt die letzte bin, die Drogen billigt. Ich habe mich oft genug öffentlich dagegen ausgesprochen. Aber Anna ist sehr mächtig. Und wenn sie wirklich hier und da ein bisschen von dem Zeug nimmt, zur Erholung …«

»Gloria, stell dich nicht dümmer an als unbedingt notwendig. Sie ist ein Junkie, der Drogen im Wert von fünftausend Dollar am Tag braucht.«

»Du kannst nicht wissen …«

»Ich weiß es.« Immerhin war Eve diskret genug, um eine Pause einzulegen, als der Kellner das Essen brachte. Sie nickte ihm zu, und er füllte ihre Gläser nach. »Vielleicht wird Anna dadurch das Leben gerettet«, fuhr Eve fort. »Obwohl ich lügen müsste, wenn ich behaupten wollte, dass ich irgendeine altruistische Absicht damit verfolgen würde. Wer sonst noch?«

»Zu viele, um sie zu zählen.« Gloria starrte auf ihren Salatteller. Wie jede andere Rolle hatte sie auch diese stundenlang geprobt. »Eve, diese Menschen sind deine Freunde.«

»Kaum.« Mit gesundem Appetit fing Eve an zu futtern. »Überwiegend handelt es sich um Leute, mit denen ich zusammengearbeitet habe. Mit einigen habe ich geschlafen. Was Freundschaft anbelangt, so kann ich die Menschen in diesem Geschäft, die ich als echte Freunde betrachte, an den Fingern einer Hand abzählen.«

Gloria machte ihren berühmten Schmollmund, der Millionen begeistert hatte. »Und mich zählst du dazu?«

»Ja, das tue ich.« Eve nahm noch einen Löffel, bevor sie weiterredete. »Gloria, einiges von dem, was ich zur Sprache bringen will, wird wehtun, anderes ist vielleicht heilsam. Aber darum geht es nicht.«

»Und worum geht es?« Gloria beugte sich vor und starrte Eve mit ihren großen blauen Augen gespannt an.

»Es geht darum, meine Geschichte zu erzählen, die ganze Geschichte, ohne Abstriche. Das schließt die Menschen ein, die in dieser Geschichte eine Rolle gespielt haben. Ich werde nicht lügen, weder für sie noch für mich selber.«

Gloria griff nach Eves Handgelenk. Auch das hatte sie vorher eingeübt, aber bei den Proben waren ihre Finger sanft und bittend gewesen, jetzt waren sie fest und drängend. »Ich habe dir vertraut.«

»Mit gutem Grund«, sagte Eve. Sie hatte gewusst, dass das kommen musste, und bedauerte, dass es sich nicht vermeiden ließ. »Du hattest niemanden, zu dem du sonst hättest gehen können.«

»Gibt das dir das recht, etwas so Persönliches, so Privates ans Licht der Öffentlichkeit zu zerren und mich dadurch zu vernichten?«

Mit einem Seufzer nahm Eve mit der freien Hand ihr Glas auf. »So wie ich die Geschichte erzähle, sind die einzelnen Personen und Ereignisse miteinander eng verknüpft, es ist unmöglich, sie zu trennen. Wenn ich eine Story auslasse, um jemanden zu schützen, bricht das Ganze zusammen.«

»Wie kann das, was ich vor so vielen Jahren getan habe, dein Leben beeinflusst haben?«

»Ich kann dir das jetzt nicht erklären«, murmelte Eve. Sie verspürte einen heftigen, unerwarteten Schmerz, gegen den auch ihre Medikamente unwirksam geblieben wären. »Es wird alles gesagt werden, und ich kann nur hoffen, dass du mich verstehst.«

»Du wirst mich ruinieren, Eve.«

»Das ist doch lächerlich. Glaubst du wirklich, dass die Leute darüber schockiert sein werden, dass ein naives Mädchen von vierundzwanzig Jahren, das sich unklugerweise in den falschen Mann verliebt hatte, sich zu einer Abtreibung entschlossen hat?«

»Wenn es sich bei dem Mädchen um Gloria DuBarry handelt, ja.« Sie zog ihre Hand zurück, schien nach dem Weinglas greifen zu wollen, wählte aber dann doch das Wasser. Sie musste in der Öffentlichkeit das Gesicht wahren. »Ich bin eine Institution, Eve. Und, verdammt noch mal, ich glaube an das, wofür ich stehe: Integrität, Unschuld, althergebrachte Wertbegriffe und Romantik. Kannst du dir vorstellen, was sie mit mir machen werden, wenn herauskommt, dass ich während der Dreharbeiten zu *The Blushing Bride* eine Affäre mit einem verheirateten Mann und eine Abtreibung hatte?«

Ungeduldig schob Eve ihren Teller beiseite. »Gloria, du bist jetzt fünfundfünfzig.«

»Fünfzig.«

»Du lieber Himmel!« Eve nahm sich eine Zigarette. »Du wirst geliebt und geachtet. Du hast einen reichen Ehemann, der glücklicherweise nicht im Filmgeschäft steckt. Du hast zwei reizende Kinder, die ein ganz normales, anständiges Leben führen. Es gibt vielleicht immer noch ein paar Leute, die glauben, dass der Storch sie gebracht hätte. Aber glaubst du wirklich, dass es jetzt noch eine Rolle spielt, jetzt, wo du eine Institution bist, ob bekannt wird, dass du tatsächlich so etwas wie Sex gehabt hast?«

»Natürlich nicht, so weit es sich im Rahmen meiner Ehe abgespielt hat. Meine Karriere …«

»Wir wissen beide, dass du nach den nächsten fünf Jahren deinen gehörigen Anteil davon hinter dir haben wirst.« Gloria wollte aufbrausen, aber Eve brachte sie mit einer Handbewegung zum Schweigen. »Du hast gute Arbeit geleistet und wirst es noch eine Weile lang tun, aber schon seit geraumer Zeit ist das Filmgeschäft nicht mehr das Wichtigste in deinem Leben. Nichts, was ich über deine Vergangenheit berichten kann, wird irgendetwas an deinem künftigen Leben ändern.«

»Sie werden mich durch die Presse ziehen.«

»Wahrscheinlich«, gab Eve zu. »Die Sache wird dich nur interessanter machen. Tatsache ist, dass niemand dich deswegen verurteilen wird, weil du eine schwierige Situation gemeistert und aus dem Rest deines Lebens etwas gemacht hast.«

»Du verstehst mich nicht – Marcus weiß nichts davon.«

Eve runzelte die Stirn. »Und warum nicht, zum Teufel?«

Gloria errötete, aber ihre unschuldsvollen Augen bekamen einen harten Glanz. »Verdammt noch mal, er hat Gloria DuBarry geheiratet. Ich habe dafür gesorgt, dass mein Image nie angekratzt worden ist. Nicht den Hauch von einem Skandal hat es gegeben. Du ruinierst mir das. Du ruinierst mir alles.«

»Es tut mir leid. Ehrlich. Aber ich fühle mich nicht verantwortlich dafür, dass in eurer Ehe kein Vertrauen herrscht. Glaub mir, ich werde die Geschichte dezent erzählen.«

»Das verzeihe ich dir nie.« Gloria warf ihre Serviette auf den Tisch. »Und ich werde alles nur Mögliche tun, um die Veröffentlichung zu verhindern.«

Zierlich und elegant, mit trockenen Augen, verschaffte sie sich in ihrem weißen Chanel-Kostüm einen guten Abgang.

Ihnen schräg gegenüber saß ein Mann bereits schon lange bei seinem Essen. Er hatte inzwischen ein halbes Dutzend Bilder geschossen, mit einer Kamera, die nicht größer war als seine Handfläche, und war recht zufrieden mit sich. Mit ein bisschen Glück war sein Tagewerk bald beendet, und er konnte noch rechtzeitig nach Hause kommen, um die *Super Bowl* im Fernsehen zu verfolgen.

Drake schaute sich die Sendung allein an. Zum ersten Mal, seit er erwachsen war, wollte er keine Frau in Reichweite haben. Er legte keinen Wert darauf, dass irgendeine blonde Gans sich schmollend auf dem Sofa räkelte, weil er ihr weniger Aufmerksamkeit schenkte als der *Super Bowl*.

Er saß im Spielzimmer seines aus Stein und Zedernholz erbauten Hauses in Hollywood Hills. Eine Wand wurde von einem riesigen Bildschirm beherrscht, auf dem das Spiel bereits begonnen hatte. An den anderen Wänden standen alle möglichen Spielautomaten, auch ein großer Billardtisch war vorhanden. Auf diese Weise suchte Drake als Erwachsener den Mangel an Spielzeug in seiner Kindheit zu kompensieren. Ein Gast hätte kaum etwas anderes zum Lesen finden können als Fachzeitschriften, vorwiegend über Automobilsport. Aber Drake konnte anderes zur Unterhaltung anbieten.

Im Nebenzimmer stapelten sich alle Arten von Sex-Material, von den raffiniertesten bis hin zu einfach lächerlichen Dingen. Man hatte ihm beigebracht, dass Sex eine Sünde war, als er noch ein kleiner Junge war. Und schon sehr früh hatte er Geld für solche Sachen ausgegeben, zuerst nur Pennies, dann auch schon mal ein Pfund. Er war der Meinung, dass ein paar entsprechende Bilder auf jeden Fall den Appetit vergrößerten.

Obwohl er selber nur hier und da mit Drogen experimentierte, besaß er alle möglichen Pillen und Pülverchen, um eine Party damit in Schwung zu bringen, wenn keine rechte Stimmung aufkommen wollte. Drake hielt sich für einen gewissenhaften Gastgeber.

Vor diesem Samstag hatte er über ein Dutzend *Super Bowls* einfach ignoriert. Für ihn war das nicht einfach ein Spiel, das über den Bildschirm flimmerte, das man mit Freunden genießen und diskutieren konnte. Für ihn bedeutete es Leben oder Tod. Er hatte fünfzigtausend Dollar gesetzt, und die durfte er nicht verlieren.

Bevor die ersten fünfzehn Minuten Spielzeit vorüber waren, hatte er bereits zwei Becks-Bier heruntergestürzt und dazu ein halbes Päckchen Chips verschlungen. Als sein Team einen kleinen Feldvorteil errungen hatte, entspannte er sich etwas. Das Telefon läutete zweimal, aber er hatte den Anrufbeantworter angestellt und rührte sich nicht. Er war überzeugt davon, dass es ein schlechtes Omen wäre, wenn er während des Spiels aus irgendeinem Grunde seinen Platz verließe.

Zwei Minuten nach Abbruch der zweiten Viertelstunde lächelte Drake selbstgefällig. Sein Team hielt die Kampflinie eisern. Er dachte an Delrickio. Er würde dem alten Bastard jeden Penny zurückerstatten. Er würde nicht mehr ins Schwitzen geraten, wenn er die kühle, höfliche Stimme am Telefon hörte.

Vielleicht würde er einen kleinen Winterurlaub einlegen. Unten in Puerto Rico, in den Casinos spielen und ein paar Klasseweiber aufreißen. Das hatte er verdient, nachdem er sich mit eigener Kraft aus der Misere gezogen hatte.

Ohne Hilfe von Eve, dachte er und griff nach einem frischen Bier. Die alte Hexe weigerte sich, ihm je wieder einen einzigen Dime zu leihen, nur weil er ein paarmal Pech gehabt hatte. Wenn sie wüsste, dass er wieder mit Delrickio zu tun hatte … Nun, da bestand keine Gefahr. Drake Morrison verstand sich auf Diskretion.

Trotzdem hatte sie nicht das Recht, so kleinlich zu sein. Wo zur Hölle würde ihr Geld denn bleiben, wenn sie tot war? Sie hatte nur noch ihre Schwester, und die hatte keinen Bedarf dafür. Blieb also Drake. Er war ihr einziger Blutsverwandter, und seit er erwachsen war, tat er nichts anderes, als um sie herumzuspringen.

Er konzentrierte seine Aufmerksamkeit wieder auf das Spiel, als die andere Mannschaft zum Gegenangriff ansetzte. Mit Erfolg.

Seine kleine Seifenblase, mit der er sich getröstet hatte, zerplatzte. Er griff nach den Chips und nahm eine ganze Handvoll. Als er sie in den Mund stopfte, fielen Krümel auf sein Hemd und auf seinen Schoß. Macht nichts, sagte er sich. Die anderen hatten nur einen Vorteil von drei Punkten. Vier, verbesserte er sich. Das Blatt würde sich wieder wenden. Noch hatten sie viel Zeit.

Paul saß in seinem Strandhaus in Malibu vor dem Schreibcomputer. Sein neues Buch machte ihm Schwierigkeiten, mehr, als er erwartet hatte. Er musste die letzten Seiten noch einmal nachlesen. Das kam in diesen Tagen oft vor, zu oft. Es machte ihm keinen Spaß, und doch war das Schreiben die größte Freude seines Lebens. Er hasste und liebte es, in der gleichen Art und Weise, wie manche Männer ihre Ehefrauen hassten und liebten. Er musste einfach schreiben, nicht um Geld zu verdienen, er hatte genügend, sondern wie er essen, schlafen und seine Blase entleeren musste.

Er lehnte sich zurück, schaute auf den Bildschirm und las das letzte Wort, das er geschrieben hatte. Es hieß Mord.

Es war eine große Befriedigung für ihn, Thriller zu schreiben und die Charaktere, die er sich ausgedacht hatte, auf komplizierte Weise zu entwickeln. Am meisten Vergnügen bereitete es ihm, wenn sie sorgfältig und ohne Eile über Leben und Tod entschieden. Im Augenblick allerdings fehlte ihm die nötige Konzentration.

Zu viele Ablenkungen, dachte er und warf über die Schulter einen Blick auf den Fernsehschirm, wo gerade das Ergebnis der dritten Spielzeit verkündet wurde. Eigentlich interessierte er sich gar nicht für amerikanischen Fußball. Aber die *Super Bowl* zog auch ihn Jahr für Jahr in ihren Bann.

Sicher, das Spiel lenkte ihn ab, aber es war nicht daran schuld, dass er bereits seit Wochen nicht so richtig zur Arbeit kam. Die eigentliche Ablenkung war zweifellos wesentlich attraktiver als eine Gruppe von Männern mit Bandagen um den Schultern, die sich gegenseitig zu Boden warfen. Es war eine kleine Blondine mit kühlen Augen und langen Beinen namens Julia.

Es war ihm nicht einmal klar, was er eigentlich von ihr wollte, abgesehen von dem üblichen. Es war schon eine tolle Vorstellung, sie zu besitzen – diese Mischung von Unnahbarkeit und plötzlichen Ausbrüchen von Leidenschaft war einfach unwiderstehlich. Aber wenn das alles war, weshalb konnte er sie dann nicht einfach aus seinen Gedanken streichen, wenn er sich an die Arbeit setzte, wie er es sonst immer gemacht hatte?

Vielleicht war es ihre Kompliziertheit, die ihm so zusetzte. Sie war tüchtig in ihrem Beruf, aber zugleich sehr häuslich. Ehrgeizig und zurückhaltend. Er hatte bereits festgestellt, dass sie eher scheu war als reserviert. Eher auf der Hut als zynisch. Und doch war sie beherzt und tapfer genug gewesen, mit ihrem Sohn den Kontinent zu überqueren, um die Launen eines der legendären Hollywoodstars auf sich zu nehmen. Oder vielleicht auch hungrig genug, fragte er sich.

Er hatte einiges über sie in Erfahrung gebracht. Er wusste, dass sie von einem berufstätigen Paar aufgezogen worden war, und von dessen Scheidung, und dass sie eine Schwangerschaft im Teenageralter und den Verlust beider Elternteile überstanden hatte. Trotz ihrer Verletzbarkeit war sie stark. Sie musste es sein. Himmel, dachte er lachend, sie erinnerte ihn tatsächlich an Eve. Vielleicht wegen Brandon, so wenig ihm der Junge auch ähnlich war.

Eve hatte ihn nicht im üblichen Sinne bemuttert, das wusste Paul. Aber sie hatte ihn gerettet. Obwohl sie nur kurze Zeit die Frau seines Vaters gewesen war, hatte sie Pauls Leben verändert. Sie hatte ihm die Aufmerksamkeit geschenkt, die er so dringend gebraucht hatte. Und vor allem hatte sie ihm Liebe gegeben.

Brandon hatte das alles sein Leben lang gehabt, wie sollte er also kein anziehendes Kind sein? Seltsam, dachte Paul, er hatte sich nie für einen Mann gehalten, der Kinder besonders mochte. Er hatte sie oft amüsant gefunden und manchmal sogar interessant und natürlich notwendig für die Erhaltung der menschlichen Rasse.

Aber mit diesem Kind war er tatsächlich gern zusammen. Er hatte sich wohlgefühlt gestern, beim Pizza-Essen und beim Austausch von Geschichten über Basketball. Er trug sich bereits mit dem Gedanken, den Jungen zu einem Spiel einzuladen. Und wenn die Mutter mitkommen sollte, umso besser.

Er warf noch einen Blick auf den Fernseher und stellte fest, dass sein Team im Rückstand war. Er dachte kurz an all das Geld, das in den nächsten fünfzehn Minuten verloren und gewonnen werden würde, und machte sich wieder an die Arbeit.

Drake war ganz nach vorn auf die Sesselkante gerutscht. Der Teppich unter ihm war voller Krümel von all den Chips und

Brezeln, die er gegessen hatte, um die nagende Furcht in seinen Eingeweiden zu beschwichtigen. Er hatte schon mit der zweiten Sechserpackung Bier angefangen, und seine Augen waren glasig und rot umrandet, als hätte er einen Kater. Er wandte den Blick nicht vom Bildschirm.

Vier Minuten und sechsundzwanzig Sekunden dauerte das Spiel noch. Sein Team hatte einen Touchdown erzielt, aber den Zusatzpunkt verspielt. Sie würden es schon noch schaffen. Drake stopfte sich eine Handvoll Brezeln in den Mund. Sein Sporthemd von Ralph Lauren war schweißgetränkt, und sein Herz hämmerte.

Sein Atem ging schnell. Mit dem halbleeren Bierglas prostete er den Spielern auf dem Bildschirm zu, dann zuckte er zusammen, als ob der Verteidiger ihm einen Schlag in die Leistengegend versetzt hätte. Die Gegenseite war am Zug. Sie drängten nach vorn, blitzschnell und überlegen und dann … Sie hatten den Ball. Die Menge tobte.

Noch drei Minuten und zehn Sekunden.

Arschlöcher waren sie, dachte er und spülte sich die trockene Kehle mit Bier. In den letzten zehn Minuten hatten sie zwei Fehler gemacht. Selbst er hätte es besser gekonnt. Idioten. Er schlürfte Bier, mampfte Chips und betete.

Stück für Stück eroberte der Gegner das Spielfeld. Bei jedem Meter Boden, den sie gewannen, drückte Drake sich enger in die Sesselecke. Seine Augen wurden feucht, als sie einen soliden Verteidigungsring errichteten.

»Einen verdammten Touchdown«, brüllte er und sprang auf, als das Signal für den Anbruch der letzten zwei Minuten ertönte. Seine Beine reagierten wie verrostete Sprungfedern.

Fünfzigtausend Dollar. Er ging auf und ab und ließ die Fingerknöchel knacken. Nicht auszudenken, was Delrickio tun würde, wenn er seine Schulden nicht begleichen konnte. Er presste seine zitternden Finger vor die Augen.

Wie konnte er das nur gemacht haben? Wie konnte er fünfzigtausend Dollar auf dieses verfluchte Spiel setzen, wenn er dem Kerl neunzigtausend schuldete?

Nach der Werbeeinschaltung blieb Drake vor dem Fernseher stehen. Seine Verzweiflung wuchs. Direkt vor seiner Nase krabbelten auf dem Bildschirm große, schwitzende Männer herum.

Drei Meter gewonnen.

Drake fing an, auf seinen Nägel herumzubeißen.

Das Team formierte sich neu. Er konnte keinen Unterschied erkennen. Was sollte das, verflucht noch mal?

Sechs Meter verloren.

Und die letzte Gnadenfrist verstrich. Er fing an zu heulen. Ein erwachsener Mann, der in einem Zimmer voller Spielsachen weinte und schluchzte. Der Harndrang war so stark, dass er von einem Fuß auf den anderen hüpfte. Keine Minute Spielzeit mehr, und die gegnerische Verteidigung hielt. Endlich setzte sein Team zum Sturm an. Er keuchte. Als die Spieler handgemein wurden und Helfer eingriffen, um die Hitzköpfe voneinander zu trennen, hätte Drake ihnen am liebsten die Köpfe so heftig zusammengestoßen, dass Blut floß. Stattdessen flossen nur seine Tränen, als die Messung vorgenommen wurde.

»Bitte, bitte, bitte«, flehte er.

Zu kurz, nur ein paar Meter vor dem Countdown. Jede Hoffnung zerrann. Als der Ball in andere Hände überging, war das Spiel endgültig vorüber.

Weinend stand Drake vor dem Fernseher. Die großen Männer nahmen ihre Helme ab, Triumph oder Bedauern zeichnete sich auf ihren harten Gesichtern ab.

Die Zeit war abgelaufen, und mehr als ein Leben hatte sich verändert.

10 Um zehn Uhr morgens humpelte Julia in den kreisrunden Empfangsraum von Drake Morrisons Büro. Sie gab sich Mühe, nicht zusammenzuzucken vor Schmerz, als sie den Raum durchquerte, um sich an der Rezeption bei einer tüchtig aussehenden Brünetten anzumelden.

»Mr. Morrison erwartet Sie«, sagte sie mit einer seidenweichen Altstimme, mit welcher sie männliche Klienten am Telefon bestimmt mühelos einlullen konnte. »Wenn Sie vielleicht noch ein paar Minuten Platz nehmen möchten.«

Nichts auf der Welt hätte Julia lieber getan. Mit einem langen stillen Seufzer setzte sie sich auf eines der Sofas und gab sich den Anschein, aufmerksam in dem Magazin *Premiere* zu lesen. Sie hatte das Gefühl, als wäre sie langsam und methodisch mit einem eingewickelten Baseball zusammengeschlagen worden.

Eine einstündige Sitzung mit Fritz, und sie musste um Gnade bitten. Er schaute sie freundlich an, ermutigte sie, schmeichelte ihr, ließ sich aber nicht erweichen.

Julia dachte daran, dass sie eine Seite weiterblättern musste, während die Dame an der Rezeption in den Hörer säuselte, wie Lauren Bacall in ihrer besten Zeit. Von der Seite gesehen hatte sie einen Busen, neben dem der von Dolly Parton kümmerlich gewirkt hätte.

Julia setzte sich behutsam zurück und ließ ihre Gedanken wandern.

Trotz der Schmerzen war es ein interessanter Morgen gewesen. Anscheinend wurden Frauen zugänglicher, wenn sie gemeinsam Folterqualen erleiden mussten. Eve war freundlich und amüsant gewesen, besonders als Julia alle Würde vergessen und gegen Ende eine Reihe von Flüchen ausgestoßen hatte. Und es hatte sich als schwierig, wenn nicht unmöglich erwiesen, eine berufsbedingte Distanz zu wahren, als sie erschöpft und nackt gemeinsam duschten.

Sie hatten weniger über andere Leute gesprochen als vielmehr über Dinge. Julia hatte festgestellt, dass Eve ganz begeistert von Gärten war. Dann war die Rede von der Musik gewesen, die sie bevorzugte, und von ihren liebsten Städten. Erst später war Julia klar geworden, dass es sich weniger um ein Interview gehandelt hatte, als um einen Schwatz. Und, dass Eve mehr von Julia erfahren hatte als Julia von Eve.

Je mehr sie gelitten hatte, desto bereitwilliger hatte sie von sich berichtet. Es war ihr leicht gefallen, ihr Haus in Connecticut zu beschreiben und zu erzählen, wie gut der Wechsel von New York dorthin für Brandon gewesen war, und ihre Abneigung gegen das Fliegen und ihre Vorliebe für italienisches Essen einzugestehen. Es tat ihr gut sich darüber lustig zu machen, welch eine panische Angst sie ausgestanden hatte, als sie umringt von einer Menschenmenge ihr erstes Buch signieren musste. Und was hatte Eve gesagt, als sie zugegeben hatte, vor Auftritten in der Öffentlichkeit immer noch Angst zu haben? »Zeig ihnen nie deine Gefühle, Mädchen.«

Julia musste lächeln, als sie daran dachte. Der Satz gefiel ihr.

Vorsichtig wechselte sie die Lage. Als alle Muskeln sich gleichzeitig meldeten, konnte sie kaum ein Wimmern unterdrücken. Die beiden Männer, die ihr gegenübersaßen, warfen einen Blick über die Ränder ihrer Illustrierten hinweg, wichen ihrem Blick aber aus und lasen sofort weiter. Um sich von den furchtbaren Schmerzen abzulenken, fing sie an, sich Gedanken über die beiden zu machen.

Zwei Schauspieler, die sich vorstellen wollten? Nein, dachte sie, Schauspieler würden nie zu zweit einen Manager aufsuchen. Nicht einmal dann, wenn sie ein Liebespaar waren.

Es war nicht fair, sie als Schwule abzustempeln, nur weil sie der zweiten Dolly Bacall keine Aufmerksamkeit zollten. Vielleicht waren sie treue Ehemänner, die nur ihre eigenen Frauen anschauten.

Vielleicht saß sie auch zwei Killern gegenüber.

Oder zwei Steuerprüfern, die Drakes Bücher durchsehen wollten. Tatsächlich sahen die beiden so kühl, unsympathisch und brutal aus, wie sie sich Steuerprüfer vorstellte – oder auch Mafia-Leute. Ob sie wohl Taschenrechner oder Pistolen unter den Jacketts ihrer schwarzen, maßgeschneiderten Anzüge versteckten?

Bei diesem Gedanken musste sie grinsen, bis einer von den beiden zu ihr schaute und bemerkte, dass sie ihn beobachtete.

Jetzt wartete sie schon zehn Minuten. Die weiße Doppeltür, auf der Drakes Name stand, war fest geschlossen. Sie fragte sich, was ihn aufhalten mochte.

In seinem übertrieben modernen, ganz in Eierschale und Smaragd gehaltenen Büro stützte sich Drake mit zitternden Händen auf seinen glänzend polierten Schreibtisch. Er sah aus, als wäre sein Körper auf die Größe eines Kindes geschrumpft, geradezu zwergenhaft in seinem gewaltigen Ledersessel.

Hinter ihm befand sich ein Fenster mit dem berühmten Ausblick auf Los Angeles von hoch oben. Es gefiel ihm, dass er diesen prachtvollen Blick in jeder Stimmungslage genießen konnte. Jetzt drehte er mit niedergeschlagenen Augen dem Fenster den Rücken zu. Er hatte in der vergangenen Nacht nicht schlafen können, bevor er ein paar Valium genommen und eine Flasche Brandy hinterhergeschüttet hatte.

»Ich bin persönlich zu dir gekommen«, sagte Delrickio gerade, »weil ich das Gefühl habe, dass wir irgendwie verwandte Seelen sind.« Als Drake daraufhin nur nickte, presste Delrickio nur ganz kurz die Lippen zusammen. »Es ist dir doch klar, was jetzt passieren würde, wenn ich nicht diese ganz persönliche Zuneigung zu dir gefasst hätte?«

Weil Drake spürte, dass eine Antwort von ihm erwartet wurde, feuchtete er seine Lippen an und krächzte: »Ja.«

»Geschäfte können aber nur bis zu einem gewissen Punkt mit Freundschaft zusammengehen. Diesen Punkt haben wir jetzt erreicht. Gestern Abend hast du kein Glück gehabt. Ich kann durchaus Sympathie für dich aufbringen, von Freund zu Freund. Aber als Geschäftsmann muss ich vor allem an meine eigenen Gewinne und Verluste denken. Du, Drake, kostest mich Geld.«

»Es hätte nicht passieren dürfen.« Drakes Erregung brach wieder hervor. »Bis zu den letzten fünf Minuten ...«

»Das ist ohne jede Bedeutung. Deine Entscheidung war falsch, und die Zeit ist um.« Nur selten erhob Delrickio seine

Stimme, auch jetzt tat er es nicht. Trotzdem gellte sie Drake in den Ohren wie Schüsse. »Was beabsichtigst du zu tun?«

»Ich … Ich kann Ihnen wieder zehntausend zurückgeben in zwei, höchstens drei Wochen.«

Delrickio holte eine Rolle Pfefferminzdrops heraus und steckte eine davon in den Mund. »Das ist ganz und gar keine befriedigende Lösung. Ich erwarte den Rest des Geldes in einer Woche.« Er legte eine kleine Pause ein und erhob den Finger. »Nein, in zehn Tagen, weil wir Freunde sind.«

»Neunzigtausend in zehn Tagen?« Drake griff nach der Wasserkaraffe auf seinem Schreibtisch, aber seine Hände zitterten so, dass er nicht einschenken konnte. »Das ist unmöglich.«

Delrickios Gesicht blieb völlig ausdruckslos. »Wenn ein Mann Schulden hat, bezahlt er sie. Oder er trägt die Konsequenzen. Ein Mann, der seine Schulden nicht begleicht, kann vielleicht rasch merken, dass er tolpatschig wird, so tolpatschig, dass er seine Hände in einer Tür einklemmt und sich die Finger zerquetscht. Er kann auch so abgelenkt werden wegen seiner Verpflichtungen, dass er unaufmerksam wird, wenn er sich rasiert, und sich das Gesicht zerschneidet – oder die Kehle durchtrennt. Am Ende kann er so entmutigt werden, dass er sich aus einem Fenster stürzt.« Delrickio blickte auf das große Panoramafenster hinter Drake. »Aus so einem.«

Drake presste den Adamsapfel gegen den Schlipsknoten, als er versuchte zu schlucken, um die Angst herunterzuwürgen. Seine Stimme klang wie das Heulen der Luft, die aus einem lecken Ballon entweicht. »Ich brauche mehr Zeit.«

Delrickio seufzte wie ein enttäuschter Vater, dem gerade ein schlechtes Zeugnis vorgelegt worden war. »Du bittest mich um einen Gefallen und hast noch nicht mal den einen erfüllt, um den ich dich gebeten habe.«

»Sie hat mir nichts erzählen wollen, gar nichts.« Drake nahm eine Handvoll Zuckermandeln aus einer Schale auf seinem Tisch.

»Sie wissen, wie unvernünftig Eve sein kann.«

»Ja, das weiß ich. Aber es muss doch einen Weg geben.«

»Ich habe es bei der Autorin versucht.« Drake griff eifrig nach dem Strohhalm. »Tatsächlich bin ich dabei, sie herumzukriegen. Sie wartet in diesem Augenblick in der Empfangshalle.«

»So.« Delrickio zog eine Braue hoch.

»Ich schaff' das schon.« Drake verfolgte den Gedanken mit wahrer Begeisterung. »Wissen Sie, der einsame Karriere-Typ, der eine kleine Romanze braucht. Zwei Wochen, und sie frisst mir aus der Hand. Dann weiß ich alles, was Eve ihr erzählt hat.«

Delrickio verzog leicht die Lippen, als er mit dem Zeigefinger seinen Schnurrbart glättete. »Ich kenne deinen Ruf in dieser Hinsicht. Als ich noch jung war, hatte ich auch meine Erfolge auf diesem Gebiet.« Er stand auf. »Drei Wochen, mein Sohn. Wenn du mir nützliche Informationen verschaffst, reden wir über einen längeren Termin. Und zehntausend wöchentlich, bar, nur um deinen guten Willen zu zeigen.«

»Aber …«

»Das ist ein sehr gutes Angebot, Drake.« Auf dem Weg zur Tür drehte Delrickio sich noch einmal um. »Glaub mir, kein anderer würde dir so günstige Konditionen bieten. Enttäusche mich nicht«, fügte er hinzu. »Es wäre doch eine Schande, wenn deine Hand beim Rasieren so zittern würde, dass du dein Gesicht verletzt.«

Als er herauskam, sah Julia einen distinguierten Mann von etwa sechzig. Er wirkte gesund und mächtig und sah trotz seines Alters bemerkenswert gut aus. Mit einem Wort, eine würdevolle Erscheinung. Die beiden anderen Männer standen auf. Der Mann, der aus Drakes Büro gekommen war, verneigte sich leicht vor Julia und deutete mit einem Blick an, dass er es nicht vergessen hatte, einer jungen, attraktiven Frau seine Reverenz schuldig zu sein. Sie lächelte. Seine Geste wirkte auf eine so höfliche Weise altmodisch. Dann ging er hinaus, flankiert von den beiden schweigenden Männern.

Es vergingen noch fünf Minuten, bis die Dame an der Rezeption Julia in Drakes Büro führte.

Er hatte es nicht gewagt, noch eine Valium zu nehmen, war aber in das angrenzende Badezimmer gegangen und hatte sich übergeben. Dann hatte er sein Gesicht gewaschen, den Mund gründlich ausgespült, sein Haar gekämmt und den Anzug zurechtgerückt.

»Es tut mir so leid, dass ich Sie warten lassen musste«, sagte er zu Julia. »Was kann ich für Sie tun? Kaffee, Mineralwasser, Saft?«

»Danke, nichts.«

»Machen Sie es sich bequem, dann können wir plaudern.« Er warf einen Blick auf seine Armbanduhr, damit sie sah, was für ein vielbeschäftigter Mann er war. »Wie kommen Sie mit Eve zurecht?«

»Sehr gut, danke. Heute Morgen hatte ich eine Sitzung bei Fritz.«

»Fritz?« Er wusste nicht sofort etwas damit anzufangen, dann grinste er höhnisch. »Oh, die Trainingskönigin. Der arme Liebling.«

»Mir hat es gefallen, er übrigens auch«, erwiderte sie kühl.

»Erzählen Sie mir doch, wie Sie mit dem Buch vorankommen?«

»Ich denke, wir dürfen optimistisch sein.«

»Oh, es wird ein Bestseller werden, kein Zweifel. Eve hat eine faszinierende Geschichte zu erzählen, obwohl ich mich frage, ob sie ihre Erinnerungen nicht ein wenig einfärbt. So etwas wie das alte Mädchen gibt es nur ganz selten.«

Julia war sich todsicher, dass Eve ihm in die Eier treten würde, wenn er sie in ihrer Gegenwart als »altes Mädchen bezeichnen sollte. »Sprechen Sie als Ihr Neffe oder als Ihr Presseagent?«

Er kicherte und griff wieder nach den Mandeln. »Beides natürlich. Ich möchte ohne Zögern sagen, dass die Tatsache, dass Eve Benedict meine Tante ist, meinem Leben Würze verliehen hat. Und als meine Klientin hat sie mir die Butter zu den Brötchen verschafft.«

Julia gab sich nicht die Mühe, darauf einzugehen. Irgendetwas oder irgendjemand hatte Drake einen tüchtigen Schreck eingejagt. Ob es der distinguiert wirkende Mann mit dem Silberhaar und den höflichen Manieren gewesen war? Nun, das war nicht ihre Angelegenheit, sofern es Eve nicht tangierte. Sie schob die Frage beiseite.

»Warum fangen Sie nicht damit an, mir von Ihrer Tante zu erzählen? Zu der Klientin können wir dann später kommen.« Sie nahm ihren Rekorder heraus und schaute ihn fragend an, bis er zustimmend nickte. Als sie den Notizblock auf die Knie gelegt hatte, musste sie lächeln. Drake hatte sich Mandeln auf die Handfläche gelegt und warf immer eine nach der anderen, wie Kugeln, in seinen Mund. Werfen, zerbeißen, herunterschlucken. Sie hoffte, dass er nicht mal einen Schritt auslassen und eine ganz verschlucken würde. »Ihre Mutter ist Eves ältere Schwester, stimmt's?«

»Genau. Es hat drei Berenski-Schwestern gegeben, Ada, Betty und Lucille. Als ich geboren wurde, war Betty bereits Eve Benedict. Sie war ein Star, fast schon eine Legende. Hinten in Omaha war sie ganz bestimmt eine Legende.«

»Ist sie manchmal zu Besuch gekommen?«

»Nur zweimal, so weit ich mich erinnere. Einmal, als ich etwa fünf war.« Er leckte den Zucker von seinen Fingern ab und hoffte, dass er recht leidend aussah. Es war eine sichere Wette, dachte er, dass eine junge alleinstehende Mutter dem, was er zu berichten hatte, Sympathie entgegenbringen würde. »Mein Vater hatte uns verlassen. Das hat meine Mutter schwer getroffen, wie Sie sich vorstellen können. Ich war damals noch zu klein, um zu verstehen, was los war. Ich wunderte mich nur, warum mein Vater nicht nach Hause kam.«

»Das tut mir leid.« Sie empfand tatsächlich Sympathie. »Das muss sehr schwierig gewesen sein.«

»Es war unglaublich schmerzhaft. Etwas, was ich wahrscheinlich nie ganz verwinden werde.« Drake hatte in den letzten zwanzig Jahren keinen einzigen Gedanken an den alten Mann verschwendet. Er nahm ein mit Monogramm versehenes Taschentuch und wischte sich die Hände ab. »Er ging einfach aus der Tür und kam nie wieder zurück. Jahrelang gab ich mir selbst die Schuld daran. Vielleicht tue ich es sogar immer noch.« Er legte eine Pause ein, als müsse er erst seiner inneren Bewegung Herr werden, wendete den Kopf zur Seite und warf einen Blick aus dem großen Fenster, das ihn abschirmte vor dem Frühnebel. Mit nichts konnte man eine Frau mehr für sich einnehmen, dachte er, als mit einer traurigen Geschichte, die gut erzählt wurde. »Eve kam, obwohl sie und meine Mutter nicht die besten Freundinnen waren. Sie war sehr lieb in ihrer nüchternen Art und sorgte dafür, dass wir immer unser Auskommen hatten. Meine Mutter besorgte sich schließlich einen Teilzeitjob in einem Kaufhaus, aber es ist Eve zu verdanken, dass wir ein anständiges Dach über dem Kopf hatten. Sie kümmerte sich auch darum, dass ich eine gute Schule besuchen konnte.«

Obwohl Julia sich von seiner kleinen Geschichte nicht zum Narren halten ließ, war sie doch echt interessiert an den Fakten. »Sie sagten, sie wären nicht die besten Freundinnen gewesen. Was meinen Sie damit?«

»Nun, ich weiß natürlich nicht, was passiert sein mag, als die drei noch Kinder waren. Ich habe den Eindruck gewonnen, dass alle drei Mädchen versuchten, die Aufmerksamkeit ihres Vaters auf sich zu lenken. Er war viel von zu Hause fort, eine Art Kaufmann. Von dem, was meine Mutter sagte, weiß ich, dass sie oft von der Hand in den Mund lebten, und dass Eve nie zufrieden war. Es mag auch noch anderen Zündstoff gegeben haben«, fügte er mit einem Lächeln hinzu. »Ich habe Fotos von ihnen gesehen, alle drei zusammen, als sie jung waren. Ich kann mir nicht vorstellen, dass es für drei hübsche junge Mädchen leicht war, unter einem Dach zu leben.«

Julia blinzelte und verlor fast den Faden. Ob der Mann eine Ahnung davon hatte, wie er glitzerte? Das Goldarmband seiner Rolex, der Glanz seiner Manschetten, das Zeug, das er sich ins Haar geschmiert hatte.

»Ja.« Sie blickte schnell auf ihren Notizblock hinunter und merkte nicht, dass er sich spreizte, sicher, dass er so attraktiv auf sie wirkte, dass sie dadurch von ihrer Arbeit abgelenkt wurde. »Eve verließ dann das Haus.«

»Ja, der Rest ist Geschichte. Meine Mutter heiratete. Ich habe Klatschgeschichten gehört, die besagten, dass er eigentlich Eve geliebt hätte. Meine Mutter war nicht mehr sehr jung, als sie heiratete, und ich glaube, es gab jahrelang ziemlich viel Streit zwischen den beiden, bevor sie schwanger wurde. Darf ich Ihnen nicht doch etwas anbieten?« Er stand auf und ging zu der gutbestückten Bar an der einen Seite des Raumes.

»Nein, danke. Aber fahren Sie bitte fort.«

»Nun ja, auf jeden Fall war ich der einzige.« Er goss Mineralwasser auf klirrende Eiswürfel. Er hätte viel lieber einen ordentlichen Drink genommen, aber er war davon überzeugt, dass Julia das vor dem Mittagessen missbilligt hätte. Als er trank, legte er den Kopf schräg, um ihr den Anblick seines Profils von der anderen Seite zu gönnen. »Lucille widmete ihr Leben großen Reisen. Ich glaube, ein paar Jahre hat sie sogar in einer Kommune gelebt. Typisch sechziger Jahre. Sie kam bei einem Eisenbahnunglück ums Leben, ich glaube, das war in Bangladesh oder Borneo oder an einem anderen weit entfernten Ort. Ich denke, das ist jetzt etwa zehn Jahre her.« Er hatte für das Leben und den Tod dieser Tante nicht mehr übrig als ein Achselzucken.

Julia notierte sich etwas. »Ich nehme an, Sie hingen nicht sehr an ihr?«

»An Tante Lucille?« Er war drauf und dran, darüber zu lachen, tat dann aber so, als habe er husten müssen. »Ich glaube nicht, dass ich sie mehr als drei- oder viermal in meinem Leben gesehen habe.« Er erwähnte nicht, dass sie ihm jedes Mal ein Spielzeug oder ein Buch mitgebracht hatte. Und dass sie, als sie gestorben war, kaum mehr besessen hatte als die Kleider an ihrem Leibe und etwas Kleingeld in der Tasche. Keine Erbschaft für Drake – kein Gedenken an Lucille. »Sie kam mir nie – nun, nie so recht wirklich vor, wenn Sie verstehen, was ich meine.«

Julia überlegte. Es war nicht fair, den Mann als kaltschnäuzig zu verurteilen, weil er nichts empfand für eine Tante, die er kaum gekannt hatte. Oder weil er sich wie ein Pfau spreizte und seine männliche Anziehungskraft bei Weitem überschätzte.

»Ich glaube, ich kann es mir vorstellen. Ihre Familie war auseinandergebrochen.«

»Ja. Meine Mutter behielt den kleinen Bauernhof, den sie zusammen mit meinem Vater gekauft hatte, und Eve ...«

»Wie war es für Sie, als Sie ihr zum ersten Mal begegnet sind?«

»Sie war einfach riesig.« Er lehnte sich an eine Ecke des Schreibtisches, um Julias Beine besser bewundern zu können. Es würde alles andere als eine unangenehme Erfahrung sein, sie auszunutzen, dachte er. Um fair zu sein, beschloss er, dass sie es ebenso genießen sollte wie er. »Natürlich war sie schön, aber es kam noch etwas hinzu, was nur wenige Frauen besitzen. Eine angeborene Sinnlichkeit, glaube ich. Das konnte sogar ein Kind schon spüren, wenn auch natürlich nicht einordnen. Ich glaube, damals war sie mit Anthony Kincade verheiratet. Sie brachte Berge von Gepäck mit, hatte rote Lippen und rote Fingernägel, trug ein Kleid, das von Dior gewesen sein muss, und hielt die unvermeidliche Zigarette zwischen den Fingern. Sie war mit einem Wort fabelhaft.«

Er nahm wieder einen Schluck und war selber erstaunt darüber, wie lebhaft er sich an diese Zeit erinnerte. »Ich denke an eine bestimmte Szene kurz vor ihrer Abreise. Sie diskutierte in der Küche des Bauernhauses mit meiner Mutter. Eve ging auf dem mit Linoleum belegten Boden auf und ab und stieß Rauchwolken aus, meine Mutter saß am Tisch, mit roten Augen und voller Wut.«

»Um Christi willen, Ada, du hast dreißig Pfund zugenommen. Kein Wunder, dass Eddie mit irgendeiner schmierigen kleinen Kellnerin davongelaufen ist.«

Ada presste die Lippen zusammen. Ihre Haut sah aus wie

tagealter Porridge. »In meinem Hause wird der Name des Herrn nicht in den Mund genommen.«

»Und auch sonst kaum etwas, wenn du dich nicht endlich zusammennimmst.«

»Ich bin eine Frau ohne Ehemann, mittellos, und habe einen Jungen aufzuziehen.«

Eve wedelte mit ihrer Zigarette, sodass der Rauch im Zickzack aufstieg. »Du weiß genau, dass Geld kein Problem ist. Und Frauen ohne Ehemänner gibt es überall in der Welt. Manchmal ist es durchaus zu ihrem Besten.« Sie legte die Hände flach auf den Holztisch, die Zigarette ragte zwischen den Fingern empor.

»Hör mir zu, Ada. Mama ist tot, Vati ist tot, Lucille ist tot. Selbst der faule Scheißkerl, den du geheiratet hast, ist fort. Niemand von ihnen wird zurückkommen.«

»Ich dulde es nicht, dass du so über meinen Ehemann sprichst …«

»Halt doch den Mund.« Eve schlug mit der Faust auf den Tisch, sodass der kleine Plastikhahn und seine Henne, ihre Salz- und Pfefferstreuer, hochsprangen und umfielen. »Er ist es nicht wert, dass du ihn verteidigst, und er ist bei Gott keine Träne wert. Du hast eine neue Chance bekommen, die Möglichkeit zu einem neuen Start. Die verdammten fünfziger Jahre sind vorüber, Ada. Im Januar wird ein neuer Präsident, der noch nicht senil ist, ins Weiße Haus einziehen. Frauen haben jetzt ganz andere Möglichkeiten. Es liegt etwas in der Luft, Ada. Kannst du es nicht auch spüren?«

»Es ist nicht richtig, einen katholischen Präsidenten zu wählen, einen Anhänger des Papstes. Eine nationale Schande ist das.« Sie schob das Kinn vor. »Ich weiß auch nicht, was das mit mir zu tun haben soll?«

Eve schloss die Augen. Sie wusste, dass nichts von dem, was sie gesagt hatte, zu Ada durchgedrungen war. Sie kannte nur ihre Verbitterung. »Putz das Haus, Ada«, murmelte sie. »Hol den Jungen und komm mit mir nach Kalifornien.«

»Warum um alles in der Welt sollte ich das tun?«

»Weil wir Schwestern sind. Verkaufe diesen gottverlassenen Hof, komm mit zu einem Ort, wo du einen anständigen Job finden kannst, ein geselliges Leben führen und wo der Junge aufleben kann.«

»Deine Art von Leben.« Ada lächelte höhnisch, in ihren rotumrandeten Augen spiegelten sich Groll und Neid. »Sich halbnackt auf dem Bildschirm zeigen, für jeden zu sehen, der ein bisschen Kleingeld in der Tasche hat. Heiraten und sich wieder scheiden lassen, je nach Lust und Laune, und sich jedem Mann hingeben, der dir einen Wink gibt. Vielen Dank, mein Sohn wird hier bei mir bleiben, wo er nach Gottes Plan mit Wertvorstellungen von Anstand und Moral aufwachsen kann.«

»Mach, was du willst«, sagte Eve trocken. »Obwohl es über mein Begriffsvermögen geht, warum es in Gottes Plan liegen sollte, dass du eine verbitterte, vertrocknete Frau werden sollst, bevor du vierzig geworden bist. Ich werde dir Geld für den Jungen schicken. Mach damit, was du willst.«

»Natürlich nahm sie das Geld«, sagte Drake. »Laut zeternd über Schändlichkeit und Gottlosigkeit und so weiter, kassierte sie die Schecks.« Er zuckte mit den Schultern, zu sehr gewöhnt an den bitteren Geschmack auf seiner Zunge, um ihn noch zu bemerken. »Soviel ich weiß, schickte Eve ihr jeden Monat einen Scheck.«

Es befremdete Julia, dass keine Dankbarkeit bei ihm zu spüren war. Sie fragte sich, ob Drake wusste, wie sehr er der Sohn seiner Mutter war. »Wenn Sie so wenig Kontakt zu ihr hatten, als Sie heranwuchsen, wie kommt es, dass Sie später für sie arbeiteten?«

»In dem Sommer, in dem ich die Highschool absolviert hatte, fuhr ich mit sechsunddreißig Dollar in der Tasche per Anhalter nach Los Angeles.« Er grinste, und zum ersten Mal bemerkte Julia bei ihm eine Spur des Charmes seiner Tante. »Als ich hier war, brauchte ich fast eine Woche, um an sie heranzukommen. Es war ein richtiges Abenteuer für mich. Sie pickte mich in einer kleinen Spelunke im Osten von Los Angeles auf. Kam einfach herein in einem atemberaubenden Kleid und hochhackigen Schuhen, mit dem sie einem Mann das Herz hätte brechen können. Ich hatte sie auf dem Weg zu einer Party abgefangen. Sie winkte mir mit dem Zeigefinger, drehte sich um und ging wieder hinaus. Blitzschnell lief ich hinter ihr her. Auf dem Weg zu ihrem Haus stellte sie mir keine einzige Frage. Als wir angekommen waren, forderte sie mich auf, ein Bad zu nehmen und den Anflug eines Bartes abzurasieren, den ich mir hatte wachsen lassen. Dann servierte mir Travers die beste Mahlzeit, die ich in meinem Leben bekommen hatte.«

Irgendetwas verwunderte ihn bei der Erinnerung daran, eine liebevolle Regung, die er inzwischen über seinem Ehrgeiz und seiner Gier ganz vergessen hatte.

»Und Ihre Mutter?«

Die Regung verschwand. »Eve hat sich mit ihr geeinigt. Ich habe sie nie danach gefragt. Sie ließ mich zuerst mit dem Gärtner zusammenarbeiten, dann schickte sie mich aufs College. Ich ging in die Lehre bei Kenneth Stokley, ihrem damaligen Mitarbeiter. Kurz bevor Eve und Kenneth einen Streit hatten, war Nina aufgetaucht. Als sie zu dem Schluss gekommen war, dass ich die Fähigkeiten dafür hatte, machte Eve mich zu ihrem Presseagenten.«

»Eve hat nur sehr wenige Angehörige«, meinte Julia. »Aber zu den wenigen ist sie loyal und großzügig gewesen.«

»Ja, auf ihre Weise. Aber ob als Angehöriger oder als Angestellter, man darf nicht aus der Reihe tanzen.« Er stellte das Glas beiseite und erinnerte sich daran, dass es am besten war, jede Unstimmigkeit zu überspielen. »Eve Benedict ist die großzügigste Frau, die ich kenne. Ihr Leben war nicht immer leicht, aber sie hat etwas daraus gemacht. Sie macht denen, die ihr nahestehen, Mut, dasselbe zu tun. Kurz, ich bewundere sie.«

»Betrachten Sie sich als eine Art Sohnersatz für sie?«

»Absolut.«

»Und Paul Winthrop. Wie würden Sie seine Beziehung zu Eve bezeichnen?«

»Paul?« Drake zog die Brauen zusammen. »Zwischen ihnen besteht keine Blutsverwandtschaft, obwohl sie sehr angetan von ihm ist. Man könnte ihn als einen aus ihrem Gefolge ansehen, einen der jungen Männer, mit denen Eve sich so gern umgibt.«

Nicht nur keine Dankbarkeit, dachte Julia, sondern sogar ein bisschen Gehässigkeit. »Seltsam, ich hätte gedacht, dass Paul Winthrop ein sehr selbstständiger Mann ist.«

»Er führt gewiss sein eigenes Leben, hat als Autor seine eigenen Erfolge. Aber wenn Eve mit den Fingern schnippt, springt Paul, darauf können Sie Ihren letzten Penny verwetten. Ich habe mich oft gefragt … Läuft das Band noch?«

»Ja, natürlich.« Sie drückte auf die Stopptaste.

»Also, ich habe mich gefragt, ob es jemals eine intimere Beziehung zwischen ihnen gegeben hat.«

Julia erstarrte. Mehr als nur ein bisschen Gehässigkeit, dachte sie. »Sie ist über dreißig Jahre älter als er.«

»Der Altersunterschied würde Eve nicht zurückhalten. Das ist ein Teil ihres Geheimnisses und ihres dauerhaften Charmes. Und Paul hat dieselbe Schwäche für schöne Frauen wie sein Vater, wenn er sie auch nicht gleich alle heiratet.«

Angeekelt von diesem Thema, klappte Julia ihr Notizbuch zu. Im Augenblick hatte sie alles, was sie von Drake Morrison hatte wissen wollen. »Ich bin sicher, dass Eve es mir erzählen wird, wenn sie möchte, dass diese Beziehung in dem Buch veröffentlicht werden soll.«

»So persönliche Sachen erzählt sie Ihnen? Die Eve, die ich kenne, behält so etwas für sich.«

»Es ist ihr Buch«, sagte Julia und stand auf. »Es würde kaum Wert haben, wenn es nicht persönlich wäre. Ich hoffe, Sie werden mir zu einem späteren Zeitpunkt noch mehr erzählen.« Sie reichte ihm die Hand und gab sich Mühe, nicht zusammenzuzucken, als er sie an die Lippen führte.

»Sie brauchen nur über mich zu verfügen. Warum wollen

wir nicht zusammen zu Abend essen?« Er hielt ihre Hand fest und strich leicht mit dem Daumen über ihre Knöchel. »Ich bin sicher, wir werden noch anderen Gesprächsstoff finden als Eve, wie faszinierend sie auch ist.«

»Es tut mir leid. Das Buch nimmt fast meine ganze Zeit in Anspruch.«

»Sie können doch nicht jeden Abend arbeiten.« Er ließ seine Hand an ihrem Oberarm hochgleiten und spielte mit der Perle, die sie im Ohr trug. »Wir könnten uns doch ganz inoffiziell bei mir zu Hause treffen. Ich habe eine Menge alter Zeitungsausschnitte und Fotos, die Sie vielleicht verwenden könnten.«

»Ich möchte an meiner Gewohnheit festhalten und die Abende bei meinem Sohn verbringen, aber das Material würde ich gern durchsehen. Vielleicht könnten Sie es mir zuschicken.«

Er lachte verhalten. »Offensichtlich bin ich zu feinfühlig vorgegangen. Ich möchte Sie gern wiedersehen, Julia. Aus ganz persönlichen Gründen.«

»Sie sind nicht zu feinfühlig vorgegangen.« Sie packte den Rekorder in ihre Aktentasche. »Ich bin einfach nicht interessiert.«

Er legte ihr leicht die Hand auf die Schulter, zog eine halb spöttische, halb wehleidige Grimasse und presste die andere Hand auf sein Herz. »Autsch.«

Sie musste lachen und kam sich taktlos vor. »Das war nicht sehr höflich, Drake, tut mir leid. Ich sollte lieber sagen, dass ich mich geschmeichelt fühle durch das Interesse, das Sie mir entgegenbringen, aber leider keine Zeit habe. Ich bin viel zu beschäftigt mit dem Buch und mit Brandon, um an etwas anderes auch nur zu denken.«

»Das klingt ein bisschen besser.« Er behielt die Hand auf ihrer Schulter, als er mit ihr zur Tür ging. »Noch etwas. Ich bin wahrscheinlich derjenige, der Ihnen bei diesem Projekt am besten behilflich sein kann. Wollen Sie mir nicht Ihre Notizen oder Entwürfe zu dem Buch zeigen? Ich könnte durchaus in

der Lage sein, ein paar Lücken zu füllen, ein paar Namen ein-
zufügen, vielleicht sogar Eves Gedächtnis auf die Sprünge zu
helfen. Und während ich das mache ...«, sein Blick glitt langsam über ihr Gesicht, »könnten wir einander besser kennenlernen.«

»Das ist ein sehr großzügiges Angebot.« Sie legte ihre
Hand auf die Türklinke und kämpfte gegen die aufsteigende
Nervosität an, als er wie zufällig seine Handfläche gegen die
Tür stemmte, damit sie geschlossen blieb. »Wenn ich auf
Schwierigkeiten stoße, komme ich vielleicht darauf zurück.
Aber da es sich um Eves Story handelt, muss ich in erster
Linie mit ihr klarkommen.« Ihre Stimme klang sanft und
freundlich, als sie die Tür mit einem Ruck aufstieß. »Danke,
Drake. Sie können mir glauben, dass ich mich melde, wenn
ich irgendetwas von Ihnen brauchen sollte.«

Sie lächelte leise, als sie hinausging in den Empfangsraum.
Julia war absolut überzeugt davon, dass bereits irgendetwas
im Gange war. Und Drake Morrison steckte mittendrin.

11 Julia streifte ihre Schuhe ab und ging barfuß ins Büro.
Die Freesie, die ihr der Gärtner am gestrigen Nachmittag ritterlich überreicht hatte, verbreitete den Duft des Früh-
lings in dem vollgestopften Zimmer. Als sie mit dem bloßen
Zeh an einen Stapel von Nachschlagebüchern stieß, der mitten auf dem Boden stand, fluchte sie. Sie musste hier unbedingt Ordnung schaffen, bald schon.

Wie es ihre Gewohnheit war, nahm sie die Tonbänder von
heute aus der Aktentasche, um sie in die Kassettenbox in ihrer Schreibtischschublade einzuordnen. Sie freute sich schon
auf ein kühles Glas Wein, vielleicht konnte sie auch noch kurz
schwimmen gehen, bevor Brandon von der Schule kam. Entsetzt starrte sie in die Schublade und ließ sich auf dem
Schreibtischsessel nieder.

Irgendjemand war hier gewesen.

Ganz langsam glitt sie mit den Fingerspitzen über die

Bandkassetten. Es fehlte keine, aber sie befanden sich nicht mehr in der richtigen Reihenfolge. So unordentlich sie sonst auch sein mochte, in ihren Interviews hielt sie an einer geradezu zwanghaften Ordnung fest. Die Bänder wurden immer sofort beschriftet und datiert und in alphabetischer Reihenfolge eingereiht. Jetzt standen sie wahllos durcheinander da.

Sie riss schnell eine andere Schublade auf und zog das getippte Manuskript hervor. Rasch überzeugte sie sich davon, dass keines der Blätter fehlte. Aber sie spürte, wusste, dass irgendjemand sie gelesen hatte. Sie knallte die Schublade zu und öffnete eine andere. Alle ihre Sachen waren durchwühlt worden. Aber warum?

In einem Anflug von Panik raste sie die Treppe hinauf. Sie besaß nur sehr wenig wirklich wertvolle Dinge, aber die wenigen Schmuckstücke von ihrer Mutter bedeuteten ihr viel. Als sie die Tür zu ihrem Schlafzimmer aufstieß, verwünschte sie sich, weil sie Eve nicht gebeten hatte, die Tonbänder in ihrem Safe aufzubewahren. Bestimmt besaß sie einen. Aber auch das Gästehaus besaß eine Sicherungsanlage. Warum zum Teufel sollte jemand hier einbrechen, um eine Handvoll Erbstücke zu stehlen?

Das war natürlich auch nicht der Fall gewesen. Die einreihige Perlenkette mit den dazu passenden tropfenförmigen Ohrringen, die Brillantohrstecker und die Goldbrosche in der Form der Waage der Justitia, alles war da, unversehrt.

Ihre Knie zitterten. Sie setzte sich auf die Bettkante und drückte den alten Schmuckkasten an ihre Brust. Es war kindisch, sagte sie sich, so an diesen Dingen zu hängen. Sie trug nur selten eines dieser Stücke, nahm sie nur gelegentlich mal hervor, um sie anzuschauen.

Als ihr Vater ihrer Mutter die Brosche geschenkt hatte, war sie zwölf gewesen. Es handelte sich um ein Geburtstagsgeschenk, und sie erinnerte sich genau, wie begeistert ihre Mutter gewesen war. Sie hatte sie bei jeder Gelegenheit getragen, auch noch nach der Scheidung.

Julia stand auf und tat das Kästchen wieder an seinen Platz zurück. Es war doch möglich, dass sie selber die Bänder in Unordnung gebracht hatte. Möglich, aber unwahrscheinlich. Aber es war genauso unwahrscheinlich, dass irgendjemand mitten am Tag Eves Sicherheitsmaßnahmen durchbrach und in das Gästehaus eindrang.

Eve, dachte Julia plötzlich. Eve selber war es wahrscheinlich gewesen. Seit drei Tagen hatten sie keine Sitzung mehr gehabt. Neugier und Arroganz mochten sie dazu bewogen haben, sich selber davon zu überzeugen, wie die Arbeit voranging.

Sie lief wieder nach unten in der Absicht, die Bänder noch einmal durchzusehen, bevor sie Eve anrief. Bevor sie die letzten Stufen hinter sich hatte, klopfte Paul an die Vordertür. »Hi.« Er öffnete die Tür und schlenderte ohne weitere Einladung hinein.

»Fühl dich nur wie zu Hause.«

Beim Ton ihrer Stimme neigte er den Kopf. »Probleme?«

»Nein. Wieso?« Sie blieb stehen, wo sie war. »Warum sollte es ein Problem für alle möglichen Leute sein, hier reinzuschneien? Es ist schließlich nicht mein Haus. Ich wohne nur zufällig hier.«

Er hob die Hände, die Handflächen nach außen. »Es tut mir leid. Ich glaube, ich bin schon viel zu sehr an die kalifornische Ungezwungenheit gewöhnt. Soll ich wieder rausgehen und es noch einmal versuchen?«

»Nein.« Sie spie das Wort förmlich aus. Er würde es heute nicht schaffen, dass sie sich wie ein dummes kleines Mädchen vorkam. »Worum geht es? Du hast einen schlechten Zeitpunkt erwischt, deshalb musst du dich kurz fassen.«

Sie hätte es ihm nicht extra sagen müssen, dass es ein schlechter Zeitpunkt war. Sie wirkte zunächst ganz ruhig, darin war sie gut, aber ihre nervösen Finger verrieten sie. Das bestärkte ihn nur in seinem Entschluss zu bleiben. »Tatsächlich bin ich nicht gekommen, um dich zu besuchen. Ich bin wegen Brandon hier.«

»Brandon?« Jetzt war sie erst recht alarmiert. »Warum? Was willst du von Brandon?«

»Beruhige dich, Jules.« Er setzte sich auf die Seitenlehne des Sofas. Wirklich, es gefiel ihm hier. Auf irgendeine Weise war es ihr gelungen, das unpersönliche Gästehaus zu verändern, gemütlich zu machen. Er amüsierte sich über die charmante Unordnung, die Julia überall verbreitete. Da lag ein Ohrring auf einem weißen Tischchen, da lehnten die hübschen, hochhackigen weißen Schuhe sich aneinander, genau dort, wo sie abgestreift worden waren, hier ein bekritzelter Zettel, dort eine Porzellanschale mit Rosenblättern und Rosmarin.

Wenn er in die Küche ging, würde er dort bestimmt noch mehr Sachen von ihr finden, und ebenso im oberen Stockwerk, im Bad, im Kinderzimmer, in ihrem Schlafzimmer. Was würde er wohl von Julia finden in Julias ganz privater Umgebung?

Er schaute zu ihr hinüber und lächelte. »Entschuldigung, hast du etwas gesagt?«

»Ja, ich habe etwas gesagt.« Ihre Ungeduld war unverkennbar.

»Ich habe gefragt, was du von Brandon willst.«

»Ich habe weder die Absicht ihn zu kidnappen noch ihm die neueste Ausgabe des *Penthouse* zu zeigen. Es handelt sich um eine Männersache.« Als sie die restlichen Stufen herunterkam, lächelte er. »War's ein schwerer Tag?«

»Ein langer«, sagte sie. »Er ist noch nicht von der Schule zurück.«

»Ich kann warten. Wieder barfuß. Ich bin so froh, dass du mich nicht enttäuscht hast.«

Sie schob ihre unruhigen Hände in die Taschen ihrer Jacke. Diese Stimme. Damit konnte er eine Frau glatt ohnmächtig reden oder – ziemlich erregt – auch aus einer Ohnmacht reißen.

»Ich bin wirklich sehr beschäftigt, Paul. Warum sagst du mir nicht einfach, worum es geht, damit ich es Brandon nachher erzählen kann?«

»Es geht um Basketball«, antwortete er. »Die Lakers spielen am Samstagabend in der Stadt. Ich dachte, der Junge würde vielleicht gern mit mir hingehen.«

»Oh.« Mühelos konnte man ihr die widersprüchlichsten Empfindungen am Gesicht ablesen: Freude für ihren Sohn, Besorgnis, Zweifel, Amüsiertheit. »Bestimmt würde er das. Aber …«

»Du kannst dich bei der Polizei erkundigen, Jules. Ich habe keine schwarze Weste.« Er nahm ein Rosenblatt aus der Schale und zerrieb es zwischen Daumen und Zeigefinger. »Und außerdem habe ich drei Karten. Wenn du willst, kannst du mitkommen.«

So war das also, dachte sie enttäuscht. Es war nicht das erste Mal, dass ein Mann versuchte, sich an Brandon heranzumachen, um sie zu bekommen. Nun, Paul Winthrop würde ein kleines Fiasko erleben. Er war bereit, einen ganzen Abend mit einem zehn Jahre alten Jungen zu verbringen. Das konnte er haben.

»Mir bedeutet das Spiel nicht viel«, sagte sie sanft. »Ich denke, du und Brandon habt mehr Spaß daran ohne mich.«

»Okay«, erwiderte er so prompt, dass sie staunte. »Gib ihm vorher nicht viel zu essen. Wir holen uns dort etwas.«

»Ich weiß nicht …« Sie brach den Satz ab, als sie einen Wagen kommen hörte.

»Die Schule scheint beendet zu sein«, meinte Paul und steckte den Rest des Rosenblatts in seine Tasche. »Ich will dich nicht länger aufhalten. Brandon und ich können die Einzelheiten allein festlegen.«

Brandon polterte durch die Vordertür herein und schwenkte seine Schultasche. »Millie hat ihre Babys bekommen, fünf Stück.« Er schaute Paul an. »Millie ist unser Meerschweinchen in der Schule.«

»Das freut mich für Millie.«

»Es war ziemlich übel«, sagte Brandon. »Sie war krank und all das und atmete ganz schnell, während sie dalag. Und dann kamen diese winzigen Jungen heraus. Und auch Blut.« Er rümpfte die Nase. »Wenn ich eine Lady wäre, würde ich das nicht machen.«

Paul musste grinsen. Er zog Brandon den Schirm seiner Mütze über die Augen. »Zu unserem Glück sind Frauen aus besserem Stoff gemacht.«

»Ich denke, das muss doch wehtun.« Er schaute seine Mutter an.

»Tut es weh?«

»Darauf kannst du jede Wette eingehen.« Dann lachte sie und legte ihm den Arm um die Schultern. »Aber manchmal haben wir Glück, und es ist's wert. Ich denke fast, du bist es wert gewesen.« Es schien nicht ganz der richtige Zeitpunkt zu sein für eine eingehende Diskussion über Sexualerziehung und Geburt, deshalb gab sie dem Gespräch eine andere Wendung. »Mr. Winthrop ist zu dir gekommen.«

»Wirklich?« Soweit Brandon zurückdenken konnte, war es noch nie vorgekommen, dass ein Erwachsener ihn besucht hatte. Ganz bestimmt aber kein männlicher Erwachsener.

»Es ist so«, sagte Paul, »die Lakers sind Samstag in der Stadt.«

»Yeah, sie werden gegen die Celtics spielen. Es kann eines der wichtigsten Spiele in dieser Saison werden und …« Ein Gedanke blitzte in ihm auf, so toll und überwältigend, dass er nach Luft schnappte.

Paul unterdrückte ein Lächeln, als er eine wilde Hoffnung in Brandons Augen aufleuchten sah. »Ja, und ich habe zufällig ein paar Karten. Kommst du mit?«

»Wow!« Die Augen wollten ihm fast aus dem Kopf fallen. »Oh, wow. Mama, bitte!« Als er sich umdrehte, um sie um die Taille zu fassen, drückte sein ganzes Gesicht eine einzige inständige Bitte aus. »Bitte!«

»Wie könnte ich da Nein sagen?«

Mit einem lauten Juchzer umarmte Brandon sie. Dann drehte er sich um und warf sich zu Pauls Überraschung in seine Arme. »Danke, Mr. Winthrop. Das ist das größte. Wirklich das größte.«

Bewegt durch dieses spontane Zeichen von Zuneigung tätschelte Paul Brandon die Wange. Es hatte ihn gar nichts gekostet, dachte er.

Er kaufte jedes Jahr vorsorglich zwei Karten, und die dritte hatte er von einem Freund bekommen, der gleich darauf eine Reise angetreten hatte. Als Brandon ihn anstrahlte, mit einem vor Aufregung und Dankbarkeit glühenden Gesicht, wünschte sich Paul, er hätte mindestens zwei Drachen für die Karten erschlagen müssen.

»Hör zu. Ich habe drei Karten. Kennst du irgendjemanden, der gern mitkommen würde?«

Das war fast zu viel für Brandon, so als ginge man im August abends schlafen und wachte am Weihnachtsmorgen auf. Er ging ein paar Schritte zurück, plötzlich unsicher, ob es sich für einen Jungen gehörte, einen Mann zu umarmen.

»Mama vielleicht.«

»Ich habe schon abgelehnt, danke.«

»Himmel, Dustin würde komplett verrückt werden.«

»Dustin ist bereits komplett verrückt«, sagte Paul. »Ruf ihn doch an und frage ihn.«

»Im Ernst? Super!« Er raste in die Küche.

»Ich will mich nicht in Männersachen einmischen, aber weißt du eigentlich, was du dir da antust?«

»Ich führe die Jungen ein bisschen aus.«

»Paul.« Nachdem sie Brandons Gesicht gesehen hatte, konnte sie ihm nicht mehr böse sein. »Wenn ich es recht verstanden habe, warst du ein Einzelkind, bist nie verheiratet gewesen und hast nie eigene Kinder gehabt.«

Er schaute ihr zu, wie sie ihre Jacke aufknöpfte. »Richtig.«

»Du warst auch nie Babysitter?«

»Wie bitte?«

»Das habe ich mir gedacht.« Mit einem kleinen Seufzer schlüpfte sie aus ihrer Jacke und warf sie über eine Stuhllehne. Darunter trug sie ein ziegelrotes Turnhemd ohne Ärmel. Paul freute sich darüber, dass ihre Schultern ebenso makellos waren wie ihre Beine. »Und jetzt willst du zur Eröffnung mit zwei zehnjährigen Jungen ein großes Basketballspiel besuchen. Allein.«

»Es ist ja keine Expedition ins Amazonasgebiet, Jules. Ich bin ein vernünftiger, umsichtiger Mann.«

»Das bist du sicher, unter normalen Bedingungen. Aber mit zwei zehn Jahre alten Jungen darf man sich darauf nie verlassen. Es ist wahrscheinlich eine sehr große Arena, ja?«

»Und?«

»Ich stelle mir mit großem Vergnügen vor, wie du da mit zwei wilden kleinen Jungen zurechtkommen willst.«

»Wenn ich meine Sache gut mache, bekomme ich dann nach dem Spiel – einen Drink?«

Ihre Hände lagen jetzt auf seinen Schultern, am liebsten hätte sie sein Haar gestreichelt, darin rumgewühlt. Ihre Augen wurden dunkler.

»Er darf mitkommen!« Brandons Stimme kam von der Küche. »Seine Mama möchte aber mit Ihnen sprechen, ob auch alles seine Richtigkeit hat.«

»In Ordnung.« Paul wendete den Blick nicht von Julia, als er in die Küche ging. Er sah, wie ihr Verlangen einer überraschten Verlegenheit Platz machte. »Ich bin gleich zurück.«

Julia atmete tief aus. Was zum Teufel hatte sie sich da vorgestellt? Was war über sie gekommen? Sie hatte sich ganz ihrem Gefühl überlassen, nicht mehr nachgedacht. Und das war immer gefährlich.

Lieber Gott, er war attraktiv, ansprechend, sexy und charmant. Er besaß alle Eigenschaften, die eine Frau dazu brachten, einen Fehler zu machen. Es war nur gut, dass sie die Gefahr kannte.

Sie lächelte, als sie Brandons hohe, aufgeregte Stimme und die tiefere, ruhige von Paul hörte. Vorsichtig oder nicht, sie mochte ihn nun einmal. Sie fragte sich, ob er die geringste Ahnung davon hatte, wie er ausgeschaut hatte, als Brandon ihm um den Hals gefallen war. Zuerst dieses blanke Erstaunen, dann die langsam aufsteigende Freude. Es war durchaus möglich, dass sie ihn falsch eingeschätzt hatte, dass er den Jungen wirklich ohne jeden Hintergedanken zu dem Spiel eingeladen hatte.

Sie musste abwarten, wie die Dinge sich entwickelten. Jetzt aber sollte sie erst mal an das Abendessen denken. Sie schaute zu der antiken Pendeluhr auf dem Kaminsims hinüber.

Sie war nicht mehr da. Sie starrte entsetzt auf die leere Stelle, dann wich alle Farbe aus ihrem Gesicht.

Sie hatte sich nicht geirrt. Es war jemand im Haus gewesen in ihrer Abwesenheit. Sie bekämpfte ihre wieder aufsteigende Panik und durchsuchte das Wohnzimmer. Die Dresdner Porzellanfigur auf dem Kaminsims war noch da, ebenso die beiden Kerzenleuchter aus Jade und die drei antiken Schnupftabakdosen. Aber die hatten vorher in einer Schauvitrine gestanden.

Einem Impuls folgend, lief sie ins Esszimmer. Dort fehlten mehrere kleine, wertvolle Stücke – ein aus einem Amethyst geschnittener Schmetterling, der in ihre Handfläche gepasst hatte und vermutlich einige Tausend Dollar wert gewesen war, und die Salz- und Pfefferstreuer aus georgianischer Zeit.

Wann hatte sie diese Dinge mit Sicherheit zum letzten Mal gesehen? Sie und Brandon aßen meist in der Küche oder auf der Terrasse. Vor einem Tag, einer Woche? Vor zwei Wochen? Sie presste eine Hand auf ihren rebellierenden Magen.

Es konnte eine ganz einfache Erklärung dafür geben. Vielleicht hatte Eve sich entschlossen, diese Sachen zurückzuholen. Sie klammerte sich an diesem Gedanken fest und kehrte ins Wohnzimmer zurück, wo Paul und Brandon Pläne für das große Ereignis schmiedeten.

»Wir wollen zeitig aufbrechen«, berichtete Brandon. »Dann können wir vielleicht einige der Spieler noch im Aufenthaltsraum antreffen.«

»Das ist toll.« Sie zwang sich zu einem Lächeln. »Hör zu, du kannst dir jetzt eine Kleinigkeit zu essen machen, und die Hausaufgaben verschieben wir ein wenig, ja?«

»Okay.« Er sprang auf und grinste Paul zu.

»Du setzt dich besser hin«, riet ihr Paul, als sie allein waren. »Du bist weiß wie ein Bettlaken.«

Sie nickte nur. »Es fehlen ein paar Sachen hier im Haus. Ich muss sofort Eve anrufen.«

Er sprang auf und packte sie am Arm. »Was für Sachen?«

»Die Uhr. Antike Nippes. Wertvolle Sachen.« Sie schnappte nach Luft. »Die Tonbänder …«

»Was ist mit ihnen?«

»Sie sind durcheinandergebracht worden. Irgendjemand war …«

Sie zwang sich, tief und ruhig zu atmen. »Irgendjemand ist hier gewesen.«

»Zeig mir die Tonbänder.«

Sie führte ihn in ihr Büro. »Ich ordne sie immer alphabetisch«, sagte sie und öffnete die Schublade.

Er drückte sie in den Sessel und schaute die Bänder durch. »Du bist fleißig gewesen«, murmelte er, als er die Namen und Daten überflog. »Besteht die Möglichkeit, dass du noch spät gearbeitet und sie selber durcheinandergebracht hast?«

»Nein, ich glaube nicht.« Sie sah, wie er sich zweifelnd in dem unordentlichen Zimmer umschaute. »Hör zu, ich weiß, wie es hier aussieht, aber ich bin direkt besessen davon, meine Interviews immer peinlich zu ordnen. Das gehört zu meiner Arbeitsweise.«

Er nickte verständnisvoll. »Könnte es sein, dass Brandon damit gespielt hat?«

»Ausgeschlossen.«

»In Ordnung, Julia. Kommt auf diesen Bändern irgendetwas zur Sprache, was niemand hören soll, bevor das Buch veröffentlicht wird?«

Sie zögerte, zuckte mit den Schultern. »Ja.«

Er presste die Lippen zusammen, als er die Schublade wieder schloss. »Offenbar willst du nicht darüber sprechen. Fehlen Bänder?«

»Nein.« Dann fiel ihr etwas ein. Sie holte den Rekorder aus ihrer Aktentasche und nahm irgendein Band aus der Schublade. Einen Augenblick später hörte man eine dünne, nasale Stimme ertönen.

»Meine Meinung über Eve Benedict? Eine ungeheuer begabte Schauspielerin und eine wahre Landplage.«

Julia seufzte und stellte den Rekorder ab.

»Alfred Kinsky«, erklärte sie. »Ich habe ihn Montagnachmittag interviewt. Er war der Regisseur von drei früheren Filmen mit Eve.«

»Ich weiß, wer er ist«, erwiderte Paul trocken.

Sie nickte und schob die Kassette wieder in ihre Plastikhülle, behielt sie aber in der Hand. »Ich hatte Angst, dass jemand die Bänder vielleicht gelöscht haben könnte. Natürlich muss ich sie noch alle einzeln überprüfen, aber …« Sie fuhr sich mit der Hand durchs Haar, nahm Spangen heraus. »Es hat nicht viel Sinn. Die Interviews kann ich wiederholen. Ich denke nicht«, sagte sie mehr zu sich selber, dann legte sie das Band beiseite und presste die Finger an die Augen. »Irgendjemand ist hier eingedrungen, um zu stehlen. Ich muss Eve anrufen – und die Polizei.«

Paul hielt ihr Handgelenk fest, als sie nach dem Telefonhörer greifen wollte. »Ich rufe sie an. Beruhige dich. Gieß dir einen Brandy ein.«

Sie schüttelte den Kopf.

Paul wählte die Nummer des Hauptgebäudes. »Dann gieß mir einen ein und lass die Flasche stehen für Eve.«

Wenn sie sich auch über den Befehl ärgerte, sie hatte wenigstens etwas zu tun. Als Paul ins Wohnzimmer kam, verschloss Julia gerade die Karaffe wieder mit dem Stöpsel.

»Sie ist schon unterwegs. Hast du deine persönlichen Dinge durchgesehen?«

»Meinen Schmuck. Einige wenige Stücke, die ich von meiner Mutter geerbt habe.« Sie gab ihm ein Glas. »Es fehlt nichts.«

Während er einen Schluck Brandy nahm, beobachtete er sie. »Es ist absurd, dass du dich dafür verantwortlich fühlst.«

»Woher willst du wissen, was ich fühle?«

»Julia, ich kann die Gedanken in deinem Kopf herumwirbeln sehen. Ich bin dafür verantwortlich, sagen sie. Ich hätte es verhindern können.« Er nippte wieder an seinem Glas. »Haben deine hübschen Schultern noch nicht genug davon, die Probleme der ganzen Welt zu tragen?«

»Hör auf!«

»Oh, Julia wird mit allem allein fertig, das hatte ich fast vergessen.«

Sie drehte sich abrupt um und ging schnell in die Küche. Er hörte, wie sie leise mit Brandon redete, dann fiel die Außentür krachend ins Schloß. Sie hat den Jungen nach draußen geschickt zum Spielen, dachte er. Wie verwirrt sie auch immer sein mochte, zuerst kam die Sorge um ihren Sohn. Als Paul in die Küche kam, stand sie da und starrte aus dem Fenster.

»Falls du dir Sorgen machst um den Wert der fehlenden Sachen, ich kann dich vielleicht beruhigen. Sie sind bestimmt versichert.«

»Aber das ist nicht das eigentliche Problem, oder?«

»Nein.« Er stellte das Brandyglas ab und trat hinter sie, um ihr die verspannten Schultern zu massieren. »Das Problem ist, dass dein Bereich verletzt wurde. Dies Haus ist schließlich dein Bereich, solange du hier bist.«

»Ich mag gar nicht daran denken, dass irgendjemand hier hereinmarschieren, meine Arbeit durchwühlen, ein paar kostbare Kleinigkeiten auswählen und dann wieder gehen kann.« Sie drehte sich um. »Eve kommt.«

Eve stürmte herein, Nina folgte ihr auf dem Fuß. »Was zum Teufel bedeutet das alles?«, fragte sie.

Julia berichtete ihr so kurz und klar wie möglich, was sie festgestellt hatte.

»Hurensohn.« Das war Eves einziger Kommentar. Sie ging ins Wohnzimmer und schaute sich gründlich um. »Die Uhr habe ich verdammt gerngehabt.«

»Eve, es tut mir so leid …«

Sie wedelte ungeduldig mit der Hand, und Julia verstummte.

»Nina, vergleichen Sie alles genau mit Ihrer Inventarliste. Paul, gieß mir um Himmels willen einen Brandy ein.«

Er war bereits dabei. Sie nahm das Glas und trank.

»Wo ist der Junge?«

»Ich habe ihn nach draußen geschickt zum Spielen.«

»Gut.« Sie nahm noch einen Schluck. »Wo haben Sie Ihr Büro eingerichtet?«

»In dem Nebenzimmer, gleich hier.«

Eve war bereits drinnen und riss die Schubladen auf, bevor Julia ein Wort sagen konnte. »So, Sie behaupten also, irgendjemand habe die Bänder durchwühlt.«

»Ich behaupte es nicht«, erwiderte Julia ruhig. »Ich weiß es.«

Leicht amüsiert verzog Eve die Lippen. »Setzen Sie sich nicht aufs hohe Ross, Mädchen.« Sie strich mit dem Finger über die Bänder und lachte. »Gut, gut. Sie sind ein fleißiger kleiner Biber. Kinsky, Drake, Greenburg, Marilyn Day. Himmel, sogar Charlotte Miller ist dabei.«

»Deswegen haben Sie mich doch engagiert, oder?«

»Natürlich. Alte Freunde, alte Feinde«, murmelte sie. »Alle sorgfältig geordnet. Ich bin sicher, von Charlotte haben Sie einiges zu hören bekommen.«

»Sie achtet Sie fast ebenso sehr, wie sie Sie verabscheut.«

Eve warf Julia einen scharfen Blick zu, dann lachte sie lauthals und ließ sich in einen Sessel fallen. »Sie sind ein kaltschnäuziges Miststück, Julia. Himmel, ich mag Sie.«

»Beide Komplimente kann ich zurückgeben, Eve. Aber um zu unserem Problem zurückzukehren: Was machen wir jetzt?«

»Hm. Sie haben nicht zufällig ein paar Zigaretten hier? Ich habe meine vergessen.«

»Tut mir leid.«

»Macht nichts. Wo zum Teufel ist mein Brandy? Ah, Paul.« Sie lächelte und tätschelte ihm die Hand, als er sich vorbeugte, um ihr das Glas zu geben. »Wie angenehm, dass du hier warst in dieser kleinen Krise.«

Er ging nicht darauf ein. »Julia ist natürlich beunruhigt. Es ist eingebrochen worden, man hat in ihrer Arbeit herumgestöbert, und sie fühlt sich, was vielleicht weniger natürlich ist, verantwortlich für dein verschwundenes Eigentum.«

»Das ist doch lächerlich.« Eve wischte diesen Gedanken mit einer ihrer typischen Handbewegungen fort, dann lehnte sie sich zurück und schloss die Augen, um nachzudenken. »Wir werden die Sache mit dem Wächter überprüfen. Vielleicht sind Lieferanten gekommen, Handwerker ...«

»Die Polizei«, sagte Julia. »Wir müssen sie informieren.«

»Nein, nein.« Eve ließ ihr Brandyglas kreisen. »Ich denke, wir können diesen Zwischenfall diskreter behandeln als die Polizei.«

»Eve?« Nina kam herein, mit einem Block in der Hand. »Ich glaube, das meiste habe ich festhalten können.«

»Gesamtwert?«

»Dreißig-, vielleicht vierzigtausend. Darunter der Schmetterling aus Amethyst.« Sie machte ein betrübtes Gesicht. »Es tut mir leid. Ich weiß, wie gern Sie ihn hatten.«

»Ja, das stimmt. Victor hat ihn mir vor fast zwanzig Jahren geschenkt. Nun, ich denke, wir sollten auch im Hauptgebäude Inventur machen. Ich möchte doch wissen, ob auch dort einiges fehlt.« Nach dem letzten Schluck Brandy stand sie auf. »Es tut mir sehr leid, Julia. Paul hat vollkommen recht, wenn er sagt, dass Sie beunruhigt sind. Sie können sich darauf verlassen, dass ich mit dem Sicherheitspersonal reden werde. Es gefällt mir ganz und gar nicht, dass meine Gäste gestört werden.«

»Darf ich einen Augenblick unter vier Augen mit Ihnen sprechen?«

Eve gab ihrer Assistentin nur einen Wink und setzte sich auf die Ecke des Schreibtisches. Julia schloss die Tür hinter Nina und Paul. »Es tut mir leid, dass man Sie beunruhigt hat, Julia«, sagte sie. Mit den Fingern der einen Hand trommelte sie auf die Tischplatte, mit der anderen beschrieb sie einen kleinen Kreis auf ihrer Stirn. »Ich bin sehr wütend darüber, dass irgendjemand das gewagt hat.«

»Ich denke, Sie sollten es sich doch überlegen, die Polizei einzuschalten.«

»Diese Leute sind nicht sehr diskret. Nippes im Wert von vierzigtausend Dollar sind es nicht wert, dass ich mein Konterfei an jedem Supermarkt wiederfinde.«

Julia öffnete die Schublade und zog ein Band hervor. »Auf diesem befinden sich ihre Erinnerungen an Ihre Ehe mit Anthony Kincade. Es könnte jetzt eine Kopie davon geben, Eve. Und irgendjemand kann sie ihm verkaufen.«

»Und?«

»Er macht mir angst. Und es macht mir angst, daran zu denken, was er tun könnte, um zu verhindern, dass diese Story öffentlich bekannt wird.«

»Tony ist meine Sorge, Julia. Er kann nichts tun, um mir zu schaden, und ich werde ihm nicht erlauben, irgendetwas gegen Sie zu unternehmen. Nicht so recht überzeugt?« Sie erhob ihre Stimme nur ganz leicht. »Nina, Liebe?«

Es dauerte keine zehn Sekunden, bis die Tür sich öffnete. »Ja, Eve?«

»Ich möchte Ihnen einen Brief diktieren. An Anthony Kincade. Seine jetzige Adresse finden Sie wohl?«

»Ja.« Nina schlug ein neues Blatt auf und fing an zu stenografieren.

»Liebster Tony.« Sie verschränkte die Finger, fast wie zum Gebet. Ihre Augen bekamen einen boshaften Glanz. »Ich hoffe, es geht Dir recht schlecht, wenn Du diesen Brief erhältst. Nur ein kleines Lebenszeichen, damit Du weißt, dass ich mit dem Buch gut vorankomme – mit Riesenschritten. Ich weiß, wie sehr Du Dich für dieses Projekt interessierst. Du weißt vielleicht auch, dass viele Leute sich Sorgen machen über den Inhalt. Sie sind so besorgt, dass es Gerüchte gibt, die besagen, es würden Versuche unternommen werden, es zu stoppen. Tony, Du solltest vor allen anderen wissen, wie ich auf Druck reagiere. Um Dir jeden Ärger zu ersparen, für den Fall, dass Du daran gedacht hast, selber welchen zu machen, teile ich Dir mit, dass ich ernsthaft daran denke, Oprahs

Angebot anzunehmen und bei ihrer Fernsehshow interessante Einzelheiten aus meinem Leben zu erzählen. Bei der geringsten Einmischung von Deiner Seite, Darling, werde ich zugreifen und das Publikum mit vielen Erinnerungen an die faszinierenden Jahre unterhalten, die wir zusammen erlebt haben. Ich denke, dieser kleine Ausschnitt aus meinen Memoiren wird zahllose Buchbestellungen im Voraus einbringen. Wie immer. Eve.« Lächelnd hob Eve die Hand. »Das trägt dem Dreckskerl hoffentlich einen Schlaganfall ein.«

Julia wusste nicht, ob sie lachen oder weinen sollte. »Ich bewundere Ihren Mut, wenn auch nicht unbedingt Ihre Strategie.«

»Nur, weil Sie sie noch nicht ganz verstehen.« Sie drückte Julia die Hand. »Das kommt noch. Und jetzt nehmen Sie ein heißes Schaumbad, trinken Sie etwas Wein und unterhalten Sie sich mit Paul, bis Sie müde werden. Glauben Sie mir, diese Mischung wird Wunder bewirken.«

Julia schüttelte lachend den Kopf. »Das Bad und der Wein vielleicht.«

Zu ihrer eigenen und Julias Überraschung legte Eve den Arm um Julias Schultern. Die Geste drückte Unterstützung, Trost und ohne Zweifel Zuneigung aus. »Meine liebe Jules – so nennt er Sie doch? –, ein Bad und Wein kann jede Frau haben. Kommen Sie morgen um zehn zu mir. Wir müssen miteinander reden.«

Nina unterbrach sie. »Eve, Sie haben morgen Vormittag die erste Anprobe für die Miniserie.«

»Richtig. Machen Sie mit Nina einen Termin aus«, sagte Eve, als sie zur Tür ging. »Sie kennt mein Leben besser als ich.«

Nina wartete, bis Eve gegangen war. »Ich weiß, wie grässlich das für Sie sein muss. Sie brauchen nur ein Wort zu sagen, und wir bringen Sie und Brandon im Hauptgebäude unter.«

»Nein, nein, wirklich nicht. Es gefällt mir hier.«

Nina zog zweifelnd die dünnen Brauen zusammen. »Wenn Sie Ihre Meinung ändern sollten, können wir das rasch und ohne großes Theater erledigen. Kann ich sonst noch irgendetwas für Sie tun?«

»Nein. Ich bin Ihnen dankbar für dieses Angebot, aber tatsächlich fühle ich mich bereits wesentlich besser.«

»Rufen Sie bei uns an«, sagte Nina und griff nach Julias Hand, »wenn Sie nachts nicht schlafen können, oder wenn Sie einfach mit jemandem reden möchten.«

»Danke.«

Nina drückte ihr noch einmal fest die Hand und ging.

Julia ordnete ihre Tonbänder neu. Es war im Augenblick nicht besonders wichtig, aber es beruhigte sie. Dann nahm sie Eves leeres Glas und ging in die Küche. Sie blieb einen Augenblick stehen, als sie typische Küchengerüche wahrnahm. An der Tür starrte sie ungläubig auf Paul Winthrop, der sich am Küchenherd abrackerte.

»Was machst du denn?«

»Unser Abendessen. Rotini mit Tomaten und Basilikum.«

»Warum?«

»Weil Pasta ein wahrer Seelentröster ist. Und weil du mich unmöglich nicht zum Essen einladen kannst, wenn ich es gekocht habe.« Er nahm eine Flasche Burgunder vom Küchenbüfett und goss ein Glas ein. »Hier.«

Sie nahm es, hielt es mit beiden Händen fest, trank aber nicht. »Kannst du das denn?«

Er grinste und fasste sie um die Taille. »Was?«

Es war ein wunderbares Gefühl, jetzt und hier so festgehalten zu werden. »Rotini mit Tomaten und Basilikum zubereiten?«

»Darin bin ich sagenhaft.« Er drückte sie enger an sich, dann seufzte er. »Beweg dich nicht, sonst vergießt du den Wein.«

Vorsichtig schob er eine Hand höher, um ihren Nacken zu umfassen, was zweierlei bewirkte: Er hielt sie fest und erweckte zugleich Dutzende von Nervenenden zu prickelndem Leben. »Entspann dich, Jules. Ein Kuss ist nichts Endgültiges.«

»Es ist die Art, in der du mich küsst.«

»Es wird immer besser«, murmelte er, als ihre Lippen sich trafen. »Sag mir, erzeugt das dieselbe Explosion bei dir wie bei mir?« Er fuhr mit den Zähnen über ihre Ohrmuschel, dann knabberte er an ihrem Ohrläppchen.

»Ich weiß nicht.« Sie spürte, wie ihre Beine von den Knien abwärts schwach wurden. »Ich kenne mich nicht mehr aus mit dieser Art von Explosionen.«

Seine Finger wollten sich um ihren Hals verkrampfen, bis er sich zwang, sich zu entspannen. »Das ist genau das, was mir Kummer bereitet.« Er lehnte sich zurück, um ihr Gesicht zu mustern. Das Grau ihrer Iris hatte sich verdunkelt, war zu einem warmen Grau geworden, dem Rauch von einem längst verglühten Feuer. Bildete er sich das nur ein, oder war ihr Duft tatsächlich intensiver geworden, weil ihr Blut schneller durch die Adern pulsierte? Es war wirklich jammerschade, dachte Paul, dass er Skrupel hatte. »Jetzt hast du wieder Farbe bekommen. Wenn du verstört bist, wird deine Haut durchscheinend wie Glas. Ein Mann fühlt sich dadurch aufgerufen, die Dinge für dich zu erledigen.«

Ihr Rückgrat, das er so gut behandelt hatte, versteifte sich wieder. »Ich brauche niemanden, der etwas für mich erledigt.«

»Was eine bestimmte Art von Männern nur noch mehr auf den Plan ruft. Verletzbarkeit und Unabhängigkeit. Ich habe bisher nicht gewusst, was für eine verheerende Mischung das ist.«

Sie hob das Glas an ihre Lippen und bemühte sich, einen leichten Ton anzuschlagen. »Nun, diesmal bringt es mir immerhin ein Abendessen ein.«

Er ließ sie nicht aus den Augen, nahm ihr das Glas ab und stellte es ab. »Wir könnten beide viel mehr haben.«

»Vielleicht.« Sie starrte in seine leuchtend dunkelblauen Augen. Sie waren ihr sehr nahe. Es war viel zu leicht, sich darin zu spiegeln. »Ich bin nicht sicher, dass ich noch ein bisschen mehr verkraften kann.«

Ob das nun stimmte oder nicht, er spürte, dass sie überzeugt davon war. »Es sieht so aus, als ob wir nur stufenweise Fortschritte machen können.«

Weil ihr das sicherer zu sein schien als das Dahinschmelzen, das sie kürzlich erlebt hatte, stimmte sie vorsichtig zu. »Das glaube ich auch.«

»Die nächste Stufe wird sein, dass du mich küsst.«

»Das habe ich doch schon getan.«

Er schüttelte den Kopf. Es lag eine gewisse Herausforderung darin, keine absolut freundliche. »Ich habe dich geküsst.«

Julia dachte darüber nach und nahm sich vor, wie ein erwachsener Mensch darauf zu reagieren. Ein erwachsener Mensch musste nicht jede Herausforderung aufgreifen, die ihm begegnete. Sie ließ sich noch einen Augenblick Zeit, dann drückte sie ihre warmen Lippen auf seine.

»Ich muss Brandon hereinrufen«, sagte sie, als er einen Schritt zurücktrat. Sie wünschte sich eine Menge Zeit, bevor der nächste Schritt an der Reihe war.

12 Michael Delrickio züchtete Orchideen in einem riesigen Gewächshaus, das durch einen breiten Arkadengang mit seiner Festung oberhalb des großen Strandes verbunden war. Er nahm sein Hobby sehr ernst und gehörte, nicht nur als zahlendes Mitglied, dem örtlichen Gärtnerverein an. Oft hielt er dort interessante und amüsante Vorträge über die Familie der Orchideen. Zu seinen größten Erfolgen zählte er die gelungene Züchtung einer neuen Orchidee, welcher er den Namen Madonna gegeben hatte.

Es war ein teures Hobby, aber er war ein sehr reicher Mann. Viele seiner Geschäfte waren völlig legal, und er zahlte vielleicht mehr Steuern, als die meisten Männer in seiner Lage. Es waren sehr verschiedenartige Geschäfte, die er betrieb, angefangen bei der Schifffahrt, dem Bühnen- und Restaurantbedarf, der Lieferung von Speisen und Getränken über Prostitution, Spielbanken, Elektro-Handel bis hin zu Erpressung. Er besaß verschiedene Spirituosengeschäfte oder war zumindest beteiligt daran. Clubs und Boutiquen, sogar ein Schwergewichtsboxer »gehörten« ihm – wenigstens teilweise. Zunächst hatte er sich vom Rauschgiftgeschäft ferngehalten, weil er es persönlich verabscheute. Aber in den siebziger Jahren war er dann doch vorsichtig eingestiegen. Er betrachtete es als ein unheilvolles Zeichen der Zeit, dass er gerade damit so große Profite machte.

Er war ein liebevoller Ehemann, der seine kleinen Affären nebenbei taktvoll und diskret behandelte, ein hingebungsvoller Vater, der seine acht Kinder mit fester Hand, aber immer gerecht aufgezogen hatte, und ein nachgiebiger Großvater, dem es schwerfiel, seinen Enkelkindern irgendetwas abzuschlagen.

Er war ein Mann, der nicht viele Fehler machte, und wenn es einmal passierte, dann gab er es auch zu. Einer seiner Fehler war Eve Benedict gewesen. Er hatte sie so wild und fieberhaft geliebt, dass er indiskret und töricht gehandelt hatte. Selbst heute noch, fünfzehn Jahre später, erinnerte er sich nur allzu lebhaft daran, wie es gewesen war, sie zu besitzen. Allein die Erinnerung daran erregte ihn schon.

Jetzt, als er seine Orchideen wie empfindliche Säuglinge bemutterte, wartete er auf Eves Neffen. Trotz all seiner Fehler war der Junge in Ordnung. Delrickio hatte sogar einer seiner Töchter erlaubt, sich mit Drake zu treffen. Natürlich würde er dafür sorgen, dass nichts Ernsthaftes daraus wurde. In der Gartenkultur war ein Hybride eine schöne Sache, bewundernswert sogar, aber er wollte keine Hybriden als Enkel.

Michael Delrickio glaubte daran, dass gleiches zu gleichem gehörte. Deshalb hatte er es sich nie verziehen, dass er bezaubert von Eve gewesen war, und ihr nicht, dass sie ihn so verzaubert hatte.

Und weil er den Fehler bei sich selber suchte, war er mit Eves nutzlosem Neffen geduldiger, als das Geschäft es eigentlich verlangte.

»Pate.«

Delrickio richtete sich von seiner Arbeit an drei seltenen Spinnen-Orchideen auf. Der junge Joseph stand in der Tür. Er war ein hübscher, stabil gebauter Kerl, der gern Gewichte hob und den Sparringspartner abgab bei den Übungen, die Delrickio bevorzugte. Er war der Sohn einer Kusine seiner Frau. Joseph arbeitete seit fünf Jahren für ihn. Delrickio hatte ihn von seinem eigenen ersten Lieutenant einarbeiten lassen. Er wusste, dass der Junge nicht allzu hell war, aber loyal und bereit, sein Bestes zu tun.

»Ja, Joseph.«

»Morrison ist da.«

»Gut, gut.«

Delrickio wischte sich die Hände an der weißen Gärtnerschürze ab, die er trug, wenn er an seinen Blumen arbeitete. Seine jüngste Tochter hatte sie für ihn gemacht. Sie hatte auf den schneeweißen Grund eine Karikatur ihres lächelnden Papas gemalt und eine sehr sexy wirkende Orchidee mit langen Beinen, die sich an ihn schmiegte.

»Bring ihn her. Deine Erkältung ist besser, ja?« Er war ein guter, besorgter Arbeitgeber.

Joseph zuckte mit den Schultern. Er war sehr verlegen wegen dieses Zeichens von körperlicher Schwäche. »Mir geht's gut.«

»Immer noch angegriffen. Du musst viel von Teresas Suppen essen, Joseph, um das Gift auszuschwemmen. Deine Gesundheit ist alles.«

»Ja, Pate.«

»Und bleib in der Nähe, Joseph. Drake braucht vielleicht eine kleine Anregung.«

Joseph grinste, nickte und trottete davon.

Drake saß in dem großen Wohnzimmer auf einem bequemen Drehsessel und trommelte mit den Fingern auf seine Knie. Da der Rhythmus ihn nicht beruhigen konnte, fing er an, seine Knöchel knacken zu lassen. Er schwitzte nicht, wenigstens nicht sehr. Neben ihm stand seine Aktentasche mit siebentausend Dollar darin. Es war zu wenig, und Drake verfluchte sich deswegen. Er hatte von einem Hehler für Eves Nippes fünfzehntausend bekommen. Obwohl ihm klar war, dass er dabei betrogen worden war, hätte die Summe doch immerhin zunächst ausgereicht. Bis er zu dem Rennen gegangen war.

Er war so sicher gewesen, so verdammt sicher, dass er aus den fünfzehntausend dreißig-, sogar vierzigtausend machen konnte. Dann wäre er den Druck eine Zeit lang los gewesen. Er hatte seine Wettbeträge sehr sorgfältig eingesetzt. Er hatte sogar zu Hause schon eine Flasche Dom Pérignon gekühlt, und eine süße kleine Brünette wartete auf ihn.

Anstatt im Triumph heimzukehren, hatte er die Hälfte seines Geldes verloren.

Aber alles würde in Ordnung kommen. Er ließ wieder seine Knöchel knacken. Alles würde gut werden. Außer den siebentausend hatte er drei Tonbandkopien in der Tasche.

Es war so einfach gewesen, dachte er, ein paar ausgewählte Stücke einzustecken, Sachen, die Eve nicht einmal vermissen würde. Das alte Mädchen ging höchstens ein- oder zweimal im Jahr ins Gästehaus hinunter. Außerdem hatte sie so viele solcher Dinge, niemand konnte genau sagen, wo jedes einzelne gerade steckte. Es war sehr schlau von ihm gewesen, leere Tonbänder mitzubringen. Er hätte mehr als nur drei kopieren können, aber er war gestört worden, als irgendjemand zur Hintertür hereinkam.

Drake lächelte zufrieden.

»Er ist bereit, Sie zu empfangen«, sagte Joseph und führte ihn zum Gewächshaus.

Du lieber Himmel, es ging zum Gewächshaus. Drake verdrehte die Augen hinter Josephs Rücken. Er hasste diesen Raum, die feuchte Hitze, das gefilterte Licht, die Dschungelblumen, an denen er Interesse bekunden musste. Mit Mühe zwang er sich zu einem Lächeln, als er eintrat.

»Ich hoffe, ich störe Sie nicht.«

»Keineswegs.« Delrickio entfernte ein wenig Erde von seinem Daumen. »Ich habe mich gerade um meine Damen gekümmert. Ich freue mich, dich zu sehen, Drake.« Er nickte Joseph zu, und der verschwand sofort. »Angenehm, dass du pünktlich bist.« Obwohl er die besten Thermometer besaß, die zu haben waren, warf er einen Kontrollblick auf eines der sechs, die er in dem großen Raum hatte anbringen lassen. »Was bringst du mir?«

Selbstgefällig stellte Drake die Tasche auf den Arbeitstisch. Er öffnete sie und trat einen Schritt zurück, damit Delrickio den Inhalt in Augenschein nehmen konnte.

»Ja, ich sehe.«

»Nun, ich bin ein wenig knapp bei Kasse.« Er lächelte wie ein kleiner Junge, der zugab, dass er mit dem Taschengeld nicht ausgekommen war. »Ich denke, die Bänder wiegen die Differenz auf.«

»Meinst du?« Mehr sagte Delrickio nicht. Er gab sich nicht die Mühe, das Geld zu zählen, sondern vertiefte sich in den Anblick einer *Odontoglossum triumphans*. »Wie knapp?«

»Ich habe siebentausend.« Drake fühlte wie seine Achselhöhlen nass wurden und redete sich ein, dass es an der Hitze hier drinnen liegen musste.

»So. Nach deiner Ansicht ist also eines der Tonbänder tausend Dollar wert?«

»Ich … Es war schwer, sie zu kopieren. Riskant. Aber ich weiß, wie interessiert Sie daran sind.«

»Interessiert, ja.« Er ging von einer Blume zur anderen. »Ms. Summers hat also nach wochenlanger Arbeit nur drei Tonbänder angefertigt?«

»Nein, nein. Aber mehr konnte ich nicht kopieren.«

Delrickio widmete den größten Teil seiner Aufmerksamkeit ausschließlich seinen Schützlingen. »Wie viele sind noch da?«

»Ich weiß es nicht genau.« Drake lockerte seinen Schlipsknoten und fuhr mit der Zunge über seine Lippen. »Vielleicht sechs oder sieben.« Jetzt musste er sich etwas ausdenken. »Sie hat einen sehr ausgefüllten Terminplan, deshalb konnten wir noch nicht viel Zeit miteinander verbringen, aber wir ...«

Delrickio unterbrach ihn. »Sechs oder sieben. So viele also, aber du bringst mir nur drei und eine Anzahlung.« Seine Stimme wurde leiser, er seufzte schwer. »Du enttäuscht mich, Drake.«

»Es war gefährlich, die Kopien anzufertigen. Ich bin beinahe dabei erwischt worden.«

»Das ist bestimmt nicht mein Problem.« Er seufzte wieder. »Ich will die anderen Bänder haben.«

»Sie wollen, dass ich noch einmal dort einbreche?«

»Die Bänder will ich, Drake. Wie du daran kommst, ist deine Angelegenheit.«

»Aber das kann ich nicht machen. Wenn man mich erwischt, wird Eve mir den Kopf abreißen.«

»Ich würde dir vorschlagen, dich nicht erwischen zu lassen. Enttäusche mich nicht wieder. Joseph.«

Schon stand der Mann in der Tür, füllte sie fast aus.

»Joseph wird dich hinausbringen, Drake. Ich höre bald von dir, ja?«

Drake konnte nur nicken. Er war erleichtert, als er sich wieder in dem Arkadengang befand, wo die Temperatur wesentlich angenehmer war. Delrickio braucht nur einen einzigen Augenblick, um seine Anordnungen zu treffen. Er hob einen Finger. Joseph ging rasch zu ihm. »Eine kleine Lektion«, sagte er. »Lass sein Gesicht in Ruhe. Ich mag ihn.«

Mit jedem Schritt wuchs Drakes Selbstbewusstsein. Es war nicht gar so schlimm gewesen. Der alte Mann war nichts als ein Kinderschreck, und er würde schon eine Möglichkeit finden, die anderen Bänder zu kopieren. Wenn er das schnell genug über die Bühne brachte, würde Delrickio ihm vielleicht sogar die Restschuld erlassen. Als ihm dieser Gedanke kam, wurde Drake klar, dass er sich verdammt klug verhalten hatte.

Er war sehr überrascht, als Joseph ihn am Arm packte und ihn vom Weg ab in ein Birnbaumwäldchen führte. »Was zum Teufel ...«

Das war alles, was er noch hervorbrachte. Dann spürte er, wie eine Faust von dem Gewicht eines Bowlingballs auf seinen Bauch krachte. Die Luft entwich aus seinen Lungen, als er nach vorn kippte.

Die Schläge erfolgten leidenschaftslos, methodisch und sehr wirkungsvoll. Joseph hielt Drake mit einer Hand fest und bearbeitete mit der anderen seine empfindlichen Organe: Leber, Nieren, Darm. In weniger als zwei Minuten war er fertig und ließ Drake auf den Boden fallen. Schweigend ging er fort, denn Worte waren überflüssig.

Drake konnte kaum noch Luft bekommen, heiße Tränen liefen ihm über das Gesicht. Jeder Atemzug war eine Qual. Noch nie hatte er solche Schmerzen gehabt, bis in die Fingerspitzen. Er übergab sich unter den blühenden Birnbäumen, und nur die panische Angst, irgendjemand könnte kommen und ihn wieder schlagen, zwang ihn, auf wackeligen Beinen wie ein Betrunkener zu seinem Wagen zu torkeln.

Nie wieder würde Paul die Aufgaben der Eltern für eine völlig natürliche Angelegenheit halten. Es war eine unglaublich harte, anstrengende und schwierige Arbeit. Wenn er auch nur einen einzigen Abend Ersatzvater spielte, so war er doch schon nach der Hälfte der Zeit so erledigt, als hätte er den Marathonlauf von Boston auf einem Bein zurückgelegt.

»Kann ich …«

Paul hob nur eine Braue, bevor Dustin weitersprechen konnte. »Kind, wenn du noch irgendetwas isst, platzt du.«

Dustin schlürfte seine Riesencola und grinste. »Wir haben noch kein Popcorn gehabt.«

Das war aber auch das Einzige, was sie ausgelassen hatten, dachte Paul. Die Jungen mussten Mägen aus Stahl besitzen. Er schaute zu Brandon hinunter, der seine Lakers-Mütze in den Händen hielt und das Autogramm studierte, das er ergattert hatte, bevor das Spiel anfing. Er blickte hoch, wurde rot und setzte die Mütze wieder auf.

»Das ist der schönste Abend in meinem ganzen Leben«,

sagte er mit einer Unbefangenheit und Sicherheit, die Männer nur kurze Zeit, in ihrer Kindheit, besitzen.

War das ein Marshmallow fürs Herz, fragte sich Paul. Jedenfalls wirkte es so. »Kommt. Wir holen Popcorn.«

Mit klebrigen Fingern und wachen Augen beobachteten sie die letzte Spielhälfte. Der Spielstand änderte sich ständig, was Gefühlsausbrüche bei der Zuschauermenge und bei den Spielern hervorrief. Ein Ball verfehlte das Ziel, ein anderer prallte am Korb ab, und der Geräuschpegel schwoll bedrohlich an. Ein Zweikampf in der Arena endete mit einem Hinauswurf.

»Er hat ihn behindert!«, rief Brandon und verlor vor Aufregung einiges von seinem Popcorn. »Habt ihr es gesehen?« Voller Leidenschaft kletterte er auf seinen Sitz, als die Buhrufe der Zuschauer ertönten. »Sie haben den Falschen rausgeworfen.«

Paul beobachtete, wie der Junge auf dem Sitz auf und ab sprang und den Laker-Wimpel wie eine Axt niederfahren ließ.

»Scheiße«, sagte er, dann fuhr er zusammen und warf Paul einen verlegenen Blick zu.

»Ich hätte es nicht besser ausdrücken können.«

Brandon war stolz. Er hatte Scheiße gesagt und war wie ein Mann behandelt worden. Er war außerordentlich froh, dass seine Mutter nicht dabei war.

Julia arbeitete noch. Mithilfe von Tonbändern und Abschriften befand sie sich in den vierziger Jahren nach dem Kriege, als in Hollywood die hellsten Sterne geglitzert hatten und Eve sich ihren Weg wie ein Komet gebahnt hatte. Oder, wie Charlotte Miller es formuliert hatte, wie ein skrupelloser, ehrgeiziger Piranha, der mit Vergnügen die Mitbewerber verschlungen hatte.

Keine Spur von Liebe, dachte Julia amüsiert, als sie sich zurücklehnte. Charlotte und Eve hatten sich oft um dieselben Rollen bemüht und waren oft von den gleichen Männern angeschwärmt worden. Zweimal waren sie beide für den Oscar vorgeschlagen worden.

Ein ungewöhnlich kühner Regisseur hatte es fertiggebracht, dass sie beide in demselben Film gespielt hatten, der in Frankreich vor der großen Revolution spielte. Die Presse hatte begierig berichtet, was sie von Friseuren, Schneiderinnen und anderen, die hinter den Kulissen arbeiteten, erfahren hatten. Sogar die Tiefe der Decolletés wurde diskutiert. Die Busenschlacht hatte das Publikum wochenlang amüsiert, und der Film war ein Renner geworden.

Es ging das Gerücht darum, dass der Regisseur seitdem in psychotherapeutischer Behandlung war, und die beiden Schauspielerinnen natürlich kein einziges Wort miteinander, dafür aber umso mehr übereinander redeten.

Es war eine interessante Episode aus Hollywoods Vergangenheit, besonders, da Charlotte, wenn man sie näher befragte, Eves berufliche Fähigkeiten nicht in Abrede stellen konnte.

Julia fand es aber noch interessanter, dass Charlotte Miller kurze Zeit mit Charlie Gray befreundet gewesen war.

Um ihre Erinnerungen aufzufrischen, spielte Julia einen Teil von dem Interview mit Charlotte noch einmal ab.

»Charlie war ein reizender Mann, witzig und anregend.« Charlottes klare Stimme, die fast immer im Stakkato redete, wurde spürbar wärmer, als sie von ihm sprach. »Er war ein viel besserer Schauspieler, als man damals annahm. Was ihm fehlte, war die Ausstrahlung, das Auftreten des großen männlichen Stars, das die Studios und das Publikum verlangten. Natürlich war er viel zu schade für Eve.«

Jetzt ertönte helles Gebell, und Julia musste lächeln. Charlotte hielt in ihrer Villa drei Pommersche Hütehunde.

»Das sind meine Babys, meine süßen Babys.« Charlotte gurrte und schnalzte mit der Zuge. Julia erinnerte sich daran, dass sie den Fellbällen aus einer Kristallschale, die auf einem Aubusson-Vorleger stand, Kaviar gegeben hatte.

»Sei nicht so gierig, Lulu. Lass auch deinen Schwestern ihren Anteil. Was für ein süßes Mädchen. Was für ein braves Mädchen. Mamis Baby. Nun, wo war ich stehen geblieben?«

»Sie erzählten mir gerade von Charlie und Eve.« Julia konnte auf dem Band hören, dass sie ein Lachen unterdrückt hatte, aber Charlotte hatte das zum Glück nicht bemerkt.

»Ja, natürlich. Nun, er hat ihretwegen völlig den Kopf verloren. Charlie konnte Frauen überhaupt nicht beurteilen, und Eve war absolut skrupellos. Sie benutzte ihn, um eine Probeaufnahme zu ergattern, und ließ ihn noch zappeln, bis sie diese Nebenrolle in *Desperate Lives* mit Michael Torrent bekommen hatte. Sie werden sich daran erinnern, dass sie in diesem Film eine Schlampe spielte, und das war wirklich eine erstklassige Besetzung.« Sie gab den gierigen Hunden Lachsstücke. »Er war vollkommen niedergeschmettert, als sie und Michael ein Liebespaar wurden.«

»Wurde nicht zu diesem Zeitpunkt Ihr Name mit ihm in Verbindung gebracht?«

»Wir waren Freunde«, sagte Charlotte steif. »Ich bin glücklich, dass ich Charlie eine Schulter bieten konnte, an der er sich ausweinen konnte, und dass ich ihn bei einigen Empfängen und Partys begleitet habe, damit er nicht sein Gesicht verlor. Das heißt nicht, dass Charlie nicht ein klein wenig in mich verliebt gewesen wäre, aber er glaubte wohl, dass Eve und ich zu der gleichen Sorte Frau gehörten. Was absolut nicht der Fall war und ist. Ich gefiel ihm, und ich tröstete ihn. Er hatte viel Ärger damals, z. B. finanzielle Probleme mit einer seiner Exfrauen. Es war ein Kind da, wissen Sie, und sie bestand darauf, dass Charlie dafür aufkam, dass sie das Kind in großem Stil aufziehen konnte. Und weil Charlie Charlie war, zahlte er.«

»Wissen Sie, was aus dem Kind geworden ist?«

»Nein, das kann ich nicht behaupten. Auf jeden Fall tat ich für Charlie, was ich nur konnte, aber als Eve Michael heiratete, drehte er einfach durch.« Es folgte eine lange Pause, dann ein Seufzer. »Selbst noch nach seinem Tode kurbelte er Eves Karriere an. Die Tatsache, dass er sich aus Liebe zu ihr umgebracht hatte, machte Schlagzeilen und schuf eine Legende. Eve, die Frau, für die Männer in den Tod gingen.«

Die Legende, dachte Julia amüsiert. Das Geheimnis. Der Star. Aber in dem Buch ging es nicht um solche Dinge. Es war persönlich, intim, ehrlich. Sie griff nach einem Stift und kritzelte auf ein leeres Blatt.

EVE
DIE FRAU

Das war der Titel, dachte sie.

Sie fing an zu tippen und war sofort ganz vertieft in eine Geschichte, die noch kein Ende hatte. Es dauerte länger als eine Stunde, bis sie aufhörte. Mit einer Hand langte sie nach einer bereits abgestandenen Pepsi, mit der anderen zog sie die Schublade auf. Sie blätterte in den Seiten, die bereits fertig waren, auf der Suche nach einem bestimmten Detail. Ein kleiner Zettel fiel heraus und landete auf ihrem Schoß. Entsetzt starrte sie ihn an.

Durch Zufall war der Zettel mit der beschrifteten Seite nach oben gefallen. Die kühn gedruckten Worte schienen sich über sie lustig zu machen.

Vorsicht ist besser als Nachsicht.

Julia saß ganz still da und zwang sich, keine Panik aufsteigen zu lassen. Das war doch wirklich nur lächerlich, diese abgegriffenen Phrasen. Irgendjemand schien das tatsächlich für einen Scherz zu halten.

Aber wer? Sie hatte diese Blätter doch gestern erst durchgesehen, nach dem Einbruch. Oder irrte sie sich da?

Ruhig, nur ruhig. Sie schloss die Augen und drückte das vom Kondensationsdampf feuchte Glas an ihre Wange. Sie hatte es gestern einfach nicht gefunden, das war die einzige Erklärung. Wer auch immer ihre Bänder durchwühlt haben mochte, hatte es hier hinterlegt.

Sie wollte nicht daran denken, wagte es nicht, daran zu denken, dass irgendjemand im Haus gewesen war, nachdem die Sicherheitsvorkehrungen verschärft worden waren und nachdem sie angefangen hatte, alle Türen und Fenster zu verriegeln, wenn sie fortging.

Nein. Julia nahm den Zettel in die Hand und zerknüllte ihn. Er konnte schon tagelang hier gelegen haben, ohne dass sie ihn gefunden hatte. Und die Tatsache, dass sie keinerlei Reaktion gezeigt hatte, würde den Autor entmutigt haben.

Trotzdem war es ihr unmöglich, allein im Haus zu bleiben. Ohne sich Zeit zum Nachdenken zu geben, lief sie die Treppe hinauf und zog ihren Badeanzug an. Sie erinnerte sich daran, dass der Swimmingpool geheizt war. Sie würde schnell ein wenig schwimmen, ihre Muskeln strecken und sich entspannen. Sie warf ihr ausgefranstes Frotteekleid über die Schultern und ein Handtuch um den Hals.

Dampf stieg auf von dem tiefen blauen Wasser. Sie zitterte ein bisschen, atmete tief ein und tauchte. Sie blieb unter Wasser, schwamm schnell, mit kräftigen Stößen, und stellte sich vor, dass all ihre Anspannung zur Oberfläche hochgetrieben und ebenso gegenstandslos würde wie der Dampf, der in die dunkle Nachtluft stieg.

Fünfzehn Minuten später stellte sie sich am flachen Ende auf die Füße und ließ zischend die Luft zwischen den Zähnen entweichen, als sie die kühle Luft an ihrer nassen Haut spürte. Sie fühlte sich wunderbar. Sie lachte, rieb sich die Arme und wollte gerade aus dem Wasser steigen, als ein Handtuch auf ihrem Kopf landete.

»Trocknen Sie sich ab.« Das war Eves Stimme. Sie saß an dem runden Tisch, der an dem mit Kacheln belegten Beckenrand stand. Vor ihr standen eine Flasche und zwei Gläser. In der Hand hielt sie eine große weiße Geranienblüte, die sie von einem ihrer Beete abgepflückt hatte. »Und setzen Sie sich zu mir für einen Drink.«

Automatisch wickelte sich Julia das Handtuch ums Haar. »Ich habe Sie nicht kommen gehört.«

»Sie haben eifrig geübt, um den Olympiarekord zu brechen.« Sie hielt die Geranienblüte an ihre Nase, dann legte sie

sie auf den Tisch. »Haben Sie je gehört, dass man auch langsam schwimmen kann?«

Grinsend streckte Julia sich und griff nach ihrem Kleid. »Ich gehörte zum Schwimmteam in der Highschool. Ich war immer in der letzten Staffel, und ich habe immer gewonnen.«

»Ah, Leistungssportlerin.« Eves Augen glitzerten zustimmend, als sie die beiden Gläser mit Champagner füllte. »Wir wollen auf den Sieg trinken.«

Julia setzte sich und nahm ihr Glas in die Hand. »Haben wir einen Sieg zu feiern?«

Die Antwort war ein helles Gelächter. »Oh, ich mag Sie, Julia.«

Julia stieß mit Eve an. »Ich mag Sie auch.«

Während Eve eine Zigarette anzündete, entstand eine kleine Pause. Der Rauch verflüchtigte sich rasch in der Dunkelheit.

»Sagen Sie mir, was treibt sie heute Nacht nach draußen?«

Julia dachte an den Zettel, ließ den Gedanken aber sogleich wieder fallen. Sie wollte die Stimmung nicht zerstören. Und, um ehrlich zu sein, dachte sie, es war nicht allein der Zettel, der sie ins Freie getrieben hatte. Es war die Einsamkeit gewesen, das leere Haus.

»Es war zu ruhig im Haus. Brandon ist nicht da.«

Eve lächelte, als sie ihr Glas hob. »Das habe ich gehört. Gestern bin ich dem Jungen zufällig auf dem Tennisplatz begegnet. Sein Aufschlag ist exzellent.«

»Sie … Sie haben mit Brandon Tennis gespielt?«

»Oh, nur so aus dem Stegreif«, sagte Eve und überkreuzte ihre bloßen Füße. »Und ich spielte lieber mit ihm, als mit dieser Maschine, die wie eine verrückt gewordene Kanone Bälle auf mich abfeuert. Auf jeden Fall erzählte er mir, dass die Männer heute Abend zu dem großen Spiel ausgehen. Sie brauchen sich keine Sorgen zu machen«, fügte sie hinzu, »Paul mag manchmal ein wenig unbesonnen sein, aber er wird es nicht zulassen, dass die Jungen sich betrinken und Frauen aufreißen.«

216

»Ich bin es einfach nicht gewöhnt, dass er abends nicht zu Hause ist«, sagte Julia. »Er hat natürlich manchmal bei einem Freund übernachtet, aber …«

»Aber er war nicht mit einem Mann unterwegs.« Eve drückte ihre Zigarette in einem Aschenbecher aus, der die Form eines Schwans hatte. »Sind Sie sehr verletzt worden?«

Julia hörte auf, in ihr Glas zu starren und straffte die Schultern. »Nein.«

Eve hob nur eine Braue. »Wenn eine Frau so viele Lügen erzählt hat wie ich, erkennt sie leicht die Lüge einer anderen. Ist es nicht sehr schwer für Sie, ständig etwas vorzutäuschen?«

Julia nahm einen tiefen Schluck. »Ich denke, es ist das Beste zu vergessen.«

»Wenn man es kann. Aber Sie werden jeden Tag an die Sache erinnert.«

Sehr vorsichtig füllte Julia ihr Glas wieder und goss auch Eve einen Schluck ein. »Brandon erinnert mich nicht an seinen Vater.«

»Er ist ein hübscher Junge. Ich beneide Sie.«

Die leichte Verärgerung, die Julia verspürt hatte, verschwand.

»Das kann ich mir kaum vorstellen.«

»Oh, doch, es ist so.« Eve stand rasch auf, zog ihren smaragdfarbenen Pyjama aus und ließ ihn achtlos auf die Fliesen fallen. »Ich will auch schnell mal eintauchen. Bitte, seien Sie so lieb, Julia, und holen Sie mir ein Kleid aus dem Badehaus.« Kopfüber sprang sie in das dunkle Wasser.

Julia gehorchte leicht verwirrt und zugleich amüsiert. Sie wählte ein bodenlanges, warmes Kleid aus blauem Samt aus.

Sie gab es Eve, zusammen mit einem passenden Handtuch, als sie aus dem Swimmingpool kam und sich wie ein Hund schüttelte. »Himmel, nichts lässt sich damit vergleichen, nackt unter dem Sternenhimmel zu schwimmen.« Fröstelnd schlüpfte sie in das Kleid. »Außer, man schwimmt mit einem Mann zusammen nackt unter dem Sternenhimmel.«

»Tut mir leid, da kann ich nicht mitreden.«

Mit einem langen, zufriedenen Seufzer ließ sich Eve in ihren Sessel sinken und hob ihr Glas. »Glauben Sie mir, Julia, ein paar von ihnen sind es wert.«

»Vielleicht«, erwiderte Julia.

»Warum haben Sie nie den Namen von Brandons Vater preisgegeben?«

Das war ein Überraschungsangriff, dachte Julia, aber sie war nicht eigentlich verärgert, eher der Sache überdrüssig. »Ich habe es nicht getan, um Brandons Vater zu schützen. Er war es nicht wert. Aber meine Eltern waren es.«

»Und Sie haben sie sehr geliebt.«

»Ich habe sie genügend geliebt, um ihnen nach Möglichkeit jeden Schmerz zu ersparen. Natürlich konnte ich damals noch nicht ganz verstehen, was es für sie bedeutet haben mag, als ihre siebzehnjährige Tochter ihnen erklärte, dass sie schwanger war. Aber sie haben weder geschimpft noch gezetert, mich weder verurteilt noch getadelt, sie machten nur sich selber Vorwürfe. Als sie mich nach dem Vater fragten, wusste ich, dass ich es ihnen nicht sagen konnte, um sie nicht noch mehr zu verletzen.«

Eve wartete einen Augenblick. »Sie haben nie mit irgendjemandem darüber sprechen können?«

»Nein.«

»Jetzt kann es ihnen nichts mehr antun, wenn Sie darüber sprechen, Julia. Wenn es irgendjemanden auf der Welt gibt, der nicht das Recht hat, das Verhalten einer anderen Frau zu verurteilen, dann bin ich es.«

Julia war weder auf Eves Vorschlag noch auf ihren eigenen brennenden Wunsch, darauf einzugehen, vorbereitet. Es war der richtige Zeitpunkt, der richtige Ort und die richtige Frau, sagte sie sich.

»Er war Rechtsanwalt. Mein Vater stellte ihn ein, als er gerade die Höhere Anwaltschaft erworben hatte. Er glaubte, dass Lincoln eine große Begabung fürs Strafrecht besaß. Und obwohl mein Vater es nie zugegeben hätte, hatte er sich doch immer einen Sohn gewünscht, einen, der dem Namen Summers im Justizwesen weiter Ehre erweisen würde.«

»Und dieser Lincoln erfüllte die notwendigen Voraussetzungen?«

»Oh, hervorragend. Er war gleichzeitig ehrgeizig und idealistisch, fleißig und mit Leib und Seele bei der Sache. Mein Vater war sehr erfreut darüber, dass sein Schützling so gute Fortschritte machte.«

»Und Sie?«, fragte Eve. »Zog dieser Ehrgeiz und Idealismus auch Sie in den Bann?«

Julia dachte einen Augenblick nach, dann lächelte sie. »Ich habe damals abends nach der Schule und am Samstag einige Büroarbeit für meinen Vater erledigt. Er fehlte mir nach der Scheidung, und das war eine Möglichkeit, mehr mit ihm beisammen zu sein. Aber dann verbrachte ich die meiste Zeit mit Lincoln.«

Wieder lächelte sie. Wenn sie so zurückdachte, fiel es ihr schwer, das junge Mädchen zu verurteilen, das so hungrig nach Liebe gewesen war.

»Er war ein bemerkenswerter Mann. Immer elegant, groß und blond, mit einer Spur von Traurigkeit in den Augen.«

Eva lachte leicht. »Nichts ist verführerischer für eine Frau, als diese Spur von Traurigkeit in den Augen eines Mannes.«

Zu ihrem Erstaunen musste auch Julia lachen. Seltsam, ihr war nie zu Bewusstsein gekommen, dass etwas, das so tragisch zu sein schien, im Laufe der Zeit auch eine heitere Seite ans Licht bringen konnte. »Es erinnerte mich an Byron«, sagte sie und lachte wieder. »Und natürlich machte der Altersunterschied alles noch viel aufregender und dramatischer. Er war vierzehn Jahre älter als ich.«

Eve riss die Augen auf und atmete tief aus. Dann sagte sie: »Du lieber Himmel, Julia, Sie hätten sich wirklich schämen sollen, den armen Teufel zu verführen. Ein siebzehnjähriges Mädchen ist reines Gift.«

»Ich war unsterblich verliebt«, sagte Julia. »Verliebt in diesen schneidigen, tüchtigen, verdienstvollen älteren Mann.

Übrigens war er verheiratet«, fügte sie hinzu. »Aber natürlich war die Ehe nicht mehr intakt.«

»Natürlich«, erklärte Eve trocken.

»Es fing damit an, dass er mich bat, ihm ein wenig bei der Arbeit zu helfen. Mein Vater hatte ihm den ersten wirklich wichtigen Fall übertragen, und er wollte sich bestens vorbereiten. Und dann gab es all diese langen, bedeutungsvollen Blicke über kalt gewordene Pizzas und Gesetzbücher hinweg. Eine zufällige Berührung mit der Hand. Sehnsuchtsvolle Seufzer.«

»Himmel, mir wird ganz heiß.« Eve stützte ihr Kinn auf die Hand. »Hören Sie jetzt nicht auf.«

»Zum ersten Mal küsste er mich in der Bibliothek.«

»Ein Romantiker.«

»Dann führte er mich zur Couch, dieser großen Couch in burgunderfarbenem Leder. Ich sagte ihm, dass ich ihn liebte, und er sagte mir, dass ich hübsch war. Ich begriff erst viel später, was für ein Unterschied das war. Ich liebte ihn, und er fand mich hübsch. Nun, so was ist schon oft aus weniger hochfliegenden Motiven getan worden.«

»Und derjenige, der liebt, ist meist derjenige, der verletzt wird.«

»Auf seine Weise hat er dafür bezahlt.« Julia erhob keinen Einwand, als Eve ihre Gläser auffüllte. Es war ein verdammt gutes Gefühl, in der Nacht hier draußen zu sitzen, ein bisschen zu viel zu trinken und mit einer verständnisvollen Frau zu reden.

»Eine Woche lang liebten wir uns auf dieser großen Couch. Dann erzählte er mir, sehr freundlich, dass er und seine Frau einen neuen Anfang gemacht hätten. Ich machte ihm eine Riesenszene, ängstigte ihn fast zu Tode.«

»Gut.«

»Es war befriedigend, aber nur für kurze Zeit. In den nächsten Wochen kam er kaum noch ins Büro, weil er diesen wichtigen Fall vor Gericht vertreten musste. Er gewann natürlich und begann seine große Karriere, während mein Vater um ihn herumtänzelte wie ein stolzer Papa. Als ich feststellte, dass ich mit meiner Periode schon weit über der Zeit war und dass ich keine Grippe ausbrütete, ging ich nicht zu meinem Vater oder zu meiner Mutter, sondern zu Lincoln, dem seine Frau gerade erzählt hatte, dass sie gleichfalls ein Kind erwartete.«

Eve war sehr betroffen, aber sie sagte nur sachlich: »Der Junge ist sehr fleißig gewesen.«

»Sehr fleißig. Er bot mir an, die Abtreibung zu bezahlen oder eine Adoption in die Wege zu leiten. Es kam ihm überhaupt nicht in den Sinn, dass ich das Kind vielleicht behalten wollte. Tatsächlich war ich damals selber noch gar nicht auf diese Idee gekommen. Und als er das Problem auf diese Weise zu lösen versuchte, wurde mir klar, dass ich ihn nie geliebt hatte. Als ich mich schließlich dazu aufraffte, mit meinen Eltern zu sprechen, muss er monatelang gefürchtet haben, dass ich seinen Namen nennen würde. Das ist wohl genug Strafe für einen Mann, der ein Mädchen, ein blauäugiges, aber sehr bereitwilliges Mädchen, zur Frau gemacht hat.«

»Das bezweifle ich entschieden«, sagte Eve. »Aber jetzt haben Sie Brandon. Das, denke ich, ist die ausgleichende Gerechtigkeit.«

Julia lächelte. Ja, dachte sie, es war der richtige Zeitpunkt gewesen, der richtige Ort und die richtige Frau. »Wissen Sie, Eve, ich denke, ich tauche noch einmal unter, bevor ich nach Hause gehe.«

Eve wartete, bis Julia ihr Kleid auszog und in das immer noch dampfende Wasser sprang. Sie vergoss ein paar heimliche Tränen, wischte sie aber sofort wieder weg.

Warm, trocken und zufrieden saß Julia vor den Spätnachrichten. Das Haus war noch genauso leer wie vorher, aber jetzt fühlte sie sich nicht mehr so unbehaglich hier. Was immer aus dem Buch werden sollte, sie wusste, dass sie Eve immer dankbar sein würde für diese Stunde am Wasser.

Sie war jetzt so entspannt, so gelöst, dass sie fast die Augen geschlossen hätte und eingeschlummert wäre.

Aber als sie hörte, dass sich ein Auto näherte, sprang sie mit klopfendem Herzen auf. Das Scheinwerferlicht drang durch die Fenster ein und glitt durch das Zimmer. Sie hatte schon nach dem Telefon gegriffen, als sie hörte, dass die Tür geöffnet wurde. Ohne den Finger von der Nummer 911 zu lassen, spähte sie hinaus. Als sie Pauls Studebaker erkannte, stieß sie ein nervöses Lachen aus. Als sie ihm entgegenging, hatte sie sich bereits wieder unter Kontrolle.

Brandon schlief, angekuschelt an seine Schulter. Dieser Anblick erweckte in ihr eine so starke Sehnsucht, ein Verlangen, das sie nur mit Mühe bekämpfen konnte. Sie riss sich zusammen und streckte die Hände nach ihrem Sohn aus.

»Er ist ganz erschlagen«, sagte Paul überflüssigerweise und hielt den Jungen fest. »Da ist noch allerhand Zeug im Wagen. Ich trage ihn nach oben, wenn du es inzwischen holst.«

»In Ordnung. Die erste Tür links.« Sie fröstelte ein wenig, als sie zum Wagen ging. Das ›Zeug‹ bestand aus drei zusammengerollten Postern, einem Wimpel, einem bedruckten Trikot, einem farbigen Programm und einem Beutel voller Andenken wie Aufkleber, Kugelschreiber und Schlüsselanhänger. Während sie alles einsammelte, nahm sie einen leichten Geruch nach Erbrochenem und Kaugummi wahr. Kopfschüttelnd ging sie wieder ins Haus, als Paul gerade die Treppe herunterkam.

»Das hat eine Menge Kraft gekostet, oder?«

Er steckte die Hände in die Taschen und zuckte mit den Schultern. »Sie waren ein Herz und eine Seele mit mir. Wenn es dich interessiert, wir haben gewonnen. 143 zu 139.«

»Herzlichen Glückwunsch.« Sie warf Brandons Souvenirs auf die Couch. »Wem ist schlecht geworden?«

»Einer Mutter entgeht doch nichts. Es war Dustin. Ich habe gerade den Wagen aufgeschlossen. Er sagte Wow – und dann ging's auch schon los. Aber auf der Rückfahrt hat er sich ganz gut erholt.«

»Und Brandon?«

»Er hat eine eiserne Konstitution.«

»Und dir?«

Er kam die letzten Stufen herunter. »Ich könnte wirklich einen Drink gebrauchen.«

»Bedien dich. Ich geh' schnell nach oben und schau nach Brandon.«

Paul fasste sie um die Taille, als sie an ihm vorbeigehen wollte. »Es geht ihm gut.«

»Ich schau nach«, erwiderte sie und ging nach oben.

Er lag unter der Decke, hatte aber immer noch seine Mütze auf dem Kopf. Sie überzeugte sich davon, dass Paul sich die Zeit genommen hatte, dem Jungen die Schuhe und die Jeans auszuziehen. Sie ließ ihn schlafen und kehrte ins Wohnzimmer zurück, wo Paul mit zwei Gläsern Wein auf sie wartete.

»Ich dachte mir, du würdest mich doch nicht allein trinken lassen.« Er gab ihr ein Glas und stieß mit ihr an. »Auf die Mütter. Dir gehört mein ganzer Respekt.«

»Sie haben dich durch die Sitzreihen gezerrt, ja?«

»Achtmal«, sagte er und trank. »So oft müssen zehnjährige Jungen während eines Basketballspiels auf die Toilette.«

Sie lachte und setzte sich aufs Sofa. »Ich kann nicht sagen, dass ich es bedauere, nicht dabei gewesen zu sein.«

»Brandon sagt, du wärst ziemlich gut in Basketball.« Er stieß den mitgebrachten Krempel in die Sofaecke und setzte sich neben sie.

»So einigermaßen.«

»Vielleicht kannst du mitkommen, wenn die Dodgers spielen.«

»Vielleicht, wenn wir dann noch hier sind.«

»Es findet ja schon im April statt.« Er legte einen Arm auf die Rückenlehne der Couch und spielte mit ihrem Haar. »Und Eve hat ein langes, ereignisreiches Leben geführt.«

»Das ist mir klar. Übrigens hätte ich das Interview gern sobald wie möglich.«

Seine Finger glitten über ihr Haar und ihren Nacken. »Warum kommst du nicht zu mir hinüber, sagen wir morgen

Abend? Wir können zusammen essen, sind ungestört und können alles Mögliche besprechen.«

Diese Unruhe in ihren Magennerven ... Halb Furcht, halb Versuchung. »Ich bin der Meinung, dass man geschäftliche Dinge am besten in einer geschäftsmäßigen Umgebung erledigen kann.«

»Es geht bei uns um mehr als nur um geschäftliche Dinge, Julia.«

Er nahm ihr das Glas aus der Hand und stellte es neben seines.

»Ich will es dir zeigen.«

Bevor er dazu kam, drückte sie mit beiden Händen gegen seine Brust. »Es ist schon spät, Paul.«

»Ich weiß.« Er ergriff eines ihrer Handgelenke und hob ihre Hand an seinen Mund, um an ihren Fingern zu knabbern. »Ich beobachte dich zu gern, Julia, wenn du so verwirrt bist.« Er glitt mit der Zunge über ihre Handfläche und zurück. »Dann spielt sich in deinen Augen ein Kampf ab zwischen dem, was du magst, und dem, was du für das beste für dich hältst.«

»Ich weiß, was das beste für mich ist.«

Als sie ihre Hand zur Faust ballte, ließ er seine Zähne über ihre Fingerknöchel gleiten. Er lächelte. »Und weißt du auch, was du magst?«

Das hier, dachte sie. Das mochte sie sogar sehr. »Ich bin kein Kind mehr, das die Dinge überschätzt, die es mag. Ich kenne die Konsequenzen.«

»Manches Angenehme kann die Folgen wert sein.« Er legte seine Hand an ihr Gesicht und hielt sie ganz still. »Glaubst du, dass ich jeder Frau, die mich anzieht, so eigensinnig nachstelle?«

»Ich habe keine Ahnung.«

»Dann will ich es dir sagen.« Er drückte ihr den Kopf in den Nacken, mit einer Heftigkeit, die zugleich überraschend und erregend war. »Du übst eine ganz bestimmte, starke Wirkung auf mich aus. Ich kann noch nicht sagen, woran es liegt, und ich kann es auch nicht ändern. Ich habe es auch noch gar nicht ernsthaft versucht, sondern mich entschlossen, die Dinge auf mich zukommen zu lassen.«

Sein Mund war dem ihren ganz nah. »Es gehören zwei dazu.«

»Das stimmt.« Er zog mit der Zunge den Umriss ihrer Lippen nach. Sie fing an zu zittern. »Wir wissen beide, dass wir uns heute Nacht lieben würden, wenn ich mich einfach darüber hinwegsetzen würde.« Sie wollte den Kopf schütteln, aber da lag sein Mund schon auf ihren Lippen.

»Ich begehre dich, Julia, und ich werde dich bekommen, mit welchen Mitteln auch immer. Aber es ist mir lieber, wenn es auf faire Weise geschieht.«

Ihr Atem ging rasch. »Und was ich will, zählt nicht.«

»Wenn das wahr wäre, wären wir bereits ein Liebespaar.«

»Und es interessiert dich wirklich, was ich empfinde?«

»Darüber habe ich in den letzten paar Wochen viel nachgedacht, zu viel vielleicht.«

Sie brauchte sofort einen gewissen Abstand von ihm und war dankbar, als er sie nicht daran hinderte aufzustehen. »Ich habe gleichfalls viel über diese Situation nachgedacht, und ich möchte von Anfang an offen und ehrlich sein. Mir gefällt mein Leben so, wie es ist, Paul. Ich habe sehr hart gearbeitet, um den richtigen Arbeitsstil und die richtige Umgebung für meinen Sohn zu schaffen. Ich will das nicht aufs Spiel setzen, für nichts und niemanden.«

»Mir ist nicht klar, wie eine Verbindung mit mir Brandon Schaden zufügen könnte.«

»Vielleicht würde das tatsächlich nicht passieren. Aber dessen muss ich erst absolut sicher sein. Ich habe mein Leben sehr sorgfältig, sehr bewusst eingerichtet. Gelegentlicher Sex gehört nicht dazu.«

Er sprang auf und zog sie in seine Arme. Als er sie auf die Couch zurückzog, wurde ihr schwindelig. »Gelegentlich, Julia? Glaubst du das wirklich?«, fragte er und schüttelte sie leicht.

Wütend ließ er sie los und griff nach seinem Weinglas. So hatte der Abend mit ihr weder anfangen noch enden sollen. Früher hatte er nie Schwierigkeiten gehabt, die Kontrolle über sich zu behalten. Er fürchtete, dass es nie mehr so einfach für ihn sein würde, nicht, wenn es um Julia ging.

»Ich will nicht zu Gefühlen gezwungen, nicht in eine Affäre hineingestoßen werden.«

»Du hast vollkommen recht. Für diesmal möchte ich mich entschuldigen.« Er war jetzt ruhiger geworden und lächelte. »Das hat dich aus der Fassung gebracht, nicht wahr? Das ist vielleicht die beste Art und Weise, mit dir umzugehen, Jules. Das Unerwartete entwaffnet dich.« Er strich ihr mit dem Finger über die blass gewordene Wange. »Ich wollte dir keinen Schreck einjagen.«

»Das hast du auch nicht getan.«

»Zu Tode erschreckt habe ich dich. So springe ich sonst mit Frauen nicht um. Du bist so anders«, murmelte er. »Vielleicht versuche ich gerade damit fertigzuwerden.« Er nahm ihre Hand und küsste sie sanft. »Wenigstens kehre ich mit der Gewissheit nach Hause zurück, dass du heute Nacht an mich denken wirst.«

»Wohl kaum, da ich die Absicht habe, noch eine Stunde zu arbeiten.«

»O doch, du wirst an mich denken«, sagte er, als er zur Tür schlenderte. »Und du wirst mich vermissen.«

Sie war nahe daran zu lächeln, als er die Tür hinter sich schloss. Er hatte recht, zum Teufel.

13 Es war ein gutes Gefühl, wieder zu arbeiten. Nichts anderes konnte Eve geistig und körperlich so auf Touren bringen wie die Filmarbeit. Selbst die Vorarbeiten erregten sie, wie ein langes, kompliziertes Vorspiel zum Höhepunkt, der sich vor der laufenden Kamera abspielte.

Hunderte von Leuten waren dabei anwesend, und sie freute sich, wenn sie einige der Gesichter wiedererkannte.

Die Bosse, die Geldgeber, die Toningenieure, sogar noch die Assistenten der Assistenten. Sie waren für sie weniger vertraute Gestalten als vielmehr Teilhaber an einer Arbeitsorgie, die, wenn jeder seine Sache gut machte, zu absoluter Befriedigung führen konnte.

Sie war immer hilfsbereit und geduldig mit den Technikern umgegangen, mit denen sie zusammengearbeitet hatte, es sei denn, sie waren langsam, unfähig oder faul. Ihre Ungezwungenheit und der völlige Mangel an Arroganz hatten ihr schon ein halbes Jahrhundert lang die Zuneigung der Crews eingebracht.

Es gehörte zu ihrer Berufsehre, dass Eve die Stunden, die mit dem Make-up und der Frisur vergingen, ohne Klage über sich ergehen ließ. Sie verabscheute alles Gejammer. Wenn es nötig war, und es war oft nötig gewesen, stand sie ruhig im brennenden Sonnenschein oder im kalten Regen, wenn eine Szene wiederholt werden musste.

Es gab einige Regisseure, die es für schwierig hielten, mit ihr zusammenzuarbeiten, weil sie keine Puppe war, die nach ihrer Pfeife tanzte. Sie stellte Fragen, diskutierte, beharrte auf ihrem Standpunkt und forderte den anderen heraus. Nach ihrem eigenen Dafürhalten war sie dabei ebensooft im Recht gewesen wie im Unrecht. Aber kein Regisseur, kein ehrlicher, würde sie als nicht professionell abstempeln. Wenn es darauf ankam, war Eve Benedict zur Stelle. Sie war die erste, die ihre Rolle fehlerfrei auswendig konnte, und wenn die Scheinwerfer aufstrahlten und die Kameras liefen, schlüpfte sie ebenso mühelos in ihre Rolle, wie andere Frauen in ein Schaumbad stiegen.

Jetzt, nach einer Woche mit kurzfristig angesetzten Treffen, Drehbuchänderungen, Fototerminen und Anproben, ging es endlich los. Sie saß schweigend da und rauchte, während die Friseuse mit ihrer Perücke beschäftigt war. Heute sollte die Szene geprobt werden, in welcher Eve in ihrer Rolle als Marilou Robert Peter Jackson im Ballsaal begegnete.

Eve wusste, dass der Schauspieler schon im Studio war. Ein paar Frauen unterhielten sich flüsternd über ihn.

Als er näher kam, wusste sie auch, warum. Die dynamische Erotik, die sie vom Film her kannte, war genauso ein Teil seiner selbst wie die Farbe seiner Augen. Der Smoking brachte seine breiten Schultern voll zur Geltung. Da er in vielen Filmszenen ohne Hemd auftreten musste, nahm sie an, dass er unter dem Seidenhemd die richtige Figur dafür hatte. Sein dichtes blondes Haar fiel ihm in die Stirn, und das gab ihm etwas von der Ausstrahlung eines kleinen Jungen. Seine braunen Augen unter den schweren Lidern versprachen unverblümten Sex.

Eve wusste, dass er laut seiner Biografie zweiunddreißig Jahre alt sein sollte. Es könnte stimmen, dachte sie.

»Miss Benedict.« Er blieb neben ihr stehen. Eine sanfte Stimme, gewandte Manieren. »Es ist eine Freude für mich, Sie zu sehen. Eine Ehre, mit Ihnen zusammenarbeiten zu dürfen.«

Sie streckte die Hand aus und war nicht gerade enttäuscht darüber, dass er sie galant an die Lippen führte. Ein richtiger Schurke, dachte sie und lächelte. Vielleicht würden diese Wochen in Georgia doch nicht so langweilig verlaufen. »Sie haben einige interessante Rollen gespielt, Mr. Jackson.«

»Danke.« Als er grinste, dachte Eve, ja, ein richtiger Schurke. Von der Art, wie ihn jede Frau wenigstens einmal im Leben braucht. »Ich muss gestehen, Miss Benedict, als ich erfuhr, dass Sie die Rolle der Marilou angenommen haben, war ich hin und her gerissen zwischen Verzückung und Furcht, und ich bin es immer noch.«

»Es ist immer erfreulich, in einem Mann solch extreme Gefühle hervorrufen zu können. Sagen Sie mir, Mr. Jackson …« Sie nahm sich wieder eine Zigarette und klopfte damit leise auf den Ankleidetisch. »Sind Sie in der Lage, das Publikum davon zu überzeugen, dass ein echter, ehrgeiziger Mann sich vollkommen von einer Frau verführen lässt, die fast doppelt so alt ist wie er?«

Er wandte seinen Blick nicht von ihr ab, als er Streichhölzer hervorholte, eines anzündete, die Flamme aufflackern ließ und sich dann zu Eve beugte, um Feuer zu geben. »Das, Miss Benedict, wird mir ein Leichtes sein.«

Sie spürte einen leichten Schauer der Erregung. »Und Sie sind ein Schauspieler mit Erfahrung, Darling?«

»Absolut.« Er blies das Streichholz aus.

Als Eve nach Hause zurückkehrte, war ihr Körper zwar etwas ermüdet, ihr Geist aber war sehr munter. Das Prickeln, das sie immer verspürte, wenn sich eine Affäre anbahnte, hatte ihr Blut in Bewegung gebracht. Peter Jackson würde ein interessanter und ausdauernder Liebhaber sein, dessen war sie sich ganz sicher.

Auf der Treppe rief sie: »Nina, Liebe, bitten Sie die Köchin, mir etwas Tatar zuzubereiten. Ich habe Heißhunger darauf.«

»Möchten Sie es oben essen?«

»Ich gebe Ihnen noch Bescheid.«

Travers erschien auf dem Treppenabsatz. »Mr. Flannigan wartet im hinteren Salon auf Sie. Er trinkt.«

Eve zögerte nur einen Augenblick, dann ging sie weiter nach oben. »Die Köchin soll zwei Portionen Tatar zubereiten, Nina. Wir essen unten. Würden Sie bitte den Kamin anzünden lassen?«

»Natürlich.«

Sie nahm sich fast eine Stunde Zeit, um sich innerlich auf den Ärger, der sie erwartete, vorzubereiten. Wenn Victor überraschend aufkreuzte, gab es immer Ärger.

Victor war schon seit undenklicher Zeit verheiratet. Er konnte oder wollte seine Frau nicht verlassen. Eve hatte im Laufe der Jahre alle Register gezogen. Sie hatte gekämpft, getobt, geweint, aber schließlich hatte sie diese unüberwindliche Grenze der Ehe, wie sie die Kirche, der Victor angehörte, vertrat, akzeptiert. Aufgeben konnte sie ihn nicht, diesen Mann, um den sie mehr geweint hatte als um jeden anderen.

Der Himmel weiß, wie oft sie es versucht hatte, dachte Eve, als sie ein scharlachrotes Seidenkleid anzog. Sie hatte andere Männer geheiratet, sich Liebhaber genommen. Nichts hatte etwas genützt. Mit geschlossenen Augen, den Kopf zurückgelegt, sprühte sie Parfüm an ihren Hals und schloss dann langsam die kleinen Goldknöpfe, damit der Duft die leichte Seide durchdringen konnte.

Sie war Victor Flannigans Frau gewesen, seit sie ihn kannte, und sie würde als Victor Flannigans Frau sterben. Es gab schwerere Schicksale.

Sie traf ihn im Wohnzimmer an, er ging auf und ab, ein Whiskyglas in der Hand. Er hätte ohne Weiteres nach oben in ihr Schlafzimmer kommen können. Aber Victor hatte immer, ohne Fragen zu stellen, ihre Arbeit und ihre Privatsphäre akzeptiert.

»Ich hätte mir denken können, dass du bei mir landest, wenn es dich wieder erwischt«, sagte sie mit sanfter Stimme, in der kein Vorwurf mitschwang.

»Bezahlung erfolgt morgen.« Selbst als er wieder einen Schluck nahm, hatte er den Wunsch, das Glas wegzustellen. »Irisches Erbteil, Eve. Alle Iren lieben ihre Mütter und ein Glas guten Whisky. Meine Mutter ist tot. Gott schütze sie. Aber Whisky gibt es immer noch.« Er nahm sich eine Zigarette, weil er dadurch gezwungen war, das Glas wenigstens für einen Augenblick abzustellen.

»Es tut mir leid, dass ich dich warten ließ.« Sie ging zur Bar und öffnete den Kühlschrank. Sie nahm eine große Flasche Champagner heraus. Es würde wohl ein langer Abend werden.

Er schaute zu, wie gekonnt sie die Flasche öffnete, und der Korken mit einem leisen Laut heraussprang. »Du siehst wundervoll aus, Eve. Sanft, sexy und selbstsicher.«

»Ich bin sanft, sexy und selbstsicher.« Sie lächelte, als sie sich das erste Glas einschenkte. »Deshalb liebst du mich doch?«

Ruckartig drehte er sich um und blickte in das Feuer, das Nina angezündet hatte. Zwischen den Flammen und dem Whisky in seinem Glas schien sein Leben wie ein Film vor seinen Augen abzulaufen. Und in fast jedem Bild tauchte Eve auf.

»Himmel, ich liebe dich wirklich. Mehr, als ein vernünftiger Mann es tun sollte. Wenn ich nichts weiter zu tun hätte, als jemanden umzubringen, um dich zu bekommen, wäre das ein Kinderspiel für mich.«

Es störte sie nicht, dass er wieder trank, aber sie wusste, dass die Verzweiflung in seiner Stimme nichts mit seinem irischen Erbteil und nichts mit dem irischen Whisky zu tun hatte. »Was ist los, Victor? Was ist passiert?«

»Muriel ist wieder im Krankenhaus.« Der Gedanke an seine Frau ließ ihn sofort wieder zur Flasche greifen.

»Das tut mir leid«, sagte Eve und legte ihre Hand auf seine, nicht, um ihn vom Trinken zurückzuhalten, sondern um ihm allen Trost anzubieten, den sie ihm geben konnte. »Ich weiß, wie furchtbar das für dich ist, aber du kannst dir nicht ständig selber die Schuld dafür geben.«

»Kann ich das nicht?« Er goss sein Glas voll und trank, verzweifelt und ohne Genuss. Eve wusste, dass er betrunken werden wollte, musste. Die Folgen waren ihm jetzt völlig gleichgültig. »Sie gibt mir immer die Schuld, Eve, und warum auch nicht? Wäre ich bei ihr gewesen, als sie in die Klinik kam, und nicht in London, um irgendeinen verdammten Film zu drehen, könnten wir heute vielleicht alle drei frei sein.«

»Das war vor fast vierzig Jahren«, sagte Eve ungeduldig. »Ist das nicht Buße genug, für jeden Gott, für jede Kirche? Außerdem hätte deine Anwesenheit das Baby auch nicht retten können.«

»Das werde ich nie genau wissen.« Das war der Grund, weshalb er nie hatte Vergebung finden können. »Sie hat stundenlang dagelegen, bevor es ihr gelungen ist, Hilfe herbeizurufen. Zum Teufel, Eve, sie hätte damals gar nicht erst schwanger werden dürfen mit all ihren Leiden.«

»Es war ihre Entscheidung«, sagte Eve kurz. »Und es ist eine uralte Geschichte.«

»Der Anfang von allem – oder das Ende davon. Den Verlust des Babys hat sie nie verwinden können, weil sie seelisch ebenso empfindlich ist wie körperlich. Sie ist nie darüber hinweggekommen.«

»Und sie hat dafür gesorgt, dass du nie darüber hinwegkommst. Es tut mir leid, Victor, aber es tut mir weh, es macht mich verrückt zuzuschauen, wie sie dich für etwas leiden lässt, was du auch damals nicht hättest ändern können. Ich weiß, sie ist nicht gesund, aber in meinen Augen ist ihre Krankheit keine Entschuldigung dafür, dass sie dein Leben ruiniert – und meins«, fügte sie erbittert hinzu. »Bei Gott, und meins.«

Er schaute sie an, sah den Schmerz in ihren Augen und dachte an die vielen vergeudeten Jahre, die hinter ihnen lagen. »Es ist schwer für eine starke Frau, Sympathie für eine schwache aufzubringen.«

»Ich liebe dich. Ich hasse das, was sie dir angetan hat. Und mir.« Sie schüttelte den Kopf, bevor er antworten konnte. »Ich werde es überleben. Das ist mir bisher gelungen, und so wird es auch bleiben. Aber ich wünsche mir, dass du, bevor ich sterbe, glücklich wirst. Wirklich glücklich.«

Unfähig zu antworten, drückte er ihre Hand. Der körperliche Kontakt schien ihm neue Kraft zu geben. Dann zwang er sich, mehrmals tief ein- und auszuatmen, um ihr sagen zu können, was er am meisten befürchtete. »Ich bin nicht sicher, dass sie es diesmal überlebt. Sie hat Seconal genommen.«

»Oh, Gott.« Sie dachte jetzt nur an ihn und schlang ihre Arme um seinen Hals. »Oh, Victor, das tut mir so leid.«

Er wollte sich an sie schmiegen, brachte es aber nicht fertig, weil er immer noch das bleiche Gesicht seiner Frau vor sich sah. »Sie haben ihr den Magen ausgepumpt, aber sie liegt im Koma.« Er fuhr sich mit der Hand übers Gesicht, konnte aber die Traurigkeit nicht herunterwischen.

Eve sah Nina an der Tür und schüttelte den Kopf. Das Essen musste noch warten. »Wann ist das alles passiert, Victor?«

»Ich habe sie heute Morgen gefunden.« Er sträubte sich nicht, als Eve den Arm um ihn legte und ihn zu einem Sessel führte.

»In ihrem Schlafzimmer. Sie hatte das Spitzennegligé an, das ich ihr zu unserer Silberhochzeit geschenkt habe, als wir versuchen wollten, einen neuen Anfang zu machen. Sie hatte sich geschminkt. Seit über einem Jahr habe ich keinen Lippenstift mehr an ihr gesehen.« Er lehnte sich vor und verbarg sein Gesicht in den Händen, während Eve ihm die Schultern massierte.

»In den Händen hielt sie die kleinen weißen Schuhe, die sie für das Baby gestrickt hatte. Ich dachte, es wäre von diesen Dingen endlich nichts mehr im Haus, aber sie muss sie irgendwo versteckt haben. Neben dem Bett lag das Pillenfläschchen, zusammen mit ein paar Zeilen.«

Hinter ihnen knisterte das Feuer.

»Sie besagten, dass sie müde wäre und mit ihrem kleinen Mädchen zusammen sein wollte.« Er setzte sich zurück und griff nach Eves Hand. »Das schlimmste von allem ist, dass wir uns am Abend davor gestritten haben. Sie war ausgegangen, um sich mit irgendjemandem zu treffen, und wollte mir nicht sagen, wer es war. Aber wer immer es auch gewesen sein mochte, er hat sie wegen des Buches in Unruhe versetzt. Als sie nach Hause kam, war sie schrecklich wütend. Es wäre meine Aufgabe, dich zu stoppen, ich müsste das tun. Sie wollte nicht, dass ihre Demütigung und ihre Tragödie gedruckt wurde. Das Einzige, worum sie mich je gebeten hatte, war, dass ich meine sündhafte Beziehung zu dir diskret handhabe und es ihr erspare, bloßgestellt zu werden. Hatte sie sich je etwas zuschulden kommen lassen? War sie nicht fast gestorben, um mir ein Kind zu schenken?«

Und hatte sie ihren Mann nicht fast fünfzig Jahre an sich gekettet und zur Aufrechterhaltung einer zerstörerischen Ehe ohne Liebe gezwungen?, dachte Eve. Sie konnte Muriel Flannigan gegenüber keine Sympathie aufbringen, kein Schuldgefühl und kein Bedauern.

»Es war eine hässliche Szene«, sagte er. »Sie hat meine und deine Seele verflucht und die Jungfrau um Kraft angefleht.«

»Gott im Himmel.«

Er brachte ein mattes Lächeln zustande. »Du musst verstehen, sie glaubt an solche Dinge. Wenn sie etwas in den vergangenen Jahren am Leben erhalten hat, dann war es ihr

Glaube. Er ermöglicht es ihr sogar, meist ganz ruhig zu bleiben. Aber das Buch, nur der Gedanke daran, hat einen regelrechten Anfall hervorgerufen.«

Er schloss einen Augenblick die Augen. Der Gedanke daran, wie seine Frau sich mit rollenden Augen und sich aufbäumendem Körper auf dem Boden gewunden hatte, verschlug ihm vorübergehend die Sprache.

»Ich ließ eine Krankenschwester kommen«, sagte er dann. »Zusammen konnten wir Muriel ihre Medikamente geben. Als es uns später gelang, sie ins Bett zu bringen, war sie ruhig, weinerlich und entschuldigte sich sogar. Sie hielt mich eine Zeit lang fest und bat mich, sie zu beschützen. Vor dir. Die Schwester blieb bei ihr, bis es hell wurde. Irgendwann danach, und bevor ich um zehn Uhr nach ihr sah, hat sie die Pillen geschluckt.«

»Es tut mir sehr leid, Victor.« Sie hatte die Arme um ihn geschlungen, ihre Wange an seine geschmiegt und schaukelte ihn hin und her wie ein kleines Kind. »Ich würde so gern irgendetwas für dich tun.«

»Das kannst du.« Er legte die Hände auf ihre Schultern und schob sie ein wenig von sich ab. »Du kannst mir versichern, dass du unsere Beziehung auslässt, was immer du sonst auch geschrieben hast.«

»Wie kannst du so etwas sagen?« Sie zuckte zurück, entsetzt darüber, dass er sie nach all diesen Jahren, all dem Leid, immer noch verletzen konnte.

»Ich muss dich darum bitten, Eve. Nicht meinetwegen, das bestimmt nicht. Aber für Muriel. Wenn sie am Leben bleiben sollte, wäre das zu viel für sie.«

»Fast mein ganzes Leben lang ist Muriel die Überlegene gewesen.«

»Eve …«

»Nein, zum Teufel.« Sie lief schnell zur Bar hinüber, um Champagner in ihr Glas zu gießen. Ihre Hände zitterten. Kein anderer Mann auf Erden konnte sie dazu bringen zu zittern, dachte sie. Sie wünschte, dass sie ihn dafür hassen könnte.

»Sie ist deine Ehefrau, die Frau, bei der du jedes Weihnachtsfest verbracht hast, die Frau, die Nacht für Nacht in deinem Haus schläft. Ich bin immer gezwungen gewesen, mit dem zu leben, was für mich übrig blieb.«

»Sie ist meine Ehefrau«, sagte er leise, beschämt. »Du bist die Frau, die ich liebe.«

»Glaubst du, dadurch wird es leichter für mich?« Wie viel leichter war es, eine Handvoll Pillen zu schlucken, dachte sie. Alles Leid zu beenden, allen Widrigkeiten zu entfliehen, anstatt sich ihnen zu stellen. »Sie trägt deinen Namen, hat in aller Öffentlichkeit ein Kind von dir ausgetragen. Und ich habe nichts als deine heimlichen Besuche, dein Begehren.«

Es bedrückte ihn sehr, dass er ihr nie mehr hatte geben können. »Wenn ich die Situation hätte ändern können …«

»Das kannst du nicht. Und ich kann es auch nicht. Dieses Buch ist lebenswichtig für mich. Etwas, das ich nicht aufgeben kann und nicht aufgeben will. Du kannst genauso verlangen, dass ich mein Leben aufgeben soll.«

»Ich bitte dich doch nur, den Teil herauszulassen, der uns betrifft.«

»Uns?«, wiederholte sie mit einem kurzen Auflachen. »Dich, mich und Muriel? Und all die anderen, die wir im Laufe der Jahre ins Vertrauen gezogen haben? Angestellte und Freunde, nicht zu vergessen selbstgerechte Priester, die nach einer Strafpredigt die Absolution erteilen?« Sie versuchte, sich etwas zu beruhigen. »Kennst du das Sprichwort nicht, das sagt, ein Geheimnis kann von drei Personen nur dann gewahrt werden, wenn zwei von ihnen tot sind?«

»Es muss doch nicht öffentlich bekannt werden.« Er stand auf und griff nach seinem Glas. »Du musst die Geschichte nicht drucken lassen und in jedem Buchladen, in jedem Supermarkt verkaufen.«

»Mein Leben ist eine öffentliche Angelegenheit, und du bist viele Jahre ein wesentlicher Teil davon gewesen. Weder für dich noch für irgendjemanden sonst werde ich Zensur anlegen.«

»Du wirst uns vernichten, Eve.«

»Nein. Das habe ich auch einmal geglaubt – vor langer Zeit.« Ihre Wut verrauchte vollständig, als sie auf den tanzenden Schaum in ihrem Glas blickte und sich erinnerte. »Jetzt weiß ich, dass ich mich damals geirrt habe. Wahrscheinlich hätte ich uns eher befreit dadurch.«

»Ich weiß nicht, wovon du sprichst.«

Sie lächelte geheimnisvoll. »Jetzt ist es nur noch wichtig, dass ich mich dazu entschlossen habe.«

»Eve.« Er versuchte, seine Verärgerung zu unterdrücken, als er zu ihr hinüberging. »Wir sind keine Kinder mehr. Der größte Teil unseres Lebens liegt hinter uns. Für uns beide würde das Buch nichts verändern. Aber für Muriel könnte es statt ein paar Jahren in Frieden ein paar Jahre in der Hölle bedeuten.«

Und was ist mit meiner Hölle?, dachte sie, sagte es aber nicht. »Sie ist nicht die Einzige, die mit Verlusten und Leid leben muss, Victor.«

»Sie könnte sterben!«

»Wir müssen alle sterben.«

Die Muskeln in seinem Gesicht arbeiteten. Er ballte seine Hände zu Fäusten. »Himmel, ich hatte wirklich vergessen, wie kalt du sein kannst.«

»Dann ist es gut, wenn du dich wieder daran erinnerst.« Trotzdem legte sie eine Hand auf die seine, warm, sanft und liebevoll. »Du solltest jetzt zu deiner Frau gehen, Victor. Ich bin immer da, wenn du mich brauchst.«

Er drückte ihre Hand, hielt sie noch einen Augenblick fest, dann ging er.

Eve stand lange regungslos in dem Zimmer, das nach Holzrauch, Whisky und vergangenen Träumen roch. Dann rief sie: »Nina, Nina, lassen Sie mir das Essen ins Gästehaus bringen.«

Sie war bereits an der Terrassentür, als Nina herbeikam. »Ins Gästehaus?«

»Ja. Und möglichst rasch, ich sterbe vor Hunger.«

Brandon war ganz vertieft in den Bau eines sehr komplizierten Raumschiffhafens. Vor ihm leuchtete der Fernsehschirm, aber er hatte das Interesse daran verloren. Er saß mit gekreuzten Beinen im Wohnzimmer auf dem Teppich und hatte schon seinen verblassten, heißgeliebten Batman-Pyjama an. Verstreut lagen zahllose Bauteile um ihn herum.

Als es an der Tür klopfte, schaute er hoch und sah Eve vor der Terrassentür stehen. Seine Mutter hatte ihm wiederholt eingeschärft, niemandem zu öffnen, aber er wusste natürlich, dass das nicht für ihre Gastgeberin galt.

Er sprang auf und schob den Riegel beiseite. »Hi. Möchten Sie meine Mama sehen?«

»Ja, gern.« Sie hatte vergessen, wie reizend ein frisch gebadetes Kind im Pyjama sein konnte. Er roch nach Seife und nach Wald. Sie streckte die Hand aus und fuhr ihm mit den Fingern durchs Haar. »Und wie geht es dir, Master Summers?«

Er kicherte und grinste. Sie nannte ihn oft so, wenn sie sich zufällig irgendwo auf dem Gelände begegneten. Er mochte sie. Sie hatte dafür gesorgt, dass die Köchin tiefgefrorene Pizzas und Pastries herübergeschickt hatte, die Julia dann belegte und buk. Und oft winkte sie ihm zu, wenn seine Mutter oder CeeCee ihn beim Schwimmen beobachteten.

»Mir geht's gut. Sie können hereinkommen.«

»Danke schön.« Mit flatterndem Seidenkleid schwebte sie durch die Tür.

»Meine Mama telefoniert gerade in ihrem Büro. Soll ich sie holen?«

»Wir wollen warten, bis sie fertig ist.«

Nicht ganz sicher, was er mit ihr anfangen sollte, stand Brandon da und zuckte mit den Schultern. »Soll ich Ihnen irgendetwas bringen, zum Essen oder zum Trinken?«

»Danke, aber mein Abendessen ist schon auf dem Wege.« Sie setzte sich aufs Sofa und zog eine Zigarette hervor. Dies war das erste Mal, dass sie mit dem Jungen in seinem vorläufigen Heim allein reden konnte. »Ich denke, ich sollte dir die üblichen Fragen stellen nach der Schule und dem Sportunterricht, aber ich fürchte, dass beides mich nicht recht interessiert.« Sie schaute nach unten. »Was machst du da?«

»Ich baue einen Raumschiffhafen.«

»Einen Raumschiffhafen?« Neugierig legte sie die Zigarette unangezündet beiseite und beugte sich vor. »Wie macht man das, um alles in der Welt?«

»Es ist gar nicht so schwierig, wenn man einen Plan hat. Hier, diese Teile passen zusammen, und wenn man alle nötigen Bauteile hat, kann man damit Buchten und Kurven und Türme bauen. Ich will hier eine Brücke zwischen dem Dock und der Lagerhalle errichten.«

»Eine gute Idee, denke ich. Zeig es mir.«

Als Nina fünf Minuten später eintraf, saß Eve mit Brandon zusammen auf dem Fußboden und mühte sich damit ab, Plastikteilchen zusammenzufügen. »Sie hätten eines der Mädchen schicken sollen.« Eve zeigte auf den Kaffeetisch. »Setzen Sie es dort ab.«

»Ich wollte Sie daran erinnern, dass sie heute Morgen früh aufgestanden sind.«

»Keine Sorge, meine Liebe.« Eve stieß einen kleinen Triumphschrei aus, als die beiden Teile einklinkten. »Ich bekomme schon noch meinen Schönheitsschlaf.«

Nina zögerte noch. »Sie werden doch Ihr Abendessen nicht kalt werden lassen?«

Eve gab irgendein beruhigendes Geräusch von sich und baute weiter. Brandon wartete, bis die Terrassentür sich wieder geschlossen hatte, dann flüsterte er: »Sie redet wie eine Mutter.«

Eve schaute ihn an, runzelte die Stirn und lachte schallend. »Tatsächlich, Kind, du hast vollkommen recht. Eines Tages musst du mir von deiner erzählen.«

»Sie schreit nur sehr selten.« Brandon schürzte die Lippen, als er die Brücke weiter ausbaute. »Aber sie macht sich immerzu Sorgen. Dass ich auf die Straße laufen und von einem Wagen überfahren werden könnte, dass ich zu viel Zuckerzeug esse oder meine Hausarbeiten vergesse – und das passiert fast immer.«

»Dass du von einem Wagen überfahren wirst?«

Er gluckste vor Lachen. »Dass ich meine Hausarbeiten vergesse.«

»Eine Mutter muss sich Sorgen machen, glaube ich, wenn sie eine gute Mutter ist.« Sie hob den Kopf und lächelte. »Hallo, Julia.«

Julia starrte sie nur fassungslos an. Wieso saß Eve Benedict auf dem Fußboden, spielte mit ihrem Sohn und unterhielt sich mit ihm über Mütter?

»Miss B. wollte dich sehen«, erklärte Brandon. »Aber sie sagte, sie wollte warten, bis du fertig bist mit Telefonieren.«

Abwesend und automatisch stellte Julia den Fernseher ab. »Es tut mir leid, dass Sie warten mussten.«

»Nicht nötig.« Eve strich Brandon übers Haar. »Ich habe mich großartig unterhalten.« Sie stand auf und freute sich, dass sie nur ganz leichte Schmerzen in den Beinen dabei spürte. »Ich hoffe, es stört Sie nicht, wenn ich jetzt esse, während wir uns unterhalten.« Sie zeigte auf das zugedeckte Tablett.

»Ich hatte noch keine Zeit zum Essen, seit ich aus dem Studio zurück bin, und ich möchte Ihnen eine Geschichte erzählen.«

»Bitte, Brandon, geh jetzt nach oben, du musst morgen früh in die Schule.«

Er seufzte. »Ich wollte gerade diese Brücke bauen.«

»Die kannst du morgen bauen.« Als er widerwillig aufgestanden war, nahm sie sein Gesicht in beide Hände. »Das wird ein großartiger Raumschiffhafen, Kumpel. Du kannst alles so liegen lassen.« Sie küsste ihn auf die Stirn und auf die Nase. »Und vergiss nicht …«

»Dir die Zähne zu putzen«, sagte er und verdrehte die Augen. »Wirklich, Mama.«

»Wirklich, Brandon.« Lachend gab sie ihm einen kleinen Klaps auf den Rücken. »Um zehn Uhr Licht ausmachen.«

»Ja, Mama. Gute Nacht, Miss B.«

»Gute Nacht, Brandon.« Sie beobachtete, wie der Junge die Treppe hinaufkletterte, dann wandte sie sich an Julia. »Ist er immer so gehorsam?«

»Brandon? Ich denke schon. Er weiß, dass es nur ein paar Regeln gibt, bei denen ich kaum jemals eine Ausnahme mache.«

»Da haben Sie wirklich Glück.« Eve hob den Deckel vom Tablett und begutachtete ihr Hacksteak. »Wenn ich an die Zeit denke, als viele meiner Freunde noch kleinere Kinder hatten – das Geschrei und Geplärr jeden Abend beim Schlafengehen! Ich glaube, das hat mich davon abgehalten, mir selber welche anzuschaffen.«

»War das wirklich der Grund?«

Eve zog die Serviette aus dem Porzellanring. »Ich habe jedenfalls viel Zeit damit verbracht, darüber nachzudenken, weshalb die Leute sich wohl Kinder anschafften. Aber ich bin eigentlich nicht hergekommen, um mit Ihnen über die Geheimnisse der Beziehungen zwischen Eltern und Kindern zu reden.« Sie nahm eine Stange Spargel. »Ich hoffe, es passt Ihnen, hier und jetzt ein Interview aufzunehmen.«

»Ja, natürlich. Ich schau nur noch mal nach Brandon und hole den Rekorder.«

»Gut.« Eve goss sich eine Tasse Kräutertee ein und wartete. Das Essen war köstlich, aber sie konnte es nicht recht genießen. Als Julia sich ihr gegenüber in den Sessel setzte, war sie fast fertig.

»Ich möchte Ihnen erzählen, dass Victor mich heute Abend besucht hat. Es geht mir vieles durch den Kopf. Seine Frau hat heute früh einen Selbstmordversuch unternommen.«

»Oh, mein Gott.«

Eve zuckte mit den Schultern und schnitt sich etwas Fleisch ab. »Es ist nicht das erste Mal. Und wahrscheinlich auch nicht das letzte Mal, wenn sie gerettet wird. Gott scheint Dummköpfe und Neurotiker besonders zu beschützen.« Sie nahm einen Bissen. »Sie halten mich für gefühllos.«

»Nein«, sagte Julia nach einem Augenblick des Zögerns. »Ich glaube, es bewegt Sie nicht. Das ist ein Unterschied.«

»Das ist wahr. Ich habe Gefühle, Julia, oh, ja.« Sie trank wieder einen Schluck Tee. »Warum hätte ich sonst so viele Jahre meines Lebens für einen Mann opfern sollen, den ich nie wirklich bekommen kann?«

»Victor Flannigan.«

»Victor Flannigan.« Sie seufzte, legte den Deckel auf das Tablett und setzte sich zurück, ein Glas mit kaltem Wasser in der Hand. »Ich liebe ihn, und ich bin seit dreißig Jahren seine Geliebte. Er ist der einzige Mann, für den ich je Opfer gebracht habe. Der einzige Mann, der mir einsame Nächte beschert hat, Nächte, die eine Frau weinend verbringt, schwankend zwischen Verzweiflung und Hoffnung.«

»Aber sie sind in den letzten dreißig Jahren zweimal verheiratet gewesen.«

»Ja. Und ich habe eine Reihe von Liebhabern gehabt. Die Tatsache, dass ich Victor liebte, bedeutete für mich nicht, dass ich aufhörte zu leben. Das war und ist Muriels Weg, nicht meiner.«

»Sie brauchen sich nicht zu rechtfertigen, Eve.«

»Nein?« Sie fuhr sich mit den Fingern durchs Haar, dann trommelte sie damit auf der Couchlehne. »Ich würde nicht versuchen, ihn festzuhalten, indem ich eine Märtyrerin aus mir mache. Aber ich habe tatsächlich versucht, ihn mit anderen Männern zu vergessen.«

»Und er liebt Sie.«

»Oh, ja. Wir sind sehr eng miteinander verbunden. Das ist ein Teil der Tragödie, aber darin besteht auch das Wunderbare in unserer Beziehung.«

»Wenn das so ist, Eve, warum ist er dann mit einer anderen verheiratet?«

»Eine ausgezeichnete Frage.« Sie zündete sich eine Zigarette an und lehnte sich in die Kissen zurück. »Eine, die ich mir in all den Jahren immer wieder selber gestellt habe. Auch noch, als ich die Antwort kannte. Seine Ehe mit Muriel war schon zerrüttet, als er mich traf. Ich sage das nicht, um den Ehebruch zu beschönigen, es ist die Wahrheit.« Sie stieß hastig den Rauch aus. »Es würde mir nicht das geringste ausmachen, wenn ich der Grund dafür gewesen wäre, dass Victor seine Frau nicht mehr liebte. Aber das war schon passiert, bevor ich aufkreuzte. Er blieb bei ihr, weil er sich für sie verantwortlich fühlte, weil ihr Glaube es ihr unmöglich machte, einer Scheidung zuzustimmen, und weil sie ein Kind, eine Tochter, bei der Geburt verloren hatten. Damit ist Muriel nie fertiggeworden – oder sie hat sich nie gestattet, damit fertigzuwerden. Sie war nie ganz gesund. Epilepsie. Nein, es hat nie irgendein Gerücht oder einen Hinweis darauf gegeben, dass Victors Frau eine Epileptikerin ist, obwohl dieser Krankheit heute keinerlei Makel mehr anhaftet.«

»Aber noch vor einer Generation war es so«, warf Julia ein.

»Und Muriel Flannigan gehört genau zu der Art von Frauen, die aus so einer Sache ein großes Geheimnis machen und es auch noch genießen.«

Julia runzelte die Stirn. »Sie meinen, sie benutzt ihre Krankheit, um Mitgefühl zu erzwingen?«

»Meine Liebe, sie benutzt sie so geschickt, so berechnend und so kaltblütig wie ein General seine Truppen. Die Krankheit ist ihr Schutzschirm gegen die Wirklichkeit, und sie hat ihr Leben damit verbracht, auch Victor hinter diesen Schirm zu zerren.«

»Es ist schwierig, einen Mann irgendwohin zu zerren, wo er nicht hingehen will.«

»Gut gesagt«, murmelte Eve. »Wir drei sind in der Tat Spielfiguren nach einem endlosen Drehbuch. Die andere Frau, die leidende Ehefrau und der Mann, der hin- und hergerissen wird zwischen seinem Herzen und seinem Gewissen.« Sie nahm sich eine neue Zigarette, zündete sie aber nicht an, sondern starrte ins Leere. »Ich biete Sex, und sie appelliert an sein Verantwortungsgefühl. Wie oft hat sie absichtlich ihre Medikamente nicht genommen, meist, wenn es galt, irgendeiner Krise zu begegnen, eine Entscheidung zu treffen.«

Julia hob die Hand. »Entschuldigen Sie, Eve, aber warum hat er das hingenommen? Warum sollte ein Mann sich Jahr für Jahr in dieser Weise benutzen lassen?«

»Was ist stärker, Julia? Liebe oder Schuldgefühle?«

Julia brauchte nicht lange zu überlegen. »Die Kombination von beidem lässt keinen Platz mehr für andere Gefühle.«

»Eine Frau wie Muriel versteht es, ihre Trümpfe sehr gut auszuspielen.« Eve stieß ungeduldig die Luft aus und versuchte, ihre Stimme nicht so bitter klingen zu lassen. »Victor hat dafür gesorgt, dass Muriels Krankheit geheim blieb. Sie hat geradezu fanatisch darauf bestanden. Seit dieser Totgeburt ist auch ihre geistige Gesundheit angegriffen. Wir wussten und akzeptierten beide, dass er nie ganz mein sein würde, solange Muriel lebt.«

Julia begriff, dass es jetzt an ihr war, Verständnis zu zeigen und weder Kritik noch Vorwürfe aufkommen zu lassen. Sie musste sich Eve gegenüber jetzt so verhalten, wie diese es ihr gegenüber bei ihrem Gespräch am Swimmingpool getan hatte. »Es tut mir so leid. Und ich habe geglaubt, dass nur ich einen Mann geliebt hätte, der mir nie ganz gehören konnte. Es war ein furchtbarer Schmerz. Ich kann es mir gar nicht vorstellen, wie es sein mag, jemanden so lange hoffnungslos zu lieben.«

»Nicht hoffnungslos«, sagte Eve. Sie musste das Streichholz dreimal anstreichen, bevor es aufflammte. »Immer voller Hoffnung.« Langsam stieß sie den Rauch aus. »Ich war älter als Sie, als ich ihm begegnete, aber immer noch jung. Jung genug, um an Wunder zu glauben. Und daran, dass Liebe alles überwinden kann. Jetzt bin ich nicht mehr jung und weiß es besser. Aber ich würde mein Leben nicht ändern wollen. Wenn ich an diese schwindelerregenden ersten Monate mit Victor zurückdenke, bin ich dankbar. Sehr dankbar.«

»Erzählen Sie mir davon«, sagte Julia.

14 »Ich glaube, dass ich immer noch unter meiner Desillusionierung durch Tony litt«, sagte Eve. »Es war ein paar Jahre nach unserer Scheidung, aber ich war immer noch leicht verwundbar. Ich hatte Tony gezwungen, mir das Haus zu überschreiben und ihn hinausgesetzt. Aber dabei blieb es nicht. Es machte mir Spaß, mich in Immobilien zu versuchen.« Sie sagte das so beiläufig, dass man nicht ohne Weiteres auf die Idee gekommen wäre, dass sie mehr als zwanzig Millionen in Grundstücken angelegt hatte. »Möchten Sie nicht etwas Tee?«, fragte sie dann. »Er ist noch warm, und Nina hat zwei Tassen gebracht.«

»Danke.«

»Ich hatte gerade dieses Grundstück gekauft«, fuhr sie fort, als Julia sich einschenkte. »Es waren eine Reihe von Umbauten und Renovierungen erforderlich, und man kann sagen, dass sich mein Leben gerade stark veränderte.«

»Aber nicht in beruflicher Hinsicht.«

»Nein.« Eve lächelte durch einen dichten Rauchschleier. »Aber auch im Filmgeschäft war vieles im Fluss. Wir schrieben die frühen sechziger Jahre, und die Gesichter hatten sich geändert, waren jünger geworden. Greta Garbo hatte sich zurückgezogen, James Dean war tot und Marilyn Monroe hatte nur noch ein paar Monate zu leben. Aber bedeutungsvoller als die Missachtung und Unterdrückung dieses großen Talentes und die Vergeudung von zwei jungen Leben war die Auswechslung der ersten Garde von Schauspielern. Fairbanks, Flynn, Power, Gable, Crawford, Hayworth, Garson, Turner. All diese schönen Gesichter und großen Talente wurden ersetzt oder zumindest herausgefordert durch andere Gesichter, andere Talente. Den großartigen Paul Newman, den jungen, schneidigen Peter O'Toole, die ätherische Claire Bloom, die knabenhafte Audrey Hepburn.« Wieder seufzte sie, als sie daran dachte, dass auch diese Garde inzwischen längst erneut gewechselt hatte. »Hollywood ist eine Frau, Julia. Es jagt immer hinter der Jugend her.«

»Aber es weiß auch Ausdauer zu würdigen.«

»Ja. Ja, das ist wahr. Als ich Victor bei den Aufnahmen zu unserem ersten gemeinsamen Film begegnete, war er noch nicht vierzig. Nicht mehr ganz jung, aber auch noch nicht alt genug, um ihm das Markenzeichen der Ausdauer zu verleihen. Und ich, Himmel, ich hatte mir noch nicht einmal die Augenlider liften lassen.«

Julia musste grinsen. Wo sonst als in Hollywood mochten Menschen ihr Alter nach den kosmetischen Eingriffen zählen, die sie hatten vornehmen lassen? »Der Film hieß *Dead Heat*. Er brachte Ihnen Ihren zweiten Academy Award.«

»Und er brachte mir Victor.« Eve zog die Beine auf die Couch. »Wie schon gesagt, war ich immer noch verletzt von meiner letzten Ehe. Ich misstraute Männern, obwohl ich natürlich wusste, dass sie ihre Vorteile hatten, und ich mich nicht scheute, sie für meine Zwecke zu benutzen. Ich freute mich auf diesen Film, besonders weil ich wusste, dass Charlotte Miller sich verzweifelt um die Rolle bemüht hatte, die ich nun an ihrer Stelle bekommen hatte. Und weil ich mit Victor zusammenarbeiten würde, der als Schauspieler auf der Bühne und beim Film einen sagenhaften Ruf besaß.«

»Sie sind ihm doch gewiss schon vorher begegnet?«

»Nein, tatsächlich nicht. Zufällig hatten unsere Wege sich nie gekreuzt. Er hat oft im Osten Theater gespielt, und wenn er hier in Kalifornien war, nahm er kaum an gesellschaftlichen Veranstaltungen teil, wenn man die gelegentlichen Trinkgelage mit einer Gruppe von anderen Männern nicht mitrechnet. Wir trafen uns im Studio. Und in Sekundenschnelle war es passiert.«

Gedankenverloren fuhr Eve mit dem Finger mehrmals über das Revers ihres Kleides. Sie hatte die Augen zusammengezogen, als wäre sie darauf konzentriert, einen nagenden Schmerz auszuschalten. »Die Leute reden manchmal beiläufig, scherzend, wehmütig über Liebe auf den ersten Blick. Ich glaube nicht, dass es oft vorkommt, aber wenn das der Fall ist, ist es unwiderstehlich und gefährlich. Wir sagten uns all die höflichen Phrasen, die Fremde im gleichen Beruf zu Beginn eines wichtigen Projektes miteinander austauschen. Aber unter dieser glatten Oberfläche brannte schon das Feuer. Das klingt furchtbar abgedroschen, aber es ist wahr.«

Abwesend rieb sie sich die Schläfe. »Haben Sie Kopfschmerzen?«, fragte Julia. »Soll ich Ihnen irgendetwas bringen?«

»Nein, es ist nichts.« Eve zog an ihrer Zigarette und zwang sich, nicht an den Schmerz zu denken, sondern an die Vergangenheit. »Anfänglich ging alles sehr gut. Ich spielte ein leichtes Mädchen, das unabsichtlich mit der Unterwelt in Berührung gekommen war. Victor war der Bulle, der mich beschützen sollte. Aber der Film lebte weniger von der Story als von den vielen Details. Griffige Dialoge, stimmungsvolle Einstellungen, die richtige Beleuchtung, gute Regie, eine gute Besetzung und nicht zuletzt das unerklärliche Fluidum zwischen den beiden Stars.«

»Ich weiß nicht mehr, wie oft ich diesen Film gesehen habe«, sagte Julia lächelnd und hoffte, Eve damit ein wenig aufzuheitern. »Und jedes Mal habe ich etwas Neues darin entdeckt.«

»Ein kleiner leuchtender Edelstein in meiner Krone«, sagte Eve und fuchtelte mit ihrer Zigarette herum. »Erinnern Sie sich an die Szene, wo Richard und Susan in einem schmuddeligen Hotelzimmer sitzen – er wartet auf seine Befehle und sie überlegt, wie sie wieder nach draußen kommen könnte? Sie streiten sich, beleidigen sich gegenseitig und versuchen, sich gegen die Anziehungskraft des anderen zu wehren, die beide von Anfang an gespürt haben. Er ist der gute, anständige irische Bulle, der klare Vorstellungen von Recht und Unrecht hat, sie ist das Mädchen von der anderen Seite, die alle Schattierungen zwischen Weiß und Schwarz kennt und durchlebt.«

»Sehr gut erinnere ich mich daran! Ich habe es im Fernsehen gesehen, als ich gerade als Babysitter arbeitete. Damals muss ich fünfzehn oder sechzehn gewesen sein, und ich war unsterblich verliebt in Robert Redford. Nach diesem Film ließ ich ihn fallen wie einen alten Schuh und erhob Victor Flannigan zu meinem Idol.«

»Er wäre bestimmt sehr geschmeichelt.« Eve nippte an ihrem Wasser. »Und wie enttäuschend für Mr. Redford.«

»Ich denke, er hat es überstanden.« Julia lächelte. »Bitte, fahren Sie fort. Ich hätte Sie nicht unterbrechen sollen.«

»Es stört mich nicht, ganz im Gegenteil«, murmelte Eve, dann stand sie auf und fing an, im Zimmer hin und her zugehen.

»Diese Szene in dem uralten Film wurde nicht so gespielt, wie es im Drehbuch vorgesehen war, das wissen die meisten nicht, selbst diejenigen nicht, die damals unmittelbar dabei gewesen sind. Victor hat sie verändert, und damit hat er unser Leben verändert.«

»Ruhe im Studio.«

Eve nahm ihren Platz ein.

»Der Film läuft.«

Eve ignorierte den ganzen Betrieb um sich herum. Sie hob das Kinn, verlagerte ihr Körpergewicht auf einen Fuß, machte einen Schmollmund. Sie wurde Susan.

»Szene vierundzwanzig, dritte Aufnahme.«

»Und jetzt – los.«

»Sie wissen überhaupt nichts von mir.«

»Ich weiß alles über dich, Sweetheart.« Victor stand ganz dicht vor ihr, in seinen Augen, die Sekunden zuvor noch ganz sanft dreingeschaut hatten, spiegelten sich jetzt Wut und Frustration. »Als du zwölf warst, hast du dir gedacht, dass du mit deinem Aussehen alles erreichen kannst, was du willst. Und dann hast du losgelegt, den leichtesten Weg gewählt und unzählige Männer hinter dir gelassen.«

Die Großaufnahme kam erst später. Sie wusste, dass die Kamera die Kälte in ihrem Blick und ihr spöttisches Grinsen jetzt noch nicht aufnehmen konnte, aber trotzdem spielte sie beides aus, nicht anders als ein guter Tischler, der seinen Hammer benutzt. »Wenn das wahr wäre, würde ich nicht hier in diesem Dreckloch sein, zusammen mit einem Verlierer wie Sie es sind, zur Hölle.«

»Du bist in die Sache hineingeschlittert.« Er steckte die Hände in seine Taschen und trat etwas zurück. »Mit großen Augen. Frauen wie du machen immer große Augen. Und du wirst auch wieder aussteigen. Das ist dein Stil.«

Sie drehte sich um und goss sich einen Drink aus einer Flasche ein, die auf der zerkratzten Kommode stand. »Es ist nicht mein Stil, meine Freunde den Cops auszuliefern.«

»Freunde.« Mit einem kurzen Auflachen zog er eine Zigarette hervor. »Das nennst du Freundschaft, wenn draußen jemand auf dich wartet, um dir die Kehle aufzuschlitzen? Na, das ist deine Sache, Baby.« Die Zigarette hing ihm im Mundwinkel, und er blinzelte, weil der Rauch zwischen ihnen in der Luft aufstieg. »Du hast sicher die richtige Entscheidung getroffen – für dich. Und du wirst dafür bezahlt werden. Bestimmt bekommst du eine Belohnung für die Information. Eine Frau wie du …« Er nahm die Zigarette aus dem Mund und stieß eine Rauchwolke aus. »Du bist doch sicher daran gewöhnt, dass man dich für eine Gefälligkeit bezahlt.«

Sie schlug nach ihm, vergaß aber, die Hand zu einer Faust zu ballen. Er zog den Kopf zurück und kniff die Augen zusammen. Langsam zog er wieder an der Zigarette, ohne sie aus den Augen zu lassen. Eve nahm wieder den Arm hoch und wimmerte ein bisschen, als seine Finger sich um ihr Handgelenk schlossen. Sie wollte sich losreißen und, wie das Drehbuch es vorschrieb und wie sie es bereits geprobt hatten, mit aller Kraft auf den Sessel einschlagen, der hinter ihm stand. Aber plötzlich warf er die Zigarette auf den Boden. Für alle Zeiten war ihr Blick von der Kamera festgehalten worden, dieser Blick, in dem sich Überraschung, Verstehen und Panik mischten, als er sie fest in seine Arme riss. Als er seinen Mund auf ihre Lippen presste, wehrte sie sich. Das galt weniger ihm, weniger seinen Armen, mit denen er sie rücksichtslos umklammert hielt, als vielmehr dem Aufruhr in ihrem Inneren, den er damit auslöste, und der nichts mit Susan zu tun hatte, aber alles mit Eve. Sie wäre glatt umgekippt, wenn er sie nicht festgehalten hätte. Es war ein grässliches Gefühl: Ihre Beine wurden ganz schwach, und sie hörte das Blut in ihren Schläfen dröhnen.

Als er sie losließ, musste sie nach Luft ringen. Aus ihrem Gesicht war alle Farbe gewichen, und das war kein Trick der Beleuchtung oder des Make-ups. Ihr Mund stand halb offen, ihre Lippen zitterten. In ihren Augen glitzerten Tränen. Sie konnte sich nur deshalb noch an ihren Text erinnern, weil er so gut zu dem passte, was sie empfand.

»Du Bastard! Glaubst du, das genügt, damit eine Frau dir zu Füßen fällt?«

Er grinste, aber dadurch wurde die Spannung, die in der Luft lag, in keiner Weise verringert. »Yeah.« Dann gab er ihr einen Stoß. »Setz dich und sei still.«

»Ende. Himmel, Vic, was zum Teufel war das?« Der Regisseur kam auf sie zu.

Victor bückte sich, hob die glimmende Zigarette auf und nahm einen Zug. »Ich hatte einfach das Gefühl, das wäre genau das richtige.«

»Nun, es ist in Ordnung. Allmächtiger Herrgott, es ist wirklich gut geworden. Wenn ihr das nächste Mal einen Anfall geistiger Umnachtung habt, gebt mir bitte noch kurz vorher Bescheid, ja?« Er drehte sich zur Kamera um. »Es kann weitergehen.«

Sie drehten noch drei Stunden lang. Das war ihr Beruf. Sie ließ sich nicht anmerken, wie mitgenommen sie war. Darauf war sie stolz.

Später zog sie sich im Ankleideraum um. Jetzt musste sie sich wieder ihren eigenen Problemen stellen, nicht mehr denen von Susan. Sie hatte eine ganz raue Kehle, deshalb nahm sie gern den eisgekühlten Tee an, den ihre Assistentin ihr anbot.

»Susan raucht zu viel«, sagte sie und lachte ein wenig. »Geh ruhig nach Hause. Ich will nur noch eine Zeit lang still hier sitzen und mich ausruhen.«

»Sie waren großartig, Miss Benedict. Sie und Mr. Flannigan passen wunderbar zusammen.«

»Yeah.« Gott möge ihr helfen. »Danke, Darling. Gute Nacht.«

»Gute Nacht, Miss Benedict. Oh, hallo, Mr. Flannigan. Ich habe gerade gesagt, wie gut es heute gelaufen ist.«

»Das hört man gern. Joanie, nicht wahr?«

»Ja, Sir.«

»Gute Nacht, Joanie. Bis morgen.«

Er kam herein, und Eve blieb sitzen und beobachtete ihn im Spiegel. Sie entspannte sich ein wenig, als er die Tür offen ließ. Offenbar stand ihr nicht eine Wiederholung der Eröffnungsszene mit Tony bevor.

»Ich dachte, ich sollte mich entschuldigen.« Aber in seiner Stimme klang keinerlei Bedauern mit. Eve schaute ihn weiterhin im Spiegel an und fragte sich, wann sie endlich diese Schwäche für anmaßende Schauspieler verlieren würde. Er nahm eine Bürste in die Hand und fuhr damit durch ihr schulterlanges Haar.

»Für Ihren Anfall von geistiger Umnachtung?«

»Weil ich Sie geküsst habe, obwohl das gar nicht im Drehbuch stand. Ich wollte es schon tun, als wir uns zum ersten Mal begegnet sind.«

»Jetzt haben Sie es getan.«

»Und jetzt ist es noch schlimmer.« Er fuhr sich durchs Haar. Es war noch immer dunkel und zeigte nur an den Schläfen einen ganz leisen Anflug von Grau. »Ich bin schon ein wenig über das Alter hinaus, in dem man Spielchen spielt, Eve.«

Sie legte die Bürste beiseite und griff nach ihrem Glas. »Das ist kein Mann.«

»Ich liebe dich.«

Die Eisstücke schlugen klirrend aneinander, weil ihr die Hand zitterte. Sehr vorsichtig setzte sie das Glas ab. »Das ist doch lächerlich.«

»Ich weiß, dass es so wirkt, aber es ist die Wahrheit. Von der ersten Minute an, in der wir zusammen waren.«

»Es gibt einen Unterschied zwischen Liebe und Begehren, Victor.« Sie sprang auf und griff nach der Leinentasche, die sie immer ins Studio mitnahm. »Ich bin zurzeit nicht besonders interessiert an sinnlichen Freuden.«

»Wie wäre es mit einer Tasse Kaffee?«

»Was?«

»Eine Tasse Kaffee, Eve. In einem öffentlichen Lokal.« Als sie zögerte, grinste er, und es wirkte ziemlich spöttisch. »Du hast doch keine Angst vor mir, Darling, oder?«

Sie musste lachen. Das war Richard, der Susan herausforderte. »Wenn ich vor irgendetwas Angst hätte«, sagte sie, ganz im Stil ihrer Rolle, »dann bestimmt nicht vor einem Mann. Du bezahlst.«

Sie blieben drei Stunden lang im Lokal sitzen und bestellten schließlich Hackbraten zu ihrem Kaffee. Der Fußboden war schmutzig, und die Kellnerinnen unterhielten sich schreiend miteinander.

Offensichtlich ging es nicht auf eine Verführung hinaus, dachte Eve.

Er erzählte von Muriel, von seiner Ehe, dem Fehler, den er gemacht hatte, von seinen Verpflichtungen. Er sagte nicht, was sie fast erwartet hatte, dass seine Frau ihn nicht verstand und dass seine Ehe nicht mehr existierte. Stattdessen gab er zu, dass Muriel ihn auf ihre Weise liebte. Und dass sie darüber hinaus den fast zwanghaften Wunsch hatte, so zu tun, als wäre ihre Ehe intakt.

»Sie ist nicht gesund.« Er spielte mit dem Blaubeerkuchen herum, den er zum Abschluss bestellt hatte. Er schmeckte, als hätte ihn seine Mutter gebacken vor ewig langer Zeit in der stickigen Küche ihrer Wohnung im fünften Stock im Osten, in der 132sten Straße. Seine Mutter, dachte er flüchtig, war eine unglaublich schlechte Köchin gewesen. »Weder körperlich noch seelisch. Ich bin auch nicht sicher, ob sie es je wieder sein wird, und solange sie krank ist, kann ich sie nicht verlassen. Sie hat niemanden sonst.«

Da sie vor nicht allzu langer Zeit aus einer katastrophalen

Ehe ausgebrochen war, versuchte sie, sich in die Lage von Victors Frau zu versetzen. »Es muss schwierig für sie sein, deine Arbeit, die Reisen und die Stunden, in denen du üben musst.«

»Nein, sie genießt das alles. Sie liebt das Haus, und die Angestellten sind darauf eingestellt, gut für sie zu sorgen. Oft ist sie ganz zufrieden, aber oft kommt es vor, dass sie ihre Medikamente einzunehmen vergisst, und dann …« Er zuckte mit den Schultern. »Sie malt. Sehr gut sogar, wenn sie in der richtigen Stimmung ist. So war es, als ich sie kennenlernte. Ich war der typische Hunger leidende junge Schauspieler und nahm einen Job als Modell bei einer Kunstschule an, um genügend Geld zu haben, mich satt essen zu können.«

Sie nahm ein Stückchen Kuchen auf die Gabel und grinste. »Als Aktmodell?«

»Yeah.« Jetzt musste auch er lächeln. »Nach der Sitzung zeigte Muriel mir eine Skizze, die sie von mir gemacht hatte. Eins führte zum anderen. Sie gehörte zu der Welt der Bohemiens. Sehr offen und freimütig.« Das Lächeln verblasste. »Sie hat sich geändert. Die Krankheit, das Baby. Die Umstände hatten sie verändert. Knapp ein Jahr nach unserer Heirat wurde ihre Krankheit festgestellt. Sie gab den Traum, als Künstlerin Karriere zu machen, vollständig auf. Stattdessen wandte sie sich ganz der Religion zu, gegen die wir beide vorher rebelliert hatten. Ich war sicher, dass ich sie da wieder rausholen konnte. Wir waren jung, und ich glaubte, dass uns nichts wirklich Schreckliches zustoßen konnte. Aber das war ein Irrtum. Ich bekam Rollen, wir hatten Geld. Muriel wurde das, was sie heute ist, eine ängstliche, oft wütende, unglückliche Frau.«

»Du liebst sie immer noch.«

»Ich liebe die sehr, sehr seltenen Momente, in denen sie wieder der jungen Künstlerin gleicht, die mich so bezaubert hatte. Selbst wenn sie wieder gesund werden sollte, glaube ich nicht, dass unsere Ehe noch zu reparieren wäre. Aber wir könnten uns als gute Freunde trennen.«

Eve fühlte sich plötzlich erschöpft. Der Geruch gegrillter Zwiebeln und der Geschmack zu heißen und zu starken Kaffees zusammen mit den grellen Farben der Dekoration waren zu viel für sie. »Ich weiß nicht, was ich dazu sagen soll, Victor.«

»Vielleicht gar nichts. Vielleicht brauche ich nur dein Verständnis.« Er griff über den Tisch hinweg nach ihrer Hand. »Als ich sie kennenlernte, war ich zweiundzwanzig. Jetzt bin ich zweiundvierzig. Vielleicht wäre alles gut gegangen, wenn das Schicksal nicht gegen uns gewesen wäre. Das werde ich nie erfahren. Aber ich wusste, als ich dich anschaute, dass du die Frau bist, mit der ich eigentlich mein Leben verbringen sollte.«

Sie spürte, dass das wahr war. Die hellerleuchtete Ecke, in der sie saßen, schien plötzlich von aller Welt abgeschlossen zu sein.

Ihre Stimme zitterte ein wenig, als sie die Hand wegzog. »Du hast gerade viel Zeit darauf verwendet, mir zu erklären, weshalb das gar nicht möglich ist.«

»Das stimmt. Es ist nicht möglich, aber ich weiß trotzdem, dass es so sein sollte. Ich bin zu sehr Ire, um nicht an eine Bestimmung im Leben zu glauben, Eve. Du gehörst mir. Auch wenn du jetzt aufstehst und weggehst, würde das nichts ändern.«

»Und wenn ich bleibe?«

»Dann werde ich dir alles geben, was ich kann, solange es möglich ist. Und das ist nicht nur Sex, Eve, obwohl der Himmel weiß, dass ich dich begehre. Es ist der Wunsch, dabei zu sein, wenn du morgens die Augen aufschlägst. Zusammen an einem sonnigen Platz zu sitzen, wenn der Wind geht. Am Kamin zu lesen. Gemeinsam ein Bier zu trinken oder ein Basketballspiel anzuschauen.« Er atmete tief ein. »Es ist fast fünf Jahre her, seit Muriel und ich wie Mann und Frau zusammen gewesen sind. Ich bin ihr nie untreu gewesen, weder in diesen letzten fünf Jahren noch in all den Jahren seit unserer Heirat. Ich erwarte nicht von dir, dass du mir das glaubst.«

»Vielleicht glaube ich dir gerade deshalb.« Etwas schwankend stand sie auf, hielt ihn aber mit einer Handbewegung zurück, als auch er aufstehen wollte. »Ich brauche Zeit, Victor, und du ebenso. Wir wollen den Film zu Ende drehen und sehen, was wir dann füreinander empfinden.«

»Und wenn es dasselbe ist wie jetzt?«

»Dann müssen wir sehen, was das Schicksal mit uns vorhat.«

»Als der Film fertig war, hatten unsere Gefühle sich nicht verändert.« Eve hatte immer noch das Glas in der Hand. Tränen liefen über ihre Wangen, aber sie bemerkte sie gar nicht. »Und das Schicksal hat uns vor eine lange, harte Aufgabe gestellt.«

»Würden Sie es heute anders machen?«, fragte Julia ruhig.

»Manches ja. Aber insgesamt würde das wohl kaum viel ausmachen. Victor wäre für mich immer der einzige Mann geblieben, der zählt.« Sie lachte und wischte mit dem Zeigefinger eine Träne fort. »Er ist der einzige Mann, der mich zum Weinen bringen kann.«

»Ist Liebe das wert?«

»Sie ist alles wert.« Eve kämpfte gegen die weiche Stimmung an, die sie befallen hatte. »Himmel, ich werde noch sentimental. Oh, jetzt könnte ich einen Drink gebrauchen. Aber ich habe mir vorhin schon einen genehmigt, und die Kamera registriert jeden einzelnen Schluck.« Sie setzte sich wieder hin, lehnte sich zurück, schloss die Augen und schwieg so lange, dass Julia sich schon fragte, ob sie eingeschlafen wäre. »Sie haben sich hier ein schönes Zuhause geschaffen, Julia.«

»Es ist Ihr Zuhause.«

»Hm. Es ist mein Haus. Aber Sie haben die Blumen in die Vase gestellt, Ihre Schuhe auf den Boden geworfen, die Kerzen auf dem Kamin angezündet und Fotos von einem lachenden Jungen auf den Tisch neben dem Fenster gestellt.« Langsam öffnete sie die Augen wieder. »Ich glaube, nur eine kluge Frau kann ein schönes Zuhause schaffen.«

»Nicht eher eine glückliche Frau?«

»Das sind Sie nicht. Oh, Sie sind zufrieden. Zufrieden mit Ihrer Arbeit, ausgefüllt mit Ihren mütterlichen Pflichten, zufrieden mit Ihren Fähigkeiten und bereit, sie zu verbessern. Aber glücklich? Nicht so ganz.«

Julia beugte sich vor und schaltete den Rekorder ab. Sie hatte das Gefühl, dass sie das nun folgende Gespräch nicht gern noch einmal hören würde beim Abspielen. »Warum sollte ich nicht glücklich sein?«

»Weil Sie eine nie ganz verheilte Wunde mit sich herumtragen, die Ihnen der Mann beigebracht hat, der Brandons Vater ist.«

»Über Brandons Vater haben wir bereits gesprochen. Ich hoffe, ich muss das nicht bereuen.« Ihre Stimme klang scharf.

»Ich spreche nicht über Brandons Vater, das tun Sie. Sie sind benutzt und im Stich gelassen worden, in sehr jungen Jahren. Das hält Sie davor zurück, Erfüllung zu finden.«

»Es ist für Sie vielleicht schwer zu begreifen, aber nicht für alle Frauen ist Erfüllung gleichbedeutend mit der Anzahl der Männer in ihrem Leben.«

Eve hob nur leicht eine Braue. »Gut, ich scheine den Finger auf die Wunde gelegt zu haben. Sie haben natürlich recht. Aber die Frau, die dieses Maß anlegt, ist ebenso töricht wie die, die sich weigert zuzugeben, dass ein bestimmter Mann ihrem Leben die entscheidende Wendung zum Besseren geben könnte.« Sie streckte sich und lockerte die Muskeln. »Julia, Darling, der Rekorder ist abgeschaltet. Wir sind ganz allein. Wollen Sie mir wirklich, von Frau zu Frau, einreden, dass Sie sich nicht von Paul angezogen fühlen?«

Julia senkte den Kopf und faltete die Hände auf ihrem Schoß. »Selbst wenn ich mich von Paul angezogen fühlen sollte, wäre das Ihre Angelegenheit?«

»Nein, zum Teufel. Aber wer kümmert sich schon ausschließlich um seine eigenen Angelegenheiten? Sie sollten doch vor allen anderen verstehen, dass jeder darauf brennt, die Angelegenheiten der anderen kennenzulernen.«

Julia lachte. Es war schwierig, angesichts einer so umwerfenden Ehrlichkeit verärgert zu sein. »Ich bin kein Star, deshalb gehören meine Geheimnisse glücklicherweise mir allein.« Da sie jetzt wieder mit sich zufrieden war und sich wohlfühlte, legte sie die Beine auf den Kaffeetisch. »Um ehrlich zu sein, habe ich gar keine so furchtbar interessanten Geheimnisse. Warum erzählen Sie mir nicht lieber, weshalb Sie so darauf aus sind, Paul und mich zu verkuppeln?«

»Weil ich das für genau das richtige halte, wenn ich Sie beide zusammen sehe. Und da ich Paul sehr viel besser kenne als Sie, kann ich zumindest seine Reaktion beurteilen. Er ist fasziniert von Ihnen.«

»Dann lässt er sich leicht faszinieren.«

»Ganz im Gegenteil. Soweit mir bekannt ist – und ich sage das in aller Bescheidenheit –, bin ich bisher die einzige Frau gewesen, der das gelungen ist.«

»Bescheidenheit!« Faul rieb Julia einen Fuß an dem anderen. »Sie haben bestimmt die Bescheidenheit mit Löffeln gefressen.«

»Bingo.«

Julia stand auf und holte aus der Küche eine Platte mit selbstgebackenen Schokoladenkeksen. Sie stellte sie auf den Kaffeetisch. Beide schauten sich das Gebäck aufmerksam an, dann griffen sie fast gleichzeitig zu.

»Wissen Sie«, sagte Julia mit vollem Mund, »gestern hat er mir erzählt, dass ich ihn an Sie erinnere.«

»Tatsächlich?« Eve leckte sich genießerisch die Schokolade von den Fingern. »Die Fantasie eines Schriftstellers? Oder Instinkt?« Als Julia sie fragend anblickte, schüttelte sie den Kopf. »Himmel, ich muss gehen, bevor ich noch einen nehme.«

»Wenn Sie es tun, tue ich es auch.«

Mit nicht geringem Bedauern widerstand Eve der Versuchung. »Sie müssen sich morgen früh nicht in ein Kostüm zwängen. Aber ich möchte Ihnen etwas zum Nachdenken zurücklassen. Sie haben mich gefragt, ob ich heute irgendetwas ändern würde in meiner Beziehung zu Victor. Die Antwort ist ganz einfach.« Sie beugte sich vor und schaute Julia an. »Ich würde nicht warten, bis der Film fertig ist. Ich würde nicht einen Tag verschwenden, nicht eine Stunde, nicht eine Minute. Nehmen Sie sich, was Sie haben wollen, Julia. Seien Sie nicht so verdammt vorsichtig. Leben Sie und genießen Sie das Leben. Stillen Sie Ihren Heißhunger. Sonst werden Sie am Ende Ihres Lebens vor allem anderen die Zeit bereuen, die Sie vergeudet haben.«

15 »Hier ist wirklich was los heute.« CeeCee schlüpfte in die Küche, wo Julia einen Abendimbiss für Brandon und Dustin vorbereitete.

»Ich höre den Tumult bis hierher.« Das allein war schuld daran, dass Julia sich zwei Nägel ruiniert hatte. »Ich musste meine ganze Autorität aufbieten, damit die beiden Jungen nicht hinüberrannten.«

»Es war nett von Ihnen, Dustin einzuladen.«

»Sie beschäftigen sich gegenseitig.« Julia verteilte Frucht- und Gemüsestücke möglichst appetitanregend auf einer Platte. »Es macht mir Spaß, die beiden zu beobachten.«

CeeCee, die sich in dieser Küche ebenso heimisch fühlte wie in ihrer eigenen, nahm sich ein halbmondförmig geschnittenes Apfelstück. »Wenn Sie eine echte Show genießen wollen, sollten Sie sich das ansehen. Allein die Blumen! Mann, ganze Wagenladungen voll. Und dann all diese Leute, die dort herumquirlen und in verschiedenen Sprachen reden. Miss Soloman läuft umher und versucht, mit ihnen klarzukommen, und immer noch tauchen neue auf.«

»Und Miss Benedict?«

»Sie hat sich von drei Frauen aufpolieren und schön machen lassen«, erzählte CeeCee mit vollem Mund. »Das Telefon hat ununterbrochen geläutet. Irgend so ein Bursche in einem weißen Anzug hat tatsächlich angefangen zu heulen, weil irgendetwas nicht rechtzeitig geliefert wurde. Da bin ich lieber abgehauen.«

»Eine gute Idee.«

»Wirklich, Julia, Miss B. hat schon umwerfende Partys gegeben, aber dies ist die letzte. Deswegen bietet sie alles auf, weil sie selber fürchtet, dass sie keine mehr geben wird. Tante Dottie hat mir erzählt, dass sie bestimmte Pilze von Japan oder China oder so einfliegen ließ.«

»Ich würde sagen, Miss B. sollte auch mal an sich denken.«

»Es ist höchste Zeit.« CeeCee steckte sich einen Käsewürfel in den Mund.

»Ich bedauere es sehr, dass Sie nicht teilnehmen können, weil Sie auf Brandon aufpassen müssen.«

»Oh, das macht nichts.« Allerdings hatte sie die Absicht, sich mit den Jungen in den Sträuchern zu verstecken und eine Weile wenigstens zuzuschauen. Aber davon sagte sie lieber nichts.

»Haben Sie ein neues Kleid?«, fragte sie und folgte Julia, als sie in den Flur ging, um die Jungen zum Essen zu rufen.

»Nein. Ich wollte mir eins besorgen, aber ich habe es leider vergessen. Hey, kommt jetzt! Das Futter steht in der Küche.« Unter lautem Kriegsgebrüll polterten die beiden die Treppe herunter und stürzten in die Küche. »Ich suche mir ein paar Sachen heraus«, sagte sie zu CeeCee. »Vielleicht können Sie mir bei der endgültigen Auswahl helfen.«

CeeCee grinste und steckte die Hände in die Taschen ihrer abgeschnittenen Jeans. »Natürlich. Ich wühle leidenschaftlich gern in Kleidern herum. Wollen wir gleich anfangen?«

Julia warf einen Blick auf ihre Armbanduhr und seufzte. Die Zeit raste mal wieder. »Ich glaube, es muss sein. Für ein Fest wie dieses kann man sich nicht so schnell zurechtmachen. Zwei Stunden brauche ich sicher.«

»Das klingt nicht sehr begeistert. Ich glaube, das wird *die* Hollywood-Party des Jahres.«

»Ich mag eigentlich Geburtstags-Partys lieber. Mit fünfundzwanzig Kindern, die bis zum Hals in Torten und Eis stecken.«

»Heute Nacht sind Sie keine Mama«, sagte CeeCee und gab Julia einen kleinen Stupser auf der Treppe. »Heute Nacht stehen Sie auf Eve Benedicts Gästeliste, und zwar ziemlich weit oben.« Als es an der Tür klopfte, verstellte CeeCee Julia den Weg. »Nein, nein. Ich kümmere mich darum. Gehen Sie ruhig nach oben. Ich bringe es.«

»Was?«

»Ich meine, ich schaue nach, wer es ist. Gehen Sie nur. Und falls Sie einen Büstenhalter tragen, nehmen Sie ihn ab.«

»Falls ich …« Aber CeeCee war bereits auf dem Weg. Kopfschüttelnd ging Julia in ihr Schlafzimmer. Lustlos öffnete sie den Kleiderschrank. Da war das alte, bewährte blaue Seidenkleid, aber das hatte sie getragen, als sie und Paul … Es war ein Fehler gewesen, dass sie so wenig festliche Kleider eingepackt hatte. Sie zog ein schwarzes Kleid hervor, das ihr seit fünf Jahren gute Dienste geleistet hatte, und legte es aufs Bett. CeeCee würde wahrscheinlich Einspruch erheben. Julia suchte weiter.

»Die Auswahl ist leider sehr beschränkt«, sagte sie, als sie hörte, dass CeeCee ins Zimmer kam. »Aber wer weiß, mit ein paar guten Ideen kann man vielleicht was daraus machen.« Sie drehte sich um. »Was ist das?«

»Eben abgeliefert worden.« CeeCee stellte den Karton aufs Bett und trat zurück. »Ich denke, Sie sollten ihn öffnen.«

»Ich habe nichts bestellt.« Der Karton trug keinerlei Aufschrift. Julia zuckte mit den Schultern und zerrte an dem Einwickelpapier.

»Lassen Sie mich das machen.« Ungeduldig nahm CeeCee eine Nagelfeile vom Nachttisch und schlitzte das Papier auf.

»Ich möchte Sie gern mal am Weihnachtsmorgen beobachten.« Julia strich sich eine Haarsträhne aus dem Gesicht. »Seidenpapier«, sagte sie. »Das mag ich.« Aber ihr Lachen wich einem Laut des Erstaunens, als sie es hochhob.

Smaragdfarbene Seide schimmerte, Straßsteine glitzerten.

Vorsichtig nahm Julia das Kleid aus dem Karton. Es war lang, schmal geschnitten und wirklich aufsehenerregend, ein Seidenhauch, der den Körper wie Luft umgeben würde. Vorn war es hochgeschlossen. Der mit Glitzersteinen bestickte Kragen wurde im Nacken zu einer Schleife gebunden. Auch die Manschetten der langen, enganliegenden Ärmel waren bestickt. Der Rückenausschnitt reichte bis zur Taille.

Julia wusste nicht, was sie sagen sollte.

»Hier ist eine Karte.« CeeCee biss sich auf die Unterlippe, als sie Julia die Karte gab.

»Von Eve. Sie sagt, sie würde sich freuen, wenn ich es heute Abend tragen würde.«

»Und was meinen Sie?«

»Ich denke, dass sie mich in eine schwierige Situation gebracht hat.« Zögernd legte Julia das Kleid auf den Karton. »Ich kann das unmöglich annehmen.«

CeeCee schaute auf das Kleid hinunter, dann sah sie Julia an. »Sie mögen es nicht?«

»Ich? Es ist fabelhaft.« Julia gab der Versuchung nach, den zarten Stoff mit der Hand zu streicheln. »Überwältigend.«

»Wirklich?«

»Und wahnsinnig teuer.« Sie nahm sich zusammen und legte eine Lage Seidenpapier über das Kleid. Verführerisch schimmerte das wundervolle Smaragdgrün hindurch. »Es ist nicht richtig. Es ist sehr großzügig von ihr, aber es ist nicht richtig.«

»Das Kleid ist nicht richtig?«

»Doch, CeeCee, es ist ein Traum. Es ist mehr eine moralische Frage.« Es war eine schwierige Entscheidung. Natürlich wollte sie das Kleid haben, wollte die Seide auf ihrem Körper spüren, sich in eine andere verwandeln, in eine todschicke Frau. »Ich bin Eve Benedicts Biografin, und das ist alles. Ich werde mich wohler fühlen in ...« Das war eine glatte Lüge. »Es ist passender, wenn ich eines meiner eigenen Kleider trage.«

»Aber es ihr Ihr Kleid.« CeeCee nahm das Kleid und hielt es Julia an. »Es ist für Sie gemacht worden.«

»Ich gebe zu, dass es meinem Stil entspricht und dass es meine Größe zu haben scheint …«

»Nein, ich meine, es ist für Sie gemacht worden. Ich selber habe es für Sie entworfen.«

»Sie haben es gemacht?« Verblüfft drehte sie sich um, sodass sie im Spiegel sehen konnte, wie das Kleid wirkte.

»Miss B. hat mich darum gebeten. Sie wollte, dass Sie heute Abend etwas ganz Besonderes tragen. Und sie liebt nun einmal Überraschungen. Ich musste Ihren Kleiderschrank durchsehen.« CeeCee rieb sich ihre feuchten Hände an den abgeschnittenen Jeans ab. Julia schwieg. »Ich weiß, das war ungezogen. Aber ich wollte, dass es zu Ihnen passt. Sie lieben kräftige Farben, daher dachte ich, das Smaragdgrün würde Ihnen gefallen, und der Stil … Ich dachte, unterkühlter Sex wäre das richtige. Sie verstehen schon, klassisch, aber nicht prüde oder so.« Erschöpft ließ sich CeeCee auf das Bett fallen. »Sie hassen es. Ist schon in Ordnung«, fuhr sie fort, als Julia sich zu ihr umwandte. »Ich meine, ich bin nicht beleidigt. Ich verstehe schon, es ist nicht ganz Ihr Stil.«

Julia hob eine Hand, um endlich zu Wort zu kommen. »Habe ich nicht gesagt, dass es wundervoll ist?«

»Yeah, natürlich. Sie wollten meine Gefühle nicht verletzen.«

»Als ich das gesagt habe, wusste ich noch gar nicht, dass Sie es gemacht haben.«

CeeCee schürzte die Lippen, als sie darüber nachdachte. »Ja, das stimmt.«

Julia legte das Kleid beiseite und legte ihre Hände auf CeeCees Schultern. »Es ist ein unwahrscheinliches Kleid, das tollste, das ich je hatte.«

»Dann werden Sie es also doch tragen?«

»Wenn Sie glauben, dass ich die Gelegenheit verpasse, ein echtes McKenna-Modell zu tragen, müssen Sie verrückt geworden sein.« Sie lachte, als CeeCee aufsprang und sie umarmte.

»Miss B. wollte, dass ich auch ein paar Accessoires dazu

aussuche.« Sie holte einen Samtbeutel unter dem Seidenpapier hervor. »Hier, ein Clip. Ich dachte, Sie könnten die Haare vielleicht hochstecken – so.« Sie nahm ihr eigenes Haar hoch, um zu zeigen, wie sie es sich gedacht hatte. »Und es hier mit dem Clip festhalten. Und die Ohrringe, schulterlang.« Mit vor Aufregung glänzenden Augen hielt sie sie hoch. »Was meinen Sie?«

Julia nahm sie in die Hand und entfachte ein kleines Feuerwerk von glitzernden Steinen, als sie sie nur leicht in Bewegung brachte. Sie hatte sich nie für einen Typ gehalten, zu dem schulterlange Ohrringe passen. Aber CeeCee zuliebe war sie bereit, es wenigstens eine Nacht lang zu versuchen. »Ich glaube, sie werden erschlagen sein bei meinem Anblick.«

Zweieinhalb Stunden später ließ sich Julia nach einem langen, weiblichen Ritual mit Cremes, Ölen, Puder und Parfüm von CeeCee in das Kleid helfen.

»Gut?« Sie wollte zum Spiegel gehen, aber CeeCee hielt sie fest.

»Noch nicht. Erst die Ohrringe.«

Während Julia sie anlegte, zog CeeCee den Rock zurecht und machte sich am Kragen zu schaffen.

»Okay. Jetzt können Sie sich bewundern.«

Julia sah auf den ersten Blick, dass das Kleid hielt, was es versprochen hatte. Das Funkeln der Straßsteinchen belebte die langen, kühlen Linien. Der hohe Kragen und die langen Ärmel wirkten feierlich, der tiefe Rückenausschnitt lockerte diesen Eindruck wieder etwas auf.

»Ich komme mir vor wie Cinderella«, murmelte Julia. Sie drehte sich um und streckte CeeCee die Hände entgegen. »Ich weiß nicht, wie ich Ihnen danken soll.«

»Das ist kein Problem. Wenn Sie auf das Kleid angesprochen werden, erzählen Sie den Leuten einfach, dass Sie eine neue Designerin entdeckt haben. Sie heißt CeeCee McKenna.«

Julia war sehr aufgeregt, als sie zum Hauptgebäude hinüberging. Der erste Eindruck war überwältigend.

Ein Meer von Blumen, in dem sich drei Nixen aus Eis tummelten. Die Tische waren mit schneeweißen Leinentüchern bedeckt und mit köstlichen Speisen beladen. Der Champagner floß in Strömen, und zwischen den Baumkronen funkelten die Sterne. Die Gäste stellten eine glanzvolle Mischung zwischen alt und jung dar, Hollywoods Tribut an die Jugend und an die Ausdauer, dachte Julia. Man sah Victor Flannigan und Peter Jackson, Eves alte, dauerhafte Liebe und ihren jüngsten Flirt.

Juwelen glitzerten im Wetteifer mit der sanften Beleuchtung. Der zarte Duft von Rosen, Kamelien und Magnolien vermischte sich mit den verschiedensten Parfümnoten. Musik übertönte das Gelächter und Stimmengewirr.

Hier waren mehr »Stars« als in einem Planetarium, dachte Julia amüsiert, als sie die bekannten Gesichter von Film und Fernsehen wiedererkannte, bedeutende und weniger bedeutende. Zusammen mit Produzenten, Regisseuren, Autoren und der Presse bildeten sie eine richtige kleine Armee.

Das ist Hollywood, dachte sie, wo Ruhm und Macht vereinigt sind.

Sie verbrachte mehr als eine Stunde damit, sich unter die Gäste zu mischen, versuchte, sich im Kopf Notizen zu machen und bedauerte nur, dass es nicht angebracht war, einfach den Rekorder zu benutzen.

Schließlich sehnte sie sich nach einer Ruhepause und ging weiter in den Garten hinein, um einfach der Musik zu lauschen. »Untergetaucht?«, fragte Paul.

Ihr Lächeln kam zu schnell, so schnell, dass sie froh war, dass sie ihm den Rücken zuwandte. Ihm war es auch recht, denn er genoss den Anblick.

»Ich hol nur mal schnell Luft«, sagte sie und redete sich ein, dass sie nicht auf ihn gewartet, nicht Ausschau nach ihm gehalten hatte, oder sich gar nach ihm gesehnt hatte.

»Bist du vornehm später gekommen?«

»Später, ja. Ich kam gerade so gut voran mit dem siebten Kapitel.« Er bot ihr eins der beiden Champagnergläser an, die er mitgebracht hatte. Als er sie anblickte, fragte er sich, ob es wirklich so dringend notwendig gewesen war, diese letzten Seiten auch noch zu schreiben. Sie duftete wie ein Garten bei Einbruch der Dunkelheit und sah aus wie die leibhaftige Verführung.

»Und wie war's bisher?«

»Nun, man hat mir die Hand geküsst, die Wange getätschelt, und einmal hat mir jemand in den Hintern gekniffen.« Mit lachenden Augen schaute sie ihn über den Rand des Glases hinweg an. »Ich musste vielen gezielten Fragen über Eves Buch ausweichen, viele fragende Blicke und das Gewisper Neugieriger ignorieren. Und ich habe einen kleinen hässlichen Streit zwischen zwei unglaublich gut aussehenden Geschöpfen über irgendjemanden, der Clyde heißt, unterbrochen.«

Er ließ einen Finger über ihren Ohrring gleiten, der die seidige Schulter berührte. »Fleißiges Mädchen.«

»Nun weißt du, weshalb ich eine Atempause brauchte.«

Abwesend nickte er, während er die Gruppen von Leuten auf der Terrasse und dem Rasen beobachtete. Sie erinnerten ihn an äußerst elegante Tiere, die man in einem sehr teuren Zoo hielt. »Wenn Eve eine Party gibt, dann fehlt es an nichts.«

»Es ist eine großartige Party, mit allen Köstlichkeiten dieser Erde von Fernost bis Alaska, von Frankreich bis Maine. Die Artischockenherzen wurden, glaube ich, aus Spanien eingeflogen.«

»Aber das ist noch längst nicht alles. Siehst du den Mann da drüben? Den Weißhaarigen, der so zerbrechlich aussieht? Er lehnt sich auf einen Korbsessel und wird von einer Rothaarigen gestützt, die gebaut ist wie …«

»Ja, ich sehe ihn.«

»Michael Torrent.«

»Torrent?« Julia trat einen Schritt vor, um ihn besser sehen zu können. »Aber ich dachte, er hätte sich an die Riviera zurückgezogen. Schon vor einem Monat habe ich versucht, wegen eines Interviews Kontakt zu ihm aufzunehmen.«

Versuchsweise glitt Paul mit einer Fingerspitze über ihr

Rückgrat und freute sich, als er spürte, wie sie zitterte. »Mit bloßem Rücken gefällst du mir fast ebenso gut wie mit nackten Füßen.«

Sie wollte sich nicht ablenken lassen durch diesen feinen Feuerstrom, der durch ihre Wirbelsäule glitt. Vorsichtshalber wich sie ein wenig zurück. Paul kräuselte die Lippen. »Wir sprachen gerade über Torrent«, sagte er. »Was glaubst du, weshalb er diese weite Reise auf sich genommen hat, für freies Essen und Champagner?«

»Wahrscheinlich dachte er, eine Einladung zu dieser ganz besonderen Party wäre die Reise wert. Und wer ist das?«

Bevor sie Paul bitten konnte, mit seinen Fingerspielchen aufzuhören, zeigte sie auf einen Mann, den er auch schon länger beobachtet hatte. »Anthony Kincade ist hier. Ich weiß wirklich nicht, warum Eve ihn eingeladen hat.«

»Vielleicht will sie auch gar nicht, dass du es verstehst.«

»Nun, zwei ihrer ehemaligen Männer …«

»Drei«, warf Paul ein. »Gerade kommt Damien Priest auf die Terrasse.«

Julia erkannte ihn sofort. Obwohl er der einzige von Eves Ehemännern war, der nicht im Filmgeschäft steckte, war er eine Berühmtheit auf seinem eigenen Gebiet. Bevor er sich im Alter von fünfunddreißig Jahren zurückgezogen hatte, war Priest ein großer Tennisstar gewesen. Ein Champion von Wimbledon und der Sieger bei zahllosen internationalen Turnieren.

Priest war hochgewachsen und schlank, er hatte eine enorme Reichweite und eine gefährliche Rückhand. Sein offensichtlicher Sex-Appeal konnte keiner Frau entgehen. Als Julia ihn sah, den Arm um die Taille einer jungen Frau gelegt, verstand sie sofort, weshalb Eve ihn geheiratet hatte.

Seine Heirat mit Eve hatte die gesamte Presse mobilisiert. Er war fast zwanzig Jahre jünger als sie gewesen, als sie zusammen nach Las Vegas durchgebrannt waren. Obwohl ihre Ehe nur ein stürmisches Jahr lang gehalten hatte, zehrten die Boulevardzeitungen noch Monate später davon.

»Drei von vier«, murmelte Julia und fragte sich, was sie daraus machen konnte. »Und dein Vater?«

»Tut mir leid. Nicht einmal diese Party konnte ihn von einer seiner Lear-Aufführungen wegbringen.« Paul leckte die letzten Champagnertropfen aus seinem Glas und fragte sich, wie Julias nackter Rücken wohl unter seiner Zunge schmekken mochte. »Ich habe aber den Auftrag, ihm alles Wissenswerte zu berichten.«

»Hoffen wir, es gibt etwas in der Art.«

»Beschwör keinen Ärger herauf.« Er legte eine Hand auf ihren Arm. »Außer ihren Ehemännern könnte ich dir jede Menge ehemaliger Liebhaber, alter Rivalen und in Ungnade geratener Freunde zeigen.«

»Warum tust du es nicht?«

Er schüttelte den Kopf. »Es sind auch reichlich Leute hier, die wahrscheinlich sehr glücklich wären, wenn die Sache mit dem Buch platzen würde.«

Jetzt war sie doch etwas irritiert. »So wie du.«

»Ja. Ich habe lange darüber nachgedacht, dass irgendjemand bei dir eingebrochen ist und deine Aufzeichnungen durchwühlt hat. Vielleicht war es reine Neugier, aber ich bezweifle es. Ich habe dir von Anfang an gesagt, dass ich nicht will, dass Eve verletzt wird. Ich will auch nicht, dass dir etwas passiert.«

»Wir sind beide erwachsen, Paul. Vielleicht beruhigt es dich, wenn ich dir sage, dass alles, was Eve mir bisher erzählt hat, sehr persönlicher Art ist und gewiss für einige Leute peinlich. Ich glaube aber wirklich nicht, dass irgendetwas davon als Drohung aufgefasst werden könnte.«

»Sie ist noch nicht fertig. Und sie …« Er kniff die Augen zusammen und umklammerte mit den Fingern den Glasstiel.

»Was ist los?«

»Da ist noch einer von Eves Freunden namens Michael.« Seine Stimme klang sehr kühl, aber seine Augen waren eiskalt geworden. »Delrickio.«

»Michael Delrickio?« Julia versuchte, den Mann, zu dem

Paul so finster hinstarrte, ausfindig zu machen. »Sollte ich ihn kennen?«

»Nein. Und wenn du Glück hast, wirst du den Rest deines Lebens verbringen, ohne ihn kennenzulernen.«

»Warum?« Jetzt entdeckte sie den Mann, der aus Drakes Büro gekommen war. »Ist es dieser würdevoll aussehende Mann mit dem Silberhaar und dem Schnurrbart?«

»Das Aussehen kann täuschen.« Paul gab ihr sein leeres Glas in die Hand. »Entschuldige mich.«

Ohne auf die Leute zu achten, die ihn beim Namen nannten oder versuchten, ihm eine Hand auf den Arm zu legen, ging Paul direkt auf Delrickio zu. Es mag an dem Ausdruck in seinen Augen gelegen haben oder an der Wut, die nicht zuletzt in seinem heftigen Gang zum Ausdruck kam, dass die Leute ihm auswichen und der stämmige Joseph näher an Delrickio heranrückte.

Paul warf einen langen, herausfordernden Blick auf Josephs Muskelpakete, dann fixierte er Delrickio. Der hatte keine Miene verzogen, trotzdem stand Joseph jetzt direkt neben ihm. »Hallo, Paul. Es ist lange her.«

»Zeit ist relativ. Wie bist du durch das Tor geschlüpft, Delrickio?«

Der andere seufzte und legte sich ein zartes Blätterteigteilchen auf den Teller. »Du lässt es immer an Respekt fehlen. Eve hätte mir doch erlauben sollen, dir damals Disziplin beizubringen.«

»Vor fünfzehn Jahren war ich noch ein Junge, und du warst ein Stück Abschaum der Menschheit. Der Unterschied zu heute besteht darin, dass ich kein Junge mehr bin.«

Delrickio hatte es schon seit Langem gelernt, seine Wut zu beherrschen. Heiß und wild stieg sie in ihm auf, aber in wenigen Sekunden war es ihm gelungen, sie zu besiegen. »Deine Manieren machen der Frau, die heute ihr Haus für uns geöffnet hat, keine Ehre.« Sorgsam wählte er ein weiteres Hors d'œuvre aus. »Auch Gegner haben neutralen Boden zu respektieren.«

»Dies hier ist nie neutraler Boden gewesen. Wenn Eve dich eingeladen hat, ist ihr ein Irrtum unterlaufen. Die Tatsache, dass du hier bist, zeigt mir, dass du keinen Begriff von dem Wort Ehre hast.«

Erneut flackerte in Delrickio Wut auf. »Ich bin hier, um die Gastfreundschaft einer schönen Frau zu genießen.« Er lächelte, aber seine Augen glühten. »So, wie ich es früher getan habe.«

Paul machte eine schnelle Bewegung, auf die Joseph sofort reagierte. Er schob die Hand in sein Jackett und hielt den Lauf einer Automatik 32 unterhalb seiner Armbeuge an Pauls Brust. »Oh!« Julia stolperte und vergoss ein volles Glas Champagner über Josephs glänzenden Abendanzug. »Oh, es tut mir ja so leid. Wie schrecklich. Wirklich, ich habe keine Ahnung, wie ich so ungeschickt sein konnte.« Aufgeregt zog sie Josephs Taschentuch aus seiner Tasche, lächelte und hockte sich vor ihm hin.

»Ich trockne alles ab, bevor es Flecke gibt.«

Die Unruhe, die sie verursachte, brachte die Leute in der näheren Umgebung zum Lachen. Sie lächelte Joseph gekonnt an und hielt ihm ihre Hand hin, dass ihm kaum etwas anderes übrig blieb, als ihr auf die Füße zu helfen, und sie zwischen ihm und Paul stand.

»Ihr Taschentuch ist ganz durchnässt.«

Er brummte irgendetwas und stopfte es in seine Tasche.

»Sind wir uns nicht schon irgendwo begegnet?«, fragte sie.

»Lassen Sie nur, Julia.« Eve stand plötzlich neben ihr. »Es beeinträchtigt Ihre Wirkung beträchtlich, wenn Sie vor einem Mann in die Knie gehen. Hallo, Michael.«

»Eve.« Er nahm ihre Hand und führte sie langsam an seine Lippen. Das alte Verlangen brannte in ihm, und seine Augen wurden dunkler. Auch wenn Paul ihr nicht erzählt hätte, dass die beiden ein Liebespaar gewesen waren, hätte Julia es jetzt erkannt. »Schöner als je.«

»Du siehst blühend aus. Ich sehe, du hast alte Bekannte getroffen – und neue. An Paul erinnerst du dich natürlich. Und dies ist meine charmante, wenn auch ein wenig ungeschickte Biografin, Julia Summers.«

»Miss Summers.« Er führte Lippen und Schnurrbart über ihre Handknöchel. »Ich bin entzückt, sie kennenzulernen.«

Bevor sie antworten konnte, hatte Paul den Arm um ihre Taille gelegt und sie an seine Seite gezogen. »Warum, zum Teufel, ist er hier, Eve?«

»Paul, sei nicht unhöflich. Mr. Delrickio ist ein Gast. Ich frage mich, Michael, ob du schon Gelegenheit gehabt hast, mit Damien zu sprechen? Ich kann mir vorstellen, dass ihr zwei viel miteinander über alte Zeiten zu besprechen habt.«

»Nein.«

Eves Augen funkelten ebenso kalt wie die Brillanten um ihren Hals. Sie lachte. »Julia, es wird dich interessieren, dass ich meinen vierten Ehemann durch Michael kennenlernte. Damien und Michael waren … Würdest du sagen, dass ihr Geschäftspartner gewesen seid, Darling?«

Es gab niemanden in seinem Leben, der ihm so erfolgreich einen Tiefschlag versetzen konnte wie Eve Benedict. »Wir hatten – gemeinsame Interessen.«

»Wie geschickt du das ausgedrückt hast. Nun, Damien zog sich als Champion zurück, und alle bekamen, was sie wollten. Nein, mit Ausnahme von Hank Freemont. So eine schreckliche Tragödie. Interessieren Sie sich für Tennis, Julia?«

»Nein, da muss ich passen.«

»Nun, das liegt fünfzehn Jahre zurück. Wie die Zeit vergeht.« Sie nahm einen kleinen Schluck Champagner. »Freemont war Damiens gefährlichster Gegner – vielleicht sogar sein Albtraum. Sie kamen in die Vereinigten Staaten. Zuerst spielten sie unentschieden. Es wurden hohe Wetten auf sie abgeschlossen. Um es kurz zu machen, Freemont nahm eine Überdosis Kokain und Heroin, einen Speedball, wie sie es wohl nennen. Es war tragisch. Aber dann wurde Damien Champion. Die auf ihn gesetzt hatten, gewannen ganz nette Summen.« Langsam fuhr sie mit einem ihrer karminrot lackierten Fingernägel über den Rand des Glases. »Du bist ein Spieler, nicht wahr, Michael?«

»Das sind alle Männer.«

»Und manche haben mehr Glück als andere. Bitte lass dich von mir nicht abhalten, dich unter die Leute zu mischen, das Büfett aufzusuchen, die Musik zu genießen, alte Freunde zu treffen. Ich hoffe, dass sich noch die Gelegenheit zu einem Gespräch ergeben wird, bevor die Party zu Ende ist.«

»Mit Sicherheit.« Er drehte sich um und erblickte Nina, die in kurzer Entfernung hinter ihm stand. Ihre Blicke trafen sich und konnten sich nicht wieder voneinander lösen. Sie senkte zuerst die Lider und lief schnell ins Haus zurück.

»Eve«, sagte Julia, aber die schüttelte nur den Kopf.

»Himmel, ich brauche eine Zigarette.« Dann setzte sie ein strahlendes Lächeln auf. »Johnny, Darling, wie reizend, dass du gekommen bist.« Sie ging weiter und ließ sich von allen Seiten küssen und umarmen.

Julia zuckte mit den Schultern und wandte sich an Paul. »Was hatte das zu bedeuten?«

Er nahm ihre Hand. »Du zitterst ja.«

»Ich fühle mich, als hätte man mich durch eine Mühle gedreht. Sag mal …« Sie biss sich auf die Zunge, als Paul zwei frisch gefüllte Gläser von einem Tablett nahm, das ein Kellner vorübertrug.

»Drei langsame Schlucke«, befahl er.

Sie gehorchte, denn sie musste sich wirklich beruhigen. »Paul, hat dieser Mann wirklich mit einer Pistole auf dein Herz gezielt?«

Obwohl er sie amüsiert anlächelte, lag in seinen Augen ein gefährlicher, harter Ausdruck. »Und hast du mich wirklich mit einem Glas Champagner gerettet?«

»Es hat geklappt«, erwiderte sie kurz, dann trank sie wieder einen Schluck. »Ich möchte von dir wissen, warum du mit diesem Mann auf diese Weise geredet hast, wer er ist und weshalb er einen bewaffneten Leibwächter mitgebracht hat.«

»Habe ich dir schon gesagt, wie wunderschön du heute Abend aussiehst?«

»Antworte mir.«

Stattdessen stellte er sein Glas auf einem schmiedeeisernen Tischchen ab und nahm ihr Gesicht in seine Hände. Bevor sie ausweichen oder sich auch nur darüber klar werden konnte, ob sie das eigentlich wollte, küsste er sie sehr viel leidenschaftlicher, als es in der Öffentlichkeit üblich war. Sie spürte, dass unter der Oberfläche bitterer Zorn in ihm schwelte.

»Halt dich fern von Delrickio«, sagte er ruhig, dann küsste er sie wieder. »Und wenn du den Rest des Abends genießen willst, halt dich auch von mir fern.«

Er ließ sie los, drehte sich um und ging ins Haus, um sich einen stärkeren Drink zu suchen.

»Eine gute Show bis jetzt, oder?«

Julia stieß einen langen Seufzer aus, als Victor ihr leicht auf die Schulter klopfte. »Ja, ich wünschte nur, irgendjemand hätte mir das Drehbuch gegeben.«

»Eve zieht in der Regel Spiele aus dem Stegreif vor.« Er warf einen Blick in die Runde und ließ das Eis in seinem Sodawasser klirren. »Sie hat ganz offensichtlich Spaß daran, alles in Unruhe zu versetzen. Sie hat es tatsächlich fertiggebracht, fast alle Mitspieler heute Abend hier zu versammeln.«

»Ich nehme nicht an, dass Sie mir sagen werden, wer Michael Delrickio ist?«

»Ein Geschäftsmann.« Victor lächelte ihr zu. »Haben Sie Lust, mit mir ein wenig im Garten spazierenzugehen?«

Sie würde es also allein herausfinden müssen. »Ja, gern.« Sie verließen die Terrasse und überquerten den Rasen. Das Orchester spielte *Moonglow*, als sie das festlich beleuchtete Terrain verließen. Julia dachte daran, wie sie vor ein paar Wochen Victor und Eve unter demselben Mond durch denselben Garten hatte schlendern sehen.

»Ich hoffe, dass es Ihrer Frau besser geht.« Sein Gesichtsausdruck verriet ihr, dass sie zu rasch vorgegangen war. »Es tut mir leid. Eve hat erwähnt, dass sie krank war.«

»Sie sind sehr diplomatisch, Julia. Ich bin sicher, dass sie Ihnen noch einiges mehr erzählt hat.« Er nahm einen Schluck Sodawasser und kämpfte gegen sein Verlangen nach Whisky an. »Muriel befindet sich nicht mehr in unmittelbarer Gefahr. Aber ich fürchte, die Genesung wird langwierig und schwierig sein.«

»Es ist bestimmt nicht leicht für Sie.«

»Es könnte leichter sein, aber Eve sperrt sich dagegen.« Mit müden Augen schaute er Julia an. Als er sah, wie das Mondlicht über ihr Gesicht glitt, wurde irgendeine Saite in seinem Inneren angeschlagen, die er nicht näher bestimmen konnte. Heute Abend war der Garten für junge Leute bestimmt, und er war alt. »Ich weiß, dass Eve Ihnen von uns erzählt hat.«

»Ja, aber das wäre nicht nötig gewesen. Ich habe Sie beide vor einigen Wochen hier beisammen gesehen.« Als er erstarrte, legte sie eine Hand auf seinen Arm. »Ich habe nicht herumspioniert. Ich war nur zur falschen Zeit am falschen Platz.«

»Oder zur richtigen Zeit am richtigen Ort«, sagte er grimmig.

Julia nickte und überlegte sich ihre Worte sehr genau, während er sich eine Zigarette anzündete. »Ich weiß, es war ein privates Treffen, aber ich kann es nicht bedauern, dass ich in der Nähe war. Ich habe zwei Menschen gesehen, die eine tiefe Liebe miteinander verbindet. Es hat mich weder schockiert noch veranlasst, an die Schreibmaschine zu eilen. Es hat mich bewegt.«

Seine Finger lockerten sich, aber sein Blick blieb kalt. »Eve war immer das Beste in meinem Leben, aber auch das Schlimmste. Können Sie verstehen, weshalb ich das, was wir gemeinsam durchlebt haben, nicht an die Öffentlichkeit kommen lassen möchte?«

»Ja, das kann ich.« Sie nahm die Hand von seinem Arm. »Ich kann aber auch verstehen, weshalb sie den Drang hat, alles zu erzählen. Wie sehr ich auch mit Ihnen sympathisieren mag, in erster Linie bin ich ihr verpflichtet.«

»Ihre Loyalität ist bewundernswert. Auch wenn sie fehl am Platz ist. Ich möchte Ihnen etwas über Eve erzählen. Sie ist eine faszinierende Frau, sie hat ein unglaubliches Talent, ist echter Gefühle fähig und besitzt eine ungebrochene Kraft. Aber sie lässt sich oft von Impulsen leiten, macht ungeheure Fehler, die ihr ganzes Leben verändern, und das nur aufgrund der Eingebung eines Augenblicks. Sie wird dieses Buch bereuen, aber dann ist es vielleicht zu spät.« Er warf die Zigarette hin und trat sie aus. »Zu spät für uns alle.«

Julia ließ ihn gehen. Sie konnte ihn weder trösten noch irgendeine Zusicherung geben. Sie verstand ihn sehr gut, aber Eve war ihre Auftraggeberin. Plötzlich überkam sie Müdigkeit, und sie ließ sich auf eine der Marmorbänke sinken. Es war ruhig hier. Die Band war übergewechselt zu *My Funny Valentine,* und es sang eine schnulzige Sängerin. Eve war offenbar in nostalgischer Stimmung. Julia versuchte, sich all das ins Gedächtnis zurückzurufen, was sie gesehen und gehört hatte, und sich eine Meinung zu bilden.

Während sie ihre Gedanken schweifen ließ, hörte sie Stimmen in einiger Entfernung. Zuerst war sie ärgerlich, sie brauchte so dringend ein wenig Ruhe. Dann erwachte die Neugier in ihr. Mit Sicherheit handelt es sich um einen Mann und eine Frau, dachte sie. Und mit Sicherheit hatten sie Streit. Eve vielleicht, dachte sie, und wusste nicht, ob sie gehen oder bleiben sollte.

Sie hörte einen Fluch in italienischer Sprache, dem ein Wortschwall folgte, dann das bitterliche Weinen einer Frau.

Julia presste die Finger an ihre Schläfen und stand auf. Es war entschieden das Beste zu gehen.

»Ich weiß, wer Sie sind.«

Sie sah eine Frau in schimmerndem, jungfräulichem Weiß den Weg entlangtaumeln. Auf der Stelle erkannte sie Gloria DuBarry. Das Weinen war sofort verstummt, obwohl die zierliche und sehr betrunkene Schauspielerin aus der entgegengesetzten Richtung gekommen war.

»Miss DuBarry«, sagte Julia und fragte sich, was zum Teufel jetzt von ihr erwartet wurde.

»Ich weiß, wer Sie sind«, wiederholte Gloria und stolperte vorwärts. »Eves kleine Schmiererin. Ich will Ihnen etwas sagen, wenn Sie irgendetwas über mich schreiben, nur ein einziges Wort, reiße ich Ihnen den Arsch auf.«

Die jungfräuliche Königin war sinnlos betrunken, stellte Julia fest. »Vielleicht sollten Sie sich besser setzen.«

»Rühren Sie mich nicht an.« Gloria schlug Julias Hand beiseite, dann packte sie sie am Arm und krallte ihre Nägel hinein. Sie beugte sich vor, und Julia zuckte mehr vor ihrem Atem zurück als vor ihren Nägeln. Gloria roch nicht nach Champagner, sondern nach hochprozentigem Whisky.

»Sie sind es, die mich anrührt, Miss DuBarry«, erklärte Julia ruhig.

»Wissen Sie, wer ich bin? Wissen Sie, was ich bin? Ich bin eine verdammte Institution.« Obwohl sie bedrohlich schwankte, waren ihre Finger fest wie Eisendraht. »Wenn Sie sich mit mir anlegen, legen Sie sich mit allen Müttern, amerikanischem Apfelkuchen und der verfluchten amerikanischen Nationalflagge an.«

Julia versuchte, Glorias Hand abzuschütteln, und stellte fest, dass die zierliche Frau über erstaunliche Kräfte verfügte. »Wenn Sie mich nicht loslassen«, zischte sie wütend, »werde ich Sie niederschlagen.«

»Sie hören mir jetzt zu.« Gloria gab Julia einen Stoß, der fast bewirkt hätte, dass sie über die Marmorbank gesegelt wäre. »Wenn Sie wissen, was gut für Sie ist, vergessen Sie alles, was sie Ihnen erzählt hat. Es sind nur Lügen, grausame, boshafte Lügen.«

»Ich weiß nicht, wovon Sie reden.«

»Sie wollen Geld?« Gloria spie die Worte förmlich aus. »Ist es das? Sie wollen mehr Geld. Wie viel? Wie viel wollen Sie?«

»Ich will, dass Sie mich in Ruhe lassen. Wenn Sie mit mir reden wollen, tun Sie es besser, wenn Sie nüchtern sind.«

»Ich bin nie betrunken.« Mit einem ausgesprochen boshaften Blick stieß Gloria ihren Handballen zwischen Julias Brüste. »Ich bin, verdammt noch mal, nie betrunken, vergessen Sie das nicht! Ich brauche mir nicht von einer dreckigen kleinen Schmiererin sagen zu lassen, dass ich betrunken bin.«

Jetzt reichte es Julia. Sie packte eine Handvoll Chiffon an Glorias Hals. »Wenn Sie mich noch einmal anrühren …«

»Gloria.« Pauls Stimme klang ganz ruhig, als er näher kam. »Fühlst du dich nicht wohl?«

»Nein.« Blitzschnell schaltete sie auf Tränen um. Es wirkte völlig natürlich. »Ich weiß nicht, was mit mir los ist. Ich fühle mich so schwach.« Sie presste ihr Gesicht an sein Jackett. »Wo ist Marcus? Marcus wird sich um mich kümmern.«

»Ich bringe dich ins Haus, damit du dich hinlegen kannst. Dann hole ich Marcus.«

»Ich habe so furchtbare Kopfschmerzen«, jammerte sie, als Paul sie fortführte.

Er warf Julia über die Schultern einen Blick zu. »Setz dich hin«, sagte er.

Julia setzte sich und überkreuzte die Arme vor ihrer Brust. Zehn Minuten später war Paul wieder da und nahm mit einem langen Seufzer neben ihr Platz. »Ich glaube nicht, dass ich sie schon je zuvor betrunken gesehen habe. Willst du mir erzählen, was eigentlich los war?«

»Ich verstehe es selber nicht. Aber ich will Eve bei nächster Gelegenheit festnageln, um es herauszubekommen.«

Neugierig ließ er seinen Finger über ihren Nacken kreisen. »Und was wolltest du tun, wenn Gloria dich noch einmal anrührte?«

»Ihr einen Schlag versetzen – direkt auf ihr Kinn.«

Er lachte und drückte sie an sich. »Himmel, was für eine Frau. Ich wünsche mir wirklich, ich wäre zehn Sekunden später hier aufgekreuzt.«

»Ich mag keinen Streit.«

»Nein, das weiß ich. Im Gegensatz dazu, hat Eve an einem einzigen, von Stars überfüllten Abend gleich unzählige Auseinandersetzungen in Lauf gesetzt. Soll ich dir erzählen, was du bei deinem Ausflug in den Garten alles versäumt hast?«

Er versuchte, sie zu beruhigen, und sie hatte das Gefühl, dass sie ihm wenigstens eine Chance dazu geben sollte. »In Ordnung.«

»Kincade ist fett und bedrohlich herumgewatschelt und hat es nicht fertiggebracht, Eve zu einem privaten Gespräch zu bewegen. Anna del Rio, die Designerin, erzählt gehässige Geschichten über die Gastgeberin, anscheinend in der Hoffnung, dadurch allem zuvorzukommen, was Eve über sie erzählen könnte.« Er zog eine Zigarette heraus. Als das Licht des Feuerzeugs sein Gesicht beleuchtete, wirkte es im Gegensatz zu seiner leicht amüsierten Stimme sehr angespannt. »Drake ist umhergehüpft, als hätte er heiße Kohlen in der Hose.«

»Vielleicht hängt das irgendwie damit zusammen, dass ich Delrickio und diesen anderen Mann letzte Woche in Drakes Büro gesehen habe.«

»Tatsächlich?« Paul blies langsam den Rauch aus. »Nun, ja, zurück zur Party. Torrent sieht mitleiderregend aus, was sich noch verstärkte, nachdem er ein kleines Tête-à-tête mit Eve hatte. Priest übt sich in herzlichem Gelächter und kleidsamen Posen. Aber als er mit Eve tanzte, fing er an zu schwitzen.«

»Klingt ganz so, als sollte ich zurückkehren und mir selber ein Bild machen.«

»Julia.« Er hinderte sie daran aufzustehen. »Wir müssen über Verschiedenes reden. Ich komme morgen.«

»Morgen nicht«, sagte sie, um es ein wenig hinauszuzögern. »Ich habe etwas mit Brandon vor.«

»Dann Montag, wenn er in der Schule ist.«

»Ich habe einen Termin um halb zwölf mit Anna in ihrem Studio.«

»Dann bin ich um neun bei dir.« Er stand auf und reichte ihr die Hand, um ihr beim Aufstehen zu helfen.

Zusammen gingen sie der Musik und dem Gelächter entgegen. »Paul, bist du gekommen, um mich mit Taschentüchern und Sympathie vor Gloria zu retten?«

»Es hat geklappt.«

»Dann steht's eins zu eins.«

Er zögerte nur einen Augenblick, dann verschränkte er seine Finger mit ihren. »Stimmt genau.«

16 Die Party dauerte bis gegen drei Uhr früh. Ein paar Unentwegte waren noch damit beschäftigt, den letzten Champagner zu schlürfen und sich die Reste des Belugas von den Fingern zu lecken. Vielleicht waren sie sogar klüger als jene, die am nächsten Tag mit verquollenen Augen, Kopfschmerzen und Magenbeschwerden aufwachten. Denn viele von denen, die zu einer angemesseneren Zeit gegangen waren, versäumten den Nachtschlaf ebenso, nur ohne diese Annehmlichkeiten.

Anthony Kincade saß im Bett und rauchte eine Zigarre, obwohl sein Arzt ihn eindringlich davor gewarnt hatte. Eine jede konnte die letzte seines Lebens sein. Er hatte seinen umfangreichen Oberkörper in ein Smokingjackett aus Brokat gehüllt, und sein Herz klopfte so wild, als flirte es schadenfroh mit einem Infarkt. Neben ihm schlief ein Junge, bäuchlings ausgestreckt in seidenen Laken und Federkissen und erschöpft von einer winzigen Dosis Rauschgift und einer brutalen Sexorgie. Sein glatter, schlanker Rücken war von einer Reihe hässlicher, rosaroter Wunden bedeckt.

Kincade bedauerte es nicht, dass er sie ihm zugefügt hatte – der Junge war schließlich gut bezahlt worden –, aber er bedauerte, dass er sie nur einem Ersatzobjekt hatte zufügen können. Die ganze Zeit, in der er die Peitsche geschwungen hatte und während der er hart und grausam in den Jungen eingedrungen war, hatte er davon geträumt, Eve auf diese Weise zu bestrafen.

Diese Hexe. Diese Hurenhexe. Er keuchte, als er seinen Fettwanst bewegen musste, um das Glas Portwein neben seinem Bett zu erreichen. Glaubte sie etwa, dass sie ihm drohen könnte? Glaubte sie etwa, sie könnte ihr Spielchen mit ihm spielen und ihn mit der in Aussicht gestellten Enthüllung triezen und nervös machen?

Sie würde es nicht wagen, das, was sie wusste, zu veröffentlichen. Aber wenn sie ... Seine Hand zitterte, als er den Wein schlürfte. Seine unter den tief herabhängenden Hautfalten fast versteckten Augen glitzerten zornig. Wenn sie es doch tat, wie viele andere würden dann auch den Mut aufbringen, in die gleiche Kerbe zu schlagen? Das konnte er nicht zulassen. Er wollte es nicht zulassen.

Er könnte verhaftet werden, einen Prozess durchstehen müssen, vielleicht sogar ins Gefängnis wandern.

So weit würde es nicht kommen. Er musste es verhindern. Er rauchte, trank, schmiedete Pläne. Der junge Prostituierte neben ihm brummelte im Schlaf vor sich hin.

Delrickio saß in Long Beach in seinem Whirlpool und ließ das heiße, nach Jasmin duftende Wasser über seinen gebräunten, trainierten Körper strömen. Vorher, gleich nach seiner Rückkehr, hatte er mit seiner Frau geschlafen. Sanft und liebevoll. Seine hübsche Teresa schlief jetzt den Schlaf der Gerechten.

Himmel, er verehrte seine Frau wirklich, und er hatte sich gehasst, weil er von Eve geträumt hatte, als er ihr beigewohnt hatte. Von all den Sünden, die er begangen hatte, war dies die einzige, die er bereute. Selbst das, was Eve jetzt machte, womit sie drohte, reichte nicht aus, um den Hunger in ihm zu stillen. Und das war seine Buße.

Er gab sich Mühe, seine Muskeln nicht wieder in Spannung zu versetzen, beobachtete den Dampf, der wie Rauch zu den farbigen Glasfenstern aufstieg und die Sterne verdunkelte. So war sie für ihn gewesen, wie Rauch, der seine Sinne vernebelte, seinen Verstand blockierte. Wusste sie denn nicht, dass er für ihre Sicherheit gesorgt, sie glücklich gemacht und mit allen Dingen, die eine Frau sich nur wünschen konnte, überschüttet hätte? Aber sie hatte ihn zurückgewiesen, ihn mit einer Endgültigkeit und Brutalität aus ihrem Leben ausgegrenzt, die dem Tode glichen. Und das alles wegen der Geschäfte. Er zwang sich zur Ruhe und wartete, bis sein Zorn abgeebbt war. Ein Mann, der mit seinem Herzen denkt, macht Fehler – wie er es getan hatte. Es war seine Schuld gewesen, dass Eve Kenntnis erhalten hatte von ein paar unkonventionellen Praktiken bei Delrickios Geschäften. Seine Vernarrtheit hatte ihn unvorsichtig gemacht. Er hatte geglaubt oder glauben wollen, dass er ihr vertrauen konnte.

Dann hatte sie ihm die Sache mit Damien Priest vorgehalten und ihn dabei mit wahrem Abscheu angesehen.

Der frühere Tennisspieler war keine Gefahr, die nicht jederzeit ausgeschaltet werden konnte. Aber damit war nicht viel getan. Es war Eve, die die so sorgfältig aufgebaute Fassade der Wohlanständigkeit zum Einsturz bringen konnte.

Er würde die Sache in Ordnung bringen müssen, wenn er es auch noch so sehr bedauerte. Aber es ging um seine Ehre, und die war noch wichtiger als seine Liebe.

Gloria DuBarry kuschelte sich an ihren schlafenden Ehemann und ließ ihren Tränen freien Lauf. Sie fühlte sich elend, zu viel Alkohol hatte immer diese Wirkung auf sie. Es war Eves Schuld, dass sie zu viel getrunken hatte und so verdammt nahe daran gewesen war, sich zu demütigen.

Es war alles Eves Schuld. Ihre und die der neugierigen Hexe aus dem hinterwäldlerischen Osten.

Sie waren darauf aus, dass sie alles verlor – ihren guten Ruf, ihre Ehe, vielleicht sogar ihre Karriere. Und das alles wegen eines einzigen Fehlers. Wegen eines kleinen Fehlers.

Schniefend strich sie ihrem Mann über die nackte Schulter. Sie fühlte sich fest an, solide, so wie das Vierteljahrhundert einer krisenfesten Ehe. Sie liebte Marcus so sehr. Er sorgte so gut für sie. Wie oft hatte er sie seinen Engel genannt, seinen fleckenlosen, reinen Engel?

Wie sollte er verstehen, wie sollte irgendjemand verstehen, dass die Frau, die ihre Karriere darauf aufgebaut hatte, sommersprossige Jungfrauen zu spielen, eine leidenschaftliche, unerlaubte Affäre mit einem verheirateten Mann gehabt hatte? Und dass sie eine illegale Abtreibung hinter sich hatte, um sich von der Folge dieser Affäre zu befreien?

O Gott, hätte sie selber jemals geglaubt, dass sie sich in Michael Torrent verlieben würde? Das Schlimmste dabei war, dass er im Film ihren Vater gespielt hatte, während sie sich heimlich in schmuddeligen Motels getroffen hatten. Ihren Vater!

Wie schrecklich, ihm heute Abend von Angesicht zu Angesicht gegenüberzustehen, jetzt, wo er alt war, halb verkrüppelt, fast ein Greis. Sie mochte gar nicht daran denken, dass sie einst seine Geliebte gewesen war. Wie entsetzlich. Sie hasste ihn. Sie hasste Eve. Sie wünschte, sie wären beide tot. Überwältigt von Selbstmitleid, weinte sie in ihre Kissen.

Michael Torrent war an schlimme Nächte gewöhnt. Seine weit vorgeschrittene Arthritis sorgte dafür, dass er fast nie schmerzfrei war. Alter und Krankheit hatten ihn zerstört. Aber heute Nacht waren es die Gedanken, die ihm den Schlaf fernhielten, nicht der Körper.

Er konnte das Alter verfluchen, das seinen Körper ruiniert hatte, ihm alle Energie geraubt hatte, ihm nicht einmal die Freuden des Sex gelassen hatte. Er hätte weinen können bei dem Gedanken, dass er früher ein König gewesen war und jetzt nicht einmal mehr ein richtiger Mann. Die Erinnerung daran, was er einst gewesen war, quälte ihn so sehr, als würde sein müder Körper mit heißen Nadeln gepeinigt. Aber das, all das, war im Grunde unbedeutend.

Jetzt drohte Eve damit, ihm auch noch das wenige zu nehmen, was ihm geblieben war, sein Stolz und sein Image.

Vielleicht konnte er nicht mehr auftreten, aber er hätte immer noch seine Legende gehabt. Er wurde geehrt, bewundert, geachtet, seine Fans und die Kollegen hatten ihn als einen großen, alten Mann im Gedächtnis behalten, als einen der Könige aus der romantischen Epoche Hollywoods. Grant und

Gable, Power und Flynn waren tot. Aber Michael Torrent, der am Ende seiner Karriere weise alte Großväter gespielt hatte, lebte noch. Er lebte, und sie standen von ihren Plätzen auf und zollten ihm Beifall, wenn er sich irgendwo blicken ließ.

Er hasste den Gedanken daran, dass Eve der Welt erzählen wollte, dass er seinen besten und engsten Freund betrogen hatte, Charlie Gray. Jahrelang hatte er seinen Einfluss dazu benutzt, dass Charlie nur Nebenrollen bekam. Er hatte hinter seinem Rücken gegen ihn intrigiert und ihn mit jeder seiner Frauen betrogen. Wie sollte er irgendjemandem erklären, dass es damals ein Spiel für ihn gewesen war, ein belangloses, kindisches Spiel, hervorgerufen von jugendlichem Übermut und Neid? Charlie war besser gewesen, geschickter und sogar eindeutig hübscher als er. Er hatte Charlie nicht verwunden wollen, nicht wirklich. Nach seinem Selbstmord war er von schrecklichen Schuldgefühlen geplagt worden, bis er Eve alles erzählt hatte. Er hatte Trost erwartet, Verständnis, aber sie hatte ihm nichts davon gegeben, sondern einen Wutanfall bekommen. Dieses Bekenntnis hatte ihre Ehe zerstört. Und jetzt wollte Eve das, was von seinem Leben übrig geblieben war, auch noch zerstören.

Wenn sie nicht irgendjemand daran hinderte.

Drake war in Schweiß gebadet. Ruhelos lief er in seinem Haus umher, noch nicht genug betrunken, um schlafen zu können. Immer noch fehlten ihm fünfzigtausend Dollar, und die Zeit lief erbarmungslos ab.

Er musste sich beruhigen, das wusste er, aber die Begegnung mit Delrickio hatte ihm den Rest gegeben.

Delrickio hatte ganz höflich, ja, freundschaftlich mit ihm geplaudert, und die ganze Zeit hatte Joseph dabeigestanden und ihn völlig leidenschaftslos beobachtet. Es war, als hätte er ihn nie geschlagen, als ob die Drohung, die er damit zum Ausdruck gebracht hätte, überhaupt nicht existierte.

Das machte die ganze Angelegenheit nur noch schlimmer, das Wissen, dass alles, was man ihm auch immer antun mochte, ohne jedes Gefühl, kühl und sachlich durchgeführt werden würde, als Teil eines Geschäftes, das zum Abschluss kommen musste. Wie sollte er Delrickio je davon überzeugen können, dass er mit Julia gut vorankam, jetzt, wo alle Welt sie an der Seite von Paul Winthrop gesehen hatte?

Es musste einen Weg geben, an sie und an die Tonbänder heranzukommen oder an Eve.

Er musste diesen Weg finden. Was immer er auch riskieren musste, es war nicht vergleichbar mit dem Risiko, das er auf sich nahm, wenn er nichts tat.

Victor Flannigan dachte an Eve. Dann an seine Frau. Er fragte sich, wie er in eine so enge Beziehung zu zwei so grundverschiedenen Frauen kommen konnte. Beide konnten sein Leben zerstören, die eine aufgrund ihrer Schwäche, die andere aufgrund ihrer Stärke.

Er wusste, dass er allein die Schuld daran trug. Beiden hatte er das Beste gegeben, was er hatte, und sie damit beide und sich selber betrogen.

Einen Weg zurück gab es nicht, er konnte die bestehenden Verhältnisse nicht ändern. Alles, was er noch tun konnte, war, dagegen zu kämpfen, dass alles enthüllt wurde.

Ruhelos wälzte er sich auf dem großen, leeren Bett umher, sehnte sich nach Eve und fürchtete sich gleichzeitig vor ihr. In der gleichen Weise hing er am Whisky – sehnsuchtsvoll und ängstlich. Niemals hatte er von beidem genug bekommen können. Wie oft er es auch versucht hatte, immer wieder holten ihn diese beiden großen Versuchungen ein. Obwohl er inzwischen gelernt hatte, den Drink zu verabscheuen, selbst wenn er durstig war, so konnte er der Frau doch nichts anderes entgegenbringen als Liebe.

Seine Kirche würde ihn nicht dafür verdammen, wenn er eine Flasche Whisky leerte, wohl aber für eine einzige Liebesnacht mit Eve. Und es hatte Hunderte solcher Nächte gegeben.

Aber selbst die Angst um sein Seelenheil brachte es nicht fertig, dass er auch nur eine einzige davon bereute.

Warum konnte Eve nicht verstehen, dass er Muriel beschützen musste, wie schwer es ihm auch immer werden mochte? Warum bestand sie nach all diesen Jahren darauf, all die vielen Lügen und Geheimnisse preiszugeben? Wusste sie nicht, dass sie darunter ebenso würde leiden müssen wie er?

Er stand auf und ging ans Fenster, um den langsam sich aufhellenden Himmel zu beobachten. In einigen Stunden würde er seine Frau besuchen.

Er musste einen Weg finden, um Muriel zu beschützen und um Eve vor sich selbst zu retten.

Damien Priest wartete in seiner Suite im Beverly Wilshire auf den Sonnenaufgang. Er nahm weder Alkohol noch Drogen, um schlafen zu können. Er wollte wach und frisch bleiben, damit er nachdenken konnte.

Wie viel wollte sie bekanntmachen? Wie viel würde sie wagen zu veröffentlichen? Er glaubte, dass diese Party arrangiert worden war, um ihm panische Angst einzujagen. Er hatte ihr diese Befriedigung nicht verschafft. Er hatte gelacht, Storys erzählt, auf Hinterteile geklopft. Himmel, er hatte sogar mit ihr getanzt.

Wie glattzüngig sie ihn gefragt hatte, was der Sport denn mache. Wie boshaft ihr Gesichtsausdruck gewesen war, als sie Delrickios gutes Aussehen gelobt hatte.

Aber er hatte nur gelächelt. Wenn sie gehofft hatte, ihn erschrecken zu können, war sie enttäuscht worden.

Er saß da und starrte aus dem Fenster. Und war sehr, sehr verängstigt.

Eve legte sich mit einem langen, zufriedenen Seufzer ins Bett. Soweit es sie betraf, war die Party ein großartiger Erfolg gewesen. Außer dem Vergnügen, das es ihr bereitet hatte zu beobachten, wie einige »Auserwählte« am liebsten Amok gelaufen wären, hatte sie sich ehrlich darüber gefreut, Julia und Paul so vertraut beisammen zu sehen.

Darin lag irgendwie eine seltsame, beruhigende Gerechtigkeit, dachte sie, als ihr die Augen zufielen. Nicht nur Gerechtigkeit, sondern auch eine gute Dosis Rache.

Sie war traurig darüber, dass Victor immer noch verärgert war. Er würde akzeptieren müssen, dass sie das tat, was sie tun musste. Vielleicht schon bald.

Allein in dem riesigen Bett, wünschte sie sich sehnsüchtig, dass er heute Nacht bei ihr geblieben wäre. Ihre Liebe wäre die Krönung des Abends gewesen, hinterher hätten sie sich aneinanderkuscheln und schläfrig bis zum Sonnenaufgang miteinander reden können.

Bald schon würde die Sonne tatsächlich aufgehen. Eve schloss fest die Augen und hing in Gedanken diesem einfachen Wunsch nach.

Als sie in den Schlaf hinüberglitt, hörte sie Nina in die Halle gehen. Sie lief ruhelos in ihrem Zimmer auf und ab, bevor sie die Tür schloss. Armes Mädchen, dachte Eve. Sie macht sich viel zu viel Sorgen.

Um neun Uhr morgens war das Fitnesstraining beendet. Julia war verschwitzt und vollkommen fertig. In alles andere als attraktiven Turnhosen verließ sie das Hauptgebäude und zog das T-Shirt darüber, als sie an Lyle vorüberkam, der vor der Garage stand und einen Wagen polierte.

Es gefiel ihr nicht, wie er sie anschaute und auch nicht, dass er ihr jeden Morgen, wenn sie das Haus verließ, auf dem Weg begegnete. Wie immer grüßte sie ihn kühl und höflich.

»Guten Morgen, Lyle.«

»Miss.« Er berührte den Rand seiner Kappe eher anzüglich als servil. »Hoffentlich haben Sie nicht zu schwer geschuftet.« Es machte ihm Spaß, sich vorzustellen, wie sie äußerst knapp bekleidet im Übungsraum schwitzte. »Ich würde bestimmt nicht behaupten, dass Sie diese Übungen brauchen.«

»Es gefällt mir«, log sie und ging weiter in dem Bewusstsein, dass er sie beobachtete.

Paul erwartete sie bereits auf der Terrasse. Er hatte seine

Füße auf einen Sessel gelegt. Ein Blick zu ihr, und er musste grinsen. »Du siehst aus, als könntest du eine Erfrischung gebrauchen.«

»Fritz«, sagte sie und suchte in den Hosentaschen nach ihren Schlüsseln. »Meine Arme fühlen sich an wie zwei ausgeleierte Gummibänder.« Als sie die Tür geöffnet und ihre Tasche auf dem Küchentisch abgelegt hatte, ging sie sofort zum Kühlschrank. »Bei der spanischen Inquisition wäre er ein Star gewesen. Heute hat er mir das Geständnis abgerungen, dass ich an Höllenhunde und Voodoo glaube.«

»Du hättest lügen können.«

Sie prustete los und goss sich ein Glas Saft ein. »Niemand bringt es fertig zu lügen, wenn er in diese großen, ernsten, blauen Augen blickt. Man würde sonst vielleicht geradewegs in der Hölle landen. Willst du auch ein Glas?«

»Nein, danke.«

Als sie das Glas geleert hatte, fühlte sie sich schon fast wieder wie ein Mensch. »Ich habe noch ungefähr eine Stunde Zeit, dann muss ich mich umziehen.« Erfrischt und bereit zur Arbeit, setzte sie das leere Glas auf dem Büfett ab. »Worüber willst du mit mir sprechen?«

»Über verschiedene Dinge.« Er fing an, mit ihrem Pferdeschwanz zu spielen. »Zunächst über die Tonbänder.«

»Deswegen brauchst du dir keine Sorgen zu machen.«

»Es ist eine gute Vorsichtsmaßnahme, Jules, das Haus abzuschließen, aber es reicht nicht.«

»Das ist auch noch nicht alles. Komm!« Sie führte ihn durch das Haus zu ihrem Büro. Auf dem Wege stellte er fest, dass überall Vasen und Krüge mit Blumen standen. Ein großer Teil der milchweißen Blumen der Party hatten hier ein Zuhause gefunden. »Geh weiter«, sagte sie und zeigte auf ihren Schreibtisch. »Schau hinein.«

Paul öffnete die Schublade. Sie war leer. »Wo sind sie?« Es ärgerte sie ein bisschen, dass er gar nicht überrascht zu sein schien. »In einem Safe. Ich nehme nur dann eines heraus, wenn ich es unmittelbar für meine Arbeit brauche.« Sie schloss die Schublade wieder. »Wenn irgendjemand wieder hier herumstöbern sollte, wird er oder sie leer ausgehen.«

»Ganz so harmlos ist das nicht.«

»Was meinst du damit?«

»Ich meine, dass vielleicht jemand etwas mehr riskieren könnte.« Er setzte sich auf die Schreibtischecke und schaute sie aufmerksam an. »Denk nur an Gloria DuBarrys Verhalten bei der Party.«

Julia zuckte mit den Schultern. »Sie war betrunken.«

»Genau. Das allein ist schon äußerst ungewöhnlich. Ich habe Gloria noch nie so sinnlos betrunken gesehen.« Er nahm einen Briefbeschwerer in die Hand, eine Kristallkugel mit vielen Facetten, und bewegte ihn hin und her. Eine Kaskade von farbigen Lichtstrahlen blinkte. Er fragte sich, ob sich auch Julia so verändern würde, ob sie, wenn man sie richtig anfasste, ihre kühle Ruhe in heiße Leidenschaft verwandelte.

»Sie hat dich gewarnt. Wovor?«

»Ich weiß es nicht. Wirklich nicht«, setzte sie hinzu, als er sie nur anstarrte. »Ihr Name ist bei den Sitzungen mit Eve höchstens beiläufig mal gefallen. Auch heute haben wir über ganz andere Dinge gesprochen.« Eves geplante Reise nach Georgia hatte zur Debatte gestanden, weiter Peter Jackson, Brandons bevorstehender Test in Sozialkunde und Julias Bedürfnis, sich jedes halbe Jahr die Haare abzuschneiden.

Sie stieß geräuschvoll die Luft aus und ließ sich in den Schreibtischsessel fallen.

»Gloria schien anzunehmen, dass ich irgendetwas schreiben würde, was ihren Ruf bedroht. Sie hat mir sogar Geld angeboten, obwohl ich den Eindruck hatte, dass sie mich viel lieber umgebracht hätte.« Als Paul die Augen zusammenkniff, stöhnte sie. »Du lieber Himmel, Paul, das war sarkastisch gemeint.« Dann lachte sie und lehnte sich zurück. »Ich sehe die Szene vor mir. Gloria DuBarry, als Nonne wie in dem Film *McReedy's Little Devils,* verfolgt die unerschrockene Autorin. Sie springt sie an und erwürgt ihr Opfer mit ihrer rosa Perlenkette. Wie klingt das?«

»Nicht halb so lustig, wie du es gemeint hast.« Er setzte die Kristallkugel beiseite. »Julia, ich möchte, dass du mir die Tonbänder vorspielst.«

»Du weißt, dass ich das nicht kann.«

»Ich will dir helfen.«

Seiner Stimme war so sehr anzumerken, wie verzweifelt er sich um Geduld bemühte, dass sie ihre Hand ausstreckte und seine berührte. »Ich weiß das Angebot zu würdigen, Paul, aber ich glaube wirklich nicht, dass ich Hilfe brauche.«

»Das könnte sich ändern. Willst du es mir dann sagen?«

Da sie ganz sichergehen wollte, dass sie die Wahrheit sagte, überlegte sie einen Augenblick. »Ja.« Sie lächelte, als ihr klar wurde, dass es gar nicht zu schwierig oder gefährlich war, jemandem zu vertrauen. »Ja, das werde ich.«

»Zumindest habe ich eine Antwort bekommen.« Er griff nach ihrer Hand, bevor sie sie fortziehen konnte. »Und wenn du glaubst, dass Eve Hilfe braucht?«

Diesmal zögerte sie keine Sekunde. »Dann wirst du der erste sein, dem ich es sage.«

Zufrieden wandte er sich einem anderen Problem zu. »Jetzt möchte ich dich etwas anderes fragen.«

Sie entspannte sich, der schwierigste Teil schien vorüber zu sein. »Und ich denke immer noch, dass ich das Interview mit dir bekomme.«

»Das bekommst du schon noch. Glaubst du mir, dass ich mir ernsthaft Sorgen um dich mache?«

Das war nicht unbedingt die Frage, die sie erwartet hatte. »Ja, jetzt glaube ich es.«

Der einfache kleine Satz verriet ihm viel mehr als ein klares Ja oder Nein. »Hat es in deinem Leben nie eine feste, anhaltende Bindung gegeben?«

Viel zu fest lag seine Hand über ihrer und seine Handfläche war rauer, als man es bei einem Schriftsteller erwartet hätte.

Dem Griff seiner Hand hätte sie Widerstand entgegensetzen können, aber nicht seinem Blick. Wenn es schon unmöglich war, Fritz anzulügen, so war es zwecklos, es bei Paul zu versuchen.

»Ich denke nicht, mit Ausnahme von Brandon natürlich.«

»Und du willst es nicht anders?«, fragte er, fast ein wenig ängstlich, weil es so wichtig war.

»Ich habe wirklich nie darüber nachgedacht.« Sie stand auf, in der Hoffnung, damit zu verhindern, dass sie immer enger eingekreist wurde. »Ich hatte auch keinen Grund dazu.«

»Jetzt hast du einen.« Er legte ihr die freie Hand unters Kinn. »Und ich glaube, dass es Zeit ist, dass ich dafür sorge, dass du damit anfängst.«

Er küsste sie, und in seinem Kuss lag fast zu viel Leidenschaft sowie eine Spur von Verärgerung und Frustration. Er zog sie enger an sich und freute sich, als er spürte, tatsächlich spürte, wie ihre Haut wärmer wurde durch das Blut, das schneller durch die Adern an der Hautoberfläche jagte. Ungeheuer erregend war der feine Beigeschmack von Panik, als sie ihre Lippen unter seinem Mund öffnete.

Er presste seine Oberschenkel um ihre Hüften, seine Zähne knabberten an ihren Lippen, seine Zunge glitt dazwischen. Er hörte, dass sie stöhnte, als er mit den Händen unter ihr T-Shirt griff und an ihrer Wirbelsäule auf- und niederglitt.

Ihr wurde heiß und kalt, sie zitterte und schwitzte gleichzeitig unter seiner zärtlichen Berührung. Aber sie hatte keine Angst mehr. Bei all den anderen Gefühlen, die er sie spüren ließ, hatte ihre Angst keine Chance mehr aufzukommen. Wünsche, die sie so lange verdrängt hatte, stiegen in ihr auf wie eine Flut, die alles andere überschwemmte – alles, bis auf ihn.

Sie schien zu schweben, als sie, an ihn geklammert, zentimeterweise über den Fußboden glitt. Sie hatte das Gefühl, endlos so dahinzutreiben, schwach, so schwach, dass sie sich von ihm führen lassen musste.

Aber als er den Kopf senkte, um ihren Hals zu küssen, merkte sie, dass sie nicht schwebte, sondern langsam aus dem Büro, durch das Wohnzimmer zur Treppe geführt worden war.

So sah die Wirklichkeit aus. Und in der Wirklichkeit bedeutete es nichts anderes als Unterwerfung, wenn man sich so willenlos führen ließ.

»Wo gehen wir hin?« War das ihre Stimme, mit diesem kehligen, atemlosen Klang?

»Diesmal, dieses erste Mal, brauchst du ein Bett.«

»Aber …« Sie versuchte verzweifelt, einen klaren Gedanken zu fassen, doch sein Mund war so dicht über dem ihren. »Es ist hellichter Vormittag.«

Er musste lachen, obwohl sein Puls raste und er ganz wild darauf war, sie endlich zu besitzen. »Himmel, du bist süß.« Er schaute sie voll an. »Ich will mehr, Julia. Du hast Gelegenheit gehabt, mir zu sagen, was du willst.« Er zog ihr das T-Shirt über den Kopf und ließ es auf die Treppenstufen fallen. Sie trug nichts darunter. Ihre nackte Haut roch verführerisch nach Seife und parfümiertem Öl. »Willst du, dass ich warte, bis die Sonne untergeht?«

Sie stieß einen kleinen, halb alarmierten, halb entzückten Schrei aus, als er sie streichelte. »Nein.«

Er drückte sie sanft gegen die Wand und fuhr fort, sie mit seinen rauen, erfahrenen Händen verführerisch zu streicheln. Sein Atem ging so schwer, als hätte er einen Berg erstiegen und nicht eine Treppe. Sie spürte ihn heiß an ihrer Wange, an ihrem Hals.

»Was willst du, Julia?«

»Dies.« Ihr Mund bewegte sich heftig unter seinem. Und jetzt war sie es, die ihn die restlichen Stufen hochzog und in ihr Schlafzimmer führte. »Dich.« Mit zitternden Händen griff sie nach den Knöpfen an seinem Hemd. Sie fummelte daran herum, fluchte. Himmel, sie sehnte sich wahnsinnig danach, ihn zu berühren. Wo dieser schreckliche Hunger auch immer hergekommen sein mochte, er brannte sie innerlich aus. »Ich schaffe es nicht. Es ist so lange her.« Schließlich ließ sie ihre ungeschickten Hände sinken und schloss die Augen.

»Du hast es wunderbar gemacht.« Er hätte fast gelacht, aber er wusste, dass sie keine Ahnung davon hatte, was ihre heftigen, unerfahrenen Versuche bewirkt hatten. »Entspann dich, Julia«, murmelte er, als er sie aufs Bett legte. »Man verlernt nie etwas ganz, was so wichtig ist.«

Sie brachte ein kleines, verstörtes Lächeln zustande. Sein Körper über dem ihrem fühlte sich an, als wäre er aus Eisen. »Das sagt man auch vom Radfahren, aber ich neige dazu, das Gleichgewicht zu verlieren und herunterzufallen.«

Er fuhr mit der Zunge über ihre Kinnlinie, verblüfft, wie sehr ein einziges leichtes Erzittern von ihr ihn erregte. »Ich sage es dir, wenn du anfängst zu schwanken.«

Als sie die Hand wieder nach ihm ausstreckte, griff er nach ihrer Hand und führte sie. Dann rieb er sein Glied an ihren Fingern. Er war zu rasch vorgegangen und schalt sich dafür, als er sie beobachtete. Er hatte zu sehr an seine eigenen Bedürfnisse gedacht. Sie brauchte Rücksichtnahme und Geduld und so viel Zärtlichkeit, wie er ihr nur geben konnte.

Irgendetwas hatte sich geändert. Sie wusste nicht genau, was es war, aber plötzlich herrschte eine andere Stimmung. Nicht weniger erregend, aber so viel sanfter und liebevoller. Er berührte sie nicht mehr so besitzergreifend, es war eher so, als versuchten seine Hände, ihren Körper langsam kennenzulernen. Als er sie küsste, war keinerlei Frustration mehr zu spüren, sondern nur noch eine unwiderstehliche Überredungskraft.

Er spürte, wie sie sich entspannte, bis sie schließlich wie schmelzendes heißes Wachs unter ihm lag. Er hätte nie geglaubt, dass diese Art von Hingabe, von Vertrauen es möglich machen konnte, dass er sich wie ein Held vorkam.

Und gerade deshalb wollte er ihr mehr geben von der Zärtlichkeit, die sie so dringend brauchte.

Langsam und ohne sie aus den Augen zu lassen, löste er das Band, das ihr Haar zusammenhielt, und das sich nun wie ein Fächer aus dunklem Gold über dem rosaroten Kissen ausbreitete. Als sie die Lippen leicht öffnete, küsste er sie sanft und wartete, bis sie selber den Kuss vertiefte. Als ihre Zunge die seine suchte, stöhnte er leise auf.

Obwohl ihre Finger immer noch zitterten, schaffte sie es

diesmal, seine Knöpfe zu öffnen. Mit einem langen zufriedenen Seufzer fühlte sie seine nackte Haut auf der ihren. Sie schloss die Augen und spürte, wie sein Herzschlag mit ihrem wetteiferte.

Jetzt hatte ihr Gefühl endgültig die Oberhand gewonnen, und sie ließ ihrem Mund und ihren Händen freien Lauf das zu tun, was sie wollte, ohne irgendein Zögern oder Bedauern. Sie war so ausgehungert. Sie hatte so lange abstinent gelebt, und jetzt verlangte die Natur energisch ihr Recht. Sie wollte nicht länger auf etwas verzichten, was sie so sehr brauchte.

Ihre Lippen glitten fieberhaft über sein Gesicht, seinen Hals. Er sagte irgendetwas, rasch und mit rauer Stimme, und sie hörte ihr Lachen, das mit einem Keuchen abbrach, als er sich verzweifelt an sie presste.

Als er mit seiner Zunge über ihre Brustspitzen glitt, bäumte sie sich unter ihm auf. Ihre Erregung erreichte einen vorläufigen Höhepunkt, als sie seine Zähne spürte, das plötzliche, gierige Zugreifen seines Mundes. Mit einem Aufstöhnen, das tief aus ihrer Kehle kam, presste sie seinen Kopf fest an sich. Sie begehrte ihn und bot ihm an, was er verlangte.

Mehr noch.

Die Luft war erfüllt vom Duft der Kamelien, die in einer Schale auf ihrem Nachttisch standen. Das Bett ächzte unter ihnen. Sonnenstrahlen drangen durch die Vorhänge ein und verwandelten das Dämmerlicht in ein warmes, verführerisches Gold. Jedes Mal, wenn er sie berührte, schien hinter ihren schweren Lidern eine Explosion in allen Farben des Regenbogens stattzufinden.

Er hatte sie dahin bringen wollen, dass sie langsam die höchsten Gipfel der Leidenschaft erklomm. Dabei fiel es ihm nicht leicht, seine eigenen Wünsche zu bezwingen, aber er schaffte es, ihr immer noch mehr zu geben, sie beide weiter hinzuhalten, und es war eine große Befriedigung für ihn, als sie seinen Namen ausrief.

Ihre Haut war weich wie Seide und duftete nach den Ölen, die so geschickt in ihre Muskeln einmassiert worden waren.

In großem Verlangen zog er ihr die Turnhose herunter und stöhnte, als er feststellte, dass sie darunter nackt war.

Aber jetzt konnte er noch länger warten und es genießen, ihre langen, schlanken Schenkel zu streicheln. Sie zu küssen. Als er sich dann auf sie legte, genügte die leiseste Berührung, um sie zum Höhepunkt zu bringen.

Es kam völlig überraschend. Sie war im ersten Augenblick nur verblüfft, dann überwältigt und erschüttert. Nach all diesen sanften Liebkosungen war die plötzliche Glutwelle, die sie durchfuhr, erschreckend. Sie war ganz dazu angetan, sie süchtig zu machen. Er beobachtete, wie ihre Augen glasig wurden, spürte, wie ihr Körper erschauerte, hörte, wie sie nach Luft rang.

Als sie erschlaffte, richtete er sich zitternd auf und wartete darauf, dass sie ihre Augen öffnete, um seinem Blick zu begegnen.

Dann glitt er in sie hinein und sie kam ihm entgegen – wie Eisen in eine samtene Hülle. Miteinander verschmolzen, bewegten sie sich instinktiv im gleichen, alten, wundervollen Rhythmus. Als ihre Augenlider wieder anfingen zu zittern, öffnete sie die Arme, um ihn ganz eng an sich zu ziehen. Und als sie dieses Mal den Höhepunkt erreichte, riss sie ihn mit.

Er lag ganz ruhig da, ohne sich von ihr zu trennen. Der Geruch ihrer erhitzten Haut vermischte sich mit dem zarten Duft der Kamelien. Das Licht, das durch die Vorhänge drang, schien weder dem Tag noch der Nacht anzugehören, sondern irgendeinem zeitlosen Zwischenraum. Ihr Körper bewegte sich bei jedem ruhigen Atemzug, den sie machte, leicht in seinen Armen. Als er den Kopf hob, konnte er ihr Gesicht sehen. Es war immer noch gerötet von der Glut der Leidenschaft. Er brauchte sie nur auf den Mund zu küssen, um sich wieder in die Stimmung zu versetzen, in der sie beide eine so große Erfüllung gefunden hatten.

Er hatte gedacht, dass er die Liebe kannte, verstand, würdigte. Wie oft hatte er schon eine Frau verführt? Aber das hier war etwas anderes. Mit dieser Frau hatte sich alles auf einer ganz anderen Ebene abgespielt. Er wollte ihr klarmachen, dass sie miteinander immer wieder dorthin gelangen konnten.

»Ich habe dir ja gesagt, dass du dich wieder an alles erinnern würdest.«

Langsam öffnete sie die Augen. Sie waren riesig, dunkel und schläfrig. Sie lächelte. Er hatte unrecht, aber das brauchte sie ihm jetzt nicht zu sagen. Sie hatte noch nie etwas Vergleichbares erlebt.

»Heißt das, dass es so gut und richtig für dich war?«

Er grinste, dann knabberte er an ihrem Ohrläppchen. »Es bedeutet eine ganze Menge mehr. Ich habe gerade daran gedacht, dass wir einen sehr produktiven Tag verbringen könnten, wenn keiner von uns sich vom Fleck rührt.«

»Produktiv?« Sie fuhr ihm mit den Fingern durchs Haar und dann das Rückgrat herunter, während er sich an ihren Hals kuschelte. »Vielleicht einen interessanten Tag. Einen sehr angenehmen sicher, aber ein produktiver Tag sieht anders aus. Mein Interview mit Anna sollte, nun, ja, produktiv sein.« Faul warf sie einen Blick auf die Uhr. Mit einem kleinen Aufschrei versuchte sie aufzuspringen, aber er hielt sie fest. »Es ist elf Uhr fünfzehn. Wie ist das möglich? Es war doch erst kurz nach neun, als wir …«

»Die Zeit rast«, murmelte er, sehr geschmeichelt. »Das kannst du nicht mehr schaffen.«

»Aber …«

»Du brauchst fast eine Stunde, um dich anzuziehen und hinzufahren. Mach lieber einen anderen Termin aus.«

»Mist. Das ist absolut unprofessionell.« Sie schlängelte sich aus seinen Armen und zog die Schublade des Nachttisches auf, um nach der Nummer zu suchen. »Es ist meine eigene Schuld, wenn sie sich weigert, mir noch eine Chance zu geben.«

»So gefällst du mir«, sagte er, als sie das Telefon heranzog. »Ganz heiß und durcheinander.«

»Sei still, während ich überlege.« Sie strich sich das Haar von den Augen und wählte seufzend.

Faul grinste nur und fing an, an ihren Zehen zu knabbern. »Tut mir leid«, sagte er, »aber das hier ist eine meiner ganz besonderen Fantasieträume, den ich jetzt erfüllen muss.«

»Es ist jetzt kaum die richtige Zeit …« Sie warf den Kopf zurück. »Paul, bitte, ich muss doch … Oh, Gott! Was?« Sie rang nach Luft, während der Anrufbeantworter die Standardbegrüßung wiederholte. Er beschäftigte sich mit ihrem Fuß, glitt mit der Zunge über das Gewölbe. Himmel, wie war es möglich, dass die Erregung von dort aus bis in die Haarspitzen steigen konnte? »Ich … Hier ist Julia Summers. Ich habe um halb zwölf eine Verabredung mit Ms. de Rio.« Er war jetzt bei ihren Fußknöcheln angelangt, und Julia hörte das Blut in ihren Schläfen brausen. »Ich, äh, ich brauche einen neuen Termin. Ich hatte ein …« Heiße Küsse, mit offenem Mund, an ihrer Wade. »Ein unvorhersehbarer Notfall. Ich bitte Ms. …«

»Del Rio«, sagte Paul, dann fuhr er mit den Zähnen über die Innenseite ihres Knies. Julia presste die Finger zusammen. »Ich bitte sie um Entschuldigung. Und ich melde mich wieder. Danke.«

Das Telefon knallte auf den Boden.

17 Drake rief dem Wächter am Tor einen fröhlichen Gruß zu. Kaum war er hindurchgefahren, fing er auch schon an, sich zu kratzen und mit den Zähnen zu knirschen. Der Stress der letzten Tage hatte einen nervösen Hautausschlag hervorgerufen, der stark juckte und sich rasch ausbreitete. Die Cremes und Lotions, die er aufgetragen hatte, halfen überhaupt nicht. Als er am Gästehaus ankam, wimmerte er leise und redete mit sich selber.

»Kommt schon alles in Ordnung. Kein Grund zur Sorge. In fünf Minuten ist die Sache erledigt.«

Er schwitzte heftig, wodurch die aufgekratzten Stellen schrecklich schmerzten.

Er hatte noch achtundvierzig Stunden Zeit. Der Gedanke daran, was Joseph mit seinen riesigen Kohlenschaufelhänden dann mit ihm machen würde, genügte, um ihn mit einem Satz aus dem Wagen springen zu lassen.

Es bestand gar keine Gefahr. Er wusste genau, dass Eve bei Filmaufnahmen war, und dass Julia zu Anna, dieser Hexe, gefahren war, um sie zu interviewen. Er brauchte wirklich nur hineinzugehen, die Tonbänder zu kopieren und abzuhauen.

Er rüttelte fast eine Minute lang an der Tür, bis er begriff, dass sie verschlossen war. Dann rannte er um das Haus herum und stellte entsetzt fest, dass alle Fenster und Türen verriegelt waren. Als er wieder zum Hauseingang zurückkam, lief ihm der Schweiß in Strömen herunter.

Er konnte nicht mit leeren Händen zurückkehren, und es hatte keinen Sinn, sich etwas vorzumachen, denn er wusste genau, dass er nie den Nerv haben würde, noch einmal einen Versuch zu unternehmen. Es musste jetzt passieren. Er kratzte sich wieder und eilte zurück zur Terrasse. Er warf einen verstohlenen Blick über die Schulter, als er einen kleinen Topf mit Petunien aufnahm. Das Geräusch von zersplitterndem Glas kam ihm so laut vor wie ein Gewehrschuss, aber nichts rührte sich.

Der Blumentopf fiel ihm aus den zitternden Händen und zerschellte am Boden. Wieder schaute er zurück, dann griff er in das Loch hinein und öffnete das Schnappschloss von innen.

Die Tatsache, dass er jetzt in dem leeren Haus stand, verschaffte ihm ein Gefühl der Befriedigung, und damit stieg auch sein Mut. Mit festen, zuversichtlichen Schritten ging er von der Küche in das Büro. Als er die Schublade aufzog, lächelte er sogar. Dann wurde sein Blick ausdruckslos, er lachte kurz und zog die anderen Schubladen auf.

Sein Lächeln hatte sich in eine Grimasse verwandelt, als er die leeren Schubladen wieder zuknallte.

Julia konnte sich nicht daran erinnern, dass ein einziges Interview sie jemals so erschöpft hatte wie die Sitzung mit Anna.

Diese Frau war wie eine LP, die man im 78er Tempo abspielte. Julia hatte die Hoffnung, dass sie bei dem unaufhörlichen Redestrom vielleicht auf einige interessante Einzelheiten stoßen würde, wenn sie die Energie aufbringen konnte, das Band abzuhören.

Sie brachte den Wagen vor dem Haus zum Stehen und blieb noch eine Weile mit geschlossenen Augen und zurückgelehntem Kopf sitzen. Jedenfalls hatte sie nicht die geringste Mühe gehabt, Anna zum Sprechen zu bringen. Die Worte sprudelten aus ihr heraus wie Wasser bei einem Rohrbruch, und die dürre Person hielt es an keinem Platz länger als höchstens ein paar Minuten aus. Julia hatte nichts weiter tun müssen, als ihr die einfache Frage zu stellen, wie es wäre, die Garderobe für Eve Benedict zu entwerfen.

Sofort hatte Anna angefangen, sich über Eves schlechten Geschmack, ihre unrealistischen Vorstellungen, ihre Ungeduld und ihre Einfälle in letzter Minute auszulassen. Laut Anna war sie selber es gewesen, die dafür gesorgt hatte, dass Eve in *Lady Love* wie eine Königin ausgesehen hatte. Und Anna war es zu verdanken, dass sie in *Paradise Found* eine Glanzrolle gespielt hatte. Kein Wort darüber, dass Eve es gewesen war, die Anna ihren eigentlichen Durchbruch verschafft hatte, weil sie darauf bestanden hatte, dass sie die Kostüme für *Lady Love* entwarf. Julia wusste das bereits aus ihren Interviews mit Kinsky und Marilyn Day.

Keine Spur von Dankbarkeit, genau wie bei Drake, dachte sie.

Es hatte angefangen zu regnen, als Julia seufzte und aus dem Wagen stieg. Es war ein feiner Nieselregen, der tagelang anhalten konnte. Sie lief zur Tür und suchte nach ihren Schlüsseln. Wie unangenehm es ihr auch sein mochte, sie würde das Band noch einmal durchgehen. Wenn Anna im Buch dann als eine boshafte und undankbare Person dargestellt würde, hätte sie das nur sich selber zuzuschreiben.

Sie überlegte, was sie zum Abendbrot machen sollte, als sie die Tür aufschloss. Der Geruch von nassen, zertretenen Blumen schlug ihr entgegen. Das Wohnzimmer bot ein chaotisches Bild. Umgeworfene Tische, zerschlagene Lampen, zerrissene Kissen. Einen Augenblick lang stand sie wie versteinert da, die Aktentasche in der einen, den Schlüsselbund in der anderen Hand, und konnte nicht glauben, was sie vor sich sah. Dann legte sie die Sachen ab und ging von einem Raum in den anderen. Überall dasselbe Bild der Zerstörung – zerbrochenes Glas, umgestürzte Möbelstücke. Bilder waren von der Wand gerissen worden, Schubladen waren aufgebrochen worden. In der Küche war der Inhalt von Dosen und Flaschen auf den Fliesenboden geschüttet worden.

Sie wandte sich ab und lief nach oben. In ihrem Schlafzimmer lagen ihre Kleider verstreut auf dem Boden umher. Die Matratze war halb aus dem Bett gezogen worden, die Laken zerrissen. Obendrauf lag der Inhalt ihres Toilettenschranks.

Aber erst in Brandons Zimmer geriet sie außer sich. Das Zimmer ihres Kindes befand sich in einem furchtbaren Zustand. Man hatte nicht einmal vor seinen Spielsachen haltgemacht, auch seine Bücher und die Kleidung waren durchwühlt worden, beschädigt und zum Teil zerfetzt. Julia nahm das Oberteil seines Batman-Pyjamas und ballte ihre Faust darum. Dann ging sie zum Telefon.

»Hier bei Miss Benedict.«

»Travers, ich muss Eve sprechen.«

Travers antwortete zunächst mit einem unwilligen Schnauben. »Miss Benedict ist im Studio«, sagte sie dann. »Ich erwarte sie gegen sieben.«

»Sie nehmen sofort Kontakt mit ihr auf. Irgendjemand hat im Gästehaus eingebrochen und alles zerstört. Ich gebe ihr eine Stunde Zeit, dann rufe ich die Polizei.« Sie legte den Hörer auf, ohne Travers Keifen zu beachten.

Ihre Hände zitterten. Das war gut so, dachte sie. Es war Zorn, und es machte ihr nichts aus, vor Zorn zu zittern.

Sehr vorsichtig ging sie wieder nach unten und durchquerte den Trümmerhaufen, den man aus ihrem Wohnzimmer gemacht hatte. Sie hockte sich an eine bestimmte Stelle vor der Wandverkleidung und drückte auf den verborgenen Knopf, so wie Eve es ihr gezeigt hatte. Eine Holzplatte glitt beiseite und der eingebaute Safe wurde sichtbar. Julia tippte die Zahlenkombination ein. Als sie den Safe geöffnet hatte, stellte sie fest, dass alles noch da war, ihre Tonbänder, ihre Notizen und der Schmuck. Aufatmend verschloss sie alles wieder und ging dann ans Fenster und schaute in den Regen hinaus. Dreißig Minuten später sah sie, wie Pauls Studebaker vorfuhr. Sein Gesicht war ernst und ausdruckslos, als sie ihm an der Tür begegnete. »Was zum Teufel ist los?«

»Travers hat dich angerufen?«

»Ja, sie hat mich angerufen, was du versäumt hast.«

»Es ist mir nicht eingefallen.«

Er schwieg, bis er den Ärger über ihre Antwort heruntergewürgt hatte. »Offensichtlich. Ist tatsächlich wieder bei dir eingebrochen worden?«

»Schau es dir selber an.« Sie trat zur Seite, sodass er vor ihr hineingehen konnte. Als sie erneut das ganze Ausmaß der Zerstörung vor sich sah, stieg heiße Wut in ihr auf. Sie gab sich alle erdenkliche Mühe, um ihrer Herr zu werden, und presste die Fäuste so fest zusammen, dass die Knöchel weiß hervortraten. »Mein erster Eindruck ist, dass irgendjemand einen Wutanfall bekommen hat, weil er die Bänder nicht finden konnte und sich entschlossen hat, alles auseinanderzunehmen, bis sie auftauchten.« Mit dem Fuß stieß sie eine zerbrochene Vase fort. »Aber sie sind nicht aufgetaucht.«

Auch Paul hatte bei diesem Anblick die Wut gepackt, aber gleichzeitig würgte ihn Angst. Er wirbelte zu ihr herum. Sie wich einen Schritt zurück, als sie seinem Blick begegnete, dann richtete sie sich kerzengerade auf. »Ist das alles, woran du denken kannst?«

»Es ist der einzig mögliche Grund«, sagte sie. »Ich kenne niemanden, der aus persönlichen Gründen so etwas tun könnte.«

Er schüttelte den Kopf und versuchte, einer heftigen Aufwallung Herr zu werden, als sein Blick auf ein zerfetztes Kissen fiel. Wenn er nun sie so vorgefunden hätte – mit zerfetzten Kleidern und verrenkten Gliedern auf dem Fußboden? Als er wieder reden konnte, war seine Stimme eiskalt.

»So, die Bänder sind in Sicherheit, und das wäre es also?«

»Nein, das wäre es nicht.« Sie zog an ihren Fingern, und dann brach ihre ganze Wut, die sie so mühsam zurückgehalten hatte, aus ihr heraus. »Sie sind in Brandons Zimmer gewesen. Sie haben sich an seinen Sachen vergriffen.« Sie schob die Trümmer vor ihren Füßen nicht nur beiseite, sondern versetzte ihnen heftige Fußtritte. Ihre Augen waren so grau wie die Wolken am Himmel. »Niemand, niemand hat das Recht, meinem Jungen so etwas anzutun. Wenn ich den Schuldigen herausfinde, wird er dafür bezahlen.«

Ihm war dieser Ausbruch lieber als die kalte Selbstbeherrschung zuvor. Aber er war noch lange nicht zufrieden. »Du hast mir versprochen, mich zu rufen, wenn du Schwierigkeiten hast.«

»Damit kann ich allein fertigwerden.«

»Zum Teufel!« Er ging auf sie zu, packte sie an den Armen und schüttelte sie, bevor sie protestieren konnte. »Wenn tatsächlich irgendjemand so verzweifelt hinter den Bändern her ist, bist du das nächste Opfer. Um Himmels willen, Julia, ist es das wert? Ist ein Buch, das ein paar Wochen auf der Bestseller-Liste stehen wird und einen Fünf-Minuten-Spot bei Carson abgibt, das tatsächlich wert?«

Ebenso aufgebracht wie er, riss sie sich los und rieb sich ihre Arme, die er mit hartem Griff gepackt hatte. Der Wind ließ den Regen gegen die Fenster prasseln. »Gerade du weißt, dass es um mehr geht. Was Eve mir erzählt, was ich über sie schreibe, wird lebendiger, ergreifender, stärker sein als jede ausgedachte Geschichte. Ich kann etwas Großartiges daraus machen.«

»Und wenn du zu Hause gewesen wärst, als der Einbruch erfolgte?«

»Sie wären nicht eingebrochen, wenn ich hier gewesen

wäre«, entgegnete sie. »Offensichtlich haben sie gewartet, bis niemand mehr hier war. Sei logisch.«

»Verdammte Logik. Ich möchte es nicht darauf ankommen lassen.«

»Du bist nicht ...«

»Nein, bei Gott, bin ich nicht.« Heißer Zorn stieg in ihm auf, als er einen Tisch beiseite wuchtete. Das Splittern der bereits angeschlagenen Glasplatte klang wie ein Donner, passend zum Regen. »Erwartest du von mir, dass ich zuschaue und nichts unternehme? Wer auch immer hier war, er hat nicht nur Ausschau gehalten nach den Bändern, er hat voller Verzweiflung alles unternommen, um sie zu finden.« Er nahm ein Kissen, aus dem die Füllung hervorquoll, und warf es ihr zu. »Schau dir das an. Schau es dir an, verdammt noch mal. Das könntest du gewesen sein.«

Dieser Gedanke war ihr bisher noch nicht gekommen, nicht eine Sekunde lang, und sie wehrte sich gegen das schreckliche Bild, das seine Worte in ihr erzeugten. Sie warf das Kissen auf den Boden. »Ich bin kein Einrichtungsgegenstand, Paul. Und es ist nicht deine Sache, für mich Entscheidungen zu fällen. Die Tatsache, dass wir ein paar Stunden zusammen im Bett verbracht haben, macht dich nicht für mein weiteres Wohlergehen verantwortlich.«

Langsam umklammerte er mit beiden Händen das Revers ihrer Jacke. Sein Zorn und seine Furcht machten ihm mehr zu schaffen, als er es je für möglich gehalten hätte. »Es war mehr als nur ein paar Stunden im Bett, aber das ist ein anderes Problem, mit dem du noch fertigwerden musst. Jetzt aber befindest du dich in der Lage, dass ein verfluchtes Buch dich in echte Gefahr bringt.«

»Wenn ich es je in Betracht gezogen hätte, mich von diesem Auftrag zurückzuziehen, würde das hier meinen Entschluss ins Wanken gebracht haben. Ich laufe nicht vor einer Einschüchterung wie dieser davon.«

»Gut gesagt.« Eve stand auf der Türschwelle. Ihr Haar war ebenso nass wie der Kaschmir-Pullover, den sie nach Travers'

Anruf hastig übergezogen hatte. Obwohl sie sehr blass war, klang ihre Stimme ruhig und kräftig, als sie ins Haus trat. »Es sieht ganz so aus, als hätten wir irgendjemandem einen furchtbaren Schrecken eingejagt, Julia.«

»Was zum Teufel ist mit dir los?« Paul wirbelte herum und warf ihr einen so bösen Blick zu, wie er es noch nie getan hatte. »Genießt du das hier auch noch? Bereitet es dir Befriedigung, dass irgendjemand deinetwegen dieses Chaos angerichtet hat? Wohin bist du gekommen, Eve, wenn dir deine Eitelkeit, dein Streben nach Unsterblichkeit jeden Preis wert sind?«

Sehr vorsichtig setzte sie sich auf die Seitenlehne des arg mitgenommenen Sofas, zog eine Zigarette hervor und zündete sie an. Wie seltsam, dachte sie. Sie war sich ganz sicher gewesen, dass Victor der einzige Mann war, der sie verletzen konnte, und jetzt war der Schmerz, den die Worte des Mannes ihr zugefügt hatten, der ihr wie ein Sohn war, noch viel größer.

»Es genießen«, sagte sie langsam. »Genieße ich es wirklich, dass mein Eigentum vernichtet wurde, dass man in die Privatsphäre meiner Gäste eingedrungen ist?« Mit einem Seufzer blies sie den Rauch aus. »Nein, das genieße ich nicht. Freue ich mich darüber, dass irgendjemand so außer sich ist bei dem Gedanken, was ich in der Öffentlichkeit über ihn erzählen könnte, dass er das Risiko auf sich nimmt, seine kindische und von vornherein zum Scheitern verurteilte Zerstörungswut derart auszutoben? Ja, ich gebe zu, darüber freue ich mich.«

»Du bist ja auch nicht unmittelbar betroffen.«

»Für Julias und Brandons Sicherheit sorge ich.« Sie stäubte die Asche achtlos auf den Boden. Bei jedem Herzschlag dröhnte ihr Kopf unerträglich. »Travers ist gerade dabei, die Gästezimmer im Hauptgebäude vorzubereiten. Julia, Sie und Ihr Sohn sind uns herzlich willkommen. Sie können dort bleiben, solange Sie möchten. Sie können aber auch hierher zurückkehren, wenn wir das Haus wieder bewohnbar gemacht haben.« Sie schaute hoch und achtete sorgfältig darauf, dass ihr Blick und ihre Stimme völlig neutral blieben. »Selbstverständlich können Sie das ganze Projekt auch fallen lassen.«

Spontan lief Julia zu Eve hinüber. »Ich habe nicht die geringste Absicht das Projekt fallen zu lassen. Und Sie auch nicht.«

»Integrität«, sagte Eve lächelnd, »ist eine beneidenswerte Eigenschaft.«

»Blinder Starrsinn nicht«, warf Paul ein. Er warf Julia einen wütenden Blick zu. »Offensichtlich werde ich hier nicht länger gebraucht.«

Eve stand ein wenig schwerfällig auf, als er das Haus verließ. Schweigend beobachtete sie Julia, die ihm nachschaute. »Das männliche Ego«, murmelte sie, als sie das Zimmer durchquerte, um Julia den Arm um die Schultern zu legen. »Ein so zerbrechliches Ding. Ich stelle es mir immer vor als einen riesigen Penis aus dünnem Glas.«

Obwohl sie sich elend fühlte, musste Julia lachen.

»So ist es besser.« Eve bückte sich, hob ein Stück von einer zerbrochenen Vase auf und benutzte es als Aschenbecher. »Er wird zurückkommen, Darling. Er wird sich aufblasen und höchstwahrscheinlich den Beleidigten spielen, aber er ist viel zu fasziniert von Ihnen, um nicht zurückzukommen.« Lächelnd drückte sie die Zigarette aus, dann zuckte sie mit den Schultern und warf den Stummel zusammen mit der Porzellanscherbe zu den anderen Trümmern auf dem Boden. »Glauben Sie, ich weiß nicht, dass Sie zusammen gewesen sind?«

»Ich glaube wirklich nicht …«

»Nein.« Eve ging zu der offenen Tür. Sie liebte den Regen, der ihr Gesicht kühlte. Sie war an den Punkt gekommen, wo sie die kleinen Dinge des Lebens richtig schätzen konnte. »Ich habe sofort gesehen, was zwischen Ihnen passiert ist. Und dass Sie mich ruhig und mühelos von meinem ersten Platz in seinem Herzen verdrängt haben.«

»Er war wütend«, sagte Julia. Plötzlich merkte sie, dass ihr der Kopf dröhnte, und sie fing an, die Haarnadeln herauszuziehen.

»Ja, und zu Recht. Ich habe seine Frau in eine schwierige, vielleicht sogar gefährliche Lage gebracht.«

»Kommen Sie herein. Sie werden sich erkälten.« Sie ärgerte sich über Eves amüsiertes Lächeln. »Und ich bin meine eigene Frau.«

»So soll es auch sein.« Entgegenkommend kam Eve ins Zimmer zurück. Es tat ihr gut, diese junge, mutige und temperamentvolle Frau vor sich zu sehen. »Auch wenn man zu einem Mann gehört, muss man seine eigene Frau bleiben. Wie sehr Sie ihn auch lieben mögen oder noch lieben werden, bleiben Sie immer Sie selbst.« Der Schmerz durchzuckte sie so rasch und scharf, dass sie aufschrie und den Handrücken auf ihr linkes Auge presste. »Was ist los?« Julia war augenblicklich an ihrer Seite und stützte sie. Sie musste Eve halb tragen, um sie zu den Überresten des Sofas zu bringen. »Sie sind krank. Ich rufe einen Arzt.«

»Nein, nein.« Bevor Julia zum Telefon eilen konnte, hielt Eve sie an der Hand fest. »Es ist nur der Stress, Überarbeitung, eine verspätete Schockwirkung oder so etwas. Ich bekomme oft Kopfschmerzen.« Bei dieser maßlosen Untertreibung gelang es ihr beinahe zu lächeln. »Wenn ich ein Glas Wasser haben könnte.«

»Natürlich, sofort.«

Als Julia in der Küche verschwunden war, um nach einem nicht zerbrochenen Glas zu suchen, zog Eve ihre Tabletten aus der Tasche. Der Schmerz trat jetzt öfter auf, wie die Ärzte es vorausgesagt hatten, und er wurde immer stärker. Sie schüttelte zwei Tabletten aus dem Röhrchen, dann zwang sie sich, eine wieder zurückzugeben. Sie wollte der Versuchung nicht nachgeben, die Dosis zu verdoppeln. Noch nicht. Als Julia mit dem Wasser zurückkam, hatte sie das Röhrchen wieder weggesteckt und hielt eine einzige Tablette in ihrer Hand.

Julia hatte auch ein feuchtes, kühles Tuch mitgebracht und legte es, wie sie es auch bei Brandon getan hätte, auf Eves Stirn, als sie die Tablette schluckte.

»Danke. Das tut mir gut.«

»Ruhen Sie sich aus, bis es Ihnen besser geht.« Geduldig versuchte Julia weiter, den Schmerz zu lindern. Sie lächelte, als Eve nach ihrer Hand griff. Irgendwann hatte sich ganz von selbst eine Freundschaft zwischen ihnen entwickelt, eine Verbindung zwischen zwei Frauen, die ein Mann wohl nie begreifen konnte.

»Sie sind ein Trost für mich, Julia. In mehrfacher Hinsicht.« Jetzt war der Schmerz schon fast erträglich geworden.

Aber sie blieb noch mit geschlossenen Augen sitzen. Es war so angenehm, die Kühlung zu genießen, die Julia ihr mit so sanftem Druck gab. »Ich bedaure es sehr, dass unsere Wege sich erst so spät gekreuzt haben. Vergeudete Zeit. Sie werden sich daran erinnern, dass ich einmal gesagt habe, dass das das Einzige wäre, was man wirklich zu bereuen hätte.«

»Ich glaube eher, dass niemals wirklich Zeit vergeudet wird. Dass alles dann geschieht, wenn es geschehen soll.«

»Hoffentlich haben Sie recht.« Sie schwieg wieder und überlegte, was sie noch alles zu erledigen hatte. »Ich habe dafür gesorgt, dass Lyle Brandon direkt zum Hauptgebäude bringt. Ich dachte, das wäre Ihnen lieber.«

»Ja, vielen Dank.«

»Es ist nur eine kleine Entschädigung für das, was Ihnen hier widerfahren ist.« Jetzt fühlte sie sich stark genug, um die Augen wieder zu öffnen. »Sie haben nach den Bändern gesehen?«

»Sie sind da.«

Sie nickte nur. »Ich reise Ende der Woche nach Georgia. Wenn ich zurückkomme, werden wir beide unsere Arbeit abschließen.«

»Ich muss noch eine Reihe von Interviews durchführen.«

»Dafür bleibt noch genügend Zeit. Ich möchte nicht, dass Sie sich Sorgen machen, wenn ich nicht hier bin.«

Julia warf einen Blick auf das Chaos um sich herum. »Das ist im Augenblick etwas schwierig.«

»Sie können ganz ruhig sein. Ich weiß, wer es war.«

Julia fuhr hoch, rückte von Eve ab. »Sie wissen es?«

»Ich brauchte nur ein paar Worte mit dem Wächter am Tor zu wechseln.« Sie hatte sich erholt und konnte aufstehen. Zum Abschied legte sie Julia die Hand auf die Schulter. »Haben Sie Vertrauen zu mir. Ich kümmere mich um diese Angelegenheit.«

Wahllos warf Drake Kleidungsstücke in einen Koffer. Frisch gebügelte Hemden landeten zwischen Schuhen, Gürteln und zerknüllten Hosen.

Er musste verschwinden, und zwar sofort. Mit weniger als fünftausend Dollar nach einem letzten verzweifelten Versuch, sein Glück beim Buchmacher zu verbessern, und ohne die Tonbänder, wagte er es nicht, die Verabredung mit Delrickio einzuhalten. Er musste irgendwo hingehen, wo Delrickio ihn nicht finden konnte.

Nach Argentinien vielleicht oder nach Japan. Er häufte Berge von Socken auf sein Schwimmzeug. Vielleicht wäre es am besten, wenn er zunächst nach Omaha ginge. Wer zum Teufel würde Drake Morrison in Omaha suchen?

Seine Mutter konnte ihn nicht mehr in die Scheune zerren, um ihn zu verprügeln. Sie konnte ihn nicht mehr zum Beten zwingen und ihm nicht mehr Brot und Wasser vorsetzen, um seinen Körper und seine Seele von dem Bösen zu säubern.

Er konnte ein paar Wochen auf dem Hof bleiben, bis er sich wieder im Griff hatte. Und vielleicht konnte er sogar ein paar Tausender aus seiner alten Dame herausschlagen. Sie hatte ihm weiß Gott genug angetan, als sie das Geld, das Eve regelmäßig geschickt hatte, in den Hof und in die Kirche gesteckt hatte.

Er verdiente auch etwas, oder? Von ihr. Von Eve. Schließlich war er das einzige Kind in der Familie. Hatte er nicht die erste Hälfte seines Lebens mit der verrückten Ada verbracht und die zweite Hälfte für Eve gearbeitet?

Sie waren ihm einiges schuldig.

»Drake.« Er hatte beide Hände voller Socken und seidener Unterwäsche. Als Eve hereinkam, fiel alles auf den Boden.

»Wie bist du …«

Sie hielt einen klingelnden Schlüsselbund hoch. »Das hast du bei Nina gelassen, damit sie die Blumen gießt, wenn du verreist bist.« Sie steckte die Schlüssel wieder in die Tasche und setzte sich aufs Bett. »Fährst du weg?«

»Ich habe einiges Geschäftliche zu erledigen.«

»So plötzlich?« Sie runzelte die Stirn, als sie das Ergebnis seines frenetischen Packens begutachtete. »So geht man nicht mit einem Anzug um, der fünftausend Dollar gekostet hat.«

Der unerträgliche Juckreiz quälte ihn so sehr, dass er mit den Zähnen knirschte. »Ich lasse alles bügeln, wenn ich dort bin.«

»Wenn du wo bist?«

»In New York«, sagte er und dachte, das wäre eine gute Eingebung gewesen. »Du bist meine liebste Klientin, Eve, aber nicht die einzige. Es geht, nun, um eine größere Fernsehsache.«

Sie legte den Kopf schräg, um ihn genauer zu betrachten. »Du musst völlig außer dir sein, wenn du so dumm lügst. Eine deiner besten Fähigkeiten, vielleicht die einzige, ist es, mit voller Überzeugungskraft Lügen aufzutischen.«

Er bemühte sich, ärgerlich zu wirken. »Hör zu, Eve, es tut mir leid, aber ich kann dich diesmal nicht in meine Pläne einweihen. Ich habe Verpflichtungen, die nichts mit dir zu tun haben.«

»Lass uns die Sache rasch hinter uns bringen, ja?« Ihre Stimme blieb freundlich, aber ihr Blick war es nicht. »Ich weiß, dass du heute Vormittag einen Einbruch im Gästehaus durchgeführt hast.«

»Einen Einbruch?« Schweißperlen standen auf seinem Gesicht. Er wollte lachen, aber es wurde nur ein Krächzen daraus. »Warum, zum Teufel, sollte ich so etwas tun?«

»Das genau möchte ich dich fragen. Ich habe keinen Zweifel daran, dass du es auch gewesen bist, der schon vorher dort eingebrochen ist und mir Sachen gestohlen hat. Ich kann dir nicht sagen, wie enttäuscht ich von dir bin, Drake, darüber, dass einer meiner wenigen Blutsverwandten es nötig findet zu stehlen.«

»Ich muss mir das nicht bieten lassen von dir.« Er schlug den Kofferdeckel zu. Ohne es zu merken, fing er an, sich an den Oberschenkeln zu kratzen. »Schau dich um, Eve. Sieht es hier so aus, als ob ich es nötig hätte, dir ein paar Nippes zu stehlen?«

»Ja. Wenn ein Mann ständig über seine Verhältnisse lebt, landet er früher oder später beim Diebstahl.« Sie stieß einen müden Seufzer aus, als sie sich eine Zigarette anzündete. »Ist es wieder das Glücksspiel?«

»Ich habe dir versprochen, damit aufzuhören.« Seine Stimme klang ehrlich entrüstet.

Sie blies Rauch an die Zimmerdecke, dann schaute sie ihn wieder an. »Du bist ein Lügner, Drake. Und wenn du nicht willst, dass ich mit meinem Verdacht zur Polizei gehe, dann hör augenblicklich mit deinen Lügen auf. Wie viel Schulden hast du?«

Er keuchte. »Dreiundachtzigtausend und Zinsen.«

Eve presste die Lippen zusammen. »Du Idiot. Bei wem?«

Er wischte sich mit dem Handrücken den Mund ab. »Delrickio.«

Sie sprang auf und packte einen Schuh, der auf dem Bett lag. Wimmernd kreuzte Drake die Arme vor seinem Gesicht, um es zu schützen. »Du verdammter, eingebildeter Dummkopf! Ich habe dich gewarnt, mehr als einmal. Vor fünfzehn Jahren schon habe ich dich aus der Klemme gezogen. Und vor zehn Jahren noch einmal.«

»Ich hatte eine Pechsträhne.«

»Du Arschloch. Du hast noch nie in deinem Leben eine Glückssträhne gehabt. Delrickio! Herr im Himmel! Der verspeist schniefende kleine Schlappschwänze wie dich zum Frühstück.« Wütend warf sie ihre Zigarette auf den Teppich und trat sie aus, bevor sie Drake am Hemd packte. »Du bist für ihn hinter den Tonbändern her, stimmt's? Du verdammter Verräter wolltest sie für ihn besorgen, um deine Haut zu retten.«

307

»Er wird mich umbringen.« Er konnte nur noch stammeln, Augen und Nase liefen. »Er tut es wirklich, Eve. Einer seiner Leibwächter hat mir bereits eine fürchterliche Tracht Prügel verpasst. Er will sich die Bänder nur anhören, nichts weiter. Ich habe gedacht, das kann niemandem wehtun, und vielleicht hätte er mir sogar einen Teil der Schulden erlassen. Ich wollte doch nur …«

Sie schlug ihm ins Gesicht, so fest, dass sein Kopf in den Nacken fiel. »Reiß dich gefälligst zusammen. Sei nicht so theatralisch.« Sie ließ ihn los. Er fing an, durch das Zimmer zu gehen und wischte sich sein Gesicht mit einem Taschentuch ab.

»Ich bin in Panik geraten. Allmächtiger, Eve, du kannst dir nicht vorstellen, wie es ist, mit der Vorstellung zu leben, was er mir alles antun könnte. Und das wegen verdammter achtzigtausend.«

»Verdammter achtzigtausend, die du zufällig nicht hast.« Ruhiger geworden, wandte sie sich ab. »Du hast mich betrogen, Drake, mein Vertrauen und meine Zuneigung missbraucht. Ich weiß, dass du eine Scheißkindheit gehabt hast, aber das ist kein Grund, dich gegen jemanden zu wenden, der versucht hat, dir eine Chance zu geben.«

»Ich hatte so furchtbare Angst.« Er fing an zu weinen. »Wenn ich ihm das Geld nicht innerhalb von zwei Tagen zurückgebe, wird er mich umbringen. Ich weiß das.«

»Und die Bänder sollten das Loch stopfen. Zu schade, Darling, aber das kommt nicht infrage.«

»Sie müssen ja nicht echt sein. Wir können doch welche fälschen und ihm unterschieben.«

»Dann wird er dich später umbringen, weil du ihn belogen hast. Lügen kommen immer ans Licht, Drake, das kannst du mir glauben.«

Während er versuchte, mit dieser Wahrheit fertigzuwerden, irrten seine Augen im Zimmer umher. »Ich bin dabei fortzureisen. Außer Landes zu gehen …«

»Du wirst schön hierbleiben und den Dingen wie ein Mann

ins Gesicht sehen. Wenigstens einmal in deinem erbärmlichen Leben wirst du die Konsequenzen tragen.«

»Ich bin ein toter Mann«, sagte er mit zitternden Lippen.

Sie öffnete ihre Tasche und zog ein Scheckbuch hervor. Sie war auf so etwas vorbereitet gewesen, aber das verringerte weder den Ärger noch die Traurigkeit, die sie empfand. »Einhunderttausend«, sagte sie. »Das deckt die Schuld und die Zinsen.«

»Oh. Oh, Gott. Eve.« Er kniete vor ihr nieder und drückte seinen Kopf an ihre Beine. »Ich weiß nicht, was ich sagen soll.«

»Sag am besten gar nichts. Hör mir nur zu. Du nimmst diesen Scheck und gibst nicht einen Penny davon fürs Spiel aus. Das Geld bringst du Delrickio.«

»Ja, das werde ich tun.« Sein nasses Gesicht wirkte ganz verklärt. »Das schwöre ich.«

»Und damit sind deine finanziellen Transaktionen mit diesem Mann beendet. Sollte ich je hören, dass du wieder Geschäfte mit ihm machst, so werde ich dich selber umbringen, und zwar auf eine Art und Weise, die Delrickios volle Zustimmung finden wird.«

Er nickte geradezu enthusiastisch. In dieser Situation würde er alles versprochen haben, ausnahmslos alles, und zumindest im Augenblick meinte er es völlig ernst.

»Ich würde vorschlagen, dass du dich wegen deiner Spielleidenschaft in Behandlung begibst.«

»Das ist kein Problem. Das ist vorbei, ich schwöre es.«

»So wie du es vorher schon geschworen hast, aber das ist nicht meine Angelegenheit.« Angewidert stieß sie ihn beiseite und stand auf. Die Zuneigung, die sie einst für das Kind ihrer Schwester empfunden hatte, war ebenso erloschen wie die Hoffnung, die sie vorübergehend auf ihn gesetzt hatte. Wenn ihr Abscheu und ihr Zorn vergangen wären, würde sie vielleicht Mitleid mit ihm empfinden, dachte sie. Aber nicht mehr. »Mir ist es im Übrigen völlig egal, Drake, wenn du dein Leben vergeudest. Ich habe dich zum letzten Mal gerettet. Du bist gefeuert.«

»Eve, das kann doch nicht dein Ernst sein!« Unbeholfen kam er wieder auf die Füße und setzte sein charmantestes Lächeln auf. »Ich habe Mist gemacht, das gebe ich zu. Es war eine Dummheit, und es wird nicht wieder vorkommen.«

»Eine Dummheit?« Nahezu amüsiert griff sie nach ihrer Tasche. »Was für ein passender Ausdruck. Du bist in mein Haus eingebrochen, du hast mir Dinge gestohlen und zerstört, die ich gernhatte, und du bist in die Privatsphäre einer Frau eingedrungen, die ich mehr als gern habe, einer Frau, die ich achte und bewundere und die mein Gast ist.« Sie hob gebieterisch die Hand, bevor er etwas einwerfen konnte. »Ich will nicht behaupten, dass du in dieser Stadt keine Arbeit mehr finden wirst, Drake, das wäre zu melodramatisch und abgegriffen. Aber für mich wirst du nicht mehr arbeiten.«

Seine Erleichterung und Begeisterung verblassten. Eine Strafpredigt wäre in Ordnung gewesen, ein paar Drohungen, damit hätte er fertigwerden können. Aber diese Art der Bestrafung war viel schlimmer und nachdrücklicher als ein paar Schläge mit dem Gürtel in der Scheune. Er wollte verdammt sein, wenn er es je wieder duldete, von einer Frau geschlagen zu werden.

»Du hast kein Recht, mich so zu behandeln. Du kannst mich nicht einfach abschieben, als wäre ich ein Nichts.«

»Ich habe jedes Recht, einen Angestellten zu feuern, den ich für nicht mehr tragbar halte.«

»Ich habe viel für dich getan.«

Sie hob die Brauen bei dieser kleinen Frechheit. »Dann wollen wir die gegenseitigen Konten für ausgeglichen ansehen. Dieser Scheck ist alles Geld, das du von mir noch bekommst. Betrachte es als deinen Erbteil.«

»Das kannst du nicht machen.« Er packte sie am Arm, bevor sie das Zimmer verlassen konnte. »Ich bin deine Familie, alles, was du noch hast. Du kannst mich nicht fortschicken.«

»Das kann ich, sei ganz beruhigt. Ich habe jeden Penny, den ich besitze, selber verdient, etwas, was du wahrscheinlich gar nicht verstehen kannst. Was ich habe, darüber bestimme ich allein.« Sie riss sich los. »Du kannst keine Belohnung dafür erwarten, dass du mich hintergangen hast, Drake. In diesem Fall verzichte ich sogar auf eine Bestrafung. Ich lasse dich nur frei. Mach etwas aus deinem Leben.«

Er lief hinter ihr her, als sie die Treppe hinunterging. »Du wirst nicht alles diesem Bastard Winthrop hinterlassen. Eher treffe ich dich in der Hölle wieder.«

Auf dem untersten Treppenabsatz wirbelte sie herum. Ihr Blick ließ ihn mitten im Schritt erstarren. »Dort wirst du mich mit großer Wahrscheinlichkeit treffen. Aber bis dahin sind wir beide miteinander fertig.«

Das konnte doch nicht wahr sein. Er setzte sich auf die Stufen und hielt seinen Kopf in beiden Händen, als sie die Tür hinter sich zuknallte. Es konnte nicht wahr sein. Er würde ihr schon zeigen, dass er sich nicht mit lausigen hundert Riesen abspeisen ließ.

18 Brandon saß auf dem Himmelbett des großen Schlafzimmers im Hauptgebäude und beobachtete seine Mutter beim Packen. »Wie kommt es, dass Frauen, wenn sie fürs Wochenende verreisen, mehr Zeug haben als Jungen?«

»Das, mein Sohn, ist eines der Mysterien des Universums.« Nicht ohne ein gewisses Schuldbewusstsein legte sie noch eine Bluse in den Koffer. »Bist du wirklich nicht ärgerlich, weil du nicht mit mir nach London fliegen kannst?«

»Überhaupt nicht. Ich werde bei den McKennas viel mehr Spaß haben als du in London bei einem alten Schauspieler.«

Julia lachte und zog den Reißverschluss des Koffers zu, dann überprüfte sie den Inhalt des Kosmetikköfferchens. Sie schüttelte den Kopf, als sie das Gepäck versuchsweise anhob. Ein Mysterium ist es wirklich nicht, dachte sie, sondern nur pure Eitelkeit. »CeeCee muss jeden Augenblick kommen. Haben wir deine Zahnbürste eingepackt?«

»Ja, Mama.« Er verdrehte die Augen. »Du hast mein Gepäck schon zweimal überprüft.«

Aber sie war schon dabei, es noch einmal durchzusehen. »Vielleicht solltest du noch ein Jackett mitnehmen, falls es regnet.« Oder falls Los Angeles plötzlich von einem Schneesturm, einer Flutwelle oder einem Tornado heimgesucht würde, oder von einem Erdbeben. Du lieber Himmel, wenn nun tatsächlich ein Erdbeben käme, während sie in London war? Furcht und Schuldgefühle schnürten ihr die Kehle zu, wie immer, wenn sie Brandon verließ. Sie drehte sich um und schaute ihn an. Er hatte angefangen, auf dem Bett herumzuspringen und summte dazu. Auf dem Kopf trug er seine geliebte Lakers-Mütze. »Ich werde dich vermissen, Baby.«

Er zuckte zusammen, wie es jeder selbstbewusste zehnjährige Junge getan hätte, wenn man ihn als Baby bezeichnete. Wenigstens waren sie allein. »Ich werde völlig in Ordnung sein und all das. Du brauchst dir keine Sorgen zu machen.«

»Tue ich aber. Das ist meine Aufgabe.« Sie ging zu ihm und umarmte ihn. Zu ihrer Freude schlang er die Arme um ihren Hals und drückte sie fest. »Dienstag komme ich zurück.«

»Bringst du mir etwas mit?«

»Vielleicht.« Sie küsste ihn auf beide Wangen. »Wachs nicht zu sehr, wenn ich weg bin.«

Er grinste. »Vielleicht nicht.«

»Ich werde immer noch größer sein als du.« Sie nahmen ihr Gepäck. Brandon trug seine vollgestopfte Sporttasche, in der sich alles befand, was ein moderner Junge braucht, wenn er ein paar Tage bei Freunden verbringen will.

Keiner von ihnen kam auf die Idee zu läuten, damit jemand vom Personal ihnen die Koffer und Taschen hinunterbrachte.

»Ich werde dich jeden Abend um sieben Uhr nach unserer Zeit anrufen. Das ist unmittelbar nach dem Abendessen. Den Namen und die Telefonnummer meines Hotels habe ich dir in die Tasche gesteckt.«

»Ich weiß, Mama.«

Sie hörte die Ungeduld in seiner Stimme, aber das war ihr verdammt gleichgültig. Eine Mutter musste sich so und nicht anders verhalten. »Du kannst mich dort anrufen, wann immer du mich brauchst. Wenn ich nicht da bin, wird man mir an der Rezeption eine Nachricht hinterlassen.«

»Ich weiß, was ich zu tun habe. Es ist genauso, als wenn du eine deiner Reisen machst.«

»Yeah.« Aber diesmal würde ein Ozean zwischen ihnen liegen.

»Julia.« Nina kam in die Halle, als sie unten an der Treppe angelangt waren. »Sie sollten das nicht alles selber tragen.«

»Ich bin daran gewöhnt. Wirklich.«

»Gut.« Sie nahm Julia den Koffer mit ihrer Kleidung ab. »Ich habe dafür gesorgt, dass Lyle Sie zum Flughafen fährt.«

»Ich bin sehr dankbar dafür. Aber es ist nicht notwendig, dass er mich hinbringt.« Er war ihr nicht ganz geheuer. »Ich kann ebenso gut …«

»Sie sind Miss B.s Gast«, erwiderte Nina trocken. »Und Sie reisen im Auftrag von Miss B. nach London.« Damit war die Angelegenheit für Nina erledigt. »Es wird schrecklich ruhig und langweilig in den nächsten Tagen hier werden.« Sie lächelte Brandon zu. »Aber ich bin sicher, du wirst eine tolle Zeit verbringen bei den McKennas.«

»Sie sind nett.« Es war sicher nicht klug, ihr zu verraten, dass Dustin versprochen hatte, ihm beizubringen, wie man laute Geräusche mit der Achselhöhle erzeugen konnte. So was verstanden Frauen nicht. Als die Türglocke ertönte, lief er durch die Halle. »Da bist du ja!«, rief er, als CeeCee auf der Schwelle erschien.

»Darauf kannst du wetten. Alles bereit für drei fröhliche, aufregende Tage mit überfüllten Badezimmern. Hi, Miss Slooman. Danke für den freien Tag.«

»Den haben Sie verdient.« Sie lächelte ein wenig abwesend, da sie in Gedanken bereits ganz woanders war. »Da alle verreist sind, hätten Sie hier sowieso nur wenig zu tun. Viel Spaß, Brandon. Gute Reise, Julia. Ich rufe jetzt Lyle an.«

»Benimm dich gut.« Noch einmal umarmte Julia ihren Sohn. »Streite dich nicht mit Dustin.«

»Okay, Mama.« Er nahm seine Sporttasche. »Auf Wiedersehen.«

»Auf Wiedersehen.« Sie biss sich auf die Lippe, als er das Haus verließ.

»Wir werden gut auf ihn achtgeben, Julia.«

»Ich weiß.« Sie lächelte mühsam. Durch die offene Tür sah sie die große schwarze Limousine vorfahren.

Während Julia im strahlenden Sonnenschein zum Flughafen fuhr, streckte sich Eve im Bett aus und lauschte dem Trommeln des Regens auf dem Dach des Bungalows. Heute konnten sie keine Aufnahmen machen.

Es machte ihr nichts aus, einen Tag zu verlieren. Sie streckte sich wieder und schnurrte, als eine feste, große Hand ihren Körper streichelte.

»Es klingt nicht so, als ob es bald aufhören würde«, sagte Peter und rollte sich unter sie. Er war erstaunt, wie gut sie am Morgen aussah. Sicher, ohne ihr sorgfältiges Make-up wirkte sie älter, aber ihr fester Körper, die glänzenden Augen und die weiche Haut ließen das Alter völlig unwichtig erscheinen. »Unter diesen Umständen können wir ruhig den ganzen Tag drinnen verbringen.«

Sie spürte seine Bereitschaft und setzte sich mit gespreizten Beinen auf ihn. »Ich denke, wir werden uns beschäftigen können.«

»Yeah.« Er legte seine Hände um ihre Hüften. »Da gehe ich jede Wette ein.«

Eve hatte sich nicht geirrt. Er war ein faszinierender Liebhaber. Er war jung, stark, voller Energie und achtete ebenso auf die Bedürfnisse einer Frau wie auf seine eigenen. Sie liebte sexuelle Großzügigkeit bei einem Mann. Es war ein zusätzlicher Glücksfall, dass sie angefangen hatte, ihn wirklich zu mögen, als sie den letzten Schritt getan und ihn in ihr Bett mitgenommen hatte.

Welche Frau in ihrem Alter konnte wohl einen Mann, der noch nicht einmal vierzig war, so erregen? Sie wusste, dass er ihr ausgeliefert war, sein schneller Atem, die glitzernden Schweißperlen auf seiner Brust, das Zittern seines Körpers verrieten es ihr, als sie dem Höhepunkt näher kamen.

Lächelnd, mit zurückgeworfenem Kopf, ritt sie ihn, bis sie beide in jenem Zustand seliger Erschöpfung beieinanderlagen, der Vergessen bedeutete.

»Himmel!« Peter fiel in die Kissen zurück. Sein Herz schlug wie ein Preßlufthammer. Er hatte andere, jüngere Frauen gehabt, aber noch nie eine, die so erfahren war. »Du bist wirklich unglaublich.«

Sie schlüpfte aus dem Bett und nahm ein Kleid vom Stuhl. »Und du bist gut. Sehr gut. Mit ein wenig Glück wirst du auch unglaublich werden, wenn du in meinem Alter bist.«

»Darling, wenn ich meine Zeit nur damit verbringe, bin ich lange tot, bevor ich dein Alter erreicht habe.« Er streckte sich wie ein großer Kater. »Es wäre ein kurzes, glückliches Leben gewesen.«

Sie lachte, sehr zufrieden mit ihm, und ging zum Ankleidetischchen, um sich mit der Bürste durchs Haar zu fahren. Er ging nicht einfach über ihr Alter hinweg, wozu so viele andere jüngere Männer sich verpflichtet fühlten. Sie würzten Sex nicht mit zahllosen Lügen und Schmeicheleien. Sie wusste, dass Peter Jackson das, was er sagte, auch meinte.

»Warum erzählst du mir nicht etwas über dein kurzes und glückliches Leben, Darling?«

»Ich mache genau das, was ich machen will.« Er legte die Arme unter seinen Kopf. »Ich glaube, ich wollte Schauspieler werden, seit ich etwa sechzehn bin. Es fing an mit Aufführungen in der Schule. Im College belegte ich Theaterkurse und brach meiner Mutter damit fast das Herz. Sie wollte, dass ich Arzt werde.«

Ihr Blick begegnete dem seinen im Spiegel und wanderte dann über seinen Körper. »Du hast die richtigen Hände dafür.«

Er grinste. »Yeah, aber ich hasse Blut.«

Sie legte die Bürste beiseite und fing an, Creme unter ihre

Augen zu tupfen. Der Klang des Regens und seiner Stimme beruhigten sie. »Du hast also den Beruf eines Mediziners an den Nagel gehängt und bist nach Hollywood gegangen.«

»Mit einundzwanzig. Ich habe ein bisschen gehungert und verschiedene Jobs angenommen.« Da er spürte, dass seine Kraft zurückkehrte, richtete er sich auf den Ellbogen auf. »Hast du mich je als Verkäufer von *Blueberry Crunch Granola* gesehen?«

Wieder trafen sich ihre Blicke im Spiegel. »Ich fürchte, das habe ich versäumt.«

Er nahm sich eine von ihren Zigaretten vom Nachttisch. »Eine tolle Aufführung, mit Schneid, Stil und Leidenschaft. Dabei ging es nur ums Futter.«

Sie kehrte zum Bett zurück, um die Zigarette mit ihm zu teilen. »Es muss toll gewesen sein.«

»Um die Wahrheit zu sagen, es schmeckt wie irgendwelches Zeug, das man vom Waldboden aufklaubt. Aber da wir gerade beim Essen sind: Soll ich uns Frühstück machen?«

»Du?«

»Sicher.« Er nahm ihr die Zigarette aus der Hand und steckte sie sich zwischen die Lippen. »Bevor ich ganz groß im Seifenhandel einstieg, habe ich ein kurzes Zwischenspiel als Koch gegeben.«

»Du kannst mir also Schinken mit Eiern anbieten?«

»Vielleicht, wenn du das möchtest.«

Langsam nahm sie noch einen Zug. Er hatte sich ein bisschen in sie verliebt. Das war süß und schmeichelhaft, und unter anderen Umständen würde sie nichts dagegen gehabt haben. Aber wie die Dinge lagen, wollte sie keine Verwicklungen heraufbeschwören. »Habe ich nicht zu verstehen gegeben, dass ich das möchte?«

»Aber.«

Ganz sanft fuhr sie mit den Lippen über seinen Mund. »Aber«, wiederholte sie. Und das war alles.

Es war schwieriger, als er erwartet hatte, solche unausgesprochenen Grenzen zu respektieren. Schwierig und überraschend. »Ich denke, ein paar Tage in Georgia sind gar keine so schlechte Sache.«

Dankbar küsste sie ihn wieder. »Eine tolle Sache. Für uns beide. Und wie steht es mit dem Frühstück?«

»Ich sag dir was ...« Er beugte sich vor und küsste sie auf die Schulter. »Wir könnten erst eine Dusche nehmen, dann bewunderst du mich als Koch. Und für die Zeit danach habe ich eine großartige Idee.«

»Wirklich?«

»Yeah.« Er streichelte sie zärtlich und lächelte. »Wir können ins Kino gehen.«

»Ins Kino?«

»Du hast doch sicher schon davon gehört. Das sind diese Säle, in denen die Leute sich hinsetzen und andere Leute anschauen, die vorgeben, andere Leute zu sein. Was meinst du, Eve? Wir kaufen uns Karten und essen Popcorn.«

Sie überlegte einen Augenblick, dann fand sie, dass es ganz nach einem Vergnügen klang. »Du hast recht, das machen wir.«

Julia zog die Schuhe aus und ließ die Füße in dem dicken Teppich ihres Zimmers im Savoy versinken. Es war eine kleine, elegante, geschmackvoll eingerichtete Suite. Der Boy war außerordentlich höflich gewesen, als er ihr das Gepäck gebracht hatte, und schien sich fast dafür entschuldigen zu wollen, dass er Trinkgeld erwartet hatte.

Julia ging zum Fenster, um auf den Fluss zu schauen. Der Flug von Los Angeles nach New York war schon entsetzlich gewesen. Aber vom Kennedy Flughafen bis nach Heathrow, alle diese vielen Stunden über dem Atlantik, waren die reine Hölle gewesen. Ihre Nerven würden sich bestimmt nicht so rasch davon erholen.

Immerhin hatte sie es überstanden. Und jetzt war sie in England. Mit Vergnügen erinnerte sie sich daran, dass Julia Summers im Savoy wohnte.

Sie war immer noch überrascht, dass sie heute in einer

solchen Umgebung absteigen konnte. Aber es war ein gutes Gefühl, das ihr zeigte, dass sie es noch nicht vergessen hatte, was es bedeutete, Geld zu verdienen, aufzusteigen oder Not zu leiden.

Die Lichter der Stadt schienen ihr in dieser Märznacht zuzuwinken. Sie hatte fast den Eindruck, dass sie den Traum einer anderen Person träumte, als sie die samtene Dunkelheit, die leicht vernebelte Mondsichel und das dunkle Wasser anblickte. Und hier war es so warm, so angenehm ruhig. Mit einem tiefen Seufzer wandte Julia sich vom Fenster und von all den Lichtern ab. Das Abenteuer musste bis morgen warten.

Sie packte nur das aus, was sie für die erste Nacht brauchte. Zwanzig Minuten später träumte sie bereits ihren eigenen Traum.

Am Morgen stieg sie in Knightsbridge aus dem Taxi und zahlte in dem Bewusstsein, dass sie zu viel Trinkgeld gab. Ebenso sicher war sie, dass sie die Geheimnisse der britischen Währung nie durchschauen würde. Immerhin dachte sie noch daran, sich eine Rechnung geben zu lassen, die sie dann achtlos in die Tasche steckte.

Das Haus entsprach allen ihren Erwartungen. Der enorme viktorianische Ziegelbau lag im Schatten riesiger, knorriger Bäume. Sie konnte sich vorstellen, dass das im Sommer sehr angenehm sein mochte, aber jetzt rauschte der Wind in den kahlen Ästen, was eine seltsame Musik ergab, die sie an Dickens erinnerte. Aus grauen Schornsteinen stieg Rauch auf.

Obwohl sie hörte, wie hinter ihr Autos vorbeirasten, konnte sie sich leicht das Trappeln von Pferden vorstellen, das Rattern von Karossen und die Rufe von Straßenverkäufern.

Sie ging durch das kleine Eisentor, den mit Kieselsteinen belegten Weg hinauf, der den winterlich gelben Rasen trennte. Dann lief sie die glänzend weißen Stufen hinauf, die zu der ebenso weißen Haustür führten. Sie nahm die Aktentasche in die andere Hand, ärgerlich darüber, dass ihre Hände feucht und eiskalt geworden waren. Es gab keinen Grund, sich deshalb zu schämen, sagte sie sich. Sie dachte an Rory Winthrop nicht so sehr als Eves früheren Ehemann, sondern vielmehr als Pauls Vater.

Paul war sechstausend Meilen fern und böse mit ihr. Was würde er denken, fragte sie sich, wenn er wüsste, dass sie nicht nur mit dem Buch weitermachte, sondern sogar kurz vor einem Interview mit seinem Vater stand? Er würde sicher nicht sehr erfreut darüber sein. Wenn sich doch seine und ihre Wünsche und Sorgen irgendwie harmonisieren ließen.

Sie erinnerte sich daran, dass nun zuerst ihre Arbeit käme, und drückte auf den Klingelknopf. Fast augenblicklich antwortete ein Hausmädchen. Julia konnte einen Blick in eine riesige Halle mit einer sehr hohen Decke und einem gefliesten Fußboden werfen.

»Julia Summers«, sagte sie. »Ich habe eine Verabredung mit Mr. Winthrop.«

»Ja, Madam, er erwartet Sie. Kommen Sie bitte herein.«

Das Mädchen nahm ihr den Mantel ab und führte sie in ein sehr geräumiges Wohnzimmer. Instinktiv verglich Julia den Raum mit Eves luftigem, von Sonne durchflutetem Salon, der deutlich von Reichtum und Stil zeugte. Dieses Zimmer zeugte auf eine verhaltenere Art von ererbtem Geld und Tradition.

»Bitte machen Sie es sich gemütlich, Miss Summers. Mr. Winthrop wird sofort kommen.«

»Danke.«

Fast geräuschlos schloss das Mädchen die schweren Mahagonitüren hinter sich. Julia ging zum Kamin, um sich die Hände zu wärmen. Der Rauch verströmte einen angenehmen Geruch nach Apfelbaumholz. Sie entspannte sich, da sie sich an ihren eigenen Kamin in Connecticut erinnert fühlte.

Auf dem geschwungenen Kaminsims standen alte Fotos in verzierten, auf Hochglanz polierten Silberrahmen. Interessiert schaute sie sich die Bilder an. Es waren die Vorfahren von Winthrop mit düsteren Gesichtern und in steifer Haltung, und schließlich sah sie auch ein Foto von ihm mit Biberhut und gestärktem Kragen. Sie erinnerte sich an den Film, *Delaney Murders,* in welchem er einen geistesgestörten Mörder gespielt hatte.

Das nächste Foto musste sie einfach in die Hand nehmen, um es gebührend bewundern zu können. Es stellte Paul dar, dessen war sie sich sicher, obwohl der Junge nicht älter als zwölf Jahre sein konnte. Sein Haar war heller und zerzauster, und an seinem Gesichtsausdruck konnte sie ablesen, dass er nicht sehr glücklich darüber gewesen war, einen steifen Anzug mit Schlips tragen zu müssen.

Seine Augen hatten sich nicht verändert. Seltsam, dachte sie, dass er schon als Kind diese intensiven, erwachsenen Augen gehabt hatte. Er schaute sie an, als wollte er sagen, dass er bereits mehr gesehen, gehört und verstanden hatte als viele Leute, die doppelt so alt waren wie er.

»Gespenstischer kleiner Teufel, nicht wahr?«

Julia drehte sich um. Sie war so mit dem Bild beschäftigt gewesen, dass sie Rory Winthrops Eintritt überhört hatte. Er stand da und beobachtete sie mit einem charmanten, etwas schiefen Lächeln. Eine Hand hatte er in die Tasche seiner perlgrauen Slacks gesteckt. Man hätte ihn eher für Pauls Bruder halten können als für seinen Vater. Sein volles braunes Haar war nur an den Schläfen leicht angegraut, was ihn nicht älter erscheinen ließ, sondern höchstens würdevoller. Auch er kannte die Möglichkeiten, die äußere Jugend durch geschickte kosmetische Operationen verlängern zu lassen. Jede Woche ließ er sich Gesichtspackungen und -massagen machen.

»Entschuldigen Sie, Mr. Winthrop, Sie haben mich ertappt.«

»Das ist die beste Weise, eine schöne Frau kennenzulernen.« Er freute sich darüber, dass sie ihn anstarrte. Ein Mann konnte seinen Körper fit halten durch Sorgfalt, alle möglichen Tricks und Geld. Aber sein Ego konnte nur eine Frau stärken, eine junge Frau.

»Sie interessieren sich für mein kleines Verbrecheralbum?«

»Oh.« Plötzlich merkte sie, dass sie Pauls Foto noch immer in der Hand hielt. Rasch stellte sie es an seinen Platz zurück.

»Ja, es ist sehr unterhaltsam.«

»Diese Aufnahme von Paul stammt aus der Zeit unmittelbar nach meiner Heirat mit Eve. Ich wusste damals kaum viel mehr mit ihm anzufangen als heute. Er hat übrigens mir gegenüber Ihren Namen erwähnt.«

»Er ...« Sie war angenehm überrascht, aber auch verlegen. »Wirklich?«

»Ja. Ich kann mich nicht daran erinnern, dass er mir je zuvor den Namen einer Frau genannt hätte, für die er sich interessiert. Das ist einer der Gründe dafür, dass ich sehr froh bin, dass Sie es möglich machen konnten, zu mir zu kommen.« Er durchquerte den Raum und nahm ihre Hand in beide Hände. Aus der Nähe war das Lächeln, das Generationen von Frauen betört hatte, sehr wirkungsvoll. »Wir wollen uns ans Feuer setzen, ja? Ah, da kommt unser Tee.«

Ein anderes Hausmädchen rollte den Teewagen herein, während sie auf zwei großen Sesseln vor dem Kamin Platz nahmen. »Ich möchte mich bei Ihnen dafür bedanken, dass Sie bereit waren, mich zu empfangen.«

»Das Vergnügen liegt ganz auf meiner Seite.« Er schickte das Mädchen mit einem freundlichen Nicken fort und goss selber den Tee ein. »Ich muss mittags zur Matinee im Theater sein, deshalb ist meine Zeit leider begrenzt. Zitrone oder Sahne?«

»Zitrone, danke schön.«

»Probieren Sie diese Teekuchen, sie sind wirklich köstlich.« Er nahm zwei davon und bestrich sie mit viel Marmelade. »So, Eve will also allen möglichen Unsinn in diesem Buch wieder aufrühren?«

»Man könnte sagen, sie erzeugt damit bereits im vorhinein viel Interesse und Spekulation.«

»Sie sind sehr diplomatisch, Julia.« Wieder dieses rasche, Frauen killende Lächeln. »Einfach Julia und Rory, ja?«

»Natürlich.«

»Und wie geht es meiner faszinierenden Exfrau?«

Julia konnte die kaum verhüllte Zuneigung in seiner Stimme erkennen. »Sie ist so faszinierend wie immer, glaube ich. Sie spricht liebevoll von Ihnen.«

»Uns verbindet eine dieser seltenen Freundschaften, die wärmer werden, wenn die Lust sich abkühlt.« Er lachte. »Was nicht heißen soll, dass sie gegen Ende unserer Ehe nicht ziemlich sauer auf mich gewesen ist, und das mit gutem Grund.«

»Wenn es um Untreue geht, werden sicher viele Frauen sauer.«

Wieder dieses rasch aufblitzende Lächeln, das sie an Paul erinnerte. Julia konnte nicht widerstehen und lächelte gleichfalls. Frauen, die nicht mit ihrer Meinung hinterm Berge hielten, hatten ihm schon immer gefallen. »Meine Liebe, wenn es um die Reaktionen von Frauen auf Untreue geht, bin ich der führende Experte. Aber ich glaube, dass unsere Freundschaft zum großen Teil deshalb bestehen blieb, weil Eve so vernarrt in Paul ist.«

»Es stört Sie nicht, dass Ihre Exfrau und Ihr Sohn so eng miteinander verbunden sind?«

»Überhaupt nicht.« Langsam und mit großem Genuss aß er während des Gesprächs seinen Kuchen. Julia stellte sich vor, dass er sich an seinen Frauen in ganz ähnlicher Weise erfreut hatte. »Ehrlich, ich war ein schlechter Vater. Ich fürchte, ich hatte einfach keine Ahnung davon, was ich mit einem Jungen anfangen sollte. Im Babyalter ist es noch etwas einfacher, man steht am Kinderbettchen und stößt gurrende Laute aus, oder man fährt den Kinderwagen im Park spazieren, stolz und selbstgefällig. Für die weniger angenehmen Aufgaben hatten wir ein Kindermädchen.«

Keineswegs beleidigt lachte er, als er ihren Gesichtsausdruck sah, und tätschelte ihr die Hand, bevor er neuen Tee eingoss. »Liebe Julia, bitte beurteilen Sie mich nicht zu hart. Immerhin gebe ich meine Fehler zu. Meine Familie war das Theater. Paul hatte das Unglück, zwei schrecklich selbstsüchtige und außergewöhnlich begabte Eltern zu haben, die keine

Ahnung hatten, wie man ein Kind aufzieht. Und Paul war auch noch so unglaublich hell.«

»Das klingt eher wie eine Beleidigung als ein Kompliment.«

Aha, dachte er, die Dame ist betroffen. Er kaschierte sein Lächeln mit einer vorgehaltenen Serviette. »Zu dieser Zeit war ich der Meinung, dass der Junge ein Rätsel war, das ich nicht lösen konnte. Eve ging ganz natürlich mit ihm um. Aufmerksam, interessiert, geduldig. Ich gebe zu, dass wir es ihr zu verdanken haben, Paul und ich, dass wir uns wesentlich besser verstanden.«

Julia ertappte sich dabei, schon wieder urteilen zu wollen, und rief sich zur Ordnung. »Haben Sie etwas dagegen, wenn ich meinen Rekorder einschalte? Das macht es mir leichter, wirklich genau zu sein.«

Er zögerte einen Augenblick, dann nickte er zustimmend. »Natürlich, Genauigkeit ist wichtig.«

So unauffällig wie möglich stellte sie den Rekorder auf eine Ecke des Teetischchens und schaltete ihn ein. »Im ersten Jahr Ihrer Ehe erschienen einige Artikel über Sie und Eve und Paul, Geschichten aus ihrem Familienleben.«

»Familie.« Rory kostete das Wort aus, dann nickte er. »Eine seltsame Vorstellung für mich, doch es stimmt, wir waren eine Familie. Eve wünschte sich so sehr eine Familie. Vielleicht weil ihr klar geworden war, was sie als Kind vermisst hatte. Oder auch, weil sie das Alter erreicht hatte, in dem ihr Hormonhaushalt sie dazu zwang, sich nach jedem Kinderwagen umzudrehen. Sie hat sogar mich davon überzeugt, dass wir ein eigenes Kind haben sollten.«

Diese neue, faszinierende Information alarmierte Julia. »Sie und Eve wollten ein Baby haben?«

»Meine Liebe, Eve kann sehr überzeugend sein.« Er gluckste und setzte sich zurück. »Wie zwei Generäle zogen wir alle Register der Strategie, Monat für Monat. Unsere Schlachten waren heiß und aufregend, aber der Sieg blieb uns vorenthalten. Schließlich fuhr Eve zu einem Spezialisten nach

Europa, Frankreich war es, glaube ich. Sie kehrte mit der Nachricht zurück, dass sie kein Kind zur Welt bringen konnte.« Er setzte seine Teetasse ab. »Ich muss sagen, sie trug diese für sie so verheerende Auskunft bewundernswert. Eve weinte nicht, klagte nicht und fluchte nicht. Sie warf sich ganz in ihre Arbeit. Ich weiß, wie sie gelitten hat. Sie schlief schlecht, und wochenlang hatte sie keinen Appetit.«

Ein objektives Interview?, fragte sich Julia und blickte in die Flammen. Gar keine Chance. Ihre Sympathie, ihr Mitgefühl waren zu stark. »Sie haben nie an eine Adoption gedacht?«

»Seltsam, dass Sie das Thema erwähnen.« Rory kniff die Augen zusammen, als er nachdachte. »Diese Möglichkeit ist mir tatsächlich eingefallen. Ich konnte es nicht mit ansehen, wie Eve dagegen ankämpfte, so unglücklich zu sein. Und um die Wahrheit zu sagen, jetzt hatte sich auch bei mir die Idee festgesetzt, noch ein Kind zu haben. Als ich diesen Gedanken erwähnte, wurde sie sehr still. Sie duckte sich sogar, als hätte ich sie geschlagen. Was hat sie noch genau gesagt? Rory, wir haben beide unsere Chance gehabt. Da es kein Zurück gibt, müssen wir nur noch daran denken, vorwärts zu gehen.«

»Und was bedeutet das?«

»Ich glaube, sie meinte, dass wir unser Bestes getan hatten, um ein eigenes Kind zu bekommen. Da wir Schiffbruch erlitten hätten, war es klüger, sich damit abzufinden. Das Leben ging weiter, und schließlich war der Punkt erreicht, wo wir uns in aller Freundschaft trennten. Wir sprachen sogar darüber, gelegentlich wieder ein gemeinsames Projekt durchzuführen.« Er lächelte ein wenig wehmütig. »Vielleicht werden wir es jetzt tun.«

»Man glaubte allgemein, dass Sie eine sehr gute Ehe führten. Für viele Leute war es ein Schock, als sie zerbrach.«

»Wir hatten eine großartige Zeit zusammen, Eve und ich. Aber nach jeder Aufführung geht der Vorhang herunter, früher oder später.«

»Sie glauben nicht an den Satz ›bis dass der Tod euch scheidet‹?«

Sein Lächeln war ansteckend und ein wenig boshaft. »Meine Liebe, ich glaube daran, aus ganzem Herzen. Jedes Mal wieder. Aber jetzt müssen Sie mich leider entschuldigen. Das Theater ist die anspruchsvollste Geliebte, die man sich denken kann.«

Sie stellte den Rekorder ab und steckte ihn in die Aktentasche. »Ich danke Ihnen für das Gespräch und für Ihre Gastfreundschaft, Mr. Winthrop.«

»Rory«, sagte er und nahm ihre Hand, als sie aufstanden. »Ich hoffe, das ist noch nicht der Abschied. Ich würde gern noch einmal mit Ihnen sprechen. Morgen ist das Theater geschlossen. Vielleicht könnten wir die Unterhaltung beim Abendessen fortführen.«

»Sehr gern, wenn Ihre Pläne dadurch nicht in Unordnung geraten.«

»Julia, die Pläne eines Mannes sind dafür da, für eine schöne Frau über Bord geworfen zu werden.«

Er hob ihre Hand an seine Lippen, und Julia lächelte ihm zu, als plötzlich die Tür geöffnet wurde.

»Charmant wie immer«, sagte Paul.

Rory hielt Julias Hand fest, als er sich zu seinem Sohn umdrehte. »Paul, was für eine angenehme Überraschung zum falschen Zeitpunkt. Ich brauche dich wohl nicht zu fragen, was dich herführt.«

Paul schaute Julia an. »Nein, nicht nötig. Ist heute Abend eine Vorstellung?«

»Ja.« Rory unterdrückte ein Lachen. Es war das erste Mal, dass er diesen unstillbaren Hunger in den Augen seines Sohnes gesehen hatte. »Ich habe mich gerade von dieser charmanten Lady verabschiedet. Ich werde zwei Eintrittskarten für die Abendvorstellung besorgen und würde mich sehr freuen, wenn ihr heute Abend kommt.«

»Vielen Dank, aber ich ...«

Paul unterbrach sie. »Wir werden dort sein.«

»Ausgezeichnet. Ich schicke Ihnen die Karten ins Hotel, Julia, und lasse Sie nun bei Paul in den besten Händen zurück.«

Er ging zur Tür und blieb kurz bei seinem Sohn stehen. »Immerhin hast du mir hiermit Gelegenheit gegeben, dir zu deinem erstklassigen Geschmack zu gratulieren. Wenn Lily nicht wäre, alter Junge, würde ich keine Bedenken haben, sie dir abspenstig zu machen.«

Pauls Lippen kräuselten sich, aber als sein Vater das Zimmer verlassen hatte, war auch sein Lächeln verschwunden. »Glaubst du, dass es eine besonders gute Idee ist, nach London zu reisen, wenn du mir aus dem Wege gehen willst?«

»Ich tue nur meine Arbeit.« Sehr nervös und verärgert nahm sie ihre Aktentasche auf. »Glaubst du, dass es eine besonders gute Idee ist, mir nach London nachzureisen?«

»Nicht unbedingt.« Er durchquerte das Zimmer mit großen, sparsamen Schritten, die Julia an einen erfahrenen Jäger erinnerten, der eine Fährte aufgenommen hat. Er ging um den Sessel herum und blieb neben ihr vor dem Kaminfeuer stehen. »Warum hast du mir nicht gesagt, dass du meinen Vater besuchen willst?«

Er maß seine Worte ebenso bedächtig ab wie seine Schritte, dachte sie, langsam und geduldig. Im Gegensatz dazu erfolgte ihre Antwort zu rasch.

»Ich habe keinen Grund, dir von meinen Plänen zu erzählen.«

»Du irrst dich.«

Er riss sie an sich, so heftig und so überraschend, dass ihr keine Zeit zu irgendeinem Protest blieb. Sie konnte nur noch rasch Luft holen.

»Das ist nicht …« Er drückte seine Lippen auf ihren Mund und schnitt ihr damit das Wort ab. Ihre Gedanken wirbelten durcheinander. Stöhnend ließ sie die Aktentasche fallen und klammerte sich an ihn. In diesem einen Augenblick, in dem die Vernunft schwieg und ihre Sinne die Herrschaft übernommen hatten, gab sie ihm alles.

»Habe ich mich verständlich genug gemacht?«

»Sei still«, flüsterte sie und schlang die Arme um seinen Hals. »Sei jetzt still.«

Er schloss die Augen, unverschämt glücklich, weil sie ihren Kopf zutraulich an seine Schulter gelegt hatte. Diese Geste und ihr kleiner, gehauchter Seufzer erweckten in ihm den Wunsch, sie irgendwo hinzubringen, wo es sicher und ruhig war. »Du machst mir Kummer, Julia.«

»Weil ich nach London geflogen bin?«

»Nein. Weil ich dir gefolgt bin.« Er hielt sie ein wenig von sich ab und fuhr ihr mit dem Handrücken über die Wange. »Du wohnst im Savoy?«

»Ja.«

»Dann komm. Ich möchte nicht, dass eines der Hausmädchen meines Vaters hereinkommt, wenn ich dich liebe.«

Das Bett war ein sicherer Zufluchtsort. Das Zimmer war ruhig. Ihr Körper war so verführerisch wie fließender Wein. Jedes Zittern, jedes Seufzen von ihr ließ sein Blut rascher durch die Adern fließen. Sie hatte die Vorhänge lieber zuziehen wollen, aber er hatte sie offen gelassen und genoss es, ihr Gesicht im blassen Wintersonnenlicht zu beobachten.

Er hatte nicht gewusst, dass es so wunderbar sein konnte. Aber er hatte es schon gespürt, als er ihr langsam und vorsichtig das Kleid ausgezogen hatte und zu den glatten Seidendessous darunter vorgedrungen war. Zentimeterweise hatte er die feinen seidenen Häute entfernt. Und da war nur noch sie, zart, geheimnisvoll, erregend. Als er sie aufs Bett legte, seufzte sie.

Jetzt war sie bei ihm, ihre feuchte, glatte Haut berührte ihn, ihr zitternder Atem drang in sein Ohr, ihre Hände streichelten seinen Körper, zuerst sanft, dann gierig, dann verzweifelt. Er konnte ihr Begehren spüren, ihre wilde Erregung.

Sie war es auch, die das Tempo änderte, anfachte, bis sie in selbstvergessener heißer Leidenschaft über das Bett rollten.

Das Bett war kein sicherer Zufluchtsort mehr, sondern voller gefährlicher Wonnen. Das Zimmer war nicht mehr ruhig, sondern voller geflüsterter Aufforderungen und voll von halbunterdrücktem Keuchen. Draußen hatte es angefangen zu regnen. Als es dunkel wurde, nahm er sie mit einem blindwütigen Hunger, von dem er glaubte, dass er sich nie würde stillen lassen.

Und selbst als sie still nebeneinander lagen und dem Regen zuhörten, konnte er diesen Hunger immer noch spüren.

»Ich muss Brandon anrufen«, murmelte Julia.

»Hm.« Paul schmiegte sich enger an sie und nahm ihre Brüste in seine Hände. »Mach das.«

»Nein, ich kann nicht … Ich meine, ich kann ihn nicht anrufen, während wir …«

Er kicherte und knabberte an ihrem Ohr. »Julia, das Telefon übermittelt nur Laute, keine Bilder.«

Sie kam sich ziemlich blöd vor, aber das änderte nichts. Sie schüttelte den Kopf und rutschte beiseite. »Nein, ich kann das nicht, wirklich.« Sie schaute zu ihrem Kleid, das in zwei Schritten Entfernung über einer Stuhllehne lag. Paul grinste, als er ihren Gesichtsausdruck bemerkte.

»Soll ich die Augen zumachen?«

»Nein, natürlich nicht.« Aber es fiel ihr nicht leicht, das Kleid überzuziehen in dem Bewusstsein, dass er sie beobachtete.

»Du bist süß, Julia.«

Sie schloss den Gürtel und starrte dabei auf ihre Hände. »Wenn du damit sagen willst, dass ich ein bisschen einfältig bin …«

»Süß«, wiederholte er. »Und mein Ego ist natürlich sehr erfreut darüber, dass du offensichtlich nicht daran gewöhnt bist, dich mit einem Mann in einer solchen Situation zu befinden.« Er warf einen Blick auf den Regen, der unablässig gegen die Scheiben schlug. »Ich hätte dir gern ein wenig von London gezeigt, aber dies scheint nicht der richtige Tag dafür zu sein. Ich könnte uns etwas zum Abendessen bestellen.«

»In Ordnung. Frag auch gleich nach den Theaterkarten.«

Sie wartete, bis er seine Slacks angezogen hatte, dann erst meldete sie das Gespräch an. Zehn Minuten später ging sie in den kleinen Salon, wo Paul in Gedanken verloren vor dem Fenster stand. Sie ging zu ihm, legte ihren Arm um seine Taille und drückte ihre Wange an seinen Rücken.

»In Los Angeles scheint die Sonne. Die Lakers haben gegen die Pistons verloren, und Brandon war im Zoo. Wo bist du?«

Er legte seine Hand auf ihre. »Ich habe mich gefragt, weshalb ich mich in der Stadt, in der ich geboren wurde, immer wie ein Fremder fühle. Wir hatten damals eine Wohnung in Eaton Square, und man hat mir erzählt, dass mein Kindermädchen oft mit mir im Hyde Park spazierengefahren ist. Ich habe keine Erinnerung daran, und ich kann es mir auch nicht vorstellen. Weißt du, dass kein einziges meiner Bücher hier spielt? Wann immer ich hier bin, denke ich, dass plötzlich dieses Wiedererkennen kommen muss.«

»Ich glaube, so wichtig ist das nicht. Ich weiß nicht einmal, wo ich geboren wurde.«

»Und das macht dir nichts aus?«

»Nein. Nun, manchmal vielleicht, wegen Brandon.« Sie rieb ihre Wange an seinem Rücken. Seine Haut war jetzt kühl. »Aber normalerweise denke ich nur sehr selten daran. Ich habe meine Eltern geliebt, und sie mich auch. Sie wollten mich haben.« Er führte ihre Finger an seine Lippen, und sie musste lächeln. »Ich glaube, das ist das Beste daran, ein adoptiertes Kind zu sein. Man weiß, dass die Eltern einen gewollt haben, unbedingt, bedingungslos. Daraus entwickelt sich eine sehr enge Beziehung.«

»Ich vermute, so ist es auch zwischen Eve und mir. Ich habe nicht gewusst, wie es ist, erwünscht zu sein, bevor ich zehn war und sie plötzlich in meinem Leben auftauchte.« Er drehte sich um und sah sie an. »Ich frage mich, ob du es verstehen kannst, dass ich nicht gewusst habe, was es bedeutet, jemanden wirklich zu wollen, bevor du gekommen bist.«

Bei seinen Worten öffnete sich etwas in ihrem Inneren. Mehr noch als seine Berührung, mehr noch als sein Begehren, rissen diese einfachen Worte alle Mauern ein. »Ich …« Sie fing an, auf und ab zu gehen. »Ich dachte, ich habe gehofft«, sie suchte mühsam nach Worten. »Ich hoffte, dass ich in der Lage sein würde, unser Zusammensein so handhaben zu können, wie Männer meiner Meinung nach ihre Affären handhaben.«

Er war plötzlich nervös geworden und steckte seine Hände in die Taschen. »Wie denn?«

»Du weißt schon, beiläufig, ohne ihnen allzu viel Bedeutung zuzumessen und zu große Erwartungen daran zu knüpfen.«

»Ach, so.« Er beobachtete sie. Julia musste sich immer Bewegung verschaffen, wenn sie sehr angespannt war. »Und du glaubst, dass ich unser Zusammensein auf diese Weise handhabe?«

»Ich weiß es nicht. Ich kann nur für mich sprechen.« Sie zwang sich stehen zu bleiben und sah ihn an. Es war leichter, wenn der ganze Raum zwischen ihnen lag. »Ich wollte imstande sein, diese Beziehung als das zu nehmen, was sie war, um mich daran zu erfreuen: guter Sex zwischen zwei Erwachsenen, die sich zueinander hingezogen fühlen.« Sie holte tief Luft. »Und ich wollte sichergehen, dass ich ganz unversehrt weggehen könnte, wenn sie vorüber war. Aber das Problem besteht darin, dass das eben nicht möglich ist. Als du heute früh ins Zimmer kamst, konnte ich nur daran denken, wie sehr ich mich nach dir gesehnt hatte, wie sehr ich dich vermisst hatte und wie unglücklich ich gewesen war, weil wir böse aufeinander gewesen sind.«

Sie hielt inne und drückte die Schultern zurück. Er grinste sie an und wippte auf seinen Hacken. Gleich würde er anfangen zu pfeifen, dachte sie. »Ich wäre dir dankbar, wenn du dieses selbstgefällige Lächeln unterlassen könntest. Das ist nicht ...«

»Ich liebe dich, Julia.«

Benommen setzte sie sich auf eine Sessellehne. Wenn er ihr einen Schlag in den Solarplexus versetzt hätte, hätte sie ganz genauso nach Luft ringen müssen. »Du ... Du solltest mich ausreden lassen und dann irgendetwas in der Art sagen, dass du jeden Augenblick dankbar genossen hast als das, was er war.«

»Tut mir leid. Glaubst du wirklich, dass ich mit kaum mehr als einmal Unterwäsche zum Wechseln in die Concorde gesprungen bin, nur um einen Nachmittag bei dir im Bett zu verbringen?«

Sie sagte das Erstbeste, was ihr einfiel. »Ja.«

Er lachte herzlich. »Du bist gut Julia, aber so verdammt gut auch wieder nicht.«

Sie war sich nicht ganz sicher, wie sie das auffassen sollte. »Vor wenigen Minuten hast du gesagt, oder vielleicht mehr gestöhnt, dass ich großartig wäre. Ja«, sagte sie und kreuzte die Arme, »das war dein Ausdruck: großartig.«

»Tatsächlich?« Das war sie tatsächlich, der Himmel mochte es wissen. »Nun, das ist schon möglich. Aber selbst großartiger Sex würde mich von einem sehr schwierigen Abschnitt in meinem Buch nicht fortgelockt haben. Jedenfalls nicht für mehr als eine Stunde oder so.«

»Warum bist du dann gekommen, zum Teufel?«

»Wenn du sauer bist, nehmen deine Augen die Farbe von Ruß an. Das ist vielleicht keine sehr schmeichelhafte Beschreibung, aber sie hat den Vorteil, dass sie stimmt. Ich bin hergekommen«, fuhr er fort, bevor sie sich eine passende Antwort überlegen konnte, »weil ich mir Sorgen um dich gemacht habe, weil ich wütend war, dass du ohne mich abgereist bist, und weil ich bei dir sein will, wenn es irgendwelche Probleme gibt. Und weil ich dich so sehr liebe, dass ich kaum Luft holen kann, wenn du nicht bei mir bist.«

»Oh. Das hätte nicht passieren sollen.« Sie stand auf und fing wieder an, auf und ab zu gehen. »Ich hatte mir alles genau zurechtgelegt, logisch und vernünftig. Auf solche Gefühle war ich nicht vorbereitet.«

»Auf welche Gefühle?«

»Auf so etwas wie ›Ich kann ohne dich nicht leben‹. Verdammt noch mal, Paul, ich weiß nicht, was ich tun soll.«

»Wie wär's damit?« Er hielt sie fest, hob sie leicht hoch.

Ein Kuss war in diesem Augenblick das beste Argument. Sie wehrte sich nur ganz kurz, dann gab sie nach.

»Ja, ich liebe dich. Ich weiß noch nicht, wie ich damit fertigwerden soll, aber ich liebe dich.«

»Du brauchst nicht mehr allein mit allem fertigzuwerden.« Er schob sie ein wenig zurück, damit sie ihn anschauen und erkennen konnte, dass er das, was er sagte, auch meinte. »Verstehst du, Julia?«

»Ich verstehe gar nichts. Vielleicht muss ich das im Augenblick auch gar nicht unbedingt.«

Damit war er zufrieden und beugte sich wieder über sie. Beide seufzten, als jemand an die Tür klopfte. »Ich kann den Kellner fortschicken.«

Sie lachte und schüttelte den Kopf. »Nein, ich habe plötzlich ganz furchtbaren Hunger.«

»Wenigstens werde ich den Champagner nicht vergeblich bestellt haben.« Er küsste sie wieder und zögerte, als es ein zweites Mal an die Tür klopfte.

Als Paul den Kellner abfertigte, sah sie, dass er auch Blumen bestellt hatte, ein Dutzend gerade erblühter rosafarbener Rosen. Sie nahm eine davon aus der Vase und hielt sie an ihre Wange, als das Essen serviert wurde.

»Zwei Nachrichten für Sie, Miss Summers«, sagte der Kellner zu ihr und hielt ihr die Umschläge hin.

»Danke.«

»Guten Appetit«, sagte er und lächelte, zufrieden mit der Höhe des Trinkgeldes.

»Ich komme mir ganz dekadent vor«, sagte Julia, als sie wieder allein waren. »Champagner, Romantik, Blumen, und das alles mitten am Tage in einem Hotel.« Sie lachte, als der Korken knallte. »Es gefällt mir.«

»Dann müssen wir eine Gewohnheit daraus machen.« Er hob eine Braue, als er trank. »Die Eintrittskarten für heute Abend?«

»Ja. Erste Reihe, in der Mitte. Ich frage mich, wie er das geschafft hat.«

»Mein Vater kann fast alles zustande bringen, was er will.«

»Ich mag ihn.« Julia öffnete den zweiten Umschlag. »Man findet nicht oft einen Mann, der so sehr seinem Image entspricht. Charmant, weltgewandt, sexy …«

»Bitte!«

Sie lachte. »Du bist ihm zu ähnlich, um das richtig würdigen zu können. Ich hoffe, wir …«

Sie brach mitten im Satz ab und wurde kreideweiß. Der Umschlag flatterte auf den Boden, als sie das Stück Papier in ihrer Hand las.

Ein Fehler lässt sich nicht durch einen anderen wettmachen.

19 Paul setzte die Flasche und das Glas so rasch ab, dass der Champagner überschäumte. Er legte beide Hände auf Julias Schultern und drückte sie sanft in einen Sessel. Sie schaute ihn nicht an. In der einen Hand hielt sie das Papier, die andere presste sie auf ihren Magen.

»Du musst ausatmen«, sagte er und rieb ihr die Schultern. »Du hältst den Atem an, Jules. Atme aus.«

Sie gehorchte und holte gleich darauf wieder tief Luft.

»Sehr schön. Also, was ist los?«

Sie schüttelte hilflos den Kopf und gab ihm das Blatt.

»Ein Fehler lässt sich nicht durch einen anderen wettmachen.« Neugierig schaute er sie an. Ihre Lippen waren nicht mehr so weiß, was ihn ein wenig beruhigte, aber sie hatte die Hände im Schoß verkrampft. »Lösen banale Sprichwörter bei dir immer einen Schock aus?«

»Ja, wenn sie mich sechstausend Meilen weit verfolgen.«

»Willst du mir das erklären?«

Sie stand auf und ging im Zimmer auf und ab. »Irgendjemand will mir einen Schreck einjagen«, sagte sie halb zu sich selber. »Und es macht mich wütend, dass er Erfolg damit hat. Das ist nicht die erste kleine Warnung an mich. Ich habe schon eine bekommen, als wir erst ein paar Tage lang in Ka-

lifornien waren. Sie war an den Gartenzaun vor dem Gästehaus gesteckt worden. Brandon brachte sie mit.«

»An dem ersten Nachmittag, als ich bei euch war?«

»Ja.« Das Haar flog ihr um die Schultern, als sie sich zu
ihm umdrehte. »Woher weißt du das?«

»Weil du schon damals so verwirrt und entsetzt ausgesehen hast. Das hat mir ganz und gar nicht gefallen. Heute gefällt es mir noch weniger.« Er las den Satz noch einmal.
»Hatte die erste Notiz genau den gleichen Inhalt?«

»Nein. ›Neugier tötet die Katze‹, hieß es damals.« Ihre an-
fängliche Furcht wurde zu einer rasch anwachsenden Wut. Er
merkte es an ihrer Stimme und daran, wie sie rascher durch
das Zimmer ging, ihre Fäuste in den Hosentaschen ballte und
größere Schritte machte. »Ich habe einen zweiten Zettel in
der Nacht nach dem Wohltätigkeitsball gefunden und einen
dritten zwischen den Notizen in meiner Schublade nach dem
ersten Einbruch.«

Er hielt ihr ein Glas hin. Wenn es schon nicht zum Feiern
dienen konnte, dann würde es doch vielleicht ihre Nerven
beruhigen. »Jetzt muss ich dich fragen, warum du mir das
nicht erzählt hast.«

Sie trank einen Schluck und ging weiter. »Ich habe es dir
nicht erzählt, weil ich es für vernünftiger hielt, es Eve zu sagen. Zuerst habe ich dir nichts gesagt, weil ich dich noch
nicht gut genug gekannt habe, und dann ...«

»Du hast mir nicht getraut.«

»Du bist gegen das Buch gewesen.«

»Das bin ich immer noch.« Er nahm sich eine Zigarre.
»Wie hat Eve reagiert?«

»Sie war sehr beunruhigt, glaube ich. Aber sie wollte es
nicht zeigen.«

»Das kann ich mir vorstellen.« Er nahm sein Glas in die
Hand und beobachtete die aufsteigenden Perlen. Sie stiegen
zum Rand auf, voller Energie und Schwung. Wie Eve, dachte
er. Aber auch wie Julia. »Nach deiner Reaktion brauche ich
nicht zu fragen. Was glaubst du, sollen diese Zettel bedeuten?«

»Es sind natürlich Warnungen, denke ich.« Ungeduld klang in ihrer Stimme mit, aber er schwieg und trank. »Diese vagen, törichten und abgedroschenen Phrasen wirken bedrohlich, wenn sie anonym aus irgendeiner unbekannten Ecke abgeschossen werden.« Als er immer noch nichts sagte, warf sie ihr Haar mit einer raschen, ungeduldigen Geste nach hinten. Auch das erinnerte ihn lebhaft an Eve. »Mir passt es ganz und gar nicht, dass irgendjemand mich in Angst und Schrecken versetzen will. Lach nicht über mich.«

»Entschuldige, das war nicht meine Absicht.«

Sie riss im Vorbeigehen den Zettel vom Tisch. »Dass ich hier jetzt einen bekomme, sechstausend Meilen entfernt von den Plätzen, an denen ich die vorigen fand, bedeutet, dass mir irgendjemand nachgereist ist.«

Er trank wieder, beobachtete sie. »Noch jemand, außer mir?«

»Offensichtlich.« Sie warf die Antwort schnell hin, dann fing sie an zu überlegen. Plötzlich lag das ganze Zimmer zwischen ihnen. Hatte sie dafür gesorgt oder er? »Paul, ich glaube nicht, dass du mir diese Zettel geschickt hast. Das habe ich nie geglaubt. Es passt nicht zu dir, so passive Drohungen zu verstreuen.«

Er hob eine Braue, trank einen Schluck. »Sollte das ein Kompliment sein?«

»Nein, das ist meine ehrliche Meinung.« Sie ging auf ihn zu, hob ihre Hand und versuchte, die Linien auf seinem Gesicht zu glätten, die dort erst vor wenigen Augenblicken entstanden waren. »Ich habe das vorher nicht angenommen, und jetzt kann ich es erst recht nicht.«

»Weil wir ein Liebespaar sind?«

»Nein, weil ich dich liebe.«

Ein feines Lächeln glitt über seine Lippen, als er seine Hand hob und ihre damit bedeckte. »Du machst es einem Mann schwer, verärgert zu bleiben, Jules.«

»Bist du ärgerlich auf mich?«

»Ja.« Er drückte ihr einen Kuss in die Handfläche. »Aber

ich denke, wir sollten der Reihe nach vorgehen. Zuerst sollten wir versuchen herauszubekommen, wer den Brief an der Rezeption hinterlassen hat.«

Sie ärgerte sich darüber, dass ihr das nicht vor ihm eingefallen war. Das war eine wichtige Frage, sie konnte nicht klar denken. Als er zum Telefon ging, setzte Julia sich hin und machte sich klar, dass sie nicht nur ruhig bleiben musste, wenn sie diese Angelegenheit aufklären wollte, sondern auch mitarbeiten musste. Beim nächsten Schluck Champagner fiel ihr ein, dass sie auf nüchternen Magen trank. Das war nicht unbedingt der richtige Weg, einen klaren Kopf zu bekommen.

»Die Eintrittskarten wurden von einem uniformierten Boten abgegeben«, sagte Paul. »Der zweite Umschlag lag einfach auf der Rezeptionsablage. Sie kümmern sich darum, aber es ist unwahrscheinlich, dass irgendjemand bemerkt hat, wer ihn dort hingelegt hat.«

»Es kommen alle möglichen Leute infrage, jeder, der wusste, dass ich herkommen würde, um deinen Vater zu interviewen.«

»Und wer wusste das?«

Sie stand auf und ging zu dem fahrbaren Speisetischchen hinüber. »Ich habe kein Geheimnis daraus gemacht. Eve, natürlich. Nina, Travers, CeeCee, Lyle, Drake müssen es gewusst haben. Dann alle, die einen von ihnen gefragt haben. Wie du es wahrscheinlich gemacht hast, oder?«

Trotz der Situation amüsierte es ihn, dass sie die Schale mit Shrimpsalat mitnahm, als sie wieder auf und ab ging. Sie stopfte sich energisch die Bissen in den Mund. »Travers hat es mir erzählt. Nun zum nächsten Problem. Was willst du unternehmen?«

»Unternehmen? Ich sehe keine andere Möglichkeit als die Zettel zu ignorieren. Ich sehe mich nicht auf dem Wege zu Scotland Yard.« Diese Vorstellung und das Essen verbesserten ihre Laune. Ruhiger geworden stellte sie die fast leere Schale ab und nahm sich noch ein Glas Champagner. »Inspektor, irgendjemand hat mir einen Zettel geschickt. Nein, eine echte Drohung war es eigentlich nicht. Eher ein Sprichwort. Setzen Sie Ihren besten Mann auf die Sache an.«

Normalerweise hätte er es bewundernswert gefunden, dass sie sich nicht unterkriegen ließ. Aber jetzt erschien ihm nichts mehr normal. »Als du den Umschlag geöffnet hast, fandest du es nicht so spaßig.«

»Nein, das stimmt. Aber das war bestimmt ein Fehler. Wie kann ich mich von jemandem verrückt machen lassen, der nicht wenigstens etwas originellere Einfälle hat?«

»Weißt du, ich halte das für recht gut eingefädelt.« Als er auf sie zukam, sah sie, dass er auf ihren Versuch, die Sache zu ironisieren, nicht eingegangen war. »Wenn derjenige, der die Zettel geschickt hat, gefasst würde, wäre das für die Polizei doch kaum interessant – alles harmlose, allgemein bekannte Sprichwörter. Es dürfte schwierig sein, den Nachweis zu führen, dass sie irgendeine bedrohliche Bedeutung haben. Aber wir wissen es besser.«

»Wenn du damit sagen willst, dass ich das Buchprojekt aufgeben soll ...«

»Ich denke, ich habe jetzt begriffen, dass das zwecklos wäre, Julia. Aber grenz mich nicht länger aus.« Er legte ihr ganz sanft die Hand aufs Haar. »Lass mich die Bänder abhören. Ich will dir helfen.«

Diesmal konnte sie ihn nicht wieder abweisen. Es lag keine Arroganz in seiner Bitte, und sie wurde auch nicht von seinem Ego bestimmt. Es war Liebe. »In Ordnung. Sobald wir wieder heimkommen.«

Julia hatte sich keine vorgefasste Meinung über Rory Winthrops gegenwärtige Ehefrau gebildet. Was immer sie auch erwartet haben mochte, als sie Lily Teasbury kennengelernt hatte, konnte sie ihr keine anderen Gefühle entgegenbringen als Zuneigung und Bewunderung.

Auf der Leinwand spielte die Schauspielerin meist eine überschäumende Heroine, was gut zu ihrer tollen Figur, den blonden Haaren und den unschuldigen blauen Augen passte.

Auf den ersten Blick hätte man sie für eine Frau halten können, die gern und viel kicherte und alberte.

Aber Julia brauchte keine fünf Minuten, um dieses Urteil zu revidieren. Lily war eine scharfsinnige, witzige, ehrgeizige Frau, die ihr Aussehen ganz gezielt einsetzte, ohne sich davon leiten zu lassen. Sie passte ausgezeichnet in den traditionellen Salon des Hauses in Knightsbridge und wirkte in ihrem einfachen blauen Kleid von Givenchy sehr kühl, sehr britisch und sehr weiblich.

»Ich habe mich schon gefragt, wann du uns endlich besuchen kommst«, sagte sie zu Paul, als sie die Aperitifs servierte. »Wir sind schon drei Monate verheiratet.«

»Ich komme nicht oft nach London.«

Julia empfand Bewunderung dafür, wie leicht und mühelos Lily dem langen, durchbohrenden Blick Pauls standhielt.

»Ja, das habe ich gehört. Nun, du hast dir leider eine schreckliche Jahreszeit ausgesucht. Sind Sie zum ersten Mal in London, Miss Summers?«

»Ja.«

»Scheußlich, dieser Schneeregen. Aber andererseits sage ich mir immer, es ist vielleicht am besten, wenn man eine Stadt in ihrem schlimmsten Zustand kennenlernt, ebenso wie einen Mann, denn nur dann kann man sich darüber klar werden, ob man wirklich in der Lage ist, mit all ihren oder seinen Fehlern zu leben.« Lily setzte sich hin, lächelte und nippte an ihrem Wermut. »Das ist Lilys subtile Art, mich daran zu erinnern, dass sie all meine Fehler kennt«, warf Rory ein.

»Kein bisschen subtil«, sagte Lily. Sie berührte seine Hand, nur kurz, aber mit offensichtlicher Zuneigung, wie Julia dachte. »Subtilität nützt wohl nicht viel, wenn ich mich darauf vorbereiten muss, mit einer der größten Liebesaffären im Leben meines Mannes konfrontiert zu werden.« Sie strahlte Julia an. »Keine Angst, ich bin nicht eifersüchtig, nur furchtbar neugierig. Ich halte nichts von Eifersucht auf die Vergangenheit oder auf die Zukunft. Ich habe Rory schon gewarnt. Wenn er seine alten Fehler wiederholen sollte, werde ich nicht heulen und jammern oder zum Anwalt laufen.« Wieder nahm sie einen kleinen Schluck. »Ich werde ihn einfach umbringen, rasch, sauber, kaltblütig und ohne jedes Bedauern.«

Rory lachte, dann prostete er seiner Frau zu. »Sie jagt mir Angst ein.«

Paul fing an, den Gesprächen mit größerer Anteilnahme zuzuhören. Er hatte es nicht glauben wollen, aber er bekam immer mehr den Eindruck, dass zwischen seinem Vater und der Frau, die er geheiratet hatte, eine tiefe Bindung bestand. Obwohl diese Frau auf den ersten Blick wieder eine dieser Puppen mit großen Brüsten und Schmollippen, mit denen sein Vater so gern spielte, zu sein schien, und obwohl sie jünger war als der einzige Sohn ihres Mannes.

Aber Lily Teasbury war anders. Als er sein altes, tiefeingewurzeltes Misstrauen gegenüber den Frauen seines Vaters überwunden hatte, beobachtete er sie als Autor, ihre kleinen Gesten, die Blicke, der Klang ihrer Stimme, ihr schnelles Lachen. Zu seiner nicht geringen Überraschung stellte er fest, dass die beiden eine echte Ehe zu führen schienen.

Da war eine Leichtigkeit und Kameradschaft, die er zwischen seinem Vater und seiner eigenen Mutter nie gespürt hatte. Eine Freundschaft, die er nur in einer seiner früheren Ehen bemerkt hatte, damals, als Eve Benedict seine Frau gewesen war.

Erleichtert und staunend setzte er sich an den Tisch. Erleichtert war er vor allem deshalb, weil ihm klar geworden war, dass Lily nicht zu einer der beiden Kategorien von Frauen gehörte, die er neben seinem Vater oft erlebt hatte. Sie tat weder so, als ob augenblicklich eine familiäre Bindung zwischen ihnen entstanden sei, noch würde sie unter vier Augen darauf anspielen, dass sie gern zu mehr bereit wäre.

Und er staunte über sein Gefühl, welches ihm sagte, dass sein Vater jetzt endlich jemanden gefunden haben könnte, mit dem er wirklich zusammenleben konnte.

»Ich habe Ihnen noch gar nicht gesagt, wie großartig Sie

gestern Abend waren«, sagte Julia zu Rory. »Und wie dankbar ich Ihnen bin, dass Sie sich die Mühe gemacht haben, uns Karten zu schicken.«

»Oh, es war keine Mühe«, erwiderte er. »Ich war entzückt, dass Sie und Paul den Elementen getrotzt haben und gekommen sind.«

»Ich bin froh, dass ich es nicht versäumt habe.«

»Mögen Sie *Lear*?«, fragte Lily sie.

»Das Stück ist sehr stark und aufwühlend. Tragisch.«

»Rory ist großartig in dieser Rolle«, sie winkte ihrem Mann zu. »Aber ich glaube, ich ziehe Komödien vor. Sie sind ebenso schwer zu spielen, aber wenn am Schluss einer von der Bühne kriecht, geschieht es mit Gelächter und nicht mit Jammern und Heulen.«

Kichernd wandte Rory sich an Julia. »Lily liebt Happyends. Am Anfang unserer Bekanntschaft habe ich sie zu *A Long Day's Jorney into Night* eingeladen.« Rory häufte sich wilden Reis auf die Gabel. »Hinterher sagte sie mir, wenn ich stundenlang herumsitzen und mich ins Elend vertiefen wollte, sollte ich das besser mit jemand anderem tun. Das nächste Mal habe ich Karten für *Marx Brothers Festival* besorgt.«

»Und deshalb habe ich ihn geheiratet.« Sie berührte seine Fingerspitzen mit den ihren.

»Und ich dachte, du hast mich geheiratet, weil ich so sexy bin.«

Als sie ihm zulächelte, bildete sich neben ihrem linken Mundwinkel ein kleines Grübchen. »Darling, Sex ist aufs Bett begrenzt. Mit einem Mann, der auch einen Sinn für das Komische im Leben hat, kann man auch am Morgen noch zusammen sein.«

Sie lehnte sich zurück und klimperte Julia mit den Wimpern zu. »Würden sie mir da zustimmen, meine Liebe?«

»Paul hat mich noch nie zu irgendetwas anderem eingeladen als zu einem Basketballspiel«, sagte sie, ohne nachzudenken. Lily brach in entzücktes Gelächter aus.

»Rory, was für ein erbärmlicher Vater musst du gewesen

sein, wenn dein Sohn sich für nichts anderes interessiert, als für einen Haufen schwitzender Männer, die einen Ball in einen Reifen werfen.«

»Das war ich sicher, aber der Junge hatte schon immer seine eigene Meinung zu allem, auch zu den Frauen.«

»Und was«, fragte Paul ruhig, während er weiteraß, »ist an Basketball auszusetzen?« Sein Blick ruhte auf Julia, und sie hielt es für das beste, nur unverbindlich mit den Schultern zu zucken. Sie sah einfach umwerfend aus, wenn sie nervös war, dachte er. Sie war leicht errötet und knabberte an ihrer Unterlippe, was sehr sexy aussah. Er nahm sich fest vor, später selber daran zu knabbern, und nicht nur daran.

»Du bist nicht mitgekommen«, sagte er.

»Nein.«

»Wärst du mitgekommen, wenn ich dich zu, sagen wir, zu einem Opernbesuch eingeladen hätte?«

»Nein.« Sie lächelte leicht. »Weil du mich nervös gemacht hast.«

Er langte über den Tisch und spielte mit ihren Fingern. »Und wenn ich dich jetzt frage?«

»Du machst mich immer noch nervös, aber ich würde es wahrscheinlich riskieren.«

Als er sein Glas in die Hand nahm, schaute er seinen Vater an. »Es sieht so aus, als ob meine Art ausgezeichnet funktionieren würde. Lily, das Essen ist großartig.«

»Oh, danke.« Sie kicherte in ihr Glas. »Vielen Dank.«

Erst bei Kaffee und Kognak, in der gemütlichen Sitzecke, kam das Thema Eve Benedict wieder zur Sprache. Julia überlegte gerade noch, wie sie am taktvollsten damit beginnen konnte, als Lily ihr zu Hilfe kam.

»Es hat mir leidgetan, dass wir nicht zu der Party kommen konnten, die Eve neulich gegeben hat. Es war eine Überraschung für mich, dass ich auch eingeladen wurde, und ich bedaure wirklich, dass ich nicht teilnehmen konnte.« Sie legte ihre Beine hoch. »Rory hat mir erzählt, dass sie immer ganz unglaubliche Partys gegeben hat.«

»Haben Sie viele Partys gegeben, als sie mit Eve verheiratet waren?«, fragte Julia.

»Oh, eine ganze Reihe. Kleine, intime Dinner-Partys, zwanglose Barbecues, glänzende Abendgesellschaften.« Er beschrieb einen Kreis in der Luft. Seine goldenen Manschettenknöpfe leuchteten im Schein des Kaminfeuers auf. »Und dann deine Geburtstagsparty, Paul, erinnerst du dich?«

»Das kann man wohl kaum vergessen.« Er schaute Julia an, denn er wusste, dass das Interview begonnen hatte. Ihm fiel auf, dass Lily sich bequem zurückgesetzt hatte, um zuzuhören. »Sie heuerte Zirkusleute an – Clowns, Jongleure, einen Seiltänzer. Sogar einen Elefanten.«

»Und der Gärtner hätte fast gekündigt, als er am nächsten Morgen den Rasen sah.« Rory kicherte und drehte sein Brandyglas in der Hand. »Im Zusammenleben mit Eve gab es nur wenige dunkle Augenblicke.«

»Könnten Sie sie mit einem Wort beschreiben?«

»Eve?« Er überlegte ein paar Sekunden. »*Unzähmbar,* denke ich. Nichts konnte sie lange aufhalten. Ich erinnere mich daran, dass sie einmal eine Rolle an Charlotte Miller verloren hat, eine bittere Pille für Eve. Sie spielte stattdessen die Sylvia in *Spider's Touch,* gewann in Cannes einen Preis und sorgte dafür, dass alle Leute vergaßen, dass auch Charlotte Miller zur gleichen Zeit einen Film gedreht hatte. Vor etwa fünfundzwanzig, dreißig Jahren wurde es schwierig, gute Rollen zu bekommen. Schauspielerinnen in einem gewissen Alter waren in den Studios nicht sehr gefragt. Eve ging nach New York und spielte ein Jahr lang in *Madam Requests* auf dem Broadway. Sie gewann einen Tony und ließ Hollywood bitten und betteln, dass sie zurückkehrte. Wenn Sie sich ihre Karriere genau anschauen, werden Sie merken, dass sie nie ein schlechtes Drehbuch akzeptiert hat. Natürlich gab es ganz zu Beginn ein paar wertlose, das stimmt. Damals war sie vertraglich ans Studio gebunden und hatte keine Wahl. Aber in jedem Film, selbst in dem armseligsten, trat sie wie ein großer Star auf. Dafür braucht man mehr als nur Talent, mehr als nur Ehrgeiz. Das erfordert Kraft.«

»Er würde gern wieder mit ihr zusammenarbeiten«, warf Lily ein. »Und ich würde mich darüber freuen.«

»Es wäre nicht unangenehm für Sie?«, fragte Julia.

»Überhaupt nicht. Vielleicht wäre es anders, wenn ich nicht selber in diesem Geschäft wäre. Und wenn ich nicht wüsste, dass Rory sein Leben lieb ist.« Sie lachte und legte ihre langen, schlanken Beine in eine andere Position. »Auf jeden Fall habe ich Achtung vor einer Frau, die es fertiggebracht hat, echte Freundschaft einem Mann gegenüber aufrechtzuerhalten, mit dem sie verheiratet gewesen ist. Mein Exmann und ich verabscheuen uns immer noch gegenseitig.«

»Deshalb will Lily mir den Ausweg einer Scheidung nicht offenhalten.« Rory verschränkte seine Finger mit ihren. »Sehen Sie, Eve und ich mochten uns. Als sie die Ehe beenden wollte, tat sie es in einer höflichen und vernünftigen Art. Und da die Schuld bei mir lag, konnte ich kaum der Nachtragende sein.«

»Sie sagen, es war Ihre Schuld. Wegen anderer Frauen?«

»In erster Linie. Ich glaube, mein Mangel an Diskretion, was Frauen betrifft, ist einer der Gründe dafür, dass Paul in dieser Hinsicht so besonders vorsichtig ist. Stimmt das?«

»Nicht vorsichtig. Wählerisch«, meinte Paul.

»Ich war kein guter Ehemann. Und ich war kein guter Vater. Die Beispiele, die ich auf beiden Gebieten geliefert habe, waren alles andere als nachahmenswert.«

Paul fühlte sich sichtlich unwohl. »Ich bin nicht so schlecht geraten.«

»Mit wenig Hilfe von meiner Seite. Julia will die Wahrheit hören, stimmt's?«

»Ja, aber wenn ich als Außenstehende etwas dazu sagen darf, ich glaube, Sie waren ein besserer Vater, als Sie es wahrhaben wollen. Nach dem zu schließen, was man mir erzählt hat, haben Sie nie vorgegeben, anders zu sein als Sie sind.«

Er lächelte ihr warm zu. »Danke. Ich habe gelernt, dass ein

Kind von schlechten Beispielen ebenso profitieren kann wie von guten. Das hängt von dem Kind ab. Paul ist schon immer sehr hell gewesen. Deswegen hat er auch immer mehr überlegt, wenn Sex im Spiel war, und hat auch wenig Geduld mit leichtsinnigen Spielern aufgebracht. Es waren mein Mangel an Unterscheidungsvermögen und mein Leichtsinn, die Eve schließlich fortgetrieben haben.«

»Ich habe schon gehört, dass Sie an Glücksspielen interessiert sind. Sie besitzen Pferde?«

»Ein paar. Ich habe immer Glück im Spiel gehabt, vielleicht ist es mir auch deshalb immer so schwergefallen, an einem Kasino vorbeizugehen. Eve hat selber hier und da gern ein paar Spielchen gemacht. Das war also nicht das Problem, mehr die Leute, mit denen man auf diese Weise in Kontakt kommt. Buchmacher sind normalerweise nicht die Creme der Gesellschaft. Eve ist den meisten professionellen Spielern immer aus dem Wege gegangen. Obwohl sie Jahre nach unserer Scheidung mit jemandem in Verbindung getreten ist, der eng mit diesem Geschäft zu tun hatte. Auch das ist meine Schuld gewesen, denn ich habe die beiden miteinander bekanntgemacht. Damals wusste ich allerdings selber noch nicht, wie verstrickt er in diese Sache war. Später habe ich meine Rolle dabei bedauert.«

»Glücksspiele?« Obwohl sie dieses Thema in Aufregung versetzte, nahm Julia langsam einen Schluck Wein. »Ich kann mich nicht daran erinnern, dass irgendetwas in meinen Untersuchungen darauf hingewiesen hätte, dass Eve mit Glücksspielen in Verbindung stand.«

»Nicht mit Glücksspielen. Wie ich schon sagte, war Eve nie sehr interessiert an Wetten und solchen Dingen. Ich denke, ich könnte ihn nicht einmal einen Spieler nennen. Das trifft die Sache nicht. Höflich ausgedrückt, würde ich ihn einen Geschäftsmann nennen.«

Julia schaute Paul an. Als sie seinem Blick begegnete, schoss ihr ein Name durch den Kopf. »Michael Delrickio?«

»Ja. Ein furchterregender Mann. Ich bin ihm in Las Vegas

begegnet, als ich so etwas wie eine Glückssträhne hatte. Ich spielte Craps im Desert Palace. In dieser Nacht waren die Würfel wie auch die schönen Frauen darauf aus zu gefallen.«

»Rory wählt oft weibliche Metaphern, wenn er über das Spiel redet«, warf Lily ein. »Wenn er verliert, gibt er den Würfeln oder Karten sehr ausdrucksvolle weibliche Namen.« Sie lächelte ihm nachsichtig zu, als sie aufstand, um Brandy nachzugießen. »Was für eine scheußliche Nacht da draußen. Sind Sie sicher, Julia, dass Sie nicht auch etwas Stärkeres möchten?«

»Nein, wirklich nicht, danke.« Obwohl die Unterbrechung sie gestört hatte, klang ihre Stimme nur leicht neugierig, als sie das Gespräch wieder auf den interessantesten Punkt zurücksteuerte. »Sie haben mir gerade von Michael Delrickio erzählt.«

»Hm.« Rory streckte seine Beine aus und nahm seinen Kognakschwenker in beide Hände. Julia dachte, dass er aussah wie der perfekte englische Gentleman am Feierabend – das knisternde Feuer hinter sich und mit einem Glas Brandy in der Hand. Alles, was noch fehlte, waren ein paar Hunde, die zu seinen Füßen lagen. »Ja. Ich habe Delrickio in dem Palace getroffen, als ich die Tische abgeräumt hatte. Er bot mir einen Drink an und gab vor, ein Fan von mir zu sein. Ich hätte beinahe abgelehnt. Solche Zwischenspiele können oft unangenehm werden, aber es stellte sich heraus, dass das Kasino ihm gehörte. Oder, genauer gesagt, es gehörte seiner Organisation.«

»Sie haben gesagt, er war furchterregend. Warum?«

»Es war vielleicht gegen vier Uhr nachmittags, als wir unseren Drink nahmen«, sagte Rory langsam. »Aber er sah aus, nun, wie ein Bankier, der entspannt an einem Geschäftsessen teilnimmt. Er war sehr redegewandt. Er war auch tatsächlich ein Fan, nicht unbedingt von mir, aber vom Film. Wir redeten fast drei Stunden lang über Filme und ihre Herstellung. Er erzählte mir, dass er daran interessiert wäre, eine unabhängige Filmproduktion zu finanzieren, und dass er im kommenden Monat in Los Angeles sein würde.«

Er legte eine Pause ein, trank einen Schluck, überlegte.

»Das nächste Mal stolperte ich auf einer Party über ihn, die ich zusammen mit Eve besucht hatte. Wir waren damals beide solo, Eve und ich, und begleiteten uns manchmal gegenseitig zu Partys. Paul allerdings wohnte damals bei Eve, während er einige Schulklassen in Kalifornien absolvierte.«

»Ich war damals Student an der U.C.L.A.«, erklärte Paul. Er zuckte leicht mit den Schultern und nahm sich eine Zigarre. »Mein Vater hat mir immer noch nicht verziehen, dass ich Oxford vorzeitig verlassen habe.«

»Du warst offensichtlich dazu bestimmt, die Familientradition zu brechen. Aber außerdem hast du deinem Großvater das Herz gebrochen.«

Paul grinste nur. »Er hatte keins.«

Rory richtete sich in seinem Sessel auf – bereit zum Kampf. Ebenso plötzlich sackte er mit einem Lachen wieder zusammen. »Du hast vollkommen recht. Und Gott weiß, dass du mit Eve besser dran gewesen bist als mit mir oder mit deiner Mutter. Wenn du dich gebeugt hättest und nach Oxford gegangen wärst, hätte der alte Mann sein Bestes getan, um dein Leben ebenso erbärmlich zu machen, wie er es mit meinem versucht hat.«

Paul nippte nur an seinem Brandy. »Ich glaube, Julia interessiert sich mehr für Eve als für unsere Familiengeschichte.«

Lächelnd schüttelte Rory den Kopf. »Ich möchte sagen, ihr Interesse erstreckt sich auf vielerlei. Aber gut, konzentrieren wir uns im Augenblick auf Eve. Sie sah an diesem Abend besonders toll aus.«

»Liebling«, schnurrte Lily, »wie unhöflich, so etwas vor den Ohren deiner gegenwärtigen Frau zu sagen.«

»Ehrlichkeit.« Er nahm Lilys Hand und küsste ihre Finger. »Julia besteht darauf. Ich glaube, Eve war gerade von irgendeiner Schönheitsfarm zurückgekehrt. Sie sah erfrischt aus, regeneriert. Unsere Scheidung lag schon ein paar Jahre zurück, und wir waren auf dem besten Wege, echte Kumpel zu werden. Es machte uns beiden einen Riesenspaß, dass die Presse großes Aufheben davon machte, weil man uns wieder zusammen sah. Vielleicht hätten wir sogar die Nacht zusammen verbracht, entschuldige, Darling«, sagte er, an seine Frau gerichtet. »Aber ich machte sie mit Delrickio bekannt. Die Anziehungskraft war unübersehbar, zumindest auf seiner Seite. Eve, nun, ich möchte sagen, sie war fasziniert. Jedenfalls war es Delrickio, der sie nach Hause brachte. Von da an bleiben mir nur Spekulationen.«

»Sie haben meine Frage noch nicht beantwortet.« Julia stellte das leere Glas beiseite. »Warum war er furchterregend?«

Rory seufzte leicht. »Ich habe Ihnen erzählt, dass er vorgab, an einer bestimmten Filmproduktion interessiert zu sein. Anscheinend war diese Gesellschaft aber zunächst nicht an ihm interessiert. Drei Monate, nachdem ich ihn mit Eve bekanntgemacht hatte, gehörte die Gesellschaft ihm beziehungsweise seiner Organisation. Es hatte einige finanzielle Rückschläge gegeben, einige Verluste, ein paar Unfälle. Ich erfuhr um drei Ecken, dass Delrickio enge Verbindungen besaß zu ... Wie nennt man das heute?«

»Er gehört zur Mafia«, sagte Paul ungeduldig. »Es besteht kein Grund, drumherum zu reden.«

»Man möchte gern höflich bleiben«, murmelte Rory. »Auf jeden Fall wurde vermutet, nur vermutet, dass er Verbindung mit dem organisierten Verbrechen hatte. Ich weiß, dass Eve sich ein paar Monate lang heimlich mit ihm traf; dann heiratete sie plötzlich diesen Tennisspieler.«

»Damien Priest«, sagte Julia. »Eve hat erwähnt, dass sie ihn durch Michael Delrickio kennengelernt hat.«

»Das ist durchaus möglich. Delrickio kennt viele Leute. Ich kann Ihnen über diese spezielle Verbindung nicht viel sagen. Es war nur eine kurze Ehe. Eve hat nie darüber gesprochen, warum sie so abrupt endete.« Er warf seinem Sohn einen langen Blick zu. »Wenigstens nicht mit mir.«

»Ich will nicht über Delrickio sprechen.« Als sie in die Hotelsuite kamen, zog Paul sofort seine Jacke aus. »Du hast fast den ganzen Abend lang Interviews gemacht. Gib jetzt Ruhe.«

»Du kannst mir Informationen geben, die dein Vater nicht besitzt.« Julia schlüpfte aus ihren Schuhen. »Ich möchte wissen, was du weißt und deine Meinung dazu.«

Er zerrte ungeduldig an seinem Schlipsknoten. »Ich verabscheue ihn. Reicht das nicht?«

»Nein, wie du über ihn denkst, weiß ich bereits. Ich möchte wissen, warum du so über ihn denkst.«

»Sagen wir, dass ich für Verbrecherkönige nichts übrig habe.« Paul streifte seine Schuhe ab. »Ich fühle mich wohl dabei.«

Unzufrieden runzelte Julia die Stirn, als sie die Haarnadeln aus ihrem Haar nahm. »Damit würde ich mich vielleicht zufriedengeben, wenn ich dich nicht mit ihm zusammen gesehen hätte und von daher weiß, dass es sich viel mehr um eine ganz persönliche Abneigung handelt als um eine allgemeine.« Sie legte die Haarnadeln auf den Frisiertisch. Diese Art von Intimität, wie Schuhe abstreifen und Haarnadeln lösen, bereitete ihnen keine Probleme mehr; viel schwieriger war es, zu einem selbstverständlichen inneren Einvernehmen zu gelangen, ohne gegenseitige Verletzung und Ärger.

»Ich habe gedacht, wir hätten beide den Punkt erreicht, an dem wir dem anderen vertrauen.«

»Es geht nicht um Vertrauen.«

»Es geht immer um Vertrauen.«

Er setzte sich hin. Sein Gesicht spiegelte deutlich seine innere Erregung, während ihres ganz ruhig war. »Du hörst doch nicht auf damit.«

»Es ist mein Beruf.« Sie ging zu den Fenstern und zog die Vorhänge zu. »Eve kann mir alles über Michael Delrickio erzählen, was ich wissen muss. Ich hatte gehofft, auch deine Version zu hören.«

»Gut, meine Version ist, dass er der größte Abschaum der Menschheit ist, der in einem italienischen Anzug herumläuft. Einer der schlimmsten Art, weil er es genießt, genauso zu sein, wie er ist.« Seine Augen glitzerten. »Er profitiert vom

Elend der Welt, Julia. Und wenn er stiehlt, erpresst, Leute zum Krüppel macht oder umbringt, bucht er das alles unter der Überschrift Geschäft ab. Es bedeutet ihm nicht mehr und nicht weniger als ein Geschäft.«

Sie setzte sich hin, griff aber nicht nach dem Rekorder. »Aber Eve hatte eine enge Beziehung zu ihm.«

»Ich glaube, es war so, dass sie nicht genau wusste, wer und was er war, bevor ihre Beziehung sich bereits entwickelt hatte. Offensichtlich fand sie ihn attraktiv. Er kann bestimmt sehr charmant sein. Er ist redegewandt, gebildet. Sie freute sich an seiner Gesellschaft und wohl auch an seiner Macht.«

»Du hast damals mit ihr zusammengelebt?«

»Ich besuchte die Uni in Kalifornien und wohnte bei ihr. Bis heute habe ich nicht gewusst, wo sie Delrickio begegnet ist.« Ein Detail, dachte er, das kaum eine Rolle spielte. Aber er kannte den Rest, oder wenigstens das Wichtigste davon. Und jetzt würde Julia ihn aufgrund ihrer Hartnäckigkeit auch erfahren. »Er kam oft vorbei – zum Schwimmen, Tennisspielen, zum Dinner. Sie ging ein paarmal mit ihm nach Vegas. Aber meistens trafen sie sich bei ihr im Haus. Er schickte dauernd Blumen und Geschenke. Einmal brachte er den Chef eines seiner Restaurants mit und ließ ihn ein aufwendiges italienisches Essen zubereiten.«

»Er besitzt Restaurants?«, fragte Julia.

Paul warf ihr einen Blick zu. »Ja, er besitzt welche«, erwiderte er knapp. »Immer waren seine Leute um ihn herum. Er setzte sich nie selber ans Steuer, und er kam nie allein.« Sie nickte. Macht hat immer ihren Preis, dachte sie. »Ich mochte ihn nicht, ich mochte die Art nicht, wie er Eve anschaute, als wäre sie eine seiner verdammten Orchideen.«

»Wie bitte?«

Paul stand auf und ging zum Fenster. Nervös riss er den Vorhang wieder auf. Der Regen hatte aufgehört, aber er spürte die Kälte durch die Glasscheibe. »Er züchtet Orchideen. Er ist besessen davon. Und er war auch besessen von Eve, lungerte herum, bestand darauf zu erfahren, wo sie war und mit wem. Ihr machte das Spaß, hauptsächlich deshalb, weil sie sich weigerte, ihm Rechenschaft abzulegen, was ihn ganz verrückt machte.« Er warf einen Blick zu Julia und sah, dass sie lächelte. »Amüsiert dich das?«

»Es tut mir leid, ich bin nur … Ja, neidisch, denke ich, weil sie es verstanden hat, die Männer in ihrem Leben so geschickt zu behandeln.«

»Nicht immer so geschickt«, murmelte er und erwiderte ihr Lächeln nicht. »Ich kam einmal ins Zimmer, als er furchtbar wütend war und sie bedrohte. Ich befahl ihm, das Haus zu verlassen, versuchte sogar, ihn eigenhändig hinauszuwerfen, aber seine Leibwächter hingen an mir wie Kletten. Eve musste dazwischengehen.«

Ein Alarmsignal klingelte in ihrem Kopf. Hatte Delrickio nicht irgendetwas darüber gesagt, dass es ein Jammer wäre, dass Eve ihm nicht erlaubt habe, Paul Respekt beizubringen? »Du musst damals so etwa zwanzig gewesen sein?«

»Ungefähr. Es war eine hässliche, demütigende und sehr aufschlussreiche Szene. Eve war wütend auf ihn, aber auf mich war sie genauso wütend. Sie dachte, ich wäre eifersüchtig, vielleicht war ich das tatsächlich. Ich zog mir eine blutige Nase, ein paar gebrochene Rippen -«

»Sie haben dich geschlagen?« Jetzt klang ihre Stimme scharf. Er musste grinsen.

»Baby, man trainiert solche Burschen nicht für Sandkastenspiele. Es hätte schlimmer ausgehen können, viel schlimmer, weil ich wirklich mein Bestes tat, um den Bastard zu erwürgen. Du wusstest vielleicht noch nicht, dass ich gelegentlich Anfälle von Gewalttätigkeit habe.«

»Nein, das wusste ich nicht«, sagte sie ziemlich ruhig, obwohl ihr Magen rebellierte. »War dieser – Zwischenfall der Grund dafür, dass Eve mit Delrickio brach?«

»Nein.« Er war es müde zu reden, zu denken. »Soweit es sie betraf, hatte ihre Beziehung mit ihm nichts mit mir zu tun. Und damit hatte sie völlig recht.« Langsam schlenderte er zu ihr hinüber. Und plötzlich spürte sie, dass ihr Herz anfing zu rasen. »Weißt du, wie du jetzt aussiehst, wie du da so aufrecht im Sessel sitzt, mit den brav gefalteten Händen im Schoß, und deinen so ernsten, so besorgten Augen?«

Weil er sie nervös machte, änderte sie ihre Haltung. »Ich möchte wissen ...«

»Das ist genau das Problem«, murmelte er und beugte sich vor, um ihr Gesicht in seine Hände zu nehmen. »Du möchtest wissen, wenn du nur noch fühlen solltest. Was fühlst du, wenn ich dir sage, dass ich an nichts anderes mehr denken kann als daran, dich aus diesem hübschen kleinen Kleid zu befreien, um festzustellen, ob das Parfüm, das du vor Stunden aufgetragen hast, immer noch an deiner Haut haftet – genau da – unter deiner Kinnlinie?«

Als er mit dem Finger diese Linie nachzog, bewegte sie sich wieder. Aber sie merkte schnell, dass der Versuch aufzustehen ein Fehler gewesen war, denn so kam sie ihm nur noch näher. »Du willst mich verführen.«

»Da hast du verdammt recht.« Er zog den Reißverschluss ihres Kleides auf und kicherte, als sie versuchte, sich wegzuschlängeln. »Alles an dir hat mich verführt vom ersten Augenblick an, an dem ich dir begegnet bin.«

Sie machte noch einen Versuch. »Ich möchte wissen«, dann brach sie mit einem Keuchen ab, als er ihr das Kleid bis zur Taille herunterriss. Sein Mund lag auf ihrem, und seine Hände zerrten an ihren Sachen, nicht mehr sanft und verführerisch, sondern besitzergreifend und fieberhaft.

»Paul, warte. Ich muss wissen, warum sie die Affäre beendet hat.«

»Dazu war nur ein Mord erforderlich.« Seine Augen glühten, als er ihren Kopf nach hinten zog. »Ein kaltblütiger, berechneter Mord für Geld. Delrickio hatte Geld in Damien Priest investiert, deshalb vernichtete er seinen Konkurrenten.«

Entsetzt riss sie die Augen auf. »Du meinst er ...«

»Komm nicht in seine Nähe, Julia.« Er riss sie an sich. Durch die dünne Seide konnte sie seine Wärme fühlen. »Was ich für dich fühle, was ich für dich tun könnte, lässt alles, was ich all die Jahre für Eve empfunden habe, als null und nichtig erscheinen.« Er griff ihr ins Haar. »Alles.«

Als sie vor Erregung zitterte, zog er sie auf den Boden und bewies es ihr.

20 Eingewickelt in ihr Hauskleid, nippte Julia an einem Brandy. Ihr Körper war schwer von Müdigkeit und Sex. Sie hatte das Gefühl, dass sie nach einem wilden Kampf mit den Wellen an ein ruhiges, trockenes Ufer gespült worden war. Ein Hochgefühl erfüllte sie, gleichzeitig war sie etwas benommen und ausgelaugt, weil sie die Wildheit und die ungekünstelte Schönheit eines so primitiven und uralten Kampfes überlebt hatte.

Als ihr Puls sich normalisiert und ihr Geist sich geklärt hatte, dröhnte wieder das eine Wort in ihrem Kopf, das Paul ausgesprochen hatte, bevor er sie in diesen turbulenten Kampf gerissen hatte.

Das Wort hieß *Mord*.

Selbst jetzt, wo sie eng nebeneinander und in stillschweigendem Einvernehmen auf dem Sofa saßen, war ihr klar, dass dieses Gleichgewicht zwischen ihnen ständig in Gefahr war. Wie heiß sie sich auch geliebt haben mochten, mussten sie sich doch danach, wenn Ruhe einkehrte und die Luft sich abkühlte, gegenseitig erreichen können. Es reichte nicht, sich nur an den Händen zu halten, sie mussten nach und nach wieder das gegenseitige Vertrauen aufbauen.

»Du hast gesagt«, begann sie und sah, dass er lächeln musste.

»Weißt du, Jules, manche Leute könnten dich für besessen halten und andere würden vielleicht nur sagen, dass du eine Nervensäge bist.«

»Ich bin eine besessene Nervensäge.« Sie legte eine Hand auf sein Knie. »Paul, ich muss diese Geschichte von dir hören. Wenn Eve irgendwelche Einwendungen gegen das haben sollte, was du mir heute Nacht erzählst, wird es nicht veröffentlicht werden. So lautet unsere Vereinbarung.«

»Deine Integrität«, murmelte Paul. »Ist es nicht das, was Eve an dir bewundert?«

Er berührte ihr Haar. Sie saßen einen Augenblick ruhig so da, bevor sie wieder anfing zu sprechen.

Julia stand sehr bewegt auf, um sich einen Brandy nachzuschenken. Sie hatte nichts gesagt, als Paul die Geschichte vom Tode des Konkurrenten von Damien erzählt hatte. Nach Eves Meinung war es Mord gewesen, angeordnet von Delrickio.

»Wir haben nie wieder darüber geredet«, hatte Paul zum Schluss gesagt. »Eve wollte es nicht. Priest errang den Titel, dann zog er sich zurück. Ihre Scheidung löste einige Unruhe aus, dann wurde es still darum. Nach einer Weile sah ich ein, weshalb sie es auf diese Weise zu einem Ende gebracht hatte. Es gab keinerlei Beweise für ihre Vermutung. Delrickio würde sie umgebracht haben, wenn sie versucht hätte, etwas an die Öffentlichkeit zu bringen.«

Bevor sie etwas sagte, trank Julia einen Schluck, um ihre Stimme zu stärken. »Bist du deswegen von Anfang an gegen diese Biografie gewesen? Hast du gefürchtet, dass Eve diese Geschichte erzählen und damit ihr Leben aufs Spiel setzen würde?«

Paul sah sie an. »Ich weiß, dass sie genau das tun wird. Es ist der richtige Zeitpunkt, der richtige Ort, die richtige Methode. Sie hat weder vergessen noch vergeben. Wenn Delrickio annimmt, dass sie dir die Story erzählt hat, und dass du sie drucken lassen wirst, ist dein Leben nicht mehr wert als ihres.«

Sie beobachtete ihn, als sie sich neben ihn setzte. Sie musste behutsam vorgehen. Die vielen Jahre, in denen sie auf sich gestellt gewesen war, ihre eigenen Entscheidungen getroffen hatte, ihrem Instinkt gefolgt war, machten es ihr nicht leicht, sich einem anderen verständlich zu machen. »Paul, wenn du geglaubt hast, was Eve glaubt, wirklich geglaubt, weshalb bist du dann nicht zur Polizei gegangen?«

»Das ist nicht die Frage …«

»Vielleicht ist es jetzt zu spät dafür. Eve jedenfalls glaubt an das, was sie mit diesem Buch beabsichtigt, und ich tue es auch.«

Er fischte sich eine Zigarre heraus und zündete ärgerlich ein Streichholz an. »Es ist nicht sehr sinnvoll, dein Leben für jemanden zu riskieren, der seit fünfzehn Jahren tot ist.«

Sie betrachtete aufmerksam sein vom Rauch und vom Schatten der Lampe verdecktes Gesicht. »Wenn ich annehmen würde, dass du wirklich so denkst, wäre ich nicht hier bei dir. Nein«, fügte sie hinzu, bevor er etwas erwidern konnte. »Was zwischen dir und mir ist, spielt sich nicht nur auf der körperlichen Ebene ab. Ich verstehe dich, glaube ich, von Anfang an. Deshalb hatte ich so viel Angst, irgendetwas geschehen zu lassen. Ich habe schon einmal meine Handlungen von meinen Gefühlen beherrschen lassen. Es war ein Fehler, aber da Brandon das Ergebnis war, kann ich es nicht einmal bedauern. Diesmal …«, sie legte ihre Hand auf seine und verschränkte langsam ihre Finger mit den seinen, »diesmal ist es mehr und weniger zugleich – wichtiger und weniger oberflächlich. Ich liebe dich, Paul, und weil ich dich liebe, muss ich meinen Instinkten vertrauen und mein Gewissen befragen, nicht nur in Bezug auf dich, sondern auch in allen anderen Dingen.«

Er starrte auf das glühende Zigarrenende und fühlte sich von ihren Worten stärker berührt, als er es für möglich gehalten hätte. »Du lässt mir nicht viele Möglichkeiten, dagegen zu argumentieren.«

»Die habe ich auch nicht. Wenn ich dich bitte, mir zu vertrauen, heißt das, dass ich dir vertrauen muss.« Sie hob den Blick von ihren miteinander verschränkten Händen und sah ihn voll an. »Du hast mich nie nach Brandons Vater gefragt.«

»Nein.« Er seufzte. Er würde seine Einwände erst einmal zurückhalten müssen. Es war möglich, aber nicht sehr wahrscheinlich, dass er bei Eve mehr Glück haben würde. Dass Julia freiwillig über Brandons Vater reden wollte, bedeutete immerhin, dass sie eine weitere Wand zwischen ihnen eingerissen hatte. »Ich habe nicht gefragt, weil ich gehofft habe, du würdest genau das tun, was du jetzt tun willst.« Er grinste sie an. »Und ich war arrogant genug zu glauben, dass dieser Tag kommen würde.«

Sie lachte, heiter und ruhig, sodass er sich entspannte. »Und ich wäre arrogant genug gewesen, es dir nicht zu erzählen, wenn du danach gefragt hättest.«

»Yeah, auch das ist mir klar.«

»Es ist heute gar nicht mehr so wichtig wie früher, ein Geheimnis daraus zu machen. Es ist mir irgendwie zur Gewohnheit geworden, denke ich, und ich habe immer gedacht, es wäre das beste für Brandon, kein Problem daraus zu machen. Wenn er mich danach fragt, und eines Tages wird er es tun, werde ich ihm die Wahrheit sagen. Ich habe seinen Vater geliebt, so wie ein Mädchen von siebzehn Jahren einen Mann liebt – idealistisch, ungestüm, romantisch. Er war verheiratet, und ich bedaure die Tatsache, dass ich mich gefühlsmäßig einfach darüber hinweggesetzt habe. Als unsere Beziehung begann, lebte er von seiner Frau getrennt, jedenfalls hat er mir das gesagt. Ich war nur zu bereit, es zu glauben und mir einzureden, dass er mich heiraten würde.«

»Er war älter als du.«

»Vierzehn Jahre.«

»Irgendjemand hätte ihm einen Knoten in den Schwanz machen sollen.«

Einen Augenblick lang erstarrte sie, dann brach sie über diese rohe Bemerkung, geäußert mit einer so sanften und elegant akzentuierten Stimme, in helles Gelächter aus. »Oh, mein Vater hätte dich geliebt. Ich bin sicher, dass er ziemlich genau dasselbe gesagt hätte, wenn er gewusst hätte, wer es war.« Sie küsste ihn, setzte sich dann aber wieder zurück, als er fortfuhr, in die Schatten des Zimmers zu starren. »Ich weiß, dass er mehr Verantwortung trug als ich. Aber ein Mädchen von siebzehn kann ziemlich verführerisch sein.«

Ruhig und nachdenklich erzählte sie ihm von Lincoln, über

den Gefühlsaufruhr, der sie in diese Affäre getrieben hatte, über die Angst vor ihrer Schwangerschaft und den Kummer über Lincolns Verrat.

»Ich glaube nicht, dass ich heute irgendetwas anders machen würde. Wenn ich alles noch einmal durchmachen müsste, würde ich auch diesmal meinen Eltern nichts erzählen, um meinem Vater keinen weiteren Kummer zuzufügen. Er betrachtete Lincoln fast als seinen Sohn. Und selbstverständlich würde ich auch an dem ›Getummel‹ auf der Couch nichts ändern, denn sonst gäbe es keinen Brandon.« Sie sah heiter und zufrieden aus. »Er hat mir die besten zehn Jahre meines Lebens geschenkt.«

Paul versuchte, sie zu verstehen, aber er konnte diese rasende Wut in seinem Inneren nicht bezwingen. Sie war noch ein Kind gewesen, und sie hatte sich ihrer Verantwortung besser gestellt als ein Mann, der fast doppelt so alt wie sie gewesen war.

»Er hat keine Verbindung mehr mit dir oder mit Brandon?«

»Nein, und ich bin froh darüber. Brandon gehört mir.«

»Es ist ein Jammer«, sagte er sanft. »Es wäre so ungeheuer befriedigend, ihn für dich zu töten.«

»Mein Held«, sagte sie und legte die Arme um ihn. »Aber nicht für mich, Paul. Das ist alles vorbei: Und ich glaube, ich habe alles, was ich heute brauche.«

Er nahm ihr Gesicht in seine Hände und zog mit den Daumen ihre Kinnlinie nach. »Das müssen wir sicherstellen«, flüsterte er und küsste sie.

21 Es war so schön, wieder zu Hause zu sein, dass Eve sich sogar auf die Sitzung mit Fritz freute. Tatsache war, dass sie die schweißtreibenden Übungen mehr vermisst hatte, als sie ihrem Trainer je eingestehen würde. Ebenso hatte sie Travers' Meckerei vermisst, Ninas exakte Organisation und Julias Gesellschaft. Eve hatte das durchaus nicht sehr angenehme Gefühl, dass sie wohl alt würde, weil sie

plötzlich an diesen kleinen, alltäglichen Dingen hing, die sie früher kaum wahrgenommen hatte.

Die Lokalaufnahmen waren gut verlaufen, auf jeden Fall besser, als sie befürchtet hatte. Sie war Peter für vieles dankbar, nicht nur für den guten, soliden Sex, sondern auch für seine Geduld und sein Engagement bei den Aufnahmen und seinen Humor, wenn alles schiefging. Vor ein paar Jahren noch hätte sie bestimmt den Fehler gemacht, die Affäre fortzuführen und sich einzureden, dass sie ihn liebte.

Oder sie würde alle verfügbaren Mittel eingesetzt haben, ihn dazu zu bringen, sie zu lieben. Aber diesmal hatte die Vernunft gesiegt, und sie waren übereingekommen, als Freunde und gute Kollegen an die Westküste zurückzukommen.

Ihr war klar geworden, dass Peter sie an Victor erinnerte, an den vitalen, charmanten und begabten Mann, den sie so hoffnungslos liebte. Oh, wie sie ihn vermisst hatte. Von all ihren Ängsten war die schlimmste die, dass sie Zeit vergeuden könnten, die nie mehr einzuholen war.

Fünf Minuten später traf Julia ein. Sie war außer Atem, weil sie sich beeilt hatte, bzw. das Gefühl gehabt hatte, sich beeilen zu müssen. In dem Augenblick, als sie Eve sah, die in ihrem saphirblauen Turnanzug fantastisch aussah, wusste sie, warum. Sie hatte ihr gefehlt, dachte Julia. Sie hatte Eves ätzende Bemerkungen vermisst, ihre ehrlichen Erinnerungen, ihr überdimensionales Ego, ihre Arroganz. Alles. Sie lachte innerlich, als sie beobachtete, wie sich Eve mit den Gewichten abplagte.

In diesem Augenblick schaute Eve hoch und erwiderte Julias Lächeln. Auch Fritz schaute zu ihr herüber, dann wanderten seine Blicke von der einen Frau zur anderen. Er hob die Brauen, sagte aber nichts. Irgendwas war zwischen ihnen völlig unerwartet geschehen. Als Eve sich streckte, hatte Julia das Bedürfnis, zu ihr zu gehen und sie zu umarmen. Sie wusste auch, dass Eve die Umarmung erwidern würde. So durchquerte sie den Raum, streckte Eve dann aber nur beide Hände hin und verschränkte ihre Finger mit den ihren.

»Wie war's im Sumpf?«

»Heiß.« Eve schaute Julia ins Gesicht und war zufrieden mit dem, was sie dort entdeckte. Entspanntheit, ruhiges Glück.

»Wie war's in London?«

»Kalt.« Immer noch lächelnd stellte Julia ihre Gymnastiktasche ab. »Rory lässt viele Grüße senden.«

»Hm. Wissen Sie, was ich wirklich erfahren möchte, ist Ihre Meinung über seine neue Frau.«

»Ich glaube, sie passt großartig zu ihm. Sie erinnert mich ein bisschen an Sie.« Sie unterdrückte ein Lächeln, als sie den ungläubigen Ausdruck in Eves Gesicht sah.

»Also wirklich, Darling. Keine ist so wie ich.«

»Sie haben recht.« Zur Hölle damit, dachte sie und ging rasch auf Eve zu, um sie doch noch zu umarmen. »Sie haben mir gefehlt.«

Plötzlich glitzerten Tränen in Eves Augen, schnell, überraschend und schwer zu kontrollieren. »Ich hätte Sie gern bei mir gehabt. Ihre kühle Beobachtungsgabe hätte die Langeweile zwischen den einzelnen Aufnahmen belebt. Aber ich habe das Gefühl, dass Sie angenehme Gesellschaft in London hatten.«

Julia trat zurück. »Sie wissen, dass Paul da war?«

»Ich weiß alles. Sie sind glücklich.«

»Ja. Nervös, benommen, aber glücklich.«

»Sie müssen mir alles erzählen.«

»Arbeiten Sie«, sagte Fritz. »Unterhalten Sie sich bei der Arbeit. Sie sollten nicht nur Ihre Zungen in Übung halten.«

»Man kann bei dieser Schwerstarbeit kein Gespräch führen«, erklärte Julia. »Wie soll man da noch Luft bekommen?« Fritz grinste nur.

Aber irgendwie schaffte sie es doch, Eve schweißüberströmt von London zu berichten, von Paul, von all den Gefühlen, die sie beherrschten. Es fiel ihr so leicht, dass sie nicht einmal darüber staunte. Vor Jahren war es ihr vollständig unmöglich gewesen, mit ihrer Mutter über Lincoln zu sprechen. Jetzt fühlte sie keine Scham, keine Furcht.

Es hätten sich viele Möglichkeiten im Laufe des Gespräches ergeben, auf Delrickio zu sprechen zu kommen, aber Julia hatte das Gefühl, dass der richtige Zeitpunkt dafür noch nicht gekommen war. Und es störte sie auch, dass Fritz dabei war. Sie redete lieber von Dingen, die sie für unverfänglicher hielt.

»Ich habe heute Nachmittag einen Termin mit Ninas Vorgänger, Kenneth Stokley.«

»Tatsächlich? Ist er hier?«

»Nein, er ist in Sausalito. Ich fliege für ein paar Stunden hin. Möchten Sie mir vorher noch irgendetwas über ihn erzählen?«

»Über Kenneth?« Eve schürzte die Lippen, als sie mit ihren Beinübungen fertig war. »Sie werden vielleicht feststellen, dass es nicht einfach ist, ihn zu interviewen. Er ist unglaublich höflich, aber nicht sehr zugänglich. Ich mochte ihn sehr gern und habe es bedauert, dass er kündigte.«

»Ich dachte, Sie hätten eine Meinungsverschiedenheit gehabt?«

»Das stimmt, aber er war ein Top-Assistent für mich.« Sie nahm ein Handtuch und trocknete sich das Gesicht ab. »Er hatte keine sehr hohe Meinung von meinem Ehemann. Meinem Ehemann Nummer vier, um genau zu sein. Und mir fiel es schwer, ihm zu verzeihen, dass er recht hatte.« Sie zuckte mit den Schultern und warf das Tuch beiseite. »Wir kamen überein, dass es das beste wäre, unsere berufliche Verbindung zu lösen. Und da er ein genügsamer Mensch ist, hatte er mehr Geld als erforderlich, um sich stilvoll zurückzuziehen. Wollen Sie allein zu ihm gehen?«

»Ja. Ich denke, dass ich gegen fünf zurückkomme. CeeCee wird nach der Schule auf Brandon aufpassen. Es gibt einen Pendelflug um zwölf.«

»Unsinn, Sie werden mein Flugzeug nehmen. Nina arrangiert das für Sie.« Sie winkte ab, bevor Julia etwas einwenden konnte. »Das ist überhaupt kein Problem. Auf diese Weise brauchen Sie sich nicht an feste Zeiten zu halten. Das ist wesentlich praktischer.«

»Allerdings. Danke schön. Ich möchte auch noch über Gloria DuBarry mit ihnen sprechen. Sie kommt nicht ans Telefon, wenn ich bei ihr anrufe.«

Eve bückte sich und rubbelte ihre Waden trocken, sodass man ihren Gesichtsausdruck nicht erkennen konnte. Aber ihr Zögern war unübersehbar. »Ich habe mich schon gefragt, ob Sie Ihren kleinen – Zusammenstoß mit ihr erwähnen würden.«

Julia hob eine Braue. »Es schien mir nicht notwendig. Sie haben selber gesagt, dass Sie alles wissen.«

»Ja.« Sie lächelte, als sie sich streckte, aber Julia glaubte, doch eine innere Spannung in ihr zu entdecken. »Wir reden später über Gloria und anderes. Ich könnte mir vorstellen, dass sie kooperativer sein wird, wenn Sie sie wieder anrufen.«

»In Ordnung. Dann wäre da noch Drake …«

»Machen Sie sich keine Gedanken um Drake«, sagte Eve sehr bestimmt. »Wen haben Sie noch interviewt?«

»Ihre Agentin, aber wir mussten uns kurz fassen. Ich will noch einmal mit ihr sprechen. Mit Michael Torrent habe ich ein kurzes Telefongespräch geführt. Er nannte sie die letzte Göttin.«

»Das kann ich mir vorstellen«, murmelte Eve und sehnte sich verzweifelt nach einer Zigarette.

Julia stöhnte, als ihre Muskeln anfingen zu zittern. »Anthony Kincade weigerte sich brüsk, mit mir zu reden, aber Damien Priest war ausgesprochen höflich und wich den Fragen beharrlich aus.« Sie ratterte eine Liste von weiteren Namen herunter, die eindrucksvoll genug waren, um Eve dazu zu bewegen, die Brauen zu heben.

»Sie lassen nichts aus, Darling, stimmt's?«

»Ich habe immer noch einiges vor mir. Ich hoffe, dass Sie mir Zugang zu Delrickio verschaffen können?«

»Nein, das werde ich nicht tun. Ich möchte Sie im Gegenteil bitten, einen weiten Bogen um ihn zu machen. Fritz, machen Sie das Mädchen nicht kaputt.«

»Ich mache sie nicht kaputt«, erwiderte er. »Ich baue sie auf.«

Eve ging unter die Dusche, während Julia sich noch länger quälen musste. Als sie gerade fertig war, erschien Nina. »Alles erledigt.« Nina zog ein Notizbuch und einen Schreibstift hervor. »Das Studio schickt einen Wagen für Miss B., sodass Lyle Sie zum Flughafen fahren kann. Das Flugzeug startet, wann Sie es wollen. In Sausalito wird ein Fahrer auf Sie warten und Sie zu ihrer Verabredung bringen.«

»Ich bin Ihnen sehr dankbar, aber es war wirklich nicht nötig, dass Sie sich so viel Mühe gemacht haben.«

»Es war keine Mühe.« Nina überflog noch einmal ihre Checkliste, dann lächelte sie. »Wirklich, so ist es in jeder Beziehung am besten. Ihr Flug könnte Verspätung gehabt haben, vielleicht hätten Sie Schwierigkeiten gehabt, noch einen Platz zu bekommen … Ach, ja, Ihr Fahrer in Sausalito gehört zur Top Flight Transportation. Die Fahrt vom Flughafen bis zur Küste dauert etwa zwanzig Minuten. Selbstverständlich holt er Sie auch wieder ab, wann Sie es wünschen.«

»Sie ist großartig, nicht wahr?«, sagte Eve, als sie wieder hereinkam. »Ohne sie wäre ich verloren.«

»Nur weil Sie sich einreden, dass Sie mit Details nicht klarkommen können.« Nina schob den Schreibstift in ihr Haar. »Ihr Wagen sollte schon da sein. Soll ich dem Fahrer sagen, dass er warten soll?«

»Nein. Ich komme. Fritz, meine einzige große Liebe, ich bin so froh, dass Sie Ihre Kondition nicht eingebüßt haben.« Eve gab ihm einen langen Kuss, der ihn tief erröten ließ.

»Ich gehe mit Ihnen«, sagte Julia und stieß Nina in der Eile gegen einen Punchingball. Nina zögerte, dann gab sie den Weg frei.

»Ich werde jetzt anfangen, die halbe Million Telefonanrufe zu beantworten, die inzwischen eingetroffen sind. Wir dürfen Sie gegen sieben zurückerwarten, Miss B.?«

»Wenn es den Göttern gefällt.«

»Es tut mir leid«, sagte Julia, als sie in den mittleren Innenhof traten. »Ich weiß, das war nicht sehr höflich. Aber ich brauche diese Minute mit Ihnen noch.«

»Nina ist nicht leicht beleidigt. Was wollten Sie mir denn noch unter vier Augen sagen?« Sie blieb einen Augenblick stehen, um die flammenfarbenen Pfingstrosen zu bewundern, die gerade aufblühten.

»Zu viel für den kurzen Weg zum Wagen. Aber ich denke, ich sollte Ihnen dies zeigen. Es wurde in meinem Hotel in London an der Rezeption abgegeben.«

Eve las das Blatt Papier, das Julia aus ihrer Tasche geholt hatte. »Du lieber Himmel!«

»Es sieht so aus, als ob irgendjemand allerhand Mühe auf sich genommen hat, um es mir dort zuzustellen. Paul war bei mir, Eve.« Sie wartete, bis Eve sich umdrehte. »Er weiß jetzt auch über die anderen Zettel Bescheid.«

»Ja, ich verstehe.«

»Es tut mir leid, wenn Sie der Meinung sind, ich hätte darüber schweigen sollen, aber …«

»Nein, nein.« Sie unterbrach Julia mit einer Handbewegung, dann strich sie mit den Fingern unbewusst über ihre Schläfe. »Nein, vielleicht ist es besser so. Ich glaube immer noch nicht, dass sie mehr bedeuten als ein kleines Ärgernis.«

Julia steckte den Zettel wieder ein. Wahrscheinlich war es nicht der richtige Augenblick, aber sie wollte Eve Gelegenheit geben zu überlegen, bevor sie zum nächsten Thema kam. »Ich weiß Bescheid über Delrickio und Damien Priest und Hank Freemont.«

Eve ballte ihre Hand zur Faust, öffnete sie und schloss sie wieder. »Nun, das erspart es mir, die ganze traurige Geschichte zu wiederholen.«

»Ich würde gern auch Ihre Version hören.«

»Gut, das sollen Sie. Aber vorher müssen wir noch über andere Dinge reden.« Sie ging weiter, vorbei an dem Springbrunnen, den ersten blühenden Rosen, den Inseln aus Azaleen. »Ich möchte Sie heute Abend zum Essen bei mir einladen. Um acht Uhr.« Sie ging ins Hauptgebäude und durchquerte die Halle. »Ich hoffe, Sie werden mit offenem Herzen und ohne Vorbehalte kommen, Julia.«

»Natürlich.«

Sie zögerte einen Augenblick vor der Tür, öffnete sie dann und trat wieder hinaus in den Sonnenschein. »Ich habe Fehler gemacht und bedauere nur sehr wenige von ihnen. Ich habe mit meinen Lügen sehr angenehm gelebt.«

Julia wartete kurz und wählte ihre Worte dann sehr sorgfältig. »In den vergangenen Wochen habe ich mir oft gewünscht, dass ich meine eigenen Fehler und meine eigenen Lügen ebenso ehrlich akzeptiert hätte wie Sie. Ich habe es nie als meine Aufgabe angesehen, über Sie zu urteilen, Eve. Jetzt, wo ich Sie kenne, könnte ich es gar nicht.«

»Ich hoffe, Sie denken immer noch so nach dem heutigem Abend.« Sie legte eine Hand an Julias Wange. »Sie sind genau, ganz genau das, was ich gebraucht habe.«

Sie wandte sich ab und ging rasch auf den Wagen zu. Sie nahm den Chauffeur kaum wahr, als er die Tür öffnete. Und dann kam die große Überraschung.

»Ich hoffe, es macht dir nichts aus«, sagte Victor vom Rücksitz her. »Ich habe dich so furchtbar vermisst, Eve.«

Sie schlüpfte in den Wagen und lag auch schon in seinen Armen.

Julia hatte sich Kenneth Stokley als einen ziemlich sparsamen, ergrauten, steifen Herrn vorgestellt. Konservativ, dachte sie, von altem Schrot und Korn. Seine Stimme hatte sanft, kultiviert und unglaublich höflich geklungen.

Als sie das Hausboot sah, dämmerte ihr, dass sie sich gründlich geirrt haben könnte.

Es war reizend, romantisch, hellblau angestrichen, mit leuchtend weißen Fensterläden. Blutrote Geranien quollen aus weißen Blumenkästen. Oben auf dem Dach entdeckte sie eine große Fläche aus buntem Glas. Bei näherem Hinsehen entpuppte sich diese als eine nackte, verführerisch lächelnde Nixe.

Ihre Belustigung darüber legte sich etwas, als sie den schmalen schwankenden Steg in Augenschein nahm, der das

Schiff mit dem Dock verband. Sie zog vorsichtshalber ihre Schuhe aus. Als sie die Mitte des Stegs erreicht hatte, hörte sie die leidenschaftlichen Klänge von *Carmen* durch die offenen Fenster. Sie summte leise mit und bemühte sich, die Balance zu halten, als die Tür sich öffnete.

Er hätte Cary Grant doubeln können, wie er in den siebziger Jahren aussah. Gut in Form, mit silbernem Haar, bronzebraun und außerordentlich sexy, in weitgeschnittenen weißen Hosen und einem himmelblauen Pullover. Kenneth Stokley gehörte zu den Männern, die das Herz jeder Frau im Handumdrehen höher schlagen ließen.

Julia verlor fast das Gleichgewicht und ihre Schuhe, als er ihr zu Hilfe kam.

»Ich hätte Sie vor dem Steg warnen sollen.« Er nahm ihr die Aktentasche ab und führte sie an der Hand weiter. »Sehr unbequem, ich weiß, aber er entmutigt die allermeisten Vertreter.«

»Es ist reizend.« Sie atmete auf, als sie das feste Holz des Schiffsdecks unter ihren Füßen spürte. »Ich bin noch nie auf einem Hausboot gewesen.«

»Es ist recht stabil«, versicherte er ihr, während er sie taxierte. »Und man hat immer die Möglichkeit, in den Sonnenuntergang hineinzusegeln, wenn man Lust dazu verspürt. Kommen Sie herein, meine Liebe.«

Zu ihrer Überraschung fand sie nicht das nautische Dekor mit Ankern und Fischnetzen vor, das sie erwartet hatte, sondern trat in einen eleganten Wohnraum mit niedrigen, geschwungenen Sofas in lebhaften Mint- und Pfirsichtönen ein. Warmes Teak- und Kirschbaumholz herrschten vor, und dann entdeckte sie einen ehrwürdigen, verblassten Aubusson-Teppich. Eine Wand war ganz bedeckt von überquellenden Bücherregalen. Eine kleine Wendeltreppe führte nach oben und teilte einen weit vorragenden Balkon in zwei Hälften. Die Sonne schien durch das Nixenfenster und tanzte in allen Regenbogenfarben auf den Wänden.

»Es ist wunderhübsch«, sagte Julia. Ihre Überraschung und

ihre ehrliche Begeisterung waren in ihrer Stimme so deutlich zu erkennen, dass Kenneth lächelte.

»Danke. Man hat es halt gern bequem. Bitte, nehmen Sie Platz, Miss Summers. Ich bin gerade dabei, Eistee zuzubereiten.«

»Das wäre sehr schön, danke.« Sie hatte nicht erwartet, sich so leicht entspannen zu können, aber auf dem bequemen Sofa, umgeben von Büchern und *Carmen,* konnte es gar nicht anders sein. Erst als Kenneth in der angrenzenden Küche verschwand, merkte sie, dass sie ihre Schuhe wieder anziehen musste.

»Es hat mir leidgetan, dass ich Eves kleine Einladung neulich nicht wahrnehmen konnte«, sagte er mit erhobener Stimme, damit er die Musik übertönte. »Ich habe eine kleine Fahrt zum Tauchen nach Cozumél gemacht.« Er kam mit einem emaillierten Tablett, auf dem zwei grüngetönte Gläser und ein großer Henkelkrug standen, zurück. Auf dem goldenen Tee schwammen Zitronenscheiben und Eisstücke. »Eves Partys sind immer etwas Besonderes.«

Nicht Miss Benedict oder Miss B., dachte Julia. »Stehen Sie noch in Verbindung mit Eve?«

Er stellte das Tablett ab, reichte ihr ein Glas und nahm ihr gegenüber Platz. »Diese sehr höfliche Frage bedeutet, ob Eve und ich noch miteinander sprechen. Schließlich hat sie mich im wahrsten Sinne des Wortes gefeuert.«

»Ich hatte den Eindruck, dass es sich um eine Meinungsverschiedenheit handelte.«

Sein Lächeln verriet viel Humor. »Mit Eve gab es ständig Meinungsverschiedenheiten. Tatsächlich ist die Beziehung zu ihr jetzt, wo ich nicht mehr ihr Angestellter bin, sehr viel einfacher geworden.«

»Haben Sie etwas dagegen, wenn ich den Rekorder einschalte?«

»Nein, ganz und gar nicht.« Er beobachtete sie, als sie den Rekorder hervorholte und auf den Tisch zwischen ihnen stellte. »Ich war überrascht, als ich hörte, dass Eve dieses Buch in Angriff genommen hat. Sie hat sich im Laufe der Jahre oft über die nicht autorisierten Biografien geärgert.«

»Das könnte schon die Antwort sein. Eine Frau wie Eve will ihre eigene Geschichte selbst erzählen.«

Kenneth hob eine Braue. »Und sie will die Kontrolle behalten über das, was veröffentlicht wird.«

»Ja«, sagte Julia. »Erzählen Sie mir, wie es dazu kam, dass Sie für sie gearbeitet haben.«

»Eves Angebot kam zu einem Zeitpunkt, an dem ich mir überlegte, die Stellung zu wechseln. Sie hat mich von Miss Miller abgeworben, und die Konkurrenz zwischen den beiden zwang sie, mir mehr Geld anzubieten, ein kleines bisschen mehr. Ein zusätzlicher Anreiz war, eine eigene Wohnung für mich zu haben. Ich muss sagen, dass ich zögerte, weil ich Eves Ruf in Bezug auf Männer kannte. Es war ziemlich geschmacklos von mir, diese Frage zur Sprache zu bringen, aber ich stellte von Anfang an klar, dass mir an einer rein geschäftlichen, nicht körperlichen Beziehung gelegen war.« Er lächelte wieder – ein Mann, der sich gern zurückerinnerte. »Sie lachte, ihr typisches, helles Lachen. Sie hatte ein Glas in der Hand, eine Champagnerflöte. Wir standen in der Küche von Miss Miller, wo Eve mich während einer Party aufgestöbert hatte. Sie nahm ein zweites Glas vom Tisch, gab es mir, und dann stießen wir miteinander an.

›Ich sage Ihnen was, Kenneth‹, erklärte sie. ›Solange Sie meinem Bett fernbleiben, komme ich auch nicht in Ihres.‹« Er hob die Hand, die Handfläche nach oben, die Finger gespreizt. »Wie konnte ich da widerstehen?«

»Und Sie hielten sich beide an diese Vereinbarung?«

Wenn ihn die Frage überrascht oder beleidigt hatte, so zeigte er es jedenfalls nicht. »Ja, wir hielten uns an die Vereinbarung. Ich fing an, sie zu lieben, Miss Summers, aber ich war nicht von ihr betört. Wir haben Freundschaft geschlossen, und Sex hat die Dinge nie kompliziert. Es wäre aber eine Lüge, wenn ich behaupten wollte, dass ich in den zehn Jahren, in denen ich für Eve gearbeitet habe, die Vereinbarung nie bereut hätte.« Er räusperte sich. »Und, auf die Gefahr hin, unbescheiden zu erscheinen, ich glaube, es gab Augenblicke, wo auch sie sie bedauert hat. Aber wir hielten uns daran.«

»Sie müssen als Eves Assistent angefangen haben, als sie gerade Rory Winthrop geheiratet hatte.«

»Das ist richtig. Es ist ein Jammer, dass diese Ehe auseinanderging. Ich hatte den Eindruck, dass sie bessere Freunde als Partner waren. Und dann war der Junge da. Eve war von Anfang an ganz verliebt in ihn. Und obgleich es sich viele wohl kaum vorstellen können, war sie eine ausgezeichnete Mutter. Ich fühlte mich selber sehr zu Paul hingezogen, und ich beobachtete mit Interesse wie er heranwuchs.«

»Wirklich? War er wie …« Sie fing sich rasch wieder. »Ich meine, wie verhielten sie sich untereinander?«

Aber er hatte die erste Frage nicht überhört, und auch ihr Blick war ihm nicht entgangen, als sie sie gestellt hatte. »Ich habe den Eindruck, dass Sie mit Paul bekannt sind.«

»Ja, ich habe die meisten Leute kennengelernt, die in einer engen Beziehung zu Eve standen oder stehen.«

Einem Mann wie ihm, der den größten Teil seines Lebens mit Dienstleistungen verbracht hatte, war zur zweiten Natur geworden, den Gesten, dem Ton einer Stimme und den Worten anderer Menschen Tatsachen zu entnehmen. »Ich verstehe«, sagte er und lächelte. »Er ist ein so erfolgreicher Mann geworden, ich habe alle seiner Bücher.« Er wies auf die Regale. »Ich erinnere mich daran, dass er oft Geschichten hinkritzelte und sie Eve vorlas. Sie war entzückt davon. Alles, was Paul betraf, entzückte sie, und als Folge davon liebte er sie ohne jede Frage, ohne Wenn und Aber. Sie füllten gegenseitig eine Lücke in ihrem Dasein. Selbst als Eve sich von seinem Vater scheiden ließ und schließlich einen anderen Mann heiratete, blieben sie eng miteinander verbunden.«

»Damien Priest.« Julia lehnte sich vor, um ihr Glas auf dem Tablett abzusetzen. »Paul machte sich nichts aus ihm.«

»Niemand, der sich etwas aus Eve machte, machte sich etwas aus Priest«, erwiderte Kenneth einfach. »Eve war überzeugt davon, dass Pauls Abneigung gegen ihn auf Eifersucht beruhte. Tatsache war, dass Paul trotz seiner Jugend bereits eine gute Menschenkenntnis besaß. Er hatte Delrickio von Anfang an verabscheut. Priest verachtete er.«

»Und Sie?«

»Ich bin immer der Meinung gewesen, dass auch ich andere Menschen sehr gut beurteilen kann. Würde es Ihnen etwas ausmachen, wenn wir nach oben auf Deck gehen? Ich glaube, wir können jetzt einen leichten Imbiss einnehmen.«

Der leichte Imbiss entpuppte sich als ein kleines Festessen mit saftigem Hummersalat, frischen Gemüsen und krustigem Kräuterbrot. Gekrönt wurde er von einem milden, gekühlten Chardonnay. Unter ihnen breitete sich die Bucht aus, die übersät von Booten war. Die Segel blähten sich in einer frischen Brise, und die Luft roch nach Meer. Julia wartete, bis sie bei Obst und Käse angelangt waren, bevor sie wieder den Rekorder einschaltete.

»Soweit ich es bisher verstanden habe, endete Eves Ehe mit Damien Priest mit einem erbitterten Streit. Ich habe auch bereits einiges über ihre Beziehung zu Michael Delrickio erfahren.«

»Aber Sie möchten gern meine Version hören?«

»Ja, so ist es.«

Er schwieg einen Augenblick und schaute übers Wasser auf ein großes rotes Beisegel. »Glauben Sie an das Böse, Miss Summers?«

Die Frage wirkte ein wenig seltsam angesichts des Sonnenscheins und der Meerluft. »Ja, ich denke schon.«

»Delrickio verkörpert das Böse.« Kenneth richtete seinen Blick wieder auf sie. »Es ist in seinem Blut, in seinem Herzen. Mord, die Zerstörung von Hoffnungen, vom Willen, das ist für ihn nichts als Geschäft. Er hat sich in Eve verliebt. Auch ein böser Mann kann sich verlieben. Seine Leidenschaft für sie überschwemmte ihn, und ich schäme mich nicht zu gestehen, dass diese Entwicklung mich damals mit Furcht erfüllt hat. Wissen Sie, Eve glaubte, dass sie die Situation unter Kontrolle behalten könnte, wie es ihr so oft zuvor gelungen war. Das gehört zu ihrer Arroganz und zu ihrem Charakter. Aber man kann das Böse nicht unter Kontrolle behalten.«

»Was tat Eve?«

»Viel zu lange spielte sie nur damit. Sie heiratete Priest, der es verstand, ihrer Eitelkeit und ihrem Ego zu schmeicheln. Auf Grund eines plötzlichen Impulses brannte sie mit ihm durch, sicherlich auch, um einen Puffer zwischen sich und Delrickio zu bringen, der unerträglich anmaßend geworden war – und gefährlich. Es hat da einen Zwischenfall mit Paul gegeben. Er war dazugekommen, als Delrickio Eve körperlich bedrohte. Als er versuchte dazwischenzugehen, unüberlegt, wie ich sagen würde, packten ihn Delrickios immer anwesende Leibwächter. Gott weiß, was sie mit dem Jungen gemacht hätten, wenn Eve es nicht verhindert hätte.«

Julia erinnerte sich an die Szene, die Paul ihr beschrieben hatte. Mit weit aufgerissenen Augen starrte sie Kenneth an. »Sie sind dabei gewesen? Sie haben gesehen, dass sie Paul zum Krüppel hätten machen können oder Schlimmeres noch, und Sie haben nichts getan?«

»Eve wurde sehr gut mit der Situation fertig, das versichere ich Ihnen.« Er tupfte sich die Lippen mit einer zitronenfarbenen Leinenserviette ab. »Ich war überflüssig, als es passierte und ich mit der entsicherten 32er oben auf der Treppe stand.« Er lachte ein wenig und tippte auf sein Glas. »Als ich sah, dass ich nicht gebraucht wurde, blieb ich im Hintergrund. Das war besser für das Männlichkeitsgefühl des Jungen, würde ich sagen.«

Sie wusste nicht recht, was sie sagen sollte, als sie den fröhlichen Herrn anstarrte, dessen Silberhaar vom Wind zerzaust wurde. »Würden Sie sie wirklich benutzt haben? Die Waffe?«

»Ohne einen Augenblick des Zögerns oder Bedauerns. Auf jeden Fall. Eve heiratete kurz danach Priest. Sie tauschte das Böse ein für blindwütigen Ehrgeiz. Ich weiß nicht, was damals in Wimbledon passiert ist. Eve hat nie darüber gesprochen. Aber Priest gewann das Spiel und verlor seine Frau. Sie hat ihn vollständig aus ihrem Leben ausgegrenzt.«

»Dann sind Sie also nicht wegen Priest gefeuert worden?«

»Hm. Das kann gut einer der Gründe gewesen sein. Eve fiel es schwer, sich damit abzufinden, dass sie sich in Bezug auf ihn geirrt hatte und ich nicht. Aber da war noch ein anderer Mann, der ihr wesentlich mehr bedeutete und der indirekt zum Anlass für unsere Trennung wurde.«

»Victor Flannigan.«

Diesmal bemühte er sich nicht, seine Überraschung zu verbergen. »Eve hat mit Ihnen über ihn gesprochen?«

»Ja. Sie will ein ehrliches Buch.«

»Ich hatte keine Ahnung, wie weit sie gehen wollte«, murmelte er. »Weiß Victor …«

»Ja.«

»Ah. Nun, gut. Eve hatte schon immer eine Vorliebe für Feuerwerk. Während zweier Ehen, dreißig Jahre lang, hat es immer nur einen Mann gegeben, den Eve geliebt hat. Seine Ehe, sein Tauziehen mit der Kirche, seine Schuldgefühle wegen des Zustandes seiner Frau machten eine offene Beziehung zu Eve unmöglich. Meistens hat sie das akzeptiert. Aber zu anderen Zeiten … Ich erinnere mich daran, dass ich sie eines Abends allein im Dunkeln sitzen fand. Sie sagte: ›Kenneth, wer immer gesagt hat, ein halber Laib Brot ist besser als gar nichts, war nicht hungrig genug.‹ Das beschreibt genau ihre Beziehung zu Victor. Und manchmal war Eve so hungrig, dass sie woanders nach Nahrung suchte.«

»Sie haben das missbilligt?«

»Ihre Affären? Ich war der Meinung, dass sie sich oft völlig unbesonnen wegwarf. Victor liebt sie ebensosehr wie sie ihn. Vielleicht tun sie einander deshalb oft so weh. Wir haben das letzte Mal über ihn gesprochen, kurz nachdem ihre Scheidungsabsichten bekannt geworden waren. Victor kam sie besuchen. Sie stritten sich. Ich konnte sie bis oben in mein Büro hören. Ich arbeitete gerade mit Nina Soloman zusammen. Eve hatte sie mitgebracht und mich gebeten, sie anzulernen. Ich erinnere mich daran, wie verlegen Nina war, wie verschüchtert. Sie hatte damals kaum Ähnlichkeit mit der professionellen, selbstbewussten Nina von heute. Damals war Nina wie ein streunendes Tier, wie ein verängstigtes kleines Hündchen, das schon zu oft Fußtritte bekommen hatte. Das Geschrei beunruhigte sie zutiefst. Ihre Hände zitterten. Als Victor aus dem Haus gestürmt oder hinausgeworfen worden war, kam Eve ins Büro. Sie war außer sich vor Erregung, spie der armen Nina Befehle zu, bis das Mädchen in Tränen aufgelöst aus dem Büro lief. Und dann kam die große Auseinandersetzung zwischen uns beiden. Ich fürchte, ich verleugnete meinen Standpunkt zu lange, um ihr zu sagen, dass es idiotisch von ihr gewesen war, Priest zu heiraten, dass sie endlich aufhören sollte mit den erbärmlichen Versuchen, Erfüllung zu finden in reinen Sexabenteuern, anstatt die Liebe anzunehmen, die ihr entgegenkam. Ich sagte noch verschiedene andere, wahrscheinlich unverzeihliche Sachen über ihren Lebensstil, ihr Temperament und ihre Geschmacklosigkeit. Als es vorüber war, waren wir beide wieder ganz ruhig, aber es führte kein Weg mehr zurück zu unserer früheren Beziehung. Ich hatte zu viel gesagt, und sie hatte es zugelassen. Ich zog es vor, mich zurückzuziehen.«

»Und Nina nahm Ihren Platz ein.«

»Ich glaube, Eve behandelte sie in Zukunft verständnisvoller. Sie hatte sehr viel Mitleid mit ihr, wegen der furchtbaren Dinge, die das Mädchen durchgemacht hatte. Nina war ihr dankbar und verstand, dass Eve ihr eine Chance gegeben hatte, was nicht viele getan hätten. Alles in allem stellte es sich als eine gute Lösung für alle Beteiligten heraus.«

»Sie redet immer noch sehr angetan von Ihnen.«

»Eve gehört nicht zu den Frauen, die einem wegen ehrlicher Worte oder ehrlicher Gefühle grollen. Ich bin stolz, sagen zu dürfen, dass ich seit bald fünfundzwanzig Jahren ihr Freund bin.«

»Ich hoffe, Sie nehmen es mir nicht übel, aber ich muss diese Frage stellen. Wenn Sie zurückschauen, bedauern Sie es, niemals ihr Liebhaber gewesen zu sein?«

Er lächelte ihr über den Rand seines Glases zu, bevor er einen Schluck nahm. »Ich habe nicht gesagt, dass ich nie ihr Liebhaber war, Miss Summers, sondern nur, dass ich nicht ihr Liebhaber war, solange ich für sie gearbeitet habe.«

»Oh.« Er schaute sie so verschmitzt an, dass sie lachen musste. »Ich nehme nicht an, dass Sie mehr darüber sagen wollen.«

»Nein. Wenn Eve es tun will, ist es ihre Sache. Aber meine Erinnerungen gehören mir.«

Etwas schläfrig vom Wein, entspannt und zufrieden mit ihrer Arbeit verabschiedete Julia sich. Während des kurzen Aufenthaltes am Flughafen, als ihr Flugzeug noch einmal durchgecheckt wurde, beschriftete sie das Tonband und legte ein neues ein.

Sie fing den Blick eines Mannes auf, der ihr schräg gegenübersaß. Einen Augenblick lang glaubte sie, er habe sie beobachtet, aber dann war sie wieder beruhigt, als er eine andere Seite in seiner Illustrierten aufblätterte und sich in die Lektüre vertiefte.

Trotzdem, er kam ihr irgendwie bekannt vor, das volle, von der Sonne gebleichte Haar, die tiefe Bräune, der siegessichere Blick eines Strandlöwen.

Sie vergaß ihn sofort, als sie an Bord gerufen wurde.

Sie setzte sich auf ihren Platz, schnallte sich an und bereitete sich innerlich auf den kurzen Flug zurück nach Los Angeles vor. Sie dachte daran, wie Eve sich über ihren Eindruck von Kenneth amüsieren würde.

Und mit etwas Glück, dachte sie, während das Flugzeug über die Startbahn raste, würde das ihr letzter Flug vor dem Rückflug nach Hause sein.

Nach Hause, dachte sie und klammerte sich an die Armlehnen, als das Flugzeug abhob. Ein Teil von ihr sehnte sich nach der Einsamkeit in ihrem eigenen Haus, der Routine des täglichen Lebens. Aber andererseits, wie würde es sein, allein zurückzukehren? Die Liebe wieder zu verlassen, jetzt, wo sie sie gefunden hatte? Wie würde ihre Beziehung zu Paul sich entwickeln, wenn er an der einen Küste des Kontinents lebte und sie an der anderen? Wie konnte es da überhaupt noch eine Beziehung zwischen ihnen geben?

Die selbstbewusste, unabhängige Julia, alleinerziehende Mutter, berufstätige Frau, brauchte plötzlich noch jemand anderen. Ohne Paul würde sie weiterhin Brandon großziehen, schreiben, funktionieren.

Sie schloss die Augen und versuchte sich vorzustellen, wie sie heimkehrte, ihr Leben dort wieder aufnahm, wo sie es zurückgelassen hatte, und für den Rest ihres Lebens wieder ruhig ihr einsames Leben führte.

Sie konnte es sich nicht mehr vorstellen.

Mit einem Seufzer lehnte sie ihren Kopf ans Fenster. Was zum Teufel sollte sie machen? Sie hatten über Liebe gesprochen, aber nicht über ihre Dauer.

Sie wollte Paul, sie wollte eine richtige Familie für Brandon, und sie wollte Sicherheit. Und sie hatte Angst davor, Letzteres zu Gunsten der anderen Bedürfnisse aufs Spiel zu setzen. Sie döste vor sich hin, der Wein und ihre Gedanken hatten sie müde gemacht. Beim ersten Stoß wachte sie unsanft auf und verwünschte sich, weil sie fast in Panik geraten war. Bevor sie sich noch entspannen konnte, drehte das Flugzeug scharf nach links ab. Sie biss sich auf die Zunge und spürte gleich darauf den Geschmack von Blut in ihrem Mund. Aber schlimmer, viel schlimmer war die Angst.

»Bleiben Sie ruhig sitzen, Miss Summers. Wir verlieren Druck.«

»Verlieren …« Sie unterdrückte gewaltsam den ersten Anflug von Hysterie. Die Stimme des Piloten hatte so geklungen, dass ihr klar war, Schreien würde nichts nützen. »Was bedeutet das?«

»Wir haben ein kleines Problem. Wir sind nur noch zehn Meilen vom Flughafen entfernt. Bleiben Sie ruhig und angeschnallt.«

»Ich werde bestimmt nicht irgendwo hingehen.« Julia wunderte sich selber, dass sie diesen Satz noch herausgebracht hatte. Dann steckte sie den Kopf zwischen ihre Knie. Das half gegen das Schwindelgefühl, fast auch gegen die Panik. Als sie sich zwang, die Augen wieder zu öffnen, sah sie, wie ein Stück Papier unter dem Sitz hervorrutschte, während das Flugzeug zu tauchen schien.

Brenn aus, brenn aus, kleine Kerze.

»Oh, du lieber Himmel!« Sie griff nach dem Zettel und zerdrückte ihn in ihrer Hand. »Brandon. Oh, Gott, Brandon!«

Sie würde nicht sterben. Sie durfte es nicht. Brandon brauchte sie. Sie unterdrückte die Übelkeit. Ein Behälter über ihr öffnete sich, Kissen und Decken fielen heraus. Gebete schossen ihr durch den Kopf, und sie hörte das Dröhnen der Maschine und die lauten Rufe des Piloten in die Sprechanlage. Gleich würden sie landen.

Julia richtete sich auf und riss ihren Notizblock aus der Aktentasche. Sie schauderte zusammen, als sie durch eine dünne Wolkenschicht fielen. Ihre Zeit war bald zu Ende. Sie kritzelte eine kurze Nachricht für Paul hin, bat ihn, sich um Brandon zu kümmern, sagte ihm, wie dankbar sie war, dass sie ihn gefunden hatte.

Sie fluchte, als ihre Hand so zu zittern anfing, dass sie den Schreibstift nicht mehr halten konnte. Dann war es plötzlich ganz still. Sie brauchte einen Augenblick, um das zu registrieren, und noch etwas länger, um zu begreifen, was es bedeutete.

»Oh, mein Gott!«

»Kein Kraftstoff mehr«, sagte der Pilot zwischen den Zähnen. »Die Maschinen ausgefallen. Wir haben guten Rückenwind. Ich werde das Baby jetzt herunterbringen. Sie sind auf uns vorbereitet.«

»Okay. Wie ist Ihr Name? Ihr Vorname?«

»Jack.«

»Okay, Jack.« Sie holte tief Luft. Sie war immer der Meinung gewesen, dass man mit festem Willen und Entschlossenheit fast alles regeln konnte. »Ich bin Julia. Bringen Sie das Ding auf den Boden zurück.«

»Okay, Julia. Leg jetzt deinen Kopf zwischen die Knie und halt die Hände über den Kopf. Und sprich jedes verdammte Gebet, das du kennst.«

Julia atmete noch einmal tief ein. »Bin schon dabei.«

22 Paul spielte mit Brandon Basketball. Sie schwitzten beide. Brandon entdeckte seine Mutter zuerst, als sie den Weg zum Gästehaus entlangkam. »Mama! Hey, Mama! Schau nur, was Paul hier alles angebracht hat. Er hat gesagt, ich darf es benutzen, solange wir hier sind. Und beim ersten Spiel habe ich ihn geschlagen.«

Sie ging langsam, musste langsam gehen. Aber als sie ihr Kind sah, das Gesicht bedeckt von Schweiß und Schmutz, sein breites Grinsen, seine aufgeregten Augen, fing sie an zu laufen. Sie hob ihn hoch, drückte ihn ganz fest an sich und vergrub ihr Gesicht an der zarten, feuchten Haut seiner Kehle.

Sie lebte! Und sie hielt ihr Leben in ihren Armen.

»Mama.« Er wusste nicht recht, ob er verlegen werden sollte oder sich bei Paul entschuldigen sollte. Er rollte die Augen, um zu zeigen, dass das etwas war, womit er halt leben musste. »Was ist los?«

»Nichts.« Sie musste schlucken und sich zwingen, ihren Griff zu lockern. Wenn sie jetzt anfing zu reden, würde sie ihn nur erschrecken. Und es war ja vorbei. »Nichts. Ich freue mich nur, dich zu sehen.«

»Du hast mich doch heute Morgen gesehen.« Seine Verblüffung wich echtem Erstaunen, als sie ihn losließ und Paul ebenso wild und besitzergreifend umarmte.

»Euch beide«, sagte sie, und Paul konnte spüren, wie wild ihr Herz schlug. »Ich bin nur froh, euch beide zu sehen.«

Schweigend nahm Paul ihr Gesicht in seine Hände und blickte sie an. Er bemerkte die deutlichen Anzeichen von Schock, von Stress, von Tränen. Er gab ihr einen langen, sanften Kuss und fühlte, wie ihre Lippen zitterten. »Mach den Mund zu, Brandon«, sagte er ruhig und legte Julias Kopf an seine Schulter, streichelte ihr Haar. »Du wirst dich daran gewöhnen müssen, dass ich deine Mutter küsse.«

Über Julias Schulter hinweg sah er, wie der Gesichtsausdruck des Jungen sich veränderte – von Vorsicht zu Misstrauen, von Misstrauen zu Enttäuschung. Mit einem Seufzer fragte sich Paul, ob es ihm gelingen würde, beide richtig zu behandeln, die Mutter und den Sohn.

»Willst du nicht lieber ins Haus gehen, Jules? Mach dir etwas Kaltes zu trinken und setz dich hin. Ich komme in einer Minute nach.«

»Ja.« Sie musste einen Augenblick allein sein. Wenn sie nicht durchdrehen wollte, musste sie ein paar Augenblicke haben, um wieder die Kontrolle über sich zu gewinnen. »Ich will sehen, ob ich ein wenig Limonade machen kann. Ihr seht beide so aus, als ob ihr einen kühlen Schluck gebrauchen könntet.«

Paul wartete, bis sie sich auf den Weg gemacht hatte, bevor er sich wieder zu dem Jungen umwandte. Brandon hatte seine Hände in die Taschen seiner Shorts gesteckt. Er starrte auf seine Füße.

»Gibt's ein Problem?«

Der Junge zuckte nur mit den Schultern.

Paul machte ihm die Geste nach, bevor er sich eine Zigarre herauszog und einen kurzen Kampf mit den feuchten Streichhölzern durchführte.

»Ich nehme nicht an, dass ich dir die Sache zwischen Mann und Frau erklären muss.« Pauls Stimme klang laut und etwas ironisch. »Und auch nicht, weshalb das Küssen so beliebt ist.«

Brandon starrte so fest auf seine Schuhe, dass er beinahe schielte.

»Nein, ich glaube nicht.« Paul zog den Rauch ein und stieß ihn wieder aus. »Ich wette, du weißt schon, was ich für deine Mutter empfinde.« Brandon sagte noch immer nichts, er war völlig verwirrt. »Ich liebe sie, ich liebe sie sehr.« Dieses Geständnis bewog Brandon endlich dazu, den Kopf zu heben und Augenkontakt zu suchen. Paul merkte, dass es kein besonders freundlicher Blick war, den er ihm zuwarf. »Du wirst sicher etwas Zeit brauchen, um dich daran zu gewöhnen. Das ist in Ordnung, weil meine Gefühle sich nicht ändern werden.«

»Mama geht nicht oft mit Männern aus und all das.«

»Nein. Ich bin sehr glücklich darüber.« Himmel, gab es irgendetwas Schwierigeres, als dem direkten, starren Blick eines Kindes standzuhalten? Paul atmete tief aus und wünschte sich, er würde nachher irgendetwas Stärkeres als nur Limonade bekommen. »Hör zu, du fragst dich wahrscheinlich, ob ich ihr Leben durcheinanderbringen und sie verletzen werde. Ich kann dir nicht versprechen, dass das nicht geschehen wird, aber ich kann dir versprechen, dass ich versuchen werde, es nicht zu tun.«

Für Brandon war es sehr schwer, an seine Mutter so zu denken, wie Paul sie beschrieben hatte. Schließlich war sie zuerst einmal seine Mutter. Es war ihm nie in den Sinn gekommen, dass irgendjemand sie verletzten konnte. Bei dem Gedanken daran rebellierte sein Magen. Um damit fertigzuwerden, schoss sein Kinn hoch, und er hatte darin große Ähnlichkeit mit Julia. »Wenn du sie schlägst, dann werde ich …«

»Nein.« Paul hockte sich sofort vor ihm hin, sodass ihre Augen sich auf gleicher Höhe befanden. »Das meine ich nicht. Niemals, das verspreche ich dir. Ich meinte, dass ich ihre Gefühle verletzen, sie unglücklich machen könnte.«

Der Gedanke daran erinnerte Brandon an etwas, das er schon fast wieder vergessen hatte. Jetzt wurde seine Kehle trocken, und Tränen stiegen ihm in die Augen. Er dachte daran, wie sie ausgesehen hatte, als seine Großeltern gestorben waren. Und auch lange vorher schon einmal, als er noch zu klein gewesen war, um es zu verstehen.

»Wie mein Vater es getan hat«, sagte er mit schwankender Stimme.

Auf dieses Thema wollte Paul sich nicht einlassen. »Darüber musst du mit ihr sprechen, wenn ihr beide bereit dafür seid.«

»Ich wette, er wollte uns nicht haben.«

Paul legte dem Jungen die Hand auf die Schulter. »Ich will es.«

Brandon schaute wieder fort, über Pauls Schulter hinweg. Ein leuchtend blauer Vogel sauste in den Garten. »Ich wette, du hast mit mir herumgespielt wegen Mama.«

»Das ist nur zum Teil wahr.« Paul ergriff seine Chance und drehte Brandons Gesicht so, dass er ihn wieder anschauen musste. »Ja, ich habe vielleicht geglaubt, dass ich mit Julia besser vorankommen würde, wenn wir beide uns gut verstehen. Wenn du mich nicht mochtest, hatte ich gar keine Chance. Aber Tatsache ist, dass ich gern mit dir zusammen bin. Obwohl du klein und hässlich bist und mich beim Basketball schlägst.«

Er war ein ruhiges, aufmerksames Kind. Die einfachen Worte Pauls überzeugten ihn. Und als er dem Mann in die Augen schaute, fasste er erneut Vertrauen zu ihm.

Er wurde ruhiger und lächelte. »Ich werde nicht immer klein bleiben.«

»Nein.« Pauls Stimme klang rau, aber er erwiderte das Lächeln. »Aber du wirst immer hässlich bleiben.«

»Und ich werde dich immer beim Basketspiel schlagen.«

»Da irrst du dich, das zeige ich dir später noch. Ich glaube, dass deine Mutter irgendetwas beunruhigt. Ich möchte gern mit ihr reden.«

»Allein.«

»Yeah. Vielleicht könntest du zum Hauptgebäude gehen und Travers ein paar Kekse entlocken.«

Brandon wurde verlegen, feine Röte stieg in seine Wangen. »Sie sollte nicht darüber reden.«

»Sie sollte nicht mit deiner Mutter darüber reden«, sagte Paul. »Mir erzählen die Leute alles. Travers hat mir früher auch heimlich Plätzchen gegeben.«

»Yeah?«

»Yeah.« Er erhob sich. »Gib mir etwa eine halbe Stunde Zeit, okay?«

»Okay.« Er lief los, blieb aber an der Wegbiegung noch einmal stehen und drehte sich um. Ein kleiner Junge mit schmutzigem Gesicht, zerkratzten Knien und irritierend klugen Augen. »Paul? Ich bin froh, dass sie früher nicht mit Männern herumgehangen hat und all das.«

»Ich auch.«

Er hörte Brandons schnelles, zustimmendes Lachen, dann wandte er sich dem Gästehaus zu.

Julia war in der Küche und presste langsam und mechanisch Limonen aus. Sie hatte ihre Jacke ausgezogen und die Schuhe abgestreift. Die saphirblaue Bluse, die sie trug, ließ ihre Schultern sehr weiß, sehr glatt und sehr zerbrechlich wirken.

»Ich bin gleich fertig«, sagte sie.

Ihre Stimme klang ruhig, aber er spürte die unterschwellige Nervosität. Ohne ein Wort zog er sie zur Spüle und hielt ihre Hände unter den kalten Wasserstrahl.

»Was machst du?«

Er trocknete ihr die Hände mit einem Küchenhandtuch ab, bevor er das Radiogerät abschaltete. »Ich mach' den Rest. Setz dich hin, atme ein paarmal ruhig durch, und dann erzähl mir, was passiert ist.«

»Ich muss nicht unbedingt sitzen.« Aber sie lehnte sich an das Küchenbüfett. »Brandon? Wo ist Brandon?«

»Wie ich dich kenne, würdest du in seiner Anwesenheit bestimmt nicht sprechen. Er ist für eine Weile drüben im Hauptgebäude.«

Offenbar kannte Paul Winthrop sie schon viel zu gut. »Da kann Travers ihn wieder mit Keksen vollstopfen.«

Paul schaute hoch, als er Zucker zugab. »Hast du eine versteckte Kamera eingebaut?«

»Nein, aber ich kann an seinem Atem auf zwanzig Schritt Entfernung riechen, wenn er Plätzchen gegessen hat.« Sie brachte ein schwaches Lächeln zustande und setzte sich dann doch noch hin.

Er nahm einen Holzlöffel aus dem Ständer und rührte die Limonade gründlich um. Als er fertig war, füllte er ein Glas mit Eiswürfeln und goss den Saft darüber, dass das Eis klirrte. »War es das Interview mit Kenneth, das dich so verstört hat?«

»Nein.« Sie nahm einen ersten Schluck. »Woher weißt du, dass ich heute Nachmittag Kenneth besucht habe?«

»CeeCee – als ich herkam, um sie abzulösen.«

»Oh.« Sie schaute verdutzt umher und stellte fest, dass CeeCee tatsächlich nicht mehr da war. »Du hast sie nach Hause geschickt.«

»Ich wollte ein bisschen Zeit mit Brandon zusammen verbringen, okay?«

Sie kämpfte darum, ruhig zu werden, und trank noch einen Schluck. Sie hatte ihn nicht so scharf ausfragen wollen. »Es tut mir leid. Ich kann noch nicht wieder klar denken. Natürlich ist es okay. Brandon sah glücklich aus. Ich bin nicht sehr gut in Basketball und …«

»Julia, erzähl mir, was passiert ist.«

Mit einem ruckartigen Nicken stellte sie das Glas beiseite und verschränkte die Hände im Schoß. »Das Interview war es nicht, das verlief im Gegenteil sehr gut.« Hatte sie das Band schon in den Safe gelegt? Unbewusst hob sie die Hände und rieb sich die Augen. Alles war so verschwommen von dem Zeitpunkt an, an dem sie die Hände über den Kopf gelegt hatte. Sie versuchte aufzustehen, zu ihm hinüberzugehen, aber ihre Beine gehorchten ihr nicht. Verrückt, dass ihr jetzt die Knie schwach wurden, jetzt, wo doch alles vorüber war. Die Küche roch nach Limonen, ihr Sohn futterte Plätzchen, und eine ganz zarte Brise war aufgekommen.

Alles war wieder in Ordnung.

Sie fing an zu sprechen, als Paul seinen Stuhl zurückschob und zum Kühlschrank ging. Er holte sich ein Bier heraus, öffnete die Flasche und nahm einen tiefen Schluck.

»Ich kann nicht richtig denken«, sagte sie. »Vielleicht geht es besser, wenn ich beim Anfang beginne.«

»Schön.« Er saß ihr gegenüber am Tisch und befahl sich, geduldig zu bleiben. »Warum tust du das nicht?«

»Wir flogen von Sausalito zurück«, sagte sie langsam. »Ich habe daran gedacht, dass ich die schweren Recherchen fast beendet habe, und dass wir in ein paar Wochen wieder nach Hause fahren können. Dann habe ich an dich gedacht und daran, wie es sein würde, wenn ich wieder dort bin und du hier.«

»Zum Teufel damit, Julia.«

Sie hörte ihn gar nicht. »Ich muss eingeschlummert sein. Bei Kenneth gab es Wein zum Essen, der hat mich wohl schläfrig gemacht. Ich wachte auf, als das Flugzeug ... Ich habe dir vielleicht nicht erzählt, dass ich Angst vorm Fliegen habe. Eigentlich ist es nicht so sehr das Fliegen selbst als vielmehr das Gefühl, ausweglos eingesperrt zu sein. Und als jetzt das Flugzeug anfing zu bocken, habe ich mir Mühe gegeben, kein Feigling zu sein. Aber der Pilot sagte ...« Sie fuhr sich mit dem Handrücken über den Mund. »Er sagte, wir hätten ein Problem. Wir gingen zu schnell nach unten.«

»Oh, mein Gott!« Er sprang auf, zu entsetzt, um sich darüber klar zu sein, wie rau er sie hochzog. Mit beiden Händen fuhr er über ihren Körper, um festzustellen, ob sie irgendwelche Verletzungen aufwies, sich zu versichern, dass sie heil und ganz war. »Bist du verletzt, Julia? Bist du verletzt?«

»Nein, nein. Ich glaube, ich habe mir auf die Zunge gebissen«, sagte sie ungewiss. Sie glaubte, sich an den Geschmack von Blut und Angst zu erinnern. »Jack sagte, wir würden heruntergehen. Der Brennstoff – da war irgend was nicht in Ordnung mit der Brennstoffzufuhr oder dem Messgerät. Die Maschinen fielen aus. Ich konnte nur noch an Brandon denken. Er hat keinen Vater, und ich konnte nicht daran denken, dass er ganz allein zurückbleiben würde. Ich konnte hören, wie Jack fluchte, und dann waren da noch die krächzenden Stimmen aus dem Sprechfunk.«

Sie zitterte jetzt, stark und schnell. Er tat das Einzige, was ihm in dieser Situation einfiel, und nahm sie hoch, um sie in seinen Armen zu wiegen.

»Ich hatte so große Angst. Ich wollte nicht in diesem verfluchten Ding sterben.« Ihre Stimme klang erstickt, weil ihr Gesicht an seinem Hals lag. »Jack schrie mir zu, ich sollte durchhalten. Dann schlugen wir auf. Es kam mir vor, als ob ich auf die Betonpiste geprallt wäre und nicht das Flugzeug. Dann sprangen wir umher, aber nicht wie ein Ball, sondern eher wie ein Felsbrocken, falls so etwas überhaupt herumspringen kann. Ich hörte das Kreischen von Metall und den Wind, der hineinblies. Dann Sirenen. Wir wurden herumgeschleudert wie ein Auto, das auf vereister Fahrbahn außer Kontrolle geraten ist, und dazu das Sirenengeheul. Dann standen wir plötzlich, einfach so. Ich muss mich schon abgeschnallt haben, denn als Jack nach hinten kam, stand ich auf meinen Füßen. Er küsste mich. Ich hoffe, es stört dich nicht.«

»Nicht ein bisschen.«

»Das ist gut, weil ich ihn auch küsste.«

Er schaukelte sie noch immer und verbarg das Gesicht in ihrem Haar. »Wenn ich jemals Gelegenheit dazu bekomme, werde ich ihn auch küssen.«

Darüber musste sie ein wenig lachen. »Dann stieg ich aus und kam nach Hause. Ich wollte mit niemandem sprechen.« Sie seufzte einmal, dann noch ein zweites Mal, bevor ihr klar wurde, dass er sie in seinen Armen hielt. »Du musst mich nicht tragen.«

»Sag jetzt nicht, dass ich dich wieder absetzen soll.«

»Nein.« Sie legte ihren Kopf auf seine Schulter. Sicher, geborgen. »In meinem ganzen Leben«, murmelte sie, »habe ich mich bei niemandem so wohlgefühlt wie bei dir.« Als plötzlich die Tränen flossen, sagte sie: »Es tut mir leid.«

»Nicht nötig. Weine, solange du willst.«

Er war selbst nicht mehr ganz sicher auf den Beinen, als er sie ins Wohnzimmer trug, damit er auf dem Sofa sitzen und sie an sich drücken konnte. Ihre Seufzer wurden bereits seltener. Er hätte wissen können, dass Julia einen Schwächeanfall nicht ausweiten würde.

Er hätte sie verlieren können. Dieser Gedanke setzte sich in seinem Kopf fest und verursachte Furcht und Wut. So schnell, so schrecklich hätte sie von ihm gerissen werden können.

»Ich bin in Ordnung.« Sie streckte sich, so weit er es zuließ, und wischte sich die Tränen mit dem Handrücken ab. »Es hat mir einen Ruck gegeben, einen richtigen Ruck, als ich dich und Brandon sah.«

»Ich bin nicht in Ordnung.« Die einzelnen Worte kamen abgehackt. Er verschloss ihren Mund mit seinem, nicht so sanft, wie er es beabsichtigt hatte. Seine Finger glitten durch ihr Haar, schlossen sich dann zur Faust. »Wie sinnlos alles ohne dich wäre, Julia. Ich brauche dich.«

»Ich weiß.« Sie hatte sich etwas beruhigt, aber sie blieb gern noch an ihn gekuschelt sitzen. »Ich brauche dich auch.« Sie strich mit den Fingern über seine Wange. Wie wundervoll war es, wie befreiend, dass sie wusste, sie konnte ihn in dieser Weise berühren, wann immer sie es wollte. Und wie befreiend war es, Vertrauen zu haben. »Das ist noch nicht alles, Paul. Du wirst den Rest nicht gern hören.«

»Solange du mir nicht mitteilen willst, dass du die Absicht hast, mit Jack durchzubrennen.« Aber sie lächelte nicht. »Was ist es?«

»Das habe ich unter meinem Sitz im Flugzeug gefunden.« Sie stand auf, aber auch jetzt, wo sie ihn nicht berührte, fühlte sie sich eng mit ihm verbunden. Noch bevor sie den Zettel aus ihrer Rocktasche geholt und ihm gegeben hatte, wusste sie, was er fühlen würde.

Wut und jene hilflose, nutzlose Angst, die damit verbunden ist. Und Zorn, der – anders als Wut – verzehrender, unstillbarer war. All das sah sie in seinen Augen.

»Ich würde sagen, der hier ist etwas direkter«, fing sie an. »Alle anderen Zettel waren Warnungen. Der hier … Ich denke, wir nennen ihn am besten ein Statement.«

»Meinst du?« Er sah mehr als nur die Worte, die auf dem

Papier standen. Sie hatte den Zettel in ihrer Hand zusammengedrückt, und die war feucht vor Angst gewesen, und die Worte waren verschmiert worden. »Ich würde es Mord nennen.«

Sie feuchtete sich die Lippen an. »Ich bin nicht tot.«

»Also gut.« Er stand auf und ließ seinem Zorn freien Lauf. »Mordversuch. Wer immer dies geschrieben hat, hat auch die Sabotage am Flugzeug veranlasst. Du solltest sterben.«

»Vielleicht.« Sie hob die Hand, bevor er explodieren konnte. »Mir kommt es wahrscheinlicher vor, dass ich in Angst und Schrecken versetzt werden sollte. Wenn ich bei einem Flugzeugabsturz sterben sollte, wozu dann der Zettel?«

Wut brannte in seinen Augen. »Ich habe nicht die Absicht, hier herumzustehen und zu versuchen, ein kriminelles Gehirn zu begreifen.«

»Aber tust du nicht genau das? Wenn du über Morde schreibst, tauchst du dann nicht immer tief ein in kriminelle Gehirne?«

Der Laut, den er hervorstieß, lag irgendwo zwischen Lachen und Schnauben. »Das hier ist kein Roman.«

»Aber die Regeln sind dieselben. Deine Plots sind logisch, weil sie immer zu der Psyche des Mörders passen. Ob es sich nun um Leidenschaft, Gier oder um Rache handelt. Es gibt immer ein Motiv, eine Gelegenheit und einen Grund, wie verdreht der auch sein mag. Wir müssen gleichfalls die Logik benutzen, um aus dieser Sache schlau zu werden.«

»Zum Teufel mit der Logik, Jules.« Er schloss seine Finger über ihrer Hand, die sie leicht auf seine Brust gelegt hatte. »Ich will, dass du den nächsten Flug nach Connecticut nimmst.«

Sie schwieg einen Augenblick und machte sich klar, dass er nur deshalb Schwierigkeiten machte, weil er Angst um sie hatte. »Ich habe schon daran gedacht. Zumindest habe ich es versucht. Ich könnte heimkehren ...«

»Du wirst heimkehren, verdammt noch mal.«

Sie schüttelte nur den Kopf. »Was würde das ändern? Ich kann nicht aus meinem Gedächtnis tilgen, was Eve mir erzählt hat. Und, mehr noch, ich kann meine Verpflichtungen ihr gegenüber nicht einfach auflösen.«

»Deine Verpflichtung ist beendet.« Er hob den Zettel hoch. »Hiermit.«

Sie schaute das Blatt Papier nicht an. Möglicherweise war sie zu feige dazu, aber sie wollte sich nicht gerade jetzt auf die Probe stellen. »Selbst wenn das wahr wäre – was nicht der Fall ist –, würde das alles nicht aufhören, wenn ich in den Osten zurückkehre. Ich weiß bereits zu viel über zu viele Leute. Geheimnisse, Lügen, Verlegenheiten aller Art. Vielleicht würde es aufhören, wenn ich mich still verhielte. Aber ich bin nicht bereit, den Rest meines Lebens und Brandons Leben auf diesem Vielleicht aufzubauen.«

Er ärgerte sich darüber, dass ein Teil von ihm, der rational denkende Teil, einsah, dass es Sinn machte, was sie sagte.

Doch gefühlsmäßig wollte er nur, dass sie in Sicherheit war. »Du kannst öffentlich verkünden, dass du das Projekt aufgegeben hast.«

»Das werde ich nicht tun. Nicht nur, weil mein Gewissen es nicht zulässt, sondern auch, weil ich glaube, dass es nichts nützen würde. Ich könnte es in *Variety* verkünden, in *Publishers Weekly,* in der *Los Angeles* und der *New York Times.* Ich könnte zurückkehren und eine andere Arbeit anfangen. Und nach ein paar Tagen, ein paar Monaten hätte ich vielleicht einen tödlichen Unfall, und mein Sohn wäre ein Waisenkind. Nein, ich werde das durchstehen, und zwar hier, wo ich am Ort des Geschehens bin.«

Er wollte diskutieren, Forderungen stellen, sie und Brandon in ein Flugzeug zerren, das sie so weit fort wie nur möglich brachte. Aber ihre Argumente waren zu überzeugend. »Wir gehen zur Polizei mit den Zetteln und mit unserem Verdacht.«

Sie nickte. Die Erleichterung darüber, dass er auf ihrer Seite stand, war fast so schwer zu ertragen wie die Furcht. »Aber ich glaube, wir gewinnen mehr Glaubwürdigkeit, wenn Eve über den Vorfall im Flugzeug informiert ist. Wenn sie keinen Beweis für Sabotage finden, dürfte es ein langer Weg werden, bis man uns glaubt.«

»Ich will dich nicht aus den Augen verlieren.«

Dankbar streckte sie ihm beide Hände entgegen. »Ich dich auch nicht.«

»Dann bist du damit einverstanden, dass ich heute Nacht hierbleibe?«

»Ich bin nicht nur einverstanden, ich werde sogar selber das Bett im Gästezimmer herrichten.«

»Im Gästezimmer.«

Sie lächelte ihm entschuldigend zu. »Brandon.«

»Brandon«, wiederholte Paul und zog sie wieder in seine Arme. »Hier mein Gegenvorschlag. Bis er sich an mich gewöhnt hat, werde ich *angeblich* im Gästezimmer schlafen.«

Sie dachte darüber nach und fuhr mit den Händen über seinen nackten Rücken. »Ich bin natürlich bereit zu einem Kompromiss.« Verwirrt zog sie sie zurück. »Was ist mit deinem Hemd?«

»Du musst halb im Koma gewesen sein, wenn du meine prachtvolle nackte Brust nicht bemerkt hast. Der Junge und ich haben Ball gespielt, uns wurde heiß dabei.«

»Ja, richtig, Basketball. Der Reifen, der ist vorher nicht da gewesen.«

»Sie kommt wieder zu sich«, murmelte Paul und küsste sie. »Ich habe ihn vor ein paar Stunden aufgehängt.«

Ihr wurde warm ums Herz. »Du hast es für Brandon getan.«

»Zum Teil.« Er zuckte mit den Schultern, als er mit ihrem Haar spielte. »Ich wollte ihn blenden mit meiner großartigen Geschicklichkeit, aber dann hat er mich geschlagen. Der Junge ist prima.«

Stark bewegt nahm sie sein Gesicht in ihre Hände. »Ich habe mir nie vorstellen können, dass ich irgendjemanden so sehr lieben würde wie ihn und dich.«

»Julia!« Nina stürmte durch die Küchentür und dann ins Wohnzimmer, ohne anzuklopfen. Julia hatte sie noch nie so aufgelöst gesehen. Ihre Haut war blass, die Augen riesig, die sonst so elegante Frisur zerzaust. »Oh, Gott, ist Ihnen wirklich nichts passiert? Ich habe gerade davon gehört.« Als Julia sich von Paul abwandte, umarmte Nina sie mit zitternden Händen. »Der Pilot hat angerufen. Er wollte sich vergewissern, dass Sie gut heimgekommen sind. Er hat mir erzählt ...« Sie verstärkte ihren Griff.

»Mir geht es gut – in jeder Beziehung.«

»Ich verstehe das nicht, ich fasse es nicht.« Sie trat einen Schritt zurück, hielt aber immer noch Julias Arme fest. »Er ist ein Top-Pilot, und Eves Mechaniker ist der beste weit und breit. Ich begreife nicht, wie da ein solches Problem auftreten konnte.«

»Das lässt sich sicher herausfinden, wenn das Flugzeug gründlich untersucht wird.«

»Sie werden jeden Zentimeter überprüfen, jeden Zentimeter. Entschuldigen Sie bitte«, sagte sie dann und trat noch weiter zurück. »Es ist wahrscheinlich das Letzte, was Sie gebrauchen können, dass ich hier hereinplatze. Aber als ich die Geschichte hörte, musste ich mich einfach vergewissern, ob Ihnen wirklich nichts passiert ist.«

»Nicht eine Schramme. Sie haben recht, wenn Sie sagen, dass Jack ein Top-Pilot ist.«

»Was kann ich für Sie tun?« Nina kehrte wieder zu ihrer gewohnten Aktivität zurück. Sie warf einen Blick über das neu eingerichtete Wohnzimmer und freute sich, dass Eve ihr erlaubt hatte, alles nach ihrem Geschmack auszuwählen. »Soll ich Ihnen einen Drink machen? Ein Bad einlaufen lassen? Ich kann Miss B.s Arzt anrufen. Er kann herkommen und Ihnen ein Beruhigungsmittel geben, damit Sie schlafen können.«

»Ich glaube nicht dass ich irgendein Mittel brauche, wenn ich schlafen gehen will. Aber vielen Dank.« Da sie sich schon wieder recht gut erholt hatte, konnte Julia sogar lachen. »Eigentlich sehen Sie so aus, als ob Sie einen Drink brauchen.«

»Vielleicht einen Sitzplatz«, sagte sie und ließ sich auf die Seitenlehne des Sofas sinken. »Sie sind so ruhig.«

»Jetzt«, erwiderte Julia. »Vor ein paar Minuten sah es noch anders aus.«

Nina schauderte zusammen und rieb sich die Arme. »Als ich das letzte Mal geflogen bin, sind wir in einen Sturm geraten. Ich habe in fünfunddreißigtausend Fuß Höhe die schrecklichsten fünfzehn Minuten meines Lebens verbracht. Aber gegen das, was Sie durchgemacht haben müssen, war das natürlich gar nichts.«

»Es war keine Erfahrung, die ich gern wiederholen möchte.« Julia hörte die Küchentür zuschlagen. »Das ist Brandon. Ich möchte lieber, dass er jetzt noch nichts davon erfährt.«

»Natürlich.« Nina stand auf. »Ich weiß, dass Sie ihn nicht beunruhigen wollen. Ich werde zurückgehen, damit ich Eve abfangen und ihr in Ruhe von dieser Sache berichten kann. Travers würde sie gleich damit überfallen.«

»Danke, Nina.«

»Ich bin froh, dass es Ihnen gut geht.« Sie drückte Julia fest die Hand. »Passen Sie auf sie auf«, sagte sie zu Paul.

»Darauf können Sie Gift nehmen.«

Sie ging durch die Terrassentür und glättete sich unterwegs das Haar. Julia drehte sich um und entdeckte, dass Brandon sie von der Küchentür aus beobachtete. Sein Blick war wachsam, und über der Oberlippe hatte er einen verräterischen roten Fleck.

»Warum muss er gut auf dich aufpassen?«

»Das ist nur so ein Ausdruck.« Julia zog die Augen zusammen. »Du hast Saft getrunken?«

Er fuhr sich mit der Hand über den Mund und grinste. »Travers hatte gerade eine Flasche geöffnet. Ich dachte, es wäre unhöflich, nichts zu trinken.«

»Das kann ich mir vorstellen.«

»Jungen werden durstig vom Basketballspielen«, warf Paul ein.

»Yeah. Besonders, wenn sie gewinnen.«

Brandon plumpste geräuschvoll in einen Sessel.

»Bist du in Ordnung, Mama? Paul meinte, du wärest vielleicht beunruhigt.«

»Ich bin okay«, antwortete Julia. »Ich hätte nicht übel Lust, ein paar riesige Brandonburgers zuzubereiten.«

»Hey, das ist cool. Mit Fritten und allem?«

»Ich denke ... Oh, ich habe ja ganz vergessen, dass Eve mich zum Abendessen eingeladen hat. Ich hab's ihr versprochen.« Sie legte ihre Hand auf den Kopf ihres Sohnes, und weil sie seine Enttäuschung spürte, fing sie an, Zugeständnisse zu machen. »Vielleicht kann ich sie anrufen und absagen.«

»Unseretwegen nicht.« Paul winkte Brandon zu. »Der Bengel und ich können uns selbst ein Abendbrot machen.«

»Ja, aber ...«

Brandon unterbrach sie. »Du kannst kochen?«

»Ich kann etwas noch besseres tun. Ich kann zu MacDonald's fahren.«

»In Ordnung.« Er sprang auf, dann erinnerte er sich an seine Mutter und warf ihr einen hoffnungsvollen Blick zu. Ein Ausflug zu MacDonald's bedeutete lauter wunderbare Sachen, dazu gehörte auch, dass man nach dem Essen nicht abwaschen musste. »Das ist doch in Ordnung, ja?«

»Yeah.« Sie gab ihm einen Kuss und lächelte dann Paul zu. »Das ist in Ordnung.«

23 Sie nahm ein langes, heißes Bad mit Duftölen und pflegte sich mit verschiedenen Cremes und Lotions. Fünfzehn Minuten lang war sie mit Puder, Make-up und Rouge beschäftigt. Als Julia in den Abendanzug in frostigem Pink schlüpfte, hatte sie sich vollständig erholt. Sie amüsierte sich sogar darüber, dass Paul darauf bestanden hatte, sie zum Hauptgebäude zu begleiten.

»Du duftest unglaublich.« Er schnupperte an ihrem Handgelenk, dann fing er an, daran zu knabbern. »Vielleicht hast du ja später Lust, mich ins Gästezimmer zu begleiten.«

»Ich könnte in Versuchung geraten.« Vor der Eingangstür blieb sie stehen, drehte sich um und verschränkte ihre Hände in seinem Nacken. »Überleg dir doch schon mal, wie du mich verführen könntest.« Sie berührte seinen Mund leicht mit ihren Lippen, dann gab sie ihm zu seiner und ihrer eigenen Überraschung einen langen, leidenschaftlichen Kuss. »So, und jetzt geh dir einen Hamburger kaufen.«

Sein Blut schien vom Kopf direkt in die Lenden geflossen zu sein. »Zwei Dinge noch«, sagte er. »Iss schnell.«

Sie lächelte. »Und das zweite?«

»Das zeige ich dir, wenn du heimkommst.« Er setzte sich in Bewegung, rief aber über seine Schulter zurück: »Iss wirklich schnell.«

Lachend klopfte Julia an die Tür und nahm sich vor, den Weltrekord im raschen Verzehr eines Dinners aufzustellen. »Hallo, Travers.«

Zum ersten Mal brummte die Haushälterin nicht, ihr erster Blick auf Julia wirkte sogar besorgt. Aber gleich darauf wurde er misstrauisch und ärgerlich. »Sie haben sie in Unruhe versetzt.«

»Eve?«, fragte Julia, als die Tür hinter ihr ins Schloß fiel. »Ich habe Eve in Unruhe versetzt?« Sie wusste nicht, ob sie lachen oder fluchen sollte. »Wegen des Flugzeugs? Sie können mich wohl kaum dafür tadeln, dass ich fast das Opfer eines Unfalls geworden wäre, Travers.«

Aber offensichtlich konnte die Haushälterin genau das. Sie stampfte wortlos in die Küche zurück, nachdem sie mit einer abgehackten Bewegung zum Wohnzimmer gezeigt hatte.

»Es ist immer ein Vergnügen, mit Ihnen zu plaudern«, rief Julia ihr nach, bevor sie ins Wohnzimmer ging.

Eve ging ruhelos im Raum auf und ab – wie ein exotisches Tier in einem eleganten Käfig. Sie wurde augenscheinlich von starken, intensiven Gefühlen beherrscht. Ihre Augen glitzerten, aber erst als sie Julia erblickte, flossen die Tränen.

»O nein, bitte!« In Blitzeseile war Julia mit ausgebreiteten Armen bei ihr. Seide raschelte, als Eve sich ihr zuwandte. Der

Duft ihrer Parfüms vermischte sich. »Es ist alles in Ordnung«, sagte Julia und streichelte sie beruhigend. »Alles ist wieder in Ordnung.«

»Sie könnten tot sein. Ich weiß nicht, was ich dann gemacht hätte.« Wenige Augenblicke nach dem Zusammenbruch kämpfte sie bereits wieder um Haltung. Sie musste unbedingt Julias Gesicht prüfen. »Ich schwöre es Ihnen, Julia, ich habe nie gedacht, dass irgendjemand so weit gehen würde. Ich wusste, dass sie versuchen würden, mich aufzuhalten, aber ich bin niemals auf den Gedanken gekommen, dass sie versuchen würden, Ihnen Schaden zuzufügen.«

»Mir ist nichts geschehen. Mir wird auch nichts geschehen.«

»Nein, weil wir damit aufhören werden.«

»Eve!« Julia holte ein Taschentuch aus ihrer Tasche hervor und gab es ihr. »Ich habe das alles gerade mit Paul durchgesprochen. Wenn wir jetzt aufhören, würde es nichts ändern.«

Sie trocknete sich die Tränen ab. »Nein.« Langsam, in dem Gefühl, alt zu werden, erhob sie sich, ging zur Bar und goss sich aus einer bereits geöffneten Champagnerflasche einen Drink ein. »Sie wissen bereits mehr, als Sie wissen sollten.« Ihre vollen roten Lippen zitterten. »Dafür bin ich verantwortlich. Ich und meine Selbstsucht.«

»Es ist mein Beruf«, konterte Julia.

Eve nahm einen großen Schluck, bevor sie ein zweites Glas für Julia eingoss. »Sie wollen nicht aufhören?«

»Ich könnte es nicht, selbst wenn ich es wollte. Nein. Ich werde nicht aufhören.« Sie nahm das Glas, das Eve ihr anbot, und Kristall klang gegen Kristall.

Bevor Julia noch trinken konnte, packte Eve ihr Handgelenk. Ihre Augen waren jetzt völlig trocken, ihr Blick sehr intensiv. »Vielleicht hassen Sie mich, bevor wir mit der Arbeit fertig sind.«

Ihr Griff war so fest, dass Julia fühlte, wie ihr Puls an Eves Daumen schlug. »Nein, das könnte ich nicht.«

Eve nickte nur. Sie hatte ihre Entscheidung getroffen,

mochte sie die Angelegenheit verschlimmern oder verbessern. Sie musste zum Abschluss gebracht werden. »Würden Sie die Flasche mitnehmen? Wir wollen draußen auf der Terrasse essen.«

Bunte Lampions schimmerten zwischen den Baumkronen, und auf dem Glastisch brannten bereits die Kerzen. Man hörte nur den Wind leise durch die Blätter streichen und das Plätschern des Springbrunnens. Die Gardenien fingen an zu blühen und verströmten ihren zarten Duft.

»Es gibt so viel, was ich Ihnen heute Abend erzählen will.« Eve legte eine Pause ein, als Travers mit Tellern voll gefüllter Pilze herauskam. »Sie werden vielleicht denken, dass es zu viel ist, alles auf einmal, aber ich habe das Gefühl, dass ich bereits zu lange gewartet habe.«

»Ich bin hier, um zuzuhören, Eve.«

Sie nickte. »Victor wartete auf mich im Wagen heute Morgen. Ich kann Ihnen gar nicht sagen, wie wundervoll es war, wieder mit ihm zusammen zu sein, zu spüren, dass wir eins sind. Er ist ein guter Mann, Julia. Er sitzt aufgrund der Umstände, seiner Erziehung und Religion in der Falle. Gibt es eine schwerere Last, als wenn jemand versucht, seinem Herzen und seinem Verstand oder Gewissen zu folgen? Trotz aller Probleme und Schmerzen bin ich mit ihm glücklicher gewesen, als viele Frauen es jemals in ihrem Leben werden.«

»Ich glaube, das verstehe ich.« Julias Stimme klang sanft und beruhigend.

Travers kam mit dem Salat heraus. Sie runzelte die Stirn, als sie sah, dass Eve vom ersten Gang nur ein wenig gekostet hatte, sagte aber nichts.

»Erzählen Sie mir, was Sie von Kenneth halten?«

»Nun ...« Sie merkte plötzlich, dass sie schrecklichen Hunger hatte und nahm sich reichlich Salat. »Da muss ich zuerst bekennen, dass er ganz anders war, als ich es erwartet hatte. Er war viel charmanter, viel gelöster und sehr sexy.«

Zum ersten Mal seit Stunden konnte Eve wieder lachen. »Ja, das stimmt. Es hat mich wahnsinnig irritiert, dass ein

Mann so viel Sex-Appeal haben konnte und zugleich so spröde war. Immer fand er das passende Wort zum passenden Zeitpunkt, bis auf die allerletzte Zeit.«

»Er hat es mir erzählt.« Julia verzog die Lippen. »Ich bin erstaunt, dass er mit heiler Haut verschwinden konnte.«

»Es ging Schlag auf Schlag. Und er hatte natürlich völlig recht mit dem, was er zu mir sagte. Es ist für einen Mann schwierig zu verstehen, was eine Frau durchmacht, wenn sie immer erst an zweiter Stelle kommt. Ich habe immer gewusst, dass ich stets mit Kenneth rechnen konnte.«

Julia lauschte dem Rascheln des Windes im Laub und dem ersten Gurren der Nachtvögel, während Eve in ihr Glas starrte. »Wussten Sie, dass Kenneth an dem Abend, als Delrickio sich vergessen hatte und Paul fast zusammengeschlagen worden wäre, oben auf der Treppe stand?«

Die grünen Augen blitzten auf. »Kenneth?«

»Ja, Kenneth. Er stand oben auf der Treppe mit einer geladenen Pistole in der Hand und war offensichtlich bereit, sie auch zu benutzen. Sie haben völlig recht, wenn Sie sagen, dass Sie sich auf ihn verlassen können.«

»Das kann doch nicht wahr sein.« Eve legte die Gabel beiseite und nahm stattdessen ihr Glas in die Hand. »Er hat mir nie ein Wort davon gesagt.«

»Es steckt noch mehr dahinter, wenn Ihnen an meiner Meinung gelegen ist.«

»Immer, gern.«

»Ich glaube, er liebt Sie seit vielen Jahren.«

Eve wollte lachen, aber dann merkte sie, dass Julia sie ganz ruhig beobachtete. Erinnerungen, Szenen, halbe Worte, Augenblicke zogen an ihrem inneren Auge vorüber. Als sie das Glas absetzte, zitterte ihre Hand. »Himmel, wie gleichgültig wir mit anderen Menschen umgehen.«

»Ich glaube nicht, dass es ihm auch nur um eine Minute leidtut.«

»Aber mir.«

Als Travers den Lachs servierte, schwieg Eve. In ihrem

Kopf herrschte ein Durcheinander von Klängen, Hämmern, Stimmen, Drohungen und Versprechungen. Sie fürchtete sich davor, zu viel zu sagen, Dinge zu sagen, die besser ungesagt blieben.

»Julia, haben Sie Ihren Rekorder dabei?«

»Ja. Sie haben ja gesagt, dass Sie mir einiges erzählen wollen.«

»Ich möchte jetzt gern anfangen.« Eve gab sich den Anschein, als wolle sie essen, während Julia sich mit dem Tonband beschäftigte. »Sie kennen bereits meine Beziehungen zu vielen Leuten und die Art, wie mein Leben mit ihrem verbunden ist. Travers und Nina kamen zu mir, als sie bereits viel Schreckliches hinter sich hatten, und Kenneth, den ich Charlotte boshaft weggenommen habe. Michael Torrent, Rory, Tony, Damien, lauter Fehler mit verschiedenen Folgen. Michael Delrickio, der meine Eitelkeit, meine Arroganz ansprach. Durch ihn habe ich Drake verloren.«

»Ich verstehe nicht.«

»Es war Drake, der bei Ihnen eingebrochen ist, gestohlen hat, die Tonbänder gesucht hat.«

»Drake?« Julia blinzelte, als Eve sich eine Zigarette anzündete.

»Vielleicht ist es nicht ganz fair, Michael dafür verantwortlich zu machen. Drake ist schon seit Jahren verdorben gewesen. Aber ich ziehe es vor, Michael die Schuld zu geben. Er kannte die Schwäche des Jungen für Glücksspiele, zum Teufel, die Schwäche des Jungen für alles Mögliche, und er zog seinen Vorteil daraus. Drake war schwach, er war berechnend, er war nicht loyal, aber er gehörte schließlich zur Familie.«

»War, gehörte?«

»Ich habe ihn gefeuert«, erklärte Eve ruhig, »als meinen Presseagenten und als meinen Neffen.«

»Das erklärt, weshalb er meine Anrufe nicht beantwortet hat. Es tut mir leid, Eve.«

Sie wehrte die Teilnahme mit einer ungeduldigen Handbewegung ab. »Ich will mich nicht länger mit Drake befassen.

Meine Theorie besteht darin, dass alle Leute in meinem Leben auch einen gewissen Einfluss darauf hatten, manchmal sogar aufeinander. Rory brachte mir Paul, wofür ich Gott danke, und das verbindet uns alle drei miteinander. Ich nehme an, wenn Lily so ist, wie Sie sie einschätzen, dann bin ich auch mit ihr verbunden.«

Julia musste lächeln. »Sie würden sie mögen.«

»Möglich.« Sie zuckte mit den Schultern. »Rory hat mir aber auch Delrickio gebracht und Delrickio Damien. Sie sehen, wie jede Persönlichkeit in der Geschichte eines Lebens dieses Leben verändert, insgeheim oder ganz offen. Wenn nur einer der Mitspieler fehlte, würde die Geschichte einen anderen Verlauf nehmen.«

»Würden Sie sagen, dass Charlie Gray Ihr Leben verändert hat?«

»Charlie.« Eve lächelte traurig. »Charlie hat das Unvermeidliche beschleunigt. Wenn ich in die Vergangenheit zurückgehen könnte, um nur eine einzige Sache zu ändern, dann würde ich meine Verbindung mit Charlie ändern. Vielleicht wäre für ihn alles anders verlaufen, wenn ich freundlicher und weniger selbstsüchtig gewesen wäre. Aber man kann nicht zurückgehen.« Ihre Augen wurden dunkler, als sie Julia voll anblickte. »Das gehört zu dem, was ich heute Abend sagen wollte. Unter all den Leuten, die ich in meinem Leben gekannt hatte, gibt es zwei, die es am stärksten beeinflusst haben. Victor und Gloria.«

»Gloria DuBarry?«

»Ja. Sie ist empört über mich; fühlt sich betrogen, weil ich das enthüllen will, was sie als ihre private Hölle betrachtet. Ich tue es nicht aus Rachegefühlen oder aus Unversöhnlichkeit. Ich tue es auch nicht leichtfertig. Von allem, was ich Ihnen erzählt habe, ist diese Geschichte die schwierigste und zugleich die allernotwendigste.«

»Ich habe Ihnen von Anfang an gesagt, dass ich keine Urteile fällen werde. Ich habe nicht die Absicht, jetzt damit anzufangen.«

»Aber Sie werden es tun.« Eves Stimme klang ganz sanft.
»Zu Beginn von Glorias Karriere, als sie junge, unschuldige
Mädchen und kichernde Engel spielte, begegnete sie einem
Mann. Er sah fabelhaft aus, war erfolgreich, verführerisch
und verheiratet. Sie vertraute mir, nicht nur weil wir befreundet waren, sondern weil ich früher derselben Faszination verfallen war. Der Mann war Michael Torrent.«

»DuBarry und Torrent?« Es gab wohl keine anderen Namen, die Julia in dieser Verbindung mehr in Erstaunen versetzt hätten. »Ich habe nie auch nur die geringste Andeutung
über die beiden irgendwo gelesen, es gab nicht einmal Gerüchte.«

»Sie waren vorsichtig, und ich half ihnen dabei. Ich verstand,
dass Gloria hoffnungslos verliebt war. Und sie war noch nicht
so absolut auf ein Image festgelegt wie heute. Die Sache passierte ungefähr zwei Jahre, bevor sie Marcus kennenlernte und
heiratete. Damals war eine wilde Leidenschaft zu leben in ihr.
Zu meinem Bedauern hat sie die völlig verloren.«

Julia konnte nur ungläubig den Kopf schütteln. Sie konnte
sich Gloria ebensowenig wild und leidenschaftlich vorstellen,
wie sie sich vorstellen konnte, dass Eve plötzlich aufsprang,
um auf dem Tisch zu tanzen.

»Zu dieser Zeit muss Torrent verheiratet gewesen sein
mit …«, Julia überlegte rasch, »mit Amelia Gray.«

»Mit Charlies erster Frau, ja. Mit ihrer Ehe ging es rasch
bergab. Sie war auf sandigen Boden gegründet worden. Das
war Michaels Schuld. Er hatte all seinen Einfluss aufgeboten,
damit Charlie keine Hauptrollen bekam, und damit wurde er
nicht fertig.«

Julia stieß hörbar die Luft aus. Diese Mitteilung war noch
unglaublicher, noch schwerer zu verdauen als Glorias Liebes-
affäre. »Wollen Sie damit sagen, dass Torrent Charlies Karriere sabotiert hat? Sie waren doch Freunde, Eve. Ihre Partner-
schaft ist eine Legende. Und Torrents Name ist zu einem der
meist verehrtesten in der Filmindustrie geworden.«

»Geworden«, wiederholte Eve. »Er könnte genauso weit

gekommen sein, wenn er sich geduldig und loyal verhalten hätte. Aber er hat einen Freund um seiner eigenen Ängste willen betrogen. Er fürchtete, dass Charlie ihn überflügeln würde. Er zwang das Studio dazu, Charlie auf die Kumpelrolle festzulegen. Manche Stars hatten damals so viel Macht und Ansehen.«

»Wusste Charlie das?«

»Er mag manchmal etwas geargwöhnt haben, aber er hätte es nie glauben können. Michael schmückte sich auch mit Charlies Frauen. Das alles hat er mir selber erzählt, nicht lange nach Charlies Selbstmord. Deshalb und wegen der unerträglichen Langeweile mit ihm habe ich mich von ihm scheiden lassen. Er heiratete Amelia, und seine Schuld hat ihn noch viele Jahre lang begleitet. Dann begegnete er Gloria.«

»Und Sie haben ihnen geholfen? Nach allem, was er getan hatte?«

»Ich habe Gloria geholfen. Charlie war tot, und sie lebte. Ich hatte gerade das Desaster mit Tony hinter mir, und diese Geschichte lenkte mich ab. Sie pflegten sich im Bel Air zu treffen, aber das machten alle, die eine heimliche Liebschaft hatten.« Sie lächelte ein wenig. »Ich auch.«

Fasziniert legte Julia ihr Kinn auf ihren Handrücken. »War es da nicht schwierig, die Schauspieler daran zu hindern, dass sie einander begegneten?«

Eve lachte. »Es war eine tolle Zeit.« Sie las Zustimmung in Julias Augen, Interesse, keine Verurteilung – noch nicht. »Aufregend.«

»Das ist die Sünde immer.« Julia konnte sich das alles lebhaft vorstellen. Die Berühmtheiten, die mit Klatschkolumnisten und misstrauischen Ehepartnern Versteck spielten. Liebende auf Zeit, die einen Nachmittag freihatten – sowohl für die aufregende Sünde als auch für befriedigenden Sex. »Da hätte man Zimmermädchen sein müssen«, murmelte sie.

»Diskretion war das Motto im Bel Air«, erklärte Eve. »Aber natürlich wusste jeder, dorthin musste man gehen, wenn man ein paar Stunden ungestört mit der Ehefrau oder dem Ehemann anderer verbringen wollte. Und Amelia Torrent war kein Dummkopf. Aus Angst vor Entdeckung hatten Gloria und Michael sich in schmutzige kleine Motels zurückgezogen. Mein Gästehaus war damals noch nicht fertig, sonst hätte ich es ihnen zur Verfügung gestellt. Es war die Ironie des Schicksals, dass sie gerade einen Film zusammen drehten, als sie sich in Motelzimmern herumdrückten.«

»*The Blushing Bride*«, sagte Julia. »Du lieber Himmel, er spielte darin ihren Vater.«

»Oh, was Hedda und Louella mit diesem Unschuldsengel wohl gemacht hätten.«

Bei diesem Gedanken musste Julia laut lachen. »Es tut mir leid, sicher war es damals ernst und romantisch, aber es wirkt zugleich anrüchig genug, um auch spaßig zu sein. Nach all dem väterlichen Getue und den töchterlichen Streichen auf der Leinwand eilten die beiden dann los, um sich für ein paar Stunden irgendwo ein Zimmer zu mieten. Stellen Sie sich nur vor, was passiert wäre, wenn sie die Rollen mal durcheinandergebracht hätten.«

Auch Eve musste in ihr Glas kichern. »Oh, dass mir das nie zugestoßen ist.«

»Es wäre wundervoll gewesen. Die Kamera rollt näher, als er gerade sagt: ›Meine junge Dame, ich sollte dich übers Knie legen und dir eine gehörige Tracht Prügel geben.‹

Und sie, mit glänzenden Augen und zitternden Lippen; ›O ja, Papa, bitte!‹«

»Klappe.« Julia lehnte sich zurück. »Das wäre ein Klassiker geworden.«

»Zu schade, dass keiner von beiden so viel Humor besitzt. Dann würden sie sich heute deswegen nicht mehr so anstellen.«

Julia goss Eve und sich Wein nach. Sie fühlte sich wohl. »Sie können doch nicht im Ernst glauben, dass eine Affäre, die so viele Jahre zurückliegt, heute noch irgendjemanden schockieren würde. Vor dreißig Jahren wäre es ein Skandal gewesen, aber wirklich, Eve, wer sollte sich heute überhaupt noch dafür interessieren?«

»Gloria – und ihr Mann. Er gehört zu dem peinlich korrekten Typ. Genau der Typ, der fröhlich den ersten Stein geworfen hätte.«

»Sie sind über fünfundzwanzig Jahre miteinander verheiratet. Ich kann mir nicht vorstellen, dass er sie wegen einer so weit zurückliegenden Affäre in einen Scheidungsprozess verwickelt.«

»Nein, ich auch nicht. Aber Gloria sieht die Sache anders. Es ist noch mehr dran, Julia, und diesen Rest wird Marcus nur schwer schlucken können. Deshalb könnte er es doch tun, glaube ich. Andererseits wird sich daran zeigen, woran sie wirklich mit ihm ist.« Sie schwieg einen Augenblick, wusste, wenn sie jetzt weitersprach, würden ihre Worte ein Schneeball sein, den man von einem Hügel herunterrollt. Bald schon würde er so schwer geworden sein, dass man ihn nicht mehr aufhalten konnte. »Als der Film uraufgeführt wurde, stellte Gloria fest, dass sie schwanger war. Sie erwartete ein Kind von Michael Torrent.«

Julias Lachen verstummte sofort. Das verstand sie nur zu gut. »Das tut mir leid. Wenn man feststellt, dass man von einem verheirateten Mann schwanger ist …«

»Hat man nur noch begrenzte Möglichkeiten«, sagte Eve. »Sie war entsetzt, niedergeschmettert. Ihre Affäre mit Michael ging bereits dem Ende entgegen. Sie ist natürlich zuerst zu ihm gegangen, wütend und hysterisch. Seine Ehe war bereits kaputt, und er hatte nicht die Absicht, Schwangerschaft hin oder her, sich sofort wieder zu binden.«

»Das tut mir leid«, sagte Julia wieder, weil Eves Worte ihre eigenen Erinnerungen nur zu deutlich wachgerufen hatten. »Sie muss furchtbare Angst gehabt haben.«

»Sie hatten beide Angst vor dem Skandal, der Verantwortung und davor, für einen beträchtlichen Zeitraum aneinandergekettet zu sein. Sie kam zu mir. Sie hatte sonst niemanden.«

»Und Sie haben ihr wieder geholfen.«

»Ich stand ihr bei, als Freundin, als Frau. Sie hatte sich bereits für eine Abtreibung entschieden. Das war damals illegal und oft gefährlich.«

Julia schloss die Augen. Sie zitterte. »Das muss entsetzlich für sie gewesen sein.«

»Das stimmt. Ich machte eine Klinik in Frankreich ausfindig, und wir reisten dorthin. Es war qualvoll für sie, Julia, nicht unbedingt körperlich. Aber es ist nie leicht für eine Frau, eine solche Entscheidung zu treffen.«

»Sie hatte Glück, dass sie Sie hatte. Wenn sie ganz allein gewesen wäre …« Sie öffnete die Augen wieder. Sie waren feucht geworden, wie nasser grauer Samt. »Wofür eine Frau sich in einer solchen Situation auch immer entscheidet, es ist furchtbar schwer, es allein tun zu müssen.«

»Es war ein sehr steriles, sehr ruhiges Haus. Ich saß in einem kleinen Wartezimmer mit weißen Wänden und bunten Illustrierten. Alles, was ich sehen konnte, als sie Gloria wegrollten, war die Art, wie sie die Arme über ihre Augen gelegt hatte und weinte. Es ging sehr schnell, und hinterher durfte ich bei ihr in ihrem Zimmer sitzen. Sie sagte kein einziges Wort, stundenlang. Endlich wandte sie ihren Kopf um und schaute mich an.

›Eve‹, sagte sie, ›ich weiß, dass es richtig war, das einzig Richtige, aber ich weiß auch, dass nichts, was ich in meinem Leben noch tun werde, so schmerzhaft sein wird.‹«

Julia wischte sich eine Träne von der Wange. »Sind Sie sicher, dass es notwendig ist, das zu veröffentlichen?«

»Ich glaube, es muss sein, aber ich will die letzte Entscheidung darüber Ihnen überlassen, wenn Sie auch den Rest noch erfahren haben.«

Julia sprang auf. Ihre Nerven rebellierten. »Diese Entscheidung kann ich nicht übernehmen, Eve. Das kann nur jemand tun, der die Geschichte miterlebt hat, nicht ein Beobachter.«

»Sie sind nie nur ein Beobachter gewesen, Julia. Ich weiß, dass Sie es versucht haben, aber das schafft wohl niemand.«

»Kann sein, dass ich meine Objektivität verloren habe. Kann sogar sein, dass ich hoffe, auf diese Weise ein besseres Buch zu schreiben. Aber es ist nicht meine Aufgabe, darüber zu entscheiden, ob eine so intime Geschichte ausgelassen werden soll oder nicht.«

»Wer könnte es besser?«, murmelte Eve und zeigte auf den Stuhl. »Bitte, setzen Sie sich hin. Ich möchte Ihnen den Rest auch noch erzählen.«

Julia zögerte, wusste aber nicht, warum. Die Nacht war hereingebrochen und nur noch von den winzigen bunten Lämpchen und dem Kerzenschein erhellt. Eine Eule schrie. Julia setzte sich wieder hin und wartete.

»Gloria kehrte nach Hause zurück und führte weiter ihr gewohntes Leben. Ein Jahr später begegnete sie Marcus, und damit begann ein neues Leben für sie. Etwa zur gleichen Zeit traf ich Victor. Unsere Affäre spielte sich nicht in diskreten Hotels oder in schmuddeligen Motels ab. Uns hielt kein leidenschaftliches Aufflammen zusammen, sondern eine langsam brennende, stetige Flamme. Jedoch in anderer Hinsicht hatte unsere Beziehung viel Ähnlichkeit mit der zwischen Michael und Gloria. Er war auch verheiratet, und obwohl seine Ehe unglücklich war, verheimlichten wir unsere Liebe. Obwohl ich Jahre brauchte, um das zu akzeptieren, wusste ich, dass wir außerhalb unserer vier Wände nie als Paar auftreten konnten.«

Der Mond war aufgegangen und verwandelte die sprudelnde Fontäne des Springbrunnens in reines Silber. »Wir liebten uns hier, in diesem Haus. Nur eine Handvoll Leute, die wir beide kennen und denen wir vertrauen, wurden in unser Geheimnis eingeweiht. Ich will nicht behaupten, dass ich keinen Groll gegen seine Frau und manchmal auch gegen Victor wegen allem, was mir vorenthalten wurde, hege, und wegen all der Lügen, mit denen ich gelebt habe. Aber eine Lüge bedrückt mich besonders, eine Sache, die mir gestohlen wurde, macht mir schwer zu schaffen.«

Jetzt stand Eve auf und ging zu den Blumen hinüber, um

ihren süßen Duft tief einzuatmen. Jetzt war sie am wichtigsten Punkt angelangt. Wenn sie diese Schwelle überschritt, konnte sie, was auch passieren mochte, nicht mehr ungeschehen machen. Langsam kam sie an den Tisch zurück, setzte sich aber nicht. »Ein Jahr nach unserer Frankreichreise heiratete Gloria Marcus. Zwei Monate später war sie wieder schwanger und halb verrückt vor Freude. Ein paar Wochen später war auch ich schwanger und schrecklich unglücklich.«

»Sie?« Julia sprang auf und griff nach Eves Hand. »Es tut mir so leid.«

»Das ist nicht nötig.« Eve hielt ihre Hand fest. »Setzen Sie sich mit mir hin und lassen Sie mich den Rest erzählen.«

Hand in Hand saßen sie einander gegenüber. Zwischen ihnen stand eine Kerze, deren Flamme Licht und Schatten auf Eves Gesicht warf. Julia konnte ihren Gesichtsausdruck schwer deuten. War es Trauer, Schmerz, Hoffnung?

»Ich war beinahe vierzig und hatte den Gedanken an eigene Kinder längst schon aufgegeben. Die Schwangerschaft machte mir angst, nicht nur wegen meines Alters, sondern vor allem wegen der Begleitumstände. Vor der öffentlichen Meinung hatte ich keine Angst, Julia, wenigstens nicht, so weit es mich betraf.«

»Es ging Ihnen um Victor«, murmelte Julia.

»Ja. Victor war durch das Gesetz und seine Religion an eine andere Frau gebunden.«

»Aber er liebte Sie.« Julia drückte Eves Hand einen Augenblick lang an ihre Wange. »Wie hat er reagiert, als Sie es ihm erzählt haben?«

»Ich habe es ihm nicht erzählt. Nie.«

»Oh, Eve, wie konnten Sie ihm das verheimlichen? Es war ebenso sein Kind wie Ihres. Er hatte ein Recht darauf, es zu wissen.«

»Wissen Sie, wie verzweifelt er sich Kinder gewünscht hat?« Mit dunklen, glänzenden Augen rückte Eve näher. »Niemals hat er sich den Verlust seines Kindes verziehen. Sicher wäre alles anders verlaufen, wenn ich es ihm erzählt hätte. Aber ich hätte ihn mit dem Kind ebenso sicher in die Falle gelockt, wie seine Frau es mit Schuldgefühlen, Gott und Trauer geschafft hatte. Das konnte ich nicht, das wollte ich nicht.«

Julia wartete, während Eve mit leicht zitternder Hand Wein nachschenkte. »Ich verstehe das, ich glaube es jedenfalls zu verstehen«, sagte Julia. »Ich habe meinen Eltern den Namen von Brandons Vater aus sehr ähnlichen Gründen nie verraten. Ich konnte den Gedanken nicht ertragen, dass er nur deshalb bei mir wäre, weil ich zufällig ein Kind von ihm hatte.«

Eve nahm einen Schluck, dann noch einen. »Das Kind war in meinem Inneren, und ich hatte das Gefühl und werde es auch immer haben, dass die Entscheidung meine Sache war. Ich sehnte mich sehr danach, es ihm zu erzählen, das Geheimnis wenigstens für einen einzigen Tag mit ihm zu teilen. Aber das wäre noch schlimmer gewesen als eine Lüge. Ich entschloss mich, wieder nach Frankreich zu fahren. Travers begleitete mich. Gloria konnte ich nicht darum bitten, es ihr nicht einmal erzählen, in einer Situation, in der sie so begeistert Namen aussuchte und Babyschuhe strickte.«

»Ich weiß, Eve, das brauchen Sie mir gar nicht zu erklären.«

»Ja. das glaube ich Ihnen. Nur eine Frau, die das selber durchgemacht hat, versteht das. Travers …« Eve fummelte mit einem Streichholz herum und setzte sich dankbar zurück, als Julia es ihr anzündete. »Travers hat es auch verstanden.« Sie blies den Rauch aus. »Sie hatte auch ein Kind und konnte es doch nie wirklich haben. Deshalb reiste ich mit Travers nach Frankreich.«

Nichts auf der Welt konnte so kalt, so hoffnungslos wirken wie die glatten weißen Wände dieses Untersuchungsraums. Der Arzt hatte eine freundliche Stimme, sanfte Hände, strömte Liebenswürdigkeit aus. Aber das alles spielte keine Rolle. Eve ertrug die notwendigen Untersuchungen und beantwortete benommen alle Fragen. Ihre Blicke hafteten auf der glatten weißen Wand.

So war ihr Leben. Glatt und leer. Das würde ihr natürlich niemand abnehmen. Nicht einer Eve Benedict, dem Star, der Göttin der Leinwand, der Frau, nach welcher sich unzählige Männer sehnten, und die von unzähligen Frauen beneidet wurde. Wer hätte verstehen können, dass sie in diesem Augenblick alles dafür hergegeben hätte, um ein Durchschnittsmensch zu sein? Die durchschnittliche Frau eines durchschnittlichen Mannes, die ein durchschnittliches Kind erwartete?

Weil sie aber Eve Benedict war und der Vater Victor Flannigan, konnte es kein durchschnittliches Kind sein, es durfte nicht einmal leben.

Sie wollte nicht daran denken, ob es ein Junge sein würde oder ein Mädchen. Aber sie musste trotzdem daran denken. Sie wagte nicht, sich vorzustellen, wie es aussehen würde, wenn sie es am Leben lassen würde, doch nur allzuoft tat sie es trotzdem. Das Kind würde Victors Augen haben. Vor Liebe und Sehnsucht erlitt sie fast einen Zusammenbruch.

Hier gab es keine Liebe und keine Sehnsucht.

Sie saß da und hörte zu, als der Arzt ihr erklärte, wie einfach der Eingriff sein würde, ihr mit seiner sanften, beruhigenden Stimme versprach, dass es nicht sehr wehtun würde. Sie konnte die Tränen nicht zurückhalten. Eine rollte ihr über die Wange auf die Lippen, und sie schmeckte das Salz darin.

Töricht war dieses Gefühl, töricht und nutzlos. Andere Frauen hatten denselben Kreuzweg beschritten und waren ihn bis zum Ende gegangen. Wenn es anschließend Bedauern geben sollte, musste sie damit leben können. Solange sie wusste, dass sie die richtige Wahl getroffen hatte.

Sie redete nicht mit der Krankenschwester, die sie vorbereitete. Wieder sanfte, kundige Hände, beruhigender Zuspruch. Eve schauderte zusammen bei dem Gedanken an all die Frauen ohne ihr Vermögen und ihre Hilfsquellen. Ihre

Schwestern, deren einzige Erlösung von einer unmöglichen Schwangerschaft in irgendeinem dunklen Hinterzimmer vonstatten gehen konnte.

Sie lag ruhig da und spürte nur den kleinen Einstich der Nadel. Sie sollte sich entspannen, sagte man ihr. Sie rollten sie aus dem Zimmer. Sie blickte auf die Decke. In ein paar Augenblicken würde sie im Operationssaal sein. Und in weniger Zeit, als man braucht, um darüber zu berichten, würde sie in einem dieser hübschen kleinen Privatzimmer mit Blick auf die Berge liegen.

Sie dachte daran, wie Gloria ausgesehen hatte, als sie ihre Arme über ihre Augen gelegt hatte.

Eve schüttelte den Kopf. Das Betäubungsmittel machte sie schläfrig, sie hatte das fantastische Gefühl zu schweben. Dann kam es ihr so vor, als hörte sie ein Baby schreien. Aber das konnte nicht sein. Ihr Kind war ja überhaupt noch kein richtiges Baby. Und würde es auch nie sein.

Sie sah die Augen des Arztes, diese sanften, sympathischen Augen, über der Maske. Sie griff nach seiner Hand, konnte sie aber nicht fühlen.

»Bitte … ich kann nicht … ich will das Baby.«

Als sie aufwachte, lag sie in einem dieser hübschen Räume im Bett. Die Sonne schien durch die Fensterscheiben. Sie sah Travers, die neben ihr auf einem Stuhl saß.

»Es ist alles in Ordnung«, sagte sie. »Sie haben sie gerade noch rechtzeitig zurückgehalten.«

»Sie haben das Baby also bekommen«, flüsterte Julia.

»Es war Victors Kind, in Liebe empfangen. Einmalig und kostbar. Und als sie mich durch diesen Korridor fuhren, wurde mir klar, dass das, was für Gloria richtig gewesen war, es für mich nicht war. Ich weiß nicht, ob ich meine Ansicht geändert und doch noch die richtige Entscheidung für mich getroffen hätte, wenn ich das vorher mit ihr nicht erlebt hätte.«

»Wie haben Sie das Kind zur Welt gebracht und dieses Geheimnis all die Jahre hindurch bewahren können?«

»Zuerst habe ich mich entschlossen, mich mit der Schwangerschaft abzufinden. Ich schmiedete Pläne. Ich kam zurück in die Staaten, aber nach New York. Ich brachte es fertig, ein paar Leute dafür zu interessieren, mich am Broadway auftreten zu lassen. Es dauerte natürlich ziemlich lange, bis das richtige Drehbuch gefunden war, der richtige Regisseur und die richtige Besetzung. Und Zeit war alles, was ich brauchte. Nach sechs Monaten, als ich meinen Zustand nicht mehr so leicht verbergen konnte, ging ich in die Schweiz, in ein Château, das einer meiner Rechtsanwälte für mich gekauft hatte. Dort lebte ich unter dem Namen Madame Constantine mit Travers zusammen. Ich verschwand für drei Monate buchstäblich vom Erdboden. Victor versuchte verzweifelt, mich zu finden, aber ich lebte ganz ruhig und zurückgezogen. Am Ende des achten Monats ging ich unter dem Namen Ellen Van Dyke in eine Privatklinik. Die Ärzte waren besorgt. Damals war es nicht üblich, dass eine Frau ihr erstes Kind in diesem Alter bekam.«

Und allein, dachte Julia. »War es eine schwierige Schwangerschaft?«

»Ermüdend«, antwortete Eve lächelnd. »Auch schwierig, weil ich Victor bei mir haben wollte und es nicht konnte. Es gab auch ein paar Komplikationen. Erst ein paar Jahre später erfuhr ich, dass dieses Baby mein einziges Kind bleiben würde. Ich konnte nie wieder empfangen. Zwei Wochen zu früh setzten die Wehen ein. Für das erste Baby ging es relativ schnell, sagte man mir. Nur zehn Stunden. Mir kam es vor wie zehn Tage.«

Julia musste lachen. »Ich weiß. Bei Brandon hat es dreizehn Stunden gedauert. Mir kam es wie eine Ewigkeit vor.« Ihre Blicke trafen sich über der flackernden Kerze. »Und das Baby?«

»Es war ein kleines Kind, nur sechs Pfund schwer. Schön, das Schönste, was man sich vorstellen kann. Rosa und vollkommen, mit großen, klugen Augen. Ich durfte sie eine Weile im Arm halten. Dieses Leben, das in mir gewachsen war. Sie schlief, und ich bewachte ihren Schlaf. Nie zuvor oder danach habe ich mich so nach Victor gesehnt wie in dieser Stunde.«

»Ich weiß.« Julia legte ihre Hand auf Eves. »Ich habe Lincoln nicht geliebt, nicht mehr, als Brandon geboren wurde, aber ich wünschte mir, er wäre da. Ich brauchte ihn. Wie großartig meine Eltern sich auch verhielten, es war nicht dasselbe. Ich bin froh, dass Sie wenigstens Travers hatten.«

»Ohne sie wäre ich verloren gewesen.«

»Können Sie mir erzählen, was aus dem Baby wurde?«

Eve starrte auf ihre beiden Hände. »Ich hatte noch drei Wochen Zeit, um in der Schweiz zu bleiben, dann musste ich zurückkehren und mit den Proben für *Madam Requests* anfangen. Ich verließ die Klinik und das Kind, weil ich überzeugt davon war, es wäre das beste, den Kontakt schnell zu lösen. Das beste für mich. Meine Anwälte hatten verschiedene Angebote von möglichen Adoptiveltern eingeholt, die ich selber eingehend prüfte. Ich liebte meine kleine Tochter, Julia. Ich wollte das Beste für sie.«

»Natürlich. Ich kann mir kaum vorstellen, wie sehr Sie gelitten haben, als Sie sie hergaben.«

»Es war entsetzlich. Aber ich wusste, dass sie nicht als mein Kind aufwachsen konnte. Ich hatte nur noch die Möglichkeit sicherzustellen, dass sie den bestmöglichen Start bekam. Ich wählte die Eltern selber aus, und sie schickten mir, ohne das Einverständnis meiner Anwälte, Berichte über ihre Fortschritte.«

»Oh, Eve, damit haben Sie doch nur Ihre Qualen verlängert.«

»Nein, nein. Das gab mir die Bestätigung, dass ich das Richtige getan hatte. Sie war alles, was ich mir nur hätte wünschen können. Aufgeweckt und schön, stark und liebevoll. Und sie war noch viel zu jung, als sie ein ähnliches Leid erfahren musste.« Eve nahm Julias Hand fest in ihre. »Aber sie ließ sich nie unterkriegen. Ich hatte nicht das Recht, mich ihr irgendwie zu nähern. Aber als ich sie hergab, hatte ich keine andere Wahl.«

Es waren weniger die Worte als vielmehr Eves Blick, der Julia den Atem verschlug. Dieser hungrige, angstvolle und zugleich glasklare Blick. Instinktiv versuchte sie, ihre Hand zurückzuziehen, aber Eve hielt sie fest.

»Eve, Sie tun mir weh.«

»Das ist nicht das, was ich tun will. Aber ich muss.«

»Was versuchen Sie, mir zu erklären?«

»Ich habe Sie gebeten herzukommen, um Ihnen meine Geschichte zu erzählen, weil niemand mehr Recht hat, sie zu hören, als Sie.« Ihr Blick hielt Julia ebenso unnachgiebig fest wie ihr Griff. »Sie sind mein Kind, Julia. Mein einziges Kind.«

»Ich glaube Ihnen nicht.« Jetzt riss sie sich los und sprang so rasch auf, dass der Stuhl umkippte. »Wie abscheulich es ist, dass Sie es versuchen.«

»Sie glauben mir.«

»Nein, nein, das tue ich nicht.« Sie wich weiter zurück und fuhr sich mit beiden Händen durchs Haar. Sie musste um jeden Atemzug kämpfen. »Wie können Sie so etwas tun? Sie wissen, dass ich adoptiert wurde. Sie haben sich das alles ausgedacht, alles, um mich leichter manipulieren zu können.«

»Sie wissen es besser.« Eve stand langsam auf, wobei sie sich mit einer Hand auf den Tisch stützte. Die Knie zitterten ihr. »Weil Sie es spüren, sehen. Ich habe Beweise, falls Sie sie benötigen. Die Berichte der Kliniken, die Adoptionsdokumente, den Briefwechsel mit meinen Anwälten. Aber Sie kennen die Wahrheit schon. Julia …« Sie streckte die Hand aus, und ihre Augen standen voller Tränen, als sie sah, dass ihre Tochter weinte.

»Rühren Sie mich nicht an!« Es war ein Aufschrei, dann drückte Julia ihre Hände auf den Mund, weil sie fürchtete, sie könnte weiterschreien.

»Darling, bitte, versteh doch, Ich habe das nicht getan, nichts davon, um dir wehzutun.«

»Warum dann? Warum?« Ihre Gefühle überschwemmten sie. Diese Frau, diese Frau, die vor ein paar Monaten nichts weiter gewesen war als ein Gesicht auf dem Bildschirm, ein

Name in einer Illustrierten, war ihre Mutter? Als sie erneut ihre Ablehnung herausschreien wollte, fiel ihr Blick auf Eve, deren Gesicht vom Mond beschienen wurde, und plötzlich wusste sie es. »Sie haben mich hierhergeholt, mich in ihr Leben verstrickt, Spielchen mit mir gespielt, mit jedem ...«

»Ich habe dich gebraucht.«

»Sie!« Julias Stimme klang scharf und mitleidlos. »Sie? Zur Hölle mit Ihnen.« Blind vor Kummer gab sie dem Tisch einen Stoß, dass er zur Seite kippte. Kristall und Porzellan gingen klirrend zu Bruch. »Der Teufel soll Sie holen. Glauben Sie etwa, ich sollte mich um Sie kümmern? Erwarten Sie, dass ich Sie umarme? Glauben Sie, in mir sollte plötzlich die Liebe zu Ihnen erwachen?« Sie wischte sich die Tränen vom Gesicht, während Eve schweigend dastand. »Nichts davon. Ich verabscheue Sie. Ich hasse Sie, weil Sie es mir erzählt haben, ich hasse Sie wegen allem. Ich schwöre Ihnen, dass ich Sie umbringen könnte, weil Sie es mir erzählt haben. Gehen Sie!« Sie trat Nina und Travers entgegen, die aus dem Haus gelaufen kamen. »Gehen Sie, zum Teufel. Das hier hat nichts mit Ihnen zu tun.«

»Gehen Sie wieder ins Haus«, sagte Eve ruhig, ohne die beiden anzuschauen. »Bitte, kehren Sie zurück. Das hier betrifft nur Julia und mich.«

»Zwischen uns gibt es nichts Gemeinsames«, konnte Julia gerade noch hervorbringen. Ihre Kehle war wie zugeschnürt. »Gar nichts.«

»Alles, was ich möchte, ist eine Chance, Julia.«

»Die haben Sie gehabt«, erwiderte Julia hart. »Soll ich Ihnen dankbar dafür sein, dass Sie die Abtreibung doch nicht vornehmen ließen? Okay, herzlichen Dank. Aber meine Dankbarkeit endet an der Stelle, wo Sie die Papiere unterzeichnet haben, um mich wegzugeben. Und warum? Weil ich Ihnen unbequem war, nicht zu Ihrem Lebensstil passte. Weil ich ein Fehler war, eine Art Unfall. Das ist alles, was wir füreinander sind, Eve. Ein gegenseitiger Fehler.« Tränen erstickten ihre Stimme, aber sie kämpfte dagegen an. »Ich habe eine

Mutter gehabt, die mich liebte. Sie werden sie mir nie ersetzen können. Und ich werde Ihnen nie verzeihen, dass Sie mir etwas erzählt haben, was ich nie wissen wollte und auch gar nicht zu wissen brauchte.«

»Ich habe dich auch geliebt«, sagte Eve so würdevoll, wie es ihr möglich war.

»Das ist nur eine weitere Lüge. Kommen Sie mir nicht zu nahe«, sagte sie warnend, als Eve wieder auf sie zugehen wollte. »Ich weiß nicht, was passieren könnte, wenn Sie mich anrühren sollten.« Dann drehte sie sich um und lief in den Garten – weg von der Vergangenheit.

Eve bedeckte ihr Gesicht mit den Händen. Sie schaukelte vor und zurück, um den Schmerz zu lindern. Als Travers kam, um sie ins Haus zu führen, ging sie so unsicher wie ein kleines Kind.

24 Vor ihrem Zorn, der Angst und dem Gefühl, betrogen worden zu sein, konnte Julia nicht davonlaufen. All das nahm sie mit sich, als sie durch den vom Mondlicht beleuchteten Garten lief, all das und ihre Trauer und Verwirrung.

Eve.

Immer noch sah sie Eves Gesicht vor sich, die dunklen, wilden Augen, den großen, ernsten Mund. Mit einem Keuchen führte Julia ihre Finger an ihre eigenen Lippen. Oh, Gott, derselbe Schnitt, dieselbe volle Unterlippe. Ihre Hände zitterten, als sie sie zur Faust ballte und weiterlief.

Sie bemerkte nicht, dass Lyle auf dem kleinen Balkon über der Garage stand. Er hatte sich ein Fernglas um den Hals gehängt und grinste zufrieden.

Sie stürmte auf die Terrasse, beide Fäuste auf den Magen gepresst. Mit feuchten Händen fummelte sie an dem Türknopf herum, fluchte, versuchte es noch einmal. Paul öffnete von innen die Tür und stützte sie am Ellenbogen, als sie hereinstolperte.

»Hey.« Er lachte. »Du musst mich wirklich vermisst haben …« Er unterbrach sich, als ihm klar wurde, dass sie zitterte. Als er sie anblickte, sah er, wie verstört sie war. »Was ist los? Ist Eve irgendetwas zugestoßen?«

»Nein.« Ihre Hilflosigkeit wurde zu Wut. »Eve geht es großartig, ihr fehlt gar nichts. Warum auch? Sie hat alle Fäden in der Hand.« Sie versuchte, ihm auszuweichen, aber er hielt sie fest. »Lass mich gehen, Paul.«

»Sobald du mir erzählt hast, was passiert ist. Komm.« Er zog sie wieder ins Freie. »Du siehst aus, als ob du frische Luft brauchst.«

»Brandon …«

»Schläft fest. Außerdem liegt sein Zimmer auf der anderen Seite. Ich denke nicht, dass er irgendetwas von dem mitbekommen kann, was du hier draußen sagst. Warum setzt du dich nicht?«

»Weil ich nicht sitzen will. Ich will auch nicht festgehalten werden, nicht beruhigt und nicht am Kopf getätschelt. Ich will, dass du mich loslässt.«

Er ließ sie frei, streckte die Arme aus, die Handflächen nach oben. »Schon gemacht. Was kann ich sonst noch für dich tun?«

»Nicht diesen ironischen britischen Tonfall. Ich bin nicht in der Stimmung dafür.«

»In Ordnung, Jules.« Er setzte sich halb auf den Tisch. »Was ist geschehen?«

»Ich könnte sie umbringen.« Sie lief hin und her, vom Licht in den Schatten und wieder zurück ins Licht. Beim Umdrehen riss sie eine rosa Geranienblüte vom Stengel. Die samtigen Blütenblätter fielen auf den Boden und wurden von ihr achtlos zertreten. »Diese ganze Sache war nichts weiter als eines ihrer berühmten Manöver. Dass sie mich hergeholt hat, ins Vertrauen gezogen hat, dafür gesorgt hat, dass ich ihr vertraute, mich um sie kümmerte. Und sie war sicher, so verdammt sicher, dass ich direkt in die Falle tapsen würde. Glaubst du, dass sie der Meinung war, ich würde dankbar sein, geschmeichelt, dass ich auf diese Weise mit ihr verbunden bin?«

Er beobachtete sie genau. »Ich kann wirklich nicht sagen, was sie angenommen hat, wenn du mir nicht reinen Wein einschenkst.«

Sie warf den Kopf zurück. Einen Augenblick lang hatte sie vollkommen vergessen, dass er da war. Aber da stand er, bequem gegen den Tisch gelehnt und beobachtete sie. Beobachter. Das waren sie beide, dachte sie bitter. Sie standen da, beobachteten, nahmen auf Band auf, machten sich Notizen, hielten sorgfältig fest, wie andere lebten, was sie empfanden, was sie sagten, wenn das Schicksal sie durchrüttelte. Aber diesmal war sie diejenige, die manipuliert wurde.

»Du hast es gewusst.« Wieder wurde sie von Wut erfüllt. »Du hast es die ganze Zeit gewusst. Sie verbirgt nichts vor dir. Und du hast abgewartet, beobachtet, obwohl du wusstest, dass sie mir das antun würde. Was für eine Rolle hat sie dir gegeben, Paul? Die des Helden, der ruhig die Scherben aufsammelt?«

Viel Geduld hatte er nicht mehr. Er stieß sich vom Tisch ab und schaute sie voll an. »Ich kann das weder zugeben noch leugnen, bevor du mir erzählst, was ich gewusst haben soll.«

»Dass sie meine Mutter ist.« Julia schleuderte ihm die Worte entgegen, und jede einzelne Silbe hinterließ einen bitteren Geschmack auf ihrer Zunge. »Dass Eve Benedict meine Mutter ist.«

Es war ihm gar nicht klar, dass er sich bewegt hatte, als seine Hände vorschossen und ihre Arme packten. »Zum Teufel, wovon redest du eigentlich?«

»Sie hat es mir heute Abend erzählt.« Sie wich nicht zurück, sondern griff nach seinem Hemd und lehnte sich an ihn. »Sie muss der Meinung gewesen sein, es wäre an der Zeit für ein Gespräch zwischen Mutter und Tochter. Es ist ja erst achtundzwanzig Jahre her.«

Er schüttelte sie kurz und hart. In ihrer Stimme schwang

Hysterie mit, da war ihm die Wut lieber. »Was hat sie dir erzählt? Was genau?«

Sie hob langsam den Kopf. Obwohl sie sein Hemd nicht losließ, sprach sie so ruhig und deutlich, als müsste sie einem zurückgebliebenen Kind ein besonders schwieriges Problem erklären. »Dass sie vor achtundzwanzig Jahren heimlich ein Kind zur Welt gebracht hat. In der Schweiz. Und da sie keinen Platz hatte für dieses unbequeme Ding, gab sie es weg. Sie hat mich weggegeben.«

Er hätte diese Vorstellung mit einem Lachen abgetan, aber da war diese Verzweiflung in ihren Augen. Ihre Augen – es lag weniger an der Farbe als an der Form. Sehr langsam griff er ihr ins Haar. Ihre Lippen zitterten. Und der Mund …

»Oh, Himmel.« Er hielt sie fest und starrte ihr ins Gesicht, als hätte er es noch nie zuvor gesehen. Vielleicht hatte er das wirklich nicht getan. Wie sonst hätte ihm die Ähnlichkeit entgehen können? Oh, sie war nur schwach ausgeprägt, aber sie war deutlich zu sehen. Wie konnte er beide Frauen geliebt haben, ohne es zu sehen, ohne es zu wissen? »Sie hat dir das selber erzählt?«

»Ja, obwohl ich mich frage, ob sie es nicht vorher Nina für den Terminkalender diktiert hat. ›Julia beim Dinner das Geheimnis ihrer Geburt erklären. Acht Uhr.‹« Sie riss sich los und drehte ihm den Rücken zu. »Oh, ich hasse sie. Ich hasse sie, weil sie mir so viel genommen hat.« Sie wirbelte herum. »Mein Leben, jeder Augenblick meines Lebens, alles ist durch einen einzigen Moment verändert. Wie kann etwas jemals wieder so sein wie zuvor?«

Darauf gab es keine Antwort. In seinem Kopf drehte sich alles, er kämpfte darum, die Tatsache, die sie ihm entgegengeschleudert hatte, einzuordnen. Die Frau, die er in seinem Leben bisher am meisten geliebt hatte, war die Mutter der Frau, die er für den Rest seines Lebens lieben wollte. »Du musst mir eine Minute Zeit lassen, um das zu verdauen. Ich denke, ich weiß, wie dir zumute sein muss, aber …«

»Nein.« Das Wort kam wie ein Peitschenknall. Eine Hitzewelle überflutete sie. »Du kannst das doch nicht einmal annähernd nachempfinden. Als Kind habe ich mir manchmal Fragen gestellt. Das ist nur natürlich, oder? Wer waren sie, diese Leute, die mich nicht gewollt hatten? Warum hatten sie mich hergegeben? Wie mochten sie aussehen? Ich erfand Geschichten – dass sie sich wahnsinnig geliebt hatten, aber dass er gestorben war und sie allein und mittellos zurückgelassen hatte. Oder, dass sie bei der Geburt gestorben war, bevor er kommen konnte, um sie und mich zu retten. Viele süße, überspannte Geschichten. Aber ich behielt sie für mich, weil meine Eltern …« Sie legte einen Augenblick die Hand über ihre Augen, weil der Schmerz zu unerträglich war. »Sie liebten mich, sie wollten mich. Ich habe nicht oft daran gedacht, dass ich adoptiert worden war. Tatsächlich vergaß ich es oft über lange Zeiten hinweg, weil mein Leben so normal verlief. Aber dann beunruhigte es mich doch wieder. Als ich Brandon erwartete, fragte ich mich, ob sie auch so verletzt worden war wie ich. Traurig, verletzt und allein.«

»Jules …«

»Nein, bitte nicht.« Sie zog sich sofort zurück und presste die Arme an ihren Körper. »Ich will nicht getröstet werden. Ich will keine Sympathie und kein Verständnis.«

»Was dann?«

»Zurückkehren.« Verzweiflung lag in ihrer Stimme. »In der Lage sein, zu dem Punkt zurückzukehren, bevor sie mir die Sache erzählt hat. Ihr klarmachen, dass dies eine Lüge war, mit der sie hätte weiterleben müssen. Warum hat sie das nicht erkannt? Warum konnte sie nicht sehen, dass die Wahrheit alles zerstören würde, Paul? Sie hat meine Identität zerstört, meine Erinnerungen, mir die Wurzeln weggezogen. Ich weiß nicht mehr, wer ich bin, was ich bin.«

»Du bist genau derselbe Mensch, der du vor einer Stunde gewesen bist.«

»Nein. Das ist nicht wahr! Alles ist auf einer Lüge aufgebaut gewesen und auf den vielen anderen, die folgten. Sie brachte mich unter einem falschen Namen zur Welt, den sie aus einem Drehbuch genommen hatte. Dann ging sie fort, nahm ihr Leben genau an der Stelle wieder auf, an der sie es kurz unterbrochen hatte. Sie hat es niemandem erzählt, nicht einmal …« Die Stimme versagte ihr. Als sie weitersprechen konnte, brachte sie nur ein heiseres Flüstern heraus. »Victor. Victor Flannigan ist mein Vater.«

Das war das Einzige, was Paul nicht überraschte. Er nahm ihre Hand, die eiskalt war. Er versuchte, sie zu erwärmen. »Er weiß es nicht?«

Sie konnte nur noch den Kopf schütteln. Sein Gesicht wirkte blass im Mondlicht, seine Augen dunkel. Wusste er es, fragte sie sich. Wusste er, dass er wie ein Wildfremder aussah? »Mein Gott, Paul, was hat sie getan? Was hat sie uns allen angetan?«

Trotz ihres Widerstandes nahm er sie in die Arme. »Ich weiß nicht, was für Konsequenzen es haben wird, Julia. Aber ich weiß, dass du darüber hinwegkommen wirst. Du hast die Scheidung deiner Eltern überlebt, ihren Tod, und du hast Brandon zur Welt gebracht – ohne Vater.«

Sie schloss ganz fest die Augen, in der Hoffnung, Eves Gesicht nicht mehr sehen zu müssen. »Wie kann ich sie je wieder ansehen, ohne sie zu hassen? Sie zu hassen, weil es ihr so leichtgefallen ist, ohne mich zu leben?«

»Glaubst du, dass es ihr leichtgefallen ist?«, flüsterte er.

»Ihr bestimmt.« Sie wich ein wenig zurück, um sich ungeduldig die Tränen abzuwischen. Auf keinen Fall wollte sie jetzt Sympathie mit Eve aufkommen lassen. »Zum Teufel, ich weiß, was sie durchgemacht hat. Ungläubigkeit, Panik, Elend – all die einzelnen Phasen. Wirklich, Paul, ich weiß, wie weh es tut, wenn man feststellt, dass man schwanger ist und weiß, dass der Mann, den man liebt oder zu lieben glaubt, keine Familie mit einem gründen wird.«

»Vielleicht hatte sie deshalb das Gefühl, sie könnte es dir erzählen.«

»Nun, da hat sie sich geirrt.« Sie beruhigte sich langsam, schrittweise. »Ich weiß, dass ich, wenn ich mich entschlossen hätte, Brandon herzugeben, mich nie in sein Leben eingemischt hätte, ihn nie aufs Neue mit all den Fragen konfrontiert hätte, ob und warum er nicht gut genug gewesen wäre, bei mir zu sein.«

»Wenn sie einen Fehler gemacht hat …«

»Ja, sie hat einen Fehler gemacht«, sagte Julia mit einem harten Auflachen. »Ich bin der Fehler.«

»Das reicht.« Wenn sie keine Sympathie wollte, würde er ihr auch keine geben. »Immerhin weißt du, dass du in Liebe empfangen worden bist. Das ist mehr, als die meisten von sich sagen können. Meine Eltern hegten einen höflichen Abscheu voreinander, solange ich zurückdenken kann. Das ist meine Herkunft. Du bist von Menschen aufgezogen worden, die dich geliebt haben, und du wurdest von Menschen gezeugt, die einander immer noch lieben. Du kannst das einen Fehler nennen, aber ich schwöre dir, du hast den besseren Teil gehabt.«

Sie konnte darauf einiges geantwortet haben, verletzende Worte, die ihr durch den Kopf gingen, die sie aber vor Scham und Abscheu vor sich selbst nicht aussprach. »Es tut mir leid.« Ihre Stimme klang belegt, aber nicht mehr rau vor Schmerz. »Es gibt keinen Grund, das alles vor dir auszubreiten oder in Selbstmitleid zu versinken.«

»Ich würde sagen, es gibt genügend Gründe für beides. Willst du dich jetzt hinsetzen und mit mir reden?«

Sie wischte sich die letzten Tränen ab und schüttelte den Kopf. »Nein. Ich bin in Ordnung, wirklich. Ich hasse es, die Beherrschung zu verlieren.«

»Das solltest du nicht.« Um nicht nur sie, sondern auch sich selbst zu beruhigen, strich er ihr mit den Fingern das Haar aus dem Gesicht. »Du machst das so gut.« Weil es jetzt richtig zu sein schien, nahm er sie wieder in die Arme und legte seine Wange an ihren Kopf. »Du hast einen schweren Abend hinter dir, Jules. Vielleicht solltest du versuchen zu schlafen.«

»Ich glaube nicht, dass ich das kann. Aber ich könnte ein paar Aspirin gebrauchen.«

»Ich bringe dir welche.« Er legte den Arm um sie, als sie in die Küche zurückgingen. Es roch nach Butter. Wahrscheinlich hatten sie nach den Hamburgern noch Popcorn gemacht, dachte sie. »Wo ist das Aspirin?«

»Im obersten Küchenbord, links.« Sie setzte sich an den Tisch und schloss die Augen. »Nach einem Wutanfall bekomme ich immer Kopfschmerzen.«

Er gab ihr die Tabletten und ein Glas Wasser. »Möchtest du etwas Tee?«

»Ja, gern, danke.« Sie lehnte sich zurück, presste die Finger gegen die Stirn und zog kleine Kreise damit, bis ihr einfiel, dass das eine für Eve ganz typische Geste war. Sie legte die Hände in den Schoß und beobachtete Paul.

Es war seltsam, hier zu sitzen, während jemand anders in der Küche hantierte. Sie war so daran gewöhnt, alles selbst zu machen, alle Probleme zu lösen, jeden Schaden selbst zu beheben. Jetzt musste sie all ihre Energie und ihren ganzen Willen aufbieten, um nicht den Kopf einfach auf die Tischplatte zu legen und zu weinen.

Warum? Diese Frage quälte sie am meisten. Warum?

»Nach so langer Zeit«, murmelte sie. »Nach all den Jahren. Warum hat sie es mir jetzt erzählt? Sie hat gesagt, sie hat immer Informationen über mich bekommen. Warum hat sie bis jetzt gewartet?«

Dasselbe hatte er auch schon gedacht. »Hast du sie gefragt?«

Mit hängenden Schultern saß sie da und starrte mit immer noch feuchten Augen auf ihre Hände. »Ich weiß nicht einmal, was ich zu ihr gesagt habe. Ich war außer mir vor Schmerz und Ärger. Ich bin schrecklich jähzornig, deshalb versuche ich ernsthaft, nicht die Beherrschung zu verlieren.«

»Du, Jules?«, sagte er leichthin und strich ihr mit der Hand übers Haar. »Du bist jähzornig?«

»Ganz entsetzlich.« Sie schaffte es nicht, sein Lächeln zu erwidern. »Zum letzten Mal bin ich vor etwa zwei Jahren total aus der Rolle gefallen. Eine Lehrerin hatte Brandon für

417

mehr als eine Stunde in der Ecke stehen lassen. Er war gedemütigt und wollte nicht mit mir darüber reden, deshalb ging ich zur Schule. Ich wollte die Sache klären, weil Brandon nicht gerade zu den Unruhestiftern gehört.«

»Ich weiß.«

»Es stellte sich heraus, dass die Kinder Karten zum Vatertag malen sollten, und Brandon dabei nicht mitmachen wollte. Er, ja, er wollte es einfach nicht.«

»Verständlich.« Paul goss kochendes Wasser über die Teebeutel.

»Und?«

»Die Lehrerin sagte ihm, er sollte es einfach als eine Schulaufgabe betrachten, und als er sich weiterhin weigerte, bestrafte sie ihn. Ich versuchte, ihr die Situation zu erklären, und dass Brandon in dieser Hinsicht empfindlich war. Doch sie verzog ihre schmalen Lippen zu einem höhnischen Grinsen und erklärte, er wäre verdorben und würde es genießen, andere absichtlich zu manipulieren. Sie sagte, wenn man es ihm nicht beibrächte, seine Situation zu akzeptieren, würde er weiterhin den Unfall seiner Geburt – das waren ihre Worte – Unfall, als Entschuldigung benutzen und nie ein nützliches Mitglied der Gesellschaft werden.«

»Ich hoffe, du hast sie niedergeschlagen.«

»Genau das habe ich getan.«

»Nein.« Er musste grinsen. »Wirklich?«

»Es ist nicht lustig«, sagte sie, spürte aber zugleich, wie sie lachen musste. »Ich kann mich nicht daran erinnern, dass ich sie tatsächlich geschlagen habe, aber ich weiß noch ein paar der Namen, mit denen ich sie bedacht habe, als andere Leute kamen und mich von ihr wegrissen.«

Er nahm ihre Hand, wog sie in seiner und küsste sie. »Meine kleine Heldin.«

»Es war keineswegs so befriedigend, wie es jetzt klingt. Damals war ich ganz krank und zitterte, und sie drohte, mich zu verklagen. Sie redeten ihr das wohl aus, als die ganze Geschichte herauskam. Inzwischen hatte ich Brandon aus der

Schule genommen und das Haus in Connecticut gekauft. Ich wollte ihn nicht länger diesen Leuten, diesem Schmutz aussetzen.« Sie seufzte tief. »Heute Abend hatte ich genau das gleiche Gefühl. Ich weiß, wenn Eve mir zu nahe gekommen wäre, hätte ich sie geschlagen und das später bereut.« Julia warf einen Blick auf die Teetasse, die Paul ihr hinstellte. »Ich habe mich oft gefragt, woher ich wohl diese Veranlagung habe. Ich glaube, jetzt weiß ich es.«

»Was sie dir erzählt hat, hat dir einen tüchtigen Schreck eingejagt.«

»Ja.« Julia nahm einen Schluck Tee.

Er setzte sich neben sie und massierte ihr den Nacken. »Glaubst du, dass sie auch einen Schreck bekommen hat?«

Sie schaute hoch. »Ich fürchte, ich kann jetzt noch nicht über ihre Gefühle nachdenken.«

»Ich liebe euch beide.«

Jetzt sah sie, was sie vorher noch nicht hatte wahrnehmen können. Er war ebenso schockiert wie sie und vielleicht ebenso verletzt. »Was auch immer werden mag, sie wird immer mehr deine Mutter sein als meine. Und ich denke, wenn wir dich beide lieben, werden wir einen Weg finden müssen, damit fertigzuwerden. Aber bitte erwarte heute nicht mehr von mir, dass ich vernünftig denken kann.«

»Nein. Ich möchte dich etwas anderes fragen.« Er nahm ihre Hände und zog sie hoch. »Ich möchte dich lieben.«

Es war so leicht, so selbstverständlich, in seine Arme zu sinken. »Ich dachte schon, du würdest mich nie fragen.«

Oben in ihrem Schlafzimmer zündete sie nur die Kerzen an. Sie waren allein im Licht, dem Licht der Liebenden. Sie streckte die Arme voller Sehnsucht nach ihm aus.

Er umarmte sie, ohne eine Frage zu stellen. Er begriff auch so, dass sie eine Bestätigung brauchte, um ihr Selbstbewusstsein zurückzugewinnen. Als sie sich an ihn schmiegte, ihm ihren Mund darbot, reagierte er langsam und sanft. Sie sollte sich später an jeden Augenblick erinnern können.

Ihre Küsse hatten sich nicht verändert, und ihre Haut fühlte sich noch genauso wundervoll an wie vorher. Unter dem zarten Parfümduft erkannte er ihren ureigenen Körpergeruch. Sie war die gleiche Julia geblieben, unverkennbar.

Er würde es nicht zulassen, dass sich zwischen ihnen irgendetwas änderte.

Sanft fiel die Abendjacke von ihren Schultern. Er öffnete geduldig die winzigen Knöpfe ihrer Bluse. Dieselbe Erregung, dasselbe Begehren wie früher erfüllten ihn, als er den leise knisternden Stoff von ihren Schultern auf den Boden gleiten ließ.

»Du bist alles, was ich mir je gewünscht habe«, sagte er zu ihr. »Alles, was ich je gebraucht habe.« Er legte ihr einen Finger auf die Lippen, bevor sie antworten konnte. »Nein. Ich möchte es dir beweisen.«

Er küsste sie auf ihren Mund, zuerst spielerisch, verführerisch, dann so heiß und leidenschaftlich, bis sie allein von diesem einen Kuss wie berauscht war. Mit geschickten Fingern zog er sie weiter aus, wobei er ihr ununterbrochen wundervolle Zärtlichkeiten zuflüsterte. Die Spannung in ihren Schultern ließ nach. Das Flattern in ihrem Magen wich einem warmen, wohligen Gefühl der Erwartung.

Es war wie Zauberei. Oder war er der Zauberer? Hier, mit ihm zusammen, konnte sie die Vergangenheit auslöschen und jeden Gedanken an die Zukunft beiseite schieben. Es gab nur noch den Augenblick. Woher wusste er nur, wie sehr sie das gerade jetzt brauchte? Sie fühlte seine Muskeln unter ihren Fingern, sog den Duft von Blüten im Mondlicht ein und genoss das Erwachen ihrer Leidenschaft.

Hingebungsvoll ließ sie ihren Kopf zurückfallen und gab kleine hilflose Laute von sich, die sich tief in ihrer Kehle bildeten, während er ihre Brüste küsste.

»Sag mir, was du gern hast«, bat er, und seine Stimme schien in ihrem Kopf widerzuhallen. »Sag mir, was ich tun soll.«

»Alles.« Mit feuchten Händen glitt sie über seine Haut. »Einfach alles.«

Er glitt mit der Zunge über ihre heiße Brustspitze, nahm sie zwischen die Zähne, zog sie in seinen Mund und fing an, fest daran zu saugen.

Er würde sie beim Wort nehmen und dabei genau die Grenze zwischen Lust und Schmerz einhalten.

Ihr war zumute, als wäre sie zum ersten Mal mit einem Mann zusammen. Sie schüttelte den Kopf, versuchte, klar zu denken. Aber sie hatte keine Chance, die Lust, die er ihr gab, mit tausend wilden, wundervollen, unsäglichen Liebkosungen, jagte einen Schauer nach dem anderen durch ihren Körper.

Als sie versuchte, tief einzuatmen, sank ihr Kopf zurück. Die Luft schien plötzlich zu dick geworden zu sein. Ihre Brüste waren so schwer, die Spitzen so heiß, dass sie aufschrie, als er wieder mit der Zunge darüber fuhr, völlig überrascht von dem guten, starken Orgasmus, den er ihr damit verschaffte.

»Ich kann nicht.« Ihr war schwindelig, und sie hielt sich mit beiden Händen an seinen Schultern fest. »Ich muss …«

»Genieß es einfach«, sagte er. »Weiter brauchst du gar nichts zu tun.«

Er kniete sich vor sie hin, packte ihre Hüften, damit sie ihre Lage nicht verändern konnte, während er anfing, mit der Zunge die Linie nachzuziehen, wo ihre Beine ansetzten. Deutlich konnte er jede Welle von Erregung spüren, die sie durchlief, und sein Körper schwang mit in dem gleichen Entzücken, das sie erfüllte.

Sie kam bereits wieder. Mit einem leisen Seufzer griff sie in sein Haar, um ihn näher zu sich heranzuziehen. Jetzt bewegte sie schnell die Hüften, um ihn anzufeuern. Als er mit der Zunge in sie hineinglitt, erstarrte sie, betäubt von einem plötzlichen Hitzeschock. Die Knie wurden ihr weich. Sie schwankte, sodass er sie an den Hüften festhalten musste.

Unerbittlich zog er sie wieder hoch. Je stärker ihre Lust wurde, desto stärker wuchs seine Begierde. Er wollte, dass sie vollständig von ihren Gefühlen beherrscht wurde, dass sie mit allen Fasern ihres Körpers auf jede leise Berührung reagierte, dass ihr Begehren nicht geringer war als seines.

Als er sich seiner Sache sicher war, zog er sie mit sich auf den Boden herunter und gab ihr noch mehr von seiner Lust.

Er musste aufhören. Sie glaubte, sterben zu müssen, wenn er aufhörte. Während sie auf dem Teppich herumrollten, klammerte sie sich an ihn. Ihr Körper war abwechselnd schlaff und aufs Höchste angespannt. Sie hatte geglaubt, sie hätten einander zuvor schon alles gegeben. Jetzt wusste sie, dass es noch eine andere Ebene des Vertrauens gab. Hier, in diesem halbdunklen Zimmer, gab es nichts mehr, was sie ihm hätte verweigern können.

Aber bevor es so weit war, war sie diejenige, die darum bat. »Bitte, komm jetzt. Mein Gott, ich brauche dich so.«

Das war genau das, was er hören wollte.

Er schaute sie unverwandt an, während er sie an sich presste. Dann legte er langsam ihre Beine um seine Taille, wobei er beobachtete, wie sich Lust und Verwirrung in ihren Augen spiegelten. Ganz langsam drang er in sie ein, immer tiefer. Keuchend legte sie sich zurück, während sie ihn nur zu bereitwillig in sich aufnahm.

Als die ersten Wellen verebbt waren, richtete sie sich wieder auf und küsste ihn. Gleichzeitig fingen sie an, sich im gleichen Rhythmus zu bewegen. Zu ihrer Erregung, Leidenschaft und ihrem Hunger aufeinander gesellte sich ein weiteres Gefühl. Es war beruhigend, tröstlich und heilend.

Sie hielt ihn fest in ihren Armen, bis samtene Dunkelheit sich über sie senkte.

Später, viel später, als sie schlief, stand er am Fenster und schaute zu dem Lichtschein hinüber, den er durch die Baumkronen sehen konnte. Er wusste, Eve war noch wach, während ihre Tochter tief schlief. Wie konnte er, ein Mann, der eine so enge Bindung zu beiden hatte, einen Weg finden, um sie beide zu trösten?

Er betrat das Haus durch die Seitentür. Bevor er den Wohnraum durchquert hatte, der nach welkenden Rosen roch, um die Treppe zum Obergeschoss zu erreichen, war Travers da. Eilig lief sie auf ihn zu. Die Gummisohlen ihrer Hausschuhe verursachten nur ein ganz leises Geräusch.

»Das ist nicht die richtige Zeit für einen Besuch. Sie braucht ihre Ruhe.«

Paul blieb ruhig stehen. »Sie ist wach. Ich hab' das Licht gesehen.«

»Das spielt keine Rolle. Sie braucht ihre Ruhe.« Travers zog den Gürtel ihres Hauskleides enger. »Sie fühlt sich nicht wohl heute Abend.«

»Ich weiß. Ich habe mit Julia gesprochen.«

Kampfbereit streckte Travers das Kinn in die Höhe. »Sie hat Eve in einem furchtbaren Zustand zurückgelassen. Dieses Mädchen hat nicht das Recht, solche Dinge zu sagen, herumzuschreien und Porzellan zu zerbrechen.«

»Dieses Mädchen«, erwiderte Paul freundlich, »hatte einen furchtbaren Schock. Sie haben es gewusst, nicht wahr?«

»Was ich weiß, geht nur mich etwas an.« Mit zusammengepressten Lippen schaute sie zur Treppe hinüber. »Ebenso wie es meine Angelegenheit ist, mich um sie zu kümmern. Was immer Sie ihr sagen wollen, muss Zeit haben bis morgen. Heute hat sie genug durchgemacht.«

»Travers.« Eve trat aus dem Schatten und ging zwei Stufen hinunter. Sie trug ein langes, schmal geschnittenes Kleid in dunkelroter Seide. Ihr Gesicht wirkte wie ein bleiches Oval. »Es ist in Ordnung. Ich möchte mit Paul sprechen.«

»Sie haben mir gesagt, Sie würden gleich schlafen gehen.«

Eve ließ ihr schnelles Lächeln aufblitzen. »Ich habe gelogen. Gute Nacht, Travers.«

Sie wandte sich um in der Gewissheit, dass Paul ihr folgen würde.

Weil er loyal sein wollte, warf er der Haushälterin noch rasch einen Blick zu. »Ich kümmere mich darum, dass sie bald ins Bett geht.«

»Ich verlasse mich darauf.« Nach einem letzten Blick nach oben ging sie auf ihren schallgedämpften Hausschuhen fort.

Eve wartete in dem Wohnzimmer auf ihn, das an ihr Schlafzimmer grenzte. Es war mit großen Sitzkissen und niedrigen, einladenden Sesseln ausgestattet. Es herrschte die übliche abendliche Unordnung. Aufgeblätterte Illustrierte lagen herum, ein fast leeres Champagnerglas, Tennisschuhe, die sie anscheinend sorglos abgestreift hatte, ein Farbfleck in Purpur und Scharlach am Boden war das Kleid, das sie vor dem Bad ausgezogen hatte. Alles war hell und voller Leben. Sie saß mittendrin, und als Paul sie anschaute, wurde ihm zum ersten Mal bewusst, wie stark sie alterte.

Es zeigte sich besonders an den Händen, die plötzlich zu zart und zu dünn für den übrigen Körper wirkten, in den feinen Linien, die sich seit ihrem letzten Liften wieder um die Augen gebildet hatten, und nicht zuletzt in der Müdigkeit, die ihr Gesicht zeichnete.

Sie sah hoch, las alles in seinem Gesicht, was sie wissen wollte, blickte wieder weg und fragte: »Wie geht es ihr?«

»Sie schläft jetzt.« Er nahm den Sessel, der ihrem gegenüberstand. Es war nicht das erste Mal, dass er spät in der Nacht hierhergekommen war, um sich mit ihr zu unterhalten. Die Polster, die Kissen und die Vorhänge waren neu.

Aber vieles war gleichgeblieben. Da waren all die Düfte, die er seit seiner Kindheit so liebte. Puder, Parfüm und Blumen – alles wies deutlich darauf hin, dass dies das Zimmer einer Frau war, das Männer nur betreten durften, wenn sie ausdrücklich eingeladen worden waren.

»Wie geht es dir, Schönheit?«

In seiner Stimme lag echte Sorge um sie, und das genügte, um ihr wieder die Tränen in die Augen zu treiben, obwohl sie gedacht hatte, jetzt würde sie nicht mehr weinen müssen. »Ich bin unzufrieden mit mir, weil ich meine Sache so schlecht gemacht habe. Ich bin froh, dass du da warst und dich um sie gekümmert hast.«

»Ich auch.« Er sagte nichts weiter, denn er wusste, dass sie anfangen würde zu reden, wenn sie bereit dazu war, und er sie nicht zweimal darum bitten müsste. Und da sie allein schon seine Anwesenheit tröstete, redete sie mit ihm so offen wie nur mit ganz wenigen Menschen.

»Ich habe das alles in meinem Inneren bewahrt, fast dreißig Jahre lang, so wie ich Julia heimlich neun Monate lang in mir getragen habe.« Ihre Finger trommelten auf die Sessellehne. Aber selbst dieses leise Geräusch schien sie zu stören. Sie hörte damit auf und ließ ihre Hände ruhig auf der Lehne liegen. »Heimlich, voller Schmerzen und mit einer Verzweiflung, die ein Mann gar nicht begreifen kann. Ich habe immer gedacht, die Erinnerungen würden verblassen, wenn ich älter würde, zum Teufel, wenn ich alt würde. Wie mein Körper sich damals veränderte, diese Bewegungen in meinem Leib. Diese unglaubliche Erregung, sie aus meinem Körper heraus in die Welt zu stoßen. Aber das ist nicht der Fall.« Sie schloss die Augen. »Mein Gott, die Erinnerungen bleiben.«

Sie nahm eine Zigarette aus der Lackdose auf dem Tisch und ließ sie zweimal durch ihre Finger rollen, bevor sie sie anzündete. »Ich will gar nicht leugnen, dass ich ohne sie ein erfülltes, reiches, glückliches Leben geführt habe. Ich will gar nicht behaupten, dass ich jeden Tag meines Lebens um ein Kind trauerte, das ich nur eine Stunde in den Armen gehalten hatte. Und ich habe nie bedauert, das getan zu haben, was ich tat, aber ich habe es auch nie vergessen.«

Sie warf ihm einen flüchtigen Blick zu, der Ton ihrer Stimme verriet ihm, dass sie darauf wartete, dass er Anschuldigungen gegen sie erhob. Aber er berührte nur ihre Wange mit seiner Hand. »Warum hast du sie hergeholt, Eve? Warum hast du es ihr erzählt?«

Gerade damit brachte er sie aus der Fassung. Sie klammerte sich an seiner Hand fest. Dann ließ sie sie wieder los und fuhr fort: »Ich habe sie hergeholt, weil es in meinem Leben unfertige Dinge gab, lose Enden gewissermaßen, die ich – miteinander verbinden wollte.« Sie blies den Rauch aus. »Und ich sehnte mich nach dem Kontakt zu ihr. Ich wollte sie sehen, zum Teufel. Sie berühren, selber mit eigenen Augen sehen, was für eine Frau sie geworden war. Und dann das Kind, mein Enkel. Ich wollte ihn kennenlernen. Wenn ich für diese Sünde in die Hölle komme, so ist sie es mehr wert gewesen als all die anderen, die ich begangen habe.«

»Hast du ihr das erzählt?«

Sie lachte und drückte die halb ausgerauchte Zigarette aus. »Sie hat Temperament und Stolz. Ich hatte gar keine Zeit, ihr viel zu erzählen, bevor sie auf mich losging. Mit vollem Recht. Ich hatte sie weggegeben und kein Recht, sie wieder zurückzuholen.«

Sie stand auf und ging ans Fenster. Das Glas reflektierte in der Dunkelheit geisterhaft ihr eigenes Spiegelbild.

»Aber je länger ich mit ihr zusammen war, Paul, desto mehr bedeutete sie mir. Ich konnte zum Teil mich, zum Teil Victor in ihr wiedererkennen. Noch nie in meinem Leben ist ein anderer Mensch mir so wichtig gewesen, mit Ausnahme einiger Männer. Nie habe ich eine so große, selbstlose Liebe empfunden. Für niemanden außer für dich.« Sie drehte sich um, ihre Augen waren feucht. »Sie war das Kind, das ich nicht behalten konnte. Du warst das Kind, das ich mir immer gewünscht habe.«

»Und du bist meine Mutter gewesen, Eve. Julia hatte eine eigene Mutter. Sie braucht jetzt Zeit.«

»Ich weiß.« Sie wandte sich wieder um. Sie hatte das Gefühl, als würde ihr Herz zusammengeschnürt. »Ich weiß.«

»Eve, warum hast du es Victor nicht erzählt?«

Müde legte sie die Stirn gegen die Fensterscheibe. »Ich habe immer wieder darüber nachgedacht, damals und später. Er hätte wahrscheinlich seine Frau verlassen, weißt du. Er wäre wahrscheinlich als freier Mann zu mir gekommen. Aber sosehr er das Kind auch geliebt hätte, frage ich mich doch, ob er mir je vergeben hätte. Ich jedenfalls hätte es mir nie vergeben, ihn unter diesen Umständen bekommen zu haben.«

»Wirst du es ihm jetzt erzählen?«

»Ich denke, das sollte Julia entscheiden.« Sie schaute ihn über die Schulter hinweg an. »Weiß sie, dass du hier bist?«

»Nein.«

»Wirst du es ihr erzählen?«

»Ja, das werde ich.«

»Du liebst sie.«

Obwohl es keine Frage war, antwortete er: »Mehr, als ich gedacht hatte. Ich glaubte nie, jemanden so lieben zu können. Ich will sie, und ich will Brandon. Egal, um welchen Preis.«

Zufrieden nickte sie. »Erlaube, dass ich dir ungebeten einen Rat gebe. Sorge dafür, dass euch nichts im Wege steht. Nichts. Am allerwenigsten ich.« Sie streckte die Hände aus und wartete darauf, dass er aufstand und sie ergriff. »Ich muss morgen einiges erledigen. Ich verlasse mich darauf, dass du dich inzwischen um sie kümmerst.«

»Das ist allerdings meine Absicht, ob es ihr nun passt oder nicht.«

»Dann geh zu ihr zurück. Mir geht es gut.« Eve hob ihr Gesicht, damit er sie küssen konnte. »Ich werde immer dankbar dafür sein, dass ich dich gehabt habe.«

»Wir haben uns gegenseitig gehabt. Mach dir keine Sorgen wegen Julia.«

»Nein. Und jetzt, gute Nacht, Paul.«

Er küsste sie noch einmal. »Gute Nacht, Schönheit.«

Als er gegangen war, ging sie direkt zum Telefon und wählte die Nummer ihres Anwalts. »Greenburg, hier ist Eve Benedict.« Sie warf den Kopf zurück und nahm sich eine Zigarette. »Ja, zum Teufel, ich weiß, wie spät es ist. Sie können mir das Doppelte berechnen von den unverschämten Preisen, die ihr Anwälte sowieso schon habt. Aber ich brauche Sie, hier, innerhalb einer Stunde.«

Sie hing auf, während er noch protestierte. Dann grinste sie. Fast war sie wieder die alte.

25 Weniger als vierundzwanzig Stunden nach Julias Flugzeugunfall hatte Paul eine Verabredung mit dem Piloten.

Jack Brakerman arbeitete schon seit über fünf Jahren für Eve. Diesen Job hatte Paul ihm verschafft. Als er für ein Buch über Schmuggel und Mord in einem Flugzeug recherchierte, war Paul von dem Wissen und den Fähigkeiten dieses Piloten beeindruckt gewesen.

Nach Abschluss der Vorarbeiten hatte Paul genügend Material für zwei Bücher beisammen, und Jack Brakerman konnte aufhören, Frachtgüter zu befördern, und stattdessen Privatflugzeuge übernehmen. Seine erste Klientin war Eve gewesen.

Paul traf sich mit ihm in einem Gasthaus in der Nähe des Flughafens, wo das Essen fett war, der Kaffee heiß und der Service gut und schnell. Die Tische waren mit einem Kunststoffbelag versehen, der Marmorplatten vortäuschen sollte – jedoch mit sehr geringem Erfolg. Irgendjemand hatte die Musikbox in Betrieb gesetzt.

»Einfach schrecklich hier, was?« Jack zog eine der ärmlichen Papierservietten aus dem Metallständer und wischte notdürftig den Tisch ab. »Macht wirklich nicht viel her, aber sie haben hier den verdammt besten Blaubeerkuchen in den Staaten. Wollen Sie ein Stück?«

»Natürlich.«

Jack gab der Kellnerin ein Zeichen, indem er einfach zwei Finger hochhielt, In Minutenschnelle bekamen sie zwei dicke Kuchenstücke serviert und dazu zwei große Becher mit kochend heißem Kaffee.

»Sie haben recht«, sagte Paul nach dem ersten Bissen. »Schmeckt wirklich gut.«

»Ich komme schon seit Jahren her, nur wegen des Kuchens. Arbeiten Sie an einem neuen Buch?«

»Ja, aber darum geht es nicht.«

Jack nickte und nahm einen großen Schluck Kaffee, der heiß und stark genug war, ihm die Magenschleimhaut zu verbrennen. »Sie möchten über gestern mit mir sprechen. Ich habe den Bericht bereits eingereicht. Es sieht so aus, als wollte man die Sache herunterspielen. Ursache: technischer Fehler.«

»Das ist die offizielle Version, Jack. Und was ist Ihre eigene Meinung?«

»Irgendjemand hat die Benzinzufuhr manipuliert. Sehr gekonnt, sehr professionell. Es sieht wirklich aus wie ein technischer Fehler. Zum Teufel, wenn es irgendein anderes Flugzeug wäre, und ich müsste es überprüfen, wäre ich zu demselben Schluss gekommen. Die Leitung war zu sehr gestrafft, es hat sich ein kleines Leck gebildet. Das meiste Benzin hat sich auf die Sierra Madre ergossen.«

Paul wollte nicht daran denken, was geschehen wäre, wenn das Flugzeug im Gebirge abgestürzt wäre. »Aber es ist nicht irgendein anderes Flugzeug.«

»Das stimmt.« Mit vollem Mund schwenkte er seine Gabel. »Und ich kenne das Getriebe, Winthrop. Mein Mechaniker und ich haben vor dem Abflug alles genau kontrolliert. Unmöglich, dass die Benzinleitung unter Überdruck stand, unmöglich, dass sich ein Leck bilden konnte. Irgendjemand hat daran herumgefummelt, jemand, der genau wusste, was zu tun war und wie.«

Er spießte das letzte Stück Kuchen auf und verschlang es mit einer Mischung von Vergnügen und Bedauern. »Daran kann überhaupt kein Zweifel bestehen.«

»Gut, Jack. Jetzt stehen wir vor der Frage, was wir tun können. Können Sie mir genau sagen, was Sie gestern gemacht haben, als Sie in Sausalito gelandet sind?«

»Das ist eine Kleinigkeit. Ich habe mich eine Weile in der Lounge herumgetrieben und mich mit einigen Jungen unterhalten, dann habe ich mit mehreren anderen Piloten gegessen. Julia sagte, sie würde gegen drei zurück sein, deshalb habe ich dann den Papierkram erledigt und meine Flugroute abgeklärt. Sie kam pünktlich zurück.«

»Ja«, sagte Paul, mehr zu sich selbst, »sie ist immer pünktlich. Können Sie herausbekommen, ob irgendjemand in der Nähe des Flugzeuges gesehen worden ist?«

»Schon erledigt.« Er runzelte die Stirn und zog mit der Gabel kleine Muster in den purpurfarbenen Saft auf seinem Teller. »Mich beschäftigt vor allem eins. Wer immer es auch war, er hätte die Benzinzufuhr so blockieren können, dass wir zum Beispiel über der Bay abgestürzt wären. Aber er hat dafür gesorgt, dass das Benzin langsam und ständig tröpfelte. Können Sie mir folgen?«

»Fahren Sie nur fort.«

»Wenn er gewollt hätte, dass wir umkommen, hätte es noch viele andere Möglichkeiten gegebenen, die alle nach einem Unfall ausgesehen hätten. Und deshalb kommt es mir so vor, als wollte er eben nicht, dass wir umkommen. Wenn uns das Benzin zehn oder fünfzehn Minuten früher ausgegangen wäre, hätte es verdammt riskant werden können. Er hat es genau so eingerichtet, dass ein guter Pilot wie ich sie gerade noch zur Landung bringen konnte.«

»Dann war die Sabotage des Flugzeugs eine Drohung?«

»Das weiß ich nicht. Aber wenn es so gewesen sein sollte, war es ein ganz verdammter Bockmist.« Er zog eine Grimasse. »Ich habe in den letzten fünf Minuten Gott so viele Versprechungen gemacht, dass ich noch im nächsten Leben damit beschäftigt bin, sie einzulösen. Und wenn die Todesangst mir die Sünde ausgetrieben hat, so kann ich schwören, dass Julia rein wie frischer Schnee daraus hervorging.« Er warf einen Blick auf Pauls Kuchen, als er mit einem Handzeichen frischen Kaffee bestellte.

»Bedienen Sie sich«, sagte Paul und schob den Teller quer über den Tisch.

»Danke. Man kann einen nervösen Passagier leicht erkennen, auch wenn er sich selbst vielleicht vormacht, dass er damit fertigwird. Sie fliegt nicht gern, ganz und gar nicht. Als ich ihr die Situation erklären musste, war sie zu Tode erschrocken. Sie wurde so weiß, dass ich fürchtete, sie würde in Ohnmacht fallen, aber sie hielt durch. Kein Schreien, kein

Weinen, sie redete nur mit mir. Und sie machte alles, was ich ihr sagte. Das sollten Sie wirklich bewundern.«

»Das tue ich.«

»Irgendjemand wollte der Lady Angst einjagen, Todesangst. Ich kann das nicht beweisen, aber ich weiß es.«

»Ich werde die Beweise finden«, sagte Paul. »Darauf können Sie sich verlassen.«

Lyle verlegte sein Gewicht von einem Fuß auf den anderen, als er in Delrickios Wohnraum stand. Er wagte nicht, sich hinzusetzen, nicht vor den Augen dieses eiskalten Burschen, der jede seiner Bewegungen überwachte. Insgeheim bewunderte er die Aufmachung des feinen Pinkels. Er hätte bedenkenlos seinen nächsten Lohn dafür verwettet, dass der kohlrabenschwarze Schneideranzug aus reiner Seide war. Dabei war dieser Bursche nur ein Untergebener. Er fragte sich, wie viel der Boss wohl jedes Jahr absahnte.

Um seine innere Gelassenheit zu demonstrieren, zog Lyle eine Zigarette hervor. Er hatte gerade sein vergoldetes Feuerzeug in der Hand, als der Wachhund sagte: »Mr. Delrickio duldet nicht, dass in diesem Zimmer geraucht wird.«

»Yeah?« Lyle gab sich Mühe, höhnisch zu grinsen, als er das Feuerzeug wieder einsteckte. »Kein Problem, Mann. Ich kann mit den Dingern leben, aber auch ohne sie.«

Das Telefon, das auf einem Tischchen mit zierlicher Einlegearbeit stand, läutete. Der Bodyguard nahm ab, grunzte.

»Oben«, sagte er zu Lyle, als er den Hörer zurückgelegt hatte.

Lyle antwortete mit einem forschen Nicken, lächelte aber nicht und hoffte, damit Eindruck zu schinden. Sie hatten sein Ego bereits empfindlich angekratzt, als sie den Schlagbaum so schnell wieder heruntergelassen hatten, dass er kaum das Tor hatte passieren können. In diesem Augenblick hatte er sich eine Waffe gewünscht. Mit der Bezahlung für die Informationen, die er überbrachte, würde er sich ein ganzes Waffenarsenal kaufen können.

Als sie die Treppe hinaufgegangen waren, klopfte der Bodyguard leise an eine Tür, machte so etwas wie eine einladende Kopfbewegung, und Lyle betrat den Raum.

Delrickio forderte ihn mit einer knappen Geste auf, sich zu setzen. »Guten Abend«, sagte er mit sanfter Stimme. »Ich glaube, wir hatten vereinbart, dass ich Kontakt mit Ihnen aufnehme, wenn ich das beabsichtige.«

Lyle spürte, dass seine Handflächen feucht wurden. »Ja, Sir, das stimmt, aber …«

»Ich muss also annehmen, dass Sie sich gezwungen gesehen haben, meinen Wünschen zuwiderzuhandeln.«

In Lyles Kehle hatte sich ein Kloß gebildet, der so groß war wie ein Tennisball. Mutig schluckte er ihn hinunter. »Ja, Sir. Es ist so, dass ich an ein paar Informationen gekommen bin, die Sie bestimmt sofort haben wollen.«

»Und Sie konnten kein funktionierendes Telefon erreichen?«

»Ich … Also, ich dachte, Sie würden sie lieber unter vier Augen hören.«

»Ich verstehe.« Delrickio schwieg, bis Lyle sich seine trockenen Lippen zweimal mit der Zunge angefeuchtet hatte. »Ich glaube, ich muss Sie daran erinnern, dass Sie dafür bezahlt werden, zu beobachten und Informationen zu sammeln, und nicht dafür, ich wiederhole es, zu denken. Ich will mir aber das Urteil darüber, ob Sie richtig gedacht haben oder nicht, aufsparen, bis ich gehört habe, was Sie mir so Dringendes mitzuteilen haben, dass Sie sogar zu mir nach Hause gekommen sind.«

»Julia Summers hat gestern einen schweren Flugzeugunfall gehabt.«

Delrickio hob nur eine Braue. Herr im Himmel, wie hatte er jemals glauben können, dass dieser Idiot ihm irgendetwas Brauchbares bringen könnte? »Sie bringen mir da eine Information, die ich schon habe. Ich verschwende nicht gern meine Zeit.«

»Sie nehmen an, das Flugzeug ist manipuliert worden. Ich

habe gehört, wie sie und Winthrop darüber redeten. Sie war am Boden zerstört, als ich sie am Flughafen abholte. Hören Sie, was ich gemacht habe. Ich habe gewartet, bis sie das Kind weggeschickt haben und ins Haus gegangen waren. Ich habe draußen gelauscht.« Weil Delrickio mit den Fingern auf die Tischplatte klopfte, beeilte Lyle sich. »Sie glauben, irgendjemand hätte versucht, sie umzubringen. Da war einmal dieser Zettel und …«

Er verstummte, als Delrickio die Hand hob. »Was für ein Zettel?«

»Den hat sie im Flugzeug gefunden. Sie sprach so darüber, als wäre es nicht der erste gewesen.«

»Was stand auf dem Zettel?«

»Das weiß ich nicht.« Lyle wurde blass und räusperte sich. »Ich habe ihn ja nicht gesehen. Ich habe nur gehört, wie sie darüber geredet haben.«

»Das klingt zwar ganz interessant, ist aber noch keine Entschuldigung dafür, mir an einem so schönen Vormittag meine Zeit zu stehlen.«

»Das ist noch nicht alles.« Lyle legte eine Pause ein. In der vergangenen Nacht hatte er sich wieder und wieder überlegt, wie er seine Karten am besten ausspielen wollte. »Es ist eine große Sache, Mr. Delrickio. Viel größer als die anderen, für die Sie mich bezahlt haben.«

»Das beeindruckt mich nicht im Geringsten, weil ich Sie für Sachen von nur äußerst geringem Interesse bezahlt habe.«

»Ich garantiere Ihnen, dass Sie daran interessiert sind. Ich denke, dies ist einen Bonus wert. Einen großen. Vielleicht sogar einen festbezahlten Job. Ich habe nicht die Absicht, den Rest meines Lebens einen Wagen zu fahren und über der Garage zu schlafen.«

»Tatsächlich?« Nur einen kurzen Augenblick ließ Delrickio seinen Abscheu erkennen. »Sagen Sie mir, worum es sich handelt, dann sage ich Ihnen, was es wert ist.«

Wieder befeuchtete sich Lyle die Lippen. Er wusste, dass er eine Chance hatte. Die Belohnung konnte unvorstellbar hoch sein. Visionen von kaltem Geld und heißen Frauen wirbelten ihm durch den Kopf. »Mr. Delrickio, ich weiß, dass Sie ein Mann sind, der zu seinem Wort steht. Wenn Sie mir versprechen, dass Sie mir so viel zahlen, wie die Sache wert ist, verlasse ich mich darauf.«

Verlass dich drauf oder stirb, dachte Delrickio mit einem müden Seufzer. »Sie haben mein Versprechen.«

Lyle schwieg noch eine Weile, um die Dramatik voll auszukosten. »Eve Benedict ist die natürliche Mutter von Julia Summers.«

Delrickio kniff die Augen zusammen. Sein Gesicht wurde rot vor Wut. »Bilden Sie sich ein, Sie könnten in mein Haus kommen, um mir diese Lüge aufzutischen, und es lebendig wieder verlassen?«

»Mr. Delrickio!« Lyles Mund wurde trocken wie Staub, als er die kleine, tödliche 22er in Delrickios Hand sah. »Nein! Herr im Himmel, nein!« Er drückte sich so tief wie nur möglich in den Sessel.

»Sagen Sie das noch einmal.«

»Ich schwöre es.« Der Schreck hatte ihm Tränen in die Augen getrieben. »Sie waren auf der Terrasse, ich hatte mich im Garten versteckt, damit ich alles hören konnte, was Sie interessieren würde. So wie wir es ausgemacht haben. Und Eve fing an, diese Geschichte über Gloria DuBarry zu erzählen, die damals eine Affäre mit diesem Torrent gehabt hat.«

»Gloria DuBarry hatte eine Affäre mit Michael Torrent? Sie haben eine blühende Fantasie.« Er streichelte mit dem Finger den Anzug.

Lyle war so entsetzt, dass ihm die 22er wie eine Kanone erschien. »Eve hat es gesagt. Zum Teufel, warum sollte ich mir das ausdenken?«

»Sie haben eine Minute Zeit, um mir genau zu berichten, was sie gesagt hat.« Ruhig schaute Delrickio auf die alte Standuhr in der Zimmerecke. »Fangen Sie an.«

Stotternd und stammelnd platzte Lyle mit allem heraus, woran er sich erinnern konnte, wobei er den Lauf der Pistole nicht aus den Augen ließ. Als er fertig war, war Delrickio nachdenklich geworden.

»So, Miss DuBarry hat Torrents Baby abtreiben lassen.« Das war interessant, möglicherweise sogar nützlich. Marcus Grant war ein sehr erfolgreicher Geschäftsmann und war wahrscheinlich nicht damit einverstanden, dass das Geheimnis seiner Ehefrau an die Öffentlichkeit kam. Delrickio ließ diesen Gedanken jedoch fürs erste wieder fallen.

»Und wie sind Sie darauf gekommen, dass Miss Summers Eves Tochter sein soll?«

»Eve hat es ihr erzählt. Sie sagte, etwa ein Jahr später sei sie schwanger geworden von Victor Flannigan.« Mühelos kletterte Lyles Stimme eine Oktave höher. »Sie wollte das Kind auch abtreiben lassen, aber dann änderte sie ihre Meinung und bekam das Kind. Anschließend gab sie es zur Adoption frei. Das erzählte sie der Summers. Ich schwöre Ihnen, dass es so war. Sie hat sogar gesagt, sie hätte Papiere darüber, von Anwälten, mit denen sie es beweisen könne.« Er war immer noch zu erschrocken, um sich zu rühren oder sich auch nur seine laufende Nase zu putzen. »Die Summers geriet in Wut, schrie herum und zertrümmerte Porzellan. Dann kamen die beiden anderen – Travers und Soloman – aus dem Haus gelaufen. Da bin ich zur Garage zurückgegangen, um weiter zu beobachten. Ich konnte hören, wie sie herumschrien, wie Eve weinte. Etwas später lief die Summers zum Gästehaus zurück. Ich wusste, dass Sie das interessiert. Ich habe nicht gelogen. Ich schwöre es.«

Nein, dachte Delrickio, er war nicht schlau genug, um sich das alles auszudenken.

Er steckte die Pistole wieder ein, ohne darauf zu achten, dass Lyle die Hände vors Gesicht geschlagen hatte und schluchzte.

Eve hatte also ein Kind, dachte er, ein Kind, das sie zweifellos beschützen wollte.

Zufrieden lehnte er sich zurück. Lyle war ein revoltierendes Schwein. Aber Schweine hatten ihr Gutes.

Julia hatte nie so viel Chintz in einem Raum gesehen. Offensichtlich hatte Gloria den Dekorateur angewiesen, ihr ein gemütliches, altmodisches Büro einzurichten. Und das hatte sie bekommen. Mit zahllosen Rüschen besetzte rosa Vorhänge und Sessel, die so tief waren, dass man ein kleines Kind, das darin versunken war, wohl nie mehr wiederfinden würde. Überall auf dem Holzfußboden waren Teppichläufer verteilt. Kupfer- und Messingtöpfe standen herum, überfüllt mit frischen oder getrockneten Blumensträußen. Winzige Tischchen waren vollgestellt mit kleinen Nippesgegenständen. Ein Albtraum, hier Staubwischen zu müssen.

Auch ein Besucher hatte es nicht leicht, sich durch all den Kram hindurchzuschlängeln, ohne blaue Flecken an der Hüfte oder einen verstauchten Zeh davonzutragen.

Dann waren da noch die Katzen. Drei von ihnen an einem sonnigen Platz neben- und übereinanderliegend, ein glänzender weißer Fellball.

Gloria saß an einem kleinen, gedrechselten Schreibtisch, der viel besser in das Boudoir einer Dame gepasst hätte als in ein Büro, in dem gearbeitet wurde. Sie trug ein blassrosa Kleid mit langen, weiten Ärmeln und einem Quaker-Kragen. Sie sah darin aus wie die Verkörperung von Reinheit, Gesundheit und Entgegenkommen.

Aber Julia sah an ihren abgekauten Nägeln, wie gestresst sie war. Ihre eigenen waren in keinem besseren Zustand, weil sie heute Morgen eine Stunde damit verbracht hatte, sich zu überlegen, ob sie diese Verabredung einhalten oder besser absagen sollte.

»Miss Summers.« Gloria stand mit einem warmen, freundlichen Lächeln auf. »Sie haben uns offenbar leicht finden können, da Sie so pünktlich sind.«

»Das war kein Problem.« Julia wandte sich zur Seite, um sich zwischen einem Tischchen und einer Fußbank durchzuzwängen. »Ich freue mich, dass ich herkommen durfte.«

»Eve ist eine meiner ältesten und engsten Freundinnen. Wie konnte ich mich da weigern?«

Julia folgte Glorias Einladung, Platz zu nehmen. Der Zwischenfall bei Eves Party sollte offensichtlich nicht mehr zur Sprache kommen. Aber sie wussten beide, dass Julia dadurch im Vorteil war.

»Ich weiß, dass Sie leider nicht genügend Zeit haben für ein zweites Frühstück, aber vielleicht nehmen Sie etwas Kaffee oder Tee?«

»Nein, wirklich nicht. Vielen Dank.« Sie hatte heute schon mehr als genug Kaffee getrunken.

»Sie möchten also mit mir über Eve sprechen«, sagte Gloria mit der freundlichen Stimme einer Nonne. »Ich kenne Eve bereits seit, Himmel, das müssen jetzt schon bald dreißig Jahre sein. Als wir uns zum ersten Mal begegneten, hat sie mich zugleich erschreckt und fasziniert. Lassen Sie mich überlegen, das war kurz bevor wir anfingen ...«

»Miss DuBarry.« Julias leise Stimme stand in krassem Gegensatz zu Glorias Bühnenton. »Es gibt viele Dinge, über die ich gern mit Ihnen reden würde, viele Fragen, die ich Ihnen stellen möchte. Aber ich glaube, es wird für uns beide wenig angenehm werden, wenn wir einen ganz bestimmten Punkt einfach ausklammern.«

»Wirklich?«

Das Einzige, worüber sich Julia an diesem Morgen klar geworden war, war, dass sie keine Spielchen spielen wollte. »Eve hat mir alles erzählt.«

»Alles?« Das Lächeln blieb unverändert, aber unter der Tischplatte krampfte Gloria ihre Finger ineinander. »Worüber?«

»Michael Torrent.«

Gloria blinzelte zweimal, bevor ihr Gesichtsausdruck die passende Form gefunden hatte. Wenn der Regisseur leichte Überraschung und höfliche Verwirrung von ihr gefordert hätte, hätte sie für diese Leistung den ersten Preis erhalten müssen.

»Michael? Ja, natürlich, sie muss mit Ihnen über ihn gesprochen haben, weil er ihr erster Ehemann war.«

Julia begriff, dass Gloria eine sehr viel bessere Schauspielerin war, als sie je geglaubt hatte. »Ich weiß Bescheid über diese Affäre«, sagte sie. »Über die Klinik in Frankreich.«

»Ich fürchte, ich kann Ihnen nicht ganz folgen.«

Julia stellte ihre Aktentasche auf den verspielten Schreibtisch. »Machen Sie sie auf«, sagte sie. »Schauen Sie sich alles an. Sie werden keine versteckten Kameras finden und keine getarnten Mikrofone. Es ist ganz inoffiziell, Miss DuBarry. Wir reden einfach miteinander, nur Sie und ich. Und ich gebe Ihnen mein Wort, dass alles, was unter uns bleiben soll, auch unter uns bleiben wird.«

Obwohl sie nun offensichtlich mitgenommen war, klammerte sie sich weiter an ihre Verteidigungslinie: Unwissenheit. »Sie müssen mir meine Verwirrung nachsehen, Miss Summers, aber ich dachte, Sie wären gekommen, um mit mir über Eve wegen ihres Buches zu sprechen,«

Kaum verhüllter Ärger ließ Julia aufspringen. Sie schnappte sich ihre Aktentasche. »Sie wissen genau, warum ich hier bin. Wenn Sie weiterhin dasitzen und die verwirrte Gastgeberin spielen wollen, verschwenden wir nur unsere Zeit.« Sie wandte sich der Tür zu.

»Warten Sie.« Ihre Unentschlossenheit war qualvoll. Wenn Julia jetzt ging, wusste Gott allein, wer alles diese Geschichte erfahren würde. Andererseits – wie konnte sie sicher sein, dass nicht bereits viel zu viele Leute davon wussten? »Wie könnte ich Ihnen vertrauen?«

Julia bemühte sich vergeblich, ruhiger zu werden. »Ich war siebzehn, als ich schwanger wurde. Unverheiratet und allein. Ich bin die letzte auf der Welt, die irgendeine Frau verurteilen würde, weil sie in dieselbe Lage kam und ihre Entscheidung getroffen hat.«

Glorias Lippen fingen an zu zittern. Die Sommersprossen, die sie zum Liebling Amerikas gemacht hatten, traten auf ihrer kreidebleichen Haut wie ein Relief hervor. »Sie hatte kein Recht dazu.«

»Vielleicht nicht.« Julia kehrte zu ihrem Stuhl zurück und

stellte die Aktentasche daneben. »Sie hatte ganz persönliche Gründe dafür, es mir zu erzählen.«

»Sie verteidigen sie natürlich.«

»Warum sollte ich?«

»Sie wollen das Buch schreiben.«

»Ja«, sagte Julia langsam. »Ich will das Buch schreiben.« Muss es schreiben. »Aber ich verteidige sie nicht. Ich erzähle Ihnen nur das, was ich weiß. Sie war sehr stark berührt von dem, was Sie durchgemacht haben. So wie sie mir die Story erzählt hat, klang es ganz und gar nicht nach einer Verurteilung.«

»Es war nicht ihre Sache, diese Geschichte zu erzählen.« Gloria hob ihr zitterndes Kinn. »Noch ist es Ihre.«

»Vielleicht nicht. Eve hatte das Gefühl …« Julia unterbrach sich. Was für eine Rolle spielten Eves Gefühle eigentlich? »Ihr Leben wurde dadurch verändert, dass sie diese Sache mit Ihnen durchgestanden hat und beeinflusste Entscheidungen, die sie treffen musste.«

Die Entscheidung war ich, dachte sie. Sie war hier und empfand all diese Schmerzen, weil Gloria vor dreißig Jahren ein solches Leid durchgemacht hatte. Wie viele Menschen davon betroffen worden sind, dachte sie. Ich, meine Eltern, Brandon. Als ihre Gefühle sie zu überwältigen drohten, holte sie zweimal tief Luft. »Das betrifft uns alle in einer Weise, über die ich jetzt noch nicht im Einzelnen mit Ihnen sprechen kann, Miss DuBarry. Deshalb hat Eve mir die Sache erzählt. Deshalb musste sie sie mir erzählen.«

Aber Gloria konnte nicht über ihre Insel hinausblicken, die sie sich so sorgfältig errichtet hatte. Ihre Welt, die jetzt in Gefahr geraten war. »Was davon wollen Sie drucken lassen?«

»Ich weiß es noch nicht, wirklich nicht.«

»Ich will nicht mit Ihnen reden. Ich will nicht zulassen, dass Sie mein Leben ruinieren.«

Julia schüttelte den Kopf, als sie aufstand. Sie brauchte frische Luft. Sie musste diesen überfüllten Raum verlassen und frische Luft schnappen, damit sie wieder klar denken konnte.

»Sie können mir glauben, dass das das Letzte ist, was ich vorhabe.«

»Ich werde Sie aufhalten.« Gloria sprang so hastig auf, dass sie ihren Stuhl heftig zurückstieß, genau auf die Stelle, wo die Katzen schliefen. Kreischend stoben sie auseinander. »Ich werde einen Weg finden, um Sie aufzuhalten.«

Ob sie es bereits versucht hatte, fragte Julia sich. »Nicht ich bin Ihr Problem«, sagte sie sanft und verschwand.

Aber Eve war es, dachte Gloria, als sie in den Sessel zurücksank. Eve.

Drake war der Meinung, er hätte Eve Zeit genug gelassen, um sich wieder zu beruhigen. Schließlich waren sie blutsverwandt.

Er trug die zwölf Rosen zur Haustür, setzte ein charmantes, zugleich ein wenig schuldbewusstes Lächeln auf und klopfte.

Travers öffnete, warf ihm einen Blick zu und sagte schroff: »Sie ist heute sehr beschäftigt.«

Diese Hexe muss sich immer einmischen, dachte er, lächelte aber weiter. »Bestimmt nicht zu beschäftigt für mich. Ist sie oben?«

»Ja.« Travers konnte ein selbstgefälliges Lächeln nicht unterdrücken. »Mit ihrem Anwalt. Wenn Sie warten wollen, warten Sie im Wohnzimmer. Und versuchen Sie nicht, irgendwelche Sachen in Ihren Taschen verschwinden zu lassen. Ich passe auf.«

Er brachte nicht einmal die Energie auf, den Beleidigten zu spielen. Das Wort »Anwalt« hatte ihm allen Wind aus den Segeln genommen. Travers ließ ihn einfach in der Halle stehen. Die Rosen rutschten ihm fast aus dem Arm.

Anwalt. Automatisch verkrampften sich seine Finger, aber die Stiche der Dornen spürte er nicht. Sie änderte ihren verdammten Letzten Willen. Das kaltherzige Biest wollte ihn ausschalten.

Aber damit würde sie nicht durchkommen. Wut und Furcht

erfüllten ihn. Er war schon halb die Treppen hinaufgestiegen, bevor er sich wieder unter Kontrolle hatte.

Das war nicht der richtige Weg. Er lehnte sich an das Geländer und atmete tief durch. Wenn er schimpfend in ihr Zimmer rannte, würde er sein Schicksal nur besiegeln. Er wollte sich diese Millionen aber nicht in blinder Wut durch die Finger schlüpfen lassen. Er hatte sie verdient, weiß der Himmel, und er wollte sie genießen.

Sein Daumen war blutig. Geistesabwesend steckte er ihn in den Mund. Was jetzt nötig war, waren Charme, Entschuldigungen, ein paar unklare Versprechungen. Er fuhr sich mit der Hand übers Haar, um es zu glätten, während er noch überlegte, ob er weiter nach oben gehen sollte oder lieber wieder nach unten. Bevor er sich darüber klar geworden war, was am wirkungsvollsten wäre, kam Greenburg aus der Tür. Das Gesicht des Anwaltes war völlig ausdruckslos, aber die Schatten unter seinen Augen sprachen von Übermüdung.

»Mr. Greenburg«, sagte Drake.

Der Blick des Anwalts glitt über die Blumen und Drakes Gesicht. Seine Braue hob sich kurz, bevor er nickte und nach unten ging.

Alter Spießer, dachte Drake. Er ließ es sich nicht anmerken, dass er innerlich vor Angst nur so bebte. Noch einmal überprüfte er den Sitz seines Haars, auch den des Schlipsknotens, dann ging er mit einem äußerst schuldbewussten Gesichtsausdruck nach oben.

Vor Eves Büro straffte er die Schultern. Zu niedergeschlagen durfte er auch nicht wirken. Wenn er vor ihr kroch, würde sie keine Achtung mehr vor ihm haben. Er klopfte leise an. Da keine Antwort erfolgte, klopfte er noch einmal.

»Eve.« Seine Stimme klang reuevoll. »Eve, ich würde gern …« Er drehte den Türknopf. Abgeschlossen. Er zwang sich, geduldig zu bleiben und versuchte es von Neuem. »Eve, ich bin's, Drake. Ich möchte mich entschuldigen. Du weißt, wie viel du mir bedeutest, ich kann es nicht ertragen, dass diese Kluft zwischen uns entstanden ist.«

Am liebsten hätte er diese verdammte Tür eingeschlagen und sie erwürgt.

»Ich will wirklich alles wieder gutmachen. Nicht nur die Sache mit dem Geld, das zahle ich dir auf Heller und Pfennig zurück, nein, auch alles, was ich gesagt und getan habe. Wenn du doch nur ...«

Er hörte, wie sich unten in der Halle eine Tür öffnete und leise wieder schloss. Hoffnungsvoll drehte er sich um und zwinkerte schnell ein paar Tränen in die Augen. Als er Nina erkannte, hätte er fast die Zähne gefletscht.

»Drake.« Sie war offensichtlich verlegen. »Es tut mir leid. Eve möchte, dass ich Ihnen sage ... Sie hat schrecklich viel zu tun heute Vormittag.«

»Ich brauche nur ein paar Minuten.«

»Leider, Drake ... Es tut mir wirklich leid, aber sie möchte Sie nicht sehen. Wenigstens nicht jetzt.«

Er gab sich viel Mühe, seinen Ärger hinter Charme zu verbergen. »Nina, könnten Sie mir nicht helfen? Sie hört doch auf Sie.«

»Diesmal nicht.« Sie legte ihre Hand tröstend auf seine. »Es ist wirklich nicht der richtige Zeitpunkt. Sie hatte eine sehr unruhige Nacht.«

»Ihr Anwalt war hier.«

»Ja.« Nina schaute beiseite. »Sie wissen doch, dass ich über ihre Privatangelegenheiten nicht sprechen kann. Aber wenn ich Ihnen einen Rat geben darf, warten Sie noch ein paar Tage. Sie ist jetzt nicht sehr zugänglich. Ich tue, was ich kann.«

Er warf ihr die Rosen zu. »Sagen Sie ihr, dass ich wiederkomme. Ich denke nicht daran aufzugeben.«

Er ging. Er schwor sich, dass er bald wiederkommen würde. Und dann würde er ihr keine Wahl lassen.

Nina wartete, bis sie hörte, wie die Haustür hinter ihm zuschlug. Dann klopfte sie. »Er ist fort, Eve.« Gleich darauf wurde die Tür aufgeschlossen, und sie trat ein.

»Es tut mir leid, dass ich Ihnen diese schmutzige Arbeit aufgebürdet habe, Nina.« Eve ging eilig zurück an ihren

Schreibtisch. »Heute habe ich weder Zeit noch ausreichend Geduld für ihn.«

»Er hat Ihnen das hier mitgebracht.«

Eve warf einen kurzen Blick auf die Rosen. »Machen Sie damit, was Sie wollen. Ist Julia schon zurück?«

»Nein, tut mir leid.«

»Macht nichts.« Sie hatte noch viel zu tun, bevor sie wieder mit ihrer Tochter sprach. »Ich bitte Sie, mir alle Anrufe abzunehmen, es sei denn, es handelt sich um Julia. Oder Paul. Ich möchte mindestens eine Stunde lang nicht gestört werden. Besser noch zwei.«

»Ich muss selber mit Ihnen reden.«

»Es tut mir leid, Darling, das ist jetzt nicht der richtige Zeitpunkt.«

Nina schaute auf die Blumen, die sie im Arm hielt, dann legte sie sie einfach auf den Schreibtisch. Ganz am Rand lag ein Stapel von Tonbändern. »Sie machen einen Fehler.«

»Wenn das stimmt, ist es meine Angelegenheit.« Ungeduldig blickte sie hoch. »Ich habe meine Entscheidungen getroffen. Wenn Sie sie noch einmal mit mir durchgehen wollen, werden wir das tun. Aber nicht jetzt.«

»Je weiter die Dinge sich entwickeln, desto schwieriger wird es sein, sie wieder zurechtzurücken.«

»Ich tue, verdammt noch mal, alles, was ich kann, um die Dinge zurechtzurücken.« Sie ging hinüber zu der Videokamera, die auf einem Stativ stand. »Ich brauche zwei Stunden, Nina.«

»In Ordnung.« Nina verließ den Raum. Die Rosen waren auf dem Schreibtisch verstreut. Sie glänzten wie Blut.

26 Paul war so in die Szene vertieft, an der er gerade schrieb, dass er das Läuten des Telefons überhörte. Sein Anrufbeantworter nahm den Anruf auf. Aber er erkannte Julias Stimme.

»Paul, hier ist Julia. Ich wollte nur …«

»Hi.«

»Oh, du bist doch da.«

Er schaute zurück auf den Monitor, wo die letzten Sätze aufleuchteten, die er geschrieben hatte. »Mehr oder weniger.« Er ging vom Schreibtisch fort und nahm das kabellose Telefon mit. »Hast du noch etwas geschlafen?«

»Ich …« Sie konnte ihn nicht anlügen, obwohl sie genau wusste, dass er sie nur allein gelassen hatte, nachdem sie ihm feierlich versprochen hatte, den Vormittag im Bett zu verbringen und nicht ans Telefon zu gehen. »Ich bin doch zu dem Interview gegangen.«

»Du …« Sie zuckte zusammen, als sie am anderen Ende der Leitung den Ärger in seiner Stimme hörte. »Verdammt noch mal, Julia, du hast mir versprochen, zu Hause zu bleiben. Du hattest nicht das Recht allein fortzugehen.«

»Ich habe es nicht richtig versprochen, und ich …«

»Aber so gut wie.« Er stellte das Telefon ab und fuhr sich mit einer Hand durchs Haar. »Wo bist du?«

»In einer Telefonzelle im Beverly Hills Hotel.«

»Ich bin schon unterwegs.«

»Nein. Verdammt, Paul, hör mal eine Minute auf, den edlen Ritter zu spielen, und hör mir zu.« Sie presste die Finger gegen die Augenlider, in der Hoffnung, damit den dumpfen Kopfschmerz dahinter zu lindern. »Ich bin vollkommen in Ordnung. Ich befinde mich an einem öffentlichen Ort.«

»Das ist doch töricht.«

»In Ordnung.« Mit geschlossenen Augen lehnte sie ihren Kopf zurück an die Wand der Telefonzelle. Sie war nicht fähig gewesen, die Tür zu schließen, hatte es einfach nicht fertig gebracht, sie ins Schloß zu ziehen und sich selber in dieser gläsernen Zelle einzusperren. Deshalb musste sie jetzt leise sprechen. »Paul, ich musste raus. Ich fühlte mich wie in einer Falle. Und ich dachte, ich hoffte, ein Gespräch mit Gloria würde mir ein klareres Bild verschaffen.«

Er unterdrückte einen Fluch. »Und hast du es bekommen?«

»Zum Teufel, ich weiß es nicht. Aber ich weiß, dass ich noch einmal mit Eve sprechen muss. Ich brauche noch etwas Zeit für mich, dann werde ich zurückfahren und es versuchen.«

»Möchtest du, dass ich auch dabei bin?«

»Würdest du ...« Sie räusperte sich. »Würdest du warten, bis ich wieder anrufe? CeeCee nimmt Brandon nach der Schule mit zu sich nach Hause, damit ich Zeit habe, mit Eve zu sprechen. Ich weiß noch nicht einmal, was ich ihr sagen will, schon gar nicht, wie ich es sagen will. Aber wenn ich weiß, dass ich dich hinterher anrufen kann, wird es mir leichter fallen.«

»Ich werde darauf warten, Jules. Ich liebe dich.«

»Ich weiß. Mach dir keine Sorgen um mich. Ich werde es durchstehen.«

»Wir werden es durchstehen«, ergänzte er.

Als sie den Hörer aufgehängt hatte, blieb sie einen Augenblick lang ganz ruhig stehen. Sie war sich keineswegs sicher, dass sie jetzt einfach zurückfahren und Eve gegenübertreten konnte. Sie war noch viel zu wütend, viel zu verletzt. Sie wusste nicht, wie viel Zeit sie brauchen würde, bis beide Gefühle ihre Heftigkeit und Intensität verloren hatten.

Langsam ging sie durch die Lounge hinaus ins Freie. Es war inzwischen ziemlich heiß geworden.

Wie ein Schatten hielt sich der Mann, den sie am Flughafen in Sausalito gesehen hatte, hinter ihr.

Drake fand, dass er sich genug Mühe mit Eve gegeben hatte. Er würde nicht länger den netten Jungen spielen. Wütend war er auf das Dach seines Autos geklettert, ohne Rücksicht auf den glänzend roten Lack. Auch an seinen eleganten Anzug dachte er nur ganz kurz, bevor er anfing, mühsam auf die Mauer zu klettern, die Eves Anwesen umgab.

Sie hielt ihn für dumm, dachte er grimmig, als er seine Handflächen an den Steinen aufrieb. Aber er war nicht dumm. Er war sogar klug genug gewesen, das Sicherheitssystem abzuschalten, als er von dem vergeblichen Versuch, Eve zu beschwichtigen, zurückkehrte.

Vorausdenkend, ja, das war er. Er dachte an seine Zukunft. Seine Gürtelschnalle klapperte, als er auf dem Bauch über die Mauer rutschte. Sie würde nicht länger ihre verdammte Sekretärin vorschicken können. Sie würde sich anhören müssen, was er zu sagen hatte, und sie würde verstehen, dass es ihm ums Geschäft ging.

Grunzend landete er auf der anderen Seite. Er knickte mit dem linken Fuß um und taumelte nach hinten in eine Hecke von Russischen Oliven. Die Dornen ritzten seine Hände, als er versuchte, sich aus dem Gestrüpp zu befreien.

Sein Atem ging schwer, und er schwitzte sehr. Es würde ihr nicht gelingen, ihn auszuschalten. Er ließ das nicht zu. Nur dieser eine Gedanke beherrschte ihn. Und das würde er ihr schon klarmachen – mithilfe eines Racheaktes.

Der Mann, der Julia beschattete, entdeckte den Porsche. Er fuhr um Eves Anwesen herum, nachdem er beobachtet hatte, wie Julia durch das Tor fuhr. Er wollte den restlichen Nachmittag in der Nähe bleiben für den Fall, dass sie wieder fortfuhr.

Es war ein langweiliger Job, aber die Bezahlung war gut. Ein Mann ist bereit, für sechs Hunderter am Tag, eine ganze Reihe von Unbequemlichkeiten auf zu nehmen, wie beispielsweise Hitze, lange Wege und die Notwendigkeit, in eine Plastikflasche zu pinkeln.

Als er den Porsche erkannte, erwachte seine Neugier, und er parkte direkt hinter ihm. Der Wagen war fest verschlossen und blitzsauber, abgesehen von ein paar Flecken auf dem Dach. Grinsend schwang er sich hinauf und schaute über die Mauer. Er entdeckte Drake, der gerade zwischen der Grünfläche und dem Tennisplatz dahinhumpelte.

Er überlegte nicht lange und sprang von der Mauer. Eine so günstige Gelegenheit durfte ein smarter Mann sich nicht entgehen lassen. Drinnen würde er mehr herausfinden können als draußen. Und je mehr er herausfand, desto besser wurde er bezahlt.

Julia fuhr gerade in dem Moment durchs Tor, als Glorias Mercedes herausschoss. Ohne ihr einen Blick zuzuwerfen, gab Gloria Gas und raste mit quietschenden Reifen davon.

»Die Lady fährt schlechter als ein Teenager«, rief Joe und schüttelte lächelnd den Kopf.

»Sie sah mitgenommen aus.«

»Als sie herkam auch schon.«

»War sie lange hier?«

»Nee.« Er nahm einen Drops aus der Rolle, bot ihn Julia an und steckte ihn ihr einfach durch das offene Fenster in den Mund, als sie abwehrte. »Vielleicht fünfzehn Minuten. Die Leute kommen und gehen schon den ganzen Tag. Ich hätte mir ein Vermögen verdienen können, wenn ich Wegegeld kassiert hätte.«

Julia wusste, dass er ein Lächeln erwartete, und tat ihm den Gefallen. »Ist jetzt irgendjemand bei Eve?«

»Ich glaube nicht.«

»Danke, Joe.«

»Kein Problem. Wünsche Ihnen noch einen schönen Tag.«

Julia fuhr langsam und überlegte, ob sie direkt zum Hauptgebäude fahren sollte. Sie ließ sich durch ihren Instinkt leiten und nahm den Weg zum Gästehaus. Sie war noch nicht zu einem Gespräch mit Eve bereit. Sie brauchte noch ein wenig mehr Zeit und Ruhe.

Als sie aus dem Wagen gestiegen war, ging sie in den Garten. Hinter ihr wehte ein Vorhang durchs offene Fenster und glitt dann wieder zurück.

Sie setzte sich auf eine der steinernen Gartenbänke und ließ ihre Gedanken schweifen. Mit geschlossenen Augen nahm sie die Laute und Düfte des Gartens auf. Das Summen der Bienen, das Rascheln der Vögel im Laub, den Duft von Oleander, Jasmin und Flieder, vermischt mit dem schweren Geruch frisch gegossener Erde.

Schon immer hatte sie Blumen geliebt. In den Jahren, in denen sie in Manhattan gelebt hatte, hatte sie im Frühling immer Geranien aufs Fensterbrett gestellt. Vielleicht hatte sie diese Liebe zu Blumen, dieses Bedürfnis nach ihnen von Eve geerbt. Aber darüber wollte sie jetzt nicht weiter nachdenken.

Mit der Zeit wurde sie ruhiger. Sie fing an, mit der Brosche zu spielen, die sie heute früh an ihre Jacke gesteckt hatte. Die Brosche, die ihre Mutter, die einzige Mutter, die sie gekannt hatte, ihr vermacht hatte. Gerechtigkeit. Ihre beiden Eltern hatten ihr ihr Leben gewidmet.

Sie hatte so viele Erinnerungen an sie. An die Gute-Nacht-Geschichten, die sie ihr erzählt hatten. An das Weihnachtsfest, an dem sie ihr das funkelnde Zweirad mit dem weißen Plastikkorb vor der Lenkstange geschenkt hatten. Und an ihren Kummer und ihre Ratlosigkeit, als die beiden Menschen, die sie am meisten liebte und von denen sie am meisten abhängig war, sich scheiden ließen. Daran, wie sie sie trotz allem gemeinsam während ihrer Schwangerschaft unterstützt hatten. Daran, wie stolz sie auf Brandon gewesen waren, wie sie ihr geholfen hatten, ihre Ausbildung abzuschließen. Und daran, wie schmerzlich es gewesen war und immer noch war, sie beide zu verlieren.

Nichts konnte ihre Erinnerungen, ihre Gefühle für sie auslöschen. Vielleicht hatte sie davor die größte Angst gehabt. Angst davor, dass ihre Bindung an die Menschen, die sie aufgezogen hatten, irgendwie gelockert werden würde, wenn sie wusste, unter welchen Umständen sie auf die Welt gekommen war. Aber das geschah offensichtlich nicht. Sie fühlte sich stärker, als sie wieder aufstand. Was auch noch zur Sprache kommen mochte zwischen ihr und Eve, was auch geschehen mochte, nichts konnte diese Bindung lösen.

Sie würde immer Julia Summers bleiben.

Jetzt war es an der Zeit, sich mit dem Rest ihrer Herkunft auseinanderzusetzen.

Sie ging zum Gästehaus zurück. Eve könnte dorthin kommen, damit sie vollkommen ungestört wären. Sie hielt vor der Tür an, um die Schlüssel hervorzukramen. Wann würde sie es endlich lernen, sie nicht so nachlässig in die Tasche zu werfen? Als sie sie gefunden hatte, seufzte sie zufrieden. In ihrem Kopf entstand langsam ein Plan, als sie die Tür aufschloss.

Sie würde sich zuerst ein Glas Weißwein gönnen, dann einen leichten Salat essen und dann erst Eve anrufen. Anschließend konnte sie Paul anrufen. Sie konnte ihm alles erzählen, weil sie genau wusste, er würde ihr helfen, damit fertigzuwerden.

Vielleicht konnten sie mit Brandon übers Wochenende fortfahren, um zu entspannen, einfach zusammen zu sein. Es wäre bestimmt heilsam, einen gewissen Abstand zu Eve zu gewinnen. Sie warf ihre Aktentasche auf einen Stuhl und wollte in die Küche gehen. In diesem Augenblick entdeckte sie sie.

Julia erstarrte. Sie konnte nicht einmal schreien, denn es ist nicht möglich zu schreien, wenn man aufgehört hat zu atmen. Vage schoss ihr durch den Sinn, dass es sich um ein Spiel handeln müsse. Sicher würde jeden Augenblick der Vorhang fallen, und dann würde Eve lächeln – ihr aufblitzendes, einmaliges Lächeln – und sich verbeugen.

Aber sie lächelte nicht, und sie stand auch nicht auf. Sie lag auf dem Boden, irgendwie seltsam auf der einen Seite. Ihr bleiches Gesicht ruhte auf einem der ausgestreckten Arme, als hätte sie sich für ein Nickerchen hingelegt. Aber die Augen waren geöffnet. Groß und starr.

Auf den hübschen Teppich vor dem Kamin tropfte Blut aus ihrer Kopfwunde.

»Eve.« Stolpernd ging Julia zu ihr hin, kniete sich nieder und nahm Eves kalte Hand in ihre. »Eve, nein.« Verzweifelt versuchte sie den schlaffen Körper aufzurichten. Blut tropfte auf ihr T-Shirt, verschmierte ihre Jacke.

Dann schrie sie.

Bei ihrem wilden Lauf zum Telefon stolperte sie. Noch völlig benommen von dem Schock, bückte sie sich und nahm das Schüreisen aus schwerem Messing hoch, das auf dem Boden lag. Blut glitzerte darauf. Entsetzt warf sie es beiseite. Ihre Finger zitterten so, dass sie erleichtert aufseufzte, als sie endlich die Nummer 911 gewählt hatte.

»Ich brauche Hilfe.« Sie konnte kaum reden. »Bitte, ich glaube, sie ist tot. Sie müssen mir helfen.«

Schweratmend lauschte sie der beruhigenden Stimme am anderen Ende und den Anweisungen. »Wir kommen sofort.«

»Kommen Sie rasch«, forderte Julia. Sie zwang sich, die Adresse anzugeben, dann warf sie den Hörer wieder auf die Gabel. Aber dann wählte sie, ohne lange zu überlegen, schon wieder eine andere Nummer. »Paul, ich brauche dich.«

Mehr konnte sie nicht hervorbringen. Als seine Stimme durch die Leitung dröhnte, warf sie den Hörer hin und kroch zurück zu Eve, um ihre Hand zu halten.

Als Paul kam, traf er am Tor uniformierte Polizei an. Aber er wusste es bereits. Weil er Julia über das Autotelefon nicht hatte erreichen können, als er von Malibu kam, hatte er im Hauptgebäude angerufen und schließlich ein hysterisches Hausmädchen am Apparat gehabt.

Eve war tot.

Er versuchte, sich einzureden, dass es sich um einen Irrtum handeln müsse, um einen grausamen Scherz. Aber im Innersten wusste er es besser. Auf der ganzen langen, frustrierenden Fahrt versuchte er, das leere Gefühl im Magen und das trockene Brennen in der Kehle zu ignorieren. Als er durch das Tor fuhr, wusste er, dass keinerlei Hoffnung mehr bestand.

»Es tut mir leid, Sir.« Der Polizist kam ans Seitenfenster von Pauls Wagen. »Niemand darf hereinfahren.«

»Ich bin Paul Winthrop«, sagte er. »Der Stiefsohn von Eve Benedict.«

Mit einem Nicken wandte sich der Polizist ab und redete leise in sein Walkie Talkie. Nach einem kurzen Gespräch erklärte er: »Fahren Sie bitte direkt zum Gästehaus.« Dann glitt er auf den Beifahrersitz. »Ich muss Sie begleiten.«

Schweigend ging Paul den Weg, den er schon zahllose Male eingeschlagen hatte. Er entdeckte weitere Polizisten, die wie ein Suchteam in Abständen voneinander langsam über das Grundstück gingen. Was suchten sie, fragte er sich. Oder wen?

Rings um das Gästehaus standen weitere Wagen und noch mehr Polizisten. Man hörte quäkende Laute aus verschiedenen Funkgeräten – und Weinen. Travers war auf dem Rasen zusammengesunken und schluchzte in ihre Schürze. Nina hatte beide Arme um die Haushälterin geschlungen. Ihr Gesicht war nass von Tränen, ihre Augen starr vom Schock.

Paul stieg aus dem Wagen und machte einen Schritt auf das Haus zu, aber der Polizist hielt ihn auf.

»Es tut mir leid, Mr. Winthrop, aber Sie dürfen nicht hineingehen.«

»Ich möchte sie sehen.«

»Privatpersonen dürfen den Schauplatz des Verbrechens nicht betreten.«

Er kannte die Bestimmungen, verdammt noch mal, kannte sie mindestens ebensogut wie dieser Rotzjunge von Polizisten mit seinem Milchgesicht. Er wandte sich um und schüchterte den jungen Polizisten mit einem einzigen Blick ein. »Ich will sie sehen.«

»Schauen Sie … Also gut, ich will sehen, was sich machen lässt. Aber Sie müssen warten, bis der für die Untersuchung Verantwortliche seine Erlaubnis gibt.«

Paul zog sich eine Zigarre aus dem Etui. Er brauchte etwas, das den schalen Geschmack in seinem Mund vertrieb. »Wer leitet die Ermittlungen?«

»Lieutenant Needlemeyer.«

»Wo ist er?«

»Hinter dem Haus. Hey«, rief er, als Paul schon losging. »Er ist gerade mit einer Ermittlung beschäftigt.«

»Er wird schon mit mir reden.«

Sie befanden sich auf der Terrasse, saßen an dem hübschen Tisch, von Blumen umgeben. Pauls Blick glitt über Needlemeyer hinweg und verweilte bei Julia. Ihr Gesicht war bleich, kalt und klar – wie Eis. Sie umklammerte mit beiden Händen ihr Glas.

Auf ihrem T-Shirt zeichneten sich Blutspuren ab, ebenso auf der Jacke. Entsetzen kam in ihm auf.

»Julia.«

Ihre Nerven waren so überreizt, dass sie aufsprang, als sie ihren Namen hörte. Das Glas fiel ihr aus den Händen und zerbrach auf den Fliesen. Einen Augenblick lang schwankte sie. Dann lief sie auf ihn zu.

»Paul. Oh, mein Gott, Paul.« Als er sie in die Arme nahm, fing sie an zu zittern. Alles, was sie sagen konnte, war: »Eve.« Und noch einmal: »Eve.«

»Bist du verletzt?« Er wollte sie von sich weghalten, um sich selber davon zu überzeugen, aber sie klammerte sich an ihn. »Sag mir, ob du verletzt bist.«

Nach Luft ringend, schüttelte sie den Kopf. Sie musste ihre Selbstbeherrschung wiederfinden, jetzt, sonst würde es ihr nie mehr gelingen. »Sie war im Haus, als ich heimkam. Im Haus, auf dem Fußboden. Ich fand sie auf dem Fußboden. Paul, es tut mir leid. Es tut mir so leid.«

Paul blickte über ihre Schulter zu Needlemeyer hinüber. Er saß ruhig da und beobachtete sie. »Muss es gerade jetzt sein?«, fragte Paul.

»Das ist immer der beste Zeitpunkt.«

Auf Grund von Pauls Recherchen für seine Bücher kannten sie einander seit über acht Jahren und waren Freunde geworden. Frank T. Needlemeyer hatte nie etwas anderes sein wollen als ein Polizist. Paul wusste, dass er fast vierzig war, aber sein Kindergesicht zeigte kein Anzeichen des Alterns. In seinem Beruf hatte er alles kennengelernt, was die Menschheit an Scheußlichkeiten zu bieten hat. Privat hatte er zwei unglückliche Ehen hinter sich. Er hatte sie ohne eine einzige Falte im Gesicht, ohne ein graues Haar überstanden. Nichts hatte seine Zuversicht erschüttern können, dass alles seine Ordnung haben könnte, wenn man das Böse ausrottete.

Und weil sie einander kannten, wusste Frank, wie viel Eve Paul bedeutet hatte. »Sie war eine großartige Frau, Paul. Es tut mir leid.«

»Yeah.« Er konnte jetzt noch kein Mitgefühl gebrauchen. »Ich muss sie sehen.«

Frank nickte. »Ich kümmere mich darum.« Er atmete tief aus. Offensichtlich war diese Julia Summers die Frau, von der Paul ihm in letzter Zeit erzählt hatte. Wie hatte er sie noch beschrieben?

»Sie ist eigensinnig, will immer beherrscht auftreten. Das liegt wahrscheinlich daran, dass sie ein Kind alleine aufziehen muss. Ihr Lachen ist wunderbar, aber sie lacht viel zu wenig. Sie hat mich verdammt irritiert. Ich glaube, ich bin verrückt nach ihr.«

»Yeah, yeah.« Frank hatte einen großen Schluck Bier getrunken. »Aber wie sieht sie aus? Fang mit ihren Beinen an.«

»Unglaublich, einfach unglaublich.«

Frank hatte bereits bemerkt, dass Paul in Bezug auf die Beine recht hatte. Aber im Augenblick sah es so aus, als ob Julias Beine sie nicht mehr lange tragen würden. »Möchten Sie sich nicht lieber setzen, Miss Summers? Wenn Sie nichts dagegen haben, kann Paul hierbleiben, während wir uns unterhalten.«

»Nein. Ich … Bitte.« Sie griff nach Pauls Hand.

»Ich werde hierbleiben.« Er nahm den Stuhl neben ihr.

»In Ordnung, wir werden jetzt noch einmal alles von Anfang an durchgehen. Möchten Sie noch etwas Wasser?«

Sie schüttelte den Kopf. Sie wollte nur eins, diese Sache hinter sich bringen.

»Wann sind Sie nach Hause gekommen?«

»Ich weiß es nicht.« Sie atmete tief ein. »Joe … Joe am Tor erinnert sich vielleicht daran. Ich hatte heute Vormittag eine Verabredung mit Gloria DuBarry. Danach bin ich herumgefahren …«

»Gegen zwölf hast du mich angerufen«, sagte Paul. »Aus dem Beverly Hills Hotel.«

»Ja, ich rief dich an, dann fuhr ich noch weiter herum.«

»Fahren Sie oft nur so herum?«, fragte Frank.

»Ich musste über einiges nachdenken.«

Frank sah, wie sie mit Paul einen Blick wechselte, und wartete.

»Ich kam gerade zurück, als Gloria fortfuhr, und …«

Frank unterbrach sie. »Miss DuBarry war hier?«

»Ja. Ich nehme an, sie wollte mit Eve reden. Sie kam aus dem Tor, als ich hineinfahren wollte. Ich habe noch ein paar Minuten mit Joe gesprochen, dann habe ich den Wagen vorn vor dem Gästehaus geparkt. Ich wollte nicht gleich hineingehen. Ich …« Sie legte die Hände in den Schoß und presste sie aneinander. Ohne ein Wort legte Paul eine Hand darüber. »Ich ging in den Garten und setzte mich auf eine Bank. Ich weiß nicht, für wie lange. Dann ging ich zum Haus zurück.«

»Durch welche Tür betraten Sie es?«

»Von vorn. Ich schloss die Vordertür auf.« Ihre Stimme versagte, und sie presste eine Hand vor den Mund. »Ich wollte etwas Wein trinken, mir einen Salat machen. Und dann sah ich sie.«

»Fahren Sie fort.«

»Sie lag auf dem Teppich. Und das Blut … Ich glaube, ich ging zu ihr hin, versuchte, sie aufzuwecken. Aber sie …«

»Ihr Anruf erreichte uns um ein Uhr, zweiundzwanzig Minuten.«

Julia schauderte zusammen, dann beruhigte sie sich etwas. »Ich habe die Nummer 911 angerufen, dann Paul.«

»Was haben Sie dann getan?«

Sie wandte ihren Blick ab von ihm, von dem Haus. Schmetterlinge kreisten um die blühenden Sträucher. »Ich habe bei ihr gesessen, bis Sie kamen.«

»Miss Summers, wissen Sie, weshalb Miss Benedict ins Gästehaus gekommen ist?«

»Sie hat auf mich gewartet. Ich … Wir arbeiteten an diesem Buch.«

»An ihrer Biografie.« Frank nickte. »Hat Miss Benedict Ihnen im Laufe der Zeit, als Sie an diesem Buch schrieben, angedeutet, dass irgendjemand ihr übelwollte?«

»Es gibt viele Leute, die wegen dieses Buches sehr beunruhigt sind. Eve kannte viele Geheimnisse.« Sie starrte auf ihre

Hände hinunter, dann schaute sie ihm in die Augen. »Ich habe Tonbänder, Lieutenant, Tonbänder von meinen Interviews mit Eve und anderen.«

»Ich wäre ihnen dankbar, wenn ich sie haben könnte.«

»Sie sind drinnen.« Sie drückte Pauls Hand. »Es ist noch mehr geschehen.«

Sie erzählte von den Zetteln, den Einbrüchen, dem Flugzeugunfall. Während sie sprach, machte Frank sich kurze Notizen und schaute sie unverwandt an. Die Dame, dachte er, war drauf und dran überzuschnappen und fest entschlossen, es nicht zu tun.

»Warum wurden uns die Einbrüche nicht mitgeteilt?«

»Eve wollte auf ihre Weise damit fertigwerden. Später hat sie mir erzählt, es wäre Drake gewesen, ihr Neffe, und dass sie mit ihm gebrochen hätte.«

Frank schrieb die Anfangsbuchstaben D.M. auf und malte einen Kreis darum. »Ich brauche die Zettel.«

»Sie sind im Safe, zusammen mit den Tonbändern.«

Er hob nur leicht die Braue. »Ich weiß, dass es schwer für Sie ist, Miss Summers, und ich kann leider nicht viel tun, um Ihnen die Sache zu erleichtern.« Aus dem Augenwinkel sah er, dass ein Uniformierter an der Küchentür auftauchte und ihm ein Zeichen gab. »Wenn Sie Gelegenheit gehabt haben, sich ein bisschen auszuruhen, muss ich Sie bitten, zu einem offiziellen Verhör zu uns zu kommen. Ich möchte auch gern Ihre Fingerabdrücke nehmen.«

»Du lieber Himmel, Frank …«

Er warf Paul einen Blick zu. »Das ist Routine. Wir nehmen alle Fingerabdrücke auf, die wir hier finden. Darunter sind natürlich auch deine und die von Miss Summers. Es hilft uns, wenn wir die schon mal aussortieren können.«

»Es ist in Ordnung. Ich mache alles, was erforderlich ist. Eins müssen Sie noch wissen …« Sie kämpfte mit sich, um nicht in Tränen auszubrechen. »Sie war mehr für mich, als nur die Frau, über die ich ein Buch schreiben sollte. Viel mehr, Lieutenant. Eve Benedict war meine Mutter.«

Was für ein schreckliches Durcheinander.

Frank dachte nicht an die kriminalistische Seite. Er hatte schon zu viele Kriminalfälle untersucht, um sich noch menschliche Betroffenheit zu gestatten, wenn er mit dem gewaltsamen Tode in Berührung kam. Er hasste den Mord und verachtete ihn als die schlimmste aller Sünden. Aber er war in erster Linie Polizist, und es war nicht seine Aufgabe zu philosophieren. Seine Aufgabe war es, der Gerechtigkeit zum Durchbruch zu verhelfen.

Er dachte an Paul als seinen Freund, der nun vor dem verhüllten Körper stand und den er beobachtete, wie er sich herunterbeugte, um das tote Gesicht zu berühren.

Frank hatte dafür gesorgt, dass sich niemand außer ihnen im Zimmer befand. Die Jungen von der Spurensicherung waren davon nicht sehr begeistert. Sie mussten noch eine Menge Arbeit hier erledigen. Aber manchmal musste man die Regeln durchbrechen. Paul hatte ein Recht darauf, ein paar Minuten allein zu sein mit der Frau, die er seit fünfundzwanzig Jahren liebte. Er hörte Schritte von oben. Er hatte Julia mit einer Polizistin ins Obergeschoss geschickt. Sie musste sich umziehen und ihre Privatsachen packen, auch die ihres Jungen. Eine Zeit lang durfte kein Unbefugter mehr das Haus betreten.

Eve sah immer noch schön aus, dachte Paul. Irgendwie half ihm das. Wer immer das auch getan haben mochte, es war ihm nicht gelungen, ihr die Schönheit zu nehmen.

Sie sah ungewohnt blass aus und ruhig. Er schloss die Augen, als der Schmerz ihn zu überwältigen drohte. Sie würde das nicht wollen. Er konnte fast ihr Lachen hören und spüren, wie sie ihm einen Klaps auf die Wange gab.

»Darling«, würde sie sagen, »du brauchst keine Tränen um mich zu vergießen. Mein Leben war überreich. Jetzt erwarte ich, zum Teufel, verlange ich, dass meine Fans ausgiebig weinen und mit den Zähnen knirschen. Die Studios sollten einen Trauertag einlegen. Aber ich möchte, dass die Menschen, die ich liebe, sich anständig betrinken und eine verdammt gute Party feiern.«

Sanft nahm er ihre Hand in die seine und hob sie zum letzten Mal an seine Lippen. »Auf Wiedersehen, Schönheit.«

Frank legte ihm eine Hand auf die Schulter. »Komm wieder nach draußen.«

Mit einem Nicken wandte sich Paul von ihr ab. Er brauchte dringend frische Luft. Als er auf die Terrasse trat, atmete er tief durch.

»Wie?«, fragte er nur.

»Durch einen Schlag aufs Schädeldach. Wahrscheinlich mit dem Schüreisen. Ich weiß, dass es nicht viel hilft, aber der Gerichtsmediziner meint, der Tod ist augenblicklich eingetreten.«

»Nein, es hilft nicht viel.« Er ballte die Fäuste in seinen Hosentaschen. »Ich werde jetzt vieles zu erledigen haben. Wann wirst du … Wann wirst du sie freigeben?«

»Ich gebe dir Bescheid, sobald ich es weiß. Wir werden miteinander reden müssen, offiziell, verstehst du.« Er zog sich eine Zigarette aus der Schachtel. »Ich kann zu dir kommen, oder du kommst in mein Büro.«

»Ich muss Julia von hier wegbringen.« Er nahm die Zigarette, die Frank ihm anbot. »Sie und Brandon können bei mir bleiben. Sie wird etwas Zeit brauchen, Zeit und Ruhe.«

»Ich gebe ihr, soviel ich kann, Paul, aber du musst unsere Situation verstehen. Sie hat die Leiche gefunden, sie ist Eves Tochter. Sie weiß, was hier zur Sprache kommt.« Er hob die Tasche mit den Tonbändern an, die er aus dem Safe genommen hatte. »Sie ist die beste Spur, die wir haben.«

»Das mag stimmen, aber sie steht kurz vor dem Zusammenbruch. Noch etwas mehr Stress, und sie dreht durch. Gib uns um Himmels willen ein paar Tage Zeit.«

»Ich werde tun, was ich kann.« Er blies eine Rauchwolke aus.

»Leicht wird es nicht werden. Die ersten Reporter sind bereits aufgetaucht.«

»Zum Teufel.«

»Du sagst es. Ich werde Julias Beziehung zu Eve so lange

wie möglich geheimhalten, aber wenn das herauskommt, werden sie wie die Fliegen um sie herumschwärmen.« Er schaute hoch, als Julia durch die Tür kam. »Bring sie fort von hier.«

Keuchend schob Drake sich durch die Tür und schloss sie hinter sich ab. Er fuhr sich mit zitternden Händen über das schweißnasse Gesicht. Dem Himmel sei Dank, dem Himmel sei Dank, er war wieder zu Hause, in Sicherheit.

Er brauchte einen Drink.

Um seinen Knöchel zu schonen, humpelte er durchs Wohnzimmer zur Bar hinüber und schnappte sich irgendeine Flasche. Er zog den Stöpsel heraus und trank.

Tot. Die Königin war tot.

Er lachte nervös, dann seufzte er schwer. Wie konnte das passiert sein? Warum? Wenn er nicht wieder verschwunden gewesen wäre, als Julia zurückkam …

Kein Problem. Er schob den Gedanken beiseite und presste eine Hand an seinen Kopf. Alles drehte sich. Das Einzige, was wichtig war, war die Tatsache, dass niemand ihn gesehen hatte. Solange er sich ruhig verhielt und seine Karten elegant ausspielte, war alles in Ordnung. Mehr als in Ordnung. Sie konnte noch nicht genügend Zeit gehabt haben, um ihr Testament zu ändern.

Er war ein reicher Mann. Ein verdammter Magnat. Wieder hob er die Flasche, ließ sie dann aber fallen, um eilig ins Badezimmer zu laufen. Er erbrach sich, elend und voller Angst, ins Waschbecken.

Maggie Castle hörte die Neuigkeit durchs Telefon. Ein Reporter rief sie an und fragte nach ihrer Reaktion, ihrem Kommentar. Sie ließ ihn kaum ausreden. »Sie verfluchter Sohn einer Schlampe«, sagte sie. »Ist Ihnen klar, was ich mit Ihnen anstellen kann, wenn Sie mir solche gemeinen Lügen erzählen?« Sie knallte den Hörer auf die Gabel. Sie hatte wirklich keine Zeit für solche makabren Scherze. Vor ihr türmten sich

Stapel von Drehbüchern auf, sie musste Verträge durchsehen, Telefonanrufe beantworten.

Sie presste die Hand auf ihren Magen, in dem es rumorte. Ich sterbe vor Hunger, dachte sie. Für ein großes Stück Roastbeef hätte sie einen Mord begehen können. Aber sie musste die Diät eisern durchhalten, bis sie wieder ihre alte Kleidergröße erreicht hatte. In weniger als einer Woche wurden die Oscars verliehen. Davor konnte sie sich nicht drücken.

Sie nahm drei Hochglanzfotos wie Spielkarten in die Hand und schaute sich die hübschen, sinnlichen Gesichter an. Einer der drei Schauspielerinnen musste sie ein Drehbuch schicken. Es war eine Traumrolle. Maßgeschneidert für Eve, dachte sie und seufzte. Wenn Eve fünfundzwanzig Jahre jünger wäre. Es war zum Auswachsen, selbst Eve Benedict konnte nicht immer jung bleiben.

Maggie schaute kaum hoch, als sich die Tür öffnete. »Was ist, Sheila?«

»Ms. Castle …« Sheila blieb auf der Schwelle stehen. »Oh, Gott, Ms. Castle.«

Die Stimme ihres Hausmädchens zitterte so, dass Maggie mit einem Ruck hochfuhr. Die Brille rutschte ihr auf die Nase. »Was? Was ist los?«

»Eve Benedict … Sie ist ermordet worden.«

»Das ist Bockmist.« Zornig sprang sie auf. »Wenn dieser Dreckskerl noch einmal anruft …«

»Es kam durchs Radio«, erwiderte Sheila und suchte in ihren Taschen nach einem Taschentuch. »Es wurde gerade im Radio durchgegeben.«

Immer noch wütend, schaltete Maggie den Fernseher ein. Schon auf dem zweiten Kanal fand sie, was sie suchte.

»Hollywood und die Welt sind schockiert durch den Tod von Eve Benedict. Der langjährige Star, bekannt aus Dutzenden von Filmen, wurde heute Nachmittag tot auf ihrem Grundstück gefunden. Offenbar ist sie das Opfer eines Mordes geworden.«

Langsam und vorsichtig setzte Maggie sich hin. »Eve«, flüsterte sie. »Oh, Gott. Eve.«

Michael Delrickio hatte sich in sein Büro eingeschlossen und starrte auf den Fernsehschirm. Eve mit zwanzig, strahlend, voller Leben. Eve mit dreißig, schön, sensationell.

Er bewegte sich nicht, sagte nichts.

Vorbei, gestorben, aus. Er hätte ihr alles geben können. Auch das Leben. Wenn sie ihn wirklich geliebt, ihm geglaubt und vertraut hätte, hätte er den Lauf der Dinge aufhalten können. Stattdessen hatte sie ihn verachtet, ihm Trotz geboten, ihn verabscheut. Und deshalb war sie jetzt tot. Aber noch immer konnte sie ihn vernichten.

Gloria lag in ihrem abgedunkelten Schlafzimmer, mit einer kühlenden Gel-Maske über ihren verschwollenen Augen. Das Valium half nicht. Sie glaubte fast, nichts könnte ihr helfen. Keine Pillen, keine Tricks, keine Gebete.

Eve war ihre engste Freundin gewesen. Es war unmöglich, die Erinnerungen an sie auszulöschen, die Bedeutung ihrer Beziehung von Frau zu Frau zu vergessen.

Natürlich war sie verletzt gewesen, ärgerlich, ängstlich. Aber sie hatte Eve nie den Tod gewünscht. Sie hatte nie gewollt, dass sie ein solches Ende nahm.

Aber Eve war tot. Sie war nicht mehr da. Unter der beruhigenden Maske flossen die Tränen. Gloria fragte sich, was jetzt aus ihr werden sollte.

Victor stand in seiner Bibliothek, umgeben von Büchern, die er liebte und sein Leben lang gesammelt hatte, und starrte auf eine noch versiegelte Flasche Irish Mist. Mit Whiskey, wie die Iren ihn machten, konnte man sich am besten betrinken, dachte er.

Er wollte betrunken werden, so betrunken, dass er nicht mehr in der Lage war zu denken, zu fühlen oder zu atmen. Wie lange konnte er in diesem Zustand bleiben? Eine Nacht, eine Woche, ein Jahr? Lange genug, um den Schmerz auszulöschen, bevor er wieder zu sich kam?

Dafür würde es nie genug Whiskey geben, nie genug Zeit. Wenn er dazu verdammt war, noch zehn Jahre zu leben, würde der Schmerz ihn nie verlassen.

Eve. Nur Eve konnte den Schmerz beenden. Und nie mehr würde er sie in den Armen halten, sie nie mehr spüren, nie mehr mit ihr zusammen lachen oder einfach ruhig mit ihr im Garten sitzen.

Auf diese Weise hätte es nicht enden sollen. Er wusste in seinem Herzen, dass es möglich gewesen wäre, diesen Tod zu verhindern – wie man den Schluss eines schlechten Drehbuches immer noch ändern konnte.

Sie hatte ihn verlassen, und diesmal konnte es keine Versöhnung mehr geben, keinen Kompromiss, keine Versprechungen. Jetzt hatte er nur noch seine Erinnerungen und leere Tage und Nächte vor sich, die er immer wieder durchleben musste.

Victor hob die Flasche hoch und warf sie gegen die Wand. Sie zerbrach, und der durchdringende Whiskeygeruch nahm ihm den Atem. Er schlug die Hände vors Gesicht und verfluchte Eve von ganzem Herzen.

Anthony Kincade war froh. Er freute sich. Er lachte laut. Während er gierig belegte Crackers in den Mund stopfte, wandte er den Blick nicht vom Fernsehschirm. Immer wenn ein Sender zum normalen Programm zurückkehrte, schaltete er einen anderen Kanal ein, um jede Neuigkeit mitzubekommen.

Die Hexe war tot. Nichts auf der Welt hätte ihn glücklicher machen können. Jetzt war es nur noch eine Frage der Zeit, bis er sich mit dieser Summers einigte und diejenigen Tonbänder von ihr ausgehändigt bekam, in denen Eve von ihm sprach. Sein Ruf, sein Geld, seine Freiheit, nichts von all dem war mehr in Gefahr. Eve hatte genau das bekommen, was sie verdiente. Er hoffte nur, dass sie gelitten hatte.

Lyle wusste nicht ein noch aus. Soweit er es verstanden hatte, war es Delrickio gewesen, der Eve ausgeschaltet hatte – und er stand mit Delrickio in Verbindung. Er hatte zwar nur ein bisschen für ihn herumgeschnüffelt, aber Männer wie Delrickio blieben immer oben. Sie sorgten schon dafür, dass irgendjemand anders für sie büßen musste.

Er konnte das Weite suchen, ja, aber er war sich verdammt sicher, dass er sich nirgendwo verstecken konnte. Und er glaubte auch nicht, dass sein Alibi der Polizei gegenüber besonders überzeugend war. Er hatte den ganzen Nachmittag verschlafen, nachdem er sich einen dicken Joint geleistet hatte.

Zum Teufel, warum war die Hure so blöd gewesen, sich auf diese Weise aus dem Verkehr ziehen zu lassen? Warum hatte sie nicht wenigstens noch ein paar Wochen gewartet? Dann wäre er längst auf und davon gewesen, und zwar mit prall gefüllten Taschen.

Er saß nackt auf dem Bett, zwischen den Knien hatte er eine Flasche Bier eingeklemmt. Er brauchte ein besseres Alibi. Er trank einen Schluck, strengte sein bisschen Verstand an, dann grinste er. Er hatte die fünf Riesen noch, die Delrickio ihm gegeben hatte. Wenn er sich für zwei davon mithilfe seines berühmten, unermüdlichen Penis kein Alibi kaufen konnte, war das Leben nicht mehr lebenswert.

Travers wollte nicht getröstet werden. Nina versuchte es, aber die Haushälterin wollte nicht essen, sich nicht hinlegen, kein Beruhigungsmittel nehmen. Sie saß nur auf der Terrasse und schaute in den Garten. Sie wollte nicht einmal ins Haus kommen, was Nina auch zu ihr sagte.

Die Polizei hatte das ganze Haus durchsucht, in die Schubladen geschaut, Eves persönliche Sachen durchwühlt. Sie hatte alles entweiht.

Mit verschwollenen, rotgeränderten Augen beobachtete Nina die Haushälterin. Glaubte diese Frau, dass nur sie allein litt? Glaubte sie, sie wäre die Einzige, die krank, verletzt und verunsichert war?

Nina ging ins Haus. Himmel, sie musste mit irgendjemandem reden, sich an irgendjemanden anlehnen. Sie hätte Dutzende von Leuten anrufen können, aber jeder, der ihr nahestand, würde sofort nach Eve fragen. Schließlich hatte Nina Solomans Leben an dem Tag angefangen, an dem Eve Benedict sie aufgenommen hatte.

Nun war Eve tot, und sie hatte niemanden mehr. Nichts. Wie konnte es möglich sein, dass eine einzige Person solch eine Bedeutung für eine andere hatte? Es war nicht richtig, nicht fair.

Sie ging zur Bar hinüber und holte sich einen starken Bourbon. Bei seinem Geschmack zog sie eine Grimasse. Seit Jahren hatte sie nichts Stärkeres mehr als Weißwein getrunken.

Aber der Geschmack beschwor keine dunklen Erinnerungen. Der Drink beruhigte und stärkte sie. Wieder trank sie einen Schluck. Sie brauchte sehr viel Kraft, um die nächsten Wochen durchzustehen. Oder sogar den Rest ihres Lebens.

Die kommende Nacht. Sie wollte sich nur darauf konzentrieren, diese eine Nacht zu überstehen.

Wie konnte sie hier Schlaf finden, in diesem großen Haus, in dem Bewusstsein, dass Eves Schlafzimmer leer war?

Sie hätte in ein Hotel gehen können, aber sie wusste, dass das nicht richtig wäre. Sie würde hierbleiben, sie würde diese erste Nacht durchhalten.

Dann erst würde sie an die nächste denken. Und an die folgende.

Es war bereits nach Mitternacht, als die Wirkung des Schlafmittels, das Julia genommen hatte, nachließ. Als sie erwachte, war sie keine Sekunde lang desorientiert, sie versuchte auch nicht, sich einzureden, alles wäre nur ein böser Traum gewesen.

Sobald sie wieder zu Bewusstsein kam, wusste sie, wo sie war, und auch, was passiert war.

Sie lag in Pauls Bett. Und Eve war tot.

Stöhnend drehte sie sich um. Sie wollte ihn spüren, sich an

seinen warmen, lebendigen Körper pressen. Aber der Platz neben ihr war leer.

Sie setzte sich auf, stieg aus dem Bett, obwohl ihr Körper zu leicht zu sein schien und ihr Kopf zu benommen.

Sie erinnerte sich daran, dass sie Brandon auf ihren ausdrücklichen Wunsch abgeholt hatten. Sie hätte es nicht ertragen können, wenn er von Eves Tod in den Nachrichten gehört hätte. Aber sie war auch noch nicht fähig gewesen, ihm alles zu erzählen. Sie hatte nur gesagt, es hätte einen Unfall gegeben – eine traurige Beschönigung für Mord – und dass Eve getötet worden war.

Er hatte ein bisschen geweint um eine Frau, die immer freundlich zu ihm gewesen war. Julia fragte sich, wann und wie sie ihm würde erklären können, dass diese Frau seine Großmutter war.

Aber das kam später. Brandon schlief und war in Sicherheit. Vielleicht war er ein wenig traurig, mehr nicht. Anders stand die Sache mit Paul.

Sie fand ihn auf dem Dach. Er schaute aufs Meer hinaus. Schwarze Wellen schlugen an den schwarzen Strand. Einen Augenblick glaubte sie, das Herz müsste ihr brechen.

Sie sah nur seine Silhouette im Mondlicht. Er hatte die Hände tief in den Taschen seiner Jeans vergraben, die er übergezogen haben musste, als er sie allein im Bett zurückgelassen hatte.

Es war nicht nötig, sein Gesicht und seine Augen zu sehen, oder seine Stimme zu hören. Sie konnte seinen Kummer deutlich spüren.

Unsicher, ob sie ihm besser helfen konnte, wenn sie zu ihm ging oder wenn sie sich fernhielt, blieb sie erst mal an Ort und Stelle stehen.

Er wusste, dass sie da war. Der Wind trug ihm ihren Duft zu. Den größten Teil des langen Abends über hatte er getan, was getan werden musste, völlig automatisch. Er hatte die nötigen Anrufe erledigt, andere entgegengenommen. Er hatte die Suppe gegessen, die sie warm gemacht hatte, und er hatte sie so weit gebracht, dass sie die Pillen nahm, die ihr Schlaf geben konnten.

Nun hatte er nicht einmal mehr die Kraft zu schlafen.

»Als ich fünfzehn war, kurz vor meinem sechzehnten Geburtstag«, sagte er und beobachtete weiter die Wellen, die an den Strand rollten, »brachte Eve mir das Autofahren bei. Es war in einem verfluchten Mercedes. Sie sagte: ›Steig ein, Junge. Fang an, Auto zu fahren und bleib erst mal auf der rechten Straßenseite.‹«

Er zog eine Zigarre aus der Tasche. Im Aufleuchten des Streichholzes konnte man sein trauriges Gesicht sehen, das gleich darauf wieder in Dunkel gehüllt wurde.

»Ich war zu Tode erschrocken und so aufgeregt, dass ich meine Füße auf den Pedalen keine Sekunde stillhalten konnte. Eine Stunde lang fuhr ich kreuz und quer durch Beverly Hills. Der Wagen bockte wie ein Pferd, ich würgte den Motor ab und konnte nur mit Mühe die Kurven kriegen. Fast schrammte ich einen Rolls, und sie verzog keine Miene. Sie warf nur den Kopf zurück und lachte.«

Der Rauch brannte ihm in der Kehle. Er warf die Zigarre über die Brüstung und lehnte sich darauf. »Mein Gott, ich habe sie geliebt.«

»Ich weiß.« Sie ging zu ihm und legte die Arme um ihn. Schweigend hielten sie sich aneinander fest und dachten an Eve.

27 Die Welt trauerte. Eve würde es genossen haben. Die Titelseite von *People* gehörte ihr allein, und es folgte ein sechs Seiten langer Artikel.

Nightline hatte ihr einen großen Teil des Heftes gewidmet. Das reguläre Fernsehprogramm wurde auf jedem Kanal von Eve-Benedict-Filmen verdrängt, einschließlich dem Kabelfernsehen. Die Leute auf der Straße kauften T-Shirts, Trinkbecher und Poster mit ihrem Bild, schneller, als die Produktion sie nachliefern konnte.

Am Tag vor der Verleihung der Oscars war Hollywood in glitzerndes Schwarz gehüllt. Wie sie darüber gelacht hätte.

Paul versuchte, seinen Kummer zu vergessen, indem er versuchte, sich ihre Reaktion auf all den Wirbel vorzustellen. Es wäre ein Triumph gewesen. Aber ihn umgaben so viele Dinge, die ihn an sie erinnerten.

Und da war auch noch Julia.

Sie tat alles, was notwendig war, mit gleichmäßiger, praktischer Energie. Aber in ihren Augen lag eine Verzweiflung, die er nicht ertragen konnte. Sie hatte das Verhör bei Frank durchgestanden, ihm jedes Detail berichtet, an das sie sich erinnern konnte. Nur ein einziges Mal hatte sie ihre Selbstbeherrschung verlassen, als Frank zum ersten Mal eines der Tonbänder abspielte. Als sie Eves volle, rauchige Stimme gehört hatte, war sie aufgesprungen, hatte sich entschuldigt und war in die Damentoilette gerannt, um sich heftig zu übergeben.

Danach hatte sie es fertiggebracht, jede Wiederholung durchzustehen, Anmerkungen zu den Tonbändern zu machen, das Datum hinzuzufügen, über die Situation bei den Interviews, die Stimmung zu berichten und eigene Interpretationen anzuführen.

Und während dieser drei schrecklichen Tage waren sie und Brandon in Malibu gewesen, während Paul die Vorbereitungen für die Bestattung getroffen hatte.

Eve hätte es nicht einfach und bescheiden gewollt. Das war nicht in ihrem Sinn. Sie hatte die entsprechenden Anweisungen für Paul bei ihren Anwälten hinterlegt, und sie waren kristallklar. Sie hatte die Grabstätte vor etwa einem Jahr gekauft. Gleichzeitig hatte sie sich einen Sarg ausgesucht. Saphirblau, mit weißer Seide ausgelegt. Sogar die Gästeliste und die Sitzordnung hatte sie im Voraus festgelegt, als hätte sie eine allerletzte Party geplant.

Nicht nur die Musik hatte sie bestimmt, sondern auch die Musiker. Auch ihr Bestattungskleid hatte sie ausgewählt, ein glänzendes smaragdgrünes Abendkleid, das sie in der Öffentlichkeit noch nicht getragen hatte.

Und natürlich hatte sie angeordnet, dass Armando sie frisieren sollte.

Am Tage der Beerdigung waren die Straßen voll von Eves Anhängern. Sie drängten sich vor dem Eingang zur Kirche. Einige weinten, andere schossen Fotos. Video-Kameras surrten. Brieftaschen wurden gestohlen, und hier und da fiel jemand in Ohnmacht. Es war wie bei Filmaufnahmen, das hätte ihr bestimmt gefallen. Es fehlten nur noch die sich kreuzenden Scheinwerfer bei dieser ganz besonderen Premiere.

Dann trafen die Limousinen ein und spien ihre Fracht aus: die Reichen, Berühmten, Glänzenden – und die Trauernden.

Die Leute schnappten nach Luft und flüsterten miteinander, als Gloria DuBarry ausstieg, wobei sie sich schwer auf den Arm ihres Mannes stützte. Ihr schwarzes Kleid von Saint-Laurent wurde durch einen dichten Schleier ergänzt.

Weiteres Flüstern und ein wenig Gelächter ertönte, als Anthony Kincade sich aus dem Wagen hievte, seinen gewaltigen Bauch in einen schwarzen Anzug gezwängt.

Travers und Nina konnten ungehindert passieren, ihre Anonymität schützte sie.

Peter Jackson hielt den Kopf gesenkt und achtete nicht auf die Fans, die seinen Namen riefen. Er dachte an die Frau, mit der er ein paar heiße Nächte verbracht hatte, und daran, wie sie an einem verregneten Morgen ausgeschaut hatte.

Applaus kam auf, als Rory Winthrop ausstieg. Unsicher, wie er darauf reagieren sollte, half er seiner Frau aus dem Wagen und wartete auf Kenneth, damit er sie begleitete.

»Himmel, was für ein Zirkus«, murmelte Lily und fragte sich, ob sie den überall gezückten Kameras ihren Rücken oder ihre Schokoladenseite zuwenden sollte.

»Ja.« Mit einem grimmigen Lächeln warf Kenneth einen flüchtigen Blick auf die Menge, die sich gegen die Barrikade der Polizei drängte. »Und Eve ist immer noch der Dresseur.«

Lily schob ihren Arm durch den ihres Mannes. »Alles in Ordnung, Darling?«

Er konnte nur den Kopf schütteln. Er roch das exotische

Parfüm seiner Frau, spürte ihren festen Arm. Der kalte Schatten der Kirche schien mit Totenhänden nach ihnen zu greifen. »Zum ersten Mal in meinem ganzen Leben fühle ich mich sterblich.« Noch bevor er die Treppe hinaufsteigen konnte, entdeckte er Victor. Es gab nichts, was er ihm hätte sagen können, kein Wort konnte zu dem Schmerz in den Augen des anderen Mannes Zugang finden. Rory lehnte sich enger an seine Frau. »Lass uns die Sache hinter uns bringen.«

Julia wusste, dass sie es durchstehen konnte, ja musste. Äußerlich wirkte sie ruhig, aber im Inneren zitterte sie vor Angst vor der Zeremonie. Sollten damit die Toten geehrt werden, oder diente sie zur Unterhaltung der Lebenden?

Zu viele Leute, dachte sie in einem Anflug von Panik. Es waren zu viele Leute da. Sie konnte sie riechen, die heißen Körper, den heißen Atem, diese ganze Mischung von Kummer und Erregung.

Sie fing an zu zittern und versuchte, sich zurückzuziehen, als Paul seinen Arm um ihre Taille legte. Er flüsterte irgendetwas, aber sie hörte nur das Rauschen in ihren Ohren. Es war zu wenig Luft da. Sie versuchte, ihm das zu sagen, aber er zog sie die Stufen hinauf, ins Kircheninnere.

Jetzt hörte sie Musik, keine Orgelklänge, sondern die süßen Laute einer Violine, begleitet von den feinen Klängen einer Flöte. Die Kirche war voller Menschen und Blumen. Aber die abgestandene Luft schien sich aufzulösen, abzukühlen. Die dunkle Kleidung der Menschen, die zu Eves letzter Party gekommen waren, wurde durch ein Meer von Blumen aufgelockert. Eve hatte keine Kränze bekommen, sondern einen Dschungel von Kamelien, Berge von Rosen und Riesenmengen von Magnolien. Ein glanzvolles, schönes Bild. In der Mitte der »Bühne«, auf der sie ihr ganzes Leben verbracht hatte, stand der blaue Sarg.

»Das passt zu ihr«, flüsterte Julia. Die Panik hatte sich verflüchtigt. Neben der Trauer, die sie erfüllte, empfand sie nichts als Bewunderung. »Ich frage mich, warum sie sich nie als Regisseurin versucht hat.«

»Sie hat gerade damit angefangen.« Julia musste lächeln. Paul behielt die Hand um ihre Taille, als sie den langen Weg durch das Kirchenschiff zurücklegten. Er sah Tränen und ernste Gesichter, aber auch scharfe Seitenblicke und einstudierte Posen. Hier und da standen Gruppen von Leuten herum, die sich flüsternd miteinander unterhielten. Man redete über neue Projekte, schloss Geschäfte ab. In Hollywood ließ man keine Gelegenheit ungenutzt verstreichen.

Eve würde das verstehen und billigen.

Julia hatte nicht die Absicht gehabt, an den Sarg heranzutreten, um einen letzten Blick auf die Tote zu werfen und ihr ein letztes Mal auf Wiedersehen zu sagen. Wenn das Feigheit war, gut, sie gab es gern zu. Aber als sie sah, wie Victor auf die Frau hinunterblickte, die er liebte, die großen Hände verkrampft, die breiten Schultern heruntergesackt, konnte sie sich nicht einfach auf eine der Kirchenbänke setzen.

»Ich muss …«

Paul nickte nur. »Möchtest du, dass ich mitkomme?«

»Nein. Ich … Ich denke, ich sollte allein gehen.« Der erste Schritt weg von ihm fiel ihr am schwersten. Die folgenden kamen fast wie von selbst. Als sie neben Victor stand, erforschte sie ihr Herz. Diesen beiden Menschen verdankte sie ihr Leben, dachte sie. Dieser Frau, die in ihrer Schönheit nur zu schlafen schien, und diesem Mann, der ihren Schlaf mit von Gram gezeichneten Augen bewachte. Wenn sie auch noch nicht an die beiden als ihre Eltern denken konnte, so konnte sie doch fühlen, dass es so war. Ihrem Herzen folgend, legte sie ihre Hand auf seine.

»Sie hat Sie geliebt, mehr als irgendjemanden sonst. Eines der letzten Dinge, die sie mir erzählt hat, war, wie glücklich Sie sie gemacht haben.«

Seine Finger zitterten. »Ich habe ihr nie genug gegeben. Konnte es nicht.«

»Sie haben ihr mehr gegeben, als Ihnen bewusst ist, Victor. Für so viele andere war sie ein Star, ein Produkt, ein Bild. Für Sie war sie eine Frau. *Die* Frau.« Sie presste die Lippen zu-

sammen und hoffte, es war richtig, was sie tat, was sie sagte.
»Sie hat mir einmal erzählt, das Einzige, was sie in ihrem Leben bedauert hat, war, dass sie gewartet haben, bis der Film damals fertig war.«

Er wandte sich zur Seite, schaute statt Eve die Tochter an, von der er nicht wusste, dass sie es war. In diesem Augenblick merkte Julia, dass sie die Augen ihres Vaters geerbt hatte, diese dunkelgrauen Augen, die je nach Gefühlslage von Rauch zu Eis wechseln konnten. Sie trat schnell einen Schritt zurück, aber da bedeckte er schon ihre Hand mit der seinen.

»Sie wird mir fehlen, in jedem Augenblick meines weiteren Lebens.«

Julia verschränkte ihre Finger mit seinen und führte ihn zu der Kirchenbank, in der Paul auf sie wartete.

Die Autoschlange, die langsam zu Forest Hills fuhr, bildete über Meilen hinweg ein schwarzes Band. Einige Menschen in den Wagen trauerten ehrlich. Andere, eingekuschelt in den kühlen Luxus eines gemieteten Wagens, trauerten in einer mehr abstrakten, allgemeinen Weise, so wie viele es tun, wenn sie hören, dass eine Berühmtheit gestorben ist. Sie trauern um den Verlust eines Namens, eines Gesichts, einer Persönlichkeit. Darin liegt keine Geringschätzung für diesen Menschen, es ist einfach ein Tribut an sein Image.

Einige waren dankbar dafür, dass sie auf der Gästeliste standen. Mit Sicherheit würde ein solches Ereignis in der Presse viel Raum einnehmen. Auch das schmälerte nicht die Bedeutung der Verstorbenen. Es war einfach Geschäft.

Es gab auch andere, die ganz und gar nicht trauerten, sondern in der ruhigen Kabine eines großen, bequemen Wagens Freude empfanden, hell und glänzend wie der im Sonnenschein funkelnde Autolack.

In gewisser Weise konnte man auch das als Tribut auffassen.

Aber Julia, die aus dem Wagen stieg, um den kurzen Weg zur Grabstätte zurückzulegen, passte zu keiner dieser Gruppen. Sie hatte ihre Eltern schon begraben müssen und hatte den schweren Schritt von einer Tochter zu einer Waise schon hinter sich. Trotzdem erfüllte sie ein tiefer Schmerz. Heute würde sie eine andere Mutter beerdigen und sich wieder ihrer eigenen Sterblichkeit bewusst werden.

Als sie vor dem Grab stand und den Duft von Gras, Erde und Blumen roch, vergaß sie die Gegenwart und ließ ihre Gedanken in die Vergangenheit schweifen.

Sie dachte daran, wie sie mit Eve neben dem Swimmingpool gelacht und ein wenig zu viel Wein getrunken und viel zu offen mit ihr geredet hatte. Wie war es möglich gewesen, dass sie Eve so vieles anvertrauen konnte?

Wie sie zusammen bei Fritz geschwitzt, geflucht und sich atemlos beklagt hatten. Und dann diese seltsame Intimität von zwei halbnackten Frauen, die ihrer Eitelkeit große Opfer brachten.

Sie hatten Geheimnisse geteilt, Vertrauliches, und sie hatten Lügen entschärft. Wie leicht es gewesen war, Freundschaft zu schließen.

Ob es das war, was Eve gewollt hatte? Freundschaft mit ihr schließen, dafür sorgen, dass sie Eve als wirklichen Menschen sah, mit all seiner Verwundbarkeit? Und dann …

Was für eine Rolle spielte das noch? Eve war tot. Und der Rest der Wahrheit, wenn es einen solchen Rest gab, würde nie mehr ans Licht kommen.

Julia trauerte, obwohl sie nicht wusste, ob sie je würde verzeihen können.

»Mist.« Frank fuhr sich mit beiden Händen übers Gesicht. Er musste eine unangenehme Entscheidung treffen. Er sah nur einen einzigen Weg, den Mordfall aufzuklären, und der führte direkt zu Julia.

In seinem ganzen Berufsleben hatte Frank sich immer stark auf seinen Instinkt verlassen. Ein sicheres inneres Gefühl konnte einen Polizisten durch das Labyrinth von Verdachtsmomenten, Ereignissen und die Verfahrensweisen führen. Er konnte sich nicht daran erinnern, dass sein Instinkt sich schon jemals während seiner ganzen Karriere so stark gegen die Tatsachen gewandt hätte.

Sie lagen ihm alle vor, säuberlich zusammengestellt in dem dicken Aktenordner, den er in den vergangenen drei Tagen angelegt hatte.

Die Berichte der Spurensicherung, der Autopsie, die unterschriebenen Protokolle der Verhöre mit den Leuten, die er oder einer seiner Mitarbeiter befragt hatten.

Vor allem aber machte ihm der Zeitpunkt der Tat zu schaffen. Der konnte einfach nicht ignoriert werden.

Beide, die Haushälterin und die Sekretärin, hatten Eve Benedict am Mordtag einige Minuten vor ein Uhr gesehen. Gloria DuBarry hatte sie nach einem kurzen privaten Gespräch mit Eve kurz vorher verlassen. Julia Summers war ziemlich genau gegen ein Uhr beim Tor angelangt, hatte mit dem Wächter geplaudert und war dann hineingefahren. Der Notruf aus dem Gästehaus war um ein Uhr zweiundzwanzig bei der Polizei eingetroffen.

Julia hatte kein Alibi für diesen Zeitraum, für diese zweiundzwanzig Minuten, in denen Eve Benedict aller Wahrscheinlichkeit zufolge ermordet worden war.

Der Schlag mit dem schweren Schüreisen aus Messing hatte den Tod herbeigeführt. Julias Fingerabdrücke waren die einzigen, die man darauf gefunden hatte.

Außer dem Vordereingang waren alle Türen verschlossen gewesen. Julia hatte zugegeben, dass sie die Vordertür selber aufgeschlossen hatte. Eve hatte keine Schlüssel bei sich gehabt.

Das waren nur Indizien, sicher, aber verdammt wichtig genug, wenn man den Streit zwischen den beiden Frauen in Betracht zog, der in mehreren Verhören zur Sprache gekommen war.

Offenbar hatte Julia Summers einen heftigen Wutanfall gehabt, als sie erfuhr, dass sie Eve Benedicts Tochter war.

»Sie schrie und drohte«, las er in Travers Verhörprotokoll.

»Ich hörte sie und lief nach draußen. Sie stieß den Tisch um, sodass das Porzellan auf den Fliesen zerschellte. Sie war leichenblass und warnte Eve, ihr nicht zu nahe zu kommen. Sie sagte, sie könnte sie töten.«

Natürlich sagten die Leute so was alle Tage, dachte Frank, und kratzte sich am Nacken. Es war einfach Pech, wenn irgendjemand tatsächlich starb, kurz nachdem ein anderer eine dieser allgemein üblichen Redewendungen gebraucht hatte.

Frank konnte es sich nicht länger leisten, seinem Instinkt mehr zu trauen als den Tatsachen, zumal der Gouverneur bereits Druck auf seinen eigenen Vorgesetzten ausübte.

Er musste Julia zum Verhör kommen lassen.

Der Anwalt räusperte sich, als er einen Blick in die Runde warf. Alles war genauso, wie Eve es gefordert hatte. Greenburg fragte sich, ob sie gewusst hätte, dass ihr nicht mehr viel Zeit blieb, als sie darauf bestanden hatte, alles so rasch wie nur möglich zu regeln.

Er zog sich am Tisch hoch. Er war kein sehr fantasievoller Mann. Eve war immer in Eile gewesen. Die Heftigkeit, mit der sie an die neue Fassung ihres Testamentes herangegangen war, hatte sie bei jedem Unternehmen gezeigt. Die Änderungen waren von brutaler Einfachheit. Das war eine weitere Eigenschaft, die Eve auszeichnete, wenn sie in der richtigen Stimmung dafür war.

Als er anfing zu reden, wurde es still im Zimmer. Selbst Drake, der sich gerade einen neuen Drink eingoss, hielt inne. Als der Anwalt anfing, die übliche Liste von Vermächtnissen an die Angestellten und Wohltätigkeitsvereine zu verlesen, fuhr Drake fort, sich Alkohol einzugießen.

Man hörte das leise Geräusch einer Flüssigkeit, die in ein Kristallglas fließt.

Die persönlichen Vermächtnisse waren bis ins einzelne festgelegt. Maggie hinterließ Eve ein ganz bestimmtes Paar von Smaragdohrringen, eine dreireihige Perlenkette und ein

Gemälde von Wyeth, das die Agentin immer bewundert hatte.

Rory Winthrop bekam ein Paar Dresdener Kerzenhalter, welches sie im ersten Jahr ihrer Ehe gekauft hatten, und einen Buchband von Keats.

Gloria fing an, an der Schulter ihres Mannes zu schluchzen, als sie hörte, dass sie einen antiken Schmuckkasten geerbt hätte.

»Vor Jahren waren wir bei Sotheby's«, sagte sie mit gebrochener Stimme. Trauer und Schuldgefühle beherrschten sie. »Und sie hat mich damals überboten. Oh, Marcus.«

Er flüsterte ihr etwas zu, während Greenburg sich wieder räusperte und fortfuhr.

Nina hatte sie eine Sammlung von Limoges-Döschen hinterlassen und zehntausend Dollar im Jahr für jedes Jahr, das sie bei Eve gearbeitet hatte. Travers hatte sie ein Haus in Monterey und die gleiche finanzielle Absicherung hinterlassen, außerdem einen Treuhandfonds für ihren Sohn, der seine medizinische Betreuung und Pflege zeit seines Lebens absicherte.

Ihrer Schwester, die weder zur Beerdigung noch zur Testamentseröffnung erschienen war, hatte Eve ein kleines Päckchen von Rentenpapieren vermacht. Drake wurde nur beiläufig erwähnt, er habe schon zu ihren Lebzeiten sein gesamtes Erbteil bekommen.

Seine Reaktion war vorhersehbar, so sehr, dass manche im Raum grinsen mussten. Er verschüttete seinen Drink. Der Geruch von teurem Whisky erfüllte den Raum. Sein ungläubiges Japsen wurde begleitet von dem Geräusch der Eiswürfel, die aus seinem Glas auf die glänzend polierte Bar fielen.

Während die Anwesenden ihn mit verschiedenen Graden von Interesse und Abscheu beobachteten, fing er an, vor Wut zu fluchen, zu jammern, zu stammeln und wieder zu fluchen.

»Verfluchte Hexe.« Er verschluckte sich fast an der Luft, die in seine Lungen drang. Sein Gesicht sah grau und verfallen aus. »Jahre habe ich ihr gewidmet, fast zwanzig verfluchte

Jahre meines Lebens. Sie kann mich doch nicht einfach übergehen. Nicht nach allem, was ich für sie getan habe.«

»Für sie getan?« Maggies Lachen klang rau. »Sie haben nie irgendetwas für Eve getan. Sie haben nur ständig ihr Bankkonto erleichtert.«

Er trat einen Schritt vor, fast betrunken genug, um eine Frau vor Zeugen zu schlagen. »Und alles, was Sie je getan haben, war, dass Sie Ihre fünfzehn Prozent eingestrichen haben. Ich gehörte zur Familie. Wenn Sie sich einbilden, Sie könnten das Haus mit Smaragden oder was auch immer verlassen, während ich nichts bekomme …«

»Mr. Morrison.« Der Anwalt unterbrach ihn. »Es steht Ihnen selbstverständlich zu, das Testament anzufechten.«

»Ich spucke darauf.«

Mit unverminderter Würde fuhr der Anwalt fort. »Ich muss Sie aber darauf aufmerksam machen, dass Miss Benedict ihre Verfügungen sehr genau mit mir besprochen hat. Ich besitze sogar ein Tonband von ihr, in dem sie diese letzten Wünsche etwas weniger förmlich ausspricht. Sie werden merken, dass es eine sehr kostspielige Angelegenheit sein wird, dieses Testament anzufechten, und sehr wenig aussichtsreich. Wenn Sie es trotzdem tun wollen, müssen Sie warten, bis ich hier fertig bin. Ich fahre also fort …«

Das Vermächtnis für Victor schloss ihre Sammlung von Gedichtbänden ein und einen Briefbeschwerer, der als eine gläserne Kuppel beschrieben wurde, die einen roten Schlitten, der von acht Rentieren gezogen wurde, umgab.

»Brandon Summers, den ich ganz reizend finde, hinterlasse ich eine Million Dollar für seine Erziehung und den Unterhalt, die bis zu seinem fünfundzwanzigsten Lebensjahr treuhänderisch verwaltet werden. Danach kann er mit der Restsumme, wie hoch sie auch sein mag, tun, was ihm beliebt.«

»Haarsträubend ist das, verdammt noch mal«, schrie Drake.

»Sie hinterlässt eine Million, eine ganze verfluchte Million, irgendeinem Kind? Irgendeinem rotznäsigen Balg, der ebenso gut von der Straße gekommen sein könnte?«

Bevor Julia irgendetwas sagen konnte, war Paul schon aufgestanden. Sein Gesichtsausdruck ließ ihr fast das Blut in den Adern gefrieren. Sie fragte sich, wie derjenige, dem dieser eiskalte Blick galt, ihn überleben konnte.

Man war auf Drohungen von beiden Seiten gefasst. Ein kleiner, hässlicher Faustkampf würde niemanden überrascht haben. Selbst Gloria hatte aufgehört zu wimmern, um zu sehen, was passieren würde. Aber Paul sagte nur einen einzigen Satz.

»Halt den Mund.«

Er sprach ganz ruhig, aber niemandem war die Drohung entgangen, die hinter seinen Worten lag. Als er sich wieder hinsetzte, nickte Greenburg, als hätte Paul die richtige Antwort auf eine besonders schwierige Frage gegeben.

»Den Rest«, las er vor, »einschließlich aller Immobilien und des gesamten persönlichen Vermögens, des gesamten persönlichen Besitzes, aller Wertpapiere, der zu erwartenden Einkünfte, hinterlasse ich Paul Winthrop und Julia Summers. Sie sollen sich alles so teilen, wie sie es wünschen.«

Julia hörte nur noch dies. Die leiernde Stimme des Anwaltes konnte das Dröhnen in ihren Ohren nicht übertönen. Sie konnte sehen, wie sein Mund sich bewegte, wie seine dunklen, scharfen Augen sie anblickten. In ihrem Arm spürte sie ein Kribbeln, als wäre er eingeschlafen. Dann griff Paul nach ihrer Hand.

Sie sprang auf, ohne sich dessen bewusst zu sein. Blindlings stolperte sie wie eine Betrunkene hinaus auf die Terrasse. Hier war Leben. Die Bienen summten um die Blumen, die Vögel zwitscherten fröhlich. Und hier war frische Luft. Sie konnte sie tief in ihre Lungen pumpen.

»Nimm es leicht.« Paul legte ihr eine Hand auf die Schulter. Seine Stimme klang leise und sanft.

»Ich kann das nicht.« Ihre Stimme klang viel zu dünn, viel zu zitterig, um ihre eigene zu sein. »Wie kann ich das annehmen? Es ist nicht richtig, dass sie mir überhaupt irgendetwas vermacht hat.«

»Sie hat es für richtig gehalten.«

»Du weißt nicht, was ich ihr an den Kopf geworfen habe, wie ich sie an diesem letzten Abend behandelt habe. Und außerdem – du lieber Himmel, Paul, sie schuldete mir nichts.«

Er hob ihr Kinn und zwang sie, ihn anzuschauen. »Ich glaube, du bist vor allem deshalb so erschrocken, weil du spürst, was du ihr schuldest.«

»Mr. Winthrop, entschuldigen Sie bitte.« Greenburg nickte beiden zu. »Es ist mir klar, dass dies ein schwieriger Tag für Sie ist, für uns alle, aber da ist noch eine Sache. Miss Benedict hat mich gebeten, mich darum zu kümmern.« Er hob einen wattierten Umschlag in die Höhe. »Das ist eine Kopie des Videobandes, das sie aufgenommen hat. Sie hat besonderen Wert darauf gelegt, dass Sie beide es sich nach der Eröffnung des Testaments anschauen.«

»Danke.« Paul nahm den Umschlag entgegen. »Sie hätte Ihre Tüchtigkeit zu würdigen gewusst.«

»Zweifellos.« Ein leiser Anflug eines Lächelns glitt über sein Gesicht. »Sie war ganz Frau – lästig, anspruchsvoll, rechthaberisch. Ich werde sie vermissen.« Sein Lächeln war wieder verschwunden. »Wenn Sie mich brauchen, zögern Sie bitte nicht, mich anzurufen. Es werden vielleicht Fragen auftauchen bezüglich einiger ihrer Immobilien oder anderer Dinge. Wenn Sie dann so weit sind, wird es für Sie noch einigen Papierkram zu erledigen geben. Mein Beileid.«

»Ich möchte Miss Summers gern bald heimbringen«, sagte Paul. »Aber vorher werden wir ins Haus gehen, um uns das Videoband anzusehen. Dafür wären wir gern ungestört. Könnten Sie uns vielleicht – abschirmen?«

In Greenburgs Augen lag ein Funkeln, als amüsiere er sich über den Vorschlag. »Es wird mir ein Vergnügen sein.«

Paul wartete, bis sie wieder allein auf der Terrasse waren. Durch die Glastüren, die der Anwalt hinter sich geschlossen hatte, hörte man erhitzte Stimmen und Schluchzen. Der alte

Mann würde viel zu tun haben, dachte er, dann schaute er Julia an. Ihre Augen waren wieder trocken, das Gesicht ruhig und gefasst. Aber sie war sehr blass.

»Vielleicht ist es das beste, wenn wir in Eves Zimmer nach oben gehen, um uns das hier anzusehen.«

Julia starrte auf den Umschlag in seiner Hand. Ein Teil von ihr, der, den sie als Feigling bezeichnete, wollte sich umdrehen, Brandon holen und sofort mit ihm in den Osten heimfahren. Konnte sie sich nicht, wenn sie es nur ernsthaft genug versuchte, davon überzeugen, dass alles nur ein Traum gewesen war? Vom ersten Anruf, der ersten Begegnung mit Eve bis hin zu diesem Augenblick?

Sie schaute zu Paul und begegnete seinem Blick. Dann wäre auch er nur ein Traum gewesen. Er und alles, was sie miteinander erlebt hatten. All diese zarten Hoffnungen würden sich in nichts auflösen.

»In Ordnung.«

»Gib mir eine Minute Zeit.« Er drückte ihr den Umschlag in die Hand. »Nimm den anderen Hauseingang. Ich werde da sein.«

Es war nicht einfach, die Tür zu öffnen und den Raum zu betreten, in dem Eve geschlafen und geliebt hatte. Es roch nach Blumen, Möbelpolitur und dem ganz persönlichen Duft, der Eve umgeben hatte.

Travers hatte natürlich gründlich aufgeräumt. Julia strich mit einem Finger über den dicken Satinüberwurf in Saphirblau, der das Bett bedeckte. Sie hatte sich einen Sarg in derselben Farbe ausgewählt, dachte sie und zog ihre Hand blitzschnell zurück. Aus Ironie oder aus Gründen der Behaglichkeit?

Sie schloss die Augen und lehnte den Kopf an das kühle Holz des Bettpfostens. Einen Augenblick lang, nur einen einzigen Augenblick, erlaubte sie sich, nur zu fühlen.

Nein, nicht Tod umgab sie hier. Nur die Erinnerungen an Leben.

Als Paul kam, sagte er nichts. In den letzten Tagen hatte er gesehen, wie sie immer zarter wurde. Der Kummer zehrte an ihrer Lebenskraft. Er goss sich und ihr einen Brandy ein. Als er anfing zu sprechen, klang seine Stimme absichtlich kühl und unbeteiligt.

»Du musst dich bald wieder fangen, Jules. Du tust weder dir noch Brandon einen Gefallen, wenn du weiterhin wie in Trance herumgehst.«

»Mir geht es gut.« Sie nahm das Glas und ließ es von einer Hand in die andere wandern. »Ich möchte nur, dass es vorbei ist. Aus und vorbei. Wenn die Presse von dem Testament Wind bekommt …«

»Wir werden das durchstehen.«

»Ich will ihr Geld nicht, Paul, auch nicht ihre Grundstücke oder …«

»Ihre Liebe«, sagte er. Er setzte sein Glas ab und nahm den Umschlag in die Hand. »Eve musste immer das letzte Wort haben. Damit musst du dich abfinden.«

Sie spielte weiterhin mit ihrem Glas. »Erwartest du von mir, dass ich mich ihr verpflichtet, eng verbunden fühle, ihr Dankbarkeit zu schulden glaube, wo ich seit gerade einer Woche weiß, dass sie meine Mutter ist? Sie hat mein Leben manipuliert, bevor ich noch geboren worden war, und selbst jetzt, wo sie tot ist, manipuliert sie mich immer noch.«

Er öffnete den Umschlag und nahm das Band heraus. »Ich erwarte nicht von dir, dass du irgendetwas fühlst. Und wenn du in den letzten Monaten irgendetwas von ihr begriffen hast, dann weißt du, dass sie es auch nicht erwarten würde.« Er drehte ihr den Rücken zu, als er das Band einlegte und das Videogerät einschaltete. Er wehrte sich dagegen, dass der Zorn ihn übermannte.

Zum Teufel mit ihm, dachte sie. Warum zwang er sie, sich so zu schämen? Sie setzte sich auf das mit Kissen bedeckte Schlafsofa und nippte an ihrem Brandy. Er prostete ihr zu, aber als auch er sich hinsetzte, ließ er einen beträchtlichen Abstand zwischen ihnen.

Ein kurzes Schnippen, und schon füllte Eve den Bildschirm

aus, wie sie es in ihrem Leben schon so oft getan hatte. Julias Herz krampfte sich vor Kummer zusammen.

»Darlings, ich kann euch gar nicht sagen, wie entzückt ich darüber bin, dass ihr zusammen seid.«

Eves herzliches Lachen durchdrang das Zimmer. Auf dem Bildschirm griff sie nach einer Zigarette und lehnte sich dann im Sessel zurück. Sie hatte ein sehr sorgfältiges Make-up aufgetragen, das die Schatten unter ihren Augen und die Fältchen um ihren Mund verbarg. Sie trug ein männlich geschnittenes Hemd in Fuchsia, das einen Stehkragen hatte. Julia sah sofort, dass es dasselbe Hemd war, das sie getragen hatte, als sie auf dem blutbefleckten Teppich gelegen hatte.

»Diese kleine Aufnahme mag überflüssig werden, wenn ich den Mut finde, mit euch beiden von Angesicht zu Angesicht zu reden. Sollte das nicht der Fall sein, so verzeiht mir bitte, dass ich euch nichts von meiner Krankheit erzählt habe. Für mich ist der Tumor ein Makel, den ich für mich behalten wollte. Wieder eine von diesen Lügen, Julia. Diesmal aber nicht nur aus egoistischen Gründen.«

»Was meint sie?«, flüsterte Julia. »Worüber redet sie da?«

Paul schüttelte nur den Kopf. Er saß angespannt da.

»Als man mir diese Diagnose mit ihrer Prognose und all den anderen »nosen« mitteilte, habe ich alle Gefühle durchlebt, die man in solcher Situation durchmacht. Unglauben, Ärger, Kummer. Ihr wisst, wie sehr ich es verabscheue, »normal« zu sein. Es ist eine niederschmetternde Erfahrung, wenn einem gesagt wird, dass man weniger als ein Jahr zu leben hat, ja weniger, um noch ein normales Leben zu führen. Ich musste das irgendwie ausgleichen. Ich musste das Leben feiern, glaube ich, mein Leben. So kam ich auf die Idee mit diesem Buch. Ich wollte klarstellen, wer ich gewesen bin, was ich getan habe, nicht nur für das ewig hungrige Publikum, sondern für mich selbst. Ich wollte, dass meine Tochter, die ein Teil von mir ist, diese Geschichte erzählt.« Ihr Blick wurde intensiver, als sie sich vorlehnte. »Julia, ich weiß, wie erschüttert du warst, als ich es dir erzählt habe. Glaub mir, du hast jedes

Recht, mich zu hassen. Ich will dir keine Entschuldigungen anbieten. Ich kann nur hoffen, dass wir auf irgendeine Weise zu einem Einvernehmen gekommen sein werden, wenn du das hier anschaust. Ich habe nicht vorhersehen können, wie viel du mir bedeuten würdest. Wie viel Brandon …« Sie schüttelte den Kopf und sog fest an ihrer Zigarette. »Ich will nicht gefühlsduselig werden. Ich rechne damit, dass es Heulen und Zähneknirschen bei der Nachricht von meinem Tode geben wird.«

Sie lächelte leicht, als sie mit dem Finger über ihre Stirn fuhr. »Diese Zeitbombe in meinem Gehirn … Manchmal könnte ich schwören, dass ich sie ticken höre. Sie hat mich gezwungen, meiner Sterblichkeit ins Auge zu sehen, meinen Fehlern und meiner Verantwortung. Ich bin fest entschlossen, diese Welt ohne Bedauern zu verlassen. Sollten wir uns bis dahin nicht ausgesöhnt haben, Julia, so habe ich doch den Trost zu wissen, dass wir eine Zeit lang Freundinnen waren. Und ich weiß auch, dass du das Buch schreiben wirst. Wenn du etwas von meinem Eigensinn geerbt hast, wirst du vielleicht nicht mehr mit mir reden. Deshalb habe ich vorsichtshalber die anderen Bänder besprochen. Ich bin ganz sicher, dass ich dir nichts von Bedeutung vorenthalten habe.«

Eve drückte ihre Zigarette aus und ließ sich einen Augenblick Zeit, um ihre Gedanken zu ordnen. »Paul, ich muss dir nicht sagen, was du mir bedeutet hast. Fünfundzwanzig Jahre lang hast du mir eine bedingungslose Liebe und Treue geschenkt, die ich nicht immer verdient hatte. Du wirst ärgerlich sein, weil ich dir nichts von der Krankheit gesagt habe. Es mag egoistisch von mir gewesen sein, aber ich bin der Meinung, dass ein inoperabler Gehirntumor eine sehr persönliche Angelegenheit ist. Ich wollte die Zeit, die mir noch blieb, genießen, ohne ständig beobachtet, gehätschelt oder bedauert zu werden. Erinnere dich daran, wie viel Spaß wir miteinander hatten. Du bist der einzige Mann in meinem Leben gewesen, der mir nie Kummer bereitet hat. Mein letzter Rat an dich ist, wenn du Julia liebst, lass es nicht zu, dass sie dir entwischt. Sie wird es vielleicht versuchen. Ich habe euch beiden den größten Teil meines Vermögens nicht nur deshalb hinterlassen, weil ich euch liebe, sondern auch, weil es euch verbinden wird. Ihr werdet in der nächsten Zeit miteinander auskommen müssen.«

Ihre Lippen zitterten kurz, bis sie sich wieder unter Kontrolle hatte. In ihren Augen glitzerten Tränen wie Regentropfen auf Smaragden. »Verdammt noch mal, schenkt mir weitere Enkelkinder. Ich wünsche mir, dass ihr das finden möget, was mir nie geglückt ist: Liebe, die nicht nur im Verborgenen, sondern auch im hellen Licht der Öffentlichkeit blühen kann. Julia, du bist das Kind, das ich liebte, aber nicht behalten konnte. Paul, du bist das Kind, das mir geschenkt wurde und das ich lieben durfte. Enttäuscht mich nicht.«

Sie warf den Kopf zurück und lächelte ein letztes Mal. »Und es würde mir nichts ausmachen, wenn ihr das erste Mädchen nach mir benennt.«

Das Band war zu Ende. Julia nahm einen großen Schluck Brandy, bevor sie sprechen konnte. »Sie war todkrank. Die ganze Zeit über war sie todkrank.«

Mit einer abrupten Bewegung schaltete Paul das Videogerät ab. Eve hatte recht gehabt. Er war verärgert, mehr noch, er war wütend. »Sie hatte nicht das Recht, es mir zu verheimlichen.« Mit geballten Fäusten sprang er auf und lief im Zimmer hin und her. »Vielleicht hätte ich ihr helfen können. Es gibt Spezialisten, eine holistische Medizin. Sogar wirkliche Heiler.« Er blieb stehen und fuhr sich mit der Hand durchs Haar. Eve war tot, und es war nicht der Gehirntumor, der sie umgebracht hatte. »Aber das spielt jetzt kaum noch eine Rolle, oder? Wir sollten uns dieses Band anschauen, nachdem sie ruhig in einem Krankenhausbett gestorben war. Stattdessen …« Er schaute zum Fenster hinüber. Vor seinem inneren Auge sah er Eve auf dem Teppich liegen.

»Doch, es spielt eine Rolle«, sagte Julia ruhig. »Alles spielt eine Rolle.« Sie stellte ihr Glas ab und stand auf. »Ich würde gern mit ihrem Arzt reden.«

»Warum?«

»Ich muss ein Buch über sie schreiben.«

Er trat einen Schritt auf sie zu, dann hielt er inne. Er war viel zu wütend, um das Risiko eingehen zu können, sie zu berühren. »Daran kannst du jetzt denken?«

Sie spürte die Bitterkeit, die ihn erfüllte. Aber sie konnte ihm jetzt nicht erklären, dass die einzige Möglichkeit, ihre Schuld an Eve zu begleichen, darin bestand, über sie zu schreiben und ihrem Leben damit Wert und Dauer zu verleihen. »Ja, ich muss daran denken.«

»Nun gut.« Er zog eine Zigarre hervor und zündete sie langsam an. »Wenn es noch in diesem Jahr herauskommt, kannst du an dem Mord an ihr profitieren und den Bestseller des Jahrzehntes herausgeben.«

»Ja«, sagte sie mit ausdruckslosem Blick. »Genau das erhoffe ich mir.«

Was immer er noch an Gehässigkeiten hatte sagen wollen, musste er unterdrücken, als irgendjemand forsch an die Tür klopfte. In dem Augenblick, als er sich abwandte, brach Julia fast zusammen. Sie presste den Handballen zwischen ihre Brauen und kämpfte verzweifelt um ihre Fassung, bis sie endlich einen Augenblick für sich allein sein konnte.

»Frank.«

»Es tut mir leid, Paul. Ich weiß, es ist ein harter Tag.« Frank stand auf der Schwelle. Weil er in offizieller Funktion gekommen war, trat er nicht ein, sondern wartete, bis er dazu aufgefordert wurde. »Travers hat mir gesagt, dass du und Miss Summers hier oben wäret.«

»Wir sind gerade in einer wichtigen Besprechung. Hat es nicht Zeit bis später?«

»Ich fürchte, nein.« Er warf einen Blick über Pauls Schulter, dann senkte er seine Stimme. »Ich übertrete einige Vorschriften, Paul. Ich versuche, es so leicht wie nur möglich zu machen, aber es ist keine gute Nachricht.«

»Du hast eine Vorladung?«

Frank steckte die Hände in die Taschen. »Yeah, so könnte

man sagen. Ich muss mit ihr reden, und ich kann die einzelnen Punkte nicht nur einmal mit ihr durchgehen.«

Am liebsten hätte er die Tür zugeschlagen, sich geweigert.

Als er zögerte, schüttelte Frank nur den Kopf. »Du würdest es nur schlimmer machen.«

Julia hatte ihre Selbstbeherrschung wiedererlangt. Sie drehte sich um, ihr Gesicht war ganz ruhig, und nickte Frank zu. »Lieutenant Needlemeyer.«

»Miss Summers, es tut mir leid, aber ich muss Ihnen noch weitere Fragen stellen.«

Ihr Magen rebellierte bei dem Gedanken daran, aber sie nickte noch einmal. »In Ordnung.«

»Wir müssen es in meinem Büro in der City erledigen.«

»In der City?«

»Ja, Madam.« Er zog eine Karte aus der Tasche. »Ich werde Ihnen Ihre Rechte vorlesen, aber zuvor möchte ich Ihnen raten, sich einen Anwalt zu nehmen. Einen guten.«

28 Sie hatte das Gefühl, in einem dieser Labyrinthe gefangen zu sein, die man in Vergnügungsparks finden kann. Immer, wenn sie glaubte, sie hätte den Ausweg gefunden, stieß sie wieder gegen eine glatte, schwarze Mauer.

Julia starrte in den großen Spiegel im Verhörraum. Sie trug noch das schwarze Kleid von der Beerdigung. Viel zu blass hob sich ihr Gesicht von dem glatten Leinen ab, wie sie da saß an dem einzigen Tisch, auf einem harten Holzstuhl. Rauch erfüllte das Zimmer und stieg in blauen Schwaden zur Decke hoch. Drei Kaffeetassen standen auf dem Tisch. Die schwarze Brühe roch ebenso bitter wie sie schmeckte. Und dann waren da noch die beiden Männer in Hemdsärmeln, mit Abzeichen auf den Hemdentaschen.

Vorsichtig bewegte sie ihre Finger, verschränkte sie miteinander – und sah, wie ihr Spiegelbild dasselbe tat.

Was für eine Frau war sie, fragte sie sich. Was für einer Frau würden sie Glauben schenken?

Sie wusste, dass hinter dem Spiegel andere Gesichter waren, die sie anstarrten, durch sie hindurchschauten.

Sie hatten ihr einen Becher Wasser gegeben, aber sie schien plötzlich nicht mehr schlucken zu können. Es war zu warm hier. Unter dem dunklen Kleid war ihre Haut feucht geworden. Sie konnte ihre Angst förmlich riechen. Manchmal schwankte ihre Stimme bedenklich, aber es gelang ihr jedes Mal, den Anflug von Hysterie zu unterdrücken.

Sie stellten ihre Fragen geduldig und hartnäckig. Sie waren so höflich, so außerordentlich höflich.

Miss Summers, Sie haben damit gedroht, Miss Benedict umzubringen.

Wussten Sie, dass sie ihr Testament geändert hatte, Miss Summers?

Miss Summers, ist Miss Benedict nicht zu Ihnen in das Gästehaus gekommen am Mordtag? Hatten Sie wieder Streit miteinander? Haben Sie da die Beherrschung verloren?

Egal, wie oft sie darauf antwortete, sie stellten die Fragen immer wieder, und sie musste immer wieder antworten.

Sie hatte jedes Zeitgefühl verloren. Sie könnte sich erst eine Stunde lang in diesem kleinen Zimmer ohne Fenster befinden oder auch schon einen Tag. Sie stellte fest, dass ihre Gedanken gelegentlich abschweiften, ihre eigenen Wege einschlugen.

Sie hätte gern gewusst, ob Brandon sein Essen bekommen hatte. Sie hätte ihm helfen müssen, sich auf eine Prüfung in Geografie vorzubereiten. Sie antwortete, während sie im Geist diese kleinen Ausflüge in den normalen Alltag unternahm.

Ja, sie hatte sich mit Eve gestritten. Sie war ärgerlich und wütend gewesen. Nein, genau konnte sie sich an ihre Worte nicht mehr erinnern. Sie hatten nie darüber gesprochen, dass sie ihr Testament ändern wollte. Nein, nie. Vielleicht hatte sie die Mordwaffe berührt. Sicher konnte sie es nicht sagen. Nein, die Einzelheiten von Eves Testament hatte sie nicht gekannt. Ja, ja, die Tür war verschlossen gewesen, als sie heim-

485

kam. Nein, sie wusste nicht, ob irgendjemand sie gesehen hatte, nachdem sie durch das Tor gefahren war.

Wieder und wieder gingen sie alle Einzelheiten durch, schickten sie immer wieder durch das Labyrinth.

Julia versuchte fieberhaft, an etwas anderes zu denken, als sie die Aufnahmeformalitäten über sich ergehen lassen musste. Sie schaute strikt geradeaus, wenn man sie dazu aufforderte, sie zwinkerte mit den Augen, als man sie für die Akten fotografierte und grelles Blitzlicht aufleuchtete. Sie hielt ihr Profil hin.

Sie hatten ihr den Schmuck abgenommen, die Handtasche, ihre Würde. Sie hatte nur noch ihren Stolz.

Sie führten sie in die Zelle, in der sie warten musste, bis die Kaution hinterlegt worden war. Mord, dachte sie benommen. Man hielt sie für eine zweitklassige Mörderin. Sie hatte einen grauenhaft falschen Weg in dem Labyrinth eingeschlagen.

Als sie hörte, wie die Metalltüren zugeschlagen wurden, bekam sie panische Angst. Sie hätte fast aufgeschrien und schmeckte Blut, als sie sich kräftig auf die Unterlippe biss. Oh, Gott, sperr mich nicht hier ein. Sperr mich nicht in diesen Käfig.

Sie rang nach Luft und setzte sich auf das Ende der Pritsche, die Hände im Schoß verschlungen. Sie hörte, dass irgendjemand leise fluchte, er rasselte Obszönitäten herunter, als ob er eine Wäscheliste vorlesen würde. Sie konnte das Jammern von Junkies und das Meckern von Nutten hören. Irgendjemand weinte, leise, mitleiderregend, endlos.

An der gegenüberliegenden Wand befand sich eine Toilettenschüssel, aber sie hatte Angst, sie zu benutzen. Obwohl Übelkeit in ihr hochstieg, unterdrückte sie sie lieber, als sich über diese schmutzige Schüssel zu beugen.

Sie wollte nicht krank sein. Und sie wollte nicht zusammenbrechen.

Wann würde die Presse Wind davon bekommen? Sie konnte schon jetzt die Schlagzeilen vor sich sehen.

Eve Benedicts Tochter als Mörderin verhaftet.
Die Rache einer im Stich gelassenen Tochter.

Julia fragte sich, ob Eve diese Art von Publicity wohl gefallen hätte, dann presste sie die Hand gegen den Mund, um einen wilden Lachanfall zu unterdrücken. Nein, nicht einmal Eve mit all ihrer Geschicklichkeit für Manipulationen, ihrer Fähigkeit, die Spieler in ihrem eigenen Drehbuch zu manövrieren, könnte diese ironische Wendung vorausgesehen haben.

Als ihre Hände anfingen zu zittern, verkroch sie sich auf der Pritsche ganz in die Ecke. Sie zog die Knie bis zur Brust hoch, legte ihren Kopf darauf und schloss die Augen.

Mord. Das Wort beherrschte all ihre Gedanken. Vor ihrem inneren Auge spielte sich die Szene genauso ab, wie man sie ihr beim Verhör beschrieben hatte.

Ihr Streit mit Eve, ihre wachsende Wut. Ihre Hand, die sich um den Griff des Schüreisens aus glänzendem Messing legte. Ein verzweifelter, harter Schlag. Blut. So viel Blut. Ihr lauter Schrei, als Eve hinfiel.

»Summers.«

Julia fuhr hoch. Wild schaute sie um sich. War sie eingeschlafen? Sie begriff nur, dass sie jetzt wach war und sich immer noch in der Zelle befand. Aber die Tür stand offen, und die Aufseherin war in den kleinen Raum gekommen.

»Ihre Kaution ist da.«

Als Paul sie wiedersah, war sein erstes Gefühl, zu ihr hinzulaufen und sie fest an sich zu drücken. Aber ein weiterer Blick zeigte ihm, dass sie in seinen Armen zerbrechen würde. Mehr noch als Trost brauchte sie Kraft, dachte er.

»Können wir gehen?«, fragte er und nahm sie bei der Hand.

Sie sagte kein Wort, bevor sie draußen waren. Es war ein Schock für sie, dass immer noch Tageslicht herrschte. Die Straßen waren verstopft von Wagen, in denen die Pendler zum Abendessen heimfuhren. Vor Stunden erst hatten sie Eve beerdigt. Und jetzt wurde sie beschuldigt, ihren Tod verursacht zu haben.

»Brandon?«

Er griff nach ihrem Arm, als sie schwankte, aber sie ging weiter, als habe sie diesen Schwächeanfall gar nicht bemerkt.

»Mach dir keine Sorgen. CeeCee kümmert sich um alles. Er kann über Nacht bei ihnen bleiben, es sei denn, du möchtest lieber, dass wir ihn mitnehmen.«

Mein Gott, sie wollte ihn sehen, mit ihm reden. Aber sie erinnerte sich daran, wie sie ausgeschaut hatte, als sie ihr erlaubt hatten, sich anzukleiden. Ihr Gesicht war kreidebleich, unter ihren Augen lagen dunkle Schatten.

»Ich möchte nicht, dass er mich so sieht. Später …«, sagte sie. Als sie Pauls Wagen erreicht hatten, war sie völlig verwirrt. Es war völlig verrückt, dachte sie, jetzt, wo sie wieder draußen war, heraus aus dem Käfig, wusste sie nicht, was sie als Nächstes tun sollte. »Ich sollte … Ich sollte ihn anrufen. Ich muss ihm erklären …«

Wieder schwankte sie, dass er sie auffangen musste. Ihm blieb im Augenblick nichts anderes übrig, als sie in den Wagen zu setzen. »Du kannst ihn später anrufen.«

»Später«, wiederholte sie mit geschlossenen Augen.

Da sie nichts weiter sagte, hoffte er, dass sie eingeschlafen wäre. Als er losfuhr, konnte er jedoch sehen, wie sie die Hände im Schoß zusammenballte und wieder öffnete. Er war vorbereitet gewesen auf Tränen, auf wilde Empörung, auf Wut. Aber wohl kein Mann konnte auf diese gefährliche Art von Zerbrechlichkeit vorbereitet sein.

Als Julia das Meer roch, öffnete sie die Augen. Sie war wie betäubt, als wäre sie nach einer langen Krankheit wieder zu sich gekommen. »Wohin fahren wir?«

»Nach Hause.«

Sie presste die Hand gegen die Stirn. »Zu dir nach Hause?«

»Ja. Ist das irgendwie ein Problem?«

Aber als er zu ihr hinüberschaute, wandte sie sich ab, und er konnte ihren Gesichtsausdruck nicht erkennen. Er bremste so scharf, als er vor dem Haus einparkte, dass sie beide in ihren Sitzen vor und zurück geschleudert wurden. Als er ausgestiegen war, stand auch sie bereits auf den Füßen.

»Wenn du nicht hier sein willst, dann sag mir, wohin du gehen möchtest.«

»Ich kann nirgendwohin gehen.« Sie wandte ihm ihr Gesicht zu und schaute ihn schmerzerfüllt an. »Und habe niemanden, zu dem ich gehen könnte. Ich habe nicht geglaubt, dass du – mich hierherbringen würdest, mich hier haben willst. Sie glauben, ich hätte sie umgebracht.« Ihre Hände zitterten so, dass ihre Tasche auf den Boden fiel. Als sie sich nach ihr gebückt hatte, besaß sie kaum noch genügend Kraft, um sich wieder aufzurichten. »Sie glauben, ich hätte sie umgebracht«, wiederholte sie.

»Julia.« Er streckte die Hände nach ihr aus, aber sie zog sich zurück.

»Bitte nicht. Fass mich nicht an. Ich würde selbst das bisschen Stolz, das mir noch geblieben ist, verlieren, wenn du mich anrührst.«

»Zum Teufel damit.« Er nahm sie einfach auf seine Arme. Als er sie ins Haus trug, fing sie an zu schluchzen.

»Sie haben mich in eine Zelle gesperrt. Sie haben mir immer wieder die gleichen Fragen gestellt, und sie haben mich in eine Zelle gesperrt. Sie haben die Tür abgeschlossen und mich dort gelassen. Ich konnte da drinnen kaum Luft bekommen.«

Er presste die Lippen zusammen, sodass sein Mund zu einer ganz schmalen Linie wurde. Aber gleich darauf flüsterte er ihr beruhigend zu: »Du musst dich ein Weilchen hinlegen, dich ausruhen.«

»Ich werde nie vergessen, wie sie aussah, als ich sie fand. Sie glauben, ich hätte ihr das angetan. Sie werden mich wieder holen, wieder einsperren. Was soll aus Brandon werden?«

»Sie werden dich nicht wieder einsperren.« Er legte sie aufs Bett und nahm ihr Gesicht in beide Hände. »Sie werden dich nicht wieder einsperren, glaub mir.«

Sie hätte ihm gern geglaubt, aber alles, was sie vor sich sah, war der kleine, vergitterte Raum, in dem sie saß wie in einer Falle. »Lass mich nicht allein. Bitte.« Mit Tränen in den Augen klammerte sie sich an seine Hände. »Küss mich.« Sie zog seinen Kopf zu sich herunter. »Bitte.«

Sie brauchte jetzt keinen Trost. Beruhigende Worte und zärtliches Streicheln waren machtlos gegen ihre Verzweiflung. Sie brauchte Leidenschaft, heiße, wilde Leidenschaft. Hier, bei ihm, konnte sie vergessen, sich nur noch dem Gefühl überlassen. Ihre Augen waren noch immer nass, gezeichnet von Schock und Entsetzen, aber ihr Körper bäumte sich ihm bereits entgegen, als er noch an seinen Kleidern zerrte.

Kein Wort fiel mehr zwischen ihnen. Sie wollte keine Worte mehr hören, selbst das sanfteste hätte sie zum Denken gezwungen. Für diese kurze Zeitspanne wollte sie nur noch fühlen.

Er vergaß, ihre Ängste zu beschwichtigen. Die Frau, die sich da mit ihm über das Bett rollte, kannte keine Ängste mehr. Ihr gieriger Mund und ihre suchenden Finger erregten ihn. Genauso verzweifelt wie sie, zerrte er an ihren Kleidern. Ihre heiße, feuchte Haut zitterte unter seiner Berührung, und er spürte ihren verführerischen Duft.

Die ersten Strahlen des Sonnenuntergangs drangen ins Zimmer. Sie warf sich über ihn. Jetzt war ihr Gesicht nicht mehr blass, sondern gerötet von pulsierendem Leben. Sie packte seine Handgelenke und zog seine Hände an ihre Brüste. Als er in sie eindrang, warf sie den Kopf zurück, erstarrte für einen Augenblick und erschauerte, als sie kam.

Sie schaute ihn fest an, als sie seine Handfläche an ihren Mund hob, um sie zu küssen. Dann stieß sie einen Schrei aus, in dem sowohl Verzweiflung als auch Triumph lag, und fing an, ihn zu reiten, schnell und hart, als ritte sie um ihr Leben.

Eine Stunde lang schlief sie in traumloser Erschöpfung. Dann wurde ihr die Wirklichkeit wieder bewusst. Innerhalb von Sekunden war sie hellwach. Sie unterdrückte einen Entsetzensschrei, als sie sich aufsetzte. Sie war sicher gewesen, dass sie sich in der Zelle wiederfinden würde. Allein. Eingesperrt.

Paul stand aus dem Sessel auf, von dem aus er sie beobachtet hatte, ging ans Bett und nahm ihre Hand. »Ich bin hier.«

Sie brauchte einen Augenblick, um Luft holen zu können. »Wie spät ist es?«

»Es ist noch früh am Abend. Ich wollte gerade nach unten gehen und uns etwas zu essen machen.« Er nahm ihr Kinn in seine Hand, bevor sie den Kopf schütteln konnte. »Du musst essen.«

Natürlich. Sie musste essen und schlafen und gehen und atmen. Sie musste all diese ganz normalen Dinge tun, um sich auf das ganz und gar nicht Normale vorzubereiten. Und dann gab es noch etwas, was sie tun musste.

»Paul, ich muss mit Brandon reden.«

»Heute Abend?«

Um die aufsteigenden Tränen zu unterdrücken, schaute sie weg zum Fenster und auf das rauschende Meer. »Ich hätte sofort zu ihm gehen sollen, aber ich war nicht sicher, ob ich dem Gespräch mit ihm gewachsen wäre. Ich fürchte, er könnte irgendetwas hören oder im Fernsehen mitbekommen. Ich muss es ihm erklären, ihn selber darauf vorbereiten.«

»Ich rufe CeeCee an. Nimm ein paar Aspirin und dann am besten eine lange, heiße Dusche. Ich bin unten.«

Sie zupfte an der Decke, als er zur Tür ging. »Paul … Danke. Für alles.«

Er lehnte sich gegen den Türpfosten, verschränkte die Arme und hob eine Braue. In seinem besten britischen Akzent sagte er amüsiert: »Bedankst du dich bei mir, weil ich Liebe mit dir gemacht habe, Jules?«

Sie zuckte unbehaglich mit den Schultern. »Ja.«

»Nun gut, dann sollte ich vermutlich sagen, dass du mir immer willkommen bist, meine Liebe. Du kannst mit mir rechnen. Jederzeit.«

Als sie hörte, wie er die Treppe hinunterging, tat sie etwas, von dem sie nie geglaubt hätte, dass sie es je wieder können würde. Sie lächelte.

Die Dusche half, ebenso die paar Bissen, die sie von dem Omelett verzehren konnte, das Paul servierte. Er erwartete nicht, dass sie sich mit ihm unterhielt. Das war auch etwas, wofür sie ihm dankbar war. Er schien zu verstehen, dass sie sich überlegen musste, was sie ihrem Sohn sagen wollte. Wie sie ihrem kleinen Jungen erklären konnte, dass seine Mutter wegen Mordes angeklagt wurde.

Als sie den Wagen hörte, sprang sie auf. Mit ineinander gepressten Händen wandte sie sich Paul zu. »Ich glaube, es wäre das beste …«

»Wenn du mit ihm allein sprichst«, ergänzte er. »Ich bin in meinem Büro. Bedank dich nicht wieder bei mir, Jules«, sagte er, als sie den Mund öffnete.

Julia nahm sich zusammen und öffnete die Tür. Da stand Brandon, seine Tasche um die Schulter gehängt, und grinste sie an. Er brachte es fertig, nicht gleich mit allem herauszuplatzen, was er tagsüber erlebt hatte. Er dachte daran, dass sie müde sein musste. Sie war zu einer Beerdigung gegangen, und ihre Augen sahen traurig aus.

Hinter ihm streckte CeeCee Julia die Hand hin. Dieses unausgesprochene Zeichen von Unterstützung und Vertrauen schnürte Julia die Kehle zu.

»Rufen Sie mich einfach an«, sagte CeeCee. »Sie brauchen mir nur zu sagen, was Sie brauchen.«

»Ich … Ich danke Ihnen.«

»Rufen Sie mich an«, wiederholte CeeCee und strich Brandon kurz übers Haar. »Bis bald, mein Junge.«

»Auf Wiedersehen. Sag Dustin, dass wir uns in der Schule sehen.«

»Brandon.« Oh Gott, dachte Julia. Sie war sich so sicher gewesen, dass sie gut vorbereitet war. Aber er blickte sie an, und sein Gesicht war so kindlich, so voller Vertrauen. Sie führte ihn aufs Dach. »Wir wollen ein bisschen hier draußen bleiben.«

Er wusste alles über den Tod. Sie hatte es ihm erklärt, als seine Großeltern gestorben waren. Die Menschen verließen die Erde, fuhren in den Himmel hoch wie Engel und all das. Manchmal waren sie vorher schwer krank gewesen oder hatten einen Unfall gehabt.

Er dachte nicht besonders gern an diese Dinge, aber ihm war klar, dass seine Mutter wieder mit ihm darüber sprechen wollte.

Sie hielt immer noch seine Hand fest. Sehr fest. Und sie blickte hinaus in die Dunkelheit, wo man gerade noch den weißen Schaum sehen konnte, der von den Wellen an den Strand gespült wurde. Im Haus waren die Fenster erleuchtet, deshalb konnte er ihr Gesicht erkennen und sehen, wie der Wind das lange blaue Kleid bewegte, das sie trug.

Brandon sprach als Erster. »Sie war eine nette Dame«, sagte er. »Sie hat oft mit mir gesprochen und mich nach der Schule und allem Möglichen gefragt. Und sie hat gelacht, wenn ich beim Aufschlag Unsinn gemacht habe. Es tut mir leid, dass sie sterben musste.«

»Oh, Brandon, mir auch.« Sie holte tief Luft. »Sie war eine sehr bedeutende Persönlichkeit, und du wirst viel über sie hören, in der Schule, im Fernsehen, in den Zeitungen.«

»Sie behaupten, sie wäre eine Göttin gewesen, aber sie war doch eine richtige Person.«

»Ja, das war sie. Richtige Menschen machen alles Mögliche, sie treffen Entscheidungen, machen Fehler, verlieben sich.«

Er ruckte hin und her. Sie wusste, dass er in einem Alter war, wo er sich unbehaglich fühlte, wenn von Liebe die Rede war. Normalerweise hätte sie darüber lächeln müssen. »Eve hat sich vor langer Zeit verliebt und bekam ein Baby. Aber sie konnte den Mann, den sie liebte, nicht heiraten. Deshalb hat sie etwas getan, was sie für das Baby am besten hielt. Es gibt viele gute Menschen, die keine eigenen Kinder haben können.«

»Sie adoptieren welche, so wie Großmama und Großpapa dich.«

»Genau. Ich habe deine Großeltern geliebt, und sie haben mich geliebt. Und dich.« Sie wandte sich um und kniete sich vor ihm hin, um sein Gesicht in ihre Hände zu nehmen.

»Erst vor einigen Tagen habe ich herausgefunden, dass ich das Baby gewesen bin, das Eve fortgegeben hat.«

Er fuhr nicht entsetzt zusammen, sondern schüttelte nur den Kopf, als wollte er ihre Worte in sein Weltbild einordnen. »Du meinst, Miss B. war deine richtige Mutter?«

»Nein. Großmama war meine richtige Mutter, die Frau, die mich aufgezogen und geliebt hat, die für mich gesorgt hat. Aber Eve war die Frau, die mich zur Welt gebracht hat. Sie war meine biologische Mutter.« Mit einem Seufzer fuhr Julia ihm durchs Haar. »Und deine biologische Großmutter. Du bist sehr wichtig für sie geworden, als sie dich erst einmal kennengelernt hatte. Sie war stolz auf dich, und ich weiß, dass sie sich gewünscht hat, noch genügend Zeit zu haben, dir das selber zu erzählen.«

Seine Lippen zitterten. »Warum hat sie dich nicht behalten, wenn du ihr Baby gewesen bist? Sie hat ein großes Haus gehabt und Geld und alles.«

»Ein großes Haus und Geld sind nicht alles, Brandon. Es gibt andere Gründe, gewichtigere, die zu einer solchen Entscheidung führen können.«

»Du hast mich nicht fortgegeben.«

»Nein.« Sie legte ihre Wange an seine und spürte, wie sie von Liebe durchflutet wurde, ebenso stark und mächtig wie zu der Zeit, als er in ihrem Leib wuchs. »Aber was für einen Menschen richtig ist, muss es nicht unbedingt auch für den anderen sein. Sie hat das getan, was sie für das Richtige hielt, Brandon. Und wie könnte ich traurig darüber sein? So ist es doch gekommen, dass ich Großmama und Großpapa gehört habe.«

Sie legte die Hand auf seine Schulter und verlagerte ihr Gewicht auf ihre Fersen. »Ich erzähle dir das alles jetzt, weil darüber geredet werden wird. Ich möchte, dass du weißt, dass es nichts gibt, wofür du dich schämen müsstest, nichts, was du bedauern müsstest. Du kannst stolz darauf sein, dass Eve Benedict deine Großmutter war.«

»Ich mochte sie sehr.«

»Ich weiß.« Sie lächelte und führte ihn zu einer Bank auf der anderen Seite. »Da ist noch etwas, Brandon, und das ist eine sehr schlimme Sache. Du musst tapfer sein und mir glauben, dass alles in Ordnung kommen wird.« Sie wartete und schaute ihn an, bis sie sicher war, dass sie ganz ruhig sprechen konnte. »Die Polizei denkt, ich hätte Eve getötet.«

Er blinzelte nicht einmal. Stattdessen stieg heißer Zorn in ihm auf. Er presste die Lippen zusammen. »Das ist blöd.«

Erleichtert lachte sie auf und legte ihre Wange auf seinen Kopf. »Ja. Ja, das ist blöd.«

»Du kannst nicht einmal eine Spinne töten. Ich kann's ihnen sagen.«

»Sie werden die Wahrheit herausfinden. Es kann allerdings eine Weile dauern. Vielleicht werden sie mir einen Prozess machen.«

Er vergrub sein Gesicht an ihrer Brust. »Wie der mit dem Richter Wapner?«

Als er zitterte, fing sie an, ihn zu schaukeln, wie sie es getan hatte, als er noch ein Baby war und von Koliken geplagt wurde. »Nicht genauso. Aber du brauchst dir keine Sorgen zu machen, weil sie es bestimmt herausbekommen werden.«

»Warum können wir nicht einfach fortfahren? Warum können wir nicht einfach heimkehren?«

»Das werden wir tun. Wenn alles vorüber ist …« Sie nahm ihn fest in die Arme. »Ich verspreche es dir.«

Drake hatte sich schmollend in sein Schlafzimmer zurückgezogen, um zu trinken. Jetzt bereitete er sich auf einen Telefonanruf vor. Er war verdammt froh darüber, dass die Hexe bis zum Hals in Schwierigkeiten steckte. Nichts würde ihm mehr Spaß machen, als wenn seine Kusine wegen Mordes verurteilt werden sollte.

Aber selbst wenn sie ihm nicht mehr im Wege stand, war da immer noch Paul, der ihm den Weg zu all dem Geld versperrte.

Vielleicht gab es tatsächlich keine Möglichkeit für ihn, das Testament anzufechten, und das Erbe, wofür er gearbeitet hatte, einzustreichen.

Aber es gab immer noch eine Chance. Und die hatte er bisher noch nicht genutzt.

Er nahm einen Schluck. Als sich der Teilnehmer am anderen Ende meldete, lächelte er. »Drake hier«, sagte er einfach. »Wir beide müssen uns treffen ... Warum? Nun, das ist eine einfache Sache. Ich habe ein paar Informationen, für die Sie bestimmt bereit sind zu zahlen. Zum Beispiel, dass Sie im Gästehaus herumgeschnüffelt haben und die Notizen meiner lieben Kusine Julia durchforscht haben. Oh, und da ist noch etwas, was die Polizei interessieren könnte: An dem Tag, an dem Eve ermordet wurde, war das Sicherheitssystem abgeschaltet. Woher ich das weiß?« Wieder lächelte er, während er im Geist bereits das Geld zählte. »Ich weiß alle möglichen Dinge. Ich weiß auch, dass Julia an jenem Tag im Garten war. Ich weiß, dass jemand anderes ins Gästehaus ging, wo Eve wartete, und dann allein herauskam. Ganz allein.«

Er lauschte und lächelte. Himmel, war das ein gutes Gefühl, wieder im Geschäft zu sein. »Oh, mir ist klar, dass Sie viele Gründe haben, viele Erklärungen. Die Bullen werden sich darüber freuen. Oder – Sie überreden mich dazu, alles zu vergessen. Eine Viertelmillion wäre ein gutes Argument. Fürs erste. Vernünftig sein?« Er lachte auf. »Ja, zum Teufel. Ich werde vernünftig sein. Ich gebe ihnen eine Woche Zeit. Von heute Abend an. Sagen wir um Mitternacht. Das klingt doch gut. Bringen Sie es her. Alles, oder ich gehe sofort zur Polizei und rette meine arme Kusine.«

Er legte auf, dann entschloss er sich, einen Namen in seinem kleinen schwarzen Buch herauszusuchen. Er wollte feiern.

Rusty Haffner war auch auf der Suche nach einer Chance. Die meiste Zeit seines Lebens war er auf der Verliererseite gewesen. Sein gegenwärtiger Job langweilte ihn, und er hätte ihn am liebsten hingeworfen, wenn die Bezahlung nicht so gut gewesen wäre. Es war nicht so leicht, auf sechs Riesen in der Woche zu verzichten, für die er nichts weiter zu tun hatte, als eine Frau zu beobachten.

Aber der alte Rusty fragte sich, ob sich jetzt nicht endlich die Gelegenheit bieten würde, mehr zu verdienen als nur die Butter aufs Brot.

Rusty löffelte einen Becher Blaubeerjoghurt leer und schaute sich dabei die Elf-Uhr-Nachrichten an. Da kam es schon. Julia Summers, das Klassebaby, das er nun schon seit Wochen beschattete. War das etwa kein Hammer, dass sie Eve Benedicts Tochter war? Und die Hauptverdächtige in dem Mordfall? Am interessantesten für Rusty P. Haffner aber war die Tatsache, dass sie einen Großteil eines Vermögens erben sollte, das den Gerüchten zufolge über fünfzig Millionen Dollar betrug.

Ein Klassebaby wie die Summers würde demjenigen, der ihr aus dieser Klemme heraushelfen konnte, sehr dankbar sein. Ihre Dankbarkeit würde sich nicht nur in sechs Riesen in der Woche niederschlagen. Sie würde so dankbar sein, stellte er sich vor, als er seinen Löffel ableckte, dass ein Mann sein Leben lang ausgesorgt haben könnte.

Möglich, dass sein gegenwärtiger Klient für einigen Ärger sorgen würde. Aber für, sagen wir, zwei Millionen bar, war Rusty in der Lage, mit jedem Ärger fertigzuwerden.

29 Verschwitzt, gestärkt und zufrieden mit sich und der Welt, stürmte Lincoln Hathoway nach seinem morgendlichen Jogging in die Küche. Die Kaffeemaschine fing gerade an zu brodeln, und er warf einen Blick auf die Uhr. Sechs Uhr fünfundzwanzig. Pünktlich auf die Minute.

Seit fünfzehn Jahren führte er eine harmonische Ehe mit

seiner Frau Elizabeth. Ihr Leben verlief äußerst angenehm. Er gehörte zu den geschätztesten Rechtsanwälten der Ostküste, und sie genoss es, die Ehefrau eines so erfolgreichen Mannes zu sein. Sie hatten zwei aufgeweckte, guterzogene Kinder, die nichts anderes kennengelernt hatten als Überfluss und Stabilität. Vor einem Jahrzehnt hatte es eine Krise gegeben, aber sie war beigelegt worden, ohne einen Stachel zurückzulassen. Im Laufe der Jahre war ihre Ehe zu einer gut funktionierenden Routine geworden, aber genau das war es, was sie beide wollten.

Wie jeden Morgen nahm sich Lincoln seinen Becher mit der Aufschrift »Rechtsanwälte machen es in ihren Slips«, der ein Geschenk seiner Tochter Amelia zu seinem vierzigsten Geburtstag war. Er trank die erste Tasse Kaffee am Morgen gern allein und sah sich dabei die Nachrichten im Fernsehen an. Anschließend ging er dann nach oben, um zu duschen. Es war ein gutes Leben, dachte Lincoln, als er den Apparat einschaltete. Der Nachrichtensprecher kündigte eine überraschende Wendung im Mordfall Eve Benedict an.

Der Becher glitt Lincoln aus den Fingern und brach entzwei. Der heiße kolumbianische Kaffee lief wie ein kleiner Bach über die glänzend weißen Fliesen.

»Julia.« Tonlos flüsterte er ihren Namen, als er nach einem Stuhl griff.

Sie war allein, hatte sich in die Couchecke gesetzt und versuchte, sich Notizen zu machen. Aber sie kam nicht damit voran. Sie musste eine Liste der Prioritäten aufstellen, notieren, was alles erledigt werden musste.

Natürlich brauchte sie einen Rechtsanwalt. Den besten, den sie sich leisten konnte. Das konnte bedeuten, dass sie eine zweite Hypothek auf ihr Haus aufnehmen, es vielleicht sogar verkaufen musste. Eves Geld kam nicht infrage, selbst dann nicht, wenn sie es gewollt hätte. Solange sie verdächtigt wurde, Eves Tod verursacht zu haben, durfte sie sich nichts davon nehmen.

Sie musste Vorsorge für Brandon treffen. Es musste für ihn gesorgt werden, während des Prozesses und danach, falls … Aber daran wollte sie jetzt noch nicht denken. Sie hatte keine Familie mehr. Natürlich hatte sie Freunde, und viele von ihnen hatten schon versucht, sie jetzt zu erreichen. Aber wem hätte sie ihr Kind anvertrauen können?

An diesem Punkt war sie ins Stocken geraten.

Alle paar Minuten klingelte das Telefon. Dann hörte sie Pauls Stimme am Anrufbeantworter, der erklärte, dass niemand zu Hause wäre. Nicht nur zahllose Reporter riefen an, sondern auch gute Freunde und Bekannte, die besorgt um sie waren: CeeCee, Nina, Victor. Du lieber Himmel, Victor. Als sie seine Stimme hörte, schloss sie die Augen. Wusste er es bereits? Vermutete er es? Was hätten sie einander sagen können, ohne einander noch mehr wehzutun?

Sie wünschte sich, dass Paul zurückkommen würde. Gleichzeitig wünschte sie sich, dass er noch länger fortbleiben würde, damit sie allein sein könnte. Er hatte ihr nur gesagt, er hätte einiges zu erledigen. Er hatte nicht gesagt, worum es sich handelte, und sie hatte ihn nicht danach gefragt.

Er hatte Brandon zur Schule gebracht.

Brandon. Sie musste Vorkehrungen für ihn treffen.

Als das Telefon wieder läutete, kümmerte sie sich nicht darum. Aber die Stimme klang so eindringlich, dass sie unwillkürlich aufhorchte. Dann erkannte sie sie.

»Julia, bitte, ruf mich an, sobald wie möglich. Ich habe alle Verabredungen für heute abgesagt und bin den ganzen Tag zu Hause. Ich habe gerade die neuesten Informationen gehört, heute Morgen. Bitte melde dich bei mir. Ich kann dir nicht sagen, wie … Ruf mich an. Die Nummer lautet ..«

Langsam war sie aufgestanden, ohne es eigentlich zu wollen, ging durch das Zimmer und nahm den Hörer ab. »Lincoln, hier ist Julia.«

»Oh, Gott sei Dank. Ich wusste nicht einmal mit Bestimmtheit, ob ich die richtige Nummer bekommen hatte. Ich habe alles versucht, was in meiner Macht lag.«

»Warum rufst du mich an?«

Er hörte keine Bitterkeit in ihrer Stimme, sondern nur Verwirrung. Das trieb ihm die Schamröte ins Gesicht. »Weil du kurz vor einem Mordprozess stehst. Ich kann es nicht glauben, Julia. Ich kann nicht glauben, dass sie genügend Beweise für einen Prozess besitzen.«

Seine Stimme hatte sich nicht verändert, stellte sie fest. Sie klang freundlich und präzise. Ihr fuhr der blödsinnige Gedanke durch den Kopf, ob er seine Unterwäsche wohl immer noch bügeln ließ. »Sie scheinen es jedenfalls anzunehmen. Ich bin dort gewesen. Meine Fingerabdrücke sind auf der Tatwaffe. Ich habe ihr gedroht.«

»Du lieber Himmel.« Er fuhr sich mit der Hand durch das blonde Haar. »Wer vertritt dich?«

»Greenburg. Er war Eves Anwalt. Aber er schaut sich bereits nach einem anderen um. Er hat keine Erfahrung im Strafrecht.«

»Hör mir zu, Julia. Sprich mit niemandem. Hörst du? Sprich mit absolut niemandem.«

Sie musste fast lächeln. »Dann soll ich also aufhängen?«

Er hatte ihre Art von Humor noch nie verstanden und achtete gar nicht auf ihren Einwurf. »Ich nehme das erste Flugzeug, das ich bekomme. Ich bin Mitglied der kalifornischen Anwaltschaft, es wird also kein Problem geben. Gib mir jetzt deine Adresse.«

»Warum? Warum willst du herkommen, Lincoln?«

Er war bereits dabei, sich seine Erklärungen und Entschuldigungen seiner Frau gegenüber, den Kollegen und der Presse zu überlegen. »Ich schulde es dir«, sagte er mit fester Stimme.

»Nein, du schuldest mir gar nichts.« Sie hielt den Hörer jetzt mit beiden Händen. »Ist dir klar, hast du es überhaupt bemerkt, dass du nicht einmal nach Brandon gefragt hast? Du hast nicht einmal nach ihm gefragt.«

In der darauf folgenden Stille hörte sie eine Tür zuschlagen. Sie drehte sich um und sah, dass Paul sie beobachtete.

»Julia.« Lincolns Stimme klang ruhig und vernünftig. »Ich

will dir helfen. Was immer du von mir denken magst, du weißt, dass ich der Beste bin. Erlaube mir, das für dich zu tun. Und für den Jungen.«

Den Jungen, dachte sie. Er konnte nicht einmal Brandons Namen aussprechen. Sie kämpfte einen Augenblick lang mit sich, rang nach Fassung. Lincoln hatte etwas gesagt, was absolut der Wahrheit entsprach. Er war der Beste. Sie konnte es sich nicht leisten, ihrem Stolz nachzugeben und dafür womöglich die Freiheit einzubüßen.

»Ich bin in Malibu«, sagte sie und gab ihm die Adresse. »Auf Wiedersehen, Lincoln. Danke.«

Paul sagte nichts, er wartete ab. Er war sich über seine Gefühle nicht im Klaren. Oder doch? Als er hereingekommen war und gemerkt hatte, wer am anderen Ende der Leitung sprach, hatte er das Gefühl gehabt, erschossen zu werden. Und jetzt blutete er innerlich.

»Du hast ja gehört«, sagte sie.

»Ja. Ich habe gehört. Ich dachte, wir hätten uns darüber geeinigt, dass du nicht ans Telefon gehst.«

»Es tut mir leid. In diesem Fall konnte ich nicht anders.«

»Natürlich.« Er verlagerte sein Gewicht auf die Fersen. »Er hat sich zehn Jahre lang nicht um dich gekümmert, aber du musstest sofort seinen Anruf beantworten.«

Ohne sich dessen bewusst zu sein, rieb sie sich ihren Magen, der plötzlich anfing zu schmerzen. »Paul, er ist Rechtsanwalt.«

»Das ist mir bekannt.« Er ging zur Bar, nahm sich aber nur ein Mineralwasser. Wenn er jetzt Alkohol trank, wäre es so, als würde man Öl ins Feuer gießen. »Und natürlich ist er der einzige Rechtsanwalt im Land, der die erforderlichen Fähigkeiten besitzt, deinen Fall zu übernehmen. Er wird wie der Blitz herbeieilen und dich aus den Klauen der Ungerechtigkeit befreien.«

»Ich kann es mir nicht leisten, Hilfe abzulehnen, woher sie auch immer kommen mag.« Sie presste die Lippen zusammen und bemühte sich, ganz ruhig zu sprechen. Am liebsten wäre sie an ihm vorbei aus der Tür gelaufen. »Vielleicht würdest du mehr von mir halten, wenn ich ihm ins Gesicht spucke. Vielleicht würde ich dann auch mehr von mir halten. Aber ich bin nicht sicher, ob ich es überlebe, wenn sie mich ins Gefängnis schicken. Und ich habe Angst, ich habe sehr viel Angst um Brandon.«

Er setzte das Glas ab, bevor er auf sie zuging. Sanft streichelte er ihre Arme. »Ich sag dir was, Jules. Wir lassen ihn seinen beruflichen Zauber in Ruhe abwickeln. Und wenn alles vorbei ist, spucken wir ihm beide ins Gesicht.«

Sie schlang die Arme um ihn und presste ihre Wange an seine. »Ich liebe dich.«

»Es wird auch langsam Zeit, dass du das mal wieder erwähnst.« Er hob ihr Gesicht an, um sie zu küssen, und zog sie dann zur Couch hinüber. »Komm, setz dich her. Ich will dir erzählen, was ich gemacht habe.«

»Da bin ich gespannt.« Sie versuchte zu lächeln.

»Ich habe Detektiv gespielt. Welcher Autor ist nicht zugleich ein verhinderter Detektiv? Hast du schon gegessen?«

»Was? Paul, du mixst mal wieder alles durcheinander.«

»Ich habe meinen Entschluss geändert. Wir werden uns in der Küche unterhalten. Beim Essen.« Er stand auf, nahm ihre Hände und zog sie einfach hinter sich her. »Es ist ein verführerischer Gedanke zu beobachten, wie du Pfunde zulegst, während ich berichte. Vielleicht hat Brandon noch etwas Erdnussbutter übrig gelassen.«

»Ich soll ein Sandwich mit Erdnussbutter essen?«

»Ja, und mit Marmelade.«

Sie brachte es nicht übers Herz, ihm zu sagen, dass sie gar keinen Hunger hatte. »Ich mach sie zurecht.«

»Das ist meine Spezialität«, erwiderte er. »Setz dich hin. Wenn ich eines Mordes angeklagt werden soll, kannst du mich verwöhnen.«

Jetzt konnte sie wirklich lächeln. »Abgemacht.« Sie schaute zu, wie er Brot schnitt, und fragte sich, ob er sich an den Morgen erinnerte, an dem er Eve zum ersten Mal begegnet war.

Mit einem kleinen Seufzer blickte sie auf die Topfpflanze, die hinter ihm auf dem Fensterbrett stand. Ob er bemerkt hatte, dass sie fast vertrocknet gewesen war, als sie und Brandon herkamen? Ein wenig Wasser, ein wenig Düngemittel, und sie hatte sich wieder erholt. So wenig war erforderlich, um ein Leben zu retten.

Als er den Teller vor sie hinstellte, lächelte sie wieder. Wie herrlich das war, Erdnussbutter und Marmelade und jemanden, den man liebhaben konnte.

»Du hast es nicht in Dreiecke geschnitten.«

Er hob eine Braue. »Richtige Männer essen keine zurechtgeschnittenen Sandwiches. Das ist albern.«

»Ich bin dir dankbar, dass du es mir sagst, sonst hätte ich weiterhin Brandons Sandwiches zerschnitten und ihn damit womöglich gedemütigt.« Als sie ein Sandwich in die Hand nahm, lief die Marmelade auf beiden Seiten herunter. »Und jetzt erzähl mir, wie du Detektiv gespielt hast.«

»Vorwiegend mit Beinarbeit, wie man es wohl nennt.« Er setzte sich hin und schob ihr eine Haarsträhne aus dem Gesicht. »Ich habe mit Jack geredet, dem Piloten. Er schwört darauf, dass jemand die Benzinleitung manipuliert hat. Das mag nicht viel zu bedeuten haben, aber es beweist, dass irgendetwas gegen dich im Gange war, dass du eingeschüchtert werden solltest. Eve vielleicht ebenso.«

Sie zwang sich dazu, zu essen und neue Hoffnung zu schöpfen. »In Ordnung. Ich glaube, es könnte sogar sehr wichtig sein, die Polizei davon zu überzeugen, dass irgendjemand uns gedroht hat – wegen des Buches. Da sind die Tonbänder. Ich kann nicht begreifen, wieso sie, nachdem sie die Tonbänder abgehört haben, denken können, ich …« Sie schüttelte den Kopf. »Es gibt keine Möglichkeit zu beweisen, dass nur ich und Eve wussten, was wir aufgenommen hatten.«

»Das Fachwort heißt begründeter Zweifel. Das ist alles, was wir brauchen. Ich habe dann Travers aufgesucht«, sagte er. Gerade weil er aufrichtig sein wollte, wählte er jetzt seine Worte besonders vorsichtig. »Sie ist nur noch ein Wrack,

Jules. Sie hat nur für Eve gelebt, weil Eve sie und ihren Sohn gerettet hat.«

»Und Travers glaubt, dass ich sie getötet habe.«

Er stand auf, um etwas zu trinken zu holen. Als Erstes fiel ihm eine Flasche Chablis in die Hand. Das passt nicht schlecht zu unseren Sandwiches, dachte er. »In ihrer momentanen Verfassung muss sie einfach irgendjemandem die Schuld geben. Sie nimmt an, du wärest diejenige. Es ist so, dass sich im ganzen Haus sehr wenig abspielen konnte, ohne dass sie es merkte. Die Tatsache, dass es Eve gelungen ist, ihre Krankheit selbst vor Travers geheimzuhalten, ist nur ein Beweis für Eves Geschicklichkeit und Vorsicht. An jenem Tage muss irgendjemand auf dem Grundstück und im Gästehaus gewesen sein. Travers müsste herausfinden können, wer es war.«

»Ich wünsche mir nur … Ich wünsche mir, dass sie verstehen könnte, dass ich das, was ich am Abend zuvor gesagt habe, nicht so gemeint habe.« Julia nahm ihr Glas in die Hand und setzte es wieder ab, ohne zu trinken. »Und dass ich bestimmt nicht gewollt habe, dass meine letzte Begegnung mit Eve so verlief. Ich werde das mein ganzes Leben lang bedauern, Paul.«

»Das wäre falsch.« Er legte seine Hand auf ihre und drückte sie sanft. »Sie hat dich hierhergeholt, damit ihr euch gründlich kennenlernen konntet. Ein Zwischenfall, ein paar heftige Worte haben da nur wenig Bedeutung, Julia. Ich habe heute ihren Arzt aufgesucht.«

»Paul.« Sie verschränkte ihre Finger mit seinen. In dieser Situation war jede Berührung, jeder kleine Kontakt so wichtig. »Du hättest nicht allein hingehen sollen.«

»Ich wollte das gern allein erledigen. Sie ist dort im vorigen Jahr unmittelbar nach dem Erntedankfest gründlich untersucht worden. Uns hat sie erzählt, dass sie für zwei Wochen nach *Golden Door* gehen wollte, um sich verwöhnen und aufbauen zu lassen.« Er schwieg einen Augenblick, um gegen seine Gefühle anzukämpfen. »Sie hat in der Klinik verschiedene Tests machen lassen. Offensichtlich litt sie unter Kopfschmerzen, Stimmungsschwankungen und sah die Dinge in ihrer Umgebung oft nur noch verschwommen. Der Tumor war … Nun, um es abzukürzen, es war zu spät. Sie konnten ihr Medikamente geben, um die Schmerzen zu lindern. Sie konnte normal weiterleben. Aber sie konnten sie nicht heilen.«

Er schaute sie an, und sie erkannte den tiefen Schmerz, der ihn erfüllte, in seinem Blick.

»Sie konnten die Krankheit nicht aufhalten. Man sagte ihr, dass sie bestenfalls noch ein Jahr zu leben hätte. Sie reiste anschließend direkt zu einem Spezialisten nach Hamburg. Weitere Tests, das gleiche Ergebnis. Dann muss sie sich überlegt haben, was sie vor ihrem Tode noch tun wollte. Es war Anfang Dezember, als sie Maggie und mir von dem Buch erzählte – und von dir. Sie wollte nicht, dass diejenigen, die sie liebte, erfuhren, wie wenig Zeit ihr noch blieb.«

Julia blickte auf die Topfpflanze, die von der Sonne beschienen wurde. »Sie hat es nicht verdient, dass man ihr von der Zeit, die sie noch zu leben hatte, einen Teil wegnahm.«

»Nein.« Er trank. Es war wie ein letzter, schweigender Abschiedsgruß. »Und derjenige, der das getan hat, darf nicht straflos davonkommen. Ich werde das nicht zulassen.« Er berührte Julias Glas mit seinem. »Trink deinen Wein«, sagte er. »Das ist gut für die Seele, und du wirst entspannter davon. Dann ist es leichter für mich, dich zu verführen.«

Sie zwinkerte ein paar Tränen fort. »Erdnussbutter, Marmelade und Sex – alles an einem Nachmittag. Ich weiß nicht, ob ich dem gewachsen bin.«

»Probieren wir's aus«, erwiderte er und zog sie zu sich.

Er hoffte, sie würde eine oder zwei Stunden schlafen können, als er sie im Schlafzimmer zurückließ. Die Jalousien waren wegen der Sonneneinstrahlung heruntergelassen worden, und an der Decke drehte sich ein Ventilator.

Wie die meisten Schriftsteller konnte Paul überall an einer Geschichte arbeiten, im Auto, im Wartezimmer des Zahnarztes, bei einer Cocktailparty. Aber er hatte im Laufe der Jahre herausgefunden, dass er in seinem Büro doch am besten arbeiten konnte.

Er hatte den Raum und das ganze Haus ganz nach seinen Bedürfnissen eingerichtet. Die meiste Zeit verbrachte er in dem luftigen, großen Zimmer im zweiten Stock. Dessen eine Wand bestand vollständig aus Glas, und er schaute auf den Himmel und das Meer. Diejenigen, die seine Arbeitsweise nicht begriffen, konnten nicht glauben, dass er tatsächlich arbeitete, wenn er einfach dasaß und hinausschaute, den Wechsel von Licht und Schatten beobachtete und den Flug der lachenden Möwen verfolgte.

Um ein Gegengewicht zu den Schwierigkeiten zu schaffen, die damit verbunden sind, sich eine Geschichte auszudenken, hatte er seinen Arbeitsraum so komfortabel wie nur möglich eingerichtet. An den Seitenwänden standen seine Bücher, darunter viele Nachschlagewerke und Bücher, die er einfach nur gern las. In schweren Steintrögen wuchsen zwei Feigenbäume. Einmal war Eve in sein Heiligtum eingedrungen und hatte winzige rote und grüne Kugeln an ihre Zweige gehängt. Sie sollten ihn daran erinnern, dass Weihnachten vor der Tür stand, auch wenn sein Abgabetermin ihn drängte.

Er hatte das Computerzeitalter freudig begrüßt und arbeitete an einem praktischen kleinen Personalcomputer. Oft kritzelte er jedoch noch Notizen auf alle möglichen Zettel, die er ebensooft verlor. Er hatte sich eine erstklassige Stereo-Anlage geleistet, denn manchmal arbeitete er gern mit Musik von Mozart oder Gershwin im Hintergrund. Und da er jede Störung verabscheute, hatte er einen kleinen Kühlschrank einbauen lassen, in dem es immer genügend alkoholfreie Getränke und Bier gab. Wenn er richtig bei der Sache war, konnte es vorkommen, dass er erst nach achtzehn Stunden die Tür wieder öffnete und todmüde in die Wirklichkeit zurückkehrte.

Hierhin zog er sich zurück, um an Julia zu denken und daran, wie man ihre Unschuld beweisen könnte.

Er setzte sich in seinen Arbeitssessel, lehnte sich zurück und starrte in die Luft.

Wenn er nach einem neuen Romanthema Ausschau gehalten hätte, wäre sie die perfekte Mörderin gewesen. Ruhig, gesammelt und viel zu angespannt. Reserviert. Die Gefühle verdrängt. Dann wäre Eve gekommen und hätte das säuberlich geordnete Leben, das sie sich aufgebaut hatte, zur Explosion gebracht. Ihr unter der Oberfläche siedendes Temperament wäre außer Kontrolle geraten, und in einem Augenblick blinder Wut und Verzweiflung hätte sie zugeschlagen.

So würde es die Anklage wahrscheinlich darstellen, dachte er. Wobei die millionenschwere Erbschaft ein zusätzlicher Anreiz gewesen sein könnte. Natürlich würde es für sie schwierig sein zu beweisen, dass Julia von der Änderung des Testamentes gewusst hatte. Andererseits war es auch wieder nicht so schwierig, die Geschworenen – falls es so weit kommen sollte – davon zu überzeugen, dass Julia auch in diesem Punkt Eves Vertraute gewesen war.

Die alternde, kranke Filmkönigin, auf der Suche nach einer verlorenen Vergangenheit, nach der Liebe eines Kindes, das sie fortgegeben hatte. Sie konnten Eve als das verletzliche Opfer darstellen, die sich tapfer ihrer Krankheit stellte und verzweifelt versuchte, das Herz ihrer Tochter zu gewinnen.

Eve würde höhnisch grinsen und Bockmist dazu sagen.

Muttermord, dachte er. Ein besonders hässliches Verbrechen. Er zündete sich eine Zigarre an, schloss die Augen und führte die einzelnen Punkte auf, die dagegen sprachen.

Julia war nicht fähig zu einem Mord. Das war natürlich nur seine eigene Meinung und kaum ein gewichtiges Gegenargument. Er sollte sich mehr auf echte Fakten konzentrieren als auf seine Emotionen.

Die Drohbriefe. Das war ein Fakt. Er war bei Julia gewesen, als sie einen davon erhalten hatte. Ihr Schock und ihre Angst waren nicht gespielt gewesen. Die Anklage könnte dagegen halten, dass sie die Tochter einer Schauspielerin war und ursprünglich selber die Bühnenlaufbahn hatte einschlagen wollen. Aber er zweifelte daran, dass selbst Eve in der Lage gewesen wäre, eine solche Szene derart überzeugend zu spielen.

Das Flugzeug war manipuliert worden. Konnte irgendjemand ernstlich annehmen, dass sie ihr Leben freiwillig aufs Spiel gesetzt hätte, das Risiko eingegangen wäre, dass ihr Kind zur Waise würde?

Dann die Tonbänder. Er hatte sie abgehört. Sie waren brisant. Welches dieser Geheimnisse war Eves Leben wert?

Paul hatte keinen Zweifel daran, dass sie sterben musste, um eine Lüge aufrechtzuerhalten.

Glorias Abtreibung? Kincades Perversionen? Torrents Ehrgeiz? Priests Gier?

Delrickio. Paul wünschte sich von ganzem Herzen, dass Delrickio für den Mord verantwortlich wäre. Aber konnte ein Mann, der so kühl über Tod und Leben entschied, die Beherrschung verlieren und so unbesonnen töten?

Die Tat war mit großer Sicherheit im Affekt verübt worden. Wer immer sie begangen haben mochte, konnte nicht wissen, wann Julia nach Hause kommen oder der Gärtner am Fenster vorbeikommen würde.

Außer den Angestellten hatte sich zur Tatzeit niemand auf dem Grundstück befunden. Trotzdem musste jemand von außen eingedrungen sein.

Paul fragte sich, was er gemacht hätte, wenn er Eve hätte allein begegnen wollen, ohne dass irgendjemand davon wusste. Es wäre nicht besonders schwierig gewesen, nach einem offiziellen Besuch einen Abstecher zu machen, um das Sicherheitssystem abzuschalten. Dann zurück. Ihr gegenübertreten. Die Beherrschung verlieren.

Die Vorstellung gefiel ihm. Sie gefiel ihm sehr, abgesehen von der unbedeutenden Tatsache, dass das Sicherheitssystem eingeschaltet gewesen war, als die Polizei es überprüft hatte.

Er musste also noch einmal Travers anrufen und Nina und Lyle. Und alle anderen, die auf Eves Anwesen beschäftigt waren, bis zu der einfachsten Putzfrau.

Er musste den Beweis erbringen, dass irgendjemand die Möglichkeit gehabt hatte, in das Haus einzudringen. Irgendjemand, der so viel Angst hatte, diese Zettel zu verfassen und zu verteilen. Irgendjemand, der so verzweifelt war, dass er nicht einmal davor zurückschreckte zu töten.

Jede Minute war kostbar. Er nahm den Telefonapparat hoch und wählte. »Nina. Paul ist hier.«

»Oh, Paul. Travers hat mir gesagt, dass Sie hier waren. Es tut mir leid, dass ich Sie verfehlt habe.« Sie warf einen Blick auf die Karteikästen, die sie gerade sorgfältig verpackte. »Ich bin gerade dabei, Ordnung zu schaffen und alles, was mir gehört, auszusortieren. Ich werde mir ein Haus in den Bergen mieten, bis … Nun, bis ich in der Lage bin, in Ruhe darüber nachzudenken, was ich anfangen könnte.«

»Sie wissen, dass Sie so lange bleiben können, wie Sie wollen.«

»Ich weiß das zu schätzen.« Sie suchte in ihrer Tasche nach einem Taschentuch. »Ich mache mir Sorgen um Travers, aber ich kann es nicht ertragen, länger hierzubleiben in dem Bewusstsein, dass Miss B. nie mit einem neuen unmöglichen Auftrag hereingestürmt kommen wird. Oh, Gott, Paul, warum musste das passieren?«

»Genau das müssen wir herausfinden, Nina. Ich weiß, dass die Polizei Sie verhört hat.«

»Wieder und wieder«, sagte sie seufzend. »Es scheint festzustehen, dass ich als Zeugin in dem Prozess werde aussagen müssen – wegen des Streites, wegen Julia.«

Ihm fiel auf, dass ihre Stimme sich verändert hatte. »Sie glauben, dass sie es getan hat, nicht wahr?«

Sie blickte auf das zerknitterte Taschentuch, warf es fort und nahm sich ein neues. »Es tut mir leid, Paul. Ich verstehe Ihre Gefühle für sie. Aber trotzdem – ich sehe einfach keine andere Möglichkeit. Ich glaube nicht, dass sie es geplant hat. Ich glaube nicht einmal, dass sie es beabsichtigt hat. Aber trotzdem ist es passiert.«

»Was auch immer Sie annehmen, Nina, Sie könnten mir

vielleicht helfen. Ich habe mir da eine Theorie zurechtgelegt. Können Sie mir sagen, wer Eve an dem Tag, an dem sie getötet wurde, und am Vortag besucht hat?«

»Mein Gott, Paul.«

»Ich weiß, es ist nicht einfach für Sie. Aber es könnte mir helfen.«

»Also, in Ordnung.« Rasch wischte sie sich die Augen ab, legte das Taschentuch beiseite und griff nach dem noch nicht verpackten Terminkalender. »Drake war hier und Greenburg. Am Abend vorher sind Maggie und Victor da gewesen. Oh, und Sie, natürlich. Travers hat erwähnt, dass Sie Eve besucht haben, deshalb habe ich es mir notiert.«

»Tüchtig wie immer, Nina.« Er spielte schon mit einer anderen Möglichkeit. »Hatte Eve etwas mit dem Chauffeur?«

»Lyle?« Zum ersten Mal seit Tagen musste Nina lachen. »Nein! Miss B. hatte zu viel Klasse für diesen Typen. Es gefiel ihr, dass er so gut zu dem Wagen passte. Das war alles.«

»Noch etwas. Gab es irgendwelche Probleme mit der Alarmanlage an dem Tag, an dem es passiert ist? Ist sie vielleicht überprüft worden?«

»Die Alarmanlage? Nein, wieso sollte es damit Probleme gegeben haben?«

»Ich will nur alles genau sondieren, Nina. Geben Sie mir Bescheid, wenn Sie umgezogen sind. Und machen Sie sich keine Sorgen wegen Travers. Ich kümmere mich um sie.«

»Ich weiß. Ich bleibe in Verbindung mit Ihnen, Paul. Es tut mir leid – alles.«

»Mir auch.« Er hängte den Hörer ein. Für den nächsten Anruf ließ er sich mehr Zeit, überlegte vorher genauer, was er sagen wollte. Dann wartete er darauf, zu Frank durchgestellt zu werden.

»Ich habe nur eine Minute Zeit, Paul. Die Dinge überstürzen sich.«

»Julia?«

»Überwiegend ja. Sie lässt eine Koryphäe aus dem Osten herkommen.«

»Ja, ich weiß.«

»Yeah, das kann ich mir vorstellen. Wie auch immer, er will jeden Fetzen Papier sehen, der irgendwie mit dem Fall zu tun hat. Seine Ankunft wirft schon ihren Schatten bis hierher. Der District Attorney besteht darauf, dass wir alles bestens für ihn vorbereiten. Wir werden ganz schön auf Trab gehalten.«

»Hathoway arbeitet schnell.«

»Yeah.« Er senkte die Stimme. »Und deshalb arbeitet der District Attorney noch schneller. Er ist wie verrückt hinter der Sache her, Paul. Da ist alles drin – Geld, Macht, Glanz und Skandale. Er verspricht sich eine große Presse davon.«

»Frank, hast du irgendeine Möglichkeit, überprüfen zu lassen, ob das Sicherheitssystem an jenem Tag abgeschaltet gewesen ist?«

Frank runzelte die Stirn und blätterte in seinen Papieren. »Als wir kamen, war es in Ordnung.«

»Aber hätte es nicht vorher abgeschaltet und dann wieder eingeschaltet worden sein können?«

»Himmel, Paul, das sind doch Hirngespinste.« Als er darauf keine Antwort bekam, murmelte Frank: »Okay, ich werde mit ein paar von den Elektronik-Boys reden, aber ich glaube nicht, dass es viel Zweck hat.«

»Noch etwas, Kannst du noch einmal mit dem Chauffeur reden?«

»Mit dem Zuchthengst? Warum?«

»Das ist nur so ein Gefühl.«

»Mist. Man halte mir diese Schriftsteller vom Halse.« Aber er machte sich bereits eine Notiz. »Sicher, ich kann ihn noch einmal auseinandernehmen.«

»Ich wäre gern dabei.«

»Sicher, warum zum Teufel nicht? Wozu brauche ich eine Pension, wenn ich von guten Taten leben kann?«

»Nur noch eine letzte Sache.«

»Heraus damit. Soll ich dir die Akten rüberschicken? Ein

Beweismittel verschwinden lassen? Einen Zeugen umdrehen?«

»Ich hätte nichts dagegen. Und da wir einmal dabei sind, könntest du nicht die Fluggesellschaften überprüfen lassen, um festzustellen, ob irgendjemand, der mit Eve in Verbindung stand, im vorigen Monat einen kurzen Abstecher nach London gemacht hat? So um den zwölften.«

»Kein Problem. Das kostet mich nur so zehn bis zwanzig Arbeitsstunden. Gibt es einen besonderen Grund dafür?«

»Ich werde es dich wissen lassen. Vielen Dank.«

Und jetzt, dachte Paul, als er den Hörer auflegte, musste er auf die Antworten warten, sie miteinander vergleichen und sehen, ob sie eine brauchbare Arbeitsgrundlage abgaben.

30 Es war ein langer Flug von Philadelphia bis Los Angeles. Auch ein Flug Erster Klasse konnte die Zeitverschiebung und die Reisemüdigkeit nicht aufheben. Aber Lincoln Hathoway sah aus, als käme er gerade von seinem Schneider. Sein marineblauer Gabardine-Anzug mit den schmalen, kreideweißen Streifen wies kaum ein Fältchen auf, und seine handgenähten Schuhe glänzten. Sein kurzgeschnittenes blondes Haar saß tadellos. Paul verabscheute ihn auf den ersten Blick, vielleicht wegen dieser nahtlosen Korrektheit. Der Gedanke gefiel ihm.

»Lincoln Hathoway«, sagte der Mann und streckte seine manikürte Hand aus. »Ich möchte Julia sehen.«

Es machte Paul Spaß, dass seine Handfläche sandig war. »Paul Winthrop.«

»Ja, ich weiß.« Lincoln hatte ihn nicht von den Umschlagbildern seiner Bücher erkannt. Er hatte keine Zeit, sich mit Unterhaltungsromanen zu beschäftigen. Aber seine Sekretärin hatte alles für ihn auftreiben müssen, was irgendwie mit Julia zusammenhing, besonders alles aus den letzten sechs Monaten. Er wusste, wer Paul war, und kannte seine Beziehungen zu dem Opfer und der Angeklagten. »Ich bin froh, dass Julia die Möglichkeit hat, diskret hier zu wohnen, bis wir mit der Sache fertig sind.«

»Ich mache mir eigentlich mehr Sorgen um ihren Seelenfrieden als um irgendeine Art von Diskretion.« Er ließ Lincoln ein und dachte, dass er es gründlich genießen wollte, ihn zu verabscheuen. »Möchten Sie einen Drink?«

»Ein wenig Mineralwasser wäre mir lieb, danke.« Lincoln war daran gewöhnt, sich rasch eine Meinung zu bilden. Manchmal war es notwendig, die Geschworenen vorwiegend nach ihrem Äußeren und nach ihrer Körpersprache zu beurteilen. Er schätzte Paul als einen reichen, ungeduldigen und misstrauischen Menschen ein und fragte sich, wie er diese Eigenschaften am besten nutzen konnte, wenn der Fall vor Gericht kam. »Mr. Winthrop, wie geht es Julia?«

Paul drehte sich um und reichte ihm das Glas. »Warum fragen Sie sie nicht selber?«

Sie stand in der Tür und hatte schützend den Arm um ein mageres, dunkeläugiges Kind gelegt. Sie hatte sich in diesen zehn Jahren verändert, dachte Lincoln. Sie strahlte nicht mehr Enthusiasmus und Vertrauen aus, sondern Gleichmut und Vorsicht. Das rehbraune Haar, das sie früher offen getragen hatte, war jetzt aus dem Gesicht gekämmt, und dieses Gesicht war schmaler und eleganter geworden.

Er schaute den Jungen an, wobei er kaum merkte, dass sie alle vier schweigend und voller innerer Spannung dastanden. Er suchte nach irgendeiner Ähnlichkeit zwischen sich und dem Jungen, den er nie gesehen und nie gewollt hatte. Aber er erkannte in diesem schmalen Kind mit den zerzausten Haaren nichts von sich wieder. Das erleichterte ihn und fegte das Schuldgefühl und seine Besorgnis, die ihn während des Fluges nach Westen bewegten, hinweg. Es war sein Junge – Lincoln hatte nie daran gezweifelt – und doch nicht sein Junge. In dem kurzen Augenblick, den er ihn anschaute, einschätzte und ablehnte, spürte er, dass seine Welt wieder in Ordnung war, und seine Familie und sein Selbstgefühl nicht gefährdet waren.

Julia hatte das alles genau wahrgenommen, die Art, wie er Brandon angesehen, kurz geschwankt und ihn dann abgelehnt hatte. Sie drückte Brandon fest an sich, als müsse sie ihn vor einem Angriff bewahren. Dann entspannte sie sich. Ihr Sohn war in Sicherheit. Die leisesten Zweifel darüber, ob sie ihm nicht doch sagen sollte, wer sein Vater war, verschwanden. Sein Vater war tot für sie beide.

»Lincoln.« Ihre Stimme klang kühl und reserviert, als sie ihm zur Begrüßung kurz zunickte. »Es ist nett von dir, dass du so schnell gekommen bist.«

»Ich bedauere nur den Anlass.«

»Ich auch.« Sie glitt mit der Hand über Brandons Schulter.

»Brandon, das ist Mr. Hathoway. Er ist Rechtsanwalt und hat vor langer Zeit mit Großpapa zusammengearbeitet. Er ist gekommen, um uns zu helfen.«

»Hallo.« Brandon sah einen großen, hölzern wirkenden Mann mit glänzenden Schuhen vor sich. Wie so viele Erwachsene, die einem Kind gegenüberstanden, machte er ein etwas benebeltes Gesicht und schien sagen zu wollen: Was bist du schon für ein großer Junge.

»Hallo, Brandon. Du brauchst dir gar keine Sorgen zu machen, wir werden alles in Ordnung bringen.«

Paul konnte es nicht länger aushalten. Wie konnte dieser Mann so unbeteiligt bleiben! »Komm her, mein Junge.« Er streckte Brandon seine Hand hin. »Wir wollen nach oben gehen und sehen, was wir anstellen können.«

»Also dann …« Lincoln setzte sich und schaute sich nicht einmal um, als Brandon die Treppe hinaufkletterte. »Ich denke, wir können anfangen.«

»Es hat dir wirklich gar nichts bedeutet, ihn zu sehen?«, fragte Julia ruhig.

Er griff nach seinem perfekt sitzenden Windsor-Schlipsknoten. Er hatte gefürchtet, dass sie ihm eine Szene machen würde. Und natürlich war er darauf vorbereitet. »Julia, wie ich dir schon vor Jahren gesagt habe, kann ich es mir nicht leisten, eine emotionale Bindung aufrechtzuerhalten. Ich bin sehr,

sehr dankbar dafür, dass du reif genug warst, nicht zu Elizabeth zu gehen, bedauere es, dass du zu eigensinnig warst, finanzielle Hilfe von mir anzunehmen, und ich freue mich darüber, dass du beruflich so erfolgreich wurdest, dass du sie nicht mehr benötigst. Ich weiß natürlich, dass ich tief in deiner Schuld stehe, und es tut mir sehr, sehr leid, dass du heute in eine Situation geraten bist, wo du meiner Hilfe bedarfst.«

Sie fing an zu lachen, ein herzliches, nicht im Geringsten hysterisches Lachen, das sogar Lincoln verblüffte. Sie ließ sich in einen Sessel fallen. »Es tut mir leid«, sagte sie. »Du hast dich nicht verändert. Ich war mir nicht darüber im Klaren, welche Gefühle beim Wiedersehen mit dir, Lincoln, vielleicht in mir wachgerufen werden könnten. Aber ich habe nicht erwartet, dass sich gar nichts in mir rühren würde.« Sie seufzte ein wenig. »Deshalb wollen wir die Dankbarkeit beiseite lassen und das tun, was getan werden muss. Mein Vater hatte den größten Respekt vor dir als Rechtsanwalt, und da seine Meinung mir immer noch viel bedeutet, biete ich dir eine lückenlose Zusammenarbeit und volles Vertrauen an für die Zeit, die wir brauchen werden, um die Dinge richtigzustellen.«

Lincoln nickte nur. Er wusste gesunden Menschenverstand zu schätzen. »Hast du Eve Benedict getötet?«

Ihre Augen blitzten. Es überraschte ihn, dass ihr Zorn so rasch und so heftig aufflackerte. »Nein. Hast du erwartet, dass ich es zugeben würde, wenn ich es getan hätte?«

»Als Tochter von zwei der besten Rechtsanwälte, mit denen ich je zusammengearbeitet habe, ist dir bekannt, dass es töricht wäre, mich anzulügen, wenn du willst, dass ich dich verteidige. Also dann …« Er zog einen neuen Schreibblock und einen schwarzen Mont-Blanc-Füllfederhalter hervor. »Ich möchte, dass du mir alles erzählst, was du an dem Tag getan hast, an dem Eve Benedict ermordet wurde, alles, was du gesehen hast, und mir berichtest, mit wem du gesprochen hast.«

Sie gingen alles einmal durch, dann ein zweites Mal. Und

schließlich ein drittes Mal, wobei er ihr die entsprechenden Fragen stellte. Er selber sagte wenig dazu, nickte nur manchmal, wenn er sich mit seiner ordentlichen, gut lesbaren Handschrift Notizen machte. Julia stand nur einmal auf, um sein Glas neu zu füllen und sich selber auch etwas zu trinken einzugießen.

»Ich fürchte, ich habe noch nicht viel Zeit gehabt, mich mit den Beweismitteln gegen dich vertraut zu machen. Natürlich habe ich dem District Attorney und dem Untersuchungsbeamten mitgeteilt, dass ich dich in dem Prozess vertreten werde. Es ist mir auch gelungen, bevor ich herkam die Kopien einiger Akten der Staatsanwaltschaft zu bekommen, aber die habe ich in der Maschine nur flüchtig überfliegen können.«

Er legte eine Pause ein und faltete seine Hände im Schoß. Sie erinnerte sich daran, dass er auch früher schon oft so still und in sich gekehrt gewesen war. Dieses Verhalten und seine traurigen Augen hatten ihn für einen romantischen, beeindruckbaren Teenager so anziehend gemacht. Die Gesten waren noch dieselben, aber die Trauer in seinen Augen war dem Ausdruck von Scharfsinn gewichen.

»Julia, bist du sicher, dass du an jenem Nachmittag selber die Tür aufgeschlossen hast?«

»Ja, ich musste haltmachen und meine Schlüssel suchen. Seit dem Einbruch bin ich sehr viel vorsichtiger geworden und habe immer darauf geachtet, die Tür zu verschließen.«

Seine Stimme blieb gelassen. »Bist du ganz sicher?«

Sie wollte schon antworten, dann setzte sie sich zurück und erwiderte mit einer Gegenfrage: »Willst du, dass ich lüge, Lincoln?«

»Ich will, dass du sehr genau nachdenkst. Eine Tür aufschließen, das ist eine Gewohnheit, eine automatische Bewegung, von der man einfach annehmen kann, dass man sie ausgeführt hätte. Die Tatsache, dass du der Polizei erzählt hast, du hättest die Tür aufgeschlossen, ist zusammen mit der Tatsache, dass alle anderen Türen von innen verschlossen waren, als die Polizei ankam, sehr belastend für dich. Bei der Leiche wurden keine Schlüssel gefunden, auch sonst nirgends in der Umgebung des Hauses. Deshalb muss die Tür entweder nicht verschlossen gewesen sein, als Eve kam, oder irgendjemand anderes, der einen Schlüssel besaß, ließ sie ins Haus.«

»Oder irgendjemand hat Eve den Schlüssel weggenommen, nachdem er sie getötet hatte«, sagte Paul von der Treppe her.

Lincoln blickte hoch. Er verzog ganz leicht den Mund, woran man merkte, dass die Störung ihn irritierte. »Das ist natürlich ein Weg, den wir versuchen können weiterzuverfolgen. Da aber die Beweise auf ein Verbrechen deuten, das aus Leidenschaft und spontan verübt wurde, wird es schwierig sein, die Geschworenen davon zu überzeugen, dass irgendjemand mit Eve zusammen im Haus war, sie getötet hat und dann noch die Geistesgegenwart aufbrachte, den Schlüssel mitzunehmen und die Tür abzuschließen.«

»Das ist schließlich Ihr Job, oder?« Paul ging zur Bar hinüber. Er strich mit den Fingern über die Bourbonflasche, dann zog er sie zurück und griff nach einem Club-Soda. Alkohol würde seine innere Erregung nicht gerade dämpfen.

»Es ist mein Job, Julia die bestmögliche Verteidigung zu garantieren.«

»Es tut mir leid, dass ich es dir nicht leichter machen kann, Lincoln, aber ich habe die Tür mit meinem eigenen Schlüssel geöffnet.«

Er schürzte die Lippen und überflog seine Notizen. »Du hast nicht erwähnt, dass du die Mordwaffe berührt hast, das Schüreisen.«

»Weil ich nicht mehr weiß, ob ich es getan habe oder nicht.« Sie fühlte sich plötzlich erschöpft und fuhr sich mit der Hand durchs Haar. »Ich muss es wohl getan haben, sonst wären meine Fingerabdrücke nicht darauf.«

»Das wäre schon möglich, wenn du in den letzten ein, zwei Wochen Feuer im Kamin gemacht hättest.«

»Habe ich nicht. Die Nächte waren angenehm warm.«

»Das Schüreisen wurde in einiger Entfernung von der Leiche gefunden.« Er zog einen Aktenordner aus der Tasche. »Bist du bereit, dir ein paar Fotos anzusehen?«

Sie wusste, was er meinte, und wusste nicht, was sie ihm antworten sollte. Dann nahm sie sich zusammen und griff nach den Bildern. Da lag Eve auf dem Teppich, ihr Gesicht war immer noch von atemberaubender Schönheit. Und da war das Blut.

»Aus diesem Blickwinkel sieht man, dass das Schüreisen hier drüben liegt«, sagte Lincoln. Er beugte sich vor und zeigte ihr die Stelle mit dem Finger. »Es sieht so aus, als ob irgendjemand es dort hingeworfen hätte oder es auch einfach nur fallen ließ, als er von der Leiche wegging.«

»So habe ich sie gefunden«, flüsterte Julia. Ihre Stimme kam ihr gedämpft vor, weil sie ein Brausen im Kopf spürte und ihr übel geworden war. »Ich bin zu ihr gegangen, habe ihre Hand genommen, und ich glaube, ich habe ihren Namen genannt. Und dann habe ich mich mühsam wieder aufgerichtet. Ich habe das Ding hochgenommen, ihr Blut klebte daran. Und dann auch an meinen Händen. Deshalb habe ich es wieder hingeworfen. Ich musste sofort handeln. Irgendjemand anrufen.« Sie löste sich innerlich von dem schrecklichen Bild und stand schwankend auf. »Entschuldige mich, ich muss Brandon Gute Nacht sagen.«

Als sie die Treppen hinaufeilte, wandte sich Paul zu ihm um.

»Mussten Sie ihr das antun?«

»Ich fürchte ja. Und noch Schlimmeres, bevor alles vorüber ist.« Ruhig beugte Lincoln sich über eine Seite seines Schreibblocks. »Der Vertreter der Anklage ist ein sehr entschlossener, sehr fähiger Mann. Und wie alle, die in ein solches Amt gewählt worden sind, ist er ehrgeizig und sich der Bedeutung eines feierlichen Prozesses bewusst. Wir müssen plausible Alternativen bieten zu jedem noch so winzigen Indiz, das er in den Händen hält. Außerdem müssen wir nicht nur beim Richter und bei den Geschworenen – wenn es so weit kommen sollte – ernstzunehmenden Zweifel hervorrufen, sondern auch in der Öffentlichkeit. Jetzt, wo mir klar geworden ist, dass Sie und Julia eine persönliche Beziehung miteinander verbindet ...«

»Tatsächlich?« Mit einem grimmigen Lächeln setzte sich Paul auf die Lehne eines Sessels. »Ich will es gern für Sie buchstabieren, Herr Verteidiger. Julia und Brandon gehören jetzt zu mir. Nichts würde mir mehr Vergnügen bereiten, als Ihnen jeden einzelnen Knochen im Leib zu brechen für das, was Sie Julia angetan haben. Aber wenn Sie tatsächlich so gut sind, wie man mir gesagt hat, wenn Sie ihr wirklich helfen können, dann bin ich bereit, alles zu tun, was Sie wollen.«

Lincoln legte seinen Füllfederhalter hin. »Dann sollten wir als Erstes vergessen, was zwischen mir und Julia vor mehr als zehn Jahren gewesen ist.«

»Das ist und bleibt die einzige Ausnahme«, erwiderte Paul und lächelte. »Machen Sie einen anderen Vorschlag.«

Lincoln hatte Männer, die von ihm »überführt« worden waren, schon freundlicher lächeln sehen. »Ihre persönlichen Gefühle mir gegenüber verletzen Julia nur unnötig.«

»Nein. Nichts wird sie jemals wieder verletzen. Auch Sie nicht. Wenn ich anderer Ansicht gewesen wäre, hätte ich Sie nicht ins Haus gelassen.« Ohne den Blick von Lincoln abzuwenden, zog er eine Zigarre heraus. »Ich habe schon früher mit Abschaum zu tun gehabt.«

»Paul.« Julia kam ruhig die Treppe herunter. »Das hilft uns nichts.«

»Es hilft immer, wenn man die Dinge beim Namen nennt, Julia«, erwiderte er. »Hathoway weiß, dass ich ihn nicht nur aus tiefstem Herzen verabscheue, sondern ihn auch mit allen Kräften unterstützen werde.«

»Ich bin hergekommen, um zu helfen, nicht um für einen Fehler verurteilt zu werden, den ich vor mehr als zehn Jahren begangen habe.«

»Sei vorsichtig, Lincoln.« Julia ging einmal um ihn herum. »Dieser Fehler schläft da oben. Ich nehme deine Hilfe nicht nur meinetwegen an, sondern auch seinetwegen. Er ist ohne Vater aufgewachsen. Ich kann es nicht ertragen, auch nur daran zu denken, dass er auch mich noch verlieren könnte.«

Nur eine leichte Röte, die ihm in die Wangen stieg, zeigte, dass sie ihn getroffen hatte. »Wenn wir alle unsere persönlichen Gefühle heraushalten können, haben wir eine viel bessere Chance zu erreichen, dass genau das nicht passiert.« Zufrieden, dass die Angelegenheit damit erledigt war, ging er auf ein anderes Thema über. »Sie kannten beide die Tote, sind vertraut mit ihren Angestellten, Freunden und Feinden. Es könnte sehr wichtig sein, dass Sie mir alles, was Sie wissen, über diejenigen, die ihr irgendwie nahestanden, erzählen. Über jeden, der von ihrem Tod hätte profitieren können, finanziell oder gefühlsmäßig.«

»Außer mir?«, fragte Julia.

»Vielleicht könnten wir mit dir und Mr. Winthrop anfangen. Nur, um einen kurzen Überblick zu gewinnen. Ich habe eine Suite im Beverly Hills Hotel gemietet, wo ich arbeiten werde. Meyers, Cortney und Lowe haben mir freundlicherweise zwei ihrer Angestellten zur Verfügung gestellt, und meine eigene Sekretärin fliegt morgen her.« Er warf einen Blick auf die Uhr, die bereits auf die Zeit an der Westküste umgestellt worden war, und runzelte die Stirn. »Mehr ins einzelne gehende Interviews werden natürlich folgen. Am Montag werde ich als Erstes eine Petition betreffs eines Aufschubs der Anklage einreichen.«

»Nein.« Fröstelnd rieb Julia sich die Arme. »Es tut mir leid, Lincoln, aber ich kann den Gedanken nicht ertragen, die Sache in die Länge zu ziehen.«

»Julia, ich brauche Zeit, um deine Verteidigung hieb- und stichfest aufzubauen. Wenn wir Glück haben, braucht es dann gar nicht mehr zu einem Prozess zu kommen.«

»Ich will dir keine Schwierigkeiten machen, aber ich muss das endlich hinter mich bringen. Ein Aufschub gibt den Medien doch nur mehr Zeit, die Sache hochzuspielen. Brandon ist alt genug, um Zeitungen zu lesen, die Nachrichten im

Fernsehen anzuschauen. Und ich ... Um ehrlich zu sein, ich ertrage dieses Warten nicht länger.«

»Gut, wir haben ja noch das Wochenende vor uns, um darüber nachzudenken. Jetzt erzähl mir erst einmal von Eve Benedict.«

Als Lincoln sich verabschiedete, war es fast zwei Uhr nachts. Paul hatte einen widerwilligen Respekt vor seiner Gründlichkeit entwickelt. Nach wie vor fand er die penible Arbeitsweise des Anwalts irritierend. Lincoln nahm immer ein neues Blatt Papier, sobald ein winziger neuer Fakt auftauchte. Er aß das Schokoladengebäck, das Julia zum Kaffee hinstellte, mit einer Gabel, und nicht ein einziges Mal während des langen, anstrengenden Abends lockerte er seinen Schlipsknoten.

Aber Paul hatte auch bemerkt, dass sein Blick sich verändert hatte, als er von den Drohbriefen erfuhr, und dass sich reines Vergnügen in seinem Gesicht gespiegelt hatte, als Delrickios Rolle zur Sprache gekommen war.

Als er ging, sah er nicht aus wie ein Mann, der fast vierundzwanzig Stunden auf den Füßen war. Er verabschiedete sich so höflich, als wäre er zu einer gemütlichen Dinnerparty eingeladen gewesen.

»Ich nehme an, es geht mich nichts an.« Paul schloss die Tür und drehte sich zu Julia um. Sie machte sich darauf gefasst, dass sie schon wieder Erklärungen über sich abgeben musste. »Aber ich bin einfach zu neugierig.« Er ging auf sie zu und strich ihr das Haar aus dem Gesicht. »Hat er seine Kleidungsstücke aufgehängt und die Socken gefaltet, bevor ihr euch geliebt habt?«

Zu ihrer eigenen Überraschung musste sie kichern. Sie legte den Kopf an seine Schulter und fühlte sich geborgen. »Es war so: Er faltete seine Kleidung zusammen und rollte seine Socken auf.«

»Jules, ich muss dir sagen, dass dein Geschmack sich verbessert hat.« Er gab ihr einen schnellen, leichten Kuss und hob sie hoch, um sie nach oben zu tragen. »Und wenn du mindestens zwölf Stunden geschlafen hast, werde ich es dir beweisen.«

»Vielleicht könntest du es mir jetzt beweisen. Ich schlafe dann später.«

»Das ist eine noch viel bessere Idee.«

Julia hatte sich entschlossen, Brandon bei einer Freundin unterzubringen. Doch selbst als sie ihn ins Flugzeug gesetzt hatte und wusste, dass bald Tausende von Meilen zwischen ihm und dem Brennpunkt des Geschehens liegen würden, war Julia nicht leichter ums Herz. Sie wollte ihr Kind bei sich haben. Sie wollte ihr altes Leben wieder führen können.

Sie traf sich jeden Tag mit Lincoln, saß in der Suite, die er gemietet hatte, und trank schwarzen Kaffee, bis sie spürte, dass er ein Loch in ihren Magen gebrannt hatte. Sie sprach auch mit dem Detektiv, den er angeheuert hatte. Ein weiterer Eindringling in ihr Leben, eine weitere Person, die ihre Nase in Dinge steckte, die eigentlich nur sie selber etwas angingen.

Alles wirkte so ordentlich – die Aktendeckel, die Gesetzesbücher, das eifrige Klingeln der Telefone. Jedenfalls solange sie keine Schlagzeile las und nicht Rundfunk hörte. Dann bekam sie wieder Angst, dass ihr Name, ihr Gesicht, ihr Leben öffentlich wie unter einem Mikroskop auseinandergenommen würden. Und ihr wurde wieder bewusst, dass ihr Schicksal in den Händen der Justiz lag, deren Blindheit nicht immer eine Wohltat für den Unschuldigen war.

Paul war eine große Stütze für sie. Aber sie wollte sich nicht anlehnen. Hatte sie sich nicht selber versprochen, dass ihr Glück, ihre Sicherheit, ihr Seelenfrieden nie von jemand anderem abhängen sollten? Aber schon die Tatsache, dass sie in seinem Haus wohnte, ließ sie manchmal die Illusion haben, all dies zu besitzen. Und weil sie Angst davor hatte, zog sie sich innerlich zurück, ließ eine Distanz zwischen ihnen entstehen, die bald zu einem großen Abstand wurde.

Paul war selber erschöpft und durch die Tatsache entmutigt, dass seine eigenen Untersuchungen ihn keinen Schritt weiterbrachten. Frank hatte ihm erlaubt dabei zu sein, als er Lyle noch einmal verhört hatte, aber der frühere Chauffeur war unerschütterlich bei seiner Version geblieben – er hatte nichts Böses gesehen, gehört oder gesagt.

Die Tatsache, dass Drakes Finanzen zerrüttet waren, machte ihn nicht verdächtig, Eves Tod verursacht zu haben. Es sprach sogar eher zu seinen Gunsten, dass sie ihm noch einige Wochen vor ihrer Ermordung eine große Summe gegeben hatte. Warum sollte er die Gans umbringen, die goldene Eier legte?

Pauls einziges Gespräch mit Gloria hatte die Dinge nur verschlechtert. Zitternd und unter Tränen hatte sie zugegeben, sich mit Eve am Tage ihres Todes gestritten zu haben. Schuldgefühle plagten sie deswegen. Sie hatte furchtbare Sachen gesagt, Eve dann im Zorn verlassen und war heimgerast, um ihrem schockierten Ehemann alles zu beichten.

Zu dem Zeitpunkt, als Julia Eves Leiche entdeckt hatte, hatte Gloria weinend in den Armen ihres Mannes gelegen und um Verzeihung gebeten.

Dafür gab es drei Zeugen – Marcus Grant, die Haushälterin und einen neugierigen Bademeister. Die beiden Letzteren hatten Glorias Schluchzen gehört – um ein Uhr fünfzehn. Die Fahrt von Eves Anwesen musste mindestens zehn Minuten gedauert haben. Deshalb war es unmöglich, ihr den Mord in die Schuhe zu schieben.

Paul hatte das Gefühl, dass Eve wegen des Buches umgebracht worden war, das sie hatte veröffentlichen wollen. Wenn Julia außer Haus war, hörte er sich immer wieder die Bänder an. Er war auf der Suche nach dem einen Satz, dem einen Namen, der das Rätsel entschlüsseln konnte.

Eines Abends, als sie heimkam, ausgelaugt von einer weiteren Sitzung mit Lincoln, hörte sie Eves Stimme.

»Er führte Regie mit einer Peitsche und einer Fahrradkette. Ich habe nie jemanden gesehen, der mit weniger Feingefühl größere Resultate erzielt hätte. Ich glaubte, dass ich ihn hasste, tat es wohl auch, solange die Aufnahmen dauerten.

Aber als McCarthy und sein Komitee hinter ihm her waren, empörte ich mich. Das war der Hauptgrund dafür, dass ich mit Bogie und Betty und den anderen nach Washington fuhr. Ich hatte nie die Geduld, mich mit Politik zu beschäftigen, aber beim Himmel, damals war ich bereit zu kämpfen. Vielleicht konnten wir einiges Gute ausrichten, vielleicht auch nicht, aber wir haben uns eingesetzt. Das allein zählt, nicht wahr, Julia? Dafür sorgen, dass man gehört wird, verdammt laut und verdammt deutlich. Ich möchte nicht in der Erinnerung der Menschen weiterleben als jemand, der sich rausgehalten hat und es anderen überließ, die Wahrheit zu sagen.«

»Das wird sie nicht«, flüsterte Julia.

Paul drehte sich um. Er hatte so andächtig zugehört, dass er sich kaum gewundert hätte, Eve vor sich zu sehen, wie sie dasaß und ihn bat, ihr eine Zigarette anzuzünden oder eine Flasche für sie zu öffnen.

»Nein, das wird sie nicht.« Er schaltete den Rekorder ab und schaute Julia aufmerksam an. In den letzten Wochen hatte sie dieses bleiche, gehetzte Gesicht meist vor ihm verborgen. Er hatte es nur unter der üblichen Maske von Selbstbeherrschung ahnen können. Immer, wenn diese Maske anfing, Schrammen zu bekommen, hatte sie sich schnell zurückgezogen. »Setz dich, Julia.«

»Ich will gerade Kaffee kochen.«

»Setz dich«, wiederholte er. Sie hockte sich auf die Ecke eines Stuhls, offensichtlich bereit, sofort aufzuspringen, wenn er ihr zu nahe kommen sollte. »Ich habe heute eine Vorladung bekommen. Ich muss morgen bei der öffentlichen Anhörung aussagen.«

Sie blickte ihn nicht an, sondern fixierte irgendeinen Punkt zwischen ihnen. »Ich verstehe. Nun, das war zu erwarten.«

»Es wird hart werden für uns beide.«

»Ich weiß. Es tut mir leid. Beim Heimweg habe ich darüber nachgedacht, dass es wohl besser und leichter für uns wäre, wenn ich in ein Hotel ziehe, bis alles vorüber ist. Die Tatsache, dass ich hier wohne, gibt der Presse eine Menge Munition und verschlimmert die ohnehin schon unmögliche Situation nur noch.«

»Das ist Bockmist.«

»Das ist eine Tatsache.« Sie stand auf, in der Hoffnung auf einen günstigen Abgang. Aber sie hätte es besser wissen sollen. Er stand vor ihr und versperrte ihr den Weg.

»Versuch es nur.« Er kniff die Augen zusammen – es sah ausgesprochen gefährlich aus – und packte sie an dem Revers ihrer Jacke. »Du bist hier, und du bleibst hier.«

»Ist es dir jemals in den Sinn gekommen, dass ich vielleicht lieber allein sein möchte?«

»Yeah, es ist mir in den Sinn gekommen. Aber ich bin ein Teil deines Lebens, du kannst mich nicht einfach ausgrenzen.«

»Ich habe vielleicht bald kein Leben mehr«, rief sie. »Wenn sie mich morgen einem Prozess überantworten …«

»Du wirst damit fertigwerden. Wir werden damit fertigwerden. Du musst mir vertrauen, verdammt noch mal. Ich bin kein zehnjähriger Junge, den du schützen musst. Und ich bin auch kein rückgratloser Schuft, der dich die ganze Last allein tragen lässt und ungerührt sein eigenes Leben weiterführt.«

Ihre Augen nahmen die Farbe von Rauch an. »Das hat nichts mit Lincoln zu tun.«

»Nein, zum Teufel. Und vergleiche uns beide nie wieder, wenn ich dich bitten darf.«

Jetzt war ihr Gesicht nicht mehr blass, ihr Atem nicht mehr ruhig. Dieses Aufflammen ihres Temperamentes bedeutete ihm mehr als ein Dutzend zärtlicher Worte. »Lass mich gehen.«

Er hob eine Braue in dem vollen Bewusstsein, wie spöttisch das wirkte. »Sicher.« Er ließ sie los und steckte die Hände in die Taschen.

»Das hat nichts mit Lincoln zu tun«, wiederholte sie. »Und es hat auch nichts mit dir zu tun. Es ist allein meine Sache. Versuch, das zu begreifen, trotz deines Überschusses an männlichen Hormonen. Ich bin es, deren Leben morgen im Gerichtssaal auf dem Spiel steht. Du kannst dich so viel an die Brust schlagen und so viel brüllen, wie du willst, das ändert nichts daran. Mir sind nicht mehr viele Möglichkeiten gegeben, Paul, und wenn ich durch diese Tür gehen will, so werde ich das auch tun.«

»Versuch es«, sagte er.

Wütend wirbelte sie herum. Aber er fing sie wieder ein, bevor sie die Treppe erreicht hatte. »Ich habe dir gesagt, dass du mich gehen lassen sollst.«

»Und ich habe nicht damit aufgehört, mir an die Brust zu schlagen und zu brüllen.« Er drückte ihr die Arme auf den Rücken, weil er sicher war, dass sie auf ihn einschlagen würde. »Lass das. Verdammt noch mal, Jules.« Er schob sie mit dem Rücken an die Wand, damit sie nicht die Treppe herunterfielen. »Schau mich an. Schau mich nur an. Du hast Recht, was deine Möglichkeiten betrifft.« Mit der freien Hand hob er ihr Kinn an. »Willst du von mir fortgehen?«

Sie starrte ihm in die Augen und erkannte, dass er sie gehen lassen würde. Und sie wusste, dass sie es ihr Leben lang bereuen würde. Die Überlebenden mussten mit ihren Fehlern leben. Hatte Eve ihr das nicht gesagt? Aber es gab einige Fehler, die man sich einfach nicht leisten durfte.

»Nein.« Sie presste ihren Mund auf seinen. »Es tut mir leid. Es tut mir so leid.«

»Es braucht dir nicht leidzutun.« Sein Kuss wurde leidenschaftlicher. »Nur geh nicht fort von mir.«

»Ich habe so viel Angst, Paul, so viel Angst.«

»Wir werden es schaffen. Glaub mir.«

In diesem Augenblick konnte sie es.

Drake fühlte sich großartig. Eine Viertelmillion. Innerhalb von vierundzwanzig Stunden würde er sie bar in den Händen halten. Es war absolut sicher, dass Julia der Prozess gemacht werden würde, und mit etwas Glück würde sie auch verurteilt werden. Wenn das passierte – und mit dem Geld im Rückhalt –, würde es wohl nicht allzu schwierig werden, einen Teil von Eves Erbe zu bekommen. Er bedauerte es natürlich, dass die Hälfte davon Paul gehörte, aber damit konnte er leben. Mithilfe eines guten Anwalts sollte es ihm gelingen, Julias Anteil zu bekommen.

Sie würde jedenfalls ihr Erbe nicht antreten dürfen. Und dort, wo sie hinkam, würde sie es auch nicht verwenden können. Alles in allem hatte sich die Sache recht gut entwickelt. Zufrieden mit sich, stellte er die Stereo-Anlage auf höchste Lautstärke ein und setzte sich, um ein Wettformular für Pferderennen auszufüllen. Am Wochenende würde er einen hübschen kleinen Einsatz aufs Spiel setzen können. Er würde nichts übertreiben, aber wenn er ein paar Tausender auf das kleine Füllen setzte, für das er einen Tipp bekommen hatte, konnte er ein hübsches Sümmchen gewinnen, zusätzlich zu der ersten Anzahlung, die er morgen zu erwarten hatte.

Sein Geldgeber hatte natürlich noch keine Ahnung davon, dass es sich nur um eine erste Anzahlung handelte. Drake summte die Melodie mit, die Gloria Estefan gerade sang, und fragte sich, wie viel ihm diese Geldquelle in den nächsten ein, zwei Jahren wohl noch einbringen konnte. Bis dahin müsste er sein Erbteil bekommen. Und danach würde er verschwinden. An die Riviera, in die Karibik. Irgendwohin, wo es heiße Strände gab – und heiße Frauen.

Er nahm sein Champagnerglas in die Hand. Eigentlich war es noch etwas zu früh für den *Dom Perignon*. Er hatte eine Verabredung mit einer kleinen Sexnudel, aber erst in ein paar Stunden.

Himmel, er hatte Lust zu tanzen. Während er ein paar Schritte probierte, floss ihm der Sekt über die Hand. Vergnügt leckte er die Tropfen ab.

Als die Türglocke läutete, wollte er zuerst gar nicht hingehen. Dann lachte er über sich selbst. Wahrscheinlich stand die Glücksfee dieses Abends draußen. Wer hätte sie tadeln können, wenn sie schon früher zur Sache kommen wollte?

Als es wieder läutete, fuhr er sich mit der Hand übers Haar und knöpfte sich das Hemd auf. Mit dem Glas in der Hand öffnete er. Obwohl nicht die erwartete Glücksfee davorstand, prostete er seinem Gast zu.

»Hallo. Ich habe nicht erwartet, Sie heute schon zu sehen. Aber das ist okay. Zufällig bin ich gerade in der richtigen Stimmung für Geschäfte. Kommen Sie herein. Wir erledigen es bei einem Glas Champagner.«

Grinsend kehrte er zur Flasche zurück. Es schien doch nicht zu früh zu sein für Champagner. »Wollen wir auf die liebe Julia trinken?« Er füllte ein zweites Glas bis zum Rand. »Meine liebe Kusine Julia? Ohne sie hätten wir beide jetzt jede Menge Probleme am Hals.«

»Vielleicht wäre es besser, wenn Sie auf den Dreck achten würden, den Sie selber am Stecken haben.«

Drake hielt das für einen großartigen Scherz und drehte sich um. Er lachte immer noch, als er die Pistole erblickte. Die Kugel, die genau zwischen seinen Augen einschlug, spürte er nicht mehr.

31 Neugierige und Presseleute drängelten sich auf der Treppe zum Gerichtshof. Julias erste Prüfung an diesem Tag bestand darin, durch diese Menge hindurchzugehen. Lincoln hatte ihr erklärt, wie sie das machen musste. Flott gehen, aber nicht den Eindruck erwecken, in Eile zu sein. Den Kopf nicht senken, das wirkte schuldbewusst, ihn aber auch nicht zu hoch tragen, das wirkte arrogant. Sie durfte kein Wort sagen, nicht einmal das übliche »Kein Kommentar«, egal, welche Fragen auf sie eindringen mochten.

Es war ein warmer, sonniger Morgen. Sie hatte um Regen gebetet. Bei Regen wären vielleicht weniger Leute gekommen. Aber der Himmel war wolkenlos, ein wunderschöner, kalifornischer Sommertag. Sie stieg aus der Limousine. Lincoln und Paul nahmen sie in die Mitte. So gingen sie in die Menge hinein, die ihre Geschichte wollte, ihre Geheimnisse oder – ihr Leben. Nur die Angst, dass sie stolpern könnte und dann von ihr verschlungen würde, machte es ihr möglich, die Magenschmerzen zu ignorieren und das Zittern ihrer Beine zu unterdrücken.

Im Inneren des Gebäudes war mehr Luft, mehr Raum. Sie schüttelte die Übelkeit ab. Das würde schnell vorübergehen und hinter ihr liegen. Sie würden ihr Glauben schenken, sie mussten ihr Glauben schenken. Dann würde sie frei sein, ihr Leben von Neuem beginnen können. Frei sein, um die eine Chance wahrzunehmen, die einen Neuanfang verhieß.

Seit Jahren hatte sie keinen Gerichtshof mehr betreten. Früher hatten ihre Mutter und ihr Vater ihr manchmal erlaubt, sie in den Ferien bei der Arbeit zu beobachten. Beide hatten dann völlig anders gewirkt als im normalen Alltag, wie überlebensgroße Schauspieler auf einer Bühne, mit feierlichen Gesten und einem eher stolzierenden Gang. Vielleicht hatte sie bei diesen Gelegenheiten den ersten Impuls empfangen, sich selber für die Bühnenlaufbahn zu interessieren.

Nein, dachte sie, das hatte ihr wohl im Blut gelegen. Das war ein Erbteil von Eve.

Auf ein Zeichen von Lincoln nahm Paul ihre beiden Hände in seine. »Es ist Zeit hineinzugehen. Ich werde rechts hinter dir sitzen.«

Sie nickte. Langsam berührte sie die Brosche, die sie ans Revers gesteckt hatte. Die Waage der Justizia.

Der Gerichtssaal war brechend voll. Unter den vielen fremden Gesichtern sah sie auch bekannte. CeeCee warf ihr ein aufmunterndes Lächeln zu. Travers saß steif und aufrecht mit verschlossenem Gesicht neben ihrer Nichte. Nina starrte auf ihre im Schoß verschränkten Hände, sie wollte oder konnte Julias Blick offensichtlich nicht begegnen. Delrickio, flankiert von seinen Leibwächtern, studierte sie leidenschaftslos. Glorias Augen standen voller Tränen. Sie zerdrückte ihr Taschentuch in der Hand und kuschelte sich an den schützenden Arm ihres Ehemannes.

Maggie schaute nur kurz zu Julia hin. Kenneth beugte sich

über sie, um Victor etwas zuzuflüstern. Sein Blick, dieser gequälte, kummervolle Blick ließ Julia stocken. Sie hätte stehen bleiben und ihre Unschuld, ihre Wut und Angst laut herausschreien wollen. Aber sie musste weitergehen und ihren Platz einnehmen.

»Denk daran«, sagte Lincoln, »es handelt sich nur um eine Anhörung. Es muss beschlossen werden, ob genügend Beweise für einen Prozess vorliegen.«

»Ja, ich weiß«, sagte sie ruhig. »Das ist erst der Anfang.«

»Julia.«

Als sie Victors Stimme hörte, zuckte sie zusammen und drehte sich um. Er war älter geworden. In wenigen Wochen hatten die Jahre ihn eingeholt. Er hatte Tränensäcke unter den Augen und tiefe Linien um den Mund bekommen. Julia legte eine Hand auf das Geländer, das sie voneinander trennte.

»Ich weiß nicht, was ich sagen soll.« Er atmete tief ein. »Wenn ich es gewusst hätte, wenn sie es mir erzählt hätte ... Alles wäre anders verlaufen.«

»Es sollte wohl nicht anders verlaufen, Victor. Ich hätte es sehr bedauert, wenn sie mich dazu benutzt hätte, dass die Dinge anders verliefen.«

»Ich möchte gern ...« In die Vergangenheit zurückkehren, dachte er, um dreißig Jahre, um dreißig Tage. Beides war gleicherweise unmöglich. »Bisher konnte ich mich nicht hinter dich stellen.« Er schaute auf den Boden, hob eine Hand und legte sie auf ihre. »Aber ich möchte, dass du weißt, dass ich jetzt hinter dir stehe und hinter dem Jungen, Brandon.«

»Er – ihm fehlt ein Großvater. Wenn das hier vorüber ist, werden wir miteinander reden. Wir alle.«

Er brachte es fertig zu nicken, bevor er seine Hand wieder wegzog.

»Alle aufstehen!«

Ein Dröhnen ertönte in ihren Ohren, als alle Anwesenden sich erhoben. Sie beobachtete den Richter, der hereinkam und seinen Platz einnahm. Er sieht aus wie Pat O'Brien, dachte sie – rot und rundlich und sehr irisch. Sicher würde Pat O'Brien die Wahrheit erkennen, wenn er sie hörte.

Der District Attorney war ein drahtiger, energisch aussehender Mann mit grauen Strähnen in seinem kurzgeschnittenen Haar. Offensichtlich nahm er die Warnungen vor ausgedehnten Sonnenbädern nicht allzu ernst, denn er war tiefgebräunt, was einen wirkungsvollen Kontrast zu seinen hellblauen Augen ergab. Er hatte die Stimme eines Evangelisten. Ohne auf seine Worte zu achten, lauschte Julia den hellen und dunklen Tönen. Beweismittel wurden vorgelegt. Die Berichte über die Autopsie, die Untersuchungen der Gerichtsmediziner. Und natürlich die Fotos. Als Julia sah, wie der Vertreter der Anklage sie vorzeigte, fiel ihr wieder ein, wie Eve auf dem Teppich gelegen hatte. Sie sah die Mordwaffe vor sich und erinnerte sich daran, dass ihr Kleid voll von rostfarbenen Flecken gewesen war – Blut.

Sie schaute zu, wie die Experten in den Zeugenstand traten und wieder gingen. Es war ihr ganz unwichtig, was sie sagten. Lincoln war offensichtlich anderer Meinung, weil er von Zeit zu Zeit aufstand, Einwände erhob und den einen oder anderen ins Kreuzverhör nahm.

Aber trotzdem spielten die Worte keine Rolle, dachte Julia. Nur die Bilder. Sie sagten alles. Eve war tot.

Als der District Attorney Travers aufrief, schlurfte sie, genauso wie sie in Eves Haus herumgeschlurft war, in den Zeugenstand. Es wirkte, als ob sie zögerte, die Energie aufzuwenden, die nötig war, erst den einen Fuß zu heben und dann den anderen.

Sie hatte ihr Haar streng zurückgekämmt und trug ein einfaches schwarzes Kleid. Sie hielt ihre Tasche krampfhaft mit beiden Händen fest und schaute starr geradeaus.

Selbst als der Vertreter der Anklage ihr freundlich ein paar einfache Fragen stellte, entspannte sie sich nicht. Ihre Stimme wurde nur noch schroffer, als sie ihre Beziehung zu Eve schilderte.

»Und als vertraute Freundin und Angestellte«, fuhr der Ankläger fort, »sind Sie mit Miss Benedict in die Schweiz gereist, und zwar am …« Er überprüfte seine Notizen, bevor er das Datum nannte.

»Ja.«

»Was war der Grund dieser Reise, Ms. Travers?«

»Eve war schwanger.«

Diese Erklärung rief ein allgemeines Gemurmel im Zuhörerraum hervor.

»Und bekam sie ein Kind, Ms. Travers?«

»Euer Ehren.« Lincoln sprang auf. »Die Verteidigung ist bereit anzuerkennen, dass Miss Benedict ein Kind hatte, das sie zur Adoption freigab. Und dass Julia Summers dieses Kind ist. Wir brauchen keine weitere Zeit damit zu verschwenden, etwas zu beweisen, was schon feststeht.«

»Mr. Williamson?«

»Ja, Euer Ehren. Ms. Travers, ist Julia Summers Eve Benedicts natürliche Tochter?«

»Ja, das ist sie.« Travers warf einen kurzen, hasserfüllten Blick in Julias Richtung. »Eve hat sich den Kopf zermartert wegen dieser Adoption und schließlich das getan, was sie für das beste für das Kind hielt. Sie hat sogar im Laufe der Jahre immer wieder Informationen über sie erhalten. Sie war sehr aufgeregt und besorgt, als sie erfuhr, dass das Mädchen selber schwanger war … Sie sagte, sie könnte den Gedanken nicht ertragen, dass sie all das durchmachen sollte, was sie selber durchgemacht hatte.«

Lincoln raunte Julia zu: »Ich lasse sie weiterreden. Es schadet uns nichts.«

»Und sie war stolz«, fuhr Travers fort. »Stolz, als sie erfuhr, dass das Mädchen Bücher schrieb. Sie sprach mit mir darüber, weil sie niemanden hatte, mit dem sie es sonst tun konnte.«

»Sie sind die Einzige gewesen, die wusste, dass Julia Summers die biologische Tochter von Eve Benedict war?«

»Niemand außer mir wusste es.«

»Können Sie uns sagen, wie es dazu kam, dass Miss Summers bei Miss Benedict wohnte?«

»Es war das Buch. Dieses verfluchte Buch. Ich wusste damals nicht, wie sie auf diese Idee gekommen war, aber ich konnte sie ihr nicht ausreden, was ich auch sagte. Sie wollte wohl zwei Fliegen mit einer Klappe schlagen. Da war die Geschichte, die sie zu erzählen hatte, und außerdem brauchte sie Zeit, um ihre Tochter kennenzulernen. Und ihren Enkel.«

»Und hat sie Miss Summers die Wahrheit über ihre verwandtschaftlichen Beziehungen gesagt?«

»Nicht gleich, auch nach Wochen noch nicht. Sie hatte Angst vor der Reaktion des Mädchens.«

»Einwand.« Lincoln stand leise auf. »Euer Ehren, Miss Travers kann nicht wissen, welche Gründe Miss Benedict bewegten.«

»Ich kannte sie«, entgegnete Travers heftig. »Ich kannte sie besser als irgendjemand sonst.«

»Ich will es anders ausdrücken, Euer Ehren. Miss Travers, waren sie dabei, als Miss Benedict ihrer Tochter die Wahrheit sagte? Haben Sie ihre Reaktion als Zeugin beobachtet?«

»Sie saßen auf der Terrasse, beim Dinner. Eve war nervös. Ich war im Wohnzimmer. Ich hörte sie schreien.«

»Sie?«

»Sie.« Travers spie das Wort förmlich aus und zeigte auf Julia. »Sie hat Eve angeschrien. Als ich nach draußen lief, gab sie dem Tisch einen Stoß. Das ganze Porzellan und Kristall wurde zerschlagen. In ihren Augen stand Mordlust.«

»Einwand.«

»Stattgegeben.«

»Miss Travers, können Sie uns berichten, was Miss Summers während dieses Zwischenfalls sagte?«

»Sie sagte, komm mir nicht zu nahe. Ich werde dir nie verzeihen. Sie sagte …« Travers richtete ihren Blick voller Wut auf Julia. »Sie sagte, ich könnte dich umbringen.«

»Und am nächsten Tag wurde Eve Benedict ermordet.«

»Einwand.«

»Stattgegeben. Mr. Williamson.«

»Keine weiteren Fragen, Euer Ehren.«

Lincoln ging bei seinem Kreuzverhör klug vor. Glaubte die Zeugin, dass jeder, der im Zorn sagte »Ich könnte dich umbringen«, es auch tatsächlich so meinte? Welche Art von Beziehung hatte sich zwischen Eve und Julia entwickelt in der Zeit, in der sie zusammengearbeitet hatten? Und hat Julia während des Streites, der aufgrund eines natürlichen Schocks entstanden war, versucht, Eve in irgendeiner Weise körperlich anzugreifen?

Er ging klug vor, aber Travers' Überzeugung, dass Julia Eve umgebracht hatte, sickerte durch.

Nina trat in den Zeugenstand. Sie trug ein rosafarbenes Chanel-Kostüm und sah schick und erfolgreich aus. Sie berichtete, wie sie den Streit erlebt hatte. Lincoln spürte, dass ihre Zweifel und ihre Unsicherheit verheerender wirkten als Travers Voreingenommenheit.

»In derselben Nacht rief Miss Benedict ihren Anwalt zu sich.«

»Ja. Sie bestand darauf, dass er sofort kam. Sie wollte ihr Testament ändern.«

»Sie wussten das.«

»Ja. Jedenfalls nach Mr. Greenburgs Ankunft. Eve bat mich, die Änderungen stenographisch aufzunehmen und dann zu übertragen. Ich hatte schon ihr erstes Testament als Zeugin unterschrieben, und es war kein Geheimnis, dass sie den Löwenanteil Paul Winthrop hinterlassen hatte und für ihren Neffen, Drake Morrison, großzügig Vorsorge getroffen hatte.«

»Und in diesem Testament?«

»Einen bestimmten Anteil vermachte sie Brandon, Julias Sohn. Der Rest abzüglich der anderen Vermächtnisse ging an Paul und Julia.«

»Und wann kam Mr. Greenburg zurück, damit Miss Benedict das Testament unterschreiben konnte?«

»Am nächsten Tag, am Vormittag.«

»Wissen Sie, ob sonst noch jemand davon wusste, dass Miss Benedict ihr Testament geändert hatte?«

»Das kann ich wirklich nicht mit Sicherheit sagen.«

»Sie können es nicht sagen, Miss Soloman?«

»Drake kam vorbei, aber Eve wollte ihn nicht sehen. Ich weiß, dass er Mr. Greenburg gesehen hat, als er fortging.«

»Hat sie an diesem Tag noch irgendjemanden empfangen?«

»Ja. Miss DuBarry war bei ihr. Sie ging kurz vor ein Uhr.«

»Hatte Miss Benedict vor, noch irgendjemand anderen zu sehen?«

»Ich …« Sie presste die Lippen zusammen. »Ich weiß, dass sie im Gästehaus anrief.«

»In dem Gästehaus, in dem Julia Summers wohnte?«

»Ja. Sie sagte mir, dass sie am Nachmittag nicht gestört werden wollte. Das war unmittelbar nach dem Aufbruch von Miss DuBarry. Danach ging sie in ihr Schlafzimmer, um im Gästehaus anzurufen.«

»Ich habe nicht mit ihr gesprochen«, flüsterte Julia Lincoln zu. »Ich habe nach diesem Abend auf der Terrasse nie wieder mit ihr gesprochen.«

Er tätschelte ihr nur leicht die Hand.

»Und nach dem Anruf?«

»Sie schien beunruhigt zu sein. Ich weiß nicht, ob sie Julia erreicht hat oder nicht, aber sie war nur eine oder zwei Minuten in ihrem Zimmer. Als sie herauskam, sagte sie mir, dass sie hinübergehen wollte, um mit Julia zu reden. Sie sagte …« Ihr Blick schweifte einen Augenblick zu Julia ab und kehrte sogleich wieder zu dem Vertreter der Anklage zurück. »Sie sagte, sie müssten die Sache ausfechten.«

»Wie spät war es da?«

»Genau ein Uhr, vielleicht eine oder zwei Minuten später.«

»Wie können Sie das so sicher wissen?«

»Eve hatte mir eine Reihe von Briefen zum Abtippen gegeben. Als sie gegangen war, ging ich ins Büro, um damit anzufangen, und schaute auf die Schreibtischuhr.«

Julia hörte eine Zeit lang nicht mehr zu. Wenn sie schon nicht wirklich aufstehen und davongehen durfte, so konnte sie doch ihre Gedanken wandern lassen. Sie stellte sich vor, dass sie wieder daheim in Connecticut wäre. Sie würde Blumen pflanzen. Sie konnte eine ganze Woche damit zubringen, wenn sie es wollte. Sie würde für Brandon einen Hund besorgen. Über diese Dinge dachte sie nach. Es würde schwierig werden, im Tierheim einen Hund auszusuchen, denn sie hatte Angst, sie würde sie alle nehmen.

»Paul Winthrop wird in den Zeugenstand gerufen.«

Sie musste irgendeinen Laut von sich gegeben haben. Lincoln legte unter dem Tisch eine Hand auf ihre und drückte sie. Nicht tröstend, sondern warnend.

Paul beantwortete die ersten Fragen kurz, wägte seine Worte sorgfältig ab und schaute Julia dabei an.

»Würden Sie dem Gerichtshof die Art Ihrer Beziehung zu Miss Summers darlegen?«

»Ich liebe Miss Summers.« Ein ganz leises Lächeln umspielte seine Mundwinkel. »Ich liebe sie.«

»Und auch zu Miss Benedict hatten Sie eine enge persönliche Beziehung?«

»Ja, das stimmt.«

»War es nicht schwierig für Sie, Beziehungen zu zwei Frauen zu unterhalten, die eng zusammenarbeiteten und Mutter und Tochter waren?«

»Euer Ehren.« Lincoln sprang auf, ein Bild aufrichtiger Entrüstung.

»Oh, diese Frage beantworte ich gern.« Pauls ruhige Stimme übertönte die Unruhe im Zuhörerraum. Sein Blick wanderte von Julia zu dem District Attorney. »Ich fand es überhaupt nicht schwierig. Eve war die einzige Mutter, die ich je gekannt habe. Julia ist die einzige Frau, mit der ich mein weiteres Leben verbringen möchte.«

Williamson faltete die Hände über seinem Bauch und legte die Spitzen der Zeigefinger aneinander. »Dann hatten Sie also kein Problem. Ich frage mich, ob zwei dynamische Frauen es auch so einfach gefunden haben, sich einen Mann zu teilen.«

Seine blauen Augen flammten auf, aber seine Stimme blieb

kühl und verächtlich. »Ihr Verdacht ist nicht nur idiotisch, er ist widerlich.«

Aber er hätte gar nichts zu sagen brauchen. Lincoln legte bereits Protest ein.

»Zurückgezogen«, sagte Williamson leichthin. »Mr. Winthrop, sind Sie bei dem Streit zwischen der Verstorbenen und Miss Summers anwesend gewesen?«

»Nein.«

»Aber Sie waren auf dem Grundstück.«

»Ich war im Gästehaus und habe auf Brandon aufgepasst.«

»Dann waren Sie also anwesend, als Miss Summers direkt nach der Szene auf der Terrasse zurückkehrte?«

»Ja.«

»Hat sie mit Ihnen über ihre Gefühle gesprochen?«

»Ja. Julia war empört, schockiert und verwirrt.«

»Empört?«, wiederholte Williamson und ließ das Wort auf der Zunge zergehen, als wollte er seinen Geschmack prüfen. »Zwei Zeuginnen haben ausgesagt, dass Miss Summers die Terrasse wütend verließ. Wollen Sie behaupten, dass sich diese Wut in wenigen Augenblicken abgekühlt hat und nur noch Empörung übrig geblieben ist?«

»Ich bin Schriftsteller, Mr. Williamson. Ich wähle meine Worte sorgfältig. Wut ist nicht der Ausdruck, den ich verwenden würde, um Julias Zustand zu beschreiben, als sie ins Gästehaus zurückkehrte. Es würde der Sachlage sehr viel näher kommen, wenn ich sage, dass sie verletzt war.«

»Wir wollen die Zeit des Gerichtes nicht mit Semantik vergeuden. Haben Sie an dem Mordtag von Miss Summers einen Telefonanruf bekommen?«

»Ja.«

»Um welche Zeit?«

»Gegen zwanzig nach eins.«

»Erinnern Sie sich an das Gespräch?«

»Es kam gar kein Gespräch zustande. Sie konnte kaum sprechen. Sie bat mich, zu ihr zu kommen, sofort. Sie sagte, sie brauchte mich.«

»Sie brauchte Sie.« Mit einem kurzen Nicken wiederholte Williamson die letzten Worte. »Finden Sie es nicht merkwürdig, dass sie es für erforderlich hielt, ein Telefongespräch zu führen, während ihre Mutter tot dalag?«

Als das Gericht von eins bis drei eine Pause einlegte, zog Lincoln Julia in ein kleines Zimmer. Da stand ein Teller mit Sandwiches, ein Topf mit Kaffee, aber sie berührte weder das eine noch das andere. Sie brauchte auch nicht die Proben, die Lincoln mit ihr durchführte, und seine Tipps, um daran zu denken, dass sie in den Zeugenstand gehen musste, wenn das Gericht wieder zusammentrat.

Nie sind zwei Stunden schneller verstrichen.

»Die Verteidigung ruft Julia Summers in den Zeugenstand.« Sie stand auf und war sich der Blicke und des Gemurmels hinter ihrem Rücken nur zu sehr bewusst. Als sie den Zeugenstand erreicht hatte, wandte sie sich um und stellte sich diesen Blicken. Sie hob die rechte Hand und schwor, die Wahrheit zu sagen.

»Miss Summers, wussten Sie, als Sie nach Kalifornien kamen, dass Eve Benedict Ihre natürliche Mutter war?«

»Nein.«

»Warum sind Sie quer durchs Land gereist, um bei ihr zu wohnen?«

»Ich hatte eingewilligt, ihre Biografie zu schreiben. Sie wollte bei dem Projekt mitarbeiten und auch eine gewisse Kontrolle darüber behalten. Wir kamen überein, dass mein Sohn und ich bei ihr wohnen sollten, bis die erste Fassung beendet und gebilligt war.«

»Hat Miss Benedict Ihnen im Verlauf dieser Arbeit Einzelheiten ihres Privatlebens mitgeteilt?«

Sie hatten zusammen am Pool gesessen, zusammen im Gymnastikraum geschwitzt. Eve hatte in einem tollen Kleid auf dem Boden gehockt und zusammen mit Brandon einen Raumschiffhafen gebaut. Rasch flimmerten die Bilder an Julias innerem Auge vorüber. Ihre Augen brannten. »Sie redete sehr frei und offen mit mir. Es war ihr wichtig, dass es ein gründliches Buch wurde. Und ein ehrliches«, sagte Julia leise. »Sie wollte keine weiteren Lügen mehr.«

»Hatten Sie die Möglichkeit, Gespräche mit ihr und mit anderen Leuten, die persönlich oder beruflich in engen Beziehungen zu ihr standen, auf Band aufzunehmen?«

»Ja. Ich arbeite nach Tonbandaufnahmen und Notizen.«

Lincoln ging zurück zu seinem Tisch und nahm eine Box mit Tonbändern auf. »Sind das Kopien von den Bandaufnahmen, die Sie seit Januar dieses Jahres gemacht haben?«

»Ja, meine Beschriftungen sind darauf.«

»Ich würde diese Bänder gern als Beweise vorspielen lassen.«

»Euer Ehren, Einspruch. Diese Bänder enthalten die Meinungen und Erinnerungen der Verstorbenen, ihre persönlichen Erfahrungen mit anderen Menschen. Sie können nichts Wesentliches zur Aufklärung beitragen.«

Julia wartete ab, bis der Streit um sie herum zu Ende war. Sie begriff nicht, warum die Bänder ins Spiel gebracht wurden. Die Polizei hatte sie abgehört, ohne im Geringsten davon erschüttert oder beeinflusst zu werden.

»Ich gestatte nicht, dass die Bänder bei dieser Anhörung abgespielt werden«, entschied der Richter. »Mr. Hathoway kann die direkte Notwendigkeit dafür zur Verteidigung nicht nachweisen. Wenn ich mir jetzt schon die Memoiren von Miss Benedict anhören würde, könnte das eher zur Vernebelung des Falles führen. Fahren Sie fort.«

»Miss Summers, haben Sie während der Durchführung dieser Interviews Drohungen bekommen?«

»Ich bekam Zettel. Der erste wurde an den Gartenzaun vor dem Gästehaus geheftet.«

»Sind dies die Zettel, die sie erhielten?«

Sie schaute auf die Papiere in seiner Hand. »Ja.«

Er befragte sie nach Eves Reaktion darauf, nach dem Rückflug von Sausalito, nach dem Streit, ihren Gefühlen und nach dem, was sie am Mordtag getan hatte.

Ihre Antworten waren ruhig und kurz, wie er es ihr eingeschärft hatte.

Dann war der Vertreter der Anklage an der Reihe.

»Miss Summers, war irgendjemand dabei, als Sie diese Zettel erhielten?«

»Paul war da, als ich den in London bekam.«

»Er war anwesend, als er Ihnen überreicht wurde?«

»Er wurde mir ins Zimmer gebracht, in mein Hotelzimmer, zusammen mit einem Serviertablett.«

»Aber niemand hat gesehen, wann er gebracht wurde.«

»Er wurde an der Rezeption hinterlassen.«

»Ich verstehe. Jeder kann ihn dort hinterlegt haben, einschließlich Sie selber.«

»Jeder könnte es getan haben. Ich war es nicht.«

»Es fällt mir schwer zu glauben, dass irgendjemand sich durch so dümmliche Sprüche bedroht gefühlt haben sollte.«

»Selbst dümmliche Sprüche wirken bedrohlich, wenn man sie anonym bekommt, besonders weil Eve mir brisante Informationen gab.«

»Diese anonymen Zettel wurden nicht in Ihrem Besitz gefunden, sondern im Frisierschrank der Verstorbenen.«

»Ich habe sie ihr gegeben. Eve wollte sich selber darum kümmern.«

»Eve«, wiederholte er. »Lassen Sie uns über Eve und ihre brisanten Informationen reden. Würden Sie sagen, dass Sie ihr vertrauten?«

»Ja.«

»Dass Sie sie gern mochten?«

»Ja.«

»Und dass Sie sich von ihr verletzt und betrogen gefühlt haben, als sie Ihnen anvertraute, dass Sie das Kind waren, das sie unverheiratet und heimlich zur Welt gebracht und dann zur Adoption freigegeben hatte?«

»Ja«, sagte sie und konnte fast spüren, wie Lincoln zusammenzuckte. »Ich war benommen und verletzt.«

»Sie haben an diesem Abend das Wort ›manipulieren‹ benutzt, nicht wahr? Sie haben gesagt, dass sie ihr Leben manipuliert hätte.«

»Das Gefühl hatte ich. Ich weiß nicht mehr genau, was ich gesagt habe.«

»Sie wissen es nicht genau?«

»Nein.«

»Weil Sie zu wütend waren, um klar denken zu können?«

»Einspruch.«

»Stattgegeben.«

»Waren Sie wütend?«

»Ja.«

»Haben Sie gedroht, sie umzubringen?«

»Das weiß ich nicht mehr.«

»Sie wissen es nicht mehr? Miss Summers, bereitet es Ihnen oft Schwierigkeiten, sich an das zu erinnern, was Sie während eines Anfalls von Jähzorn gesagt und getan haben?«

»Ich habe selten Anfälle von Jähzorn.«

»Aber es ist vorgekommen. Haben Sie nicht schon einmal eine Lehrerin Ihres Sohnes angegriffen?«

»Euer Ehren, bitte.«

»Ich will nur das Temperament der Angeklagten feststellen, Euer Ehren. Ihre früheren Anfälle von Jähzorn verbunden mit Gewalttätigkeit.«

»Abgelehnt. Die Angeklagte soll antworten.«

»Ich habe einmal eine Lehrerin geschlagen, weil sie meinen Sohn herabgesetzt und beschämt hatte, weil er keinen Vater hat.« Sie schaute Lincoln direkt an. »Er hatte es nicht verdient, für die Begleitumstände seiner Geburt bestraft zu werden.«

»So wie Sie? Haben Sie sich herabgesetzt und beschämt gefühlt, als Miss Benedict Ihnen die Begleitumstände Ihrer Geburt enthüllt hat?«

»Ich hatte das Gefühl, dass sie mir meine Identität genommen hat.«

»Und deshalb haben Sie sie gehasst.«

»Nein.« Sie blickte wieder hoch und schaute Victor an.

»Ich hasse sie nicht. Und ich hasse auch den Mann nicht, den sie so sehr liebte, dass sie mich von ihm empfangen hat.«

»Zwei Zeuginnen haben unter Eid ausgesagt, dass Sie Ihren Hass Ihrer Mutter gegenüber herausgebrüllt haben.«

»In dem Augenblick hasste ich sie.«

»Und als Sie am nächsten Tag ins Gästehaus kam, um mit Ihnen zu reden, haben Sie hasserfüllt das Schüreisen ergriffen und sie niedergeschlagen.«

»Nein«, flüsterte sie. »Das habe ich nicht getan.«

Auf Grund der Fülle der Indizien wurde beschlossen, den Prozess gegen sie zu eröffnen. Die Kaution wurde auf fünfhunderttausend festgesetzt.

»Es tut mir leid, Julia.« Lincoln schrieb bereits eine Notiz für seinen Anwaltsgehilfen nieder. »Wir werden dich innerhalb einer Stunde wieder draußen haben. Ich garantiere dir, die Geschworenen werden dich freisprechen.«

»Wie lange dauert es?« Ihr Blick wanderte zu Paul, als die Handschellen über ihren Gelenken zusammenschnappten. Sie hörte das metallische Geräusch und dachte an die Zellentür, die sie von der Außenwelt abschließen würde. »Brandon. Oh, Gott, hilf bitte, dass er nichts davon erfährt.«

»Bleib tapfer.« Er konnte nicht zu ihr, sie nicht berühren. Er konnte nur zuschauen, wie sie abgeführt wurde. Dann packte er Lincoln am Kragen. Die verzweifelte Wut in seinem Blick spiegelte nur einen Bruchteil der Gefühle, die ihn beherrschten. »Ich besorge die Kaution. Holen Sie sie zum Teufel heraus. Tun Sie alles, was möglich ist, um sie aus der Zelle zu holen. Verstanden?«

»Ich glaube nicht …«

»Tun Sie es.«

Die Menschenmenge hatte sich noch nicht zerstreut, als sie entlassen wurde. Sie bewegte sich wie im Traum und fragte sich, ob sie schon tot wäre. An ihren Handgelenken konnte sie immer noch die Kälte der Handschellen fühlen.

Aber da stand die Limousine, Eves Limousine. Aber ohne Lyle, dachte sie benommen. Es war ein neuer Fahrer. Sie schlüpfte hinein. Hier war es sauber, kühl. Sie war in Sicherheit. Mit geschlossenen Augen hörte sie, wie eine Flüssigkeit in ein Glas gegossen wurde. Brandy, dachte sie, als Paul ihr das Glas in die Hand drückte. Und dann hörte sie seine Stimme, kühl und distanziert.

»Nun, Julia, hast du sie umgebracht?«

Die Wut stieg so schnell und heiß in ihr auf, dass sie kaum merkte, wie sie hochfuhr, die Sonnenbrille abriss und auf den Boden warf. Bevor sie etwas sagen konnte, hatte er schon die Hand fest unter ihr Kinn gelegt.

»Bleib so«, sagte er. »So gefällst du mir.« Seine Stimme war rau geworden. »Ich will verdammt sein, wenn ich dabeisitze und zuschaue, wie du dich von ihnen schlagen lässt. Es ist nicht nur allein dein Leben, um das du kämpfst.«

Sie lehnte sich zurück und nahm einen Schluck Brandy, um sich zu beruhigen. »Keinerlei Mitgefühl?«

Die Muskeln in seinem Gesicht arbeiteten, als er jeden Tropfen aus seinem Glas austrank. »Sie hätten mich fast in Stücke gerissen, als sie dich abgeführt hatten. Reicht dir das?«

Sie schloss die Augen wieder. »Es tut mir leid. Ich sehe, dass es keinen Sinn hat, auf dich einzudreschen.«

»Sag das nicht. Wenigstens siehst du nicht mehr so niedergeschlagen aus.« Er legte ihr eine Hand auf den Nacken und massierte sie leicht. Sie bewegte bei dem Versuch, sich zu beruhigen, unruhig die Finger hin und her. Schlanke Finger, dachte er, mit erbarmungslos heruntergekauten Nägeln. Sanft zog er sie an seine Lippen.

»Weißt du, was mich zuerst an dir angezogen hat?«

»Die Tatsache, dass ich mir den Anschein gab, von dir nicht angezogen zu sein?«

Er grinste, als er sah, wie sie die Lippen schürzte. Ja, sie würde kämpfen. Unabhängig davon, wie zerbrechlich sie war, sie würde kämpfen. »Nun, da war einmal diese faszinierende

Distanziertheit. Aber mehr noch hat mich beeindruckt, wie du aussahst, als du in Eves Wohnraum gekommen bist. Da lag ein ganz bestimmter Ausdruck in deinem Blick.«

»Das lag an der Zeitverschiebung.«

»Sei still und lass mich zu Ende reden.« Er berührte ihren Mund mit seinen Lippen und spürte, wie sie sich ein wenig entspannte. »Er bedeutete, klar und deutlich, ich mag keine Dinner-Partys mit all dem Geschwätz, aber ich werde es durchstehen. Und wenn mir irgendjemand hier dumm kommt, werde ich es ihm auf der Stelle heimzahlen.«

»Das hast du getan, wenn ich mich recht erinnere.«

»Yeah, stimmt. Mir gefiel der ganze Plan mit dem Buch nicht.«

Sie öffnete die Augen und schaute ihn an. »Was auch immer passiert, ich werde es schreiben.«

»Ich weiß.« Da ihr die Tränen in die Augen stiegen, küsste er sie auf die Lider. Dann zog er ihren Kopf an seine Schulter, damit sie sich ausruhen konnte. »Bald sind wir zu Hause.«

Als sie durch die Tür kamen, läutete das Telefon. In schweigendem Einverständnis ignorierten sie es. »Ich denke, ich dusche erst einmal«, sagte Julia. Sie hatte die Hälfte der Treppen gerade hinter sich, als der Anrufbeantworter sich einschaltete.

»Julia Summers.« Die Stimme klang freundlich und leicht amüsiert. »Nun, vielleicht sind Sie noch nicht wieder zu Hause nach diesem großen Tag. Tun Sie sich selber den Gefallen, mich anzurufen. Mein Name ist Haffner, und ich kann Ihnen ein paar interessante Informationen verkaufen. Sie wollen doch bestimmt gern wissen, wer an dem Tag, an dem Eve Benedict starb, auf dem Grundstück herumgeschnüffelt hat.«

Sie blieb wie erstarrt stehen, eine Hand auf dem Treppengeländer. Als sie sich umdrehte, nahm Paul bereits den Hörer in die Hand.

»Meine Nummer ist …«

»Hier spricht Winthrop.« Paul hatte ihn einfach unterbrochen.

»Wer zum Teufel sind Sie?«

»Nur ein interessierter Beobachter. Ich habe gesehen, wie Sie und die hübsche Julia den Gerichtshof verlassen haben. Ganz schön gebrochen.«

»Ich möchte wissen, wer Sie sind und was Sie uns mitzuteilen haben.«

»Das erzähle ich Ihnen nur zu gern, mein Freund. Für einen Preis von, nun, sagen wir, zweihundertfünfzigtausend, bar. Damit will ich meine Unkosten decken.«

»Und wofür bezahle ich?«

»Sie zahlen für einen angemessenen Zweifel an Julias Schuld. Den kann ich Ihnen liefern. Das dürfte genügen, um die sexy Julia vor dem Gefängnis zu retten. Bringen Sie die Hälfte des Geldes und die Lady um neun Uhr zum HOLLYWOOD. Wenn Sie danach den Wunsch haben, dass ich mit der Polizei rede oder vor einem Richter, geben Sie mir die andere Hälfte. Ich stehe Ihnen ganz zur Verfügung.«

»Die Banken sind geschlossen.«

»Yeah, das weiß ich auch. Wollen Sie Schwierigkeiten machen? Gut ich kann warten, Winthrop. Sie auch?«

Paul schaute Julia an, die direkt neben ihm stand, kerzengerade aufgerichtet. Ihre Blicke trafen sich. In ihren Augen lag etwas, was er seit Tagen nicht mehr gesehen hatte – Hoffnung.

»Ich schaff' das schon. Also um neun Uhr.«

»Die Bullen wollen wir vorläufig noch aus dem Spiel lassen. Ich verschwinde sofort, wenn ich einen wittern sollte.«

Sie schaute zu, wie Paul den Hörer auflegte. Es fiel ihr schwer zu sprechen. Angstvoll und vorsichtig fragte sie: »Glaubst du … Kann er tatsächlich jemanden gesehen haben?«

»Irgendjemand war dort.« Bevor er seine Gedanken ordnen konnte, läutete das Telefon wieder. »Winthrop.«

»Paul, hier ist Victor. Ich möchte nur wissen … Wie geht es ihr?«

Paul schaute auf seine Armbanduhr. »Victor, wie viel Bargeld kannst du in den nächsten zwei Stunden auftreiben?«

»Bargeld? Warum?«

»Für Julia.«

»Lieber Himmel, Paul, sie wird doch nicht ausreißen?«

»Nein. Ich habe jetzt keine Zeit es dir zu erklären. Wie viel kannst du auftreiben?«

»In einer oder zwei Stunden? Vierzigtausend, vielleicht fünfzigtausend.«

»Das reicht. Ich komme vorbei, um es abzuholen. Gegen acht, auf keinen Fall später.«

»In Ordnung. Ich werde rasch ein paar Leute anrufen.«

Julia presste die Finger auf ihren Mund, dann ließ sie die Arme hilflos sinken. »Einfach so«, sagte sie. »Keine Fragen, keine Bedingungen. Ich weiß nicht, was ich sagen soll.«

»Wenn die Zeit gekommen ist, wirst du die richtigen Worte finden. Ich kann bis zu hunderttausend beim Geldautomaten abheben. Wie steht es mit deiner Agentin? Kann sie dir den Rest telegrafisch anweisen?«

»Ja, ja.« Tränen liefen ihr über die Wangen, als sie den Hörer in die Hand nahm. Diesmal keine Tränen der Angst sondern Tränen verzweifelter Hoffnung. »Paul, ich werde das wiedergutmachen. Damit meine ich nicht nur das Geld.«

»In Ordnung. Beeil dich jetzt. Ich möchte Frank anrufen.«

»Die Polizei? Aber er hat doch gesagt …«

»Er wird unsichtbar bleiben.« Eine dunkle, gefährliche Erregung lag in seiner Stimme. »Ich denke nicht daran, dem Burschen das Bargeld zu übergeben und dann zuzuschauen, wie er einfach fortgeht. Nicht nachdem er so lange gewartet hat und dich durch die Hölle gehen ließ. Ruf jetzt an, Julia.«

Haffner zündete sich eine Zigarette an, dann lehnte er sich an das große »H«. Er war gern hier. Es war ein netter, ruhiger

Platz zur Erledigung von Geschäften. Er schob eine leere Coladose beiseite. In einem tiefer gelegenen Bassin spiegelten sich die Lichter. Wenn man lange genug wartete und ruhig genug war, konnte man vielleicht hören, wie ein weit entfernter Kojote den soeben aufgegangenen Mond anbellte.

Haffner dachte daran, eine Campingfahrt zu machen, wenn er das Geld hatte. Yosemite, Yellowstone, Grand Canyon. In der freien Natur fühlte er sich immer wohl. Und er hatte sich einen Urlaub redlich verdient. Das Wissen von Experten wurde immer und überall bezahlt. Diesmal konnte er sich ein saftiges Honorar leisten.

Er hörte den Automotor und trat seine Zigarette aus. Er gab seinen Platz unter dem hellbeleuchteten »H« auf und zog sich in den Schatten zurück. Sollten Winthrop oder die Lady irgendeinen faulen Trick versuchen, so konnte er schnell zu seinem geparkten Wagen gelangen und verschwinden.

Sie gingen schweigend, dicht nebeneinander. Der Umschlag in Pauls Hand ließ Haffner zufrieden grinsen. Seidenweich, dachte er. Weich wie die verdammte Seide.

»Er ist nicht da.«

Julia tat ihm fast leid, als er hörte, wie angespannt ihre Stimme klang.

»Er wird schon da sein.«

Sie nickte und schaute sich um. »Vielleicht hätten wir doch lieber die Polizei verständigen sollen. Es ist gefährlich, allein hierherzukommen.«

»Alles, was er will, ist das Geld«, sagte Paul beruhigend. »Wir wollen das Spiel auf seine Weise spielen.«

»Das ist eine gute Idee.« Haffner trat auf sie zu. Er riss einen Arm hoch und hielt die Hand schützend vor seine Augen, als Paul seine Taschenlampe anknipste, und kicherte. »Halt sie nach unten, mein Sohn, kein Grund, mich zu blenden.«

»Haffner?«

»Das ist mein Name. Hallo, Julia. Schön, sie wiederzusehen.«

Sie schob die Hand in ihre Tasche, als sie ihn aufmerksam

betrachtete. »Ich kenne Sie. Ich habe Sie irgendwo schon einmal gesehen.«

»Mit Sicherheit. Ich folge Ihnen schon seit Wochen auf Schritt und Tritt. Für einen Klienten. Ich bin Privatdetektiv.«

»Im Aufzug zu Drakes Büro. Und am Flughafen von Sausalito.«

»Sie haben ein scharfes Auge, Schatz.«

»Wer ist Ihr Auftraggeber?«, fragte Paul.

»Wer mein Auftraggeber war? Meine Dienste werden nicht mehr benötigt, seit Eve tot ist und Julias hübschem Hals der Strick droht.«

Paul packte Haffner so fest an seinem Baumwollhemd, dass eine Naht aufriss. »Wenn Sie irgendetwas mit dem Mord an Eve zu tun haben ...«

»Ruhig, ruhig. Glauben Sie, dass ich dann hier wäre?« Er streckte beide Arme aus und grinste. »Ich habe nichts weiter getan, als für einen Interessenten einige Beschattungen vorgenommen.«

»Für wen?«

Haffner überlegte einen Moment. »Da ich nicht mehr auf seiner Lohnliste stehe, kann ich es Ihnen ruhig sagen. Kincade. Anthony Kincade. Er wollte, dass ich Sie ständig im Auge behielte, Julia. Bei dem Gedanken an das Buch, an dem Sie und Eve gearbeitet haben, hat er Blut und Wasser geschwitzt.«

»Die Zettel«, sagte sie. »Er hat diese Zettel geschickt.«

»Ich weiß nichts von irgendwelchen Zetteln. Er wollte, dass ich Sie beobachte, damit er erfuhr, mit wem auch immer Sie gesprochen haben. Er hat mir sogar ein paar ganz nette Ausrüstungsgegenstände gekauft, sodass ich in der Lage war, manche der Interviews mitzuhören. Reiner Zucker. Dass DuBarry eine Abtreibung hatte, ist ein echter Hammer. Wer hätte das gedacht? Ich bin Ihnen gefolgt, als Sie ihr Haus verlassen hatten. Sie waren ziemlich launisch an diesem Tag, Julia. Ich musste ganz schön rumkurven. Später dann bin ich rund um das Anwesen gefahren und ...« Grinsend legte er eine Pause ein. »Ich freue mich darauf, Ihnen das alles zu berichten – wenn ich das Geld gesehen habe.«

Paul schob ihm den Umschlag zu. »Zählen Sie es nach.«

»Ich bitte Sie, mein Freund.« Haffner stellte seine Aktentasche auf einen Stein und öffnete sie. Er zog eine Taschenlampe heraus und ließ ihren Schein über die gebündelten Geldscheine gleiten. Manna vom Himmel. »Ich vertraue Ihnen. Schließlich erweisen wir uns gegenseitig einen Gefallen.«

Julia mischte sich ein. »Sie haben gesagt, dass Sie an dem bewussten Tag irgendjemand anderen auf dem Grundstück gesehen hätten. Wie sind Sie hereingekommen? Joe hat das Tor bewacht.«

»Burschen wie ich werden nur selten in Beverly Hills durchs Tor eingelassen.« Zufrieden mit sich holte Haffner eine Rolle Drops mit Fruchtgeschmack hervor. Orange, stellte Julia fest, als er einen davon zerkaute. »Ich entdeckte einen Wagen neben der Mauer und wurde neugierig. Deshalb kletterte ich aufs Wagendach, um einen Blick über die Mauer zu werfen. Raten Sie, was ich gesehen habe.« Er schaute von Julia zu Paul. »Keine Ahnung? Ich habe gesehen, wie Drake Morrison über den Golfplatz humpelte. Himmel, was für ein Gedanke, einen eigenen Golfplatz zu haben.«

»Drake?« Julia drückte Paul fest die Hand. »Sie haben Drake gesehen?«

»Er war in einem fürchterlichen Zustand«, sagte Haffner. »Ich schätze, dass er sich verletzt hatte, als er über die Mauer geklettert ist. Diese Schreibtisch-Typen sind keine Athleten.«

»Und die Alarmanlage?«, fragte Paul.

»Kann ich nicht sagen. Aber es ist anzunehmen, dass er sich vorher darum gekümmert hat, sonst hätte er es kaum gewagt, über die Mauer zu steigen. Da ich sah, dass die Luft rein war, bin ich ebenfalls über die Mauer gesprungen. Ich dachte mir, dass Kincade sich nicht lumpen lassen würde für ein paar Insider-Informationen. Zu weit konnte ich mich nicht vorwagen, da ich nur wenig Deckung fand. Er ging auf das Haus zu, auf das große Haus, dann drehte er plötzlich ab und versuchte, sich hinter einer Palme zu verstecken. Sah aus, als ob er jemanden beobachtete. Danach änderte er die Richtung und ging auf das kleine Haus zu. Ich konnte nicht zu nah an ihn herankommen, weil er sich oft umdrehte. Er hielt offenbar Ausschau nach einer Stelle, von der aus er an ein Fenster herankommen konnte. Und dann sprang er zurück und fing an zu rennen, als ob alle Teufel der Hölle hinter ihm her wären. Ich musste mich ins Gebüsch werfen und überlegte, ob ich selber einen Blick durch das Fenster werfen sollte, aber da tauchten Sie auf.« Er nickte Julia zu. »Ich habe gesehen, wie Sie aus dem Wagen gestiegen und in den Garten gegangen sind. Und dann dachte ich, es wäre besser zu verschwinden, bevor irgendjemand die Sicherheitsanlage wieder einschaltete.«

»Sie haben mich gesehen.« Julia schob Paul beiseite, um näher an Haffner heranzukommen. »Sie haben mich gesehen. Sie haben gewusst, dass ich die Wahrheit gesagt habe, und Sie haben kein einziges Wort gesagt.«

»Hey, immerhin bin ich jetzt hier. Und wenn Sie mit der anderen Hälfte herüberkommen, werde ich vor dem District Attorney in den höchsten Tönen singen. Im Übrigen kann ich ihm nur sagen, was ich gesehen habe. Nach allem, was ich weiß, sind sie aus dem Garten zurückgekehrt und haben die Lady erschlagen.«

Sie versetzte ihm einen Schlag, der so hart war, dass er das Gleichgewicht verlor und gegen einen Felsbrocken prallte. »Sie wissen, dass ich sie nicht umgebracht habe. Sie wissen, dass Drake denjenigen gesehen hat, der es tat. Und Sie haben gewartet, bis ich so verzweifelt war, dass ich selbst meine Seele verkauft hätte.«

Haffner presste eine Hand auf seinen Mund, als er wieder auf die Füße kam. »Wenn Sie so weitermachen, werde ich dem District Attorney erzählen, dass Sie mich bestechen wollten, damit ich Ihnen ein Alibi verschaffe. Sie bedeuten mir gar nichts, meine Dame. Deshalb verhalten Sie sich lieber anständig, sonst ziehe ich es vielleicht vor, meine bürgerlichen Pflichten nicht zu erfüllen.«

»Bürgerliche Pflichten, du meine Fresse«, sagte Paul. »Reicht es aus, Frank?«

»Oh, mehr als das.« Frank kam mit einem strahlenden Lächeln auf die Lichtung.

»Du Miststück!« Haffner machte einen Schritt vorwärts, dann setzte Paul ihn mit einem rechten Schwinger ans Kinn außer Gefecht.

»Rusty? Rusty Haffner?«, sagte Frank freundlich, als er Haffner hochzog. »Ich erinnere mich an Sie. Sie haben mich sicher auch noch nicht vergessen. Ich bin Lieutenant Francis Needlemeyer. Sie sind verhaftet wegen Erpressung und Zurückhaltung von Beweismitteln. Ich werde Ihnen gleich Ihre Rechte vorlesen.«

Nachdem er ihm die Handschellen angelegt hatte, zog Frank ein Walkie-Talkie aus der Tasche. »Ich habe hier eine Ladung Mist abzuholen.«

»Schon unterwegs, Lieutenant. Übrigens, der Empfang war ausgezeichnet.«

32 »Der District Attorney will Morrison sofort vernehmen, auf der Stelle, am besten schon vorgestern.« Frank pfiff vor sich hin, als sie von der Fahrbahn auf den Weg gingen, der zu Drakes Haus führte. »Haben Sie Kontakt zu Ihrem Rechtsanwalt aufnehmen können?«

»Ja.« Julia wischte sich die feuchten Handflächen an den Slacks ab. »Wahrscheinlich nimmt er gerade Ihren Chef in die Mangel. Lincoln war überzeugt davon, dass Sie es nicht zulassen würden, dass Paul und ich mitkommen, wenn Sie Drake holen.«

»Ich kann es nicht ändern, wenn Ihr zufällig gerade aufkreuzt.« Er blinzelte Paul zu. »Tatsache ist, dass ich der Meinung bin, dass Morrison eher zusammenbricht, wenn er Euch sieht.«

»Ich würde es vorziehen, ihn persönlich auseinanderzunehmen«, brummte Paul. »Stück für Stück.«

»Mach das. Aber warte, bis wir seine Aussage haben. Du lieber Himmel, wie kann er diesen Krach aushalten?«

Musik dröhnte aus dem Haus. Frank läutete, dann hämmerte er mit den Fäusten gegen die Tür.

»Der Bastard hat gesehen, wer sie umgebracht hat.« Paul drückte Julias Hand so heftig, dass sie zusammenzuckte. »Eve hat ihm alles gegeben, damit er ein mehr als anständiges Leben führen konnte, und er hielt das für völlig selbstverständlich. Er hat ihren Tod ebenso benutzt, wie er sie immer benutzt hat, als sie noch am Leben war. Für Geld.«

»Wenn Julia verurteilt worden wäre, hätte er eine bessere Chance gehabt, doch noch ein saftiges Stück von Eves Erbe zu erwischen.« Immer noch pfeifend, hämmerte Frank wieder an die Tür. »Jetzt wird er wegen Behinderung der Justiz angeklagt werden. Der Bastard ist da. Hier steht sein Wagen. Das Licht ist an und die Musik. Morrison!« Jetzt brülle er. »Polizei. Öffnen Sie die Tür.« Er warf Paul einen vielsagenden Blick zu. Paul begriff sofort und legte eine Hand auf Julias Rücken. »Du wartest besser im Wagen.«

Auch sie verstand und schüttelte seine Hand ab. »Den Teufel werde ich tun.«

Frank seufzte nur. »Tretet zurück.« Er warf sich dreimal gegen die Tür, bevor sie nachgab. »Ich habe an Kondition verloren«, sagte er zu sich selbst und zog die Pistole. »Sorg dafür, dass sie draußen bleibt, bevor ich etwas anderes anordne.«

Sowie Frank im Haus verschwunden war, stieß Julia Paul beiseite, der die Arme um sie geschlungen hatte, um sie zurückzuhalten. »Glaubst du wirklich, dass ich hier draußen stehen bleibe und warte? Er weiß, wer sie umgebracht hat.« Heftig schüttelte sie den Kopf. »Paul, sie war meine Mutter.«

Er fragte sich, ob ihr bewusst war, dass sie das soeben zum ersten Mal akzeptiert hatte. Er nickte und nahm ihre Hand. »Bleib ganz in meiner Nähe.«

Abrupt verstummte die Musik. Als sie in das Foyer traten, herrschte tiefe Stille. Paul warf einen Blick auf die Treppe und stellte sich vor Julia.

»Frank?«

»Hier hinten. Großer Mist. Lass sie nicht rein.«

Aber sie war schon drinnen. Zum zweiten Mal in ihrem Leben wurde sie mit einem gewaltsamen Tod konfrontiert. Er lag auf dem Rücken, wie er hingefallen war. Auf einer Seite war er mit Kristallscherben bedeckt. Es roch nach Blut und schal gewordenem Champagner – eine Party hatte ein schreckliches Ende genommen.

Eine Stunde später saß Julia in Pauls Wohnzimmer. Es war ihr gelungen, sich mit einer ungeheuren Willensanstrengung zur Ruhe zu zwingen. »Sag mir eins, glauben sie, dass ich ihn umgebracht habe?« Sie beobachtete Lincoln genau.

»Nein. Es gibt kein Motiv. Wenn sie die Todeszeit feststellen, möglicherweise auch keine Gelegenheit. Es sieht eher profihaft aus.«

»Profihaft?«

»Nur ein einziger, sehr sauberer Schuss. In ein, zwei Tagen werden wir mehr wissen.«

»In ein, zwei Tagen.« Sie hatte keine Ahnung, wie sie auch nur die nächsten ein, zwei Stunden durchstehen sollte. Sie presste die Finger vor ihre Augen. »Er hätte mich entlasten können, Lincoln. Er ist tot. Alles woran ich denken kann, ist, dass er mich hätte entlasten können, wenn wir nur wenige Tage früher gekommen wären.«

»Er kann es vielleicht immer noch. Mit Haffners Aussage und der Tatsache, dass Drake ermordet wurde, steht der Prozess gegen dich auf sehr wackeligen Füßen. Wir wissen, dass noch jemand anderes in dem Anwesen war, und dass die Alarmanlage ausgeschaltet gewesen ist. Außerdem bestätigt Haffner, dass du in den Garten gegangen bist und nicht ins Haus. Und dass irgendjemand bereits drinnen war, wahrscheinlich Eve. Drake würde nicht durchs Fenster geschaut haben und nicht in panischem Schrecken fortgerannt sein, wenn das Haus leer gewesen wäre.«

Vorsichtig wagte sie es, wieder ein wenig Hoffnung in sich aufsteigen zu lassen. »Wenn es immer noch zum Prozess kommen sollte, wirst du das zu meinen Gunsten verwenden.«

»Wenn es noch dazu kommen sollte, ja. Das reicht für einen angemessenen Zweifel, Julia, und mehr als das. Der District Attorny weiß das. Ich möchte, dass du jetzt etwas schläfst.«

»Danke.« Sie stand auf, um ihn zur Tür zu bringen, als das Telefon läutete. »Ich gehe hin«, sagte sie zu Paul.

»Lass es läuten.«

»Wenn es ein Reporter ist, habe ich wenigstens die Befriedigung, wieder einhängen zu können. Hallo.« Ihr Blick wurde ausdruckslos. »Ja, natürlich. Einen Augenblick. Lincoln, es ist dein Sohn.«

»Garret?« Er hatte schon einen Schritt vorwärts gemacht, als ihn plötzlich tiefe Scham erfüllte. »Meine, nun, meine Familie ist für ein paar Tage hergekommen. Die Kinder haben Frühjahrsferien.«

Als sie nicht antwortete, nahm er den Hörer. »Garret, seid ihr da? Ja, ich weiß, dass der Flug Verspätung hatte. Es ist schön, deine Stimme zu hören.« Er lachte und wandte sich absichtlich um, sodass er Julia den Rücken zukehrte. »Oh, hier ist es erst kurz nach elf, so spät seid ihr also gar nicht dran. Ja, wir werden uns ein Ballspiel ansehen und nach Disneyland fahren. Sag deiner Mutter und deiner Schwester, dass ich sofort aufbreche und ins Hotel fahre. Wartet auf mich. Ja, ja, ich komme sehr bald. Auf Wiedersehen, Garret.«

Er legte den Hörer auf die Gabel und räusperte sich. »Es tut mir leid. Ich habe diese Nummer für sie hinterlassen. Der Flug hatte Verspätung, und ich war ein wenig besorgt.«

Sie schaute ihn an. »Das ist vollkommen in Ordnung. Du solltest jetzt besser aufbrechen.«

»Ja, wir bleiben in Verbindung.«

Eilig verabschiedete er sich.

»Wenn das keine Ironie des Schicksals ist«, sagte sie, als sie mit Paul allein war. »Dieser Junge ist nur ein paar Monate jünger als Brandon. Als Lincoln erfuhr, dass ich schwanger war, lief er voller Entsetzen zu seiner Frau zurück. Man könnte sagen, dass ich seine Ehe gerettet habe oder zumindest mitverantwortlich dafür bin, dass Brandons Halbbruder auf die Welt kam. Seine Stimme klang wie die eines sehr aufgeweckten, guterzogenen Jungen.«

Paul drückte seine Zigarre so heftig aus, dass sie in zwei Teile zerbrach. »Ich würde immer noch mit Wonne Hathoways Gesicht an einer Betonmauer entlangreiben. So für ein, zwei Stunden.«

»Ich bin nicht mehr wütend auf ihn. Ich weiß nicht einmal genau, wann das aufgehört hat.« Sie ging zu ihm und setzte sich auf seinen Schoß. »Doch, es war in London, als wir so lange aufgeblieben sind und ich dir alles erzählt habe. All die Geheimnisse, von denen ich geglaubt hatte, dass ich sie niemals einem Mann erzählen könnte.« Spielerisch begegneten sich ihre Lippen. »Deshalb möchte ich es eigentlich gar nicht, dass du sein Gesicht gegen eine Betonmauer reibst.« Mit einem kleinen Seufzer gab sie ihm zarte Küsse auf den Hals. »Vielleicht könntest du ihm nur den Arm brechen.«

»In Ordnung.« Er schlang seine Arme so fest um sie, dass sie nach Luft schnappen musste. »Alles wird in Ordnung kommen«, flüsterte er ihr ins Haar.

Sie waren beide todmüde und schliefen eng aneinandergekuschelt auf der Couch ein. Als es kurz nach sechs an die Tür klopfte, fuhren sie hoch und schauten sich fassungslos an.

Sie gingen in die Küche. Frank setzte sich hin, während Julia anfing, ein Essen vorzubereiten. »Ich habe ein paar gute und ein paar schlechte Neuigkeiten«, sagte er. »Die schlechte ist, der District Attorney ist nicht bereit, die Anschuldigungen zurückzuziehen.«

Ohne zu antworten, nahm Julia einen Karton Eier aus dem Kühlschrank.

»Die gute ist, dass die Untersuchungen in großem Stil wieder von Neuem anfangen. Haffners Aussage spricht zu Ihren Gunsten. Es gibt da noch einige Punkte zu klären, wir wollen auch seine Verbindung zu Kincade überprüfen. Es wäre nett von dem alten Rusty gewesen, wenn er auch einen Blick durch das Fenster geworfen hätte, da Morrison niemandem mehr erzählen kann, was er an jenem Tag gesehen hat. Aber allein die Tatsache, dass sie beide dort gewesen sind, reißt ein schönes, großes Loch in die Beweisführung der Anklage. Am stärksten hat die Zeitfrage gegen Sie gesprochen und die Tatsache, dass jeder andere auf dem Grundstück ein Alibi hatte. Wenn wir Haffner seine Story abkaufen, hat beides keine Bedeutung mehr.«

»Wenn«, wiederholte Julia.

»Schauen Sie, der Kriecher kommt vielleicht auf die Idee zu widerrufen. Er ist ganz schön sauer, weil Sie ihn geschlagen haben, aber andererseits kennt er die Spielregeln. Wenn er nicht kooperativ ist, wird es härter für ihn werden. Im Augenblick möchte der District Attorney seine Aussage gesondert behandeln, aber es hängt doch alles zusammen. Wenn feststeht, dass er für Kincade gearbeitet und Sie beschattet hat, wird der District Attorney den Rest auch schlucken müssen. Morrison war zur Tatzeit auf dem Gelände, er sah dort irgendetwas, und jetzt ist er tot.« Er seufzte zustimmend, als Paul einen Becher mit Kaffee vor ihn hinstellte. »Wir sind dabei, seine Telefonanrufe zu rekonstruieren. Es interessiert uns, wen er nach dem Mord angerufen hat.«

Sie sprachen über Mord, dachte Julia. Der Schinken brutzelte, der Kaffee dampfte. Und direkt vor dem Fenster sang ein Vogel. Brandon war in der Schule und wohl gerade mit Bruchrechnung oder Buchstabieren beschäftigt. Darin lag ein gewisser Trost. Es war gut zu wissen, dass sein Leben völlig normal verlief, während ihres aus den Fugen geraten war.

»Sie machen sich unendlich viel Mühe, um mich aus dieser schrecklichen Sache herauszubringen.« Julia stellte den Schinken beiseite, damit er abtropfte.

»Ich mag nicht gegen mein Gewissen handeln.« Frank hatte

gerade so viel Milch in seinen Kaffee gegossen, dass er sich nicht die Zunge damit verbrühte. Er nippte und ließ das heiße Koffein in seinen Körper strömen. »Und außerdem habe ich einen ganz persönlichen Widerwillen dagegen zuzusehen, wie jemand, der einen Mord begangen hat, ungeschoren davonkommt. Ihre Mutter war eine tolle Frau.«

Julia dachte an Eve, ja, sie war eine dynamische Schauspielerin, die das Leben mit beiden Händen ergriffen hatte. »Ja, das war sie. Wie möchten Sie Ihre Eier, Lieutenant?«

»Sehr hart«, sagte er lächelnd. »So hart wie ein Felsbrocken. Ich habe eines von Ihren Büchern aufgegabelt, das über Dorothy Rogers. Stehen ein paar erstaunliche Sachen drin.«

Julia schlug ein paar Eier auf und schaute zu, wie das Eiweiß in der heißen Pfanne Blasen schlug. »Sie hat ein paar erstaunliche Erfahrungen gemacht.«

»Auch ich muss ständig Leute nach ihrem Leben befragen. Ich würde gern Ihren Trick kennenlernen.«

»Es ist kein Trick dabei, wirklich nicht. Wenn Sie mit den Leuten reden, vergessen sie nie, dass Sie ein Bulle sind. Ich höre eigentlich nur zu, dann verlieren sie sich völlig in ihrer eigenen Geschichte und vergessen sowohl mich als auch den Kassettenrekorder.«

»Wenn Sie diese Bänder jemals auf den Markt bringen würden, könnten Sie ein Vermögen damit machen. Was geschieht mit ihnen, wenn Ihre Arbeit beendet ist?«

Sie drehte die Eier um und war froh, dass die Eidotter zusammenhielten. »Sie kommen in die Ablage. Die Bänder allein sind nicht viel wert ohne die Story, die sie miteinander verbindet.«

Paul setzte seinen Kaffeebecher geräuschvoll ab. »Wartet einen Augenblick.«

»Machen Sie sich keine Sorgen.« Frank stand auf, um ihr den Teller abzunehmen. »Ich schaffe seinen Anteil auch noch.«

Fünf Minuten später rief Paul von der Treppe aus: »Frank, ich möchte, dass du dir etwas ansiehst.«

Brummend legte Frank noch mehr Schinken auf seinen Teller und nahm ihn mit. Julia folgte ihm, in jeder Hand einen Becher Kaffee tragend.

Paul war in seinem Büro. Er stand vor dem Fernsehschirm, auf dem Eve erschienen war. »Danke.« Er nahm Julia einen Becher aus der Hand. »Jules, hör bitte ganz genau zu.«

»... habe ich vorsorglich die anderen Tonbänder besprochen ...«

»Welche anderen Bänder?« Die Frage war an Julia gerichtet.

»Ich weiß es nicht. Sie hat mir nie irgendwelche Bänder gegeben.«

»Genau.« Er küsste sie stürmisch. Sie spürte seine Erregung, als er seine Fingerspitzen in ihre Schulter grub. »Wo, zum Teufel, stecken sie dann? Sie hat sie in dem Zeitraum besprochen, der zwischen eurer letzten Begegnung und ihrem Tode lag. Sie hat sie Greenburg nicht gegeben. Sie hat sie auch dir nicht gegeben, aber genau das war ihre Absicht.«

»Sie wollte sie mir geben.« Julia kauerte sich in einem Sessel zusammen. »Und sie ist ins Gästehaus gekommen, um mit mir zu sprechen, um auf mich zu warten.«

»Um sie dir zu geben. Um auch die letzten Lügen noch auszulöschen.«

»Wir haben das ganze Haus durchsucht.« Frank stellte seinen Teller beiseite. »Da waren keine Tonbänder, nur die im Safe.«

»Nein, weil irgendjemand sie weggenommen hat. Jemand, der wusste, was sie enthielten.«

»Wie konnte das irgendjemand gewusst haben?« Julia warf einen Blick auf den Bildschirm, wo Eve immer noch zu sehen war. »Sie hat das Haus nach dem Auftritt auf der Terrasse nicht mehr verlassen. Wenn die Bänder wirklich erst in der Nacht oder am nächsten Vormittag besprochen worden sind ...«

»Wer ist ins Haus gekommen?«

Frank zog sein Notizbuch hervor und fing an zu blättern. »Flannigan, ihre Agentin, DuBarry. Jedem von ihnen könnte sie etwas erzählt haben.«

Julia wandte sich ab. Sie konnte den Gedanken, dass Victor es gewesen sein könnte, nicht ertragen. Jetzt hatte sie bereits zweimal eine Mutter verloren. Sie war nicht sicher, ob sie es überleben würde, auch noch ihren zweiten Vater zu verlieren. »Eve war am Leben, als die drei wieder gegangen waren. Wie könnte einer von ihnen zurückgekehrt sein, ohne dass Joe es gemerkt hätte?«

»Auf dem gleichen Weg, den Morrison benutzte«, sagte Frank scherzhaft. »Obwohl der Gedanke, dass noch jemand über die Mauer gestiegen sein sollte, etwas seltsam erscheint.«

»Vielleicht war es ganz anders.« Paul fuhr Julia mit der Hand übers Haar, den Blick fest auf Eve gerichtet. »Vielleicht brauchten sie sich gar keine Sorgen über den Hin- und Rückweg zu machen, weil sie bereits drinnen waren. Sie waren bei ihr, und niemand hätte etwas anderes erwartet. Es könnte irgendjemand gewesen sein, der ihr so nahestand, dass sie ihm erklärte, was sie vorhatte.«

»Du denkst an einen der Angestellten«, murmelte Frank und blätterte wieder in seinem Notizbuch.

»Ich denke an irgendjemanden, der auf dem Gelände wohnte. Jemanden, der sich wegen der Sicherheitsanlage keine Gedanken zu machen brauchte. Jemanden, der es fertigbrachte, Eve in der Hitze des Gefechts und Drake mit eiskalter, ruhiger Überlegung zu töten.«

»Da hätten wir ihre Köchin, den Gärtner, den Hilfsgärtner, ein paar Hausmädchen, den Fahrer, die Haushälterin, die Sekretärin. Alle haben ein hübsches, hieb- und stichfestes Alibi für die Tatzeit.«

Paul wurde ungeduldig. »Vielleicht hat einer von ihnen sich ein Alibi zurechtgeschneidert. So ist es, Frank.«

»Das hier ist nicht eins von deinen Büchern. Bei echten Mordfällen passen die Dinge nicht so gut zusammen.«

»Es ergibt sich immer das gleiche Bild. Haffner hat gesagt,

dass sie aus dem Haus kam und dass Morrison die Richtung änderte, um direkt zum Gästehaus zu gehen. Er hat bei der Garage nicht angehalten, was Lyle ausschließt, obwohl ich den kleinen Mistkerl nur zu gern festnageln würde. Und ich glaube, dass wir nach jedem Ausschau halten müssen, der ihr nahestand. Jemanden, der Julias Terminplan kannte und die Zettel entsprechend anbringen konnte.«

»Haffner könnte die Zettel gebracht haben«, meinte Julia mit einem kleinen Lächeln.

»Warum sollte er sich die Mühe machen, es abzuleugnen? Er hat uns sonst doch auch alles erzählt. Ich möchte wissen, wer dir nach London gefolgt ist – und nach Sausalito.«

»Ich habe die Fluglisten nach London überprüft, Paul, aber ich konnte keine Verbindung herstellen zwischen irgendeinem Passagier und Eve oder Julia.«

»Hast du die Listen mit allen Namen bekommen?«

»Ja, sie sind in einem meiner Aktenordner.«

»Sei ein guter Kumpel, Frank, und lass sie herfaxen.«

»Du lieber Himmel.« Er schaute Julia an, dann auf den Fernsehschirm mit Eves Bild. »Gut, gut, warum nicht? Ich hab's sowieso satt, immer und überall ein Polizeiabzeichen herumzutragen.«

Irgendwie war die Situation noch unerträglicher geworden, dachte Julia. Warten. Warten, während Frank telefonierte, Paul rauchte und hin und her ging. Warten, bis die technischen Voraussetzungen erfüllt waren, um ihnen einen neuen kleinen Hoffnungsschimmer zu schicken. Sie schaute zu, wie die Blätter eintrafen, mit Hunderten von Namen. Und nur einer darunter war vielleicht von Bedeutung.

Sie nahmen eine Arbeitsteilung vor. Sie studierte ein Blatt und gab es an Paul weiter. Er überprüfte gründlich ein anderes und gab es an Frank weiter. Es war ein seltsames Gefühl, als sie ihren eigenen Namen unter so vielen fremden entdeckte, und dann stieß sie auf der Fluglisten der Concorde auf Pauls Namen. Er hatte es eilig gehabt, sie wiederzusehen, dachte sie mit einem kleinen Lächeln. Er war ärgerlich gewesen, anmaßend, fordernd. Aber auf dem Rückflug waren sie ein Herz und eine Seele gewesen.

Sie rieb sich die müden Augen und nahm das nächste Blatt in die Hand. Methodisch versuchte sie, jeden Namen aufzunehmen und mit einem Gesicht, einer Persönlichkeit zu verbinden.

Alan Breezewater, mittleren Alters, mit beginnender Glatze, ein erfolgreicher Makler.

Marjorie Breezewater, seine nette Ehefrau, die Freude an einem Bridge-Spiel hatte.

Carmine Delinka, ein Veranstalter von Boxkämpfen mit Anflügen von Größenwahn.

Helene Fitzhugh-Pryce, eine Witwe aus London, die von einer Shopping-Spritztour heimkehrte.

Donald Frances, ein aufstrebender junger Angestellter.

Susan Frances, seine attraktive, in England geborene Ehefrau, die beim Fernsehen arbeitete.

Matthew John Frances, ihr fünf Jahre alter Sohn, der sehr aufgeregt war, weil er auf dem Weg zu seinen Großeltern war.

Charlene Gray. Julia gähnte, schüttelte den Kopf, um wieder klar denken zu können, und versuchte, sich zu konzentrieren. Charlene Gray.

»Oh, Gott.«

»Was ist?« Paul lehnte sich bereits über ihre Schulter und kämpfte gegen den Drang an, ihr das Blatt aus der Hand zu reißen.

»Charlie Gray.«

Mit mürrischem Gesicht blickte Frank hoch. Rote Äderchen waren im Weiß seiner Augen zu erkennen. »Ich denke, der ist tot.«

»Ist er auch. Er beging Ende der vierziger Jahre Selbstmord. Aber er hatte ein Kind, ein Baby. Eve hat mir erzählt, sie wüsste nicht, was aus ihm geworden ist.«

Paul war bereits auf den Namen angesprungen. »Charlene Gray. Ich denke, das ist wohl kaum ein Zufall. Wie können wir sie auffinden?«

»Gib mir ein paar Stunden Zeit.« Frank nahm das Blatt und zwei Scheiben Schinken und eilte zur Tür. »Ich rufe an.«

»Charlie Gray«, murmelte Julia. »Eve war ihm sehr zugetan, aber er ihr noch mehr. Zu sehr. Es brach ihm das Herz, dass sie Michael Torrent heiratete. Er schenkte ihr Rubine und besorgte ihr die erste Filmrolle. Er war ihr erster Liebhaber.« Ein Schauer lief ihr über die Arme. »Mein Gott, Paul, ist es möglich, dass sein Kind Eve umgebracht hat?«

»Wenn es eine Tochter war, wie alt könnte sie jetzt sein?«

Julia strich sich mit den Fingern über die Schläfen. »Ungefähr Mitte fünfzig.« Dann stockte ihr der Atem. »Paul, du glaubst doch nicht im Ernst …«

»Hast du ein Bild von ihm?«

Ihre Hände fingen an vor Aufregung zu zittern. »Ja. Eve hat mir Hunderte von Schnappschüssen und Studioaufnahmen gegeben. Aber jetzt hat sie Lincoln.«

Paul wollte schon ans Telefon eilen, dann stieß er einen Fluch aus. »Warte.« Er drehte sich um zu einem Regal an der Wand und fuhr mit dem Finger über die Titel der dort aufgereihten Video-Kassetten. *»Desperate Lives«*, murmelte er. »Eves erster Film, zusammen mit Michael Torrent und Charlie Gray.« Rasch drückte er Julias Hand. »Wir wollen uns einen Film anschauen, Baby.«

»Yeah.« Sie brachte es fertig zu lächeln. »Aber du musst die Tüte mit Popcorn halten.«

Schon in der ersten Szene war Eve zu sehen. Sie stolzierte durch eine Nebenstraße, die angeblich in New York liegen sollte. Ein kleiner Hut saß herausfordernd schräg auf ihrem Kopf. Die Kamera kam näher, brachte Eves junges, lebenssprühendes Gesicht in Großaufnahme, ging dann tiefer, als Eve sich bückte, sich umdrehte und langsam mit dem Finger einer Laufmasche in ihrem Strumpf folgte.

»Sie war von Anfang an ein Star«, sagte Julia. »Und sie wusste es.«

»Weißt du, wir sehen uns den ganzen Film in Ruhe von vorn bis hinten in unseren Flitterwochen an.«

»In unseren …«

»Wir reden später darüber.« Während Julia versuchte, sich darüber klar zu werden, ob sie gerade einen Heiratsantrag bekommen hatte, ließ Paul den Film rasch durchlaufen. »Ich brauche eine Großaufnahme. Komm schon, Charlie. Hier.« Er ließ das Bild stehen. Charlie Gray schaute sie an. Sein Haar war zurückgekämmt, auf seinen Lippen lag ein Grinsen, mit dem er sich selber herabzusetzen schien.

»Mein Gott, Paul.« Julia grub ihre Finger tief in seine Schulter. »Sie hat seine Augen.«

»Wir müssen mit Travers sprechen«, sagte er mit grimmigem Gesicht.

Dorothy Travers schlurfte in dem leeren Haus von einem Zimmer ins andere, wischte Staub, polierte Glas und nährte ihren Hass.

Anthony Kincade hatte jede Chance, die sie gehabt haben mochte, an eine gesunde Beziehung zu einem Mann zu glauben, abgetötet. Deshalb hatte sie ihre ganze Liebe auf zwei Menschen fixiert, ihren armen Sohn, der sie immer noch Mami nannte, und auf Eve.

In ihrer Liebe zu Eve hatten nie erotische Bedürfnisse mitgeschwungen. Sie war mit Sex fertig gewesen, noch bevor Kincade mit ihr fertig gewesen war. Eve war für sie eine Schwester, Mutter und Tochter gewesen. Obwohl Travers ihre eigene Familie gernhatte, war der Schmerz über den Verlust Eves so groß, dass sie ihn nur ertragen konnte, wenn sie Bitterkeit dagegensetzte.

Als sie Julia ins Haus kommen sah, trat sie ihr mit ausgestreckten Armen, die Hände zu Klauen verkrümmt, entgegen. »Mörderische Hexe! Ich bringe dich um, wenn du dich hier zeigst.«

Paul hielt sie fest und drehte ihr die Arme auf den Rücken. »Hören Sie damit auf. Verdammt noch mal, Travers, Julia gehört dieses Haus.«

»Sie kommt eher in die Hölle, als dass sie es betritt.« Tränen flossen ihr aus den Augen, während sie sich bemühte, sich zu befreien. »Sie hat ihr das Herz gebrochen, und da ihr auch das noch nicht reichte, hat sie sie getötet.«

»Hören Sie mir zu. Drake wurde ermordet.«

Travers hörte auf, sich zu wehren, um Atem zu schöpfen. »Drake? Er ist tot?«

»Er wurde erschossen. Wir haben ihn gestern Abend gefunden. Wir haben einen Zeugen, der ihn an jenem Tag hier auf dem Grundstück gesehen hat. An dem Tag, an dem Eve getötet wurde. Travers, die Sicherheitsanlage war abgeschaltet. Drake ist über die Mauer geklettert.«

»Wollen Sie mir erzählen, dass Drake Eve umgebracht hat?«

Jetzt schenkte sie ihm endlich Aufmerksamkeit, er löste seinen Griff um ihre Arme ein wenig. »Nein, aber er hat gesehen, wer es getan hat. Deshalb ist er jetzt tot.«

Travers Blick kehrte zu Julia zurück. »Wenn sie ihre eigene Mutter töten konnte, konnte sie auch ihren Cousin umbringen.«

»Sie hat Drake nicht getötet. Sie war bei mir. Die ganze Nacht.«

Die Linien um Travers Augen wurden noch tiefer. »Sie hat Sie geblendet. Mit Sex.«

»Ich will, dass sie mir zuhören.«

»Nicht solange sie im Haus ist.«

»Ich warte draußen.« Julia schüttelte den Kopf, bevor Paul dagegen protestieren konnte. »Das ist in Ordnung. Es ist besser so.«

Als Julia die Tür hinter sich geschlossen hatte, entspannte sich Travers. »Wie können Sie mit dieser Hure schlafen?« Sobald sie Paul losließ, wühlte sie in ihrer Tasche nach einem Taschentuch herum. »Ich dachte, Eve hätte Ihnen etwas bedeutet.«

»Sie wissen, dass es so ist. Kommen Sie herein und setzen Sie sich. Wir müssen miteinander reden.« Als er sie im Wohnraum auf einem Sessel untergebracht hatte, kauerte er sich zu ihren Füßen hin. »Ich bitte Sie, mir von Charlie Grays Tochter zu erzählen.«

Travers Augen flackerten kurz auf, bevor sie die Lider senkte. »Ich weiß nicht, wovon Sie sprechen.«

»Eve wusste es. Sie vertraute Ihnen mehr als irgendjemandem sonst. Sie muss es Ihnen erzählt haben.«

»Wenn sie mir vertraute, warum hat sie mir dann nicht erzählt, dass sie krank war?« Überwältigt von Kummer, verbarg sie das Gesicht in beiden Händen. »Dass sie sterben musste?«

»Weil sie Sie geliebt hat. Und weil sie nicht wollte, dass sie in der kurzen Zeit, die ihr noch blieb, mit Mitleid und Bedauern geplagt würde.«

»Sogar das hat man ihr noch genommen. Diese kurz bemessene Zeitspanne.«

»Das stimmt. Und ich bin genau wie Sie darauf erpicht, dass derjenige, der das getan hat, auf Heller und Pfennig dafür bezahlen muss. Julia war es nicht.« Er ergriff ihre Hände, bevor sie ihn fortstoßen konnte. »Aber es war jemand, den sie liebte, jemand, der zu ihrem Leben, ihrer Umgebung gehörte. Sie hat Charlies Tochter gefunden, Travers, nicht wahr?«

Travers schloss die Augen. »Ja.«

33 Die Sonne prallte auf das tiefblaue Wasser des Swimmingpools. Die kleinen Wellen, die durch die Fontäne verursacht wurden, die den Pool speiste, kräuselten sich, breiteten sich aus und verebbten. Julia fragte sich, wer hier wohl je wieder schwimmen würde, die Kleidung abwerfen und unter der sprühenden Fontäne stehen und lachen würde.

Sie hatte den Wunsch, es selber zu tun, schnell, solange sie noch allein war, zu Ehren eines Menschen, den sie geliebt hatte, wenn auch nur sehr kurze Zeit.

Stattdessen beobachtete sie einen Kolibri, der wie eine kleine glänzende Rakete über das Wasser schoss, dann auf einer leuchtend roten Petunie landete und an dem Blütenkelch nippte.

»Julia.«

Das Lächeln auf ihren Lippen erstarb. Sie spürte den Herzschlag in der Kehle, hart und heftig. Sehr langsam und vorsichtig öffnete sie die fest geballten Fäuste, nahm sich unter Aufbietung aller schauspielerischen Fähigkeiten, die Eve ihr vererbt haben mochte, zusammen, und wandte sich Charlie Grays Tochter zu.

»Nina. Ich wusste nicht, dass Sie hier sind. Ich dachte, Sie wären schon umgezogen.«

»Fast. Ich musste nur noch einige Sachen packen. Es ist verblüffend, wie viel sich in fünfzehn Jahren ansammelt. Sie haben sicher schon von Drake gehört.«

»Ja. Wollen wir nicht ins Haus gehen? Paul ist da.«

»Ich weiß.« Nina stieß einen kleinen Seufzer aus. »Ich habe ihn mit Travers reden hören. Sie hatte es nicht gemerkt, dass ich schon vor einer Weile ins Haus gekommen bin und nach oben ging. Nichts von all diesen Dingen hat passieren sollen. Nichts.« Sie griff in ihre schmale gelbbraune Handtasche und zog eine 32er Pistole hervor. Die Sonne tanzte auf dem hellen Chrom. »Ich wünschte, ich hätte einen anderen Weg finden können, Julia. Wirklich.«

Die Tatsache, dass sie sich einer tödlichen Waffe gegenübersah, erfüllte sie eher mit Wut als mit Angst. Sie hielt sich nicht für unverwundbar. Ein Teil von ihr wusste und akzeptierte, dass eine Kugel ihr Leben beenden konnte. Aber die Art und Weise, in der die Drohung vorgetragen worden war, diese unglaubliche Höflichkeit, ließ sie alle Vorsicht vergessen.

»Sie stehen hier und entschuldigen sich bei mir, als hätten Sie eine Verabredung zum Essen vergessen. Du lieber Himmel, Nina, Sie haben sie umgebracht.«

»Ich habe das nicht geplant.« Ihre Stimme klang nur leicht irritiert, als sie eine Hand zwischen ihre Brüste presste. »Gott weiß, dass ich alles getan habe, was in meinen Kräften stand, um vernünftig mit ihr zu reden. Ich habe gebeten, sie angefleht. Ich habe diese Zettel verteilt, um sie in Angst zu versetzen. Als ich feststellte, dass ich auch damit nicht weiterkam, habe ich sogar Ihnen Drohbriefe geschickt. Ich habe schließlich jemanden angeheuert, der das Flugzeug manipulierte.«

Irgendwo im Garten fing ein Vogel an zu singen. »Sie haben versucht, mich zu ermorden.«

»Nein, nein, Ich weiß, was für ein guter Pilot Jack ist, und habe sehr genaue Anweisungen gegeben. Ich wollte Ihnen einen Schreck einjagen, damit Sie erkennen würden, wie wichtig es wäre, dass die Recherchen wegen des Buches aufhörten.«

»Wegen Ihres Vaters.«

»Zum Teil.« Sie senkte die Lider, aber Julia konnte immer noch das Glitzern ihrer Augen durch die Wimpern sehen. »Eve hat sein Leben ruiniert, ihn in den Tod getrieben. Lange Zeit habe ich sie deswegen gehasst. Aber es wurde mir unmöglich, sie immer noch zu hassen, nachdem sie so viel für mich getan hatte. Ich habe Eve sehr, sehr gerngehabt, Julia. Ich habe versucht, ihr zu vergeben. Sie müssen mir das glauben.«

»Ihnen glauben? Sie haben sie ermordet, sich dann hübsch im Hintergrund gehalten, um zuzuschauen, wie ich gehängt werde.«

Nina presste die Lippen zusammen. »Eines der ersten Dinge, die Eve mich gelehrt hat, war, dass man überleben muss. Für welchen Preis auch immer. Ich werde das durchstehen.«

»Paul weiß es bereits und Travers auch. Die Polizei sucht nach Charlene Gray.«

»Ich werde längst über alle Berge sein, bevor sie eine Verbindung zu Nina Soloman herstellen können.« Sie warf einen Blick zum Haus zurück, zufrieden, dass Paul und Travers immer noch miteinander redeten. »Ich hatte nicht viel Zeit, um für diese Situation einen Plan vorzubereiten, aber es scheint nur einen einzigen Weg zu geben.«

»Sie müssen mich umbringen.«

»Es soll wie Selbstmord aussehen. Wir gehen jetzt zum Gästehaus, Sie schreiben einen Brief, in dem sie zugeben, Eve und Drake umgebracht zu haben. Dies ist die Waffe, die ich benutzt habe. Sie ist weder registriert noch sonst irgendwie mit mir in Verbindung zu bringen. Ich verspreche Ihnen, dass es schnell gehen wird. Ich bin von dem besten Schützen trainiert worden.« Sie hob die Pistole. »Beeilen Sie sich, Julia. Wenn Paul aus dem Haus kommen sollte, muss ich ihn auch töten. Und dann Travers. Es würde zu einem regelrechten Blutbad vor Ihrer Tür kommen.«

Der Kolibri verließ die Blüte und flog über das Wasser zurück. Dieses rote Aufblitzen und die unerwartete Wut, die in ihr hochstieg, ließen Nina einen Schritt zurücktreten, wobei sie stolperte. Ein Schuss ging los. Von wilder, blinder Wut getrieben, stürzte Julia sich auf sie und schlug so heftig zu, dass sie beide die Balance verloren und in den Pool fielen.

Ineinander verkeilt sanken sie auf den Boden. Der Auftrieb brachte sie wieder an die Oberfläche. Sie schlugen und kratzten einander. Julia hörte ihr eigenes Wutgeheul nicht, als Nina sie mit aller Gewalt am Haar zog. Der Schmerz nahm ihr die Sicht, vergrößerte aber gleichzeitig ihre Wut. Dann sah sie für einen Augenblick Ninas Gesicht vor sich, übersät von Wassertropfen, die aussahen wie Diamanten. Sie umklammerte Ninas Kehle und drückte zu. Automatisch sogen ihre Lungen Luft ein, bevor sie wieder unter Wasser gezogen wurde.

Durch den Wasserschleier konnte sie Ninas Augen und die wilde Panik darin sehen. Es erfüllte sie mit Befriedigung zu beobachten, wie sie sich plötzlich schlossen, als sie unter Wasser ihre Faust in ihren Magen rammte. Ihr eigener Kopf knallte hart gegen den Grund, sodass sie die Zähne fest zusammenbeißen musste, um nicht aufzuschreien. Lichter tanzten vor ihren Augen, als sie sich drehte und mit dem Bein zustieß. Sie kümmerte sich nicht um die ihr zugefügten Kratzer und Prellungen, aber das Rauschen in ihren Ohren und das Brennen in der Brust zwangen sie, sich wieder an die Oberfläche vorzukämpfen, um Luft zu holen.

Schreie und Rufe hallten in ihrem Kopf wie ein Echo, als sie wieder untertauchen wollte und Nina an der Bluse packte, während die andere versuchte, zur Seite auszuweichen. Wasser tropfte von Julias Wangen und lief ihr aus den Augen. Sie wusste nicht, wann sie angefangen hatte zu weinen. »Hexe«, sagte sie zwischen den Zähnen. Nach einem Rückwärtsschwinger rammte sie ihre Faust der anderen ins Gesicht, dann zog sie sie am Haar hoch, um sie wieder zu treffen.

»Stopp. Komm, Baby, hör auf.« Paul war an ihrer Seite, er trat Wasser und packte sie am Arm. »Sie ist bewusstlos.« Er legte einen Arm unter Ninas Kinn, damit sie nicht unterging. »Sie hat dich gekratzt. Im Gesicht.«

Julia schnaufte und würgte an einer Mischung von Wasser und Blut. »Sie hat gekämpft wie ein Mädchen.«

Er hätte am liebsten gelacht über ihren kalten, verächtlichen Ton. »Travers alarmiert bereits die Polizei. Kommst du allein wieder heraus?«

»Yeah.« Aber schon fing sie wieder an zu würgen.

Ohne noch einen Blick auf die bewusstlose Nina zu werfen, ließ Paul diese am Rand des Schwimmbeckens liegen und ging zu Julia.

»Nur raus damit«, sagte er ruhig und hielt mit zitternden Händen ihren Kopf »Du hast mehr von dem Zeug verschluckt als gut war für dich. Du bist mir vielleicht ein Mädchen.« Er klopfte ihr beruhigend auf den Rücken, bis das Würgen zu einem mühsamen Atmen wurde. »Es ist das erste Mal, dass ich dich in Aktion gesehen habe, Champion.« Er zog sie an sich und hielt sie einfach nur fest. »Blutige Amazone. Erinnere mich gelegentlich daran, dass man dich nicht reizen darf.«

Julia ließ die Luft in ihre Lungen strömen und spürte, wie ihre mitgenommene Kehle brannte. »Sie hatte eine Pistole.«

»Das ist kein Problem mehr.« Er drückte sie fest an sich. »Ich habe sie an mich genommen. Du musst jetzt ins Haus gebracht werden.«

»Ich nehme sie mit.« Mit einem grimmigen Gesicht stürzte Travers sich mit einem großen Badetuch auf Julia. »Passen Sie auf die da auf. Und Sie kommen jetzt mit mir mit.« Sie legte ihren Arm um Julias Taille. »Ich gebe Ihnen trockene Kleidung und mache Ihnen eine schöne Tasse Tee.«

Paul wischte sich das Wasser vom Gesicht und schaute zu, wie Travers Eves Tochter ins Haus führte. Dann drehte er sich um und kümmerte sich um Charlies Tochter.

Eingehüllt in eines von Eves fließenden Seidengewändern, gestärkt mit heißem Tee mit Brandy, lehnte sich Julia gegen den Kissenberg, den Travers ihr aufgebaut hatte.

»Ich bin seit meinem zwölften Lebensjahr nie wieder so verwöhnt worden. Damals hatte ich mir beim Skateboardfahren das Handgelenk gebrochen.«

»Das hilft Travers, mit ihren Schuldgefühlen fertigzuwerden.« Paul blieb stehen, um sich eine Zigarre anzuzünden.

»Sie braucht sich überhaupt nicht schuldig zu fühlen. Sie hat geglaubt, dass ich es getan hätte. Du lieber Himmel, es gab Augenblicke, in denen ich es fast selber geglaubt habe.« Sie machte eine Bewegung und wimmerte leise.

»Du solltest mir wirklich erlauben, einen Arzt zu rufen, Jules.«

»Die paar Kratzer und Prellungen sind doch bereits gesäubert worden«, erwiderte sie.

»Und eine Schusswunde.«

Sie schaute auf den Verband an ihrem Arm, direkt über dem Ellbogen. »Mein Gott, das ist doch nur eine Schramme.« Als er nicht reagierte, streckte sie eine Hand nach ihm aus. »Wirklich, Paul, es ist nur eine kleine Schürfwunde. Der Biss an meiner Schulter tut viel mehr weh.« Sie zog eine Grimasse und berührte die Stelle vorsichtig. »Ich möchte einfach nur hierbleiben, zusammen mit dir.«

»Rück ein bisschen beiseite«, sagte er und setzte sich neben sie. Er nahm ihre Hand und führte sie an seine Lippen. »Du bist reines Gift für einen Mann, Jules. Ich habe fünf Jahre meines Lebens verloren, als ich den Schuss hörte.«

»Wenn du mich küsst, will ich mein Bestes tun, um sie dir zurückzugeben.«

Er beugte sich zu ihr hinab in der Absicht, ihr einen zarten Kuss zu geben. Aber sie schlang die Arme um ihn und drängte sich ihm entgegen. Mit einem leisen Laut der Verzweiflung drückte er sie an sich und legte all sein Begehren, seine Dankbarkeit und seine Versprechen in diesen einen Kuss.

»Tut mir leid, dass ich störe«, sagte Frank von der Türschwelle her.

Paul schaute sich nicht um, sondern glitt mit seinen Lippen über die Kratzspuren auf Julias Wange. »Dann tu's doch nicht.«

»Verzeihung, Kumpel, ich bin in offizieller Mission hier. Miss Summers, ich bin hier, um Ihnen mitzuteilen, dass alle Anklagen gegen Sie niedergelegt worden sind.«

Paul spürte, wie sie erschauerte. Sie hatte die Hände zu Fäusten geballt, als sie zu Frank hochblickte. »Klar, nachdem sie die wirkliche Mörderin für euch geschnappt hat.«

»Halt den Mund, Winthrop. Und ich soll mich offiziell für alles entschuldigen, was ihr durchmachen musstet. Kann ich eines von diesen Sandwiches haben? Ich sterbe vor Hunger.«

Paul warf einen Blick auf die Platte mit den kalten Häppchen, die Travers auf den Tisch gestellt hatte. »Nimm dir und geh.«

»Nein, Paul.« Julia schob ihn etwas von sich ab, damit sie sich aufsetzen konnte. »Ich muss wissen, warum sie das getan hat. Ich muss wissen, was einiges von dem, was sie zu mir sagte, bedeuten soll. Sie hat doch ausgesagt, nicht wahr?«

»Yeah, hat sie.« Frank beugte sich vor und nahm sich ein dick belegtes, riesiges Sandwich. »Sie wusste, dass das Spiel zu Ende ist. Gibt es irgendetwas zu trinken?«

»Da ist die Bar«, erwiderte Paul.

Julia stand ungeduldig auf, um ihm einen alkoholfreien Drink zu machen. »Als sie davon sprach, dass sie mich ermorden wollte, sagte sie, es würde schnell gehen. Sie wäre von dem besten Schützen trainiert worden. Wissen Sie, wen sie damit gemeint haben könnte?«

Frank nahm das Glas, das sie ihm anbot, und nickte. »Michael Delrickio.«

»Delrickio? Nina stand in Verbindung mit Delrickio?«

»Deshalb ist Eve ihr begegnet«, sagte Paul. »Setz dich hin. Ich will dir erzählen, was ich von Travers erfahren habe.« Ohne sich dessen bewusst zu sein, nahm Julia in dem Sessel Platz, der unter Eves Porträt stand.

»Es sieht so aus, als ob Ninas Background nicht dem entsprach, was sie dir erzählt hat. Armut herrschte jedenfalls nicht, aber Missbrauch hat tatsächlich stattgefunden. Ihr Vater hatte ihrer Mutter ein ansehnliches Vermögen hinterlassen, aber der Hass ließ sich damit nicht aus der Welt schaffen. Ninas Mutter übertrug diesen Hass auf das Kind – physisch und emotional. Und eine Zeit lang war auch ein Stiefvater da. So weit hat sie die Wahrheit gesagt. Verschwiegen hat sie die Tatsache, dass ihre Mutter sie ständig gegen Eve aufgehetzt hat, indem sie Nina erzählte, wie sie Charlie betrogen und seinen Tod verursacht hat. Als Nina mit sechzehn das Haus verließ, war sie sehr verwirrt und sehr verwundbar. Sie trieb sich eine Zeit lang auf der Straße herum, dann ging sie nach Vegas. Sie arbeitete in einer Blumenshow. Dort begegnete sie Delrickio. Sie war um die zwanzig damals, sexy und gierig. Er ließ sie als Hostess für seine wichtigeren Kunden für sich arbeiten. Eine Reihe von Jahren hatten sie ein Verhältnis miteinander. Irgendwann tanzte sie aus der Reihe. Sie hatte es satt, seine Kunden zu unterhalten, und wollte einen Schlussstrich ziehen. Er sollte sich ihr gegenüber in irgendeiner Art verpflichten und ihr einen ordentlichen Job geben.«

»Die Dame hat einen ausgesprochen schlechten Geschmack an den Tag gelegt«, sagte Frank kauend. »Und ein miserables Urteilsvermögen. Delrickio wollte alles beim alten belassen, und als sie ihm eine Szene machte, ließ er einen von seinen Jungen ihr eine Lektion erteilen. Danach verhielt sie sich eine Weile ruhig. Sie sagt, sie hätte immer noch etwas für ihn übrig gehabt und konnte sich nicht von ihm trennen. Dann setzte sie sich aus Eifersucht wieder in die Nesseln. Sie hatte herausgefunden, dass Delrickio sich in eine andere vergafft hatte.«

»Zu diesem Zeitpunkt erschien Eve auf der Bildfläche«, erklärte Paul. Er streichelte ununterbrochen Julias Arm, als hätte er Angst, den Kontakt zu ihr zu verlieren. »Diesmal war Delrickio der Verlierer. Da Nina keine Ruhe gab, schickte er ein paar von seinen Muskelpaketen zu ihr, damit sie ihr eine Abreibung gaben. Eve bekam Wind davon, und da sie gerade von Priest erfahren hatte, wie weit Delrickio tatsächlich gehen konnte, kümmerte sie sich persönlich um Nina. Die lag gerade im Krankenhaus, war ziemlich übel zugerichtet und hatte keine Hemmungen, alles auszuplaudern.«

»Und als Eve entdeckte, dass sie Charlies Tochter war«, sagte Julia ruhig, »nahm sie sie in ihr Haus.«

»Das ist richtig.« Paul schaute zu Eves Porträt hoch. »Sie gab Nina einen neuen Start, ihre Freundschaft und ließ sie von Kenneth anlernen. Und all die Jahre über log sie ihr zuliebe. Als Eve dann den Entschluss fasste, mit den Lügen Schluss zu machen und die Wahrheit ans Licht zu bringen, geriet Nina in Panik. Eve versprach ihr, dass sie abwarten würde, bis sie wüsste, dass sie dir vertrauen könnte. Erst dann wollte sie dir alles erzählen. Aber sie sagte ihr auch, dass Charlie es verdiente, dass die Wahrheit über ihn bekannt würde. Und sie versuchte, Nina zu erklären, dass man an ihr sehen könnte, was eine Frau mit ihrer Vergangenheit aus sich machen konnte.«

»Nina konnte damit nicht fertigwerden«, fuhr Frank fort. »Sie war verliebt in das Image, das sie sich geschaffen hatte. Die kühle, kompetente Karrierefrau. Sie wollte nicht, dass all die Leute der Oberschicht, die sie kannte, erfuhren, dass sie als Hure für einen Mafiaboss gearbeitet hatte. Es war nicht ihre Absicht, Eve zu töten, aber als sie herausfand, dass sie die ganze Geschichte auf Band gesprochen hatte und drauf und dran war, es Ihnen zu übergeben, drehte sie durch. Der Rest ist leicht zu rekonstruieren.«

»Sie folgte Eve ins Gästehaus«, murmelte Julia. »Sie stritten miteinander. Sie nahm das Schüreisen in die Hand und schlug sie nieder. Trotz ihrer Angst blieb sie die große Organisatorin. Sie wischte ihre Fingerabdrücke von der Waffe ab, nahm die Schlüssel an sich – weil sie sich wohl daran erinnert hat, dass ich am Abend zuvor Streit mit Eve hatte.«

»Sie hörte Ihr Auto kommen«, sagte Frank. »Sie sah, wie Sie in den Garten gingen. Da entschloss sie sich, den Verdacht auf Sie zu lenken. Sie handelte schnell. Sie war es, die die Alarmanlage wieder einschaltete. Es hatte sie beunruhigt, dass die Tür zum Haupthaus nicht abgesichert gewesen war. Sie dachte, das würde die Sache nur unnötig komplizieren, deshalb kümmerte sie sich um die Sicherheitsanlage. Dann kehrte sie an ihre Arbeit zurück. Oh, und sie dachte auch daran, sofort in der Küche anzurufen, damit Travers und die Köchin wussten, dass sie fleißig an ihren Briefen schrieb.«

»Aber sie wusste nicht, dass Drake sie gesehen hatte.« Julia lehnte sich zurück und schloss die Augen.

»Er versuchte, sie zu erpressen.« Frank schüttelte den Kopf, als er sich an ein weiteres turmhohes Sandwich heranmachte. »Sie hätte das Geld aufbringen können, aber sie konnte nicht mit dem Gedanken an einen Mitwisser leben. Wenn er tot war und Sie ins Gefängnis kamen, wusste sie, dass sie wirklich frei war. Travers stand so loyal zu Eve, dass sie nie irgendjemandem etwas von Ninas Background erzählt hätte, und sie hatte auch keinen Grund dazu.«

»Ich habe sie gehört«, erklärte Julia. »In der Nacht von Eves großer Party habe ich zwei Leute streiten hören. Delrickio und Nina. Sie hat geweint.«

»Es hat Nina sehr zugesetzt, ihn wiederzusehen«, warf Frank ein. »Sie liebte den Schurken immer noch. Er sagte ihr, sie könnte den Beweis dafür erbringen, wenn sie Eve daran hinderte, das Buch zu schreiben. In dieser Nacht muss ihr gutes Verhältnis zu Eve Risse bekommen haben. Ich denke, all die Beschuldigungen, die ihre Mutter gegen Eve erhoben hat, fielen ihr wieder ein. Wenn sie Eve nicht auf die eine Weise stoppen konnte, dann eben auf die andere.«

»Es ist seltsam«, sagte Julia zu sich selber. »Alles fing mit Charlie Gray an. Er gab Eve den Startschuss. Seine Geschichte hat sie mir zuerst erzählt. Und nun hört alles mit ihm auf.«

»Vergiss nicht das Sandwich, wenn du gehst, Frank!« Paul zeigte auf die Tür.

»Was? Ach, ja. Der District Attorney hat Hathoway benachrichtigt. Er sagte, Julia solle ihn anrufen, wenn sie irgendwelche Fragen hätte. Er wollte mit seinem Sohn zu einem Ballspiel. Also, bis bald.«

Julia öffnete die Augen. »Lieutenant, ich danke Ihnen.«

»Es war mir ein Vergnügen. Wissen Sie, es ist mir vorher noch nie aufgefallen, wie ähnlich Sie ihr sehen.« Er nahm noch einen großen Bissen. »Sie war eine sehr schöne Dame.« Kauend ging er nach draußen.

»Bist du in Ordnung?«, fragte Paul.

»Ja.« Julia holte tief Luft. Es brannte noch etwas in der Kehle, aber es erinnerte sie daran, dass sie am Leben war – und frei. »Ja, mir geht es gut. Weißt du, was ich jetzt möchte? Ein ganz großes Glas Champagner.«

»Das ist in diesem Haus bestimmt kein Problem.« Er ging zum Kühlschrank hinter der Bar.

Sie stand auf und stellte sich vor die Bartheke. Eves Kleid glitt ihr von der einen Schulter. Während Paul sie beobachtete, rückte Julia es wieder zurecht und streichelte den weichen, glatten Stoff, als ob sie einen alten Freund berührte. Sie lächelte ein wenig darüber, sagte aber nichts. Sie fragte sich, ob ihm wohl aufgefallen war, dass Eves Duft noch immer an dem Stoff haftete.

»Ich habe eine Frage.«

»Feuer frei.« Paul löste die Folie vom Flaschenhals und fing an, den Draht aufzudrehen.

»Wirst du mich heiraten?«

Der Korken löste sich mit einem Knall und flog zur Seite. Paul achtete nicht darauf, weil er sie anschaute. »Darauf kannst du wetten.«

»Gut.« Sie nickte. Ihre Finger glitten über die Seide ihres Kleides hinab, bis ihre Hände auf die Bar fielen. Wo sie auch immer hergekommen war und wohin sie auch gehen mochte, in erster Linie gehörte sie sich selber. »Das ist gut.« Wieder atmete sie tief ein. »Was hältst du von Connecticut?«

»Nun, um ehrlich zu sein …« Er unterbrach sich und goss

den Champagner ein. »Ich habe auch schon daran gedacht, dass es Zeit für einen Szenenwechsel wäre. Wie ich hörte, spricht vieles für Connecticut, etwa das Herbstlaub, Schifahren und wirklich tolle Frauen.« Er gab ihr ein Glas. »Meinst du, dass du genügend Platz hast, um mich unterzubringen?«

»Ich werde dich gerade noch irgendwie reinquetschen können.« Als er mit ihr anstoßen wollte, schüttelte sie den Kopf. »Jungen im Alter von zehn Jahren sind sehr laut, stellen viele Anforderungen und haben wenig Respekt vor der Privatsphäre.«

»Brandon und ich haben bereits ein Abkommen getroffen.« Er lehnte sich bequem an die Bar und nahm ihren ureigenen Duft auf. »Er hält es für eine recht gute Idee, dass ich seine Mutter heiraten werde.«

»Du hast mit ihm …«

Paul unterbrach sie. »Bevor du anfängst, dich deswegen zu beunruhigen, dass ich nicht sein leiblicher Vater bin, möchte ich dich daran erinnern, dass ich meine richtige Mutter gefunden habe, als ich zehn war.« Er legte seine Hand auf ihre. »Ich will das ganze Paket, Julia, dich und das Kind.« Er hob ihre Hand an seine Lippen und freute sich darüber, dass sie die Finger ausstreckte, um seine Wange zu streicheln. »Außerdem ist er gerade im richtigen Alter eines Babysitters, wenn seine Brüder und Schwestern auf die Welt kommen werden.«

»Okay.« Sie ließ ihr Glas leicht gegen seines klingen. »Du hast ein unheimlich gutes Geschäft abgeschlossen.«

»Ich weiß.«

»Und wir auch. Könntest du zu mir herüberkommen und mich küssen?«

»Ich will darüber nachdenken.«

»Gut, aber denk schnell.« Sie lachte und streckte die Arme nach ihm aus. Er hob sie hoch und küsste sie unter dem Porträt einer Frau, die ihr Leben gelebt hatte, ohne etwas zu bereuen.

Werkverzeichnis der im Heyne und Diana Verlag erschienenen Titel von Nora Roberts

© Bruce Wilder

Die Autorin

Nora Roberts wurde 1950 in Silver Spring, Maryland, als einzige und jüngste Tochter von fünf Kindern geboren. Ihre Ausbildung endete mit der Highschool in Silver Spring. Bis zur Geburt ihrer beiden Söhne Jason und Dan arbeitete sie als Sekretärin, anschließend war sie Hausfrau und Mutter. Anfang der Siebzigerjahre zog sie mit ihrem Mann und den beiden Kindern nach Maryland aufs Land. Sie begann mit dem Schreiben, als sie im Winter 1979 während eines Blizzards tagelang eingeschneit war. Nachdem Nora Roberts jedes im Haus vorhandene Buch gelesen hatte, schrieb sie selbst eins. 1981 wurde ihr erster Roman *Rote Rosen für Delia* (Originaltitel: *Irish Thoroughbred*) veröffentlicht, der sich rasch zu einem Bestseller entwickelte. Seitdem hat sie über 200 Romane geschrieben, von denen weltweit über 450 Millionen Exemplare verkauft wurden; ihre Bücher wurden in mehr als 30 Sprachen übersetzt. Sowohl die Romance Writers of America als auch die Romantic Times haben sie mit Preisen überschüttet; sie erhielt unter anderem den Rita Award, den Maggie Award und das Golden Leaf. Ihr Werk umfasst mehr als 190 New York Times-Bestseller, und 1986 wurde sie in die Romance Writers Hall of Fame aufgenommen.

Heute lebt die Bestsellerautorin mit ihrem Ehemann in Maryland.

E-Books

Alle Romane in diesem Werkverzeichnis sind auch als E-Book erhältlich.

Besuchen Sie Nora Roberts auf ihrer Website
www.noraroberts.com

1. Einzelbände

Dunkle Herzen *(Divine Evil)*

Eine New Yorker Bildhauerin erlebt in ihren Albträumen eine »Schwarze Messe«, welche in ihrem Heimatort in Maryland stattfindet. Sie erinnert sich an den grauenvollen Tod ihres Vaters und entschließt sich zur Heimkehr in ihr Elternhaus. Dunkle Mächte werden daraufhin wiedergeweckt.

Erinnerung des Herzens *(Genuine Lies)*

Eine alleinerziehende Mutter und erfolgreiche Autorin soll für eine Filmdiva die Memoiren verfassen. Sie erhält deshalb immer häufiger Drohbriefe, je mehr sich die Diva in ihren brisanten Informationen öffnet.

Gefährliche Verstrickung *(Sweet Revenge)*

Die schöne Adrianne führt ein Doppelleben: bei Tag elegante Society-Lady, bei Nacht gefürchtete Juwelendiebin. Doch all ihre Einbrüche sind bloß Fingerübungen für ihren größten Coup: Sie will jenen Mann bestehlen, der einst ihrer Mutter das Leben zur Hölle machte. Nur einer könnte ihre Pläne zunichtemachen: Philip Chamberlain, Ex-Juwelendieb und Interpol-Agent …

Das Haus der Donna *(Homeport)*

Eine amerikanische Kunstexpertin wird zu einer wichtigen Expertise über eine Bronzefigur aus der Zeit der Medici nach Florenz eingeladen, doch vorher wird sie überfallen und mit einem Messer bedroht. Die Echtheit der Figur und der Überfall stehen in einem gefährlichen Zusammenhang.

Im Sturm des Lebens (The Villa)

Teresa Giambelli legt die Führung ihrer Weinfirma in die Hände ihrer Enkelin Sophia und in die von Tyker, dem Enkelsohn ihres zweiten Mannes, beide charakterlich sehr unterschiedlich. Als vergiftete Weine der Firma auftauchen, erkennen beide, dass sie gemeinsam für ihre Familie und das Weingut kämpfen müssen.

Insel der Sehnsucht (Sanctuary)

Anonyme Fotos beunruhigen die Fotografin Jo Hathaway, und deshalb kommt sie nach Jahren zurück in ihr Elternhaus auf der Insel Desire. Dort findet sie ihren Vater und die Geschwister vor. Jo versucht herauszufinden, weshalb ihre Mutter vor langer Zeit verschwand.

Lilien im Sommerwind (Carolina Moon)

South Carolina. Tory Bodeen findet keine Ruhe, seit vor achtzehn Jahren ihre beste Schulfreundin Hope ermordet wurde. Heimlich stellt sie Nachforschungen an, unterstützt von Hopes Bruder. Sie stellen fest, dass Hope das erste Opfer einer Mordserie ist.

Nächtliches Schweigen (Public Secrets)

Der Sohn eines umjubelten Bandleaders wird entführt und dabei versehentlich getötet. Die Tochter Emma beobachtet die Untat, stürzt dabei und verliert jede Erinnerung an die Täter. Sie quält sich mit Vorwürfen und versucht mithilfe eines Polizeibeamten, ihr Gedächtnis wiederzuerlangen. Dadurch gerät sie in große Gefahr.

Rückkehr nach River's End (River's End)

Auf mörderische Weise verliert die kleine Livvy ihre Eltern, ein Hollywood-Traumpaar. Die Großeltern bieten ihr im friedlichen River's End eine neue Heimat. Jahre später kommen die

Erinnerungen und damit die Gefahr, dass bedrohlicher Besuch eintreffen könnte.

Der Ruf der Wellen *(The Reef)*

Auf der Suche nach einem geheimnisumwitterten Amulett vor der Küste Australiens wird James Lassiter bei einem Tauchgang ermordet. Dessen Sohn Matthew und sein Onkel sind weiter auf der Suche, zusammen mit Ray Beaumont und dessen Tochter Tate, und entdecken ein spanisches Wrack.

Schatten über den Weiden *(True Betrayals)*

Nach der Trennung von ihrem Mann erhält Kelsey einen Brief von ihrer totgesagten Mutter. Diese widmet sich seit ihrer Entlassung aus dem Gefängnis der Pferdezucht in Virginia. Kelsey entdeckt dort ihre Wurzeln, verliebt sich, beginnt aber auch in der Vergangenheit ihrer Mutter zu forschen: Weshalb wurde ihr ein mysteriöser Mord zur Last gelegt?

Sehnsucht der Unschuldigen *(Carnal Innocence)*

Innocence am Mississippi ist für die Musikerin Caroline Waverly der richtige Ort der Erholung nach einer monatelangen Tournee mit Beziehungskonflikten. Tucker Longstreet, Erbe der größten Farm in Innocence, verliebt sich in Caroline. Drei Frauen werden innerhalb einiger Wochen ermordet, eine von ihnen war die ehemalige Geliebte von Tucker.

Die Tochter des Magiers *(Honest Illusions)*

Roxanne teilt das geerbte Talent für Magie mit Luke, einem früheren Straßenjungen, den ihr Vater, ein Zauberkünstler, einst aufnahm. Allerdings erleichtern sie Reiche auch um deren Juwelen. Sie werden Partner in der Zauberkunst und in der Liebe. Ein dunkler Punkt in Lukes Vergangenheit lässt ihn verschwinden – Jahre später taucht er wieder auf ...

Tödliche Liebe *(Private Scandals)*

Die erfolgreiche Fernsehmoderatorin Deanna Reynolds hat Glück im Beruf – und in der Liebe mit dem Reporter Finn Riley. Doch eine eifersüchtige Kollegin und anonyme Fanpost machen ihr das Leben schwer.

Träume wie Gold *(Hidden Riches)*

Philadelphia. Die Antiquitätenbesitzerin Dora Conroy kauft eine Reihe von Objekten und gerät damit ins Blickfeld von internationalen Schmugglern. Sie und der ehemalige Polizist Jed Skimmerhorn beginnen, Diebstähle und Todesfälle im Umkreis der geheimnisvollen Lieferung zu untersuchen.

Verborgene Gefühle *(Hot Ice)*

Manhattan. Auf der Flucht vor Gangstern landet der charmante Meisterdieb Douglas Lord im Luxusauto von Whitney. Dabei erfährt sie von Douglas' Plan, im Dschungel von Madagaskar einen sagenhaften Schatz zu suchen.

Verlorene Liebe *(Brazen Virtue)*

Zwei Schwestern. Während Grace unbekümmert alleine als Krimiautorin lebt, arbeitet Kathleen als Lehrerin an einer Klosterschule und verdient sich nebenbei Geld mit Telefonsex für den Scheidungsanwalt. Ein lebensgefährlicher Job, denn Grace findet Kathleen mit einem Telefonkabel erdrosselt.

Verlorene Seelen *(Sacred Sins)*

Washington. Blondinen sind die Opfer eines Frauenmörders, die Tatwaffe immer eine weiße Priesterstola. Mithilfe der Psychiaterin Tess Court versucht Police Sergeant Ben Paris die Mordserie aufzuklären. Doch nicht nur er hat ein Auge auf Tess geworfen.

Der weite Himmel *(Montana Sky)*
Montana. Der steinreiche Farmer Jack Mercy verfügte in seinem Testament, dass seine drei Töchter aus drei Ehen erst dann ihren Erbteil erhalten, wenn sie ein Jahr lang friedlich zusammen auf der Farm verbringen. Sie versuchen es, doch in dieser Zeit geschehen auf der Farm mysteriöse Dinge.

Tödliche Flammen *(Blue Smoke)*
Reena Hale ist Brandermittlerin und kennt durch ein schlimmes Kindheitserlebnis die Macht des Feuers. Neben Bo Goodnight interessiert sich noch jemand sehr für sie – allerdings verfolgt dieser Unbekannte ihre Spur, um die Macht des Feuers für seinen Racheplan zu benützen.

Verschlungene Wege *(Angels Fall)*
Reece Gilmore ist auf der Flucht: vor der Erinnerung und vor sich selbst. Als sie sich endlich in einem Dorf in Wyoming dem einfühlsamen Schriftsteller Brody anvertraut, glaubt sie, zur Ruhe zu kommen. Doch die Vergangenheit holt sie bald ein.

Im Licht des Vergessens *(High Noon)*
Phoebe MacNamara kennt die Gefahr. Geiselnehmer, Amokläufer – kein Problem für die beim FBI ausgebildete Expertin für Ausnahmezustände. Aber erst die Liebe zu Duncan hat sie unverwundbar gemacht. Glaubt sie. Bis sie von einem Unbekannten brutal überfallen wird. Fortan muss sie um ihr Leben fürchten.

Lockruf der Gefahr *(Black Hills)*
Tierärztin Lilian führt auf ihrer Wildtierfarm in South Dakota ein erfülltes, aber auch abgeschiedenes Leben. Fast zu spät erkennt sie die Gefahr, der sie ausgesetzt ist, als ein Mann sie und

ihre Familie bedroht. In letzter Minute nimmt sie die Hilfe ihrer Jugendliebe Cooper an. Kann er sie retten?

Die falsche Tochter *(Birthright)*
Als die Archäologin Callie Dunbrook an den Fundort eines fünftausend Jahre alten menschlichen Schädels gerufen wird, ahnt sie nicht, dass dieses Projekt auch ihre eigene Vergangenheit heraufbeschwören wird.

Sommerflammen *(Chasing Fire)*
Die Feuerspringerin Rowan kämpft jeden Sommer erfolgreich gegen die Brände in den Wäldern Montanas. Doch seit ihr Kollege dabei ums Leben kam, plagen sie Schuldgefühle. Hätte sie Jim retten können?

Gestohlene Träume *(Three Fates)*
Tia Marshs Leben gehört der Wissenschaft. Dass das Interesse für griechische Mythologie ihr einmal zum Verhängnis wird, ahnt sie nicht – bis sie Malachi Sullivan begegnet. Der attraktive Ire ist dem Geheimnis dreier Götterfiguren auf der Spur, und nicht nur er will die wertvollen Statuen um jeden Preis besitzen …

Das Geheimnis der Wellen *(Whiskey Beach)*
Eli Landon wird unschuldig des Mordes an seiner Frau verdächtigt. Im Anwesen seiner Familie an der rauen Küste Neuenglands sucht er Zuflucht. Auch seine hübsche Nachbarin, Abra Walsh, will dort ihre schmerzhaften Erinnerungen vergessen. Doch während sich die beiden näherkommen, holt sie die Vergangenheit ein.

Ein Leuchten im Sturm *(The Liar)*

Nach dem Unfall ihres Mannes erfährt Shelby, dass Richard ein Betrüger war. Der Mann, den sie geliebt hat, ist nicht nur tot – er hat niemals existiert. Shelby flüchtet mit ihrer Tochter zu ihrer Familie nach Tennessee, wo sie Griffin kennenlernt. Doch Richards Lügen folgen ihr und werden zur tödlichen Bedrohung.

2. Zusammenhängende Titel

a) Quinn-Familiensaga

– Tief im Herzen *(Sea Swept)*

Maryland. Der Rennfahrer Cameron Quinn kehrt zurück in die Kleinstadtidylle an das Sterbebett seines Adoptivvaters. Dieser bittet ihn, sich mit den beiden Adoptivbrüdern um den zehnjährigen Seth zu kümmern. Er ist ein ebenso schwieriger Junge, wie es Cameron einst war. Hinzu kommt, dass sich die Sozialarbeiterin Anna Spinelli einmischt, um zu prüfen, ob in dem Männerhaushalt die Voraussetzungen für eine Adoption gegeben sind.

– Gezeiten der Liebe *(Rising Tides)*
Ethan Quinn übernimmt während der Abwesenheit seiner Brüder die Rolle des Familienoberhaupts. Seine Arbeit als Fischer und die Verantwortung für den zehnjährigen Seth binden ihn an die kleine Stadt. Außerdem liebt er Grace Monroe, eine alleinerziehende Mutter, welche den Haushalt der Quinns führt.

– Hafen der Träume *(Inner Harbour)*
Gemeinsam kämpfen die drei Quinn-Brüder um das Sorgerecht für Seth, denn sie wissen, dass Seths Mutter eher am Geld als an dem Jungen gelegen ist. Da kommt die Bestsellerautorin Sybill in die Stadt und will unbedingt verhindern, dass Seth von Philipp und seinen Brüdern adoptiert wird.

– Ufer der Hoffnung *(Chesapeake Blue)*
Seth Quinn hat sich durch die Fürsorge seiner älteren Brüder zu einem erfolgreichen Maler entwickelt. Als er aus Europa

nach Maryland zurückkehrt, wird er von seiner leiblichen Mutter mit der Publikation seiner Kindheitsgeschichte erpresst. Seth lernt Drusilla kennen, welche sich auch nicht mehr mit ihrer leiblichen Familie identifizieren kann.

b) Garten-Eden-Trilogie

– Blüte der Tage *(Blue Dahlia)*

Tennessee. Die Witwe Stella Rothchild kehrt mit ihren kleinen Söhnen in ihre Heimat zurück. Die Gartenarchitektin beginnt, sich ein neues Leben in der Gärtnerei Harper aufzubauen, unterstützt von der Hausherrin Rosalind. Alles ist gut, bis Stella dem Landschaftsgärtner Logan Kitridge begegnet. Doch jemand will diese Verbindung verhindern.

– Dunkle Rosen *(Black Rose)*

Rosalind Harper hat sich in die Arbeit gestürzt, um den Tod ihres Mannes zu überwinden. Besonders der Gartenkunst widmet sie sich. Doch in dem Harperschen Anwesen geht ein Geist um. Rosalind engagiert den Ahnenforscher Mitchell Carnegie, um zu erfahren, um welche übernatürlichen Kräfte es sich dabei handelt.

– Rote Lilien *(Red Lily)*

Hayley Phillips kommt mit ihrer neugeborenen Tochter Lily zu ihrer Cousine Rosalind Harper und findet dort ein neues Heim. Für Rosalinds Sohn Harper empfindet sie tiefe Gefühle, doch dann ergreift eine dunkle Macht von Hayley Besitz.

c) Der Jahreszeiten-Zyklus

– **Frühlingsträume** *(Vision in White)*
Gemeinsam mit ihren Freundinnen Parker, Laurel und Emma betreibt Mac eine erfolgreiche Hochzeitsagentur. Sie lebt und arbeitet mit den drei wichtigsten Menschen in ihrem Leben – wozu braucht sie da noch einen Mann? Doch als Mac Carter trifft, gerät ihr so gut ausbalanciertes Leben ins Wanken.

– **Sommersehnsucht** *(Bed of Roses)*
Freundschaft und Liebe – das geht nicht zusammen. Zu dumm nur, dass sich Emmas langjähriger Freund Jack völlig überraschend als ihre große Liebe erweist. Nun steckt Emma in der Klemme, zumal sie weiß, wie sehr Jack an seiner Freiheit hängt.

– **Herbstmagie** *(Savor the Moment)*
Laurel verliebt sich in den smarten Staranwalt Del, den Bruder ihrer Freundin Parker. Er ist für sie die Liebe ihres Lebens, aber sieht der heißbegehrte Junggeselle das ebenso?

– **Winterwunder** *(Happy Ever After)*
Parker ist anscheinend mit ihrem Beruf verheiratet – bis Malcolm in ihr Leben tritt. Aber wie soll sie mit ihm eine Beziehung führen, wenn er sich weigert, über seine Vergangenheit zu sprechen?

d) Die O'Dwyer-Trilogie

– Spuren der Hoffnung *(Dark Witch)*

Iona verlässt Baltimore, um sich im sagenumwobenen County Mayo auf die Suche nach ihren Vorfahren zu machen. Als sie den attraktiven Boyle trifft, bietet er ihr an, auf seinem Gestüt zu arbeiten. Schnell spüren beide, dass sie mehr verbindet als die gemeinsame Leidenschaft für Pferde. Doch dann droht ein dunkles Familiengeheimnis das Glück der beiden zu zerstören.

– Pfade der Sehnsucht *(Shadow Spell)*

Ionas Cousin Connor O'Dwyer hat die Frau fürs Leben noch nicht gefunden, doch auf wundersame Weise fühlt er sich immer mehr zur leidenschaftlichen Meara hingezogen. Das Glück wird getrübt, als Cabhan, der alte Feind der Familie, Meara benutzt, um sie alle zu vernichten. Hält der Kreis der Freunde dieser Herausforderung stand?

– Wege der Liebe *(Blood Magick)*

Branna und Fin waren schon mit 17 ein Paar, doch dann ist ihre Liebe zerbrochen. Branna liebt Fin zwar noch immer, sie fühlt sich aber von ihm verraten und misstraut ihm seither. Doch sie gehören beide zum magischen Kreis der Freunde und kämpfen gemeinsam gegen Cabhan, den unversöhnlichen Feind des O'Dwyer-Clans. Aber welche Rolle spielt Fin eigentlich in diesem Kampf? Ist er in die Machtspiele seines Vorfahren verwickelt, oder steht er aufseiten von Iona, Connor und Branna?

3. Sammelbände

a) Die Unendlichkeit der Liebe

(Drei Romane in einem Band)

Auch als Einzeltitel erschienen:

– Heute und für immer *(Tonight and Always)*
Kasey gewinnt das Herz von Jordan und seiner Nichte Alison, aber jetzt fürchtet Großmutter Beatrice, dass sie die Macht über ihre Familie verliert.

– Eine Frage der Liebe *(A Matter of Choice)*
Ein Antiquitätenladen im Herzen Neuenglands. Ohne Jessicas Wissen dient er einer internationalen Schmugglerbande als Umschlagplatz für Diamanten. Zu ihrem Schutz reist der New Yorker Cop James Sladerman nach Connecticut, wo ihm Jessica die Ermittlungen aus der Hand nimmt.

– Der Anfang aller Dinge *(Endings and Beginnings)*
Die beiden erfolgreichen Fernsehjournalisten Olivia Carmichael und T.C. Thorpe sind erbitterte Konkurrenten im Kampf um die neuesten Meldungen. Sie kommen sich näher, doch da gibt es einen dunklen Punkt in Olivias Vergangenheit.

b) Königin des Lichts
   (A Little Fate)

   (Drei Fantasy-Kurzromane in einem Band)

– Zauberin des Lichts *(The Witching Hour)*
Aurora muss den Königsthron zurückerobern, nachdem Lorcan ihre Eltern getötet und ihre Heimatstadt zerstört hat. Verkleidet gelangt sie an den Hof des Tyrannen. Dort trifft sie auf dessen Stiefsohn Thane und verliebt sich.

– Das Schloss der Rosen *(Winter Rose)*
Der schwer verletzte Prinz Kylar wird von Deidre, Königin der Rosenburg, auf welcher ewiger Winter herrscht, gerettet und gepflegt. Dafür will Kylar die Rosenburg von ihrem Fluch befreien.

– Die Dämonenjägerin *(World Apart)*
Kadra ist auf der Jagd nach den Bok-Dämonen. Dabei erfährt sie, dass sich der Dämonenkönig Sorak des Tors zu einer anderen Welt bemächtigt hat. Um beide Welten vor dem Untergang zu bewahren, folgt sie Sorak dorthin. Sie landet mitten in New York, in der Wohnung von Harper Doyle. Sie braucht seine Hilfe.

c) Im Licht der Träume
   (A Little Magic)

   (Drei Romane in einem Band)

– Verzaubert *(Spellbound)*
Der amerikanische Fotograf Calin Farrell begegnet im Schlaf der Hexe Bryna, welche ihn um Hilfe bittet, und wird dazu

bewegt, nach Irland zu reisen, ins Land seiner Vorfahren. Dort kommt er dem Rätsel auf die Spur: Die Vorfahren von Calin und Bryna waren vor tausend Jahren ein Paar. Doch der Magier Alasdir hatte ihr Leben zerstört – und er versucht es aufs Neue.

– Für alle Ewigkeit *(Ever After)*
Allena aus Boston soll eigentlich ihrer Schwester in Irland helfen. Durch Zufall verbringt sie stattdessen einige Tage im Haus von Conal O'Neil. Die offenbar zufällige Begegnung scheint vom Schicksal vorbestimmt zu sein, denn die beiden fühlen sich stark zueinander hingezogen.

– Im Traum *(In Dreams)*
Die Amerikanerin Kayleen landet durch einen Sturm im Haus des Magiers Draidor. Kayleen verliebt sich sofort in Draidor, und er bereitet ihr einen im wahrsten Sinne des Wortes zauberhaften Aufenthalt.